JOHN GRISHAM
LA HERENCIA

John Grisham se dedicó a la abogacía antes de convertirse en escritor de éxito internacional. Desde que publicó su primera novela, *Tiempo de matar,* ha escrito casi una por año, consagrándose como el rey del género con la publicación de su segundo libro, *La firma.* Todas sus novelas, sin excepción, han sido bestsellers internacionales y nueve de ellas han sido llevadas al cine, con gran éxito de taquilla. Traducido a veintinueve idiomas, Grisham es uno de los escritores más vendidos de Estados Unidos y del mundo. Actualmente vive con su esposa Renee y sus hijos Ty y Shea entre su casa victoriana en una granja en Mississippi y una plantación cerca de Charlottesville, Virginia.

LA HERENCIA

JOHN GRISHAM

LA HERENCIA

Traducción de
Jofre Homedes Beutnagel

VINTAGE ESPAÑOL
Una división de Random House LLC
Nueva York

PRIMERA EDICIÓN VINTAGE ESPAÑOL, DICIEMBRE 2014

Copyright de la traducción © 2014 por Jofre Homedes Beutnagel

Para Renée

LA HERENCIA

1

Encontraron a Seth Hubbard más o menos donde había prometido estar, aunque no exactamente tal y como esperaban. Colgaba de una soga a metro y medio del suelo, y el viento lo mecía ligeramente. Le encontraron empapado por el paso de un frente, pero ahora ya no importaba... Más tarde se dieron cuenta de que no tenía barro en los zapatos, ni había dejado huellas. Así que lo más seguro era que la lluvia hubiera empezado cuando Seth ya estaba ahorcado y muerto. ¿Por qué era importante ese dato? En el fondo, no lo era.

La logística de ahorcarse en un árbol no es simple. En el caso de Seth, saltaba a la vista que había cuidado todos los detalles. La soga, de cáñamo natural trenzado, tenía un diámetro de dos centímetros: vieja, recia, muy capaz de sostener a Seth, que un mes antes, en la consulta del médico, pesaba más de setenta kilos. Más tarde, un empleado de una de sus fábricas declaró haber visto que su jefe cortaba de un rollo los quince metros para terminar dándole aquel uso tan dramático. Uno de los extremos estaba bien atado a una rama baja, con nudos cuyo aspecto chapucero no estaban reñidos con la resistencia. La otra punta estaba pasada sobre una rama más alta de más de medio metro de diámetro, cuya distancia del suelo era exactamente de seis metros y cuarenta centímetros. Desde la rama, la cuerda caía algo más de dos metros y medio hasta culminar en un nudo impecable al que sin duda Seth había dedicado algún tiempo. Era de manual, con trece vueltas, para que la presión deshiciera la lazada. Los auténticos dogales de verdugo parten el cuello, acelerando y facilitando la muerte. Se notaba que Seth había hecho los deberes. Por lo demás, no había otras señales de resistencia o sufrimiento que las que saltaban a la vista. Había una escalera de seis peldaños tirada cerca del cuerpo, probablemente derribada con el pie. Tras elegir el árbol, arrojar la soga, atarla y subirse a la escalera, Seth había ajustado el dogal y, una vez hechas las comprobaciones necesarias, había pateado la escalera y había caído. Sus manos colgaban a la altura de los bolsillos.

¿Habría tenido algún momento de duda, de arrepentimiento? Sin la escalera bajo sus pies, pero con las manos libres, ¿habría hecho el gesto instintivo de levantarlas e intentar cogerse a la cuerda en un último y desesperado esfuerzo antes de rendirse? Nadie lo sabría jamás, aunque parecía dudoso. Las pruebas revelarían más adelante que Seth tenía muy claro su objetivo.

Había elegido su mejor traje para la ocasión: grueso, de mezcla de lana, gris oscuro, normalmente reservado para funerales en tiempo más frío. Solo tenía tres trajes. Los ahorcamientos bien hechos tienen el efecto de alargar el cuerpo. Por eso los pantalones solo le llegaban a los tobillos, y la americana a la cintura. Los zapatos negros de vestir estaban lustrosos e impolutos. El nudo de la corbata azul era perfecto. En cambio la camisa blanca se había manchado de sangre por debajo del nudo. En pocas horas se sabría que Seth Hubbard había ido a misa de once en una iglesia de la zona, donde había charlado con algunos conocidos, bromeado con un diácono, depositado una ofrenda en el cepillo y, aparentemente, de bastante buen humor. Se sabía que sufría cáncer de pulmón. Lo que casi nadie sabía era que los médicos le habían dado poco tiempo de vida. Por otro lado, aunque Seth figurase en varias listas de oraciones de la iglesia, llevaba el estigma de dos divorcios que mancillarían para siempre su condición de buen cristiano.

En este sentido, el suicidio no le ayudaría.

El árbol era un viejo sicomoro de su familia desde hacía muchos años. Estaba en un terreno rodeado de árboles cuya madera noble, de gran valor, Seth había tenido que hipotecar en varias ocasiones y sobre la que había erigido su fortuna. Su padre había comprado las tierras en los años treinta, en una operación algo dudosa. Sus dos ex mujeres habían luchado con uñas y dientes para arrebatárselas en las batallas del divorcio, pero Seth había resistido. Se llevaron prácticamente todo lo demás.

El primero en descubrirlo fue Calvin Boggs, un albañil y peón de campo que había trabajado varios años para Seth. Calvin recibió una llamada de su jefe el domingo a primera hora. «Quedamos en el puente a las dos del mediodía», le dijo Seth. Seth no le dio más explicaciones y Calvin era poco dado a hacer preguntas. Si el señor Hubbard le citaba, allí estaría él, donde y cuando dijese. En el último momento el hijo de Calvin, de diez años, suplicó ir con su padre, y Calvin accedió aunque un pálpito se lo desaconsejaba. Atravesaron las tierras de los Hubbard conduciendo varios kilómetros por una sinuosa pista de grava. Calvin sentía curiosidad por la cita. No recordaba haber quedado jamás con su jefe un domingo por la tarde. Sabía que Seth estaba enfermo y se rumoreaba que se estaba muriendo, pero el señor Hubbard era un hombre muy reservado.

El puente no era más que una simple plataforma de madera que cruzaba un riachuelo, infestado de vegetación y serpientes de agua. El señor Hubbard quería sustituirlo desde hacía meses por un gran conducto de hormigón, pero su salud no se lo había permitido. Quedaba cerca de un claro donde se pudrían dos chozas entre los hierbajos, única señal de la existencia de un antiguo y pequeño asentamiento.

El Cadillac último modelo del señor Hubbard estaba aparcado cerca del puente, con la puerta del conductor y del maletero abiertas. Calvin puso el coche detrás, y al ver las dos puertas abiertas tuvo la sensación de que pasaba algo raro. A esas alturas no solo llovía sin parar, sino que se había levantado viento. No tenía sentido que el señor Hubbard hubiera dejado las dos puertas abiertas. Calvin le pidió a su hijo que se quedara dentro de la camioneta. Después dio una vuelta alrededor del coche sin tocarlo. No veía a su jefe por ninguna parte. Respiró profundamente, se secó la cara y contempló el paisaje. Más allá del claro, a unos noventa metros, vio un cuerpo colgando de un árbol. Volvió a la camioneta y le repitió al niño que no saliera ni quitara el seguro, pero era demasiado tarde: su hijo miraba fijamente el sicomoro desde lejos.

—Quédate aquí —le dijo Calvin, muy serio—. Y no salgas.

—Vale.

Caminó sin prisa mientras sus botas resbalaban en el barro y trataba de no perder la calma. No tenía sentido apresurarse. Cuanto más se acercaba, más claro estaba todo. El hombre del traje oscuro que colgaba de la cuerda estaba muerto. Calvin lo reconoció al fin y, al ver la escalera, ordenó rápidamente la secuencia de los hechos. Se alejó sin tocar nada y regresó a la camioneta.

Era el mes de octubre de 1988 y finalmente habían llegado los teléfonos de coche a las zonas rurales de Mississippi. Calvin se había instalado uno en su camioneta por insistencia del señor Hubbard. Llamó a la comisaría del condado de Ford, dio unos cuantos datos y se dispuso a esperar. Protegido del frío por la calefacción, y apaciguado por la voz de Merle Haggard en la radio, miraba fijamente por la ventanilla como si estuviera solo, sin su hijo. Al seguir con los dedos el ritmo del limpiaparabrisas, se sorprendió llorando. El niño estaba asustado y no decía nada.

Media hora después llegaron dos agentes en un solo coche. Mientras se ponían los impermeables, apareció una ambulancia con tres personas dentro. Desde el camino no se veía bien el árbol, pero unos segundos más tarde todos distinguieron a un hombre colgando. Calvin les explicó todo lo que sabía. Los agentes decidieron que lo mejor era proceder como si se hubiera cometido un crimen, así que prohibieron al personal de la ambulancia acercarse al lugar de los hechos. Llegaron sucesivamente otros dos policías, que no encontraron nada útil al registrar el coche. Tomaron fotos y vídeos de Seth, con los ojos cerrados y la cabeza grotescamente torcida a la derecha. El examen de las huellas al pie del árbol no arrojó ninguna prueba de que hubiera habido nadie más. Uno de los policías llevó a Calvin a casa del señor Hubbard, a unos pocos kilómetros de allí. En el asiento trasero iba el niño, tan mudo como antes. La puerta no estaba cerrada con llave. En la mesa de la cocina encontraron una nota donde Seth había escrito pulcramente: «Para Calvin. Por favor, informa a las autoridades de que me he quitado la vida, sin ayuda de nadie. En la hoja adjunta he dejado instrucciones específicas para mi funeral y mi entierro. ¡Sin autopsia! S. H.» Tenía fecha de aquel mismo día: domingo, 2 de octubre de 1988.

Al final los policías dejaron que Calvin se marchara a casa con su hijo. El niño se lanzó en brazos de su madre y no abrió la boca en todo el día.

Ozzie Walls era uno de los dos sheriffs negros de Mississippi. Al otro le habían elegido hacía poco en un condado del Delta con un 70 por ciento de población negra. El condado de Ford era blanco al 74 por ciento, y sin embargo Ozzie había sido elegido y reelegido por amplia mayoría. Los negros le adoraban por ser de los suyos. Los blancos le respetaban por ser un poli duro y una antigua estrella del equipo de fútbol americano del instituto de Clanton. En algunas facetas de la vida del profundo sur, el fútbol empezaba poco a poco a trascender la distinción de razas.

Recibió la llamada justo cuando salía de la iglesia con su mujer y sus cuatro hijos, así que llegó al puente con traje, sin pistola y sin placa. Lo que sí llevaba en el maletero eran unas botas viejas. Acompañado por dos agentes, fue hasta el sicomoro por el barro, bajo un paraguas. A esas alturas el cadáver de Seth ya estaba empapado, con gotas que resbalaban de sus zapatos, su barbilla, sus orejas, la punta de sus dedos y la vuelta de sus pantalones. Ozzie se detuvo a poca distancia de los zapatos, levantó el paraguas y contempló el rostro pálido y patético de un hombre al que solo había visto dos veces.

Había un pasado. En 1983, al presentarse al cargo de sheriff por primera vez contra tres rivales negros, Ozzie andaba escaso de dinero. Un tal Seth Hubbard, a quien no conocía de nada, le llamó por teléfono. Más tarde Ozzie averiguó que era un hombre poco dado a significarse. Vivía en el nordeste del condado de Ford, casi en la frontera con el de Tyler. Dijo que se dedicaba al sector de la madera y que tenía unas cuantas serrerías en Alabama, más alguna que otra fábrica. Su aspecto era de triunfador.

Se brindó a sufragar la campaña de Ozzie, pero solo si aceptaba dinero en efectivo: veinticinco mil dólares contantes y sonantes. A puerta cerrada, en su despacho, abrió una caja y le mostró el dinero a Ozzie. Este le explicó que era obligatorio declarar todas las aportaciones, y tal y cual. Seth, a su vez, le explicó que no quería que se declarase la suya: o se la daba en efectivo o no había trato.

—¿Qué quiere a cambio? —preguntó Ozzie.

—Lo único que quiero es que te elijan —contestó Seth.

—No lo veo muy claro.

—¿Crees que a tus rivales les pagan en negro?

—Probablemente.

—Pues claro, no seas tonto.

Ozzie aceptó el dinero, reforzó su campaña, pasó por los pelos la primera votación y a la hora de la verdad machacó a su rival. Luego se presentó dos veces en la oficina de Seth para saludarle y darle las gracias, pero nunca lo encontraba. El señor Hubbard tampoco le devolvía las llamadas. Ozzie buscó discretamente información, pero no se sabía gran cosa del personaje. Corría el rumor, no la certeza, de que se había hecho rico con la venta de muebles. Tenía tierras cerca de su casa, ochenta hectáreas. Nunca recurría a los servicios de ningún despacho de abogados, ni de ninguna compañía de seguros. A la iglesia iba de vez en cuando.

Cuatro años después la oposición a la que se enfrentaba Ozzie era inconsistente. Aun así, Seth quiso quedar con él de todas formas. Una vez más le dio veinticinco mil dólares, y una vez más Seth desapareció. Ahora estaba muerto, ahorcado con su propia soga y empapado por la lluvia.

Por fin llegó Finn Plunkett, el forense del condado. Ya se podría levantar el acta de defunción.

—Vamos a bajarle —dijo Ozzie.

Deshicieron los nudos. Al quedar floja la cuerda, el cuerpo de Seth emprendió su descenso. Lo pusieron en una camilla, tapado con una manta térmica. Lo llevaron a la ambulancia cuatro hombres que sudaron lo suyo para transportarlo. Ozzie cerraba la pequeña procesión, igual de perplejo que los demás.

Durante sus casi cinco años en el cargo había visto muchos muertos: accidentes de tráfico o de otro tipo, unos cuantos asesinatos, algún suicidio... No estaba acostumbrado. Tampoco hastiado. Sabía lo que era llamar a altas horas de la noche a los padres y cónyuges, y seguía temiéndolo.

El bueno de Seth... Y ahora ¿a quién llamaba Ozzie? Sabía que Seth estaba divorciado, pero no si había vuelto a casarse. No tenía información sobre su familia. Rondaría los setenta años. ¿Dónde estaban sus hijos adultos, si es que los tenía?

Bueno, pronto lo averiguaría. De camino a Clanton, seguido por la ambulancia, empezó a hacer llamadas a personas que quizá supieran algo de Seth Hubbard.

2

Jake Brigance miró fijamente los números rojos de su desper-
tador digital. A las 5.29 tendió el brazo, pulsó un botón y bajó
con suavidad los pies al suelo. Carla se dio la vuelta y se arrebu-
jó aún más en las mantas. Jake le dio una palmada en el trasero
y los buenos días, sin obtener respuesta. Era lunes, laborable.
Carla aún dormiría una hora más antes de abandonar la cama
a toda prisa y salir disparada con Hanna hacia el colegio. En verano aún dormía hasta más tarde, y ocupaba el día en cosas de
chicas y lo que le apeteciese hacer a Hanna. En cambio el horario de Jake casi nunca variaba: se levantaba a las cinco y media,
llegaba al Coffee Shop a las seis y se presentaba en el despacho
antes de las siete. Pocos atacaban la mañana como Jake Brigance, aunque ahora, desde la madurez de sus treinta y cinco años
cumplidos, se preguntase con mayor frecuencia por qué se levantaba tan temprano, y a qué se debía su insistencia por llegar
al despacho antes que cualquier otro abogado de Clanton. Las
respuestas ya no estaban tan claras como antes. El sueño que
albergaba desde la facultad, el de llegar a ser un gran abogado
penalista, seguía intacto, como sus ambiciones. Lo que le incor-
diaba era la realidad. Después de diez años en las trincheras, su
despacho seguía repleto de testamentos, escrituras y disputas
contractuales de tres al cuarto, sin un solo caso penal decente, ni
un solo accidente de tráfico prometedor.

Atrás quedaba su momento de gloria. Carl Lee Hailey había
sido absuelto hacía tres años. A veces Jake temía haber tocado
techo. Al final, como siempre, desechó sus dudas y se recordó

que solo tenía treinta y cinco años. Era un gladiador con muchas y grandes victorias ante sí en los tribunales.

Ya no tenían perro al que pasear. Max se les había muerto en el incendio que había destruido tres años antes su bonita, querida e hipotecadísima casa victoriana de Adams Street, a la que había prendido fuego el Ku Klux Klan en julio de 1985, cuando más encendidos estaban los ánimos por el juicio de Hailey. Primero habían quemado una cruz en el jardín, y después habían intentado volar la casa. La decisión de Jake de alejar a Carla y Hanna había resultado de lo más sensata. Después de un mes intentando matarle, al final el Ku Klux Klan había reducido su casa a cenizas. Jake había pronunciado sus conclusiones con un traje prestado.

El asunto de adoptar un perro nuevo era demasiado incómodo para hacerle frente. Lo habían tanteado un par de veces, pero al final siempre lo rehuían. Hanna quería un perro, y probablemente lo necesitase, por ser hija única y quejarse a menudo de que se aburría jugando sola, pero Jake y, sobre todo, Carla sabían muy bien quién correría con la responsabilidad de adiestrar al cachorro y cuidar de él. Por si fuera poco vivían de alquiler, y distaban mucho de tener la vida resuelta. Un perro podía aportar cierta normalidad, o todo lo contrario... Jake solía dar vueltas al tema durante los primeros minutos del día. Lo cierto era que echaba de menos tener perro.

Después de una ducha rápida se vistió en el pequeño dormitorio de invitados que usaban Carla y él para guardar la ropa. De hecho, todas las habitaciones eran pequeñas en aquella casa endeble que, por no ser, no era ni suya. Todo era provisional. El mobiliario consistía en una triste colección de regalos y restos de mercadillo, de la que se desprenderían por completo si llegaban a cumplirse sus planes, aunque, por mucho que le doliera tener que reconocerlo, casi nada estaba saliendo bien. Su demanda contra la compañía de seguros se había empantanado en tecnicismos antes de llegar a los tribunales, y parecía un caso perdido. Jake la había interpuesto seis meses después del veredicto de Hailey, cuando estaba en la cresta de la ola, lleno de confianza. ¿Cómo se atrevía una aseguradora a intentar fastidiarle le vida? Que le pusieran frente a un nuevo tribunal en el condado de Ford y lograría otro veredicto espléndido. Poco a poco, sin embargo, su arrogancia se había esfumado, a medida que Carla y él y se daban cuenta de las graves carencias de su cobertura. Seguían teniendo su solar a cuatro manzanas de distancia, vacío, chamuscado y cubierto de hojas secas. Su vecina, la señora Pickle, le echaba un ojo, pero no había mucho que vigilar. El resto del vecindario aún esperaba ver alzarse una casa nueva y bonita, y asistir al regreso de los Brigance.

Entró de puntillas en el cuarto de Hanna, le dio un beso en la mejilla y le subió un poco la manta. Ya tenía siete años. Su única hija. No tendrían más. Iba a segundo curso en la escuela primaria de Clanton, y su aula casi tocaba la sección de parvulario, donde trabajaba su madre de maestra.

Entró en la cocina estrecha, encendió la cafetera y se la quedó mirando hasta que empezó a hacer ruido. Después abrió su maletín, tocó la pistola semiautomática de nueve milímetros y guardó unos cuantos expedientes. Se había acostumbrado a ir a todas partes con pistola, cosa que le entristecía. ¿Cómo se podía tener una vida normal con un arma cerca a todas horas? Normalidades al margen, sin embargo, era una necesidad. Te incendian la casa después de haber intentado volarla con una bomba; amenazan por teléfono a tu mujer; queman una cruz en tu patio; le pegan una paliza tan brutal al marido de tu secretaria que al final no sobrevive; recurren a un francotirador que, en vez de pegarte un tiro a ti, se lo pega a un vigilante; hacen uso del terror durante todo el juicio, y se reafirman en sus amenazas mucho después de todo haya terminado...

Ahora cuatro de los terroristas cumplían condena en la cárcel: tres de ellos en un centro federal y el otro en Parchman. Solo cuatro, se recordaba constantemente Jake. A esas alturas las condenas ya deberían haber sido doce, y esta opinión la compartían Ozzie y otros líderes negros del condado. Al menos una vez a la semana, por costumbre y frustración, llamaba al FBI para preguntar si había novedades en la investigación. Después de tres años no siempre devolvían sus llamadas. También escribía cartas. El expediente ocupaba todo un archivador de su despacho.

Solo cuatro. Sabía muchos más nombres de sospechosos, o de quienes al menos él consideraba como tales. Algunos se habían ido a otro lugar. Otros se habían quedado. Sin embargo, todos tenían en común que seguían viviendo como si no hubiera ocurrido nada. Por eso Jake llevaba una pistola, con todos los permisos y todo el papeleo necesarios. Tenía una en el maletín, otra en el coche, dos en el despacho y alguna más. Sus escopetas de caza se habían quemado en el incendio, pero poco a poco iba recomponiendo su colección.

Salió al pequeño porche de ladrillo y respiró hondo el aire frío. Justo enfrente de la casa había un coche de la policía del condado, con un tal Louis Tuck al volante, un agente a tiempo completo que hacía el turno de noche y cuya principal misión consistía en dejarse ver desde el anochecer al alba por el barrio, y más concretamente permanecer aparcado todas las mañanas al lado del buzón a las seis menos cuarto, hora exacta en que, de lunes a sábado, el señor Brigance salía al porche e intercambiaban saludos. Los Brigance habían sobrevivido una noche más.

Mientras el sheriff del condado de Ford fuera Ozzie Walls, que ocuparía el cargo como mínimo tres años más, él y sus hombres harían cuanto estuviera en sus manos para proteger a Jake y su familia. Jake había aceptado el caso de Carl Lee Hailey y había echado toda la carne en el asador, esquivando balas, haciendo oídos sordos a amenazas muy reales y perdiéndolo casi todo hasta obtener un veredicto de inocencia cuyos ecos aún resonaban en el condado. Protegerle era la principal prioridad de Ozzie.

Tuck se fue a dar la vuelta a la manzana. En pocos minutos, cuando se hubiera ido Jake, volvería y se quedaría vigilando la casa hasta que la luz de la cocina le indicase que Carla se había levantado.

El Saab rojo de Jake, uno de los dos únicos vehículos de aquella marca en todo el condado de Ford, acumulaba más de trescientos mil kilómetros. Ya era hora de cambiarlo, pero Jake no podía permitírselo. En su momento le había parecido buena idea conducir un coche tan exótico por una ciudad pequeña, pero ahora los gastos de reparación eran terribles. El concesionario que quedaba más cerca era el de Memphis, a una hora de camino, por lo que cada visita al taller consumía medio día y mil dólares. Jake ya estaba preparado para pasarse a una marca americana. Pensaba en ello todas las mañanas al girar la llave y aguantar la respiración hasta que el motor se ponía en marcha. Hasta ahora siempre había arrancado, pero desde hacía unas semanas notaba un pequeño retraso, una o dos revoluciones suplementarias de mal agüero, como si estuviera a punto de estropearse algo. Su paranoia le hacía percibir otros ruidos, nuevos traqueteos. Miraba constantemente los neumáticos, cada vez menos perfilados. Salió marcha atrás hacia Culbert Street que, pese a hallarse a pocas manzanas de Adams Street y del solar vacío de los Brigance, pertenecía claramente a una zona de menor nivel. La casa de al lado también era de alquiler. Adams Street estaba bordeada por casas mucho más antiguas y elegantes, y con más carácter, mientras que Culbert era un batiburrillo de bloques de tipo suburbano sembrados sin orden ni concierto antes de que el ayuntamiento se hubiera puesto serio en materia de urbanismo.

Aunque Carla no solía hablar del tema, Jake sabía que tenía ganas de irse a vivir a cualquier otro lugar.

De hecho, lo habían comentado. Habían hablado de marcharse de Clanton. Los tres años transcurridos desde el juicio de Hailey habían sido mucho menos prósperos de lo esperado y deseado. Si el destino de Jake era una larga trayectoria de abogado sin lustre, ¿por qué no esforzarse en otro sitio? Como maestra, Carla podía trabajar donde fuese. Seguro que podrían vivir bien, sin armas ni vigilancia policial a todas horas. Por mucho que Jake gozase de la veneración de los negros del condado de Ford, muchos blancos seguían mirándolo con recelo, y los locos seguían en libertad. Por otro lado, vivir entre tantos amigos aportaba cierta seguridad. Los vecinos de los Brigance vigilaban el tráfico, y ningún coche o camioneta con pinta sospechosa se pasaba por alto. Todos los policías de la ciudad, y del condado, sabían de la enorme importancia que suponía la seguridad de la pequeña familia Brigance.

No, Jake y Carla no se irían, aunque a veces resultara divertido jugar a «dónde te gustaría vivir», un simple juego, porque Jake era consciente de la cruda realidad, la de que nunca encajaría en un bufete importante de una ciudad importante, ni encontraría nunca una localidad, fuera del estado que fuese, que no estuviera ya a reventar de abogados ambiciosos. Tenía claro su futuro y lo aceptaba. Solo necesitaba ganar algo de dinero.

Al pasar junto al solar vacío de Adams Street masculló unas palabrotas contra los cobardes que habían prendido fuego a su casa. Aceleró tras dedicarle otras lindezas similares a la compañía de seguros y circuló por Jefferson y Washington, calle esta última que discurría de este a oeste por el lado norte de la plaza principal de Clanton. Tenía allí su despacho, frente al solemne edificio del juzgado. Aparcaba todas las mañanas en el mismo lugar a las seis en punto, una hora en la que había sitio donde elegir. En la plaza aún quedaban dos horas de calma, hasta que abriesen sus puertas el juzgado, las tiendas y las oficinas.

En cambio, el Coffee Shop le recibió con un trajín de obreros, granjeros y policías, a los que saludó. Como siempre, era el único con traje y corbata. Los oficinistas se reunían una hora después al otro lado de la plaza, en el Tea Shoppe, para hablar de los tipos de interés y de política internacional. En el Coffee Shop se hablaba de fútbol, de política local y de la pesca de la lubina. Jake era uno de los pocos profesionales liberales bien integrado en el local, por toda una serie de razones: porque caía bien, porque le resbalaba todo y por su buen talante. También porque siempre se le podía pedir algún consejillo legal gratis si un mecánico o un camionero se metía en líos. Colgó la chaqueta en la pared y encontró un asiento vacío en la misma mesa que un policía, Marshall Prather. Dos días antes Ole Miss, la Universidad de Mississippi, había perdido por tres *touchdowns* contra Georgia. Era el tema del día. Dell, la camarera, siempre con su chicle, siempre insolente, le echó café al tiempo que lograba propinarle un golpe con su generoso culo: lo mismo seis días por semana. En cuestión de minutos trajo lo que Jake nunca pedía: una tostada de avena, gachas de sémola y jalea de fresa, como siempre. Mientras Jake sacudía el tabasco para echárselo en la sémola, Marshall le hizo una pregunta:

—Una cosa, Jake: ¿tú conocías a Seth Hubbard?

—Personalmente no —dijo él, mientras le miraban varios ojos—. He oído el nombre un par de veces. Tenía una casa cerca de Palmyra, ¿no?

—Sí.

Prather masticó un trozo de salchicha, mientras Jake tomaba sorbos de café.

—Me imagino —dijo Jake tras esperar un poco— que a Seth Hubbard le ha pasado algo malo, porque lo has dicho en pasado.

—¿Qué dices que he hecho? —preguntó Prather.

El policía tenía la engorrosa costumbre de soltar en voz alta una pregunta malintencionada durante el desayuno, seguida de un silencio. Estaba al corriente de todos los detalles y los trapos sucios, y siempre tanteaba a los demás por si tenían algo que añadir.

—Hablar en pasado. Has dicho «conocías», no «conoces», que querría decir que aún está vivo, ¿no?

—Supongo.

—Pues eso, ¿qué ha pasado?

—Que ayer se suicidó —dijo en voz alta Andy Furr, un mecánico de la Chevrolet—. Le encontraron colgado de un árbol.

—Hasta dejó una nota —añadió Dell al acercarse con la cafetera.

Teniendo en cuenta que el café llevaba una hora abierto, seguro que Dell ya estaba al corriente de toda la información disponible sobre el fallecimiento de Seth Hubbard.

—Ya. ¿Y qué ponía en la nota? —preguntó tranquilamente Jake.

—Eso no puedo decírtelo, cariño —trinó ella—. Es un secreto entre Seth y yo.

—Pero si tú no conocías a Seth —dijo Prather.

Dell era gata vieja, y tenía la lengua más viperina de toda la ciudad.

—Nos acostamos una vez, o dos, no sé... A veces me falla la memoria.

—Claro, es que ha habido tantos... —comentó Prather.

—Pues sí, chaval, pero tú lo tienes crudo —dijo ella.

—No tienes mala memoria tú ni nada —replicó Prather, provocando algunas risas.

—¿Dónde estaba la nota? —preguntó Jake, en un intento por devolver la conversación a su cauce.

Prather se llenó la boca de tortitas y estuvo un rato masticando.

—En la mesa de la cocina —contestó cuando acabó—. Ahora la tiene Ozzie. Aún la están investigando, pero no da para mucho. Se ve que Hubbard fue a la iglesia y que le vieron bien. Después volvió a su finca, cogió una escalera de mano y una cuerda, y lo hizo. Le encontró ayer hacia las dos uno de sus peones, balanceándose bajo la lluvia con sus mejores galas de domingo.

Interesante, insólito, trágico, pero a Jake le costó compadecerse de un desconocido.

—¿Tenía algo? —preguntó Andy Furr.

—No lo sé —dijo Prather—. Creo que Ozzie le conocía, pero apenas suelta prenda.

Dell les sirvió más café y se quedó a charlar un rato.

—No, yo no le conocía —dijo con una mano en la cadera—, pero tengo un primo que conoce a su primera esposa; tuvo al menos dos, y según la primera Seth tenía tierras y dinero. Decía que Seth intentaba no llamar la atención, tenía secretos y no se fiaba de nadie. También comentaba que era un hijo de puta y un cabrón, pero bueno, eso siempre lo dicen después de divorciarse.

—Lo sabrás por experiencia —añadió Prather.

—Pues sí, chaval. A experiencia te gano de largo.

—¿Hay testamento? —preguntó Jake.

Las sucesiones no eran su campo favorito, pero si los bienes eran de cierta enjundia alguien de la ciudad se cobraría sus buenos honorarios. Era todo papeleo, más un par de comparecencias en los tribunales; nada difícil, ni especialmente aburrido. Jake sabía que a las nueve de la mañana todos los abogados de Clanton estarían intentando averiguar quién había redactado el testamento de Seth Hubbard.

—Aún no lo sé —dijo Prather.

—Los testamentos no son públicos, ¿verdad, Jake? —preguntó Bill West, electricista en la fábrica de zapatos del norte de Clanton.

—Hasta que no mueres, no. No tendría sentido, porque puedes cambiarlos en el último momento. Además, quizá no quieras que se sepa lo que pone en tu testamento antes de que te hayas muerto... Cuando ya lo estás, y se ha legitimado el documento, se presenta en el juzgado y se hace público.

Mientras hablaba, Jake miró a su alrededor y contó al menos a tres hombres a quienes había redactado el testamento. Los hacía cortos, rápidos y baratos, como era bien sabido en la ciudad. Así siempre tenía clientela.

—¿Cuándo empieza la legitimación? —preguntó Bill West.

—No hay límite de tiempo. El testamento lo suelen encontrar el cónyuge o los hijos de la persona difunta y lo llevan al abogado. Van al juzgado y ponen en marcha el procedimiento más o menos un mes después del entierro.

—Y ¿si no hay testamento?

—Es el sueño de cualquier abogado —dijo Jake entre risas—. Se monta un pollo... Si el señor Hubbard se ha muerto sin testar, y ha dejado a dos ex mujeres, y puede que a unos cuantos hijos adultos, o nietos, a saber, lo más probable es que se pasen los próximos cinco años peleándose por sus bienes, siempre y cuando los tuviera, claro.

—Tranquilo, que los tenía —dijo desde el fondo del bar Dell, que siempre llevaba encendido el radar: si tosías, te preguntaba por tu salud; si estornudabas, se acercaba corriendo con un pañuelo de papel; si estabas más callado que de costumbre, se entrometía en tu vida familiar o en tu trabajo; si intentabas hablar en voz baja, la tenías enseguida al lado de la mesa, rellenando las tazas de café sin importarle que estuvieran llenas; no se le escapaba nada, de todo se acordaba, y nunca dejaba de recordarles a sus chicos algo que podían haber dicho tres años antes en sentido contrario a como lo decían ahora.

Marshall Prather puso los ojos en blanco como diciéndole a Jake: «Está como una cabra». Sin embargo, tuvo la prudencia de no hablar. Se acabó las tortitas y ya no pudo quedarse más tiempo.

Tampoco Jake tardó en marcharse. A las 6.40 pagó la cuenta y salió del Coffee Shop, no sin antes darle un abrazo a Dell, cuyo perfume barato estuvo a punto de asfixiarle con sus efluvios. El alba teñía de naranja el cielo al este. Las lluvias del día anterior habían dejado el ambiente fresco y despejado. Jake fue hacia el este, como siempre, en dirección opuesta a su despacho, con la rapidez de quien llega tarde a una reunión importante, cuando en realidad no tenía ninguna en todo el día más allá de un par de visitas rutinarias de gente con problemas.

Dio su paseo matinal por la plaza de Clanton, con sus bancos, sus aseguradoras, sus inmobiliarias, sus tiendas y sus bares, todos pegados los unos a los otros, y cerrados a esas horas. Salvo contadas excepciones, los edificios eran de ladrillo y de dos plantas, con balcones de hierro forjado sobre las aceras, que dibujaban un rectángulo perfecto alrededor del juzgado y su césped. No podía decirse que la economía de Clanton fuera muy boyante, pero a diferencia de muchas localidades del sur rural tampoco agonizaba. Según el censo de 1980 su población era ligeramente superior a ocho mil habitantes, la cuarta parte de la de todo el condado, y se preveía que las cifras aumentasen un poco en el siguiente recuento. No había locales vacíos ni tapiados. Tampoco carteles de SE ALQUILA tristemente colgados en las ventanas. Jake era de Karaway, un pueblo de dos mil quinientos habitantes, a veintinueve kilómetros al oeste de Clanton, con una calle principal que sufría el abandono de los comerciantes, el cierre de los bares y el paulatino traslado de los abogados a la capital del condado. Ahora en la plaza de Clanton había veintiséis, número en alza que provocaba la asfixia de la competencia. Jake se preguntaba a menudo cuántos más podían aguantar.

Disfrutaba pasando junto a los otros bufetes y mirando sus puertas cerradas y sus recepciones vacías. Era una especie de vuelta de honor. Satisfecho, podía plantarle cara al día mientras sus competidores aún no habían despertado. Pasó junto al bufete de Harry Rex Vonner, quizá su mejor amigo dentro de la profesión, un guerrero que rara vez llegaba antes de las nueve, y que se encontraba a menudo con la recepción plagada de clientes en proceso de divorcio y con los nervios de punta. Casado varias veces, Harry Rex tenía una vida familiar caótica que le hacía preferir el trabajo nocturno. Jake pasó al lado del odiado bufete de Sullivan, sede de la mayor colección de abogados del condado: nueve, según el último recuento. Nueve tontos de capirote a quienes Jake, entre otras cosas por envidia, procuraba evitar. Sullivan tenía a los bancos y las aseguradoras. Sus abogados eran los que más dinero ganaban. Pasó junto al problemático bufete, cerrado con candado, de un viejo amigo, Mack Stafford, de quien hacía dieciocho meses que nadie sabía nada. Al parecer se había fugado en plena noche con el dinero de sus clientes. Su mujer y sus dos hijas todavía le esperaban. También le esperaba una acusación formal. Jake albergaba la secreta esperanza de que Mack estuviera en alguna playa, tomando combinados de ron sin intención de volver. Había sido un infeliz, infelizmente casado. «Sigue corriendo, Mack», decía cada mañana al tocar el candado sin detenerse.

Pasó al lado de las oficinas de *The Ford County Times*; del Tea Shoppe, que apenas empezaba a despertarse; de una sastrería donde se compraba los trajes en rebajas; de un bar propiedad de unos negros, el Claude's, donde comía todos los viernes con otros liberales blancos de la ciudad; de una tienda de antigüedades a cuyo dueño, un timador, había denunciado dos veces; de un banco donde había hipotecado su casa por segunda vez y con el que aún estaba enzarzado en demandas; y de un edificio administrativo donde trabajaba el nuevo fiscal del distrito cuando estaba en la ciudad. El anterior, Rufus Buckley, ya no ocupaba el puesto; le habían expulsado los votantes y se había retirado permanentemente de cualquier cargo electo. Al menos así lo esperaban Jake y muchos otros. Jake y Buckley habían estado a punto de estrangularse mutuamente durante el juicio de Hailey, y el odio entre ambos seguía siendo intenso. El antiguo fiscal había vuelto a su localidad de origen, Smithfield, en el condado de Polk, donde se lamía las heridas mientras pugnaba por ganarse las lentejas en una calle mayor atestada de bufetes.

Ya había dado la vuelta. Abrió con la llave la puerta de su

bufete, que solía considerarse el más bonito de la ciudad. El edificio, como muchos de la plaza, lo había construido la familia Wilbanks hacía un siglo, casi el mismo tiempo durante el que algún Wilbanks en su interior había ejercido la abogacía, tradición que se rompió cuando Lucien, el último superviviente de los Wilbanks, y con toda certeza el más chiflado, fue expulsado del colegio de abogados. En esa época acababa de contratar a Jake, recién salido de la facultad con todos sus ideales intactos. Lucien pretendía corromperle, pero no tuvo tiempo, porque el colegio de abogados del estado le expulsó definitivamente. En ausencia de Lucien y de cualquier otro representante de los Wilbanks, Jake había heredado unas oficinas espléndidas, aunque solo usaba cinco de las diez salas disponibles. En la planta baja había una recepción enorme, donde la actual secretaria trabajaba y recibía a los clientes. Arriba, en una majestuosa sala de cien metros cuadrados, Jake pasaba el tiempo detrás de una gran mesa de roble que habían usado Lucien, el padre de Lucien y su abuelo. Si se aburría, cosa frecuente, iba a las puertas acristaladas y las abría para salir al balcón, con bonitas vistas del juzgado y la plaza.

A las siete, con gran puntualidad, se sentó a la mesa y bebió un poco de café. Después miró la agenda del día y reconoció en su fuero interno que no parecía ni prometedora ni provechosa.

3

La actual secretaria tenía treinta y un años y cuatro hijos; Jake solo la había contratado por falta de otras candidatas, hacía cinco meses, cuando él estaba desesperado y ella, disponible. Respondía al nombre de Roxy, y entre sus pros se encontraban que cada mañana se presentaba hacia las ocho y media o pocos minutos después y se mostraba más o menos cumplidora al responder al teléfono, saludar a los clientes, ahuyentar a la chusma, mecanografiar, archivar y mantener cierta organización en sus dominios. En el lado negativo, que pesaba algo más, estaban su desinterés por el trabajo, que veía como algo provisional hasta encontrar algo mejor, su manía de salir a fumar al porche trasero, el que el olor la delatase, su insistencia en lo poco que cobraba, sus comentarios (vagos pero malévolos) sobre lo ricos que eran según ella todos los abogados, y lo desagradable de su compañía en términos generales. Natural de Indiana, se había visto arrastrada al sur al casarse con un militar y, como mucha gente del norte, no soportaba la cultura que la rodeaba. Vivir en un poblacho, con una educación como la suya... Jake no se lo había preguntado, pero albergaba la clara sospecha de que no estaba en absoluto contenta de su vida conyugal. El marido se había quedado sin trabajo por negligencia. Roxy le había pedido a Jake que presentara una demanda a su favor, y aún estaba resentida por la negativa de su jefe. Encima faltaban unos cincuenta dólares en calderilla, y Jake se temía lo peor.

Tendría que despedirla, aunque no quería ni pensarlo. Cada mañana, durante sus momentos de tranquilidad, rezaba y le pedía a Dios paciencia para convivir con aquella última incorporación a la lista de secretarias.

Y qué lista tan larga... Las había contratado jóvenes porque había muchas y cobraban menos. Las mejores se casaban, se quedaban embarazadas y pretendían estar seis meses de baja. Las peores tonteaban, se ponían minifaldas ceñidas y hacían comentarios insinuantes. Una de ellas, a la que Jake despidió, le amenazó con una falsa denuncia de acoso sexual. Al final la detuvieron por firmar cheques sin fondo y se fue.

También las había contratado maduras, para evitar las tentaciones físicas, pero en general le habían salido mandonas, maternales, menopáusicas y tenían más citas médicas, amén de más achaques y dolores sobre los que hablar, y más entierros a los que acudir.

El despacho había estado varias décadas al mando de Ethel Twitty, presencia legendaria que había gestionado el bufete Wilbanks en sus momentos de esplendor y que, a lo largo de más de cuarenta años, había mantenido a raya a los abogados, aterrorizado al resto de las secretarias y reñido con los socios de menor edad, que en ningún caso duraban más de uno o dos años. Pero Ethel ya estaba jubilada. Jake se había librado de ella por la fuerza, durante el circo del caso Hailey. Su marido había recibido una paliza de una banda de matones, probablemente del Ku Klux Klan, aunque el caso estaba pendiente de resolución, y la investigación daba palos de ciego. Jake se había mostrado encantado con su marcha. Ahora casi la echaba de menos.

A las ocho y media, ni un minuto más, se sirvió otro café en la cocina. Después pasó un rato por el almacén, como si buscara un expediente antiguo. A las 8.39, hora en que Roxy cruzó la puerta trasera, Jake mataba el tiempo hojeando un documento al lado de la mesa de su secretaria, y una vez más se cercioraba de que Roxy llegaba con retraso. A él le importaba muy poco que tuviera cuatro hijos, un marido en paro y conflictivo, y un trabajo que no le gustaba (encima de mal pagado, según ella), sin contar toda una ristra de problemas. Si Roxy le hubiera parecido simpática, tal vez se hubiera compadecido de ella, pero a medida que pasaban las semanas le caía cada vez peor. Jake iba acumulando pruebas, engrosando el expediente de sanciones no impuestas y armándose de razones para que, llegado el momento de sentarse con ella y mantener la charla que tanto temía, no anduviera falto de hechos. Le parecía una mezquindad tener que tramar el despido de una secretaria indeseable.

—Buenos días, Roxy —dijo, lanzando un vistazo a su reloj de pulsera.

—Hola. Perdona que llegue tarde. Es que he tenido que llevar a los niños al colegio.

Otra cosa que le tenía harto eran sus mentiras, por pequeñas que fuesen. A los niños los llevaba y los traía el marido en paro. Jake lo sabía por Carla.

—Mmm —masculló al coger un fajo de sobres que Roxy acababa de dejar sobre la mesa.

Cogió el correo antes de que ella pudiera abrirlo y miró si había algo interesante. Era el típico montón de correo basura y bobadas de abogados: cartas de otros bufetes, una de la oficina de un juez, gruesos sobres con copias de escritos, mociones, instancias... Cosas que él no abría. Era trabajo de la secretaria.

—¿Buscas algo? —preguntó Roxy al dejar el bolso y la cartera y empezar a instalarse.

—No.

Se la veía bastante descuidada, como siempre, sin maquillar y peinada de cualquier manera. Fue rápidamente al baño para arreglarse, que a menudo le ocupaba un cuarto de hora. Más motivos de queja.

Al final del fajo, en el último sobre de tamaño normal del día, Jake vio escrito su nombre en tinta azul y letra cursiva. El remite le dejó tan atónito que casi se le cayeron las otras cartas. Tras arrojar al centro de la mesa de Roxy el resto del correo, subió corriendo la escalera, se encerró en su despacho y se sentó en una esquina frente a un escritorio de tapa corredera, bajo un retrato de William Faulkner comprado por el señor John Wilbanks, el padre de Lucien. Examinó el sobre: genérico, normal, blanco, de tamaño carta y de papel barato, probablemente comprado en caja de cien por cinco dólares, con un sello de veinticinco centavos en honor de un astronauta. A juzgar por su grosor podía contener diversas hojas. Estaba dirigido a él: «Jake Brigance, Abogado, 146 Washington Street, Clanton, Mississippi». Sin código postal.

El remite era «Seth Hubbard, Apdo. de Correos 277, Palmyra, Mississippi, 38664».

El sobre llevaba matasellos del 1 de octubre de 1988, el sábado anterior, en la oficina de correos de Clanton. Jake respiró profundamente y se tomó su tiempo para evaluar la situación. Si eran dignos de crédito los cotilleos del Coffee Shop (y no tenía por qué dudarlo, al menos por ahora), Seth Hubbard se había ahorcado hacía menos de veinticuatro horas, el domingo a mediodía. Ahora eran las 8.45 de la mañana del lunes. Para que a la carta le hubieran puesto matasellos en Clanton el sábado, Seth Hubbard, o alguien de su parte, tenía que haberla metido en la ranura de Destinos Locales a última hora del viernes o el sábado antes de mediodía, cuando cerraba la oficina de correos. En Clanton solo ponían matasellos al correo local. El resto lo mandaban en camión a un centro regional de Tupelo, donde lo clasificaban, marcaban y distribuían.

Buscó unas tijeras y recortó meticulosamente una fina tira de papel en uno de los extremos del sobre, el opuesto al del remite, cerca del sello pero no tanto como para deteriorarlo. No se podía descartar que fueran pruebas. Ya lo copiaría todo después. Apretó un poco el sobre y lo sacudió hasta que se cayeron los papeles. Se le aceleró el pulso al desdoblarlos. Eran tres simples hojas blancas sin membrete. Pasó el dedo por los pliegues, alisó las hojas en la mesa y cogió la primera. El autor había escrito en tinta azul y letra pulcra, más de lo normal en un varón:

1 de octubre de 1988

Apreciado señor Brigance:

No me consta que nos conozcamos, ni nos conoceremos. Cuando usted lea esta carta yo estaré muerto, y la horrible ciudad donde usted vive será, como siempre, un nido de cotillas. Me he suicidado, pero solo porque estaba a punto de morir de cáncer de pulmón. Los médicos me han dado pocas semanas de vida, y estoy cansado de sufrir. Estoy cansado de muchas cosas. Si fuma usted, siga el consejo de un muerto y déjelo ahora mismo.

Le he elegido porque tiene fama de honrado, y porque admiré su valentía durante el juicio de Carl Lee Hailey. Tengo la clara intuición de que es usted un hombre tolerante, cosa que por desgracia se echa en falta en esta parte del mundo.

Yo a los abogados los desprecio, sobre todo a los de Clanton. A estas alturas de mi vida no voy a dar nombres, pero me moriré con una cantidad enorme de malevolencia no resuelta hacia diversos miembros de su profesión. Buitres. Vampiros.

Adjunto a la presente mi testamento, redactado, fechado y firmado de mi puño y letra. He consultado la legislación del estado de Mississippi y estoy seguro de que responde a todos los requisitos de los testamentos ológrafos y es acreedor por tanto a que lo ejecuten las autoridades judiciales. No hay testigos de la firma, ya que como bien sabe los testamentos ológrafos no los requieren. Hace un año firmé una versión más extensa en el bufete Rush de Tupelo, pero es un documento al que he renunciado.

Lo más probable es que esta nueva versión dé algunos problemas. Por eso quiero que sea usted el abogado de mi herencia. Deseo que este testamento sea defendido a toda costa, y sé que es usted capaz de ello. He excluido específicamente a mis dos hijos adultos, a sus respectivos hijos y a mis dos ex esposas. No es buena gente. Prepárese, porque querrán guerra. Mis propiedades son considerables —hasta un punto que ellos ni siquiera sospechan—. Cuando se sepa, atacarán. Luche usted sin cuartel, señor Brigance. Es necesario que venzamos.

Junto a mi nota de suicidio he dejado instrucciones para el funeral y el entierro. No mencione usted mi testamento hasta después del funeral. Deseo que mi familia se vea obligada a cumplir todos los rituales del luto antes de descubrir que no recibirán nada. Obsérvelos fingir. Se les da muy bien. A mí no me quieren.

Le agradezco de antemano el celo con el que velará por mis intereses. No será fácil. Me consuela saber que no estaré presente para soportar tan dura prueba.

Atentamente,

SETH HUBBARD

Jake estaba demasiado nervioso para leer el testamento. Respiró profundamente, se levantó, dio un paseo por el despacho, abrió la cristalera del balcón y, por primera vez aquella mañana, contempló el juzgado y la plaza antes de regresar al escritorio de tapa corredera, donde releyó la carta. Serviría como prueba para determinar que Seth Hubbard estaba en pleno uso de sus facultades al otorgar testamento. Por unos instantes le paralizó la indecisión. Se secó las manos en los pantalones. ¿Qué era mejor: dejar la carta, el sobre y los demás papeles donde estaban y correr en busca de Ozzie, o avisar a un juez?

No. La carta se la habían enviado confidencialmente. Tenía todo el derecho del mundo a examinar su contenido. Aun así tenía la impresión de estar manipulando una bomba de relojería. Apartó lentamente la misiva y contempló la hoja siguiente. Con el corazón desbocado y las manos temblorosas, miró la tinta azul y tuvo la certeza de que aquellas palabras consumirían uno o dos años de su vida.

Decía así:

ÚLTIMA VOLUNTAD Y TESTAMENTO DE HENRY SETH HUBBARD

Yo, Seth Hubbard, de setenta y un años de edad, en pleno uso de mis facultades mentales, pero en un estado físico de deterioro, dicto por la presente mi última voluntad y testamento:

1. Resido en el estado de Mississippi. Mi domicilio legal es el 4498 de Simpson Road, Palmyra, condado de Ford, Mississippi.

2. Renuncio a cualquier testamento que haya firmado anteriormente, y en concreto al que con fecha de 7 de septiembre de 1987 otorgué ante el señor Lewis McGwyre, del bufete Rush de Tupelo, Mississippi, y en el que a mi vez renunciaba expresamente a otro firmado en mayo de 1985.

3. Este documento se presenta como un testamento ológrafo, enteramente de mi puño y letra, sin colaboración de nadie. Está fechado y firmado por mí. Lo he redactado yo solo, en mi despacho, a fecha de hoy, 1 de octubre de 1988.

4. Me hallo en pleno uso de mis facultades mentales, y en

plena capacidad para testar. Nadie ejerce o intenta ejercer ningún tipo de influencia sobre mí.

5. Designo como albacea de mis bienes a Russell Amburgh, del 762 de Ember Street, Temple, Mississippi. El señor Amburgh ha sido vicepresidente de mi grupo empresarial y posee un conocimiento directo de mis activos y de mis pasivos. Al señor Amburgh le emplazo a contratar los servicios del señor Jake Brigance, abogado de Clanton, Mississippi, a efectos de representación jurídica. Es mi voluntad que ningún otro abogado del condado de Ford toque mis bienes o gane un solo centavo validándolos.

6. Tengo dos hijos, Herschel Hubbard y Ramona Hubbard Dafoe, padres a su vez, aunque no sé de cuántos hijos, ya que hace tiempo que no nos hemos visto. Excluyo específicamente a todos mis hijos y nietos de heredar cualquiera de mis bienes. No recibirán nada. Ignoro cuál es el término jurídico para decir que se «saca» a una persona de una herencia, pero mi intención, por la presente, es evitar por completo que mis hijos y nietos obtengan algo de mí. Si impugnan este testamento, y pierden, es mi voluntad que corran de su cuenta todos los gastos judiciales y de representación letrada en que hayan incurrido movidos por la codicia.

7. Tengo dos ex mujeres a quienes no nombraré. Dado que en los respectivos divorcios se lo quedaron prácticamente todo, no les asigno ningún bien en el presente documento. Las excluyo específicamente. Que mueran con dolor, como yo.

8. Doy, lego, entrego, transfiero (o como demonios se diga) el 90 por ciento de mis propiedades a mi amiga Lettie Lang, en gratitud por la entrega y amistad que me ha demostrado en los últimos años. Su nombre completo es Letetia Delores Tayber Lang, y su dirección el 1488 de Montrose Road, Box Hill, Mississippi.

9. Doy, lego, etc., el 5 por ciento de mis propiedades a mi hermano Ancil F. Hubbard, en caso de que aún esté con vida. Hace años que no tengo noticias suyas, aunque he pensado con frecuencia en él. Fue un niño desatendido, que se merecía algo mejor. De niños fuimos testigos de cosas que ningún ser humano debería ver, y Ancil quedó traumatizado de por vida. Si en estos momentos estuviera muerto, su 5 por ciento pasaría a formar parte de la masa hereditaria.

10. Doy, lego, etc., el 5 por ciento de mis propiedades a la Iglesia Cristiana de Irish Road.

11. Solicito a mi albacea que venda mi casa, mis tierras, mis bienes inmuebles, mis pertenencias personales y mi depósito de madera situado cerca de Palmyra al valor de mercado, en cuanto sea conveniente, y añada el fruto de la venta a mi masa hereditaria.

SETH HUBBARD
1 de octubre de 1988

La firma era pequeña, pulcra, bien legible. Jake volvió a secarse las manos en los pantalones. Releyó el testamento. Ocupaba dos páginas, con una letra dispuesta en renglones perfectos, como si Seth hubiera usado metódicamente algún tipo de regla.

Había una docena de preguntas que requerían su atención a gritos. La más evidente, ¿quién narices era Lettie Lang? La segunda, con poca diferencia, ¿qué había hecho exactamente para merecer el 90 por ciento? Y una más: ¿cuál era la cuantía de la herencia? Si de verdad era tan grande, ¿qué parte se llevaría el impuesto de sucesiones? Pregunta a la que siguió rápidamente otra: ¿a cuánto podían ascender los honorarios del abogado?

Sin embargo, antes de dejarse llevar por la codicia, dio otro paseo por el despacho. Le daba vueltas la cabeza, y se le había disparado la adrenalina. Qué reyerta jurídica más soberbia. Habiendo dinero de por medio, seguro que la familia de Seth sacaría su propio arsenal de abogados y atacaría con furia el testamento. Pese a no haberse encargado nunca de ningún gran litigio por cuestiones sucesorias, Jake sabía que se dirimían en los tribunales, y a menudo con jurado. En el condado de Ford era raro que un muerto dejara gran cosa tras de sí, pero de vez en cuando fallecía alguien de cierta riqueza sin tener bien planeada su sucesión, o con un testamento sospechoso, y esas ocasiones eran un filón para los abogados del lugar, que entraban y salían del juzgado sin descanso, mientras se evaporaban los bienes en gastos legales.

Metió en una carpeta el sobre y las tres hojas, con delicadeza, y se la llevó abajo, a la mesa de Roxy, cuyo aspecto había mejorado un poco. Estaba abriendo el correo.

—Lee esto —dijo Jake—. Despacio.

Roxy hizo lo que le pedía.

—Uau —dijo al acabar—. Buena manera de empezar la semana.

—No para Seth —dijo Jake—. Haz el favor de fijarte en que ha llegado en el correo esta mañana, 3 de octubre.

—Ya me fijo. ¿Por qué?

—Quizá algún día las fechas sean decisivas en los tribunales. Sábado, domingo, lunes.

—¿Tendré que declarar?

—Puede que sí y puede que no. De momento solo tomamos precauciones, ¿vale?

—Tú eres el abogado.

Jake hizo cuatro copias del sobre, la carta y el testamento. Una de ellas se la dio a Roxy para que inaugurase el nuevo expediente del bufete. Las otras dos las guardó bajo llave en un cajón de su escritorio. Esperó. En cuanto dieron las nueve salió del despacho con el original y una copia. A Roxy le dijo que iba al juzgado. Cruzó la puerta de al lado, la del Security Bank, y depositó el original en la caja fuerte del bufete.

Ozzie Walls tenía su oficina en la cárcel del condado, a dos manzanas de la plaza, en un achaparrado búnquer de cemento construido escatimando recursos hacía una década. Más tarde habían añadido una especie de anexo para alojar al sheriff, su equipo y los alguaciles, lleno de mesas baratas, sillas plegables y una moqueta sucia toda deshilachada en los zócalos. Normalmente las mañanas de los lunes eran de mucho trabajo, ya que había que poner orden en la juerga del fin de semana. Llegaban mujeres cabreadas para pagar la fianza de sus maridos resacosos y sacarlos de la cárcel. Otras entraban como furias para firmar el documento que llevaría a sus esposos a prisión. Los padres esperaban asustados los detalles de la redada antidroga en la que habían pillado a sus hijos. Los teléfonos sonaban más que de costumbre, y en muchos casos nadie respondía. Todo era un ir y venir de policías que engullían dónuts y café cargado. Si al frenesí habitual se le añadía el extraño suicidio de un hombre misterioso, el resultado era una mañana de lunes más ajetreada aún de lo normal.

Al fondo del anexo, y de un pequeño pasillo, había una puerta maciza donde ponía en letras grandes, pintadas a mano: OZZIE WALLS, SHERIFF DEL CONDADO DE FORD. Estaba cerrada. El sheriff, que los lunes llegaba temprano, estaba hablando por teléfono. Su interlocutora era una mujer compungida de Memphis cuyo hijo había sido pillado al volante de una camioneta que, entre otras cosas, transportaba una cantidad nada desdeñable de marihuana. Los hechos se habían producido el sábado por la noche, cerca del lago Chatulla, en una zona forestal conocida por ser escenario de prácticas ilícitas. El chaval era inocente, por supuesto. La madre se moría de ganas de ir a Clanton y sacarle de la cárcel de Ozzie.

No tan deprisa, le advirtió este último. Llamaron a la puerta. Tapó el auricular.

—¡Adelante! —dijo.

La puerta se abrió unos centímetros. Por la rendija asomó la cabeza de Jake Brigance. Ozzie sonrió inmediatamente y le hizo señas de que entrara. Jake cerró la puerta y se sentó en una silla. Ozzie estaba explicando que, aunque el crío tuviera diecisiete años, le habían pillado con casi un kilo y medio de maría, y por lo tanto no podían dejarle en libertad bajo fianza hasta que lo dictaminara un juez. Al oír despotricar a la madre, Ozzie frunció el ceño y apartó el auricular de la oreja. Sacudió la cabeza y volvió a sonreír. El rollo de siempre. Jake también lo había oído muchas veces.

Tras escuchar un poco más, Ozzie prometió hacer lo que pudiese, que obviamente no era mucho, y colgó. Se levantó a medias para darle la mano a Jake.

—Buenos días, señor letrado.

—Buenos días, Ozzie.

Hablaron de todo y de nada, hasta llegar al tema del fútbol. Ozzie había jugado una breve temporada con los Rams antes de destrozarse la rodilla, y aún seguía religiosamente al equipo. Dado que Jake era hincha de los Saints, como la mayoría de la gente en el estado de Mississippi, había poco de que hablar. Detrás de Ozzie, toda la pared estaba cubierta de recuerdos deportivos: fotos, premios, placas, trofeos... A mediados de los años setenta, cuando jugaba en el equipo de la universidad pública de Alcorn, le habían distinguido como uno de los mejores jugadores del país. A la vista estaba el esmero con que conservaba sus recuerdos.

Otro día, en otro momento, y preferiblemente con más público (por ejemplo en el juzgado, durante un descanso, con otros abogados escuchando), Ozzie podría haber tenido la tentación de referir la anécdota de cuando le había partido la pierna a Jake, que entonces era un quarterback flacucho de segundo curso en Karaway, un instituto mucho más pequeño que, por algún motivo, mantenía la tradición de ser aplastado por Clanton en la final de cada temporada. El partido, anunciado como el gran derbi del año, en ningún momento había tenido color. Ozzie, el placador estrella, había aterrorizado a la defensa de Karaway durante tres cuartos, y hacia el final del último se había lanzado a puntuar. El *fullback*, ya lesionado y atemorizado, ignoró a Ozzie, que atropelló a Jake, desesperado por huir. Ozzie siempre decía que había oído partirse el peroné. Según la versión de Jake, él solo había oído los bufidos y rugidos de un Ozzie sediento de sangre. Era una anécdota que, más allá de sus versiones, lograba contar al menos una vez al año.

Sin embargo, era lunes por la mañana, los teléfonos no paraban de sonar y los dos tenían trabajo. Era evidente que Jake venía por algo.

—Creo que me ha contratado Seth Hubbard —dijo.

Ozzie entrecerró los ojos mientras examinaba a su amigo.

—Creo que ya no está para contratar a nadie. Le tienen en el depósito de Magargel.

—¿Cortaste tú la cuerda?

—Digamos que le bajamos al suelo.

Ozzie cogió un expediente, lo abrió y sacó tres fotos en color de veinte por veinticinco que deslizó por la mesa. Jake las cogió. De frente, de espaldas y por el lado derecho; todas la misma imagen de Seth triste y muerto bajo la lluvia. Jake se quedó un segundo en estado de shock, pero disimuló. Estudió el rostro grotesco, tratando de reconocerlo.

—Nunca le había visto —farfulló—. ¿Quién le encontró?

—Uno de sus peones. Se ve que el señor Hubbard lo tenía todo planeado.

—Y que lo digas. —Jake metió la mano en el bolsillo de su americana y sacó las copias para acercárselas a Ozzie—. Esto ha llegado en el correo de esta mañana. Recién salido de imprenta. La primera página es una carta para mí. La segunda y la tercera se presentan como su testamento.

Ozzie cogió la carta y la leyó despacio. Después hizo lo propio con el testamento, sin traicionar ninguna emoción. Al acabar lo dejó todo en la mesa y se frotó los ojos.

—Vaya —consiguió decir—. ¿Es legal, Jake?

—En principio sí, pero seguro que lo va a impugnar la familia.

—¿Cómo lo impugnará?

—Con todo tipo de alegaciones: que si el viejo estaba mal de la cabeza, que si la mujer en cuestión le llevaba por el mal camino y le convenció de que cambiase el testamento... Hazme caso: si hay dinero en juego, tirarán con bala.

—La mujer en cuestión —repitió Ozzie, y sonrió, moviendo despacio la cabeza.

—¿La conoces?

—¡Y tanto!

—¿Negra o blanca?

—Negra.

Para Jake, que ya lo sospechaba, no fue una sorpresa ni una decepción. Al contrario: en ese instante empezó a sentir un primer brote de entusiasmo. Un hombre blanco con dinero, un testamento de última hora en que se lo dejaba todo a una mujer negra por quien evidentemente sentía un gran cariño, y un pleito a muerte ante un jurado, con él, Jake, en el ojo del huracán...

—¿Cuánto la conoces? —preguntó.

Era bien sabido que Ozzie conocía a todas las personas negras del condado de Ford, censadas o no, dueñas de tierras o indigentes, con trabajo o en paro voluntario, las que ahorraban o las que asaltaban domicilios, las de misa dominical o las de tugurio.

—La conozco —dijo, tan cauto como siempre—. Vive por Box Hill, en una zona que se llama Little Delta.

Jake asintió con la cabeza.

—Sí, he pasado en coche.

—Es el culo del mundo. Solo hay negros. Su marido se llama Simeon Lang y es un vago que vive a salto de mata y se engancha cada poco tiempo a la botella.

—Yo no conozco a ningún Lang.

—Pues a este no hace falta que le conozcas. Creo que cuando está sobrio conduce un camión y maneja un bulldozer. Sé que ha trabajado una o dos veces en plataformas de petróleo. Es un tío inestable, con cuatro o cinco hijos, uno de ellos en la cárcel, y creo que una en el ejército. Yo diría que Lettie tiene unos cuarenta y cinco años. Es una Tayber, y no hay muchos por aquí. Él es un Lang, que por desgracia los hay de sobra. No sabía que Lettie trabajase para Seth Hubbard.

—¿Conocías a Hubbard?

—Un poco. Me dio veinticinco mil dólares no declarados para mis campañas, sin pedir nada a cambio; de hecho, prácticamente me evitó durante mis primeros cuatro años. Le vi el verano pasado, al presentarme a la reelección, y me dio otro sobre.

—¿Lo aceptaste?

—No me gusta tu tono, Jake —dijo Ozzie, sonriendo—. Pues sí, acepté el dinero porque quería ganar. Además, mis rivales también aceptaban dinero. Es duro ser policía por aquí.

—No, si a mí me da igual. ¿Cuánto dinero tenía el viejo?

—Bueno, él dice que bastante. Personalmente no lo sé. Siempre ha sido un misterio. Se rumorea que lo perdió todo al divorciarse sin llegar a un acuerdo (le desplumó Harry Rex), y que desde entonces no ha soltado prenda sobre sus negocios.

—Muy listo.

—Tiene tierras, y siempre se ha dedicado al tema de la madera. Aparte de eso, no sé nada.

—¿Y sus dos hijos adultos?

—Con Herschel Hubbard hablé ayer hacia las cinco de la tarde para darle la mala noticia. Vive en Memphis, pero no conseguí mucha información. Dijo que llamaría a su hermana Ramona, y que vendrían cuanto antes. Seth dejó un papel con instrucciones sobre cómo quería que le despidiesen. Mañana a las cuatro se celebra el funeral en la iglesia, y luego le enterrarán. —Ozzie hizo una pausa y releyó la carta—. Parece un poco cruel, ¿no, Jake? Seth quiere que su familia cumpla con el luto antes de enterarse de que su padre se los ventila en el testamento.

Jake se rió, socarrón.

—Ah, pues a mí me encanta —dijo—. ¿Quieres ir al funeral?

—Solo si vas tú.

—Cuenta conmigo.

Se quedaron un momento en silencio, escuchando voces y teléfonos fuera. Ambos sabían que tenían trabajo, pero eran tantas las preguntas, y se avecinaba un espectáculo de tal magnitud...

—Me gustaría saber qué vieron los dos niños —dijo Jake—. Seth y su hermano.

Ozzie sacudió la cabeza. No tenía la menor idea. Echó una mirada al testamento.

—Ancil F. Hubbard. Si quieres intento localizarle. Buscaré el nombre en la red, por si tiene antecedentes.

—Sí, por favor. Gracias.

—Jake —dijo Ozzie después de otra pausa molesta—, esta mañana la tengo cargadita.

Jake se levantó de un salto.

—Yo también —dijo—. Gracias. Luego te llamo.

4

De Memphis al condado de Ford solo había una hora en coche, pero como Herschel Hubbard siempre hacía el viaje solo, se le hacía eterno. Era volver sin desearlo a su pasado, y por muchos motivos emprendía el viaje tan solo en caso de necesidad, lo cual no ocurría a menudo. Se había ido de casa a los dieciocho años, aliviado y resuelto a regresar lo menos posible. Víctima inocente de una guerra entre sus padres, después de la separación se había puesto del lado de su madre, y se distanció del condado y de su padre. Veintiocho años más tarde le costaba creer que finalmente el viejo hubiera muerto.

Había habido algún intento de reconciliación, casi siempre a instancias de Herschel. En honor a la verdad, Seth había aguantado un poco, intentando tolerar a su hijo y sus nietos, pero la aparición de una segunda esposa, y de nuevos problemas conyugales, había complicado la situación. Hacía una década que a Seth no le importaba nada que no fuera su trabajo. Llamaba casi todos los cumpleaños, y mandaba una felicitación navideña cada cinco años, pero sus desvelos paternos no iban más allá. Cuanto más trabajaba, más despectivo se mostraba con la trayectoria profesional de su hijo, aspecto que constituía uno de los grandes motivos de tensión entre ambos.

Herschel tenía un bar de estudiantes cerca del campus de la universidad del estado de Memphis, y la verdad es que le iba bien. Pagaba las facturas y le daba para esconder un poco de dinero. Digno hijo de su padre, aún acusaba el terremoto de un divorcio muy duro cuya clara vencedora había sido su ex, que se había quedado con los dos niños y prácticamente todo el dinero. Ya hacía cuatro años que se veía obligado a vivir con su madre en una casa vieja y decadente del centro de Memphis, con varios gatos y de vez en cuando algún vagabundo gorrón que ella acogía. También su madre arrastraba las secuelas de una convivencia ingrata con Seth, y como suele decirse estaba mal de la chaveta.

Su humor empeoró aún más al cruzar la frontera del condado de Ford. Iba en un deportivo, un Datsun pequeño de segunda mano comprado más que nada porque su difunto padre aborrecía los coches japoneses, como todo lo japonés, de hecho, un primo suyo había muerto durante la Segunda Guerra Mundial a manos de sus carceleros japoneses, y Seth se regodeaba en un justificado fanatismo.

Sintonizó una emisora country de Clanton, y sacudió la cabeza al oír los comentarios infantiles que soltaba el locutor con voz gangosa. Había entrado en otro mundo, el que habría abandonado tiempo atrás con la esperanza de olvidarlo para siempre. Sentía lástima por sus amigos que aún vivían en el condado de Ford y no se irían nunca. Dos tercios de sus compañeros de promoción del instituto de Clanton seguían en la zona, trabajando en fábricas, conduciendo camiones y cortando madera para pulpa. La reunión de aniversario de los diez años le había entristecido tanto que se había saltado la de los veinte.

Tras el primer divorcio, la madre de Herschel había puesto pies en polvorosa para rehacer su vida en Memphis. Después del segundo había sido la madrastra de Herschel la que había huido para rehacer su vida en Jackson. Seth había conservado la casa y las tierras aledañas, por lo que Herschel no tenía más remedio que revisitar la pesadilla de su infancia cada vez que iba a verle, cosa que hasta la aparición del cáncer hacía una sola vez al año. La casa, de ladrillo, era una especie de rancho de una planta, apartado de la carretera del condado y protegido por la tupida sombra de abundantes robles y olmos. Delante había un amplio césped donde Herschel había jugado de pequeño, pero nunca con su padre. Jamás habían compartido un partido de béisbol o de fútbol. Ni siquiera habían instalado una portería infantil, o practicado pases. Al enfilar el camino de entrada y mirar el césped, volvió a sorprenderse de lo pequeño que le parecía ahora. Aparcó detrás de otro coche, con matrícula del condado de Ford, que no reconoció. Se quedó mirando la casa un momento.

Siempre había supuesto que no le afectaría la muerte de su padre, aunque más de un amigo le hubiera avisado de lo contrario. Te haces mayor, te enseñan a controlar las emociones, no abrazas a tu padre porque no es muy de abrazos, no le mandas regalos ni cartas, y cuando se muere sabes que te será fácil sobrevivir sin él. Un poco de pena en el entierro, a lo sumo un par de lágrimas... pero en cuestión de días se te pasa el mal trago y vuelves a tu vida intacto. Además, los amigos en cuestión tenían cosas buenas que decir sobre sus padres. Los habían visto envejecer y enfrentarse a la muerte sin pensar mucho en después, y a todos los había pillado por sorpresa el dolor.

Herschel no sentía nada, ni pérdida, ni pena por el cierre de un capítulo, ni compasión por un hombre con tantos problemas como para suicidarse. Sentado en su coche, mirando la casa, admitió no sentir nada por su padre, salvo acaso un vago alivio por que ya no estuviera y que su muerte supusiera una complicación menos.

Se acercó a la puerta de la casa, que justo en ese momento se abrió. En el umbral estaba Lettie Lang, llevándose a los ojos un pañuelo de papel.

—Hola, señor Hubbard —dijo con una voz quebrada por la emoción.

—Hola, Lettie —dijo él al detenerse en la alfombrilla de goma del porche de cemento.

Si se hubieran conocido más quizá Herschel le hubiera dado un abrazo, o le hubiera hecho algún gesto de pena compartida, pero no tuvo fuerzas. Solo se habían visto tres o cuatro veces, y nunca en condiciones. Era la asistenta, para colmo negra, y en ese sentido se esperaba que permaneciese al margen cuando estaba la familia en casa.

—No sabe cuánto lo siento —dijo Lettie al apartarse.

—Yo también —contestó Herschel.

Entró detrás de ella. Cruzaron la sala de estar y, al llegar a la cocina, Lettie señaló una cafetera.

—Está recién hecho.

—¿El coche de fuera es tuyo? —preguntó él.

—Sí.

—¿Por qué lo has aparcado en la entrada? Creía que tenías que dejarlo en este lado, donde está la camioneta de papá.

—Lo siento. Ha sido sin pensar. Voy a moverlo.

—No, da igual. Sírveme un café con dos de azúcar.

—Ahora mismo.

—¿Dónde está el coche de papá, el Cadillac?

Lettie vertió cuidadosamente el café en una taza.

—Se lo llevó el sheriff. En principio tenía que traerlo hoy.

—¿Por qué se llevaron el coche?

—Tendría que preguntárselo a ellos.

Herschel sacó una silla de debajo de la mesa, se sentó y cogió la taza con las dos manos. Después del primer sorbo frunció el ceño.

—¿Cómo te enteraste de lo de papá? —dijo.

Lettie se apoyó en la encimera, con los brazos cruzados en el pecho. Herschel le dio un repaso de arriba abajo. Llevaba el mismo vestido de algodón de siempre, hasta la rodilla, un poco apretado en la cintura, algo gordita, y mucho en el pecho, generoso.

A Lettie no se le pasó por alto aquella mirada. Nunca se le pasaban por alto. A sus cuarenta y siete años, y tras cinco partos, aún conseguía atraer algunas miradas; de blancos nunca, eso no.

—Ayer por la noche me llamó Calvin para explicarme lo que había pasado —dijo—. Me pidió que abriera la casa esta mañana y los esperase a ustedes.

—¿Tienes llave?

—No, nunca la he tenido. La casa estaba abierta.

—¿Quién es Calvin?

—Un blanco que trabaja aquí en la finca. Dijo que el señor Seth le llamó ayer por la mañana para quedar con él a las dos en el puente. Y allí estaba.

Lettie interrumpió la narración el tiempo justo para secarse los ojos con el pañuelo de papel. Herschel bebió un poco más de café.

—Me ha dicho el sheriff que papá dejó una nota y unas instrucciones.

—Yo no he visto nada, pero Calvin sí. Dice que el señor Seth escribió que se iba a suicidar.

Lettie rompió en llanto. Herschel la escuchó un momento; una vez que estuvo tranquila, él volvió a hacerle preguntas.

—¿Cuánto tiempo hace que trabajas aquí, Lettie? —le dijo.

Ella respiró profundamente y se secó las mejillas.

—No sé, unos tres años. Empecé limpiando dos días por semana, los lunes y los miércoles, unas horas al día. No hacía falta mucho tiempo, porque el señor Seth vivía solo, y para ser hombre era bastante ordenado. Al cabo de un tiempo me pidió que le cocinase, y yo accedí encantada. Eran más horas. Le hacía un montón de comida y se la dejaba en el horno o en la nevera. Al final, cuando se puso enfermo, me pidió que viniera todas las mañanas a cuidarlo. En los peores momentos de la quimio estaba casi todo el día y la noche en la cama.

—Creía que pagaba a una enfermera.

Lettie sabía lo poco que habían visto a su padre el señor Herschel y la señora Dafoe a lo largo de la enfermedad. Lo sabía todo, y ellos casi nada. Pero sería respetuosa, como siempre.

—Durante una temporada sí, pero llegó un momento en que ya no le gustaban. Se las cambiaban cada dos por tres. Nunca sabías quién vendría.

—Entonces ¿cuánto tiempo hace que trabajas aquí a jornada completa?

—Más o menos un año.

—¿Cuánto te pagaba papá?

—Cinco dólares la hora.

—¡Cinco! Parece mucho para el servicio doméstico, ¿no? Vaya, que yo vivo en Memphis, que es una ciudad grande, y mi madre a su asistenta le paga cuatro y medio la hora.

Lettie se limitó a asentir. No tenía respuesta. Podría haber añadido que el señor Seth le pagaba en efectivo, y que a menudo le añadía un plus; que le había prestado cinco mil dólares cuando su hijo se metió en líos y fue a la cárcel, y que cuatro días antes había condonado el préstamo sin mediar nada por escrito.

Herschel bebió café con cara de reproche. Lettie fijó la vista en el suelo.

Se oyeron dos puertas de coche en la entrada.

Ramona Hubbard Dafoe ya se había echado a llorar antes de cruzar la puerta. Abrazó a su hermano mayor en el porche, y en honor a la verdad Herschel logró mostrarse bastante conmovido: los ojos cerrados, los labios fruncidos, la frente arrugada... Un hombre que sufría de verdad. Los lamentos de Ramona parecían brotar de un sincero dolor, aunque Herschel tuvo sus dudas.

Ramona entró, y poco después se abrazó a Lettie como si ambas fuesen hijas naturales de un mismo padre bondadoso. Mientras tanto Herschel se quedó en el porche y saludó al marido de Ramona, por quien sentía un odio que era recíproco. Ian Dafoe era un pijo de una familia de banqueros de Jackson, la capital y la ciudad más grande del estado, donde calculando por lo bajo vivían la mitad de los gilipollas de todo Mississippi. De los bancos ya hacía tiempo que no quedaba nada; se habían hundido, pero Ian nunca dejaría de aferrarse a sus aires de niño privilegiado, pese a haberse casado con alguien de menor posición, y que ahora le costase lo mismo que a cualquiera ganarse la vida.

Mientras se estrechaban la mano con educación, Herschel miró por encima del hombro de Ian para ver el coche en el que habían venido y no se llevó ninguna sorpresa: un Mercedes blanco y reluciente, de aspecto nuevo, el último de una larga serie de vehículos similares. Gracias a que Ramona hablaba tanto como bebía, Herschel sabía que el bueno de Ian tenía los coches en leasing durante treinta y seis meses y los devolvía antes de tiempo. Poco importaba que los pagos provocasen cierto ahogo en la economía familiar. Para los señores Dafoe era mucho más importante que los vieran por el norte de Jackson en un coche a su altura.

Al final se reunieron todos en la sala de estar y se sentaron.

Lettie les sirvió café y refrescos de cola antes de desaparecer diligentemente en la oscuridad, por la puerta abierta de un dormitorio que quedaba justo al lado, en el pasillo, lugar donde tenía por costumbre situarse cuando escuchaba las conversaciones telefónicas del señor Seth en la sala de estar. Desde ahí lo oía todo. Ramona lloró un poco más y expresó su incredulidad. Los dos hombres se limitaron a escuchar, mostrarse de acuerdo y pronunciar de vez en cuando alguna sílaba. No tardaron en ser interrumpidos por el timbre. Eran dos señoras de la iglesia, que traían un pastel y un guiso. No se les podía negar la entrada. Lettie, incansable, llevó la comida a la cocina, mientras las señoras se plantaban en la sala de estar sin esperar a que las invitasen, y empezaban la pesca de los cotilleos. A Seth le habían visto ayer mismo en la iglesia, con muy buen aspecto. Ya estaban al corriente del cáncer de pulmón, pero parecía que Seth lo hubiera vencido, caramba.

Herschel y los Dafoe no decían ni pío. Lettie escuchaba a oscuras.

Las señoras de la iglesia casi no podían aguantarse las preguntas («¿Cómo lo hizo?», «¿Dejó alguna nota?», «¿Quién se quedará el dinero?», «¿Puede haber algo sospechoso?»), pero era más que obvio que su indiscreción no era bien recibida, así que después de veinte minutos de cuasi silencio perdieron el interés y empezaron a despedirse.

A los cinco minutos de que se fueran volvió a sonar el timbre. La entrada de la casa estaba sometida a vigilancia, y los tres coches llamaban la atención.

—¡Lettie, ve a abrir! —vociferó Herschel desde la sala de estar—. Nosotros nos esconderemos en la cocina.

Era la vecina del otro lado de la carretera, con una tarta de limón. Lettie le dio las gracias y le explicó que los hijos del señor Seth estaban, sí, pero «no deseaban compañía». La vecina se quedó un momento en el porche, ansiosa por entrar y meter las narices en el drama, pero Lettie le cerró educadamente el paso en la puerta. Al final la vecina se marchó, y Lettie llevó la tarta a la cocina, donde se quedó en la encimera sin que nadie la tocara.

Alrededor de la mesa de la cocina no se tardó mucho en ir al grano.

—¿Has visto el testamento? —preguntó Ramona, a quien curiosamente se le habían aclarado mucho los ojos, brillantes de intriga y sospecha.

—No —dijo Herschel—. ¿Y tú?

—Tampoco. Vine hace un par de meses...

—En julio —interrumpió Ian a su esposa.

—Eso, en julio. Intenté hablar del testamento con papá. Me dijo que se lo habían redactado unos abogados de Tupelo, y que nadie se quedaría sin nada, pero no me explicó nada más. ¿Tú llegaste a comentarle algo?

—No —reconoció Herschel—. Es que me habría parecido raro, ¿sabes? Él muriéndose de cáncer, y yo preguntando por el testamento... No fui capaz.

Lettie acechaba en el pasillo, asimilando hasta la última palabra desde la oscuridad.

—¿Y sus bienes? —preguntó Ian fríamente.

Su curiosidad estaba más que justificada por la hipoteca que pesaba (y cómo) sobre la mayoría de sus propiedades. Su empresa construía centros comerciales de gama modesta, y cada nueva operación se traducía en un cúmulo de deudas. Ian trabajaba como un poseso para ir siempre un paso por delante de sus acreedores, pero los tenía encima constantemente.

Herschel miró con mala cara a la sanguijuela de su cuñado. Aun así mantuvo la calma. Los tres se olían problemas con la herencia de Seth, así que no tenía sentido darse prisa. Ya empezaría la guerra muy pronto. Herschel se encogió de hombros.

—Ni idea. Ya sabéis lo reservado que era siempre. Esta casa, las ochenta hectáreas de finca, el depósito de madera que hay más lejos, al lado de la carretera... Lo que no sé es qué deudas tenía. De negocios nunca hablábamos.

—Ni de negocios ni de nada —le espetó Ramona al otro lado de la mesa, aunque lo retiró enseguida—. Perdona, Herschel, por favor.

Semejante golpe bajo por parte de una hermana, sin embargo, no pudo ignorarse. Herschel le dedicó una mueca de desprecio.

—No sabía que fuerais tan íntimos, el viejo y tú.

Ian se apresuró a cambiar de tema.

—¿En esta casa tenía algún despacho, algún sitio donde guardara documentos personales? Podríamos echar un vistazo. ¿Por qué no? Seguro que hay extractos, escrituras, contratos... ¡Habrá hasta una copia del testamento en la casa, os lo digo yo!

—Debería saberlo Lettie —dijo Ramona.

—A ella mejor no meterla —dijo Herschel—. ¿Sabíais que le pagaba cinco pavos la hora a jornada completa?

—¿Cinco pavos? —repitió Ian—. ¿Nosotros a Berneice cuánto le pagamos?

—Tres cincuenta —dijo Ramona—. Por veinte horas.

—En Memphis pagamos cuatro y medio —informó orgullosamente Herschel, como si los cheques los firmara él, y no su madre.

—¿Cómo se entiende que un viejo tacaño como Seth le pagara tanto a una criada? —se preguntó Ramona, sabiendo que era una pregunta sin respuesta.

—Pues mejor que lo disfrute —dijo Herschel—, porque tiene los días contados.

—Ah, pero ¿vamos a despedirla? —preguntó Ramona.

—Inmediatamente. No tenemos más remedio. ¿O queréis seguir pagando esa fortuna? Escucha, hermana, este es el plan: esperamos a que pase el funeral, le decimos a Lettie que lo ordene todo, la despachamos y cerramos la casa. Y la semana que viene la ponemos a la venta, esperando que nos paguen un buen precio. A cinco dólares la hora no hay ninguna razón para que se quede.

Lettie bajó la cabeza en la oscuridad.

—Tan rápido... No sé —dijo Ian educadamente—. Pronto veremos el testamento y averiguaremos quién será el albacea. Probablemente alguno de vosotros dos. Suele ser el cónyuge, si ha sobrevivido al muerto, o alguno de sus hijos. El albacea dispondrá de la masa hereditaria siguiendo los términos del testamento.

—Todo eso ya lo sé —dijo Herschel, aunque en realidad no lo supiera.

Al tratar cada día con abogados, Ian solía ejercer las funciones de experto jurídico de la familia, una de las muchas razones por las que Herschel lo despreciaba.

—La verdad, aún no me creo que esté muerto —dijo Ramona, y encontró una lágrima que secarse.

Herschel la miró con mala cara, y tuvo la tentación de lanzarse por encima de la mesa para darle un bofetón. Que él supiera, su hermana había hecho el viaje al condado de Ford una vez al año, casi siempre sola, porque Ian no soportaba el sitio y Seth no soportaba a Ian. Ramona salía de Jackson hacia las nueve de la mañana, insistía en comer con Seth siempre en el mismo restaurante de carretera, a quince kilómetros al norte de Clanton, y luego se iba con él a la casa, donde a las dos del mediodía ya solía aburrirse, y de la que acostumbraba a marcharse a las cuatro. Sus dos hijos, que iban ambos a un colegio privado, llevaban años sin ver a su abuelo. En realidad tampoco Herschel podía acreditar una relación muy estrecha, pero al menos no lloraba lágrimas de cocodrilo, como si le echara de menos.

Los sobresaltaron unos golpes fuertes en la puerta de la cocina. Habían llegado dos policías de uniforme. Herschel abrió y los invitó a pasar. Las presentaciones, junto a la nevera, fueron tensas. Los policías se quitaron sus gorras y repartieron apretones.

—Perdonen que les interrumpamos —dijo Marshall Prather—, pero al agente Pirle y a mí nos manda el sheriff Walls, que les envía su más sincero pésame, por cierto. Traemos el coche del señor Hubbard.

Le entregó las llaves a Herschel.

—Gracias —dijo este.

El agente Pirle se sacó un sobre del bolsillo.

—Es lo que había dejado el señor Hubbard en la mesa de la cocina —dijo—. Lo encontramos ayer, después de encontrarle a él. El sheriff Walls ha hecho copias, pero considera que los originales le corresponde tenerlos a la familia.

Entregó el sobre a Ramona, que volvía a sorber por la nariz. Todos le dieron las gracias. Después de otra incómoda tanda de apretones y saludos con la cabeza, los agentes se fueron y Ramona abrió el sobre, del que extrajo dos hojas de papel. La primera era el mensaje para Calvin, en el que Seth confirmaba que su muerte había sido un suicidio. La segunda no iba dirigida a sus hijos, sino «A quien corresponda», y decía así:

Instrucciones para el funeral:
Deseo una ceremonia sencilla en la Iglesia Cristiana de Irish Road, el martes 4 de octubre a las 16.00, oficiada por el reverendo Don McElwain. Quiero que la señora Nora Baines cante «The Old Rugged Cross», y que nadie pronuncie ningún discurso fúnebre. De hecho dudo que le apeteciera a alguien. Aparte de eso, que el reverendo McElwain diga lo que quiera. Media hora, como máximo.

Si alguna persona de raza negra quiere asistir a mi funeral, se le tendrá que permitir. En caso contrario mejor que no haya funeral y que me metan en el hoyo.

Portadores del féretro: Harvey Moss, Duane Thomas, Steve Holland, Billy Bowles, Mike Mills y Walter Robinson.

Instrucciones para el entierro:
Acabo de comprar una parcela en el cementerio de Irish Road, detrás de la iglesia. He hablado con el señor Magargel, de la funeraria, que ha recibido el dinero del ataúd. No quiero panteón. Deseo un sepelio rápido justo después de la ceremonia religiosa (máximo cinco minutos antes de bajar el ataúd).

Adiós. Nos vemos en el otro mundo.

SETH HUBBARD

Después de haber hecho circular la hoja por la mesa, y de haber guardado un momento de silencio, se sirvieron más café. Herschel cortó un trozo de tarta de limón y señaló que estaba deliciosa. Los Dafoe no quisieron probarla.

—Parece que vuestro padre lo tenía todo bastante planeado —observó Ian al releer las instrucciones—. Rápido y sencillo.

—¿No deberíamos plantearnos si ha sido un asesinato? —soltó Ramona—. Aún no lo ha dicho nadie, ¿no? ¿Os parece si sacamos el tema, al menos? ¿Y si no se suicidó? ¿Y si le mató alguien y ahora intenta taparlo? ¿Tan seguros estáis de que papá podía suicidarse?

Herschel e Ian se la quedaron mirando como si acabaran de salirle cuernos. Los dos tuvieron tentaciones de regañarla y burlarse de su estupidez, pero al final nadie dijo nada durante una pausa larga y tensa. Herschel tomó despacio un poco más de tarta. Ian levantó suavemente las dos hojas.

—Cariño —dijo—, ¿cómo se podría falsificar esto? La letra de Seth se reconoce a diez metros.

Ramona, que lloraba, se secó las lágrimas.

—Ya se lo he preguntado al sheriff —añadió Herschel—, y él está seguro de que fue un suicidio.

—Ya, ya lo sé —farfulló ella entre sollozos.

—Tu padre se estaba muriendo de cáncer —dijo Ian—, con muchos dolores y todo eso, y prefirió tomar la iniciativa. Parece que no se le olvidó nada.

—No me lo puedo creer —dijo ella—. ¿Por qué no nos lo dijo?

«Pues porque vosotros nunca hablabais de nada», pensó Lettie en la oscuridad.

—Es bastante normal en los que se suicidan —dijo el gran experto, Ian—. Nunca le dicen nada a nadie, y pueden esmerarse muchísimo en la planificación. Hace dos años mi tío se pegó un tiro y...

—Tu tío era un borracho —dijo Ramona al dejar de llorar.

—Sí, es verdad, y cuando se lo pegó estaba borracho, pero aun así consiguió planearlo todo.

—¿Y si hablamos de otra cosa? —dijo Herschel—. No, Mona, aquí no ha pasado nada raro. Lo hizo todo Seth, que es quien dejó los mensajes. Yo propongo registrar la casa por si encontramos documentación, extractos bancarios... Hasta el propio testamento. Cualquier cosa que podamos necesitar. Somos sus familiares, y a partir de ahora los responsables. No tiene nada de malo, ¿verdad?

Ian y Ramona asintieron. En cuanto a Lettie, por extraño que pareciera, sonrió. El señor Seth se había llevado todos sus papeles y los había guardado con llave en un archivador de la oficina. Durante el último mes había despejado meticulosamente el escritorio y los cajones, se había llevado toda la documentación de interés, y a ella le había dicho: «Lettie, si me pasa algo, todo lo importante está muy bien guardado en mi oficina; ya se ocuparán los abogados, no mis hijos».

También había dicho: «Y te dejaré alguna cosita a ti».

5

El lunes a mediodía no se hablaba de otra cosa entre los abogados del condado de Ford que de la noticia del suicidio, y sobre todo de algo aún más importante: qué despacho sería el elegido para gestionar la sucesión. La mayoría de las muertes causaban un revuelo semejante, más, huelga decirlo, si eran por accidente de tráfico. No así un vulgar asesinato, ya que la mayoría de los asesinos, al ser de clase baja, no podían costearse honorarios muy suculentos. Al empezar el día Jake no tenía nada entre manos, ni un asesinato, ni un accidente, ni un testamento jugoso que legitimar. En cambio a la hora de la comida ya había empezado a gastar dinero mentalmente.

Siempre podía buscar algo que hacer en el juzgado. El registro de la propiedad estaba en la primera planta, en una sala larga y espaciosa con estanterías colmadas de gruesos parcelarios que se remontaban a dos siglos atrás. En sus años mozos, cuando se aburría como una ostra o se escondía de Lucien, se había pasado horas consultando escrituras y concesiones antiguas como si pudieran depararle algún filón. Ahora, con treinta y cinco años y diez de experiencia profesional a sus espaldas, evitaba ir siempre que podía. Se consideraba abogado litigante, no experto en escrituras; un luchador de los juzgados, no un simple y apocado leguleyo que se conformaba con vivir en los archivos y mover papeles por la mesa. Aun así, a pesar de sus sueños, todos los años había momentos en que, como todos sus colegas de la ciudad, se veía obligado a perderse durante una hora en el registro de la propiedad.

Había mucha gente. Los bufetes más boyantes encargaban el trabajo de investigación a pasantes, de los que había unos cuantos, muy serios y atentos a las páginas de los volúmenes que trajinaban de un lado para otro. Jake habló con un par de abogados que hacían lo mismo; conversaban sobre todo de fútbol, porque nadie quería que lo pillaran rastreando los posibles trapos sucios de Seth Hubbard. Para matar el tiempo consultó el Índice de Testamentos por si algún Hubbard digno de mención había legado tierras o bienes a Seth, pero no encontró nada en los últimos veinte años, así que fue a la sección de familia para examinar viejos legajos de divorcios. Sin embargo, ya había otros abogados husmeando.

Salió del juzgado en busca de mejores fuentes.

El odio de Seth Hubbard a los abogados de Clanton no tenía nada de raro. La mayoría de los litigantes que se enemistaban con Harry Rex Vonner, fuese por un divorcio o por cualquier otra cuestión, se amargaban de por vida y odiaban todo lo relativo a la abogacía. Seth no había sido el primero en suicidarse.

Además de dinero, tierras y cualquier otra cosa que se le pusiera a tiro, Harry Rex sacaba hasta la sangre. Su especialidad era el divorcio, con preferencia por el cuerpo a cuerpo. Se lo pasaba en grande con los trapos sucios, las puñaladas a traición, el combate a puñetazo limpio y la emoción de los teléfonos pinchados o de la foto ampliada de una novia en su descapotable nuevo. Sus juicios eran guerras de trincheras. Conseguía pensiones de récord. Reventaba divorcios de mutuo acuerdo solo para divertirse, y los convertía en dos años de batalla a muerte. Le encantaba denunciar a antiguos amantes por enajenación de afecto; y si no funcionaba ninguno de los golpes bajos de su arsenal, se inventaba alguno nuevo. Tenía casi monopolizado el mercado, la lista de autos controlada y a los secretarios judiciales atemorizados. Los abogados jóvenes le rehuían, y los viejos, ya quemados, guardaban las distancias. Tenía pocos amigos, y aun a esos pocos no les era fácil mantenerse leales.

El único abogado con quien mantenía una relación de confianza mutua era Jake. Durante el juicio de Carl Lee Hailey, en la época en que Jake había perdido sueño, peso y concentración, y había esquivado balas y amenazas de muerte mientras albergaba la seguridad de estar rozando la victoria en el pleito más importante de su vida, un día había entrado discretamente en su despacho Harry Rex y, manteniéndose en segundo plano, había trabajado horas en el caso sin pedir ni un centavo. Harry Rex le había dado numerosos consejos sin esperar nada a cambio a Jake, quien gracias a esto no había perdido la cordura.

Jake le encontró, como todos los lunes, en su mesa, almorzando un submarino. Para los especialistas en divorcios, como Harry Rex, el lunes era el peor día, debido a que los matrimonios se rompían los fines de semana, y los cónyuges que ya estaban en guerra redoblaban su encarnizamiento. Jake entró en el edificio por una puerta trasera, a fin de evitar (1) a las secretarias, famosas por su mal genio, y (2) unas salas de espera llenas de humo y de clientes estresados. La puerta del despacho de Harry Rex estaba cerrada. Pegó la oreja un poco, y al no oír voces, la empujó.

—¿Qué pasa? —gruñó con la boca llena Harry Rex.

Tenía frente a él, sobre un papel de cera, el bocadillo, rodeado por una pequeña montaña de patatas barbacoa. Lo acompañaba todo con una botella de Bud Light.

—¡Buenas tardes, Harry Rex! Perdona si te pillo comiendo.

Harry Rex se limpió la boca con el dorso de una mano gordezuela.

—No me molestas. ¿A qué vienes?

—¿A estas horas y ya bebes? —dijo Jake, sentándose en un enorme sillón de cuero.

—Si tuvieras a mi clientela empezarías a beber a la hora del desayuno.

—Ah, pero ¿no es cuando empiezas?

—Los lunes, no. ¿Cómo está la señorita Carla?

—Muy bien, gracias. ¿Y la señorita... cómo se llama?

—Jane, listillo, Jane Ellen Vonner, y no solo sobrevive a la convivencia con un servidor, sino que parece que disfruta de lo lindo, dando gracias por su suerte. Por fin he encontrado a una mujer que me comprende.

Harry Rex cogió un puñado de patatas, de color rojo intenso, y se lo embuchó en la boca.

—Enhorabuena. ¿Cuándo la conoceré?

—Llevamos dos años casados.

—Ya lo sé, pero es que prefiero esperar cinco. Con la fecha de caducidad que tienen estas muchachas, no tiene sentido precipitarse.

—¿Has venido a insultarme?

—Claro que no.

Jake lo decía en serio. Era una tontería medirse en insultos con Harry Rex, que pese a los más de ciento treinta kilos de peso que paseaba como un oso por la ciudad poseía una lengua de una rapidez y una maldad insólitas.

—Cuéntame algo de lo de Seth Hubbard —le pidió Jake.

Harry Rex se rió, sembrando la mesa de escombros.

—Cretinos hay muchos, pero él se llevaba la palma. ¿Por qué me lo preguntas?

—Ozzie me ha dicho que llevaste uno de sus divorcios.

—Sí, el segundo, hará cosa de diez años, más o menos cuando llegaste tú a la ciudad y empezaste a darte aires de abogado. Pero ¿qué te importa a ti Seth Hubbard?

—Bueno, es que antes de suicidarse me escribió una carta y un testamento de dos páginas. Me han llegado por correo esta mañana.

Harry Rex bebió un poco de cerveza y entornó los ojos para reflexionar.

—¿Le conocías?

—No, de nada.

—Coño, pues qué suerte... No te perdiste nada.

—No hables así de mi cliente.

—¿Qué ponía en el testamento?

—No te lo puedo decir. Tampoco puedo legitimarlo antes del funeral.

—¿Quién se lo queda todo?

—No puedo decírtelo. El miércoles te lo cuento.

—Un testamento de dos páginas redactado el día antes de suicidarse... Me suena a premio gordo. Cinco años de pleito.

—Eso espero.

—Te tendrá ocupado una buena temporada.

—Necesito trabajo. ¿Qué tenía el viejo?

Harry Rex sacudió la cabeza mientras levantaba el bocadillo.

—No lo sé —dijo justo antes de pegarle un mordisco. La mayoría de los amigos y conocidos de Jake preferían no hablar con la boca llena, pero a Harry Rex nunca le habían preocupado los modales—. Que yo recuerde, y te repito que han pasado diez años, tenía una casa en Simpson Road, con algunas hectáreas de terreno. Su mayor propiedad era una serrería y un depósito de madera en la carretera 21, cerca de Palmyra. Mi cliente se llamaba... mmm... Sybil, Sybil Hubbard. Era su segunda mujer, y creo que ella se había casado dos o tres veces.

Tras veinte años, y un sinfín de casos, Harry Rex conservaba una memoria que dejaba atónitos a sus oyentes. Cuanto más jugosos eran los detalles, mejor los recordaba.

Tomó un traguito de cerveza y continuó:

—Era simpática —siguió explicando—, bastante guapa, y lista de narices. Trabajaba en el depósito; bueno, de hecho lo llevaba ella. Cuando Seth decidió ampliar el negocio funcionaba bastante bien. A él le dio por comprar un depósito de madera en Alabama, y empezó a hacer viajes. El caso es que se fijó en una secretaria de la oficina y se fue todo al garete. A Seth le pillaron con el culo al aire, y Sybil me contrató para darle bien dado por ahí. Fue lo que hice. Convencí al tribunal de que ordenara la venta de la serrería y el depósito de madera, el de cerca de Palmyra. El otro no llegó a funcionar bien. Los doscientos mil dólares de la venta se los quedó mi cliente. Tenían un apartamento la mar de agradable en el golfo, por la zona de Destin, que también se quedó Sybil. Te lo estoy resumiendo, porque el expediente tiene un palmo de ancho. Si quieres puedes consultarlo.

—Quizá más tarde. ¿Tienes idea de cómo está ahora mismo el saldo de Hubbard?

—No, le perdí el rastro. Después del divorcio ha estado muy callado. La última vez que hablé con Sybil vivía en la playa y me dijo que se lo pasaba muy bien con su nuevo marido, bastante

más joven. Me contó que corría el rumor de que Seth había vuelto al negocio de la madera, pero aparte de eso no sabía gran cosa.
—Harry Rex tragó con fuerza y engulló lo que tenía en la boca. Después, sin rastro de vacilación o de vergüenza, emitió un fuerte eructo—. ¿Has hablado con los hijos?

—Aún no. ¿Tú los conoces?

—Los conocí. Pondrán salsa en tu vida. Herschel es un fracasado del copón, y su hermana... ¿Cómo se llamaba?

—Ramona Hubbard Dafoe.

—Esa. Tiene unos años menos que Herschel, y es de esa típica gente del norte de Jackson. Ninguno de los dos se llevaba bien con Seth. Siempre tuve la impresión de que él tampoco era un padrazo precisamente. Tenían muy buena relación con Sybil, su madrastra, y cuando quedó claro que el divorcio lo ganaría ella y que se llevaría el dinero, se pasaron a su bando. A ver si lo adivino: ¿no les deja nada, el viejo?

Jake asintió con la cabeza, aunque no abrió la boca.

—Pues van a alucinar. Irán por la vía judicial. Lástima que yo no pueda meter mano y cobrar parte de los honorarios.

—No veas.

Un último mordisco al submarino y las últimas patatas. Harry Rex formó una bola con el envoltorio, la bolsa y las servilletas y la arrojó bajo la mesa, con la botella vacía. Después abrió un cajón, sacó un puro largo y negro y se lo encajó en un lado de la boca, sin encenderlo. Ya no fumaba, pero aún se le iban diez cigarros al día en mordiscos y escupitajos.

—He oído que se ahorcó. ¿Es verdad?

—Sí. Lo planeó todo muy bien.

—¿Sabes por qué?

—Seguro que has oído los rumores. Se estaba muriendo de cáncer. Es lo único que sabemos. ¿Quién le defendió en el divorcio?

—Se equivocó contratando a Stanley Wade.

—¿Wade? ¿Desde cuándo se dedica a los divorcios?

—Ahora ya no —dijo Harry Rex con una carcajada. Después hizo ruido con los labios y se puso serio—. Oye, Jake, me sabe mal decirlo, pero en este asunto lo que pasó hace diez años no tiene ninguna importancia. Yo le quité a Seth Hubbard todo su dinero, y me quedé un pellizco, cómo no. El resto se lo di a mi cliente, y expediente cerrado. Lo que hiciera Seth después de su segundo divorcio no es de mi incumbencia. —Señaló con un gesto el vertedero que tenía por mesa—. En cambio, todo esto es mi lunes. Si quieres que tomemos una copa luego, yo encantado, pero ahora mismo no doy abasto.

En el caso de Harry Rex, «tomarse una copa luego» solía significar más tarde de las nueve.

—Vale, vale, ya comentaremos la jugada —dijo Jake sorteando legajos de camino a la puerta.

—Una pregunta, Jake, ¿puedo suponer que Hubbard renunció a un testamento anterior?

—Sí.

—¿Y ese testamento se lo redactó un bufete un poco mayor que el tuyo?

—Sí.

—Pues yo de ti correría al juzgado y presentaría la primera instancia de legalización.

—Mi cliente quiere que espere hasta después del funeral.

—¿Cuándo será?

—Mañana a las cuatro.

—El juzgado cierra a las cinco. Ya iré yo. Siempre es mejor ser el primero.

—Gracias, Harry Rex.

—No hay de qué.

Harry Rex eructó y cogió una carpeta.

Toda la tarde fue un flujo constante de vecinos, feligreses y otras amistades que se desplazaban en visita solemne al domicilio de Seth para llevar comida y dar el pésame, pero sobre todo para corroborar los rumores que corrían como la pólvora por el límite nordeste del condado de Ford. La mayoría fueron educadamente despedidos por Lettie, encargada de abrir y cerrar la puerta, coger los guisos, aceptar los pésames y decir una y otra vez que la familia «se lo agradece mucho, pero no desea compañía». Aun así, hubo algunos que lograron asomarse a la sala de estar y quedarse mirando como papamoscas la decoración, tratando de impregnarse de una parte de la vida de su querido y difunto amigo. Ni habían estado allí nunca, ni sus nombres le sonaban a Lettie de nada. A pesar de todo estaban muy apenados. Qué manera tan trágica de abandonar este mundo... ¿De veras se había ahorcado?

La familia estaba oculta en el patio trasero, reagrupada en torno a una mesa de picnic, lejos del trajín. No habían encontrado nada provechoso al registrar el escritorio y los cajones de Seth. Cuando le preguntaron, Lettie afirmó no saber nada, aunque ellos tuvieron sus dudas. Les daba respuestas afables, lentas y meditadas, que alimentaban aún más sus sospechas. A las dos del mediodía, aprovechando una pausa en las visitas, les sirvió la comida en el patio. Ellos insistieron en que cubriera la mesa de picnic con un mantel, pusiera servilletas de tela y sacase la vajilla de los festivos, aunque la colección de Seth se resintiera tras varios años de total descuido. Su sentir, no expresado pero tácito, era que por cinco dólares la hora lo mínimo exigible era comportarse como una criada de verdad.

Mientras iba de un lado para otro, Lettie los oyó discutir sobre quién iría al funeral y quién no. Ian, por ejemplo, estaba intentando cerrar un magnífico negocio que muy posiblemente afectaría al futuro económico de todo el estado. Tenía concertadas reuniones importantes para el día siguiente y no acudir podría causar problemas.

Herschel y Ramona aceptaron a regañadientes que ninguno de los dos podría librarse de la ceremonia, aunque por momentos Lettie tuvo la impresión de que intentaban buscar alguna excusa. El estado de salud de Ramona empeoraba sin tregua. No estaba segura de poder aguantar mucho más tiempo. Quien seguro no estaría sería la ex mujer de Herschel, por deseo expreso de este último. Nunca había sentido simpatía por Seth, que a su vez, la despreciaba. Herschel tenía dos hijas, una en Texas, en la universidad, y la otra en Memphis, en el instituto. La universitaria no podía saltarse más clases. Herschel reconoció que no había tenido una relación muy estrecha con su abuelo. «No me digas», pensó Lettie al retirar más platos. También la hija pequeña estaba en duda.

Seth tenía un hermano, el tío Ancil, a quien no conocían personalmente y de quien lo ignoraban todo. Según lo poco que sabía la familia sobre sí misma, Ancil había ingresado en la marina a los dieciséis o diecisiete años, tras mentir acerca de su edad. Herido en el Pacífico, había sobrevivido y había viajado por el mundo entero, cambiando varias veces de trabajo, siempre en el ámbito de la navegación. Hacía décadas que Seth había perdido el contacto con su hermano, de quien nunca hablaba. Era imposible localizar a Ancil. De hecho, no hacía falta ni intentarlo, estaba claro. Lo más probable era que estuviese tan muerto como Seth.

Hablaron de una serie de parientes a quienes no habían visto en años, ni tenían ganas de volver a ver. «Qué familia más triste y más rara», pensó Lettie al servirles unos pasteles. Estaban empezando a perfilar una ceremonia rápida y con pocos asistentes.

—A ver si la echamos —dijo Herschel cuando Lettie regresó a la cocina—, que a cinco dólares la hora es un timo.

—¿«Echamos»? ¿Desde cuándo la pagamos nosotros? —preguntó Ramona.

—Bueno, de alguna manera ahora cobra de nosotros. Todo sale de la herencia.

—Pues yo no pienso limpiar la casa. ¿Tú sí, Herschel?

—Claro que no.

Fue el momento en que intervino Ian.

—Mejor que nos lo tomemos con calma y esperemos hasta después del funeral. Entonces le decimos que limpie la casa, y el miércoles, cuando nos vayamos, la cerramos con llave.

—¿Y quién le dice que se ha quedado sin trabajo? —preguntó Ramona.

—Yo mismo —dijo Herschel—. No pasa nada. Solo es una criada.

—No sé por qué, pero me escama —dijo Ian—. No me pidáis que os lo explique, pero tengo la sensación de que sabe algo más que nosotros, y que es algo importante. ¿Vosotros también lo notáis?

—Algo ocurre, está claro —dijo Herschel, contento de estar de acuerdo con su cuñado por una vez.

En cambio Ramona disentía.

—No, solo es el susto y la tristeza. Es de la pocas personas a quienes aguantaba Seth, o que podían aguantarlo a él, y ahora le da pena que se haya muerto. Encima está a punto de quedarse sin trabajo.

—¿Tú crees que sabe que la despediremos? —preguntó Herschel.

—Preocupada seguro que está.

—Solo es una criada.

Lettie llegó a su casa con un pastel que había tenido la amabilidad de darle Ramona. Era una tarta baja, de una sola capa, con una cobertura de vainilla industrial y rodajas de piña tostada, seguro que la menos apetecible de la media docena distribuida sobre la encimera de la cocina del señor Hubbard. La había traído un hombre de la iglesia, que entre otras cosas le había preguntado si la familia pensaba vender la camioneta Chevrolet de Seth. Lettie no tenía ni idea, pero le había prometido trasladar la pregunta, cosa que no había hecho.

Se había planteado seriamente dejar el pastel en una zanja de camino a casa, pero era incapaz de tirar comida. Claro que a su madre, enferma de diabetes, no le convenía más azúcar, suponiendo que quisiera probarlo...

Aparcó en la gravilla de la entrada, y se fijó en que no estaba el viejo camión de Simeon. Lógico, puesto que su marido llevaba varios días fuera. Lettie lo prefería así, aunque nunca sabía cuándo reaparecería. Ni en los mejores momentos era un hogar feliz, y su marido casi nunca hacía que las cosas fuesen mejor.

Los niños aún estaban en el autobús que los traía del colegio. Lettie entró por la cocina y dejó el pastel sobre la mesa. Como siempre, encontró a Cypress en la sala de estar, viendo la televisión mil horas seguidas.

Cypress sonrió y levantó los brazos para desentumecerlos.

—Hola, mi niña —dijo—. ¿Cómo ha ido el día?

Lettie se agachó y le dio un abrazo de cortesía.

—Con bastante trabajo. ¿Y tú?

—Nada, aquí, viendo la tele —contestó Cypress—. ¿Cómo llevan los Hubbard que se haya muerto su padre, Lettie? Siéntate a hablar un poco, anda, por favor.

Lettie apagó la tele, se sentó en un taburete al lado de la silla de ruedas de su madre y le explicó cómo había transcurrido aquel día sin margen para el aburrimiento: primero la llegada de Herschel y los Dafoe, que pisaban la casa de su infancia sin que viviera su padre por primera vez, luego el ir y venir de vecinos y comida, el desfile interminable... En resumidas cuentas, un día de lo más emocionante, que se esmeró en narrar sin hacer alusión a ningún tipo de conflicto. Cypress tomaba gran cantidad de medicamentos que a duras penas controlaban su tensión, capaz de dispararse ante el menor atisbo de problemas. Ya le daría Lettie la noticia de que se quedaba sin trabajo; no tardaría en hacerlo, con delicadeza, pero en un momento más oportuno.

—¿Y el funeral? —preguntó Cypress mientras acariciaba el brazo de su hija.

Lettie se lo explicó al detalle. Le dijo que pensaba ir, y que le había encantado la insistencia del señor Hubbard en que se permitiera el acceso de los negros a la iglesia.

—Seguro que te hacen sentarte en la última fila —dijo Cypress con una sonrisa de burla.

—Seguro, pero estaré.

—Me gustaría poder acompañarte.

—Y a mí que vinieras.

Cypress casi nunca salía de casa, a causa de su peso y de su falta de movilidad. Llevaba viviendo cinco años entre aquellas paredes, cada mes más gruesa y con más dificultades para desplazarse. Entre las múltiples razones por las que Simeon estaba siempre fuera, la madre de Lettie ocupaba uno de los primeros lugares.

—La señora Dafoe nos ha dado un pastel —dijo Lettie—. ¿Quieres un trocito?

—¿De qué es?

Aunque Cypress pesara una tonelada, no comía cualquier cosa.

—Pues de piña, o algo así. No sé si lo había visto antes, pero quizá valga la pena probarlo. ¿Lo quieres con un poco de café?

—Sí, pero ponme solo un trocito.

—Vámonos fuera, mamá, que así respiramos aire fresco.

—Con mucho gusto.

La silla de ruedas casi no cabía entre el sofá y la tele, y a duras penas encajaba en el estrecho pasillo por el que se accedía a la cocina. Rozó la mesa, cruzó despacio la puerta de atrás y, empujada suavemente por Lettie, salió rodando al porche de madera que había montado Simeon algunos años antes.

Cuando hacía buen tiempo a Lettie le gustaba salir a tomarse un café o un té helado antes de que anocheciera, lejos de los ruidos y el ambiente cargado de aquella casa tan pequeña. Eran demasiados para tres dormitorios y tan poco espacio. Uno lo ocupaba Cypress, el otro Lettie y Simeon (si estaba en casa), casi siempre con uno o dos nietos, y en el tercero lograban sobrevivir hombro con hombro sus dos hijas. Clarice, de dieciséis años, iba al instituto y no tenía hijos. Phedra, de veintiuno, tenía dos, uno de parvulario y otro de primero, y no estaba casada. El hijo pequeño, Kirk, de catorce años, dormía en el sofá de la sala de estar. No era raro que alguno de sus sobrinos se quedara con ellos unos meses mientras sus padres resolvían sus problemas.

Cypress tomó un sorbo de café instantáneo y pinchó unos trocitos de pastel con un tenedor. Se metió uno en la boca, despacio, y frunció el ceño al masticar. A Lettie tampoco le gustó, así que tomaron café y hablaron sobre la familia Hubbard, en la que reinaba el desconcierto. Se rieron de los blancos y sus funerales, y de que tuvieran tanta prisa por enterrar a sus muertos, hasta el punto de que muchas veces solo esperaban dos o tres días. Los negros se lo tomaban con más calma.

—Te veo ausente, cielo. ¿En qué piensas? —preguntó Cypress con dulzura.

Pronto llegarían los niños del colegio, y luego Phedra del trabajo. Era el último momento de calma hasta la hora de acostarse. Lettie respiró profundamente.

—Los he oído hablar, mamá, y me van a despedir. Seguramente esta semana, poco después del funeral.

Cypress sacudió su cabeza, grande y redonda. Parecía a punto de llorar.

—Pero ¿por qué?

—Supongo que no necesitan que les cuiden la casa. La venderán, porque no la quiere nadie.

—Santo cielo.

—Están impacientes por echar mano al dinero. Para venir a verle nunca tenían tiempo, pero ahora dan vueltas como buitres.

—Los blancos siempre igual.

—Les parece que el señor Hubbard me pagaba demasiado, y ahora tienen prisa por quitarme de en medio.

—¿Cuánto te pagaba?

—Mamá, por favor...

Lettie nunca le había contado a nadie de su familia que el señor Hubbard le pagaba la hora a cinco dólares contantes y sonantes. Era en efecto un sueldo alto para el servicio doméstico en una zona rural de Mississippi, y Lettie no era tan tonta como para crear problemas. Su familia podía querer un extra. Sus amistades podían hablar. «Guarda los secretos, Lettie —le había dicho el señor Hubbard—. No digas nunca el dinero que tienes.» Simeon perdería la poca motivación que le hacía aportar algo en casa. Sus ingresos eran tan erráticos como su presencia. No hacía falta presionarle mucho para que ganase aún menos.

—He oído que me llamaban criada —dijo Lettie.

—¿Criada? Hacía tiempo que no oía esa palabra.

—No es buena gente, mamá. Dudo que el señor Hubbard fuera buen padre, pero sus hijos dan pena.

—Y ahora se quedarán con todo el dinero.

—Supongo. Lo que está claro es que cuentan con él.

—¿Cuánto tenía?

Lettie sacudió la cabeza y bebió un sorbo de café frío.

—Ni idea. No estoy segura de que nadie lo sepa.

6

A las cuatro menos cinco del martes por la tarde, cuando el coche de Ozzie apareció discretamente por el aparcamiento de la Iglesia Cristiana de Irish Road, este estaba medio lleno. Era un coche poco llamativo, sin grandes letras o números (Ozzie prefería no llamar la atención), pero bastaba un simple vistazo para darse cuenta de que era el del sheriff: varias antenas, una lucecita azul medio escondida en el salpicadero, y el propio modelo, un Ford grande marrón de cuatro puertas con las ruedas negras, prácticamente idéntico al de todos los sheriffs del condado.

Aparcó al lado de un Saab rojo apartado de los otros coches y bajó al mismo tiempo que Jake. Cruzaron juntos el aparcamiento.

—¿Alguna novedad? —preguntó Jake.

—Nada —dijo Ozzie. Llevaba un traje negro y botas negras de vaquero. Jake vestía igual, salvo por las botas—. ¿Y tú?

—Nada. Supongo que la mierda se destapará mañana.

Ozzie se rió.

—Estoy impaciente.

La iglesia había sido una capilla de ladrillo rojo con un campanario un poco achaparrado sobre una doble puerta, pero con el paso del tiempo la congregación había añadido los obligatorios edificios de metal: uno al lado, que dejaba pequeña la capilla, y otro detrás, donde jugaban los jóvenes al baloncesto. Cerca, en una loma, había un cementerio con árboles que daban sombra, un sitio plácido y bonito para ser enterrado.

Unos cuantos fumadores, hombres de campo, reacios a ponerse sus viejos trajes, daban las últimas caladas. Hablaron enseguida con el sheriff, y saludaron a Jake amablemente con la cabeza. Dentro había una multitud considerable, distribuida por los bancos de roble con manchas oscuras. La luz era tenue. Un organista tocaba una triste melodía fúnebre que preparaba a los reunidos para la tristeza del momento. El ataúd cerrado de Seth, cubierto de flores, estaba debajo del púlpito, y los portadores del féretro a la izquierda, muy juntos y cariacontecidos cerca del piano.

Jake y Ozzie se sentaron solos en una de las filas del fondo y empezaron a mirar a todas partes. No muy lejos había un pequeño grupo de cinco personas negras. Ozzie las señaló con la cabeza.

—La del vestido verde es Lettie Lang —susurró.

Jake asintió.

—¿Y los otros? —susurró a su vez.

Ozzie sacudió la cabeza.

—Desde aquí no los veo.

Observando la cabeza de Lettie por detrás, Jake trató de imaginarse qué aventuras estaban a punto de vivir. Aún no la conocía. Hasta el día anterior nunca había oído su nombre, pero faltaba poco para que se conocieran a fondo.

Ajena a todo ello, Lettie tenía las manos juntas en el regazo. Por la mañana había trabajado tres horas antes de que Herschel le pidiera que se fuese y de camino le informase de que a las tres del miércoles, el día siguiente, concluiría su empleo. En aquel momento la casa quedaría cerrada con llave, y no entraría nadie hasta nueva orden de los tribunales. Lettie tenía cuatrocientos dólares en su cuenta corriente, que no podía tocar Simeon, y otros trescientos en un tarro de conserva escondido en la despensa. Solo tenía ese dinero, y sus perspectivas de encontrar un trabajo más o menos digno eran escasas. Llevaba casi tres semanas sin hablar con su marido. De vez en cuando, Simeon volvía con un cheque o un poco de dinero en efectivo, aunque la mayoría de las veces solo llegaba borracho a dormir la mona.

A las puertas del paro, con facturas que pagar y bocas que alimentar, podría haberse preocupado por el porvenir mientras oía las notas del órgano, pero no lo hizo. El señor Hubbard le había prometido más de una vez que cuando muriera, momento que sabía inminente, le dejaría algo. ¿Poco, mucho? Eso ya eran conjeturas. «Si tú supieras», pensó Jake cuatro filas más atrás... Lettie ignoraba que Jake estuviera en la iglesia y por qué había venido. Más tarde dijo que reconocía su nombre por el juicio de Hailey, pero que nunca había visto en persona al señor Brigance.

En el centro, justo delante del ataúd, estaba Ramona Dafoe, con Ian a su izquierda y Herschel a su derecha. Ninguno de sus hijos, los nietos de Soth, había podido venir. Estaban demasiado ocupados. Tampoco sus padres habían insistido mucho. Detrás de ellos se alineaban parientes tan lejanos que habían tenido que presentarse los unos a los otros en el aparcamiento, y ya ni se acordaban de los nombres. Los padres de Seth Hubbard habían muerto hacía décadas. Su único hermano, Ancil, se había marchado mucho tiempo atrás. La familia nunca había sido muy numerosa, y el paso de los años se había encargado de mermarla.

Detrás de la familia se distribuían por la penumbra del santuario varias decenas de personas: empleados de Seth, amigos, feligreses de la iglesia... A las cuatro en punto, cuando el pastor Don McElwain subió al púlpito, sabía, como todos, que la ceremonia sería breve. Dirigió la oración y recitó una pequeña necrológica: Seth había nacido el 10 de mayo de 1917 en el condado de Ford, donde había fallecido el 2 de octubre de 1988. Era hijo de tal y cual, ambos difuntos. Dejaba dos hijos, unos cuantos nietos, etc.

Jake vio a su izquierda un perfil conocido, varias filas más adelante. Era un hombre bien trajeado, de su misma edad y de su misma promoción: el capullo de Stillman Rush, tercera generación de una distinguida saga de abogados que siempre se había movido en las altas esferas de los negocios y los seguros, al menos tan altas como era posible en el sur rural. Rush & Westerfield, el mayor bufete del norte de Mississippi, con sede en Tupelo y oficinas «en el centro comercial que más convenga a nuestra distinguida clientela». Seth Hubbard mencionaba el bufete Rush en su carta a Jake; también lo hacía en su testamento manuscrito, de modo que no cabía duda de que Stillman Rush y los otros dos hombres elegantes junto a él habían venido a echar un vistazo a su inversión. En el mundo de los seguros se solía trabajar en pareja. Hasta para las labores más triviales hacían falta dos: presentar documentación en un tribunal, dos; comparecer en audiencia previa, dos; en vista sin oposición de las partes, dos; moverse en coche, dos; y, por supuesto, engordar los honorarios y el expediente, dos. Los bufetes grandes eran adoradores convencidos de la ineficacia; más horas equivalían a mayores honorarios.

Pero ¿tres? ¿Para un funeral rápido en el quinto pino? Era impactante, y emocionante. Implicaba dinero. La mente hiperactiva de Jake albergó la certeza de que los tres habían puesto en marcha el taxímetro al salir de Tupelo, y ahora fingían estar tristes a doscientos dólares la hora por cabeza. Según las últimas palabras de Seth, en septiembre de 1987 había otorgado testamento ante un tal Lewis McGwyre. Supuso que sería uno de los tres. Él no le conocía, pero bueno, había tantos abogados en aquel bufete... Al haberse encargado del testamento, darían por hecho (y era lógico) que también lo legitimarían.

Jake pensó que volverían al día siguiente. Quizá fueran dos, aunque no se podía descartar un nuevo trío. Llevarían la documentación a la primera planta del juzgado de Jake, al registro del tribunal de equidad, e informarían con arrogancia a Eva o a Sara de que su intención era iniciar los trámites de certificación de la masa hereditaria del señor Seth Hubbard. Y Eva o Sara se aguantarían la sonrisa, al tiempo que fingían quedar desconcertadas. Habría movimiento de papeles, preguntas y por último una gran sorpresa: llegan un poco tarde, señores. ¡El testamento al que se refieren ya está en trámite!

Una de las dos, Eva o Sara, les mostraría la nueva documentación, y ellos se quedarían boquiabiertos al ver el sucinto testamento escrito a mano que revocaba y rechazaba específicamente aquel otro tan prolijo y por el que tanto aprecio sentían. Entonces empezaría la guerra. Maldecirían a Jake Brigance, pero al serenarse se darían cuenta de que sería una guerra provechosa para todos los letrados.

Lettie se enjugó una lágrima, y cayó en la cuenta de que probablemente era la única que lloraba.

Delante de los abogados había unos cuantos individuos con aspecto de hombres de negocios, uno de los cuales se giró para susurrar algo a Stillman Rush. Jake pensó que podía ser uno de los ejecutivos de Seth. Por quien más curiosidad sentía era por Russell Amburgh, que según el testamento manuscrito había sido vicepresidente del grupo empresarial de Seth y el mayor conocedor de sus bienes y deudas.

La señora Nora Baines cantó tres estrofas de «The Old Rugged Cross», una canción de infalibles virtudes lacrimógenas en cualquier funeral, salvo en el de Seth, donde no provocó emoción alguna. El pastor McElwain leyó un pasaje de los Salmos y se explayó un poco en la sapiencia de Salomón, antes de que dos adolescentes con granos tararearan algo moderno guitarra en mano, una canción afectada que no habría sido del gusto de Seth. Al final Ramona se desmoronó y recibió el consuelo de Ian. Herschel se limitó a mirar el suelo al pie del ataúd, sin un solo parpadeo o movimiento. Otra mujer respondió con un fuerte sollozo.

El cruel plan de Seth consistía en guardarse la noticia de su último testamento hasta después de la ceremonia. El texto exacto de su carta a Jake era el siguiente: «No mencione usted mi testamento hasta después del funeral. Deseo que mi familia se vea obligada a cumplir todos los rituales del luto antes de descubrir que no recibirán nada. Obsérvelos fingir. Se les da muy bien. A mí no me quieren». Durante la cansina ceremonia, quedó claro que el teatro brillaba por su ausencia. Lo poco que quedaba de la familia de Seth no le quería lo suficiente ni para fingir. «Qué manera más triste de morirse», pensó Jake.

Siguiendo las indicaciones de Seth no hubo discurso fúnebre. El único en hablar fue el pastor, aunque todo hacía pensar que a micrófono abierto tampoco habría habido voluntarios. El pastor acabó con una maratón de plegarias, cuyo objetivo era a todas luces consumir algo de tiempo. A los veinticinco minutos de haber empezado, despidió a los asistentes con la invitación de trasladarse al cementerio de al lado para la inhumación. Al salir, Jake consiguió esquivar a Stillman Rush y los otros abogados. Se topó con uno de los hombres de traje.

—Perdone, busco a Russell Amburgh —dijo.

El del traje señaló educadamente a otra persona.

—Ahí le tiene.

Russell Amburgh, que estaba a tres metros encendiéndose un cigarrillo, oyó la pregunta de Jake. Se dieron la mano, muy serios, mientras se presentaban mutuamente.

—¿Podríamos hablar un momento a solas? —le pidió Jake.

Amburgh se encogió un poco de hombros.

—Claro que sí —dijo en voz baja—. ¿Qué pasa?

La gente desfilaba despacio en dirección al cementerio. Jake no pensaba asistir al entierro. Tenía otras ocupaciones.

—Soy un abogado de Clanton —dijo cuando estuvieron lo bastante lejos como para que no los oyera nadie—. No conocía al señor Hubbard, pero ayer recibí una carta suya. Iba acompañada por su testamento, en el que le designa a usted como albacea. Tenemos que hablar lo antes posible.

Amburgh se detuvo en seco y, tras acomodarse el cigarrillo en un lado de la boca, miró a Jake con mala cara y echó un vistazo a su alrededor para comprobar que estuvieran solos.

—¿Qué tipo de testamento? —dijo en una nube de humo.

—Uno escrito a mano el sábado pasado. Está claro que ya pensaba en suicidarse.

—Pues entonces no debía de estar en plena posesión de sus facultades mentales —dijo Amburgh despectivamente. Era el primer ruido de sables de la guerra que se avecinaba.

Jake no se lo esperaba.

—Eso ya lo veremos. Supongo que se determinará más tarde.

—Yo he sido abogado, señor Brigance, mucho antes de encontrar un trabajo como Dios manda. Sé de qué va.

Jake dio una patada a una piedra y miró a su alrededor. La comitiva se acercaba a la entrada del cementerio.

—¿Podemos hablar?

—¿Qué dice el testamento?

—Ahora no puedo explicárselo, pero mañana sí.

Amburgh echó la cabeza hacia atrás y le lanzó a Jake una mirada torva por encima de la nariz.

—¿Cuánto sabe de los negocios de Seth?

—Digamos que nada. Según el testamento, usted está muy al corriente de sus bienes y sus deudas.

Otra calada y otro gesto despectivo.

—Deudas no hay ninguna, señor Brigance; solo bienes, y muchos.

—Quedemos para hablar en algún sitio, por favor. Todos los secretos se revelarán dentro de poco, señor Amburgh. Solo necesito hacerme una idea. Según el testamento, usted es el albacea y yo, el abogado de la sucesión.

—No me cuadra. Seth odiaba a los abogados de Clanton.

—Sí, lo decía muy claro. Si pudiéramos quedar mañana por la mañana le enseñaré con mucho gusto una copia, y aclararé todas sus dudas.

Amburgh volvió a caminar. Jake le siguió unos pasos. Ozzie esperaba a la entrada del cementerio. Amburgh volvió a detenerse.

—Vivo en Temple. En la carretera 52, al oeste del pueblo, hay un café. Le espero a las siete y media de la mañana.

—Vale. ¿Cómo se llama el café?

—The Café.

—Muy bien.

Amburgh se fue sin decir nada más. Jake miró a Ozzie, hizo un gesto de incredulidad con la cabeza y señaló el aparcamiento. Se alejaron del cementerio. Por hoy ya estaban hartos de Seth Hubbard. Su despedida acababa ahí.

Veinte minutos más tarde, exactamente a las 16.55, Jake entró a toda prisa en el registro del tribunal de equidad y sonrió a Sara.

—¿Dónde estabas? —soltó ella, que le estaba esperando.

—Si no son ni las cinco —replicó él, abriendo el maletín.

—Ya, pero acabamos de trabajar a las cuatro, al menos los martes. Los lunes a las cinco, y los miércoles y jueves a las tres. Los viernes, tenéis suerte si venimos.

Sara hablaba sin parar, y era de lengua rápida. Después de

veinte años de toma y daca diario con los abogados, tenía afiladas las réplicas al máximo.

Jake le puso los papeles en la mesa.

—Necesito abrir la sucesión de Seth Hubbard.

—¿Testada o intestada?

—Pues con más de un testamento, mira. Ahí está la gracia.

—¿No se suicidó hace poco?

—Sabes perfectamente que sí. Por algo trabajas en este juzgado, donde vuelan las noticias, se alimentan rumores y no existen los secretos.

—Me ofendes —dijo Sara a la vez que sellaba la petición. La hojeó un poco y sonrió—. Oh, qué bien, un testamento manuscrito. Maná para la abogacía.

—Tú lo has dicho.

—¿Quién se lo lleva todo?

—Soy una tumba.

Entre broma y broma Jake sacó más papeles de su maletín.

—Bueno, señor Brigance, usted será una tumba, pero este expediente está claro que no. —Sara selló algo con teatralidad—. Acaba de pasar oficialmente al dominio público, siguiendo las leyes de este noble estado, a menos, claro está, que traiga usted un escrito en el que solicite la no divulgación del expediente.

—No, no lo traigo.

—¡Qué bien! Así podremos empezar a sacar los trapos sucios. Porque alguno habrá, ¿no?

—No lo sé. Aún estoy investigando. Oye, Sara, necesito que me hagas un favor.

—Habla por esa boquita.

—Esto es una carrera al juzgado, y acabo de ganarla. Calculo que pronto, quizá mañana mismo, se presentarán dos o tres abogados de esos que se dan aires y también solicitará abrir la sucesión del señor Hubbard. Lo más seguro es que vengan de Tupelo. Es que resulta que hay otro testamento.

—Me encanta.

—A mí también. Bueno, el caso es que no tienes ninguna obligación de informarles de que llegan en segundo lugar, pero tendría su gracia verles la cara. ¿Qué te parece?

—Que ya tengo ganas de que lleguen.

—Genial. Pues les enseñas el sumario y cuando te hayas reído me llamas y me lo cuentas todo. Pero hasta mañana ni palabra, por favor.

—Trato hecho, Jake. Puede ser divertido.

—Si sale como espero, quizá el caso nos tenga entretenidos todo el año que viene.

En cuanto se fue Jake, Sara leyó el testamento manuscrito que había adjuntado a la petición y llamó a su mesa a los otros secretarios, que también lo leyeron. Una mujer negra de Clanton dijo que no le sonaba de nada el nombre de Lettie Lang. En cuanto a Seth Hubbard, no parecía que le conociera nadie. Charlaron un rato, pero al ser más de las cinco todos tenían otros compromisos, así que dejaron el expediente en su lugar, apagaron las luces y se olvidaron rápidamente de todo lo relativo al trabajo. Ya reanudarían sus especulaciones al día siguiente, hasta llegar al fondo del asunto.

Si la petición y el testamento se hubieran cursado durante la mañana, a mediodía todo el juzgado habría sido un hervidero de rumores y por la tarde lo habría sido toda la ciudad. Ahora los cotilleos tendrían que esperar, aunque no mucho.

Simeon Lang bebía pero sin estar borracho, distinción que, si bien acostumbraba a ser borrosa, su familia solía entender. Beber era sinónimo de una conducta más o menos controlada, que no comportaba peligros. Quería decir que Simeon iba tomando sorbos de cerveza con los ojos vidriosos y la voz pastosa. Estar borracho era sinónimo de momentos de angustia, con huidas de la casa para esconderse en el bosque. En honor a la verdad, a menudo Simeon estaba completamente sobrio, que era el estado preferido, incluso por él mismo.

Después de tres semanas fuera llevando cargamentos de chatarra por el sur profundo, había vuelto cansado, con los ojos limpios y el salario intacto. No explicó (no lo hacía nunca) dónde había estado. Trató de parecer contento, y hasta dócil, pero después de encontrarse a gente y más gente durante unas horas, de escuchar a Cypress, y de intentar evitar el rechazo de su esposa, se comió un bocadillo y salió a tomarse una cerveza al lado de la casa, al pie de un árbol, donde pudiera estar tranquilo, viendo pasar algún coche de vez en cuando.

Siempre era difícil volver. Cuando iba por las carreteras se pasaba horas soñando con una nueva vida, una vida mejor, sin compañía ni molestias. Había tenido mil veces la tentación de seguir conduciendo; dejar el cargamento y no parar. De niño su padre le había abandonado; había dejado a su mujer embarazada, con cuatro hijos, y no había vuelto a dar señales de vida. Simeon y su hermano mayor le habían esperado varios días en el porche, aguantándose las lágrimas. Se había hecho mayor odiando a su padre. Aún le odiaba, pero ahora también él sentía el impulso de la huida. Sus hijos eran mucho mayores. Sobrevivirían.

Muchas veces, cuando iba por la carretera, se extrañaba de sus ganas de volver. Odiaba vivir en una casa pequeña de alquiler con su suegra, dos nietos intratables que él no había pedido y una mujer que siempre le daba la lata con que se esforzara más. En los últimos veinte años Lettie le había amenazado mil veces con el divorcio. Para Simeon era un milagro que siguieran juntos. «¿Quieres que nos separemos? Pues nos separamos», decía entre trago y trago de cerveza. Claro que eso también lo había dicho cien veces.

Cuando Lettie salió al patio trasero y se acercó despacio al árbol de Simeon por la hierba, ya era casi de noche. Él estaba sentado en una de las dos sillas de jardín, distintas la una de la otra, con los pies apoyados en una vieja caja de leche y el enfriador de cerveza a su lado. Le ofreció la otra silla a su mujer, pero ella no quiso sentarse.

—¿Cuánto tiempo te quedas? —preguntó Lettie en voz baja, mirando la carretera, como él.

—Acabo de llegar y ya tienes ganas de que me vaya.

—No lo decía en ese sentido, Simeon. Es por curiosidad.

Como no pensaba contestar, Simeon tomó otro trago de cerveza. Casi nunca estaban solos, y cuando lo estaban ya no se acordaban de cómo hablar. Pasó un coche por la carretera del condado. Se lo quedaron mirando, como fascinados.

—Lo más probable —dijo ella finalmente— es que mañana me quede sin trabajo. Ya te conté que el señor Hubbard se suicidó, y su familia me ha pedido que a partir de pasado mañana ya no vaya.

Simeon tenía sentimientos encontrados. Por un lado, esto le hacía sentirse superior, porque volvería a ser la fuente principal de ingresos, el cabeza de familia. Le daban mucha rabia los aires de Lettie al cobrar más que él. Le molestaban sus quejas y sus burlas cuando se quedaba sin trabajo. Pese a dedicarse a simples labores domésticas, a Lettie se le había subido a la cabeza que un blanco confiase tanto en ella. Por otro lado, sin embargo, era un dinero muy necesario para la familia, y la pérdida de un sueldo inevitablemente comportaría problemas.

—Lo siento —dijo con dificultad.

Otro largo silencio. Oían voces y ruidos dentro de la casa.

—¿Sabes algo de Marvis? —preguntó Simeon.

Lettie bajó la cabeza.

—No, han pasado dos semanas y no ha escrito.

—¿Y tú a él?

—Le escribo todas las semanas, Simeon, ya lo sabes. ¿Tú cuánto tiempo hace que no le mandas una carta?

Simeon sintió rabia, pero se contuvo. Estaba orgulloso de haber llegado sobrio a casa, y no pensaba estropearlo con una pelea. Marvis Lang, de veintiocho años, dos de ellos en la cárcel y al menos otros diez en perspectiva. Tráfico de drogas y agresión con arma mortal.

Se acercó un coche, que frenó un par de veces como si el conductor no estuviera muy seguro de qué hacer. Avanzó unos metros y se metió por el camino de entrada. Aún quedaba bastante luz diurna para ver que era un modelo raro, extranjero, de color rojo. Se apagó el motor y salió un hombre solo. Llevaba una camisa blanca y la corbata suelta. Iba con las manos vacías. Después de unos metros se le vio dubitativo.

—Aquí —dijo en voz alta Simeon.

El joven se puso tenso, como si tuviera miedo. No los había visto al pie del árbol. Se acercó con cautela por el jardincito.

—Busco a Lettie Lang —dijo lo bastante fuerte para que le oyeran.

—Estoy aquí —dijo ella al verle.

El joven se detuvo a tres metros.

—Hola, me llamo Jake Brigance —dijo—. Soy abogado en Clanton y tengo que hablar con Lettie Lang.

—Usted estaba hoy en el entierro —dijo ella.

—Sí, es cierto.

Simeon se levantó de mala gana. Los tres se dieron la mano. Simeon le ofreció una cerveza y volvió a su asiento. Jake la rechazó, aunque le habría gustado tomársela. A fin de cuentas venía por trabajo.

—Me imagino —dijo Lettie sin impertinencia— que no pasaba usted por aquí sin más.

—No, la verdad es que no.

—Brigance —dijo Simeon entre dos sorbos—. ¿No representó a Carl Lee Hailey?

Ah, la manera habitual de romper el hielo, al menos con los negros.

—Sí —dijo Jake con modestia.

—Ya me parecía. Enhorabuena, lo hizo muy bien.

—Gracias. Mire, la cuestión es que vengo por trabajo y... pues que tendría que hablar con Lettie en privado. No se ofenda ni nada, pero es que tengo que decirle algo confidencial.

—¿El qué? —preguntó ella, perpleja.

—¿Por qué es privado? —preguntó Simeon.

—Porque lo dice la ley —contestó Jake, yéndose un poco por la tangente.

La ley no tenía nada que ver con aquella situación. De hecho, en la confusión de aquel encuentro, Jake empezó a darse cuenta de que, después de todo, su noticia bomba tal vez no fuera tan confidencial. Estaba claro que Lettie se lo contaría todo a su marido antes de que Jake hubiera sacado el coche a la carretera. Ahora el testamento de Seth Hubbard era de dominio público, y en veinticuatro horas lo habría examinado hasta el último abogado de la ciudad. ¿Qué tenía eso de privado y de confidencial?

Simeon, enfadado, tiró una lata de cerveza contra el árbol, mojando el tronco con un chorro de espuma, y se levantó.

—Vale, vale —rezongó mientras le daba una patada a la caja de leche.

Metió la mano en la nevera, sacó otra cerveza y se marchó como una furia, murmurando palabrotas. Se metió entre los árboles hasta ser devorado por la oscuridad. Seguro que los observaba y escuchaba.

—Lo siento mucho, señor Brigance —dijo Lettie, casi susurrando.

—No pasa nada. Señora Lang, tenemos que hablar lo antes posible de una cuestión muy importante. Lo mejor sería mañana, en mi despacho. Es sobre el señor Hubbard y su testamento.

Lettie se mordió el labio inferior y miró a Jake con unos ojos como platos. Quería saber más.

—El día antes de morir —continuó Jake— el señor Hubbard redactó un nuevo testamento y lo echó al correo para que yo lo recibiera después de su muerte. Todo apunta a que es un testamento válido, pero estoy seguro de que la familia lo impugnará.

—¿Y en el testamento salgo yo?

—¡Y tanto! De hecho le ha dejado una parte considerable de sus bienes.

—Ay, Dios mío...

—Sí. Quiere que yo sea el abogado de la sucesión, cosa que estoy seguro de que también impugnarán. Por eso tenemos que hablar.

Lettie se tapó la boca con la mano derecha.

—Señor, Señor... —musitó.

Jake miró la casa, con la luz de las ventanas recortándose en la oscuridad. Al otro lado se movió una sombra, probablemente la de Simeon, que estaba dando un rodeo. De pronto tuvo ganas de subir pitando al viejo Saab y volver cuanto antes a la civilización.

—¿Se lo explico a él? —preguntó Lettie, señalando con la cabeza.

—Eso es cosa suya. Yo se lo habría contado, pero es que he oído que bebe, y no sabía cómo me lo encontraría; aunque si quiere que le sea sincero, señora Lang, es su marido, y debería venir mañana con usted. Si es que está en condiciones, claro.

—Lo estará, se lo prometo.

Jake le dio su tarjeta.

—Mañana por la tarde, a la hora que le vaya bien —dijo—. Los estaré esperando en mi despacho.

—Allí estaremos, señor Brigance. Y gracias por venir.

—Es muy importante, señora Lang. Me ha parecido que tenía que hablar personalmente con usted. Es posible que pronto nos embarquemos juntos en una pelea larga y dura.

—No sé si le entiendo.

—Ya lo sé. Mañana se lo explicaré.

—Gracias, señor Brigance.

—Buenas noches.

7

Después de cenar, tarde y deprisa, un sándwich de queso y sopa de tomate, Jake y Carla quitaron la mesa y fregaron los platos (no tenían lavavajillas) antes de ponerse cómodos en la sala de estar, que empezaba donde terminaba la cocina, a unos dos metros de la mesa. Tres años y pico viviendo en poco espacio exigían una reevaluación constante de las prioridades y las actitudes, así como estar en guardia contra la irritabilidad. Hanna los ayudaba muchísimo. A los niños pequeños les importan muy poco las cosas materiales que tanto impresionan a los adultos. Mientras reciban mimos de sus padres, no importa nada más. Carla la ayudaba con la ortografía, y Jake le leía cuentos. Así pasaban la tarde, en equipo, a la vez que seguían la actualidad por la prensa y los canales de noticias. A las ocho en punto Carla bañaba a la niña, a la que ambos padres arropaban en la cama media hora después.

Al fin estaban juntos, envueltos en la misma manta en el precario sofá.

—Bueno, ¿qué, qué pasa? —dijo Carla.

—¿Cómo que «qué pasa»? —contestó Jake, que estaba hojeando una revista de deportes.

—No te hagas el tonto. Algo pasa. ¿Un caso nuevo? ¿Un nuevo cliente que puede pagar medio bien, o hasta muy bien, y rescatarnos de la pobreza? Di que sí, por favor.

Jake dejó caer la manta al suelo y se levantó de un salto.

—Pues mira, cariño, resulta que hay muchas probabilidades de que hayamos dicho adiós a la pobreza.

—Lo sabía. Siempre me doy cuenta cuando consigues un buen accidente de tráfico. Te pones nervioso.

—No es ningún accidente. —Jake había metido la mano en el maletín. Sacó una carpeta y le dio a Carla unos papeles—. Es un suicidio.

—Ah, eso.

—Sí, eso. Ayer por la noche te hablé de la triste muerte del señor Seth Hubbard, pero lo que no te conté fue que antes de morir redactó un testamento exprés, lo mandó por correo a mi bufete y me nombró abogado de la herencia. Lo he legitimado esta tarde. Como ahora es de dominio público, ya puedo hablar sobre él.

—¿Es aquel hombre a quien no conocías?

—Exacto.

—¿El del entierro al que has ido sin conocer al muerto?

—Ese.

—Y ¿por qué te ha elegido?

—Por mi fama de águila. Lee el testamento, por favor.

—Pero si está escrito a mano —dijo ella nada más mirarlo.

—No me digas.

Jake volvió a acurrucarse con su mujer en el sofá, y la observó mientras leía las dos páginas del testamento. Carla fue abriendo la boca y los ojos. Al acabar miró a Jake con incredulidad.

—¿«Que mueran con dolor»? ¡Qué desgraciado!

—Obviamente. Yo al señor Hubbard no le conocí, pero Harry Rex intervino en su segundo divorcio y no tiene un gran concepto de él.

—La mayoría de la gente tampoco tiene un gran concepto de Harry Rex.

—Es verdad.

—¿Quién es Lettie Lang?

—La asistenta negra de la casa.

—Madre mía, Jake... Es un escándalo.

—Eso espero.

—¿Y tenía dinero, este hombre?

—¿Has leído la parte donde pone «Mis propiedades son considerables»? Parece que Ozzie, que le conocía, está de acuerdo.

Mañana iré temprano a Temple para hablar con Russell Amburgh, el albacea. A mediodía sabré mucho más.

Carla dio una especie de sacudida a las dos hojas.

—¿Esto es válido? —preguntó—. ¿Se puede hacer un testamento así?

—¡Pues claro! Primero de Testamentos y Patrimonios, con el profesor Robert Weems, titular de la asignatura durante cincuenta años en la facultad de derecho de Ole Miss. Me puso matrícula. Mientras el difunto lo haya escrito todo, y haya puesto su firma y la fecha, es un testamento perfectamente válido. Seguro que lo impugnan sus dos hijos, pero, bueno, ahí es donde empezará la diversión.

—Y ¿por qué se lo deja casi todo a su asistenta negra?

—Debía de gustarle cómo limpiaba la casa. No sé. Tal vez hiciera otras cosas aparte de limpiar.

—¿Como cuáles?

—Estaba enfermo, Carla. Se estaba muriendo de cáncer de pulmón. Yo sospecho que Lettie Lang le cuidaba de muchas maneras. Lo que es evidente es que él le tenía cariño. Sus dos hijos buscarán un abogado y pondrán el grito en el cielo, alegando influencia indebida. Dirán que ella intimó demasiado con el viejo y que le susurraba cosas al oído, por no decir otra cosa. Al final decidirá el jurado.

—¿Un juicio con jurado?

Jake sonreía, soñador.

—Ni más ni menos.

—Uau. ¿Quién lo sabe?

—Aún no han empezado los cotilleos, porque la petición la he presentado hoy a las cinco, pero calculo que a las nueve de la mañana el juzgado será una olla a presión.

—Pues acabará explotando, Jake. Un blanco rico deshereda a su familia, se lo deja todo a su asistenta negra y se ahorca. Será una broma, ¿no?

No era broma, no. Carla releyó el testamento mientras su marido cerraba los ojos y pensaba en el juicio. Al acabar dejó las dos hojas en el suelo y miró la habitación.

—Solo por mera curiosidad, cariño: ¿cómo se calculan los

honorarios del abogado en un caso así? Perdona que te lo pregunte.

Hizo un gesto vago con el brazo, contemplando aquella sala estrecha con muebles de mercadillo, estanterías baratas hundidas por el peso de demasiados libros, una falsa alfombra persa, cortinas de segunda mano, revistas apiladas en el suelo y el cutrerío general de unos inquilinos que, teniendo mejor gusto, carecían de medios para demostrarlo.

—¿Qué pasa, que quieres una casa más bonita? ¿Un dúplex, o una caravana de lujo?

—No empieces.

—Los honorarios podrían ser sustanciosos, aunque no lo he pensado mucho.

—¿Sustanciosos?

—Claro que sí. Los honorarios se basan en trabajo real, en horas facturables... Todo eso de lo que tan poco sabemos. El abogado de la sucesión ficha cada día y le pagan por tiempo. Es algo inaudito. Todos los honorarios tiene que aprobarlos el juez, que en este caso es nuestro querido amigo Reuben Atlee. Teniendo en cuenta que sabe que nos morimos de hambre, es muy posible que su señoría se sienta generoso. Una gran herencia, un montón de dinero, un testamento muy disputado... y quizá nos salvemos de la ruina.

—¿Un montón de dinero?

—Solo es una manera de hablar, cariño. No es momento de ponernos codiciosos.

—No seas tan condescendiente —dijo ella, viendo brillar sus ojos de letrado ávido.

—Vale, vale.

Carla, sin embargo, ya estaba llenando cajas mentalmente y haciendo preparativos para la mudanza. Un año antes había cometido el mismo error, cuando el bufete de Jake Brigance había atraído a una pareja joven, padres de un niño muerto poco después de nacer en un hospital de Memphis. El examen pericial había reducido a prácticamente nada lo que parecía un caso prometedor de negligencia médica. Al final Jake no había tenido más remedio que pactar la indemnización.

—¿Ya has ido a ver a Lettie Lang? —preguntó Carla.

—Sí. Vive por Box Hill, en un barrio que se llama Little Delta y donde no es que haya muchos blancos. Su marido es un borracho que pasa mucho tiempo fuera. No he entrado en la casa, pero daba la impresión de que estaban bastante apretados. He mirado en el registro y no es de propiedad. Es una casita barata de alquiler, parecida...

—Parecida a este antro, ¿no?

—Parecida a la nuestra. La debió de construir el mismo currante, y seguro que se arruinó. De todos modos, la cuestión es que aquí solo vivimos tres, y en la casa de Lettie vivirán una docena, creo yo.

—¿Es amable?

—Sí, bastante. No hemos hablado mucho tiempo. Me ha dado la impresión de una mujer negra bastante típica de la zona, con la casa llena de niños, marido a ratos, sueldo mínimo y vida dura.

—Qué imagen más cruda.

—Pues es bastante exacta.

—¿Es atractiva?

Jake empezó a hacerle un masaje en la pantorrilla, por debajo de la manta. Pensó un momento.

—No te lo sabría decir. Anochecía muy deprisa. Ronda los cuarenta y cinco, y se la veía bastante bien conservada. Fea no es, eso seguro. ¿Por qué lo preguntas? ¿Te parece que detrás del testamento del señor Hubbard podría haber algo sexual?

—¿Sexual? ¿Quién ha hablado de sexo?

—Es exactamente lo que piensas. Se ha quedado la herencia a base de tirárselo.

—Vale, pues sí, es lo que pienso, y es el rumor que correrá mañana a mediodía por toda la ciudad. Todo esto huele a puro sexo. Él se estaba muriendo, y ella le cuidaba. A saber qué harían.

—Eres una malpensada. Me encanta.

La mano de Jake subió por el muslo hasta que algo la frenó. El teléfono los sobresaltó. Jake fue a la cocina, habló y colgó.

—Es Nesbit, que está fuera —le dijo a Carla.

Buscó un puro y una caja de cerillas, y salió. Al llegar al final del corto camino de entrada encendió el puro al lado del buzón.

Una nube de humo se fundió con el aire frío de la noche. Un minuto más tarde apareció en la bocacalle un coche patrulla que frenó con suavidad a la altura de Jake. El agente Mike Nesbit sacó su orondo cuerpo del vehículo.

—Buenas noches, Jake —dijo.

Encendió un cigarrillo.

—Buenas noche, Mike.

Se apoyaron en el capó del coche patrulla, echando humo por la boca.

—Ozzie no ha encontrado nada sobre Hubbard —dijo Nesbit—. Ha buscado por todo Jackson, pero ha vuelto con las manos vacías. Parece que guardaba sus juguetes en otro sitio, el buen hombre. En este estado lo único que sale en el registro son su casa, sus coches, su finca y el depósito de madera de Palmyra. Aparte de eso, ni rastro. Cuentas, empresas, sociedades limitadas... nada de nada, oye. Como máximo un par de pólizas de seguros de lo más previsibles. Se rumorea que hacía negocios en otros estados, pero aún no hemos llegado tan lejos.

Jake asintió y siguió fumando. Ya no le sorprendía.

—¿Y Amburgh?

—Russell Amburgh es de Foley, Alabama, muy al sur, cerca de Mobile. Trabajaba de abogado en la ciudad hasta que le inhabilitaron, hace unos quince años. Por mezclar fondos de clientes, aunque no llegaron a acusarle. No tiene antecedentes penales. De ser abogado pasó a dedicarse al negocio de la madera. Lo más lógico es que conociera a Seth Hubbard entonces. Que sepamos nosotros, está todo limpio. Lo que me extraña es que se fuera a vivir a Temple, que es de lo más muerto que hay.

—A Temple iré yo mañana por la mañana. Ya se lo preguntaré.

—Bien.

Pasó una pareja mayor con un caniche no menos entrado en años. Saludaron sin pararse. Después de que se fueran, Jake echó más humo e hizo una pregunta:

—¿Y con Ancil Hubbard, el hermano? ¿Ha habido suerte?

—Nada, ni pío.

—No me extraña.

—Es curioso. Yo, que siempre he vivido aquí, nunca había oído el nombre de Seth Hubbard; y mi padre, que tiene ochenta años y ha vivido aquí toda la vida, tampoco.

—En este condado hay treinta y dos mil personas, Mike. No se puede conocer a todo el mundo.

—Pues Ozzie, sí.

Se rieron un momento. Nesbit tiró la colilla a la calle y se desperezó.

—Me parece que tendría que irme a casa, Jake.

—Gracias por venir. Mañana hablo con Ozzie.

—Vale, hasta luego.

Encontró a Carla en el dormitorio que no usaban, sentada en una silla, frente a la ventana de la calle. El cuarto estaba oscuro. Jake entró sin hacer ruido y se detuvo.

—Qué harta estoy de ver coches de la policía delante de mi casa, Jake —dijo Carla cuando supo que la oía.

Jake respiró hondo y se acercó. Era una conversación demasiado recurrente, que podía ir por malos derroteros a causa de cualquier palabra inoportuna.

—Yo también —dijo en voz baja.

—¿Qué quería? —preguntó ella.

—Nada, algunos datos sobre Seth Hubbard. Ozzie ha estado preguntando, pero no ha averiguado gran cosa.

—¿Y no podía llamarte mañana? ¿Por qué tiene que venir en coche y aparcar justo delante de la casa, para que todo el mundo vea que los Brigance no pueden pasar una noche entera sin que se presente otra vez la policía?

Preguntas sin respuesta.

Jake se mordió la lengua y salió de la habitación.

8

Russell Amburgh estaba en una mesa del fondo de The Café, escondido detrás del periódico. No era cliente habitual, ni una cara conocida del pequeño pueblo de Temple. Vivía ahí por una mujer, su tercera esposa, y salían poco de casa. Además, trabajaba para un hombre que valoraba la discreción y el secretismo, cosa que a él le iba de perlas.

Pocos minutos después de las siete cogió mesa, pidió un café y empezó a leer. Sobre el tema del testamento o testamentos de Seth Hubbard no sabía nada. Aunque llevara casi una década al servicio del señor Hubbard, sabía muy poco de su vida privada. Habría podido identificar la mayoría de sus bienes (seguro que no todos), pero sabía desde el primer momento que a su jefe le encantaban los secretos. Habían hecho muchos viajes juntos por el sudeste en la época en que el señor Hubbard iba formando su grupo de empresas, aunque nunca habían tenido mucha confianza. Nadie la tenía con Seth Hubbard.

Justo a las siete y media entró Jake y encontró a Amburgh en la mesa del fondo. The Café estaba lleno a medias. Al no ser conocido, fue objeto de algunas miradas al pasar. Jake y Amburgh se dieron la mano e intercambiaron los cumplidos de rigor. Por su conversación del día anterior, Jake se esperaba frialdad y resistencia a colaborar, aunque no le preocupaban demasiado las primeras reacciones de Amburgh Seth Hubbard le había encargado un trabajo, y si encontraba obstáculos se ampararía en los tribunales. El caso, sin embargo, fue que encontró a Amburgh relajado y bastante receptivo. Después de unos minutos hablando de fútbol y del tiempo, Amburgh fue al grano.

—¿Ya está legitimado el testamento? —preguntó.

—Sí, desde ayer a las cinco de la tarde. Al salir del funeral fui corriendo al juzgado de Clanton.

—¿Me ha traído una copia?

—Sí —dijo Jake sin llevarse la mano al bolsillo—. Se le designa a usted como albacea. Como ahora es de dominio público, puede tener todas las copias que quiera.

Amburgh hizo un gesto con las manos.

—¿Estoy entre los beneficiarios? —preguntó.

—No.

Asintió muy serio. Jake no supo si se lo esperaba.

—¿El testamento no me deja nada? —preguntó Amburgh.

—No, nada. ¿Le sorprende?

Amburgh tragó saliva con dificultad y miró a su alrededor.

—No —dijo con poca convicción—, la verdad es que no. Con Seth no existen las sorpresas.

—¿No le sorprendió que se suicidase?

—En absoluto, señor Brigance. Los últimos doce meses fueron una pesadilla. Seth se cansó de sufrir. Así de simple. Sabía que se estaba muriendo. Nosotros también lo sabíamos. Vaya, que no, que no me sorprendió.

—Espere a leer el testamento.

Llegó una camarera, tan lanzada que apenas frenó para llenarles las tazas de café. Amburgh tomó un sorbo.

—Cuénteme algo sobre usted, señor Brigance —dijo—. ¿De qué conocía a Seth?

—No le conocía —dijo Jake, y se embarcó en la versión abreviada de por qué estaba sentado a aquella mesa.

Amburgh escuchó con atención. Tenía la cabeza pequeña y redonda, lisa en la parte superior, y la costumbre, por nerviosismo, de ponerse la mano derecha en la frente y deslizarla hacia atrás, como si fuera necesario atusar constantemente sus escasos mechones de pelo oscuro. Llevaba una camisa de golf, unos chinos viejos y una cazadora fina. Más que el hombre de negocios del funeral, parecía un jubilado.

—¿Podríamos decir —preguntó Jake— que era usted su mano derecha?

—No, en absoluto; de hecho, no me explico muy bien que Seth haya querido implicarme. Se me ocurren otras personas con quienes tenía más trato. —Otro sorbo, más largo, de café—. Nosotros tuvimos nuestras diferencias. Pensé en marcharme más de una vez. Cuanto más dinero ganaba Seth, más se arriesgaba. Llegué a pensar que quería quemarse, quebrar a lo grande y esconder las ganancias en algún paraíso fiscal... Se volvió temerario. Daba miedo.

—Ya que ha salido el tema, hablemos del dinero de Seth.

—Está bien. Voy a decirle lo que sé, que no es todo.

—De acuerdo —dijo Jake con calma, como si hablaran de nuevo sobre el tiempo.

Hacía cuarenta y ocho horas que le consumía la pregunta de qué bienes poseía Seth, y por fin iba a saberlo. No tenía libreta ni bolígrafo, solo una taza de café.

Amburgh volvió a mirar a su alrededor, pero no los escuchaba nadie.

—Lo que estoy a punto de contarle lo sabe poca gente. No es que sea confidencial, pero Seth era un experto en no divulgar nada.

—Ahora saldrá a la luz, señor Amburgh.

—Ya lo sé. —Tomó un poco de café como si necesitara gasolina y se inclinó algo más hacia Jake—. Seth tenía mucho dinero. Lo ganó todo en los últimos diez años. El segundo divorcio le dejó amargado, resentido con el mundo, arruinado y también decidido a enriquecerse. Su segunda esposa le gustaba de verdad. Al verse abandonado tuvo ganas de vengarse, y eso para Seth significaba ganar más dinero del que recibió ella en el divorcio.

—Yo conozco mucho al abogado de la ex.

—¿Aquel tan alto y gordo? ¿Cómo se llamaba...?

—Harry Rex Vonner.

—Harry Rex. Oí a Seth insultarle unas cuantas veces.

—No era el único.

—Sí, eso dicen. Bueno, la cuestión es que Seth se quedó con

la casa y el terreno, que usó como aval para pedir un crédito enorme y comprar una serrería importante cerca de Dothan, en Alabama. Era donde trabajaba yo, comprando madera. Así nos conocimos. La consiguió barata, en el mejor momento. Fue a finales de 1979. Se había disparado el precio del contrachapado, y nos iba muy bien a todos. La temporada de huracanes estaba siendo buena: muchos destrozos y mucha demanda de conglomerado y madera maciza. Seth usó la serrería como aval para hacerse con una fábrica de muebles cerca de Albany, en Georgia. Hacían esas mecedoras tan grandes que se ven por todo el país en los porches de los restaurantes Griddle. Seth negoció un contrato con la cadena, y de la noche a la mañana casi había demasiada demanda para servirla. Después usó de aval el stock, pidió otro crédito y se compró una fábrica de muebles cerca de Troy, en Alabama. Por esa misma época encontró al dueño de un pequeño banco de Birmingham que intentaba hacerlo crecer. Era un hombre agresivo, en la misma línea de Seth. Empezaron a sucederse los negocios: más fábricas, más serrerías, más concesiones madereras... Seth tenía olfato para los negocios infravalorados o con problemas, y su banquero casi nunca le decía que no. Yo le avisé de que no era bueno endeudarse tanto, pero él era demasiado temerario para hacerme caso. Quería demostrar algo. Se compró un avión, que tenía en Tupelo para que aquí no se enterase nadie, y volaba en él.

—¿Acaba bien, la historia?

—Sí, muy bien. En los últimos diez años, más o menos, Seth compró unas tres docenas de empresas, sobre todo fábricas de muebles en el sur, que en algunos casos trasladó a México, pero también depósitos de madera y serrerías, además de muchas hectáreas de bosque. Todo a base de préstamos. Le he hablado de un banquero, el de Birmingham, pero hubo más. Cuanto más crecían sus negocios, menos le costaba a Seth conseguir créditos. Ya le digo que a veces daba miedo, pero nunca se pilló los dedos. No vendía nada de lo que compraba. Aguantaba hasta que apareciese otra operación. Para Seth comprar y endeudarse era como una adicción. Hay hombres que juegan, otros que beben, otros que persiguen faldas... A Seth le encantaba el olor del dinero ajeno al comprarse una nueva empresa. También le gustaban las mujeres.

»Luego, desgraciadamente, se puso enfermo. Hace más o menos un año que le diagnosticaron un cáncer de pulmón. Hasta entonces iba a tope. Los médicos le dieron como mucho un año. Le sentó como un tiro, qué le voy a decir... Decidió venderlo todo sin consultar a nadie. Hace pocos años encontramos el bufete Rush de Tupelo, y a partir de entonces Seth empezó a fiarse de alguien. Odiaba a los abogados, y era tan rápido en despedirlos como en contratarlos, pero el bufete Rush le convenció de que lo consolidase todo en un solo grupo empresarial. En noviembre pasado lo vendió por cincuenta y cinco millones de dólares a un grupo de LBO de Atlanta y saldó tranquilamente todas sus deudas, que ascendían a treinta y cinco millones.

—¿Le quedaron veinte netos?

—Eso, más o menos veinte netos. Quedaban algunos flecos, entre ellos yo, que al tener una participación en el grupo salí bien parado. A finales del año pasado me jubilé. Lo que hizo desde entonces Seth con el dinero, no lo sé. Lo enterraría en el jardín. También acumuló otros bienes que no había incluido en su grupo de empresas, como una cabaña en las montañas de Carolina del Norte y bastantes otras cosas. Probablemente haya una o dos cuentas en paraísos fiscales.

—¿Probablemente?

—Es que no se lo puedo asegurar, señor Brigance. Son cosas que oye uno con los años. Ya le digo que al señor Hubbard le encantaban los secretos.

—Pues mire, señor Amburgh, entre usted, que es su albacea, y yo, que soy su abogado, tendremos que localizar todos los bienes.

—No debería ser muy difícil. Tendremos que tener acceso a su oficina.

—¿Dónde está?

—En el depósito de madera de cerca de Palmyra. Era la única oficina que tenía. La lleva una secretaria que se llama Arlene. El domingo por la noche hablé con ella y le aconsejé que lo tuviera todo bien cerrado hasta recibir noticias de los abogados.

Jake bebió un poco más de café, intentando asimilar toda la información.

—Veinte millones, ¿eh? No conozco a nadie en todo el condado de Ford con ese dineral.

—En eso no puedo ayudarle, señor Brigance. Nunca he vivido en el condado de Ford. Ahora bien, le aseguro que en el de Milburn no hay nadie ni una décima parte de rico.

La camarera trajo copos de avena para el señor Amburgh y unos huevos revueltos para Jake.

—¿A sus hijos los ha desheredado? —preguntó Amburgh mientras echaban azúcar o sal en sus platos.

—Sí.

Una sonrisa y un gesto de aquiescencia, sin rastro de sorpresa.

—¿Se lo esperaba? —preguntó Jake.

—Yo no me espero nada, señor Brigance, ni me sorprende nada —contestó con suficiencia Amburgh.

—Pues le tengo guardada una sorpresa —dijo Jake—. Seth desheredó a sus dos hijos, a sus dos ex mujeres, que por cierto no tienen derecho a nada, y a todo el mundo, con dos excepciones: su hermano Ancil, cuyo rastro se perdió hace tiempo, y que probablemente ya esté muerto (si no lo está, se llevará el 5 por ciento), y a su iglesia, con otro 5 por ciento. El resto, es decir, ni más ni menos que el 90 por ciento, se lo ha dejado a su asistenta negra de los últimos tres años, una tal Lettie Lang.

Amburgh dejó de masticar y entrecerró los ojos, mientras bajaba la mandíbula y se le formaban profundos surcos en la frente.

—No me diga que no le ha sorprendido —dijo Jake, victorioso, antes de llevarse más comida a la boca.

Amburgh respiró profundamente y tendió una mano vacía. Jake sacó de su bolsillo una copia del testamento y se la dio. Los surcos se pronunciaron aún más durante la lectura de las dos páginas. Amburgh empezó a hacer gestos de incredulidad con la cabeza. Después de releer el documento lo dobló y lo dejó en la mesa.

—¿No conocerá a Lettie Lang, por casualidad? —preguntó Jake.

—No, de nada. Yo nunca he visto la casa de Seth, señor Brigance. La verdad es que nunca le oí hablar de ella, ni de nadie que trabajase en ella. Seth lo tenía todo compartimentado, y la mayoría de los compartimentos no podía tocarlos nadie. ¿Usted la conoce?

—Desde ayer. Vendrá esta tarde a mi bufete.

Amburgh empujó despacio el plato y el cuenco con las puntas de los dedos. Había acabado de desayunar. Ya no tenía hambre.

—¿Por qué lo hizo, señor Brigance?

—Yo pensaba preguntarle lo mismo.

—Hombre, sentido no tiene, está claro... Por eso no le veo mucho futuro al testamento. Seth no estaba en su sano juicio. Sin capacidad para testar, no se puede otorgar un testamento válido.

—No, por supuesto, pero de momento hay pocas cosas claras. Por un lado, parece que el señor Hubbard planeó su muerte hasta el último detalle, como si supiera perfectamente lo que hacía. Por otro, resulta inconcebible que se lo dejase todo a su asistenta.

—A menos que ella influyera en él...

—Seguro que lo alegarán.

Amburgh metió la mano en un bolsillo.

—¿Le importa si fumo? —dijo.

—No.

Encendió un mentolado y dejó caer las cenizas en los copos de avena. Le daba vueltas la cabeza. Era todo tan absurdo...

—No estoy muy seguro de tener el aguante necesario, señor Brigance —dijo al fin—. Ser nombrado albacea no comporta ninguna obligación.

—Me dijo que había sido abogado. Se nota en su forma de hablar.

—En mis tiempos fui un currante de pueblo, como los hay a millones, en Alabama, aunque las leyes de certificación de testamentos no cambian mucho entre estados.

—Tiene razón, no está obligado a ser albacea.

—¿A quién puede apetecerle este fregado?

«Pues a mí, para empezar», pensó Jake, aunque se mordió la

lengua. La camarera despejó la mesa y llenó las tazas de café. Amburgh volvió a leer el testamento y encendió otro cigarrillo.

—Vamos a ver, señor Brigance —dijo tras haber vaciado los pulmones—. Déjeme pensar en voz alta. Seth hace referencia a un testamento anterior preparado el año pasado por el bufete Rush de Tupelo. Tal como los conozco, puedo asegurarle que es un documento mucho más largo, mucho mejor redactado y pensado para aprovechar una buena planificación fiscal, desgravaciones por donativos, cambios de titularidad para saltarse el impuesto de sucesiones... Toda la parafernalia que se puede usar para proteger la sucesión y ahorrarse el máximo de impuestos por la vía legal. ¿Me sigue?

—Sí.

—En el último momento Seth escribió este texto tan tosco que revoca el testamento auténtico, se lo deja prácticamente todo a su asistenta negra y garantiza que gran parte de lo que intenta legar se lo coma el fisco. ¿Aún me sigue?

—En impuestos se irá más o menos el 50 por ciento —dijo Jake.

—La mitad de un plumazo. ¿A usted le parece propio de un hombre con las ideas claras, señor Brigance?

No, pero Jake no estaba dispuesto a ceder ni un milímetro.

—Seguro que se alegará durante el juicio, señor Amburgh —dijo—. Mi trabajo es certificar la sucesión y cumplir los deseos de mi cliente.

—Así habla un abogado de verdad.

—Gracias. ¿Será usted el albacea?

—¿Cobraré algo?

—Sí, habrá honorarios, aunque tendrá que aprobarlos el juez.

—¿Cuánto tiempo supondría?

—Puede que mucho. Si se impugna el testamento, como parece probable, podríamos tener horas o días de juicio por delante; y usted, como albacea, tendría que estar presente y escuchar a todos los testigos.

—Pero, señor Brigance, es que a mí este testamento no me gusta. Me parece mal lo que hizo Seth. El otro, el largo, no lo he visto, pero estoy bastante seguro de que me gustaría más. ¿Por qué tengo que defender esta chapuza de última hora, escrita a mano, que se lo deja a todo a una asistenta negra que no se lo merece y que probablemente influyera demasiado en Seth? ¿Me entiende?

Jake asintió un poco y frunció el ceño, sumamente receloso. Después de media hora con Amburgh estaba casi seguro de que no quería pasar todo un año con él. Normalmente no costaba mucho sustituir a un albacea. Sabía que podría convencer al juez de la necesidad de desprenderse de aquel individuo.

—No tiene sentido —dijo Amburgh en voz baja después de mirar otra vez alrededor—. Seth se pasó los últimos diez años de su vida sudando para acumular una fortuna. Corrió unos riesgos enormes, pero tuvo suerte. Y al final se lo echa todo en las faldas a una mujer que no ha tenido ni las más remota relación con su éxito. A mí me da un poco de asco, señor Brigance. Y me hace sospechar.

—Pues entonces no sea el albacea, señor Amburgh. Estoy seguro de que el tribunal podrá encontrar un sustituto. —Jake cogió el testamento, lo dobló por los pliegues y se lo guardó otra vez en el bolsillo—. De todos modos, consúltelo con la almohada, que no hay prisa.

—¿Cuándo empieza la guerra?

—Pronto. Los otros abogados se presentarán con el testamento anterior.

—Promete ser fascinante.

—Gracias por dedicarme su tiempo, señor Amburgh. Tenga, mi tarjeta.

Jake dejó sobre la mesa su tarjeta de visita y un billete de cinco. Tras salir a toda prisa se quedó un momento dentro del coche, intentando ordenar sus ideas y concentrarse en una disputada herencia cuyo valor era de veinte millones de dólares.

Un año antes, una demanda judicial sobre el seguro de una planta de fertilizantes que había ardido en circunstancias misteriosas había convertido Clanton en un hervidero de rumores. El dueño era un sinvergüenza de la ciudad, Bobby Carl Leach, con un historial de tejemanejes que ya incluía otros edificios incendiados y demandas. Por suerte Jake no había participado en el litigio; huía de Leach como de la peste, pero durante el juicio salió a relucir que el valor neto de los bienes del demandado era de unos cuatro millones de dólares. Su balance carecía de cualquier liquidez, pero al restar sus deudas de sus activos se obtenía un patrimonio neto bastante impresionante. La situación había desembocado en un sinfín de disputas y debates sobre quién era la persona más rica del condado de Ford. La polémica encendía los bares de la plaza en horario matinal, y también a la salida del trabajo, sin olvidar el juzgado, donde los letrados formaban corro para exagerar los testimonios más recientes; en resumen, que la controversia se había extendido literalmente por toda la ciudad.

Estaba claro que la lista la encabezaba Bobby Carl con sus cuatro millones. De no ser por Lucien, que había dilapidado la fortuna familiar hacía décadas, el clan Wilbanks habría estado en la cúspide. También se hablaba de varios granjeros, aunque solo por costumbre; el dinero les venía «de familia», cosa que a finales de los años ochenta significaba que tenían tierras, pero también dificultades para llegar a fin de mes. Ocho años antes un tal Willie Traynor había vendido *The Ford County Times* por un millón y medio de dólares, y se rumoreaba que había doblado la suma jugando en bolsa, aunque los rumores sobre Willie casi nadie se los tomaba en serio. Una mujer de noventa y ocho años tenía seis millones en acciones bancarias. En un momento dado, apareció una lista anónima en el despacho de un secretario judicial, que no tardó en divulgarse vía fax por toda la ciudad. Llevaba un título ingenioso: «Lista Forbes de los diez habitantes más ricos del condado de Ford». El hecho de que nadie se quedara sin su copia engrosó los rumores. La lista fue corregida, aumentada, detallada, enmendada, modificada y hasta ficcionalizada. En ningún momento, sin embargo, incluyó a Seth Hubbard.

Las conjeturas se alargaron unas cuantas semanas, hasta que a la ciudad se le pasó el entusiasmo y se apagaron por sí solas. Jake, como era previsible, no llegó a verse en la lista

Rió por dentro al pensar en el ingreso, inminente y espectacular, de Lettie Lang en el catálogo.

9

En su último día de trabajo, Lettie llegó media hora antes con la vana esperanza de impresionar con su puntualidad al señor Herschel y la señora Dafoe, que tal vez así se replanteasen su decisión y la dejaran seguir en el puesto. A las siete y media aparcó su Pontiac de doce años de antigüedad al lado de la camioneta del señor Seth. Hacía meses que había dejado de llamarle «señor», al menos cuando estaban solos. En presencia de otros empleaba el tratamiento, pero solo por las apariencias. Respiró profundamente y se aferró al volante, consternada por la idea de volver a verlos. Se irían pronto, lo antes posible. Los había oído quejarse de que tuvieran que pasar dos noches en la casa. Estaban ansiosos por volver a sus hogares, que se caían a pedazos. Menudo engorro, enterrar a su padre... No sentían otra cosa más que desdén por el condado de Ford.

Lettie había dormido poco. Durante toda la noche habían resonado en su cabeza las palabras del señor Brigance: «una parte considerable de sus bienes». A Simeon no le había dicho nada. Quizá más tarde. O quizá lo dejara en manos del señor Brigance. Pese a la insistencia de su marido en saber por qué había venido el abogado y qué le había dicho, Lettie estaba demasiado perpleja y asustada para hacer el esfuerzo de explicarse. Además, ¿cómo explicarlo si ni ella misma lo entendía? A pesar de su desconcierto, sabía que la mayor imprudencia que podía cometer era pensar que el desenlace sería positivo. Se lo creería cuando viera el dinero. Ni un día antes.

La puerta entre el garaje y la cocina no estaba cerrada con

llave. Entró deprisa y se paró a escuchar, por si se oía alguna actividad. En la sala de estar estaba encendida la tele. En la encimera se estaba colando café. Tosió con todas sus fuerzas.

—¿Eres tú, Lettie? —dijo una voz.

—Sí —contestó ella con dulzura.

Entró en la sala de estar con una sonrisa falsa y se encontró a Ian Dafoe sentado en el sofá, todavía en pijama, entre papeles, inmerso en los detalles de un negocio inminente.

—Buenos días, señor Dafoe —dijo.

—Buenos días, Lettie —contestó él, sonriendo—. ¿Cómo estás?

—Muy bien, gracias, ¿y usted?

—Como se puede estar. Me he pasado casi toda la noche despierto con esto —dijo, indicando con un gesto del brazo sus queridos papeles, como si Lettie supiera muy bien a qué se refería—. ¿Me harías el favor de traerme un café? Solo.

—Ahora mismo.

Cuando Lettie se lo llevó, el señor Dafoe no dijo nada ni hizo ningún gesto, inmerso de nuevo en sus cosas. Lettie volvió a la cocina, se sirvió un café y al abrir la nevera para sacar la leche vio una botella de vodka casi vacía. Nunca había visto bebidas alcohólicas en aquella casa. Seth no las tenía. Una vez al mes traía unas cuantas cervezas, las guardaba en la nevera y solía olvidarse de ellas.

El fregadero estaba lleno de platos sucios. ¿Poner ellos el lavavajillas, teniendo una criada a sueldo? Lettie empezó a fregarlo. En ese momento apareció en la puerta de la cocina el señor Dafoe.

—Me parece que voy a ducharme. Ramona no se encuentra bien. Lo más probable es que sea un resfriado.

«¿Un resfriado o el vodka?», pensó Lettie.

—Lo siento —dijo—. ¿Puedo ayudarla en algo?

—La verdad es que no, aunque estaría bien poder desayunar. Huevos con beicon. Los míos, revueltos. Los de Herschel, no sé.

—Se lo preguntaré.

Ya que tanto la familia como la criada se iban y cerrarían la casa a cal y canto con vistas a venderla o quitársela de encima como fuese, Lettie decidió vaciar la despensa y la nevera. Frió beicon y salchichas, hizo masa de crepes, huevos revueltos, tortillas y crema de maíz con queso. También calentó galletas compradas de la marca favorita de Seth. Cuando se sentaron a desayunar los tres, se encontraron la mesa cubierta de cuencos y bandejas de los que salía humo, y todo fueron quejas sobre el exceso de comida y de preparativos. Aun así comieron. Ramona, muy callada, con los ojos hinchados y la cara roja, dio muestras de una especial avidez con las grasas. Lettie se quedó unos minutos, sirviéndoles como estaba mandado. El ambiente era tenso. Sospechó que habían pasado una velada horrible, entre copas, discusiones y el esfuerzo de sobrevivir a la última noche en una casa que odiaban. Al entrar en los dormitorios se alegró de ver que habían hecho el equipaje.

Desde la oscuridad oyó que Herschel e Ian hablaban sobre ir a ver a los abogados. Según Ian era más fácil que vinieran a casa de Seth que ir ellos tres en grupo a Tupelo.

—Claro que pueden venir. ¡Pues vaya! —dijo—. A las diez estarán aquí.

—Vale, vale —cedió Herschel.

Bajaron la voz. Después del desayuno, mientras Lettie quitaba la mesa y apilaba los platos, salieron los tres al patio y se distribuyeron alrededor de la mesa de picnic para tomar café al sol de la mañana. Ramona parecía más animada. Lettie, que vivía con un alcohólico, supuso que las mañanas de la señora Dafoe solían arrancar despacio. Se oyeron risas, señal de una tregua en lo que pudieran haberse echado en cara por la noche.

Llamaron al timbre. Era un cerrajero de Clanton. Herschel le hizo pasar y le explicó en voz alta, para que le oyera Lettie, que querían cambiar las cerraduras de las cuatro puertas exteriores de la casa. Mientras el cerrajero se ponía a trabajar, empezando por la puerta principal, Herschel se asomó a la cocina.

—Lettie, vamos a poner cerraduras nuevas para que no se pueda abrir con las llaves de antes —dijo.

—Yo nunca he tenido llave —respondió Lettie con mal tono, porque no era la primera vez que lo decía.

—Ya —contestó Herschel sin creérselo—. Le dejaremos una

a Calvin, y las otras nos las quedaremos. Me imagino que de vez en cuando volveré para ver cómo está todo.

«Tú mismo», pensó Lettie.

—Si quieren que venga y limpie cuando me lo pidan, yo encantada —dijo, sin embargo—. Me abriría Calvin.

—No hará falta, pero gracias. Prepara más café, que hemos quedado aquí a las diez con los abogados. Después nos marcharemos. Me sabe mal, pero a partir de entonces ya no te necesitaremos, Lettie. Lo siento, pero es que la muerte de papá lo cambia todo.

Lettie apretó las mandíbulas.

—Lo entiendo —dijo.

—¿Cada cuánto te pagaba?

—Cada viernes, cuarenta y ocho horas de trabajo.

—¿El viernes pasado te pagó?

—Sí.

—O sea, que te debemos el lunes, el martes y la mitad de hoy, ¿verdad?

—Supongo.

—A cinco dólares la hora.

—Sí, señor.

—Sigo pasmado de que te pagara tanto —dijo Herschel al abrir la puerta y salir al patio.

Cuando llegaron los abogados Lettie estaba deshaciendo las camas. A pesar de los trajes oscuros y de los semblantes serios, podrían haber sido Santa Claus con sacos de juguetes para los niños buenos. Justo antes de que aparcasen en la entrada, Ramona, con tacones, perlas y un vestido mucho más bonito que el del funeral, se asomó una docena de veces a la ventana delantera. Ian, que se había puesto traje y corbata, daba vueltas por el salón mirando el reloj. Herschel, recién afeitado por primera vez desde su llegada, entraba y salía por la puerta de la cocina.

En los últimos tres días Lettie había oído lo suficiente para saber que las expectativas eran altas. Aunque ignorasen cuánto dinero tenía Seth en el banco, eran bastante perspicaces para convencerse de que algo había. Y, en última instancia, eran ganancias imprevistas. Solo la casa y el terreno ya valían al menos medio millón, según los últimos cálculos de Ian. ¿Se tiene a menudo la suerte de poder repartirse medio millón de dólares? También estaba el depósito de madera, y a saber qué más.

Se reunieron en la sala de estar. Tres abogados y tres posibles beneficiarios, todos bien vestidos, con modales perfectos y buen humor. La criada, con su mejor vestido blanco de algodón, les sirvió café y pastel, y se retiró a escuchar en la penumbra.

Los abogados dieron solemnes el pésame. Conocían a Seth desde hacía años y le admiraban mucho. Qué hombre... Era muy posible que tuvieran en mejor concepto a Seth que sus propios hijos, aunque en aquel momento no se tuvo en cuenta. Durante la primera parte de la conversación, Herschel y Ramona desempeñaron no ya bien, sino admirablemente sus papeles. Ian parecía aburrido con los preliminares y con ganas de ir al grano.

—Tengo una idea —dijo Herschel—. Cabe la posibilidad de que nos estén escuchando otros oídos. Con el buen día que hace podríamos salir al patio, donde será todo... digamos que más confidencial.

—Herschel, por favor —protestó Ramona.

Ian, sin embargo, ya había empezado a levantarse. Cruzaron la cocina en grupo y salieron al patio, donde se redistribuyeron alrededor de la mesa de picnic. Una hora antes, Lettie, que se lo esperaba, había abierto un poco una ventana del cuarto de baño. Ahora estaba sentada al borde de la bañera, desde donde oía mejor que nunca.

El señor Lewis McGwyre abrió su pesado maletín y sacó una carpeta. Después hizo circular tres copias de un documento de varias páginas.

—Esto se lo redactó nuestro bufete a su padre hace más de un año —empezó a explicar—. Perdonen por la cantidad de formulismos, pero es que hay que ponerlos.

—Ya lo leeré después —dijo Ramona, nerviosa y con los ojos todavía enrojecidos—. Por favor, dígannos ustedes qué pone en el testamento.

—Muy bien —dijo el señor McGwyre—. Para no andarnos por las ramas, cada uno de ustedes, Herschel y Ramona, recibe el 40 por ciento de la herencia. Hay una parte en fideicomiso, pero el caso es que heredarán el 80 por ciento de los bienes del señor Hubbard.

—¿Y el veinte restante? —consultó Ian.

—El 15 por ciento se ingresará en un fondo para los nietos, y el otro 5 por ciento se donará directamente a la Iglesia Cristiana de Irish Road.

—¿De qué bienes estamos hablando? —preguntó Herschel.

—Los activos son considerables —contestó tranquilamente Stillman Rush.

Media hora después, cuando Lettie apareció con una cafetera recién hecha, el ambiente había experimentado un cambio sorprendente. El nerviosismo inicial, la expectación o la nota previa de tristeza y luto se habían esfumado para dejar paso al vértigo que solo la riqueza repentina y no ganada puede provocar. Al haber tanto dinero en el aire, la aparición de Lettie provocó un hermetismo inmediato en los seis, que no dijeron una sola palabra mientras esta les servía el café. Cuando Lettie se fue y cerró la puerta de la cocina, la conversación se reavivó.

Lettie escuchaba, cada vez más perpleja.

El testamento que había encima de la mesa designaba a Lewis McGwyre como albacea, así que, además de haber redactado el documento, sería el principal responsable de legitimarlo y gestionarlo. El tercer abogado, Sam Larkin, que había sido el principal asesor de Seth en los asuntos económicos, dio muestras de querer adjudicarse cuanto antes el mérito de su increíble éxito y se deshizo en alabanzas sobre una serie de operaciones, deleitando a su público con las intrépidas hazañas de Seth, que al parecer había sido de lo más temerario al pedir préstamos. Al final había resultado que Seth era el más listo de todos. Ian fue el único que se cansó con la historia.

El señor McGwyre explicó que habían pensado aprovechar su estancia en el condado de Ford para ir al juzgado y presentar los documentos necesarios para el proceso de legitimación. El periódico del condado publicaría en sus páginas durante noventa días un aviso a los acreedores, y una invitación a reclamar cualquier posible deuda. La verdad era que el señor McGwyre dudaba de que hubiera acreedores desconocidos. Seth era consciente de que le quedaba poco tiempo de vida. Habían hablado hacía menos de un mes.

—A grandes rasgos nos lo planteamos como una validación de rutina —dijo Stillman Rush—, pero llevará su tiempo.

«Más honorarios», pensó Ian.

—Dentro de unos meses presentaremos en el juzgado las cuentas y el inventario de todos los bienes y las deudas de su padre. Para ello habrá que recurrir a los servicios de una empresa contable acreditada que localice todos los bienes. Nosotros conocemos unas cuantas. Hay que tasar todos los bienes inmuebles, y hacer una lista de todas las propiedades personales. Es un proceso.

—¿Cuánto durará? —preguntó Ramona.

Los tres abogados empezaron a moverse en sus asientos a la vez, reacción habitual cuando se les solicitaba información concreta. Lewis McGwyre, el de más jerarquía de los tres, se encogió de hombros.

—Yo diría que entre doce y dieciocho meses —dijo sin mojarse.

Ian lo oyó con una mueca, pensando en todos los préstamos que tenía que devolver durante los seis meses siguientes. Herschel frunció el ceño, aunque intentó disimular, como si sus cuentas estuvieran más que saneadas y no existiera ningún tipo de presión. Ramona sacudió la cabeza, enojada.

—¿Por qué tanto tiempo?

—Buena pregunta —respondió el señor McGwyre.

—Gracias.

—La verdad es que para este tipo de cosas doce meses no es mucho. Hay muchos preparativos. Por suerte su padre tenía bienes considerables, lo cual no ocurre en la mayoría de los casos. Si se hubiera muerto sin blanca, todo el proceso de legitimación podría cerrarse en noventa días.

—En Florida el tiempo medio de legitimación son treinta meses —dijo el señor Larkin.

—No estamos en Florida —dijo Ian mirándolos con frialdad.

—Además —se apresuró a añadir Stillman Rush—, la ley contempla un reparto parcial, es decir, que podrían estar autorizados para disponer de una parte de lo que les corresponde antes de que se hayan cumplido todos los trámites.

—Eso ya me suena mejor —dijo Ramona.

—¿Podemos hablar de impuestos? —insistió Ian—. ¿Por qué cantidades nos moveríamos?

El señor McGwyre se apoyó en el respaldo y cruzó las piernas con seguridad.

—En una herencia de estas dimensiones —dijo entre gestos de aquiescencia, sonriendo—, sin cónyuge vivo, los impuestos serían brutales, ligeramente por encima del 50 por ciento, pero gracias a la previsión del señor Hubbard, y a nuestros conocimientos, pudimos preparar un plan... —Levantó una copia del testamento—. Usando una serie de fideicomisos y otros recursos, hemos reducido la tasa impositiva real más o menos al 30 por ciento.

A Ian, el experto en números, no le hizo falta una calculadora. Restando el 30 por ciento a algo más de veinte millones de masa hereditaria, la cosa quedaba más o menos en catorce millones de dólares, 40 por ciento de ellos para su querida esposa: su parte, por lo tanto, sería más o menos de cinco millones seiscientos mil. Netos, sin impuestos, puesto que tanto los del estado como los federales se sustraerían de la masa hereditaria. En aquel momento Ian y sus múltiples socios y empresas debían más de cuatro millones a una plétora de bancos, y la mitad, aproximadamente, ya debería haber sido devuelta.

En cuanto a Herschel, mientras su calculadora interna operaba a trancas y barrancas, se sorprendió canturreando en voz baja. Al cabo de unos segundos también él llegó a una cantidad vecina a los cinco millones y medio. Qué harto estaba de vivir con su madre... Por no hablar de sus hijos; adiós a los quebraderos de cabeza de los gastos escolares.

—Veinte millones, Ian —dijo Ramona en un arranque de maldad, mientras clavaba una mirada hostil en su marido—. No está mal para... ¿Qué decías tú siempre? Un leñador medio analfabeto.

Herschel cerró los ojos y expulsó el aire por la nariz.

—Dilo, Ramona —contestó Ian.

De repente a los abogados les interesaban mucho sus zapatos. Ramona volvió a la carga.

—Tú no ganarás veinte millones en toda tu vida. En cambio papá los ganó en diez años. Y tu familia, habiendo tenido tantos bancos, nunca ha llegado a cantidades así. ¿No te parece increíble, Ian?

Lo único que pudo hacer él fue mirarla boquiabierto. De haber estado solos, seguro que le habría echado las manos al cuello. Se sintió impotente. «Tranquilo —se dijo, aguantándose la rabia—; más vale mantener la calma, que esta zorra sentada a menos de dos metros, esta que tanto se burla, está a punto de heredar varios millones, y aunque lo más probable es que la herencia destruya el matrimonio, algo me quedará.»

Stillman Rush cerró su maletín.

—Bueno —dijo—, nosotros tenemos que marcharnos. Ahora iremos directamente al juzgado para ponerlo todo en marcha. Si no hay impedimento por su parte, deberíamos vernos muy pronto.

Lo dijo mientras se levantaba. De repente tenía muchas ganas de no estar con aquella familia. McGwyre y Larkin también se pusieron en pie, cerrando sus respectivos maletines, y se despidieron con la misma hipocresía. No quisieron que los acompañaran a la puerta. A la vuelta de la esquina prácticamente echaron a correr.

Después de que se fueran, se instaló en el patio un largo y letal vacío de silencio, en el que ninguno de los tres miraba a los demás, y todos se preguntaban quién sería el primero en hablar. Cualquier palabra inoportuna podía desencadenar otra pelea, o incluso algo peor. Al final fue Ian, el más irritado, quien le hizo una pregunta a su mujer.

—¿Por qué has dicho eso delante de los abogados?

—No —terció Herschel—, por qué lo has dicho y punto.

Ramona ignoró a su hermano.

—Porque hace mucho tiempo que quería decirlo, Ian —gruñó—. Siempre nos has despreciado, sobre todo a mi padre, y ahora de repente cuentas su dinero.

—Como todos, ¿no?

—Cállate, Herschel —replicó, ignorándole mientras miraba fijamente a Ian—. Ahora me divorciaré. Ya lo sabes.

—Poco tardas.

—Sí.

—Ya está bien —pidió Herschel. No era la primera amenaza de divorcio que presenciaba—. Venga, vamos a acabar de hacer el equipaje y marchémonos.

Los dos hombres se levantaron despacio y se fueron. Ramona se quedó mirando los árboles de la parte trasera del jardín, un bosque donde había jugado de pequeña. Hacía años que no se sentía tan libre.

Antes de mediodía llegó otro pastel, que Lettie intentó rechazar. Al final lo dejó en la encimera donde fregaba cacharros por última vez. Los Dafoe se despidieron rápidamente, pero solo porque era imposible marcharse sin hacerlo. Ramona prometió mantener el contacto, y tal y cual. Lettie vio que subían al coche sin decirse nada. El viaje a Jackson se haría largo.

A mediodía llegó Calvin, tal como estaba planeado, y Herschel le dio una llave de las cerraduras nuevas junto a la mesa de la cocina. Tenía que pasar cada dos días para comprobar que estuviera todo en orden, cortar el césped y quitar las hojas secas: lo típico.

—Bueno, Lettie —dijo Herschel después de que Calvin se fuera—, he calculado que te debemos dieciocho horas, a cinco cada una, ¿no?

—Lo que usted diga.

Extendió un cheque sin sentarse, al lado de la encimera.

—Noventa dólares —masculló, ceñudo. Aún tenía ganas de quejarse de que el sueldo era excesivo. Firmó el cheque y lo arrancó—. Toma —dijo como si fuera un regalo.

—Gracias.

—A ti, Lettie, por cuidar a papá, la casa y todo. Ya sé que no es un momento fácil.

—Lo entiendo —dijo ella con firmeza.

—Tal como van las cosas, dudo que volvamos a verte, pero quiero que sepas que te agradecemos mucho lo que hiciste por nuestro padre.

«A otro perro con ese hueso», pensó Lettie, aunque le dio las gracias otra vez.

Se le empañaron los ojos al doblar el cheque.

—Bueno, Lettie —dijo Herschel después de una pausa incómoda—, ahora me gustaría que te fueras, para poder cerrar la casa.

—Como usted diga.

10

Que un aburrido miércoles por la mañana recorrieran el juzgado dándose humos tres abogados bien vestidos de fuera de la ciudad debía llamar forzosamente la atención, aunque a ellos por lo visto no les importase lo más mínimo. De aquel trámite podría haberse encargado sin problema un solo abogado, pero tres cobrarían el triple. Ignorando a los abogados del lugar, a los secretarios y a los habituales del juzgado que ocupaban los pasillos, entraron resueltos en el registro del tribunal de equidad, donde fueron recibidos por Sara. Estaba avisada por Jake Brigance, a quien había avisado a su vez una llamada sorpresa de Lettie Lang desde la casa de Seth que le informaba de que acababa de salir para Clanton toda una cuadrilla de abogados.

Stillman Rush disparó una sonrisa irresistible a Sara, quien masticaba despacio un chicle mientras miraba a los tres hombres con mala cara, como a tres intrusos.

—Somos del bufete Rush de Tupelo —anunció Stillman.

Ni una sola de las otras tres secretarias levantó la cabeza. Tampoco cesó la música ambiental de una radio.

—Enhorabuena —dijo Sara—. Bienvenidos a Clanton.

Lewis McGwyre, mientras tanto, había abierto su estupendo maletín y sacaba papeles.

—Muy bien, muy bien —dijo Stillman—. Venimos a presentar una solicitud de legitimación de una herencia.

Los papeles aterrizaron con un pequeño silbido delante de Sara, que los miró sin tocarlos, mientras masticaba.

—¿Quién se ha muerto? —preguntó.

—Se llamaba Seth Hubbard —dijo Stillman una octava más aguda que antes, aunque siguió sin llamar la atención de nadie en el registro.

—No me suena —dijo Sara inexpresiva—. ¿Vivía en el condado?

—Sí, cerca de Palmyra.

Finalmente tocó los papeles: los cogió e inmediatamente empezó a fruncir el ceño.

—¿Cuándo murió? —preguntó.

—El domingo pasado.

—¿Ya le han enterrado?

Stillman estuvo a punto de espetarle «¿Y a usted qué le importa?», pero se aguantó. No estaba en su terreno. Ganarse la antipatía de los subordinados solo servía para crearse problemas. Tragó saliva y consiguió sonreír.

—Ayer —dijo.

Sara miró hacia el techo, como si algo no cuadrase.

—¿Seth Hubbard? ¿Seth Hubbard? Oye, Eva —dijo por encima del hombro—, ¿no nos habían traído algo sobre Seth Hubbard?

Eva contestó a diez metros.

—Sí, ayer a última hora. Un expediente nuevo, en aquel archivador.

Sara dio unos pasos, sacó una carpeta y la consultó mientras los abogados observaban todos sus movimientos, petrificados.

—Sí —dijo Sara finalmente—, nos llegó una solicitud de validación del testamento del señor Henry Seth Hubbard; se registró ayer a las cinco menos cinco de la tarde.

Los tres abogados intentaron hablar al mismo tiempo, pero ninguno lo logró.

—Pero ¿qué dice? —consiguió decir Stillman en voz baja.

—No la cursé yo —dijo Sara—. Solo soy una humilde secretaria.

—¿Es de dominio público? —preguntó el señor McGwyre.

—Sí.

Sara empujó la carpeta por el mostrador. Tres cabezas se agolparon sobre ella, chocándose unas contra otras. Sara se giró, les guiñó el ojo a las chicas y volvió a su mesa.

Cinco minutos después Roxy llamó a Jake por el intercomunicador.

—Señor Brigance, quieren verle unos señores.

Desde el balcón, Jake los había visto salir como furias del juzgado y desfilar en dirección a su bufete.

—¿Tienen cita?

—No, pero dicen que es urgente.

—Estoy en una reunión. Aún tardaré media hora —dijo Jake desde su despacho vacío—. Si quieren esperar no tengo inconveniente.

Roxy, ya informada de todo, colgó y transmitió el mensaje. Los abogados fruncieron el ceño, resoplaron, se pusieron nerviosos y al final decidieron salir a tomarse un café.

—Por favor —dijo Stillman en la puerta—, explíquele al señor Brigance que es un tema importante.

—Ya se lo he explicado.

—Muy bien, gracias.

Jake sonrió al oír un solemne portazo. Ya volverían. Estaba impaciente por reunirse con ellos. Se concentró otra vez en la última edición semanal del *The Ford County Times*, que se publicaba los miércoles por la mañana, a primera hora, y abundaba en noticias locales. En la parte inferior de la portada había un pequeño artículo sobre la muerte de Seth Hubbard, «aparentemente, un suicidio». El reportero había atado cabos e investigado un poco por su cuenta. Varias fuentes anónimas dejaban entrever que el señor Hubbard había sido dueño de numerosas propiedades en el sector de la madera, los muebles y los derechos forestales por todo el sudeste. Hacía menos de un año que se había desprendido de la mayoría de sus bienes. Ninguno de sus familiares se había puesto al teléfono. Salía una foto de Seth, mucho más joven. No se parecía en nada al pobre hombre que colgaba de una cuerda en las macabras instantáneas de Ozzie, las del lugar de los hechos; pero, claro, ¿cómo iba a parecerse?

Veinte minutos después aparecieron otra vez los abogados. Roxy los acomodó en la sala de reuniones de la planta baja. Esperaron junto a la ventana, desde donde contemplaban la plaza y eran espectadores del tráfico lánguido de antes de la hora de comer. De vez en cuando susurraban algo, como si hubiera micrófonos y alguien pudiera espiarlos. Finalmente entró el señor Brigance, que les dio la bienvenida. Se sucedieron las sonrisas forzadas y los apretones rígidos pero corteses. Una vez que estuvieron todos sentados, Roxy preguntó si querían café o agua. Nadie pidió nada. Cerró la puerta y desapareció.

Hacía diez años que Jake y Stillman habían terminado los estudios de derecho en Ole Miss. Aunque se habían conocido entonces y habían coincidido en muchas clases, se movían en distintos círculos. Como hijo privilegiado de una familia cuyo despacho de abogados presumía de sus cien años de antigüedad, Stillman tenía el futuro asegurado antes de ocuparse de su primer caso en Contratos. En cambio Jake, y prácticamente todos los demás, se habían visto obligados a buscar trabajo hasta debajo de las piedras. En honor a la verdad, había que decir que Stillman había puesto mucho empeño en demostrar su valía, y que había acabado entre los primeros de su promoción. Jake no andaba muy por detrás. Como abogados, sus caminos se habían cruzado una sola vez desde la facultad, cuando Lucien había mandado a Jake que presentase una demanda poco prometedora de discriminación sexual contra un empresario representado por el bufete Rush. El asunto había quedado en tablas, pero a lo largo del proceso Stillman se había ganado el desprecio de Jake. En la facultad se le podía aguantar, pero después de unos años al pie del cañón se había convertido en un pez gordo de un bufete de los grandes, con su correspondiente ego. Ahora llevaba un poco más largo el pelo rubio, que le rodeaba las orejas haciendo contraste con un traje de lana negro de primera calidad.

A los señores McGwyre y Larkin, Jake no los conocía personalmente, pero sí por su renombre. Era un estado pequeño.

—¿A qué debo el honor, señores? —preguntó.

—Yo creo que a estas alturas ya lo habrás adivinado, Jake

—respondió Stillman—. Te vi ayer en el funeral del señor Hubbard. Hemos leído el testamento ológrafo, que habla por sí solo.

—Presenta muchas deficiencias —intervino indignado Lewis McGwyre.

—No lo redacté yo —le espetó Jake al otro lado de la mesa.

—Pero lo presentas para que lo legitimen —dijo Stillman—. Evidentemente, debes de considerarlo válido.

—No tengo ningún motivo para pensar lo contrario. Recibí el testamento por correo, me pidieron que lo legitimase y aquí estamos.

—Pero ¿cómo puede defender algo tan chapucero? —preguntó Larkin mientras levantaba con delicadeza una copia del testamento.

Jake le lanzó una mirada asesina, preñada de todo el desprecio del que fue capaz. El típico capullo de gran bufete; muy superior a todos los demás porque cobra por horas y le pagan. A su parecer, tan instruido y erudito, este testamento es «chapucero» y, por lo tanto, inválido. A partir de ahí lo lógico es que todo el mundo opine en la misma línea.

Conservó la calma.

—Es una pérdida de tiempo estar aquí sentados discutiendo las virtudes del testamento manuscrito del señor Hubbard. Tiempo habrá en el juicio.

Fue el primer aldabonazo. A fin de cuentas, era en los juzgados donde se había forjado su reputación, fuera la que fuera. El señor McGwyre elaboraba testamentos y el señor Larkin contratos. En cuanto a Stillman, por lo que sabía Jake, su especialidad era defender casos de incendios provocados por negocios, aunque él se considerase un agresivo litigante.

Era en la sala, en la de Jake, al otro lado de la calle, dentro del juzgado, donde no hacía ni tres años que había hecho furor el gran proceso Hailey, y aunque los otros tres no quisieran admitirlo también ellos lo habían observado de lejos pero con enorme atención, verdes de envidia por el protagonismo de Jake, como cualquier abogado del estado.

—¿Sería legítimo preguntarte por tu relación con Seth Hubbard? —inquirió educadamente Stillman.

—No llegué a conocerle. Falleció el domingo, y el lunes llegó el testamento a mi buzón.

Quedaron atónitos por el dato, que tardaron cierto tiempo en asimilar. Jake decidió insistir.

—Reconozco que nunca he llevado un caso así. Nunca he legitimado un testamento manuscrito. Me imagino que tendrán ustedes muchas copias del anterior, el que preparó su bufete el año pasado. ¿Sería demasiado pedir que me facilitasen una?

Se removieron en sus sillas, mirándose.

—Bueno, Jake —dijo Stillman—, es que si lo hubieran admitido a trámite sería de dominio público, y te daríamos una copia, pero lo hemos retirado al enterarnos de que ya había otro testamento en juego. Vaya, que nuestro documento aún es confidencial.

—Me parece justo.

Los tres abogados siguieron mirándose con nerviosismo. Se notaba que ninguno sabía muy bien qué hacer. Jake no dijo nada, aunque disfrutó al verlos tan incómodos.

—Esto... —dijo Stillman, el especialista en pleitos—. Jake, te vamos a pedir que retires el testamento manuscrito y nos dejes proseguir con el auténtico.

—La respuesta es no.

—No me sorprende. ¿Qué propones que hagamos?

—Muy sencillo, Stillman: presentar una petición conjunta al tribunal para que examine la situación en vista previa. El juez Atlee leerá ambos testamentos, y les aseguro que se le ocurrirá algún plan. Yo ejerzo cada mes en su sala, y no hay ninguna duda sobre quién se ocupará del caso.

—A mí se me había ocurrido lo mismo —dijo Lewis McGwyre—. Conozco a Reuben desde hace muchos años, y creo que es por quien tenemos que empezar.

—Lo concertaré con mucho gusto —dijo Jake.

—O sea, ¿que aún no has hablado con él? —preguntó Stillman.

—Pues claro que no. No sabe nada. Les recuerdo que el funeral fue ayer.

Lograron despedirse cordialmente y separarse de manera pacífica, aunque los cuatro supieran que pronto habría guerra.

Lucien estaba sentado en el porche, bebiendo lo que parecía limonada. Lo hacía de vez en cuando, cuando el whisky le ofuscaba hasta tal punto el cuerpo y la vida, que conseguía librarse de él aproximadamente una semana y pasar por los horrores de la desintoxicación. El porche rodeaba una casa vieja construida sobre una colina justo a las afueras de Clanton, con vistas a la ciudad, dominada en su centro por la cúpula del juzgado. Como la mayoría de las propiedades y las cargas de Lucien, la casa venía de unos antepasados que él consideraba horribles, pero que, vista la situación en perspectiva, habían hecho gala de una eficacia admirable a la hora de garantizarle una vida cómoda. Lucien tenía sesenta y tres años, pero ya era un viejo de rostro arrugado y barba canosa a juego con el pelo, largo y descuidado. El whisky y los cigarrillos iban añadiendo aún más arrugas a su rostro, y el hecho de pasar demasiado tiempo en el porche ensanchaba su cintura y volvía aún más taciturno su estado de ánimo, que siempre había sido complicado.

Hacía nueve años que le habían expulsado del colegio de abogados. Según los términos de la expulsión, ya podía solicitar el reingreso. Le había soltado el notición a Jake un par de veces, para ver cómo reaccionaba, pero no había conseguido nada; al menos nada visible, aunque justo por debajo de la superficie a Jake le mortificaba la idea de recuperar a un socio que, además de ser dueño del edificio, era insufrible como compañero de trabajo o como jefe. Si Lucien ejercía de nuevo, y se instalaba otra vez en el bufete donde ahora trabajaba Jake para empezar a demandar a todo el que se cruzara en su camino y defender a pedófilos, violadores y asesinos, Jake no duraría ni seis meses.

—¿Qué tal, Lucien? —dijo al subir por la escalera.

—Muy bien, Jake —repuso Lucien, sobrio y con los ojos límpidos, sintiéndose rehecho—. Siempre es un placer verte.

—Me has invitado a comer. ¿Alguna vez he rechazado una invitación?

Si lo permitía el tiempo, comían juntos al menos dos veces al mes en el porche.

—Que yo recuerde no —dijo Lucien, descalzo, y le tendió la mano.

Después de un cálido apretón, y de esas palmadas fugaces en la espalda a que recurren los hombres cuando no les apetece nada darse un abrazo, se sentaron en unas sillas blancas de mimbre que ya tenían sus años, y que desde la primera visita de Jake, hacía una década, no se habían movido más de quince centímetros.

Al final salió Sallie para saludar a Jake, que aceptó con mucho gusto un té helado. Sallie se alejó tranquilamente. Nunca tenía prisa. Contratada como asistenta, la habían ascendido a enfermera después de que Lucien se fuera de parranda y tardara dos semanas en volver. Con el tiempo se había instalado en la casa, lo que había provocado una oleada de rumores en Clanton cuya existencia fue breve, ya que en el fondo nadie se escandalizaba por nada de lo que hiciera Lucien Wilbanks.

Sallie trajo el té helado y sirvió más limonada.

—¿Te has vuelto abstemio? —preguntó Jake cuando se quedaron los dos solos.

—No, eso nunca. Solo hago una pausa. Me gustaría vivir veinte años más, Jake, y me preocupa mi hígado. No quiero morirme, pero tampoco quiero renunciar al Jack Daniel's, o sea, que tengo un dilema constante. Es algo que siempre me preocupa. Al final, de tanto preocuparme, el estrés y la presión se vuelven insoportables y solo puedo aliviarlas con el Jack.

—Perdona que te lo haya preguntado.

—¿Tú bebes?

—La verdad es que no; una cerveza de vez en cuando, pero en casa no tenemos alcohol. Carla no lo ve con buenos ojos.

—Mi segunda mujer también lo veía mal, y no duró ni un año. Claro que no era tan guapa como Carla.

—Gracias, supongo.

—No hay de qué. Sallie está cocinando verduras. ¿Te va bien?

—Delicioso.

Había una lista no escrita de temas que siempre tocaban y que solían abordar en un orden tan previsible que a menudo Jake sospechaba que Lucien se lo apuntaba en algún sitio: la familia (Carla y Hanna), el bufete, la secretaria del momento y los casos rentables que pudieran haber aparecido desde la última visita, la demanda contra la compañía de seguros, las investigaciones sobre el Ku Klux Klan, las últimas noticias de Mack Stafford (el abogado que había desaparecido con el dinero de su clientela), cotilleos sobre otros abogados y jueces, fútbol universitario, y por supuesto el tiempo.

Se trasladaron a la otra punta del porche, a una mesita donde Sallie estaba distribuyendo la comida: judiones, calabaza, tomates estofados y pan de maíz. Se sirvieron. Sallie volvió a marcharse.

—¿Conocías a Seth Hubbard? —preguntó Jake después de unos bocados en el más absoluto silencio.

—Lo he visto esta mañana en el periódico. Qué triste. Hablé con él una o dos veces por un asuntillo legal, hace quince años. Lo que no hice nunca, y me arrepiento, es denunciarle. Quizá tuviera bienes. Siempre he procurado demandar a todo el que tuviera bienes, que ya sabes que por esta zona no es una categoría que incluya a mucha gente. ¿Por qué?

—Voy a plantearte una hipótesis.

—¿No podría ser más tarde? Es que estoy comiendo.

—No, escucha. Eres una persona de buena posición, sin esposa ni hijos, con algunos parientes lejanos y una asistenta negra muy simpática que según algunos indicios es algo más que una simple asistenta.

—Me da la impresión de que te estás metiendo en lo que no te importa. ¿Adónde quieres llegar?

—Si hoy redactaras un nuevo testamento, ¿quién se llevaría tus bienes?

—Tú no, seguro.

—No me sorprende. Tranquilo, que tú tampoco apareces en el mío.

—No me pierdo nada. Por cierto, aún no has pagado el alquiler del mes pasado.

—Ya he enviado el cheque. ¿Puedes contestar a mi pregunta?

—No, es que no me gusta.

—Venga, sígueme la corriente. Dame el gusto. Si ahora redactases un nuevo testamento, ¿quién se lo quedaría todo?

Lucien metió en su boca un trozo de pan de maíz y masticó despacio.

—No es de tu incumbencia —dijo por último, tras mirar a todas partes para cerciorarse de que no les escuchara Sallie—. ¿Por qué?

Jake metió la mano en el bolsillo de la americana y sacó unos papeles.

—Echa un vistazo. El testamento de Seth Hubbard, escrito el sábado pasado al meditar largo y tendido sobre lo que se disponía a hacer el domingo. Recibí el original en mi buzón el lunes.

Lucien se ajustó las gafas de lectura, bebió un poco de limonada y leyó el testamento de Seth. Al pasar a la segunda página se le relajó mucho el semblante, y empezó a sonreír. En las últimas líneas ya movía la cabeza en señal de acuerdo con el bueno de Seth.

—Me gusta —dijo con una sonrisa, bajando los papeles—. Me imagino que Lettie será la asistenta.

—Exacto. Hasta ayer yo no la conocía. ¿Te suena de algo el nombre?

Lucien reflexionó sin soltar el testamento. Ya no se acordaba de la comida.

—No me suena ningún Tayber. Lang puede que uno o dos. Box Hill es una parte rara del condado, nunca he estado.

Lo releyó mientras Jake seguía comiendo.

—¿De cuánto es la herencia? —preguntó al doblar las dos hojas y devolvérselas a Jake.

—Más o menos de veinte millones —dijo Jake tranquilamente, como si fuera un patrimonio normal para el condado de Ford—. Le fue bien con los muebles y la madera.

—Evidentemente.

—Ahora es casi todo dinero en efectivo.

Lucien se empezó a reír.

—Justo lo que necesita esta ciudad —dijo, temblando de risa—. Una nueva millonaria negra con más dinero que nadie.

—Todavía no lo tiene —dijo Jake, disfrutando de la broma—. Acabo de hablar con unos abogados del bufete Rush y, para resumir, han prometido guerra.

—Normal. ¿Tú no te pelearías por esa cantidad?

—Pues claro, y por mucho menos.

—Yo también.

—¿Has llevado algún caso desagradable de litigio por un testamento?

—Ah, conque a eso íbamos: necesitas consejos gratis de un abogado expulsado de la profesión.

—Son casos bastante excepcionales.

Lucien masticó y tragó un bocado, se rascó la barba y sacudió la cabeza.

—No, ninguno —dijo—. Mira, hace cien años que la familia Wilbanks discute por sus tierras, sus acciones y sus cuentas. Ha habido riñas por todo, algunas bastante implacables. Hemos tenido peleas a puñetazos, divorcios, suicidios, amenazas de muerte... Todo lo que te puedas imaginar ya lo habrá hecho un Wilbanks. Pero siempre hemos conseguido mantenerlo al margen de los tribunales.

Apareció Sallie, que les llenó los vasos. Comieron durante unos minutos en silencio. Lucien contemplaba el césped con los ojos brillantes, mientras pensaba a gran velocidad.

—Fascinante, ¿eh, Jake?

—Y que lo digas.

—Y cualquiera de ambos bandos puede exigir un juicio con jurado, ¿no?

—Sí, en eso no ha cambiado la ley. Además, la petición de juicio con jurado tiene que dirimirse antes de cualquier vista, o sea, que hay que resolverla pronto. Es en lo que quiero que pienses, Lucien, el gran tema del día, ¿me presento ante un jurado o me fío de lo que decida el juez Atlee?

—¿Y si Atlee se recusa?

—No, no se recusará, porque el caso es demasiado divertido. La herencia más grande que ha visto y verá, la sala a reventar, mucho teatro y, si hay jurado, Atlee podrá presidir todo el circo al mismo tiempo que se esconde detrás del veredicto.

—Puede que tengas razón.

—La cuestión es si se puede uno fiar de un jurado del condado de Ford. Tres negros, o cuatro a lo sumo.

—Si mal no recuerdo, en lo de Hailey todo el jurado era blanco.

—Esto no tiene nada que ver con Carl Lee Hailey, Lucien. Ni remotamente. Aquello era un tema estrictamente racial. Aquí se trata solo de dinero.

—En Mississippi todo es racial, Jake. Que no se te olvide nunca. Una simple mujer negra a punto de heredar lo que podría ser la mayor fortuna que se ha conocido en la historia del condado, y la decisión en manos de un jurado predominantemente blanco; se trata de raza y de dinero, Jake, que por aquí es una combinación insólita.

—Vaya, que tú no te arriesgarías al jurado.

—No he dicho eso. Déjame pensarlo un poco, ¿vale? Aunque te salgan gratis, mis valiosos consejos a menudo requieren pensar como Dios manda.

—Me parece bien.

—Es posible que me pase por el bufete esta tarde. Ando buscando un libro viejo que podría estar en el desván.

—Eres el dueño —dijo Jake, apartando su plato.

—Y tú no estás al día con el alquiler.

—Denúnciame.

—Me encantaría, pero estás arruinado. Vives en una casa de alquiler, y tu coche tiene casi tantos kilómetros como el mío.

—Me parece que debería haberme dedicado a los muebles.

—A todo menos al derecho. Me gusta este caso, Jake. Quizá quiera participar.

—Claro, Lucien —logró decir Jake sin titubeos—. Pásate esta tarde y lo comentamos.

Se levantó y dejó caer la servilleta en la mesa.

—¿No quieres café?

—No, es que tengo prisa. Gracias por la comida. Despídeme de Sallie.

11

Un pasante chismoso que metía las narices en viejas escrituras oyó el rumor, llegado desde el dispensador de agua, y fue a hacer copias del testamento que se había presentado más recientemente para su legitimación en el condado de Ford. Al regresar al despacho se lo enseñó a sus jefes, hizo más copias y las mandó por fax. También lo hicieron sus jefes, de modo que el miércoles a mediodía empezaron a aparecer copias del testamento de dos páginas de Seth a lo largo y ancho del condado. Uno de los toques favoritos era el de «que mueran con dolor», aunque lo que prevalecía en las conversaciones eran las hipótesis sobre el valor neto del patrimonio del difunto.

En cuanto salió de casa de su padre, Herschel llamó a su abogado de Memphis para darle la maravillosa noticia de que pronto heredaría «varios» millones de dólares. Le preocupaba especialmente su ex mujer, pues aún estaba dolido por el divorcio; tenía curiosidad por saber si reclamaría una parte. Su abogado le aseguró que no podía hacerlo. Después llamó a otro abogado amigo suyo de Tupelo, sin ningún otro motivo que la propagación de los rumores, y de paso incluyó la noticia de que el valor neto del patrimonio de Seth Hubbard era «de más de veinte millones». El abogado de Tupelo llamó a unos cuantos amigos, y la cuantía de la herencia empezó a crecer.

Nada más entrar en la autopista Natchez Trace y poner rumbo al sur, Ian Dafoe ajustó el control de velocidad en ochenta y se preparó para un agradable viaje. Había poco tráfico, lucía el sol y las hojas comenzaban a cambiar de color. Algunas ya se caían con la brisa. Aunque su mujer le estuviera complicando la vida, como siempre, tenía motivos para sonreír. Había conseguido desactivar el asunto del divorcio, al menos de momento. Además Ramona estaba con resaca, acababa de enterrar a su padre y tenía los nervios de punta. Hasta en sus mejores días se le daba mal luchar contra la adversidad. Ian podía apaciguarla, encarrilarla y hacerle bastante la pelota como para quitar hierro a sus problemas, a fin de emprender la tarea de gestionar su nueva riqueza. Los dos juntos. Se consideraba a la altura del reto.

Ramona estaba tumbada de espaldas en el asiento trasero, tapándose los ojos con el antebrazo para dormir la mona. Ya no hablaba. Su respiración era pesada. Ian se giró lo suficiente para asegurarse de que se había quedado roque. Entonces cogió con cuidado el nuevo teléfono del coche y llamó a la oficina. A Rodney, su socio, le explicó lo mínimo, sin levantar la voz más de lo estrictamente necesario.

—Se ha muerto el viejo... Un patrimonio de veinte millones y pico... Muebles y madera... Alucinante... No tenía ni idea... Acabo de ver el testamento... Un 10 por ciento descontando impuestos... No está mal... Más o menos un año... Lo digo en serio... Ya te contaré.

Mientras seguía conduciendo, sonrió contemplando el follaje y soñó con una vida mejor. Aunque acabaran divorciándose, una parte de la herencia se la quedaría él, ¿no? Se le ocurrió llamar a su abogado, pero tuvo la prudencia de esperar. De repente sonó el teléfono, que le sobresaltó y despertó a Ramona.

—¿Diga? —contestó.

—Hola, Ian —dijo con tirantez una voz masculina—. Soy Stillman Rush. Espero no molestarle. Estamos volviendo para Tupelo.

—No, qué va. Nosotros estamos en Natchez Trace. Aún nos quedan un par de horas. No tenemos nada que hacer aparte de hablar.

—Ya... Mire, es que se han complicado un poco las cosas, así que iré al grano.

Su voz delataba cierto nerviosismo. Ian supo enseguida que

pasaba algo. En el asiento de atrás, Ramona se irguió y se restregó los ojos hinchados.

—Esta mañana, después de hablar con ustedes, no hemos podido abrir la sucesión del señor Hubbard porque ya había otro testamento —explicó Stillman—. Se ve que ayer por la tarde un abogado de Clanton fue corriendo al juzgado y presentó un testamento manuscrito que supuestamente redactó el señor Hubbard el sábado pasado, un día antes de morir. Los testamentos manuscritos aún son válidos, a condición de que cumplan determinados requisitos. Este es un desastre. No le deja nada a la familia (excluye específicamente a Ramona y Herschel), y en cambio le da el 90 por ciento de la herencia a Lettie Lang, la asistenta.

—¡Lettie! —consiguió articular Ian sin aliento, mientras pisaba la línea divisoria, lo cual remedió con un golpe de volante.

—Sí, Lettie Lang —repitió Stillman—. Debía de tenerle mucho cariño.

—¡Es ridículo! —saltó Ian, cuya voz había subido de golpe varias octavas. Miró el retrovisor con los ojos fuera de las órbitas—. ¿El 90 por ciento? ¿Ha dicho el 90 por ciento?

—Sí, eso he dicho. Tengo una copia del testamento y pone claramente el 90 por ciento.

—¿Manuscrito? ¿Es una falsificación?

—Aún no lo sabemos. Estamos en los preliminares.

—Hombre, Stillman, está claro que no se sostiene por ninguna parte, ¿no?

—Por supuesto que no. Hemos hablado con el abogado que legitimó el testamento y no piensa retirarlo, así que hemos quedado en reunirnos pronto con el juez, para que lo resuelva.

—¿Que lo resuelva? ¿En qué sentido?

—Bueno, le pediremos que descarte el testamento manuscrito y valide el legítimo, el que hemos visto esta mañana. Si por alguna razón dijera que no, iríamos a juicio y habría que dirimir cuál de los dos prevalece.

—¿Cuándo iremos a juicio? —preguntó Ian con beligerancia, aunque su voz tenía también un toque de desesperación, como si empezara a notar que se le iba la fortuna de las manos.

—Aún no estamos seguros, pero dentro de unos días le llamo. Lo solucionaremos, Ian.

—¡Pues claro! ¡Por narices! Si no, llamo al bufete Lanier de Jackson, que es de los grandes y hace tiempo que me representa. Esos sí que saben de juicios. Ahora que lo pienso, lo más seguro es que llame a Wade Lanier ahora mismo, en cuanto colguemos.

—No hace falta, Ian. Al menos de momento. Ahora mismo lo que menos nos conviene son más abogados. Dentro de unos días le llamo.

—Más le vale.

Ian colgó de golpe y miró con mala cara a su mujer.

—¿Qué pasa, Ian? —preguntó ella.

Ian respiró hondo y soltó el aire.

—No te lo vas a creer —dijo.

Herschel recibió la llamada al volante de su pequeño Datsun, mientras escuchaba el final de una canción de Springsteen. El Datsun estaba aparcado cerca de la entrada principal del concesionario BMW de Memphis. Decenas de BMW nuevos formaban hileras perfectas y brillantes por la calle. Era una parada ridícula, de la que había intentado disuadirse. Al final solo había cedido con la condición de hablar con un vendedor, pero sin probar ningún coche. Ya habría tiempo. Justo cuando acercaba la mano a la radio para apagarla sonó el teléfono del coche.

Era Stillman Rush.

—Herschel —dijo con voz nerviosa—, hay novedades.

Lettie llegó sola. Jake la siguió por la escalera hasta el despacho grande, cerró la puerta y le mostró el camino hacia un pequeño espacio con sofá y sillones. Después de quitarse la corbata sirvió café e intentó calmar el miedo de Lettie, que le explicó que Simeon había vuelto a irse. Estaba enfadado porque su mujer no le había dicho nada sobre el testamento de Seth. Tras una breve pelea, cuyos ecos se habían propagado por toda la casita, se había marchado.

Jake le entregó una copia del testamento de Seth. Lettie lo leyó y se echó a llorar. Jake le acercó una caja de pañuelos de papel al lado del sillón. Lettie releyó el testamento. Al acabar lo dejó en la mesa de centro, y estuvo un buen rato con la cara entre las manos. Cuando dejaron de correr las lágrimas, se secó las mejillas y se irguió, como si se le hubiera pasado la impresión y estuviera lista para hablar de cosas prácticas.

—¿Por qué lo hizo, Lettie? —preguntó Jake con firmeza.

—No lo sé. Le juro que no lo sé —dijo ella en voz baja, ronca.

—¿Le había dicho algo de este testamento?

—No.

—¿Usted lo había visto?

Lettie sacudía la cabeza.

—No, no.

—¿Él lo había nombrado?

Hizo una pausa, intentando ordenar sus ideas.

—Me había comentado, puede que dos veces en los últimos meses, que algo me dejaría, pero sin concretar. Yo lo esperaba, claro, pero nunca saqué el tema. Nunca he tenido un testamento. Mi mamá tampoco. Es que nosotros en esas cosas no pensamos, señor Brigance.

—Llámame Jake, por favor.

—Lo intentaré.

—¿Tú le llamabas señor Hubbard, señor Seth o Seth a secas?

—Cuando estábamos solos —dijo ella lentamente— le llamaba Seth, porque él me lo pedía. Si había alguien más siempre le llamaba señor Seth o señor Hubbard.

—¿Y él a ti?

—Lettie. Siempre.

Jake le preguntó por los últimos días de Seth, su enfermedad, sus tratamientos, sus médicos, sus enfermeras, su apetito, sus rituales diarios y las ocupaciones de ella. Lettie casi no sabía nada sobre los negocios de Hubbard. Dijo que guardaba los papeles por toda la casa, a cal y canto, y que en los últimos meses los había juntado casi todos en su despacho. Nunca hablaba de negocios con ella, ni tampoco en su presencia. Antes de ponerse enfermo, y después, si se encontraba bien, viajaba mucho y prefería estar fuera de la ciudad. Su casa era un espacio silencioso, solitario y con poca alegría. A menudo Lettie llegaba a las ocho y tenía por delante ocho horas más sin nada que hacer, sobre todo cuando Seth estaba fuera. Si estaba en casa, Lettie cocinaba y limpiaba. Se había quedado a su lado a lo largo de la enfermedad y la agonía. Le daba de comer. Sí, le bañaba y limpiaba todo lo que hacía falta. Algunos momentos habían sido terribles, sobre todo durante la quimio y la radio, cuando Seth no podía salir de la cama y estaba demasiado débil para comer solo.

Jake expuso con delicadeza el concepto de influencia indebida. El ataque jurídico contra el testamento manuscrito sería un ataque contra Lettie, alegando demasiada intimidad con Seth y demasiada influencia. Dirían que le había manipulado para que la incluyese en el testamento. Para que ganase Lettie, era importante que pudiera demostrar lo contrario. A medida que hablaban, y que ella empezaba a relajarse, Jake la imaginó declarando en un futuro próximo, en una sala llena de abogados con ínfulas que pedirían a gritos poder intervenir y acribillarla con preguntas sobre lo que hacían o no ella y el señor Hubbard. Ya se compadecía de ella.

—Tengo que explicarte las relaciones, Lettie —dijo al verla serena, controlada—. Yo no soy tu abogado. Soy el abogado de la sucesión del señor Hubbard, y como tal mi obligación es defender el testamento y hacer que se cumplan todas sus disposiciones. Tendré que colaborar con el albacea, que suponemos que será el señor Amburgh, en una serie de trámites a los que obliga la legalidad, como avisar a los posibles acreedores, proteger los bienes, levantar un inventario de las pertenencias y todo eso. Si se impugnara el testamento, y estoy seguro de que se impugnará, mi obligación sería ir a juicio y pelearme por el testamento. No soy tu abogado por el hecho de que seas una de sus beneficiarias, al igual que el hermano de Seth, Ancil Hubbard, y que su iglesia. Ahora bien, los dos estamos en el mismo bando, porque los dos queremos que se cumpla el testamento. ¿Lo has entendido?

—Supongo que sí. ¿Y necesito un abogado?

—La verdad es que no, ahora mismo no. No contrates a ninguno hasta que lo necesites.

Pronto empezarían a rondar los buitres y llenarían el juzgado. Quien deje veinte millones en la mesa, que se aparte.

—¿Si lo necesito, me lo dirás? —preguntó ella inocentemente.

—Sí —dijo Jake, pese a no tener ni idea de cómo le daría ese consejo.

Al servir más café se fijó en que Lettie no había tocado el suyo. Echó un vistazo a su reloj de pulsera. Llevaban media hora reunidos y ella aún no había preguntado por la cuantía de la herencia. Una persona blanca habría sido incapaz de aguantarse cinco minutos. A veces parecía que Lettie asimilase hasta la última palabra, y otras que le rebotasen, como si estuviera superada por las circunstancias.

Lettie volvió a llorar, y se secó las mejillas.

—¿Tienes curiosidad por saber cuánto dinero es? —preguntó Jake.

—He pensado que tarde o temprano me lo dirías.

—Balances aún no he visto ninguno; todavía no he pisado el despacho de Seth Hubbard, aunque debería ir pronto, pero según el señor Amburgh hace poco que vendió su compañía y consiguió unos veinte millones. El señor Amburgh cree que deben de estar en algún banco. Todo en efectivo. También hay algunos otros bienes, parcelas, puede que en varios sitios. Una de mis obligaciones es localizarlo todo y hacer inventario para el tribunal y los beneficiarios.

—¿Y yo soy eso, una... beneficiaria?

—¡Y tanto! Del 90 por ciento.

—¿El 90 por ciento de veinte millones?

—Sí, más o menos.

—Dios mío, Jake...

Lettie cogió la caja de pañuelos de papel y volvió a derrumbarse.

Durante la siguiente hora lograron avanzar un poco. Entre las crisis emocionales de Lettie, Jake expuso los principios básicos de la administración de herencias: los tiempos, las personas implicadas, las comparecencias judiciales, los impuestos, y por último la transferencia de los bienes. Sin embargo, cuanto más hablaba Jake, más se embrollaba Lettie. Jake sospechó que pronto sería necesario repetir gran parte de lo que estaba diciendo. Explicó sin tecnicismos lo que comportaba la impugnación de un testamento, y fue cauto al hacer predicciones sobre lo que podría ocurrir. Conociendo al juez Atlee, y lo poco que le gustaban los pleitos largos y los abogados lentos, Jake creía que el juicio, si lo había, se produciría en doce meses, probablemente antes. Al haber tanto en juego, estaba claro que el bando perdedor apelaría, es decir, que habría que añadir otros dos años antes del desenlace. Al empezar a darse cuenta de lo duro que sería, y del tiempo que podría consumir, Lettie ganó en determinación y puso freno a sus emociones.

Preguntó dos veces si había alguna manera de que no se divulgase. Jake le explicó pacientemente que no, que no sería posible. Lettie tenía miedo de Simeon y su familia de forajidos. Sopesó la posibilidad de irse a vivir a otro sitio. Sobre eso Jake no tenía nada que aconsejarle, aunque ya había previsto el caos que se adueñaría de su vida a medida que cayeran parientes del cielo y surgieran nuevos amigos de la nada.

Al cabo de dos horas, Lettie se marchó a regañadientes. Jake la acompañó a la puerta. Ella miró la acera y la calle a través del cristal, como si hubiera preferido quedarse dentro, donde se sabía a salvo. Primero el susto del testamento, y después el peso abrumador de la ley. En esos momentos la única persona de quien se fiaba era Jake. Finalmente salió con los ojos llorosos.

—¿Son lágrimas de alegría o es que está muerta de miedo? —preguntó Roxy cuando Jake cerró la puerta.

—Yo diría que las dos cosas.

Roxy agitó un papel rosa para mensajes telefónicos.

—Ha llamado don despistes, Dumas Lee —dijo—. Está sobre la pista.

—¡Qué dices!

—En serio. Ha dicho que quizá se pase esta tarde para echar un vistazo a los trapos sucios de Seth Hubbard.

—¿Qué tienen de sucios? —preguntó Jake al coger la nota.

—Para Dumas todo es sucio.

Dumas Lee escribía para *The Ford County Times*, y era famoso por confundirse siempre con los datos y esquivar a duras penas las denuncias por difamación. Aunque frutos del descuido, y fácilmente evitables, sus errores solían ser de escasa importancia, inofensivos. Nunca habían llegado al nivel de la difamación pura y dura. Hacía estropicios con las fechas, nombres y lugares, pero nunca había dejado a nadie gravemente en evidencia. Tenía oído para la voz de la calle, y un olfato asombroso para enterarse de las noticias justo después de que ocurriesen, o en el momento mismo en que ocurrían; y aunque fuera demasiado perezoso para investigar durante mucho tiempo, se podía contar con él para agitar el cotarro. Prefería informar sobre el juzgado, más que nada porque quedaba justo enfrente de la redacción, y porque muchos de sus archivos eran públicos.

Aquel miércoles por la tarde entró con paso decidido en el bufete de Jake Brigance, tomó asiento junto a la mesa de Roxy y exigió ver al abogado.

—Sé que está —dijo con una sonrisa deslumbrante que Roxy ignoró.

Le gustaban las mujeres, y se engañaba permanentemente pensando que todas le miraban.

—Tiene trabajo —dijo ella.

—Yo también.

Abrió una revista y empezó a silbar por lo bajo.

—Ya puedes pasar —dijo Roxy diez minutos después.

Jake y Dumas se conocían desde hacía años, y nunca habían tenido problemas. Jake era de los pocos abogados de la plaza que no habían amenazado con denunciarle ni una sola vez, cosa que Dumas valoraba.

—Háblame de Seth Hubbard —dijo mientras sacaba un bloc de notas y destapaba el bolígrafo.

—Supongo que habrás visto el testamento —contestó Jake.

—Tengo una copia. Están por todas partes. ¿Cuánto tiene?

—Nada. Está muerto.

—Ja, ja. Bueno, pues ¿cuánto tenía?

—De momento no puedo hablar, Dumas. Sé poco, y no puedo decir nada.

—Bueno, vale, pues *off the record*.

Con Dumas no había nada *off the record*. Eso lo sabía cualquier abogado, juez o secretario.

—Ni *off the record* ni *on the record*. No pienso decir nada, Dumas. Así de sencillo. Puede que más tarde.

—¿Cuándo irás a juicio?

—El funeral fue ayer, ¿eh? No hay prisa.

—¿Ah, no? ¿No hay prisa? Pues ¿por qué presentaste tu solicitud veinte minutos después del funeral?

Jake se calló. Le habían pillado, estaba trincado. Muy buena pregunta.

—Bueno, vale, quizá tuviera mis motivos para acelerar la solicitud.

—La carrera de siempre al juzgado, ¿eh? —dijo Dumas con una sonrisa bobalicona mientras escribía algo en el bloc.

—Sin comentarios.

—No consigo encontrar a Lettie Lang. ¿Tú sabes dónde está?

—Sin comentarios. Además, contigo no hablará, ni con ningún otro reportero.

—Ya veremos. He localizado a un tío de Atlanta que escribe para una revista de negocios y dice que un grupo de LBO compró por cincuenta y cinco millones un conglomerado de empresas cuyo dueño era Seth Hubbard. Fue el año pasado. ¿Te dice algo?

—Sin comentarios, Dumas —dijo Jake, impresionado por la cantidad de llamadas que había hecho el reportero, conocido por su pereza.

—Yo de negocios no es que sepa mucho, pero lo lógico es que el viejo tuviera alguna deuda, ¿no? Sin comentarios, ¿verdad?

—Jake asintió con la cabeza. Sin comentarios, en efecto—. Pero no consigo encontrar sus bancos. Cuanto más escarbo, menos sé de tu cliente.

—Yo no le conocía —dijo Jake.

Se arrepintió enseguida. Dumas se lo apuntó.

—¿Sabes si tenía alguna deuda? El señor Amburgh se ha cerrado en banda y me ha colgado.

—Sin comentarios.

—Vaya, que si digo que el señor Hubbard lo vendió todo por cincuenta y cinco millones, y no menciono ninguna deuda por falta de fuentes, mis lectores se llevarán la impresión de que su herencia vale mucho más de lo que vale de verdad, ¿no?

Jake asintió. Tras observarle un rato, Dumas empezó a escribir. Después cambió de tema.

—Bueno, Jake, pues la gran pregunta es por qué un millonario cambia su testamento el día antes de suicidarse, jode a toda su familia al revisarlo y se lo deja todo a la asistenta.

«Tú lo has dicho, Dumas: esa es la gran pregunta.» Jake siguió asintiendo, pero sin decir nada.

—Y la segunda podría ser qué presenciaron Seth y su hermano pequeño para que Seth quedara tan impresionado como para mencionarlo décadas después, ¿verdad?

—Sí, es una gran pregunta —contestó Jake—, pero no estoy seguro de que sea la segunda.

—Bueno, vale. ¿Tienes alguna idea de por dónde anda Ancil Hubbard?

—Ninguna en absoluto.

—He encontrado a un primo de Tupelo que dice que hace décadas que la familia le da por muerto.

—No he tenido tiempo de buscar a Ancil.

—Pero ¿le buscarás?

—Sí, el testamento le nombra entre los beneficiarios. Tengo la obligación de localizarle, si es posible, o averiguar qué le pasó.

—Y ¿cómo piensas hacerlo?

—Ni idea. La verdad es que aún no lo he pensado.

—¿Cuál es la primera fecha en el juzgado?

—Aún no la han fijado.

—¿Le dirás a tu chica que me avise cuando se haya fijado alguna?

—Sí, a menos que sea a puerta cerrada.

—Me parece bien.

La última visita de la tarde fue la de su arrendador. Lucien estaba en la sala de reuniones de la planta baja, donde se guardaban los libros de derecho. Tenía la mesa llena. Estaba inmerso en algo, evidentemente. Al entrar, saludar y ver una docena de libros abiertos, Jake respiró hondo, con una sensación de mal agüero en el estómago. No recordaba haberle visto consultar libros jurídicos. Su expulsión del colegio de abogados se había producido poco después de la entrada de Jake en el bufete. Desde entonces Lucien se había mantenido a distancia, tanto del bufete como de la profesión. Ahora había vuelto.

—¿Qué, entretenido? —preguntó Jake, dejándose caer en un sillón de cuero.

—Nada, poniéndome un poco al día en derecho sucesorio. Nunca lo había tocado mucho. Es bastante soso, salvo si te cae un caso así, claro. Aún no sé si te interesa un jurado o no.

—Yo me inclino por el sí, pero todavía es pronto.

—Claro. —Lucien cerró un libro y lo empujó por la mesa—. Me has dicho que esta tarde tenías una cita con Lettie Lang. ¿Cómo ha ido?

—Muy bien, Lucien. Y sabes perfectamente que de nuestras conversaciones privadas no puedo hablar.

—Ya, ya. ¿Te ha caído bien?

Jake hizo una pausa de un segundo, recordándose que debía ser paciente.

—Sí, es buena persona. Se impresiona fácilmente, y lo mínimo que puede decirse de esto es que impresiona.

—Pero ¿a un jurado le caería bien?

—¿Te refieres a uno de blancos?

—No lo sé. Yo a los negros los entiendo mucho mejor que a la mayoría de los blancos. No soy racista, Jake. En este condado hay como mínimo una docena de personas que no se dejan cegar por el racismo, y yo soy una de ellas. Fui el primer y único miembro blanco de la NAACP local, la asociación nacional de las personas de color. En un momento dado casi todos mis clientes eran negros. Conozco a los negros, Jake, y su presencia en este jurado podría dar problemas.

—Lucien, que el funeral fue ayer. ¿No es un poco prematuro?

—Quizá, pero tarde o temprano se hablará del tema, y para ti será una suerte tener a alguien como yo a tu lado, Jake. Sígueme la corriente. Habla conmigo. Muchos negros tendrán celos de Lettie Lang, porque de momento es una más, pero si consigue el dinero se convertirá en la persona más rica del condado de Ford. Y por aquí no hay negros ricos. Es algo sin precedentes. Ya no será negra: será rica, se le subirán los humos y mirará a todo el mundo por encima del hombro, sobre todo a los suyos. ¿Me sigues, Jake?

—Hasta cierto punto, pero sigo prefiriendo que haya negros en el jurado. La verán con mejores ojos que una pandilla de blancos paletos con dificultades para pagar la hipoteca.

—Paletos tampoco.

Jake se rió.

—Hombre —preguntó—, si ya descartas a los negros y a los paletos, ¿quién compondrá tu jurado perfecto?

—Aún lo estoy estudiando. Me gusta el caso, Jake. Le he estado dando vueltas desde la comida, y me ha recordado por qué me gustaba tanto el derecho. —Lucien se apoyó en los codos y miró a Jake como si estuviera a punto de atragantarse—. Quiero estar en el juicio, Jake.

—Te estás precipitando, Lucien. Si hay juicio será dentro de meses.

—Ya, ya lo sé, pero necesitarás ayuda. Y mucha. Me aburro, Jake. Estoy cansado de sentarme a beber en el porche. Además, no puedo beber tanto. Si quieres que te diga la verdad, me preocupa.

Con motivo...

—Me gustaría venir más por aquí —continuó Lucien—. No te molestaré. Ya sé que la mayoría de la gente me evita, y lo entiendo. ¡Me evitaría yo mismo, si pudiera! Así estaré ocupado y tendré algo que me aparte de la botella, al menos durante el día. Por otro lado, sé mucho más de leyes que tú. Y quiero estar en el juicio.

Era la segunda vez que lo decía. Jake supo que no era algo pasajero. La sala del juzgado era grande y majestuosa, con varias zonas y un gran aforo. ¿Qué quería Lucien, sentarse entre el público y ver el espectáculo? ¿O en la mesa de los abogados? En este último caso, la vida de Jake estaba a punto de complicarse. Si Lucien quería volver a ejercer tendría que someterse al duro trance del examen de ingreso en el colegio de abogados. En caso de aprobarlo ya tendría licencia para trabajar, lo cual, naturalmente, le metería de nuevo en la vida profesional de Jake.

La imagen de Lucien en una mesa de abogados, a menos de cinco metros del jurado, daba miedo. Para la mayoría de los blancos era una leyenda tóxica, un viejo loco y borracho que había abochornado a una familia con un pasado digno de orgullo, y que ahora estaba amancebado con su asistenta.

—Ya veremos —dijo Jake, precavido.

12

El honorable Reuben V. Atlee se estaba recuperando de su tercer ataque al corazón, con expectativas de recuperación «completa», si es que es posible sentirse físicamente al cien por cien después de una lesión cardíaca de tal magnitud. Estaba ganando cada vez más fuerza y aguante, lo cual se reflejaba en su lista de casos, que mostraba claras señales de que el juez andaba cerca de su antiguo ritmo. Ya había rapapolvos a letrados, insistencia en el cumplimiento de los plazos, interrupciones a testigos prolijos, amenazas de cárcel a perjuros y expulsiones de la sala de litigantes por motivos frívolos. «Ha vuelto», decían abogados, secretarios y hasta ujieres por los pasillos del juzgado.

Con treinta años de experiencia como juez, ahora se presentaba cada cuatro años sin rivales. No era ni demócrata ni republicano, ni liberal ni conservador, ni baptista ni católico. No favorecía ni a la universidad del estado ni a Ole Miss. No tenía favoritos, tendencias ni ideas preconcebidas sobre nada ni nadie. Él era juez, y tan abierto, tolerante y ecuánime como se lo permitían su educación y su composición genética. Gobernaba su sala con mano de hierro, igual de rápido en reprender a un abogado que no traía los deberes hechos como en ayudar a los que se veían en dificultades. En caso de necesidad podía hacer gala de una compasión increíble, y tenía un lado malévolo que aterraba a todos los abogados del condado, con la posible excepción de Harry Rex Vonner.

A los nueve días de ahorcarse Seth, el juez Atlee compareció en el estrado de la sala de vistas y dio los buenos días. A Jake le pareció que presentaba su mejor aspecto, es decir, no saludable por completo, pero sí muy bueno habida cuenta de su historial. Era un hombre grande, de más de un metro ochenta, con un voluminoso abdomen que escondía bien bajo la toga negra.

—Buena concurrencia —dijo divertido al echar un vistazo a la sala.

La gran afluencia de abogados había hecho que faltaran asientos. Jake había llegado temprano para atrincherarse en la mesa de la parte actora. Su compañero de mesa, Russell Amburgh, le había informado esa misma mañana de que no quería seguir. Un poco más atrás, en su mismo lado pero no exactamente en su equipo, estaba Lettie Lang rodeada por dos abogados, ambos negros y de Memphis.

Para Jake había sido una gran conmoción enterarse el día antes de que Lettie había contratado a Booker Sistrunk, un agitador de mala fama cuya incorporación al proceso complicaría mucho las cosas. Jake, que había intentado llamarla, seguía azorado por la decisión, insensata donde las hubiera.

Al otro lado del pasillo, en torno a la mesa de la parte demandada, se agolpaban varios abogados con trajes buenos. Tras la baranda, por las filas de viejos bancos de madera, se distribuía un público francamente nutrido, todos picados por la curiosidad colectiva.

—Antes de empezar —dijo el juez Atlee—, será mejor que nos hagamos una idea de dónde estamos, y de qué pretendemos conseguir hoy. No hemos venido porque se haya cursado ninguna petición. Eso ya vendrá más tarde. Hoy nuestro objetivo es elaborar un plan de acción. Si lo he entendido bien, el señor Seth Hubbard dejó dos testamentos. Uno de ellos es el que presentó usted para su legitimación, señor Brigance. Se trata de un documento escrito a mano con fecha del 1 de octubre de este año. —Jake asintió con la cabeza, pero sin levantarse. Al abogado que quisiera decirle algo al señor Atlee le convenía mucho estar de pie. Asentir desde una silla era aceptable, si bien a duras penas—. El segundo testamento lleva por fecha el 7 de septiembre del año pasado, aunque el otro, el manuscrito, lo revoca expresamente. ¿Alguien sabe de algún otro testamento? ¿Existe la posibilidad de que el señor Hubbard dejara alguna otra sorpresa? —Atlee solo se calló un segundo, mientras sus grandes ojos marrones hacían un barrido visual de la sala. Unas gafas de leer baratas, de montura gruesa, se apoyaban al final de su nariz—. Mejor. Ya me lo parecía.

Miró unos papeles y anotó algo.

—Bueno, vamos a empezar. Por favor, levántense y díganme sus nombres. Así nos vamos conociendo.

Al verse señalado, Jake se levantó y pronunció su nombre. Russell Amburgh, a su lado, hizo lo mismo.

—¿Usted es el albacea del testamento manuscrito? —preguntó como formalidad el juez Atlee.

—Sí, señoría, pero habría preferido ahorrarme todo esto —dijo Amburgh.

—Ya habrá tiempo de sobra de ocuparse de eso. ¿Y usted, el del traje gris claro?

El más alto de los dos abogados negros se levantó con decisión y se abrochó el primer botón de su traje a medida.

—Sí, señoría. Me llamo Booker Sistrunk. Junto con mi socio Kendrick Bost, aquí presente, representamos los intereses de la señora Lettie Lang.

Sistrunk tocó el hombro de Lettie. Bost se puso en pie. La dominaban ambos con su estatura. No era donde le correspondía estar a Lettie, al menos en aquella fase. Su lugar eran los bancos para el público. Sin embargo, Sistrunk y Bost la habían plantado a la fuerza entre ambos, en abierto desafío a cualquier objeción. De haberse dirimido en la vista alguna instancia, el juez Atlee la habría devuelto rápidamente a su lugar, pero tuvo la prudencia de hacer caso omiso de la incorrección.

—Me parece que es la primera vez que tengo el honor de verlos en mi sala, señores —dijo Atlee con recelo—. ¿De dónde son?

—Nuestro bufete está en Memphis —contestó Sistrunk.

No le habría hecho falta decirlo. La prensa de Memphis dedicaba más tinta a su bufete que a los siguientes cinco juntos. Libraban una guerra contra la policía de la ciudad, y parecía que cada mes ganaban un pleito por brutalidad contra las fuerzas del orden. En cuanto a su fama, Sistrunk estaba en la cresta de la ola. Escandaloso, descarado, dividía a la gente y estaba demostrando una gran eficacia como provocador racial en una ciudad donde estos abundaban.

Jake sabía que Simeon tenía familiares en Memphis. Evidentemente, una cosa había llevado a la otra, y al final Jake había recibido la temible llamada de Booker Sistrunk. Iban a «entrar» en el caso, lo cual comportaba otro intenso examen adicional del trabajo de Jake, además de tener que repartir aún más el pastel. Ya se oían noticias inquietantes sobre coches aparcados en el jardín de Lettie y buitres aposentados en el porche.

—Entiendo —prosiguió el juez Atlee— que están ustedes colegiados en este estado.

—No, señoría, en este momento no, pero nos asociaremos con un letrado local.

—Sería sensato que así lo hiciera, señor Sistrunk. Espero que la próxima vez que comparezca en mi sala sepa con qué abogado está.

—Sí, señoría —dijo Sistrunk con una rigidez que rayaba el desprecio.

Tanto él como Bost se sentaron, apretujándose a ambos lados de su valiosa clienta. Jake había intentado saludar a Lettie antes del comienzo de la vista, pero los abogados se habían interpuesto, y ella rehuía su mirada.

—Sigamos —dijo el juez Atlee, señalando la poblada mesa de la defensa.

Stillman Rush se levantó enseguida.

—Sí, señoría. Soy Stillman Rush, del bufete Rush de Tupelo. Me acompañan Sam Larkin y Lewis McGwyre.

Se levantaron ambos al oír su nombre, e hicieron gestos educados de saludo hacia el estrado. Ya conocían al juez Atlee. No hacía falta extenderse en las presentaciones.

—Su bufete preparó el testamento de 1987. ¿Me equivoco?

—No, señoría —dijo Stillman con una gran sonrisa empalagosa.

—Muy bien. Siguiente.

Se puso en pie un hombre corpulento, de cabeza redonda y calva.

—Señoría —masculló—, me llamo Wade Lanier, del bufete Lanier de Jackson. Me acompaña mi socio Lester Chilcott. Representamos los intereses de la señora Ramona Dafoe, hija del difunto. Su esposo, Ian Dafoe, es cliente nuestro desde hace mucho tiempo y...

—Ya está bien, señor Lanier —le interrumpió sin contemplaciones el juez Atlee. Así se las gastaban en el condado de Ford—. No le he preguntado por sus otros clientes ni por su bufete.

También la presencia de Wade Lanier era inquietante. Aunque Jake solo le conociera por su reputación, era suficiente para temer cualquier trato con él. Un bufete grande, despiadado en sus tácticas y con bastante éxito para alimentar el ego y mantenerlo con hambre.

El juez Atlee señaló a otra persona.

—¿Y usted? —preguntó.

Se levantó como un resorte un hombre con una americana de lo más hortera.

—Sí, señoría... Pues... Me llamo D. Jack O'Malley y represento al señor Herschel Hubbard, hijo del difunto. Mi cliente vive en Memphis, que es de donde vengo, pero le aseguro que la próxima vez que comparezca será en asociación con un letrado de aquí.

—Buena idea. ¿Siguiente?

O'Malley tenía pegado a sus espaldas a un joven delgado, con cara de ratón y pelo áspero y revuelto, que se levantó tímidamente, como si nunca se hubiera dirigido a un juez.

—Señoría —dijo con voz de pito—, me llamo Zack Zeitler. También soy de Memphis. Me han contratado para representar los intereses de los hijos de Herschel Hubbard.

El juez Atlee asintió con la cabeza.

—O sea, ¿que los nietos también tienen abogado?

—Sí, señoría. Según el testamento previo son beneficiarios.

—Ya lo entiendo. Supongo que están en la sala.

—En efecto.

—Gracias, señor Zeitler. Ah, y por si aún no lo ha captado,

la próxima vez que venga haga el favor de traer a un abogado de aquí, que buena falta nos harán. A menos, por supuesto, que esté colegiado en este estado...

—Lo estoy, señoría.

—Muy bien. Siguiente.

Un abogado que se había quedado sin silla y estaba apoyado en una baranda de un rincón, miró a su alrededor.

—Sí, señoría; me llamo Joe Bradley Hunt, soy del bufete Skole de Jackson y...

—¿De qué bufete?

—Skole, señoría. Skole, Rumky, Ratliff, Bodini y Zacharias.

—Perdón por la pregunta. Siga.

—Representamos los intereses de los dos hijos menores de Ramona e Ian Dafoe, nietos del difunto.

—Muy bien. ¿Alguien más?

Se giraron varios cuellos, y varios pares de ojos escrutaron al público. El juez Atlee hizo un somero cálculo mental.

—Una docena. De momento he contado a once abogados, y no hay ningún motivo para creer que no vaya a haber más.

Movió algunos papeles por la mesa y miró al público. A su izquierda, detrás de Jake y Lettie, había un grupo de personas de raza negra en el que figuraban Simeon, sus hijos y nietos, unos cuantos primos y tías, Cypress, un predicador y muchos amigos, viejos y nuevos, venidos para dar apoyo moral a Lettie en el primer paso de su lucha por conseguir lo que le pertenecía por derecho. A la derecha del juez, al otro lado del pasillo, tras la muchedumbre de abogados que se preparaba para impugnar el testamento, había un grupo de personas de raza blanca en el que figuraban Ian, Ramona y sus dos hijos, Herschel y sus dos retoños, su ex mujer (aunque se había sentado lo más lejos posible, en la última fila), Dumas Lee con otro periodista, y la cuadrilla habitual de asiduos que casi nunca se perdían ningún juicio o vista con oposición. En la puerta principal estaba el agente Prather, enviado por Ozzie para oírlo todo e informarle. Lucien Wilbanks se hallaba en la última fila, del lado negro, parcialmente oculto por el fornido joven a quien tenía delante. Conocía a Atlee desde hacía muchos años, y no quería distraerle.

Minutos antes de empezar, Jake había intentado presentarse educadamente a Herschel y Ramona, pero ellos le habían dado la espalda de forma grosera. Ahora el enemigo no era su padre, sino Jake. Ian, concretamente, parecía a punto de pegarle un puñetazo. Sus hijos con Ramona, adolescentes ambos, se habían engalanado con su ropa más pija, y se les veía arrogantes, como hijos de familia rica. En cambio los dos de Herschel iban hechos un desastre. Pocos días antes habían estado demasiado ocupados para ir al entierro de su querido abuelo. Sus prioridades habían experimentado un cambio brusco.

Jake supuso que los abogados habían convencido a las familias de que tenían que venir los niños, para que lo vieran y se identificaran estrechamente con las consecuencias del proceso judicial. A él le parecía una pérdida de tiempo, pero, claro, había mucho en juego.

En esos momentos, entre tanta gente, se sentía muy solo. La persona sentada a su lado, Russell Amburgh, no solo no le ayudaba, sino que a duras penas mantenía las formas mientras planeaba desentenderse cuanto antes de todo aquel fregado. Detrás, a unos centímetros, estaba Lettie, una persona con quien creía poder hablar, pero que estaba vigilada por dos pitbulls dispuestos a pelearse con uñas y dientes por la herencia. ¡Y eran los que estaban en su bando! Al otro lado del pasillo, toda una jauría de hienas esperaba el momento de lanzarse al ataque.

—He leído los dos testamentos —dijo el juez Atlee—. Empezaremos por el último, escrito a mano y fechado el 1 de octubre. El 4 de octubre se cursó la instancia de legitimación. Señor Brigance, tal como estipulan las leyes, será usted quien empiece a administrar la masa hereditaria, notificando públicamente a los acreedores, presentando un inventario preliminar y todas esas cosas. Espero que no se demore. Señor Amburgh, tengo entendido que no desea usted seguir.

Amburgh se levantó despacio.

—En efecto, señoría. Es demasiado para mí. Como albacea estaría obligado a declarar bajo juramento que se trata del testamento válido de Seth Hubbard, juramento que me niego a hacer. Ni me gusta el testamento, ni quiero tener nada que ver con él.

—¿Señor Brigance?

Jake se puso en pie junto a quien pronto sería su ex cliente.

—Señoría, el señor Amburgh, que ha sido abogado, conoce los principios básicos del proceso de legitimación. Prepararé una orden que le permita retirarse, al tiempo que presento a los candidatos para ocupar su puesto.

—Dele prioridad, por favor. Quiero que se proceda a la administración mientras resolvemos otros asuntos. Al margen de lo que ocurra con el testamento ológrafo, o con el anterior, es necesario ocuparse de la herencia del señor Hubbard. Imagino que habrá varias partes dispuestas a impugnar el testamento al que me he referido. ¿Estoy en lo cierto?

Todo un pelotón de abogados se levantó y asintió con la cabeza. El juez Atlee levantó una mano.

—Gracias. Siéntense todos, por favor. Señor Amburgh, puede usted marcharse.

—Gracias —articuló escuetamente Amburgh al abandonar la mesa de la parte demandante e irse a toda velocidad por el pasillo.

El juez Atlee se colocó bien las gafas.

—Procederemos del siguiente modo. Señor Brigance, tiene usted diez días para encontrar a un albacea sustituto y cumplir la voluntad del fallecido de que no se trate de ningún abogado de este condado. Una vez designado el albacea, emprenderá usted junto con él la labor de localizar los bienes e identificar las deudas. Deseo disponer lo antes posible de un inventario preliminar. Mientras tanto, los demás presentarán sus objeciones al testamento. Cuando estén debidamente constituidas todas las partes nos reuniremos de nuevo y elaboraremos un plan para el juicio. Ya saben ustedes que ambas partes pueden exigir un juicio con jurado. Quien así lo desee, que lo haga a su debido tiempo, al presentar las objeciones. Dado que las impugnaciones de testamentos siguen el mismo curso que cualquier otro proceso civil del estado de Mississippi, serán de aplicación la normativa sobre pruebas y las disposiciones procesales. —Se quitó las gafas y miró a los abogados mientras mordisqueaba una patilla—. Como iremos a juicio, les digo desde ya que no presidiré ninguna vista con una docena de abogados. Es una pesadilla que me resulta inconcebible. Tampoco dejaré que se maltrate así al jurado, si es que lo hay. Definiremos los puntos, racionalizaremos el proceso y enjuiciaremos el caso de manera eficaz. ¿Alguna pregunta?

Bueno, sí, miles, pero habría tiempo de sobra para hacerlas. Booker Sistrunk se levantó bruscamente y habló con su vozarrón de barítono.

—Señoría, no sé muy bien qué es lo indicado en esta fase, pero me gustaría proponer que se designe a mi clienta, Lettie Lang, como albacea en lugar del señor Amburgh. Al consultar la legislación de este estado no he encontrado ninguna disposición que exija que el papel lo desempeñe un abogado, contable o figura similar. De hecho, las leyes no establecen ningún requisito, ni de formación ni de experiencia, para hacer de administrador, en caso de herencia intestada, o de albacea, en un caso como este.

Lo dijo despacio, con pulcritud y una dicción perfecta. Sus palabras resonaron por toda la sala. El juez Atlee y los demás abogados le escucharon y observaron. Lo que decía era verdad. Técnicamente se podía nombrar a cualquier persona para sustituir a Russell Amburgh, siempre que estuviera en su sano juicio y tuviera más de dieciocho años. Ni siquiera se excluía a los delincuentes. Sin embargo, dada la magnitud de la herencia, y la complejidad de lo que suscitaba, habría hecho falta una aportación más experimentada e imparcial. La idea de poner a Lettie a cargo de una masa hereditaria de veinte millones de dólares, mientras Sistrunk le susurraba consejos al oído, daba repelús, al menos a las personas blancas de la sala. Hasta el juez Atlee pareció quedarse paralizado durante un momento.

Sistrunk aún no había terminado. Esperó lo estrictamente necesario para que pasara el sobresalto inicial.

—Verá usted, señoría —continuó—, me consta que casi todas las labores de autenticación corren a cargo del abogado de la masa hereditaria, bajo supervisión estricta del tribunal, naturalmente, y por ello propongo que se asigne a mi bufete todo lo relativo a esta cuestión. Trabajaremos en estrecha colaboración con nuestra clienta, la señora Lettie Lang, para cumplir con exactitud los deseos del señor Hubbard. En caso de necesidad consultaremos al señor Brigance, que es un excelente abogado, pero el grueso del trabajo correrá a mi cargo y al de mi equipo.

Con esas palabras, Booker Sistrunk había cumplido su objetivo. A partir de ese momento la batalla se definiría como de negros contra blancos.

Herschel, Ramona y sus respectivas familias lanzaron miradas de odio al otro lado del pasillo, al grupo de los negros, que se las devolvieron con ganas y algo de suficiencia. La elegida para recibir el dinero era Lettie, una de los suyos. Habían venido a pelearse por ella. Pero no, el dinero les correspondía a los Hubbard. Seth no había estado en su sano juicio.

Jake, atónito, miró con virulencia a sus espaldas, aunque Sistrunk le ignoró. La reacción inicial de Jake fue pensar: «¡Qué tontos!». Un condado de predominio blanco significaba un jurado de predominio blanco. Estaban muy lejos de Memphis, donde Sistrunk había dado pruebas de su habilidad para introducir a los suyos en jurados federales y conseguir veredictos muy sonados. Era otro mundo.

Si ponían a nueve o diez blancos del condado de Ford en el jurado, y los obligaban a aguantar a Booker Sistrunk durante una semana, la señora Lettie Lang se quedaría sin nada.

La horda de abogados blancos estaba igual de atónita que Jake. Wade Lanier, sin embargo, se dio cuenta enseguida de que era su oportunidad.

—No tenemos nada que objetar, señoría —soltó de sopetón al levantarse.

—Carecen ustedes de capacidad legal para objetar, sea lo que sea —replicó el juez Atlee.

Pensándolo mejor, Jake se dijo: «Bueno, pues muy bien, que me saquen. Con esta bandada de buitres no quedará nada. La vida es demasiado corta para perder un año esquivando balas en una guerra racial».

—¿Algo más, señor Sistrunk? —dijo el juez Atlee.

—No, señoría, de momento no.

Sistrunk se giró y miró con suficiencia a Simeon y la familia.

Acababa de dar muestras de su arrojo. Era un hombre intrépido, que no se dejaba intimidar, y a quien no le daban miedo las peleas callejeras. No se habían equivocado de abogado. Antes de sentarse miró a Herschel Hubbard con una sonrisita, como si dijera: «Empieza el juego, chaval».

—Tiene usted que seguir investigando, señor Sistrunk —dijo con calma el juez Atlee—. En nuestras leyes de legitimación prevalecen por encima de todo los deseos del testador. El señor Hubbard expuso claramente su voluntad respecto al abogado de su elección, y en ese aspecto no habrá cambios. Si tienen ustedes alguna otra petición que hacer deberán formularla en el escrito de rigor, siempre, claro está, después de haberse asociado con un letrado a quien reconozca este tribunal, y en comparecencia ante este último.

Jake volvió a respirar con normalidad, aunque seguía afectado por la desfachatez de Sistrunk y de sus ideas. También por su codicia. Seguro que había hecho firmar a Lettie algún tipo de acuerdo que le reservaba una parte de las ganancias. La mayoría de los abogados de la parte actora se quedaba un tercio de lo acordado extrajudicialmente, el 40 por ciento en caso de veredicto con jurado y la mitad si se apelaba. Seguro que un ego como el de Sistrunk, cuyo historial de victorias además era innegable, se situaría en la parte superior de aquellos porcentajes. Por si fuera poco, aspiraba a cobrar un dineral por horas en tanto que abogado de la sucesión.

El juez Atlee había terminado. Levantó el martillo.

—Volveremos a vernos dentro de treinta días. Se levanta la sesión.

E hizo chocar el martillo contra la mesa.

Lettie se vio inmediatamente sepultada por sus abogados, que se la llevaron al otro lado de la baranda, a la primera fila de bancos, donde la rodearon sus parientes y otras lapas. Apiñados como si temieran por su vida, empezaron a mimarla con caricias y palabras de ánimo. Sistrunk fue admirado y felicitado por la osadía de sus declaraciones y posturas, mientras Kendrick Bost tomaba del hombro a Lettie, que agradecía solemne con susurros a sus seres queridos. Cypress, su madre, que iba en silla de ruedas, se secó las lágrimas de las mejillas. Qué suplicio estaban haciendo pasar a la familia.

Jake no estaba de humor para charlas, que de todos modos nadie quiso entablar. Los demás abogados se dividieron en pequeños corros y lo guardaron todo en sus maletines, conversando mientras se disponían a marcharse. Los herederos Hubbard se mantuvieron unidos, tratando de evitar cualquier mirada hostil hacia los negros que querían quitarles el dinero. Jake se escabulló por una puerta lateral. De camino a la escalera del fondo oyó la voz del señor Pate, el proyecto oficial del juzgado.

—Oye, Jake, el juez Atlee quiere hablar contigo.

En la pequeña sala donde se juntaban a tomar café los abogados y donde los jueces mantenían sus reuniones no oficiales, el juez Atlee se estaba quitando la toga.

—Cierra la puerta —dijo cuando vio entrar a Jake.

El juez no era de los que disfruta contando historietas o los absurdos chismorreos legales. No se andaba con pamplinas y mostraba poco sentido del humor, aunque, como juez, tenía un público deseoso de reírse de cualquier cosa.

—Toma asiento, Jake —dijo.

Ambos se sentaron junto a una mesita.

—Menudo imbécil —dijo el juez Atlee—. Quizá en Memphis le funcione, pero aquí no.

—Creo que aún no me he recuperado.

—¿Conoces a un abogado de Smithfield que se llama Quince Lundy?

—He oído hablar de él.

—Es bastante mayor. Hasta puede ser que esté medio jubilado. Lleva un siglo legitimando testamentos. Es lo único que hace. Se sabe la ley al dedillo, y es un dechado de honradez. Amigo mío de toda la vida. Presenta un escrito en que propongas a Quince y otros dos, los que tú elijas, como albaceas sustitutos, y yo nombraré a Quince. Os llevaréis muy bien. En cuanto a ti, te has embarcado hasta el final. ¿A cuánto cobras la hora?

—No tengo tarifa, señoría. En el mejor de los casos mis clientes ganan diez a la hora, y no se pueden permitir un abogado que a ellos se la cobre a cien.

—Tal como está el mercado, yo creo que ciento cincuenta es una tarifa justa. ¿Estás de acuerdo?

—Ciento cincuenta me parece perfecto.

—Vale, pues te pongo el taxímetro a ciento cincuenta por hora. Doy por supuesto que tienes tiempo.

—Sí, sí.

—Mejor, porque esto a corto plazo no te dejará vivir. Presenta una petición cada sesenta días, más o menos, para solicitar el pago de tus honorarios. Ya me ocuparé de que te lleguen.

—Gracias, señoría.

—Corren muchos rumores sobre de cuánto es la herencia. ¿Tú sabes por dónde van los tiros?

—Russell Amburgh dice que no baja de los veinte millones, casi todo en efectivo. Escondidos fuera del estado. Si no, todo Clanton lo sabría con exactitud.

—Más vale que nos movamos deprisa para protegerla. Firmaré una orden que te autorice a tomar posesión de la documentación financiera del señor Hubbard. Cuando se incorpore Quince Lundy al equipo podréis empezar a escarbar.

—De acuerdo.

El juez Atlee bebió un buen trago de café de un vaso de cartón. Después miró por la ventana sucia, como si contemplase el césped del juzgado.

—Pobre mujer. Casi me da pena —dijo finalmente—. Se le ha ido todo de las manos. Está rodeada de aprovechados. Cuando Sistrunk acabe con ella, no tendrá ni un céntimo.

—Suponiendo que el jurado falle a su favor.

—¿Pedirás jurado, Jake?

—Aún no lo sé. ¿Debería?

La pregunta era un abuso de confianza, aunque en ese momento no lo pareciera tanto. Jake pensó que Atlee le regañaría, pero lo único que hizo el juez fue torcer un poco la boca, mientras seguía mirando por la ventana sin fijarse en nada en concreto.

—Yo preferiría un jurado, Jake. No me importa tomar decisiones difíciles. Forma parte de mi trabajo, pero en un caso así estaría bien ponerles la patata caliente en las manos a doce de nuestros buenos y devotos convecinos. Por una vez yo lo agradecería.

La mueca se convirtió en una sonrisa.

—No me extraña. Cursaré la petición.

—Muy bien. Ah, Jake, otra cosa: aquí hay muchos abogados, y pocos de los que me fíe. Si hay algo que comentar, no dudes en pasar a saludarme y tomar un café. Seguro que comprendes la importancia del caso. Por esta zona no hay mucho dinero, Jake. Nunca lo ha habido. Ahora de repente ha aparecido una mina de oro, y hay mucha gente con el pico a punto. No hablo de ti ni de mí, pero hay gente para todo. Es importante que nos coordinemos.

Los músculos de Jake se relajaron por primera vez en horas. Respiró profundamente.

—Estoy de acuerdo, señoría. Gracias.

—Ya nos iremos viendo.

13

Dumas Lee era dueño y señor de la portada del *The Ford County Times* del miércoles 12 de octubre. La gran noticia del condado, la única, era obviamente la vista judicial del día anterior. Un gran titular anunciaba: se dibujan los frentes en la herencia hubbard. El comienzo del artículo mostraba a Dumas en el apogeo de su sensacionalismo: «Ayer, en una sala llena a rebosar, formaron filas varios herederos expectantes junto con sus ansiosos letrados. El juez Reuben Atlee presidió los cañonazos iniciales de una batalla que se anuncia épica, la de la fortuna del difunto Seth Hubbard, que se ahorcó el 2 de octubre».

El fotógrafo, fuera quien fuese, había trabajado duro. En medio de la portada había una gran foto de Lettie Lang arrastrada al juzgado como una inválida por Booker Sistrunk y Kendrick Bost. El pie la describía como «Lettie Lang, de 47 años, residente en Box Hill, antigua asistenta de Seth Hubbard y supuesta beneficiaria de su último y sospechoso testamento manuscrito, acompañada por sus dos abogados de Memphis». Al lado había otras dos fotos más pequeñas, una de Herschel y otra de Ramona, que aparecían caminando en las inmediaciones del juzgado sin saber que les estaban sacando fotos.

Jake leyó el periódico en su mesa, el miércoles por la mañana, entre sorbos de café. Después lo releyó de cabo a rabo por si había errores, y por una vez le sorprendió comprobar que todos los datos de Dumas eran correctos. Aun así se desesperó por el uso de la palabra «sospechoso». Cualquier inscrito en el censo electoral podía formar parte del jurado. La mayoría de ellos leerían el periódico u oirían comentarios, y Dumas calificaba el testamento de buenas a primeras como sospechoso. Tampoco les beneficiaba la adusta suficiencia de los intrusos de trajes caros de Memphis. Sin apartar la visa de la foto, trató de imaginarse los esfuerzos de un jurado de nueve blancos y tres negros por tenerle simpatía a Lettie con veinte millones de dólares sobre la balanza. Les costaría. Después de una semana de juicio con Booker Sistrunk, adivinarían sus intenciones e invalidarían el testamento. También Herschel y Ramona podían acabar ganándose la antipatía del jurado, pero al menos eran blancos y no obedecían órdenes de un picapleitos con carisma de predicador televisivo.

Se recordó que de momento estaban en el mismo barco, o al menos en el mismo lado de la sala, y se hizo la promesa de no continuar; si el juez Atlee autorizaba a Sistrunk a seguir en la partida, Jake abandonaría y se iría a buscar algún caso de negligencia médica. Cualquier cosa era mejor que un juicio brutal que estaba destinado a perder. Le convenían los honorarios, pero no los quebraderos de cabeza.

Se oyó alboroto en el piso de abajo, seguido de pisadas. Nadie estremecía los viejos peldaños como Harry Rex al subir al despacho de Jake con pasos lentos y pesados, como si con cada uno de ellos se propusiera romper la madera. Toda la escalera temblaba. Le seguía Roxy, protestando. Con un grave sobrepeso, y en un estado físico penoso, el abogado casi jadeaba cuando abrió con el pie la puerta de Jake.

—Esta tía está loca —fue su amable carta de presentación.

Tiró el periódico a la mesa de Jake.

—Buenos días, Harry Rex —dijo este mientras su amigo se derrumbaba en una silla e iba normalizando su respiración, cada jadeo era un poco más suave, y cada nueva exhalación aplazaba el paro cardíaco.

—¿Qué pasa, que quiere cabrear a todo el mundo? —preguntó.

—La verdad es que lo parece. ¿Quieres un café?

—¿Tienes una Bud Light?

—Son las nueve de la mañana.

—¿Y qué? Hoy no voy al juzgado. Los días que libro empiezo antes.

—¿No dirías que bebes demasiado?

—¡Qué va! Teniendo los clientes que tengo, bebo demasiado poco. Como tú.

—Yo no tengo cerveza en el despacho. Ni en mi casa tampoco.

—Pues vaya vida. —Harry Rex se irguió de golpe, cogió el periódico y lo levantó, señalando la foto de Lettie—. Dime una cosa, Jake: ¿qué dice al ver esta foto el típico blanco del condado? Hay una asistenta negra con buena pinta que sin saber cómo se ha metido en el testamento del viejo. Ahora va y contrata a unos abogados africanos de la gran ciudad, tíos con labia, para que vengan y consigan el dinero. ¿Cómo lo cuentan en el Coffee Shop?

—Creo que ya lo sabes.

—¿Es tonta o qué?

—No, pero la han pillado. Simeon tiene familia en Memphis. Por ahí habrá venido la cosa. Lettie no tiene ni idea de lo que está haciendo, y la aconsejan mal.

—¿Y no podrías hablar con ella, tú que estás de su lado, Jake?

Harry Rex volvió a tirar el periódico a la mesa.

—No. Antes de que contratase a Sistrunk creía que sí. Ayer en el juzgado intenté hablar con ella, pero la vigilaban demasiado. También traté de hablar con los hijos de Hubbard, pero no estuvieron muy amables.

—Te has vuelto una persona muy popular, Jake.

—Pues ayer no tuve la impresión de serlo. Menos mal que le caigo bien al juez Atlee.

—Por lo que me han dicho no se llevó muy buena impresión de Sistrunk.

—No, y tampoco se la llevará el jurado.

—¿O sea, que pedirás jurado?

—Sí, es lo que quiere su señoría. Pero no te he dicho nada.

—Nada, nada. Tienes que encontrar la manera de hablar con ella. Sistrunk cabreará a todo el estado, y ella acabará con las manos vacías.

—¿Debería quedarse con algo?

—Coño, pues claro. El dinero es de Seth. Si quiere dejárselo al Partido Comunista, allá él. Lo ha ganado él solo, es de cajón que lo reparta como quiera. Espera a haber tratado con los hijos, que te digo yo que son unos capullos, y entenderás que Seth eligiera a otra persona.

—Creía que odiabas a Seth.

—Bueno, hace diez años sí, pero es que siempre odio al enemigo. Por eso soy tan mala bestia. Al final se me pasa. De todos modos, más allá de que le odie o le quiera, escribió un testamento antes de morir y ese testamento tiene que respaldarlo la justicia, suponiendo que sea válido.

—¿Y es válido?

—Eso dependerá del jurado. Lo que está claro es que lo atacarán por todos los flancos.

—¿Y cómo atacarías tú el testamento?

Harry Rex se echó contra el respaldo y apoyó un tobillo en la rodilla.

—Le he estado dando vueltas. Primero buscaría a unos peritos, gente del sector médico que testificase que a Seth le drogaron con calmantes, que tenía todo el cuerpo afectado por el cáncer de pulmón y que después de un año con tanta quimio, tanta radio y tanta medicación no podía pensar con claridad. Pasaba unos dolores espantosos. También me buscaría a otro experto para describir los efectos del dolor en los procesos mentales. Lo que no te sé decir es de dónde los sacaría, pero bueno, los peritos cobrando dicen lo que quieras... Ten en cuenta, Jake, que el típico jurado de este condado casi no acabó ni el instituto. Muy refinados no es que sean. Si te buscas a un experto con labia, o a todo un equipo, ya no sabrán qué pensar. ¡Coño, si hasta yo podría demostrar que cuando Seth metió la cabeza por el nudo estaba chocheando! ¿O no hay que estar loco para ahorcarse?

—No sé qué contestar.

—Segundo: Seth tenía problemas de bragueta. Era incapaz de dejarse los pantalones puestos. No sé si llegó a cruzar la frontera racial, pero es posible. Si un jurado blanco tiene la menor sospecha de que Seth recibía algo más de su asistenta que un plato caliente y las camisas planchadas, se volverá en contra de la señora Lettie en menos que canta un gallo.

—No pueden utilizar la vida sexual de un muerto.

—Ya, pero pueden picotear en la de Lettie. Pueden insinuar, exagerar y recurrir a todo tipo de vaguedades. Como suba Lettie a declarar, y seguro que lo hará, será un blanco fácil.

—Tiene que declarar.

—Pues claro, Jake, ahí está la pega. En el fondo da igual lo que se diga en el juicio, o quién lo diga. La verdad es que si Booker Sistrunk empieza a echar sus peroratas en plan negrata cabreado delante de un jurado blanco, tus posibilidades serán nulas.

—No estoy muy seguro de que me importe demasiado.

—Pues tiene que importarte. Es tu trabajo. Es un juicio de los gordos. Y con unos honorarios como la copa de un pino. Ahora trabajas por horas y te pagan, cosa rara en nuestro mundo, Jake. Si esto va a juicio, y luego apelan y demás, durante los próximos tres años ganarás medio millón de pavos. ¿A cuántos acusados por conducir borrachos tendrías que defender para cobrar tanta pasta?

—No había pensado en los honorarios.

—Pues te aseguro que todos los demás abogaduchos de la ciudad sí que lo han pensado. Serán generosos. Para un abogado de la calle como tú, maná del cielo. Pero primero tienes que ganar, y para eso tienes que quitarte a Sistrunk de encima.

—¿Cómo?

—También le he estado dando vueltas. Dame un poco de tiempo. La foto del periódico de marras ya nos ha perjudicado un poco, y seguro que en la siguiente vista Dumas hace lo mismo. Tenemos que hacer que echen a Sistrunk cuanto antes.

Para Jake fue importante que Harry Rex estuviera hablando en plural. No había nadie más fiel, ni a quien quisiera más tener en su trinchera. Tampoco había nadie más astuto y manipulador en los círculos jurídicos.

—Dame uno o dos días —dijo Harry Rex, poniéndose en pie—. Necesito una cerveza.

Una hora después Jake seguía en su mesa cuando lo de Booker Sistrunk dio un giro a peor.

—Tienes al teléfono a un abogado, un tal Rufus Buckley —anunció Roxy por el intercomunicador.

Jake respiró hondo.

—Vale —dijo, viendo parpadear la luz.

Se devanó los sesos intentando explicarse la llamada de Buckley. No habían hablado desde el juicio de Carl Lee Hailey, y ambos se habrían dado por satisfechos si sus caminos no hubieran vuelto a cruzarse. Un año antes, durante la reelección de Buckley, Jake había apoyado de manera silenciosa al otro candidato, como la mayoría de los abogados de Clanton, por no decir de todo el vigésimo segundo distrito judicial. A lo largo de doce años de trayectoria, Buckley había conseguido enemistarse con casi todos los abogados del citado distrito, compuesto por cinco condados. La venganza había sido dulce, ahora el agresivo ex fiscal del estado, de ambiciones antaño nacionales, no salía de Smithfield, su pueblo, a una hora de carretera, donde a decir de los rumores se ganaba la vida con modestia en un pequeño bufete de la calle principal, llevando testamentos, escrituras y divorcios con consentimiento mutuo.

—Qué hay, gobernador —dijo Jake a propósito para reavivar la hostilidad.

En tres años no había mejorado el bajo concepto en que le tenía.

—Ah, hola, Jake —dijo Buckley con educación—. Esperaba que pudiéramos ahorrarnos el retintín.

—Perdona, Rufus, no lo he dicho por nada. —Por supuesto que lo había dicho por algo, en alusión a cuando Buckley se había visto ya como gobernador de Mississippi—. ¿Qué, a qué te dedicas?

—Pues nada, a hacer de abogado y a tomarme la vida con calma. Más que nada me dedico al petróleo y la gasolina.

Cómo no. Buckley se había pasado casi toda su vida adulta

intentando convencer a los demás de que las concesiones de gas natural de la familia de su mujer eran una fuente inmensa de riqueza, cuando no lo eran. Los Buckley vivían muy por debajo de sus pretensiones.

—Muy bien. ¿Y qué te trae por aquí?

—Pues mira, acabo de hablar por teléfono con un abogado de Memphis, Booker Sistrunk. Creo que os conocéis. Parece buen tío. El caso es que va a asociarse conmigo como letrado de Mississippi en la causa de Seth Hubbard.

—Y ¿por qué te ha elegido, Rufus? —preguntó impulsivamente Jake, dejando caer los hombros.

—Supongo que por mi reputación.

No, Sistrunk había hecho sus indagaciones y había encontrado al único abogado de todo el estado que odiaba con todas sus fuerzas a Jake. Este ya se imaginaba las atrocidades que habría dicho Buckley sobre él.

—No acabo de ver dónde encajas, Rufus.

—En eso estamos. Lo primero que quiere Booker es apartarte del caso, para ocuparse él de todo. Ha comentado que se podría pedir un traslado a otra sala. Dice que es evidente que el juez Atlee está predispuesto contra él. Piensa pedirle que se recuse. Solo son preliminares, Jake. Ya sabes que Sistrunk es un pleitista de alto voltaje, con muchos recursos. Supongo que por eso me quiere a mí en su equipo.

—Pues nada, Rufus, bienvenido a bordo. Dudo que Sistrunk te haya contado el resto, pero que sepas que ya ha intentado echarme y le ha salido mal, porque el juez Atlee sabe leer, como todo el mundo. El testamento me nombra específicamente a mí como abogado de la sucesión. Atlee no se recusará, ni trasladará el juicio fuera de Clanton. Os estáis echando mierda encima, y encima vais a cabrear a todos los posibles jurados del condado. A mí me parece una estupidez, Rufus, y encima va en contra de nuestras posibilidades.

—Ya veremos. Te falta experiencia, Jake. Tienes que apartarte del caso. Es verdad que has conseguido veredictos favorables en causas penales, pero esto no es penal, Jake; esto es un pleito civil de muchos dólares, muy complicado, que te supera.

Jake se mordió la lengua, recordándose cuánto desprecio sentía por la voz que salía del teléfono.

—Tú antes eras fiscal, Rufus —dijo lentamente, con toda la intención—. ¿Desde cuándo te has vuelto un experto en pleitos civiles?

—Soy abogado litigante. Vivo en el juzgado. Durante este último año solo me he dedicado a causas civiles. Encima comparto mesa con Sistrunk, que el año pasado hizo pagar más de un millón de dólares a la policía de Memphis con tres sentencias desfavorables.

—Todas apeladas. Aún no ha cobrado nada.

—Ya cobrará. De la misma manera que nos llevaremos de calle lo de Hubbard.

—¿Qué pellizco os quedáis, Rufus? ¿El 50 por ciento?

—Eso es secreto, Jake, ya lo sabes.

—Pues deberían hacerlo público.

—No seas envidioso, Jake.

—Hasta otra, Rufus —dijo Jake justo antes de colgar.

Respiró hondo, se levantó y fue al piso de abajo.

—Ahora vuelvo —le dijo a Roxy al pasar junto a su mesa.

Eran las diez y media. El Coffee Shop estaba vacío. Cuando Jake entró y se sentó en un taburete, Dell estaba secando tenedores detrás del mostrador.

—¿Qué, un descanso? —preguntó.

—Sí. Ponme un descafeinado, por favor.

Jake solía aparecer a cualquier hora, casi siempre para no tener que estar en el bufete ni al teléfono. Dell le sirvió una taza y se acercó sin dejar de secar los cubiertos.

—¿Qué sabes? —preguntó Jake, echando azúcar.

La frontera entre lo que Dell sabía y lo que oía era sutil. La mayoría de sus clientes pensaban que lo repetía todo, pero Jake sabía que no. Después de veinticinco años en el Coffee Shop, Dell había oído bastantes rumores falsos y mentiras descaradas como para concienciarse del daño que podían hacer, y por eso solía tener cuidado, aunque tuviera fama de todo lo contrario.

—Bueno... —empezó a contestar lentamente—. Yo no creo

que Lettie se haya hecho ningún favor al contratar a los abogados esos de Memphis, los negros. —Jake asintió con la cabeza y bebió un poco de café. Dell siguió hablando—. ¿Por qué lo ha hecho, Jake? Creía que tú eras su abogado.

Hablaba de Lettie como si la conociera de toda la vida, aunque nunca se hubieran visto. En Clanton se había vuelto algo habitual.

—No, yo no soy su abogado. Soy el de la sucesión, el del testamento. Estamos en el mismo bando, pero no podía contratarme a mí.

—¿Necesita un abogado?

—No. A mí me corresponde proteger el testamento y velar por que se cumpla. Yo hago mi trabajo y ella recibe el dinero. No tiene motivos para buscarse a un abogado.

—¿Se lo has explicado?

—Sí, y creía que lo había entendido.

—¿Qué ha pasado? ¿Por qué se han metido los de Memphis?

Jake bebió otro sorbo, aconsejándose prudencia. Tenía por costumbre intercambiar información privilegiada con Dell, pero los temas sensibles eran coto vedado.

—No lo sé, aunque sospecho que alguien de Memphis se enteró del testamento y que le llegó la filtración a Booker Sistrunk, que al oler dinero hizo el viaje hasta aquí, aparcó su Rolls-Royce negro delante de la casa de Lettie y la raptó. Le ha prometido la luna, y a cambio él se queda un trozo.

—¿Cuánto?

—Eso solo lo saben ellos. Es un secreto que nunca se divulga.

—¿Un Rolls-Royce negro? ¿Lo dices en broma, Jake?

—No, qué va; lo vieron ayer, cuando llegó al juzgado y aparcó enfrente del Security Bank. Conducía él. El otro abogado iba de copiloto. Lettie estaba en el asiento trasero, con un tío que llevaba un traje negro, una especie de guardia de seguridad. Están montando un espectáculo, y Lettie ha caído en la trampa.

—No lo entiendo.

—Yo tampoco.

—Esta mañana ha dicho Prather que tal vez intenten que el juicio no se celebre aquí. Quizá lo trasladen a otro condado donde puedan conseguir un jurado con más negros. ¿Hay algo de verdad?

—Supongo que solo es un rumor. Ya conoces a Marshall. Para mí que la mitad de los chismes que circulan por la ciudad los empieza él, te lo juro. ¿Algún rumor más?

—¡Y tanto, Jake! Corren por todas partes. Cuando entras tú se callan, pero en cuanto sales no hablan de otra cosa.

Se abrió la puerta y entraron dos secretarias de la oficina de recaudación de impuestos, que se sentaron cerca, en una mesa. Jake, que las conocía, las saludó amablemente. Estaban bastante cerca para oírlos, y de hecho estaban al quite de todo. Jake se inclinó hacia Dell y habló en voz baja.

—Estate atenta, ¿vale?

—Jake, cariño, ya sabes que no se me pasa nada por alto.

—Ya lo sé.

Jake dejó un dólar para el café y se despidió. Como aún no quería volver a su despacho dio un paseo por la plaza y entró en el bufete de Nick Norton, otro abogado que ejercía por su cuenta y que se había graduado en la facultad de derecho de Ole Miss el año en que Jake había empezado los estudios. Nick había heredado el despacho de su tío, y podía afirmarse casi con seguridad que tenía un poco más de trabajo que Jake. Se remitían clientes a través de la plaza, y en diez años habían conseguido evitar cualquier desacuerdo incómodo.

Dos años antes, cuando Marvis Lang se había declarado culpable de tráfico de drogas y agresión con arma mortal, le había defendido Nick. La familia de Marvis había pagado cinco mil dólares en efectivo en concepto de honorarios, menos de lo que quería Nick, pero más de lo que podía pagarle la mayoría de sus clientes. Marvis era culpable. Casi no había margen de maniobra, y encima no había querido delatar a los otros acusados. Nick había negociado una sentencia de doce años. Hacía cuatro días, durante una comida, le había explicado a Jake todo lo que sabía sobre la familia Lang y sobre Marvis.

Estaba con un cliente. Aun así, su secretaria sacó el expediente. Jake prometió copiar lo que le interesaba y devolverlo pronto. La secretaria le dijo que no había prisa. Ya hacía tiempo que era un caso cerrado.

Donde más le gustaba comer a Wade Lanier era en Hal & Mal's, un bar de toda la vida de Jackson, a pocas manzanas del congreso del estado y a diez minutos a pie de su bufete de State Street. Ocupó su mesa preferida, pidió un vaso de té y esperó impaciente cinco minutos hasta que Ian Dafoe entró por la puerta y se sentó con él. Pidieron bocadillos, dieron un repaso al tiempo y al fútbol, y no tardaron mucho en ir al grano.

—Iremos a juicio —dijo con gravedad Lanier, casi susurrando, como si fuera un secreto importante.

Ian asintió con la cabeza y se encogió de hombros.

—Me alegro de saberlo.

Le habría sorprendido lo contrario. En el estado no había muchos premios gordos, y aquel lo codiciaban muchos abogados.

—Pero no necesitaremos ayuda —dijo Lanier—. Herschel se ha buscado a ese payaso de Memphis que no está colegiado en Mississippi y que, claro, lo único que hará es molestar. No puede ayudarnos de ninguna manera, pero sí irritarme, de muchas. ¿Podrías hablar con Herschel y convencerle de que está en el mismo barco que su hermana y de que puedo encargarme yo de todo?

—No lo sé. Herschel tiene sus ideas, con las que Ramona no siempre está de acuerdo.

—Pues busca la manera. Ya hay mucha gente en la sala, y sospecho que el juez Atlee tardará muy poco en sacar las tijeras de podar.

—¿Y si Herschel se niega y quiere seguir con su abogado?

—Pues entonces lo resolveremos nosotros. De momento habla con él e intenta convencerle de que su abogado sobra, que solo es otro trozo más de pastel a repartir.

—Vale. Ya que lo dices, ¿qué honorarios proponéis vosotros?

—Lo haríamos condicional: una tercera parte de lo que se recupere. Jurídicamente no es un tema muy complejo. En principio el juicio no debería durar ni una semana. Solemos proponer el 25 por ciento de cualquier acuerdo extrajudicial, pero a mi entender es muy poco probable.

—¿Por qué?

—Es todo o nada, o un testamento o el otro. No hay margen para medias tintas.

Ian lo había considerado, pero no lo comprendía del todo. Les trajeron los bocadillos. Durante unos minutos organizaron la comida en los platos.

—Nosotros nos comprometemos —dijo Lanier—, pero solo si es con Ramona y Herschel. Nos...

—O sea, que preferís una tercera parte de catorce millones en vez de una tercera parte de solo siete —le interrumpió Ian, aportando una torpe pincelada de humor que cayó en saco roto.

Lanier dio un mordisco al bocadillo sin hacerle caso. De todos modos casi nunca sonreía. Tragó el bocado.

—Ahora lo pillas —dijo—. Este caso lo puedo ganar, pero no si tengo encima a un listillo de Memphis que me estorba y pone al jurado en contra. Además, Ian, creo que no hace falta que te diga que estamos muy, pero que muy ocupados, mis socios y yo. Nos hemos comprometido a no aceptar nuevos casos, y mis socios se resisten a dedicar todo el tiempo y los recursos del bufete a un pleito testamentario. ¡Joder, si el mes que viene tenemos programados tres juicios contra la Shell! Por lesiones en plataformas petrolíferas.

Ian se llenó la boca de patatas fritas para no poder hablar. También aguantó un segundo la respiración, con la esperanza de que el abogado no se embarcase en la sempiterna retahíla de batallitas acerca de sus grandes casos y juicios. Era una costumbre repulsiva que afectaba a la mayoría de los abogados, un numerito que Ian había tenido que soportar ya en otras ocasiones.

Lanier, sin embargo, resistió a la tentación.

—Ah, y tienes razón —continuó—, si aceptamos el caso queremos a los dos herederos, no solo a ti. Es el mismo volumen de trabajo; menos, en realidad, porque no perderemos el tiempo con el chico de Memphis.

—A ver qué consigo —dijo Ian.

—Os cobraremos los gastos mensualmente. Habrá unos cuantos, sobre todo de testigos periciales.

—¿Cuánto?

—Hemos hecho un presupuesto del litigio. Con cincuenta mil deberían quedar cubiertos los costes. —Lanier miró a su alrededor, pese a que era imposible que los oyera ningún otro cliente del bar. Bajó la voz—. También tendremos que contratar a un investigador, y que no sea de los del montón. Habrá que gastarse un poco de dinero en alguien capaz de infiltrarse en el ambiente de Lettie Lang y encontrar trapos sucios, lo cual no será fácil.

—¿Cuánto?

—Yo diría que otros veinticinco mil, aunque es un cálculo hecho a ojo.

—No estoy seguro de poder permitirme esta demanda.

Por fin Lanier sonrió, pero de manera forzada.

—Estás a punto de ser rico, Ian. Quédate conmigo.

—¿Por qué estás tan seguro? La última semana, cuando hablamos, te mostraste muy prudente, y hasta con dudas.

Otra sonrisa arisca.

—Era la primera vez que hablábamos, Ian. Cuando a un cirujano le planteas una operación delicada, siempre es reservado. Ahora se empiezan a aclarar las cosas. Ayer por la mañana fuimos al juzgado, me hice una composición de lugar, oí a la oposición y, sobre todo, pude fijarme bien en los abogados de Lettie Lang, esos listillos de Memphis. Son la clave de nuestra victoria. Si los pones delante de un jurado, en Clanton, el testamento manuscrito se queda en un chiste malo.

—Vale, vale, ya lo he entendido. Sigamos hablando de los setenta y cinco mil de gastos. Yo creía que algunos bufetes corrían con los costes y luego los restaban del veredicto o del acuerdo.

—Sí, nosotros lo hemos hecho alguna vez.

—¡Venga, Wade! Lo hacéis siempre, porque la mayoría de vuestros clientes no tienen ni un duro. Son currantes que se quedan lisiados en accidentes de trabajo y cosas así.

—Vale, Ian, pero no es tu caso. Tú puedes permitirte pagar

la demanda. Otros no. Por ética, los clientes con capacidad económica para correr con los gastos tienen que pagarlos.

—¿Ética? —preguntó con sorna Ian.

Casi era un insulto, pero Lanier no se ofendió. Estaba muy versado en los aspectos éticos de su profesión cuando podían beneficiarle. En caso contrario los ignoraba.

—Venga, Ian, que solo son setenta y cinco mil —dijo—, y encima repartidos durante más o menos un año.

—Yo os pagaré hasta veinticinco mil. Del resto os encargáis vosotros, y al final lo arreglamos.

—Bueno, mira, ya lo hablaremos. Ahora mismo tenemos problemas más urgentes. Empieza por Herschel. Si no despide a su abogado y me contrata a mí, a otra cosa, mariposa. ¿Me explico?

—Supongo que sí. Por probar que no quede.

14

La Berring Lumber Company era un complejo de edificios metálicos muy diferentes entre sí, rodeados por una alambrada de dos metros y medio y protegidos por una gran verja que solo estaba medio abierta, como si en el fondo no fueran muy bienvenidas las visitas. El complejo, oculto al final de un largo acceso asfaltado e invisible desde la interestatal 21, quedaba a poco más de un kilómetro de la frontera del condado de Tyler. Justo detrás de la verja de acceso había pabellones de oficinas a la izquierda, y varias hectáreas de madera sin tratar a la derecha. Delante se sucedían construcciones parcialmente conectadas, donde se limpiaban, clasificaban por tamaño, cortaban y trataban el pino y las maderas duras antes de almacenarlas. El aparcamiento de la derecha estaba lleno de camionetas muy usadas, señal de que el negocio era próspero. La gente tenía trabajo, algo que siempre escaseaba en aquella zona del país.

Seth Hubbard había perdido el depósito en su segundo divorcio, pero al cabo de unos años lo había recuperado. Fue Harry Rex quien tramó la venta forzosa por doscientos mil dólares, y quien se alzó con el dinero, para su cliente, por supuesto. Fiel a su modo de ser, Seth esperó pacientemente en la sombra a que bajaran las ventas, momento que eligió para aprovecharse de la desesperación del dueño y comprar el depósito a buen precio. El origen del nombre, Berring, no lo conocía nadie. Seth, como iba averiguando Jake, elegía los nombres que ponía a sus empresas al azar. Cuando fue suya por primera vez se había llamado Palmyra Lumber. La segunda, para despistar a los posibles observadores, había elegido Berring.

Las de Berring eran sus oficinas principales, aunque había tenido otras en diversas etapas. Después de venderlo todo, y de que le diagnosticasen cáncer de pulmón, fusionó sus archivos y empezó a pasar más tiempo que antes en Berring. El día después de la muerte de Seth, Ozzie Walls había parado en las oficinas y, en amistosa charla con los empleados, les había aconsejado encarecidamente que nadie tocara nada. Pronto llegarían los abogados, y a partir de entonces las cosas se pondrían cuesta arriba.

Jake había hablado dos veces por teléfono con Arlene Trotter, la secretaria de Seth, que había sido muy amable, aunque no había mostrado muchas ganas de ayudar. El viernes, casi dos semanas después del suicidio, cruzó la puerta y entró en una recepción con una mesa en medio. Detrás había una joven muy maquillada, con una morena melena de leona, un jersey ceñido y el inconfundible aspecto de las mujeres volubles y sin manías. Su nombre, Kamila, figuraba en una placa de metal. La segunda o tercera impresión de Jake fue que el exotismo del nombre era digno reflejo de su dueña. Kamila le obsequió con una bonita sonrisa. Jake ya estaba pensando en el comentario de que «Seth tenía problemas de bragueta».

Se presentó. Ella le dio un apretón de manos suave, aunque no se levantó.

—Le está esperando Arlene —susurró a la vez que pulsaba el botón de algún despacho.

—Siento mucho lo de su jefe —dijo Jake.

No recordaba haber visto a Kamila en el funeral. Si hubiera estado, seguro que Jake se habría acordado de su cara y de su cuerpazo.

—Es muy triste —dijo ella.

—¿Cuánto tiempo hace que trabaja aquí?

—Dos años. Seth era un buen hombre, y un buen jefe.

—No tuve el placer de conocerle.

Arlene Trotter apareció por un pasillo y le tendió la mano. Rondaría los cincuenta, pero tenía todo el pelo gris. Un poco oronda, pero con el peso controlado. Su traje sastre de pantalón llevaba una década pasado de moda. Se adentraron conversando en el laberinto de despachos.

—El de Seth es este —dijo Arlene, señalando una puerta cerrada. Justo al lado, vigilándola en sentido literal, estaba la mesa de la propia Arlene—. Nadie ha tocado nada. La noche en que murió Seth me llamó Russell Amburgh y me dijo que lo cerrara todo bien. Al día siguiente pasó el sheriff y repitió lo mismo. Ha estado todo muy tranquilo.

Se le quebró un poco la voz.

—Lo siento.

—Lo más probable es que se encuentre los libros bien ordenados. Seth guardaba toda la documentación, y cuando se agravó su enfermedad dedicó cada vez más tiempo a organizarla.

—¿Cuándo le vio por última vez?

—El viernes antes de que muriera. Se encontró mal y se marchó hacia las tres. Dijo que se iba a descansar a casa. He leído que el último testamento lo escribió aquí. ¿Es verdad?

—Parece que sí. ¿Usted sabía algo?

Arlene hizo una pausa, como si no pudiera o no quisiera contestar.

—¿Puedo hacerle una pregunta, señor Brigance?

—Sí, claro.

—¿De qué lado está? ¿Podemos fiarnos de usted o necesitamos abogados propios?

—Bueno, no creo que sea buena idea añadir más abogados. Yo soy el de la sucesión, a petición del señor Hubbard, y según sus instrucciones tengo que hacer cumplir su último testamento, el manuscrito.

—¿Es el que se lo deja todo a su sirvienta?

—Básicamente sí.

—Ya. ¿Y cuál es nuestro papel?

—En la administración del patrimonio del señor Hubbard, ninguno. Si la familia impugnara el testamento, es posible que fueran llamados a declarar.

—¿Como cuando se declara en un juicio?

Arlene dio un paso hacia atrás. Parecía asustada.

—Puede ser, aunque aún es muy pronto para preocuparse. ¿Cuánta gente trabajaba aquí con Seth a diario?

Arlene se frotó las manos, ordenando sus ideas. Después se echó hacia atrás y se situó en una esquina de la mesa.

—Kamila, Dewayne, yo... Y ya está. En el otro lado hay algunos despachos, pero los de allí no veían mucho a Seth. Si quiere que le sea sincera, nosotros tampoco le veíamos mucho hasta el año pasado, cuando se puso enfermo. Prefería moverse, ver cómo iban las fábricas y la madera, hacer el seguimiento de los pedidos, ir en avión a México para abrir otra fábrica de muebles... La verdad es que no le gustaba nada quedarse en casa.

—¿Quién le llevaba la agenda?

—Eso era trabajo mío. Hablábamos todos los días por teléfono. Le organizaba una parte de los viajes, aunque en general prefería hacerlo él mismo. No era de los que delegan. Todas sus facturas personales las pagaba él. Firmaba cada cheque, cuadraba las cuentas y tenía controlado hasta el último centavo. Su contable es uno de Tupelo...

—Ya he hablado con él.

—Tiene cajas llenas de documentación.

—Me gustaría hablar más tarde con usted, Kamila y Dewayne, si es posible.

—Sí, claro, aquí estaremos.

Era una sala sin ventanas, poco iluminada. La presencia de una mesa y una silla viejas indicaba que podía haber servido de despacho, aunque no recientemente. Todo estaba cubierto de una gruesa capa de polvo. Una pared estaba ocupada por archivadores altos y negros de metal. En otra solo había un calendario de camioneros Kenworth de 1987 colgado de un clavo. Sobre la mesa se apilaban cuatro cajas imponentes de cartón. Fue por donde empezó Jake. Hojeó las carpetas de la primera caja con la precaución de no desordenarlas, y tomó nota de lo que contenían, aunque no llegó a sumar las cantidades. Ya habría tiempo.

En la etiqueta de la primera caja ponía «Inmuebles». Contenía escrituras, hipotecas canceladas, tasaciones, comprobantes fiscales, declaraciones de la renta, facturas pagadas de contratistas, copias de cheques extendidos por Seth y conclusiones de abogados. La documentación correspondía a la casa de Seth en Simpson Road, a una cabaña cerca de Boone, Carolina del Norte, a un apartamento en un rascacielos cerca de Destin, Florida, y a varias parcelas de lo que a primera vista parecían tierras sin explotar. La segunda caja llevaba la etiqueta «Contratos de maderas». La tercera, «Banca y bolsa». El interés de Jake se avivó un poco. Había una cartera de Merryll Linch, de las oficinas de Atlanta, con un saldo de casi siete millones de dólares, y un fondo de bonos de UBS, en Zurich, valorado en algo más de tres millones. En una cuenta corriente del Royal Bank of Canada en la isla de Gran Caimán había seis millones y medio. Sin embargo, estas tres cuentas tan exóticas y emocionantes habían sido canceladas a finales de septiembre. Jake investigó más a fondo, siguiendo el rastro que con tanto cuidado había dejado Seth, y no tardó en encontrar el dinero en un banco de Birmingham, a un interés anual del 6 por ciento, en espera de ser validado: veintiún millones doscientos mil dólares contantes y sonantes.

Eran cantidades que le daban vértigo. Para un abogado de una ciudad pequeña, que vivía de alquiler y conducía un coche con el cuentakilómetros en trescientos mil, la escena era surrealista: él, Jake, hurgando en las cajas de cartón de un trastero polvoriento y oscuro de un edificio prefabricado de oficinas de una maderera en pleno Mississippi rural, y mirando como si tal cosa cantidades de dinero que excedían con mucho la suma de los ingresos de toda la vida de todos los abogados que estaban trabajando en el condado de Ford. Se echó a reír.

¡El dinero existía de verdad! Sacudió la cabeza, alucinado. De repente sintió una honda admiración por Seth Hubbard.

Llamaron a la puerta. Casi se cayó del susto. Cerró la caja, abrió la puerta y salió.

—Señor Brigance —dijo Arlene—, le presento a Dewayne Squire. Su cargo oficial es vicepresidente, pero en realidad se limita a hacer lo que le digo.

Fue la primera vez que consiguió reírse. Jake y Dewayne intercambiaron un nervioso apretón de manos, al que asistió de cerca la curvilínea Kamila. Los tres empleados se lo quedaron mirando. Se notaba que querían hablar de algo importante. Dewayne era un personaje enjuto, de aspecto hiperactivo, que fumaba un cigarrillo Kool tras otro sin preocuparse mucho de hacia dónde iba el humo.

—¿Podemos hablar con usted? —preguntó Arlene, la indiscutible líder del grupo.

Dewayne encendió un Kool y se lo colocó con gestos espasmódicos. Hablar en el sentido de una conversación seria, no de hacer observaciones sobre el tiempo.

—Claro —dijo Jake—. ¿Qué pasa?

Arlene le tendió una tarjeta de visita comercial.

—¿Conoce a este hombre?

Jake la miró. Reed Maxey, abogado, Jackson, Mississippi.

—No —dijo—, no me suena de nada. ¿Por qué?

—Es que se plantó aquí el martes diciendo que trabajaba en la herencia del señor Hubbard, y que el tribunal tenía algunas dudas sobre el testamento escrito a mano que ha cursado usted, o como se llame. Dijo que lo más probable es que no sea válido, porque es evidente que, cuando Seth planeó su suicidio y redactó al mismo tiempo el testamento, estaba drogado y fuera de sí. Dijo que los tres seríamos testigos decisivos, porque vimos a Seth el viernes antes de que se suicidara, y que dependería de nosotros declarar lo drogado que estaba. Encima, el testamento de verdad, el que le prepararon abogados de verdad y tal y cual, nos deja un poco de dinero a nosotros, como amigos y empleados. Por lo tanto, dijo, nos convenía decir la verdad y explicar que Seth no tenía... ¿Qué palabra usó...?

—Capacidad para testar —dijo Dewayne desde lo más profundo de su bruma mentolada.

—Eso, capacidad para testar. Tal como lo dijo parecía que Seth estuviera loco.

Jake, estupefacto, logró quedarse serio y no delatar sus emociones. Su primera reacción fue de ira. ¿Cómo se atrevía otro abogado a meterse en el caso, decir mentiras y manipular a los testigos? Las infracciones éticas eran tantas que ni siquiera le cabían en la cabeza. Su segunda reacción, en cambio, fue más contenida; se trataba de un abogado falso, un impostor. Eso no lo habría hecho nadie.

Conservó la calma.

—Bueno, pues tendré que hablar con él y decirle que no se meta.

—¿Qué pone en el otro testamento, el de verdad? —preguntó Dewayne.

—No lo he visto. Se lo redactaron unos abogados de Tupelo, y aún no les han pedido que lo enseñen.

—¿Usted cree que aparecemos? —preguntó Kamila, sin el menor esfuerzo de sutileza.

—No lo sé.

—¿No podríamos averiguarlo? —preguntó.

—Lo dudo.

Jake tuvo ganas de preguntar si el hecho de saberlo podía influir en su testimonio, pero decidió hablar lo menos posible.

—Hizo muchas preguntas sobre Seth —dijo Arlene—, y sobre cómo estaba el viernes. Quería saber cómo se encontraba con la medicación.

—¿Y ustedes qué le dijeron?

—Poca cosa. Si quiere que le diga la verdad, era un hombre que no invitaba a hablar. No te miraba a los ojos y...

—Hablaba muy deprisa —añadió Dewayne—. Demasiado. A ratos yo no le entendía, y pensaba: ¿este tío es abogado? Pues no me gustaría nada verle en los tribunales delante de un jurado.

—Encima se puso muy agresivo —dijo Kamila—. Casi nos exigía que contáramos lo que sabíamos con pelos y señales. Tenía muchas ganas de que dijéramos que Seth estaba desequilibrado por tomar tantos medicamentos.

—En un momento dado —intervino Dewayne, echando humo por la nariz— puso el maletín en la mesa de Arlene, de pie, en una posición un poco rara, y no hizo el gesto de abrirlo. Yo me dije: intenta filmarnos, tiene una cámara dentro.

—No, muy bien no nos trató —dijo Arlene—. Y mira que al principio nos lo creímos, ¿eh? Claro, llega un tío con un traje oscuro muy bonito, dice que es abogado, te da su tarjeta, parece que sabe mucho de Seth Hubbard y de sus negocios... Insistió en hablar con los tres al mismo tiempo, y no supimos decirle que no, así que hablamos, o mejor dicho habló él. Nosotros escuchábamos, básicamente.

—¿Cómo le describirían? —preguntó Jake—. Edad, estatura, peso...

Se miraron los tres con mucha reticencia, convencidos de que no se pondrían de acuerdo.

—¿Edad? —preguntó Arlene a los otros—. Yo diría que cuarenta.

Dewayne asintió con la cabeza.

—Sí, o cuarenta y cinco —dijo Kamila—. Metro ochenta, y gordo, diría que por los noventa kilos.

—Como mínimo —dijo Dewayne—. Pelo oscuro, muy oscuro, recio, un poco greñudo...

—Tenía que ir al barbero —dijo Arlene—. Mucho bigote y muchas patillas. Sin gafas.

—Fumaba Camel —dijo Dewayne—. Con filtro.

—Le buscaré y me enteraré de qué pretende —dijo Jake.

A esas alturas, sin embargo, estaba casi seguro de que no había nadie dentro de la profesión que se llamara Reed Maxey. Hasta el más tonto de los abogados sabría que una visita así era una fuente segura de problemas, y que daría lugar a una investigación ética. No le cuadraba.

—¿Deberíamos hablar con un abogado? —preguntó Kamila—. Es que todo esto es nuevo, para mí y para todos. Da un poco de miedo.

—Aún no —dijo Jake, cuyo plan era reunirse a solas con cada uno de los tres y oír lo que tuviera que contar. Una conversación en grupo podía tergiversar la narración—. Quizá más tarde, pero ahora no.

—¿Qué pasará con este sitio? —preguntó Dewayne antes de inspirar ruidosamente.

Jake cruzó la planta abierta y abrió bruscamente una ventana para poder respirar.

—¿No podrías fumar fuera? —le susurró Kamila al vicepresidente.

Se notaba que el tema del tabaco llevaba bastante tiempo en el aire. Su jefe había estado desahuciado por cáncer de pulmón, y su despacho olía a carbón quemado. Naturalmente, estaba permitido fumar.

Jake volvió y se puso frente al grupo.

—En su testamento —dijo—, el señor Hubbard da instrucciones al albacea de que venda todos sus bienes a un precio justo y lo reduzca todo a dinero en efectivo. Esta empresa seguirá funcionando hasta que la compre alguien.

—¿Cuándo será? —preguntó Arlene.

—Cuando llegue la oferta adecuada, ahora o dentro de dos años. Aunque la herencia se empantane en un pleito por el testamento, el patrimonio del señor Hubbard estará protegido por el tribunal. Estoy seguro de que ya ha llegado a esta zona la noticia de que la empresa saldrá a subasta pública. Es posible que haya una oferta a corto plazo. Hasta entonces seguirá todo igual, sin ningún cambio; suponiendo, claro está, que los empleados puedan seguir gestionándolo todo.

—Dewayne lleva la empresa desde hace cinco años —tuvo el gesto de decir Arlene.

—Nos las arreglaremos —dijo él.

—Me alegro. Bueno, si no se les ofrece nada más, tengo que seguir mirando documentación.

Le dieron las gracias y se fueron. Media hora después Jake se acercó a Arlene, que mataba el tiempo en su mesa.

—Me gustaría ver el despacho del señor Hubbard —dijo.

Arlene hizo un gesto con el brazo.

—No está cerrado con llave —dijo.

Después se levantó y abrió la puerta a Jake. Era una sala estrecha y larga, con una mesa y unas sillas en un extremo, y una mesa de reuniones barata en el otro. No era de extrañar que hubiese tanta madera, corazón de pino en las paredes y el suelo, bruñido hasta obtener un efecto de bronce, y roble más oscuro en las estanterías, en gran parte vacías. Lo que no había era la típica pared en honor del dueño: nada de diplomas, porque Seth no los tenía; tampoco había premios de clubes cívicos, ni fotos con políticos. De hecho, no había una sola foto en todo el despacho. El escritorio, con cajones, parecía fabricado a medida. Prácticamente no había nada encima de él, solo un fajo de papeles y tres ceniceros vacíos.

Por un lado, era lo previsible en un chaval de campo que había conseguido acumular bienes en sus últimos años. Por otro, resultaba difícil creer que un hombre con bienes por valor de más de veinte millones de dólares no tuviera un despacho más elegante.

—Está todo limpio y ordenado —dijo Jake, casi como si hablara solo.

—A Seth le gustaba el orden —dijo Arlene.

Fueron hasta el fondo. Jake apartó una silla de la mesa de reuniones.

—¿Tiene un minuto? —preguntó.

Arlene también se sentó, como si ya esperara una conversación y le apeteciera mantenerla. Jake se acercó un teléfono.

—Vamos a llamar al tal Reed Maxey, ¿vale? —dijo.

—Bueno, vale. —«Para algo es usted el abogado...», pensó.

Jake marcó el número de la tarjeta de visita, y para su sorpresa oyó la voz de una recepcionista que anunció el nombre de un bufete grande y conocido de Jackson. Preguntó por el señor Reed Maxey, que evidentemente trabajaba en el bufete, ya que la recepcionista contestó:

—Un momento, por favor.

—Despacho del señor Maxey —dijo otra voz femenina.

Jake dio su nombre y pidió que le pasaran con el abogado.

—El señor Maxey está de viaje y no volverá hasta el lunes —dijo ella.

Jake se puso seductor e hizo un resumen de sus actividades. Después dejó traslucir un tono más sombrío al manifestar su temor de que alguien estuviera suplantando a Reed Maxey.

—¿El martes pasado estuvo en el condado de Ford? —preguntó.

—No, qué va, lleva en Dallas por trabajo desde el lunes.

Jake dijo que tenía una descripción física del jefe de la secretaria, y pasó a caracterizar al impostor. En cierto momento, ella se rió.

—No, no, hay algún error. El Reed Maxey para quien trabajo tiene sesenta y dos años y es calvo, y más bajo que yo, que mido un metro setenta y cinco.

—¿Sabe si en Jackson hay algún otro abogado que se llame Reed Maxey? —preguntó Jake.

—No, lo siento.

Jake le dio las gracias y prometió llamar a su jefe la semana siguiente para hablar más a fondo.

—Ya me parecía a mí —dijo al colgar—. Mintió. No era abogado. Quizá trabaje para alguno, pero es un impostor.

La pobre Arlene se le quedó mirando sin poder articular ninguna frase.

—No tengo ni idea de quién es —añadió Jake—. Probablemente no volvamos a verle. Trataré de averiguarlo, pero quizá no lo sepamos nunca. Sospecho que le mandó alguien implicado en el caso, aunque solo son conjeturas.

—Pero ¿por qué? —consiguió preguntar Arlene.

—Para intimidarlos, confundirlos y asustarlos a ustedes. Lo más seguro es que los llamen a los tres a declarar sobre la conducta de Seth durante los días anteriores a su muerte; a ustedes y quizá a otras personas que trabajan aquí. ¿Estaba en su sano juicio? ¿Hacía cosas raras? ¿Estaba muy medicado? Y en caso de que lo estuviera, ¿afectaban los medicamentos a su estado mental? Acabarán siendo preguntas decisivas.

Jake esperó, mientras Arlene parecía pensar en las preguntas.

—Así que si le parece, Arlene, vamos a contestarlas —dijo al cabo de una larga pausa—. El testamento lo escribió aquí, en este despacho, el sábado por la mañana. Para que lo recibiese yo el lunes, tuvo que echarlo al correo antes de mediodía. Usted le vio el viernes, ¿no?

—Sí.

—¿Le llamó algo la atención?

Arlene sacó de su bolsillo un pañuelo de papel y se tocó los ojos.

—Perdone —dijo. Antes de haber dicho nada ya lloraba. «Esto puede ir para largo», pensó Jake. Arlene se moderó, se irguió y le sonrió—. Mire, señor Brigance, ahora mismo no sé de

quién puedo fiarme, pero si quiere que le diga la verdad usted
me inspira confianza.

—Ah, pues gracias.

—Es que mi hermano estaba en el jurado.

—¿Qué jurado?

—El de Carl Lee Hailey.

Los doce nombres se habían grabado para siempre en la memoria de Jake, que sonrió.

—¿Quién era?

—Barry Acker, mi hermano pequeño.

—Nunca le olvidaré.

—Le tiene mucho respeto, por el juicio y todo lo demás.

—Yo a él también. Fueron muy valientes, y acertaron en el veredicto.

—Me alivió saber que el abogado de la herencia de Seth era usted, pero cuando nos enteramos de lo del testamento... Francamente, no sabes qué pensar.

—Lo comprendo. ¿Qué tal si hacemos que la confianza sea mutua? Déjese de «señor Brigance». Llámeme Jake y cuénteme la verdad. ¿Le parece bien?

Arlene dejó el pañuelo encima de la mesa y se relajó en la silla.

—Me parece bien, aunque no quiero ir a juicio.

—Ya habrá tiempo de pensar en eso. De momento póngame en antecedentes.

—Vale. —Arlene tragó saliva con dificultad e hizo de tripas corazón—. Los últimos días de Seth no fueron agradables. Llevaba más o menos un mes con altibajos, por las secuelas de la quimioterapia. Hizo dos tandas de quimio y de radio. Se quedó sin pelo, perdió mucho peso y estaba tan débil y mareado que no podía ni levantarse de la cama, pero al ser tan fuerte no se dio por vencido. Lo que pasa es que era un cáncer de pulmón, y cuando se le reprodujeron los tumores supo que no le quedaba mucho tiempo. Entonces dejó de viajar y empezó a pasar más tiempo aquí. Tenía dolores, y tomaba mucho Demerol. Llegaba temprano, se bebía un café y durante unas horas se encontraba bien, pero luego se iba apagando. Yo nunca le vi tomarse los calmantes, aunque me lo explicó. A veces estaba adormilado, mareado y hasta con náuseas. Nos preocupaba que insistiera tanto en conducir.

—¿A quiénes les preocupaba?

—A los tres, que le cuidábamos. Él nunca se abría a nadie. Ha dicho usted que no le conoció, y no me extraña, porque evitaba a la gente. Odiaba hablar por hablar. No era una persona cordial. Era un solitario que no quería que nadie supiera a qué se dedicaba, ni que le ayudase nadie. El café se lo traía él mismo, y cuando se lo llevaba yo no me daba las gracias. Confiaba en la gestión de Dewayne, pero no pasaban mucho tiempo juntos. Kamila lleva aquí un par de años, y a Seth le gustaba mucho tontear con ella. Es una fresca, pero muy buena chica, y a él le caía bien. Ya está. Solo nosotros tres.

—¿Durante los últimos días le vio hacer algo fuera de lo normal?

—La verdad es que no. Se encontraba mal. Dormía bastante, a ratos. Aquel viernes parecía animado. Lo hemos comentado entre los tres, y es bastante habitual que cuando alguien decide suicidarse se relaje y hasta tenga ganas de acabar de una vez. Yo creo que el viernes Seth ya sabía lo que iba a hacer. Estaba harto de todo. Total, se iba a morir igualmente...

—¿Habló alguna vez del testamento?

A Arlene le hizo gracia la pregunta. Soltó una breve carcajada.

—Seth no hablaba de asuntos privados. Nunca. Hace seis años que trabajo aquí y nunca le he oído decir ni una palabra sobre sus hijos, sus nietos, sus parientes, sus amigos, sus enemigos...

—¿Y sobre Lettie Lang?

—Ni mu. Yo nunca he estado en casa de Seth, ni la conozco a ella, ni sé nada sobre ella. No le había visto la cara hasta esta semana, cuando ha salido su foto en el periódico.

—Se rumorea que a Seth le gustaban las mujeres.

—Sí, he oído los rumores, pero a mí nunca me tocó. Si Seth Hubbard tenía cinco novias, disimulaba muy bien.

—¿Usted estaba al corriente de lo que hacía con sus negocios?

—De la mayoría de las cosas, sí. Por mi mesa pasaban muchos temas. No había más remedio. Seth me avisó muchas veces de que era información confidencial. De todos modos nunca lo he sabido todo, ni estoy segura de que lo supiera alguien. El año pasado, cuando vendió sus bienes, me dio un plus de cincuenta mil dólares. A Dewayne y a Kamila también les dio un plus, aunque no sé de cuánto. Nos pagaba bien. Seth era un hombre justo. Esperaba que sus empleados trabajaran mucho, y no le importaba pagarles. Y le digo otra cosa: aquí la mayoría de los blancos son unos intolerantes, pero Seth no. En este depósito hay ochenta empleados, la mitad blancos y la otra mitad negros, y todos cobran según la misma escala salarial. He oído que todas sus fábricas de muebles y depósitos de madera funcionan igual. No le gustaba mucho la política, pero le daba mucha rabia cómo se ha tratado a los negros en el sur. Era una persona justa. Así de simple. Yo aprendí a respetarle mucho con el tiempo.

Se le quebró la voz. Volvió a coger el pañuelo.

Jake echó un vistazo a su reloj de pulsera y le sorprendió que fueran casi las doce. Llevaba dos horas y media en el depósito. Dijo que tenía que irse, pero que volvería a comienzos de la semana siguiente con Quince Lundy, el albacea recién designado por el tribunal. Al salir habló con Dewayne y recibió una agradable despedida de Kamila.

De camino a Clanton dio vueltas mentalmente a las posibles situaciones en las que un esbirro se podía hacer pasar por abogado de un gran bufete de Jackson e intentar intimidar a posibles testigos, todo ello a pocos días del suicidio y antes de la vista inicial. Fuera quien fuese, no volvería a dejarse ver. Era más que probable que trabajara para uno de los abogados que representaban a Herschel, a Ramona o a los hijos de ambos. El principal sospechoso de Jake era Wade Lanier, responsable de un bufete de diez abogados especializado en pleitos y con fama de agresivo y creativo en sus tácticas. Jake había hablado con un compañero de clase que tenía mucho contacto con el bufete de Lanier, y el informe de su investigación era al mismo tiempo impresionante y desolador. En lo relativo a la ética, el bufete era conocido por infringir las reglas y, después de haberlas infringido, ir corriendo a ver al juez y echar la culpa a otros. «No les des la espalda», había dicho el amigo de Jake.

Durante tres años Jake había llevado encima una pistola para protegerse del Ku Klux Klan y de otros locos. Ahora empezaba a preguntarse si necesitaría protección de los tiburones que nadaban en pos de la fortuna de Hubbard.

15

Eran noches de sueño irregular, y Lettie se veía obligada a ceder aún espacio a su familia. Simeon llevaba más de una semana sin marcharse de casa, y ocupaba la mitad de la cama. La otra mitad, Lettie la compartía con sus dos nietos. Dos sobrinos dormían en el suelo.

Se despertó al salir el sol. Acostada de lado, observó a su marido, que roncaba envuelto en una manta recuperándose de una noche de cervezas. Le miró un momento sin moverse, mientras sus pensamientos tomaban derroteros poco agradables. Simeon se estaba poniendo gordo y canoso, y con el paso de los años cada vez ganaba menos. «Qué, chavalote, iría siendo hora de hacer un viajecito, ¿no? A ver si desapareces, que en eso eres único, y me das uno o dos meses de respiro. Para lo único que sirves es para el sexo, y eso con nietos en la habitación es un poco difícil...»

Pero Simeon no se iba. Ni él ni nadie. Ya nadie se apartaba de Lettie, que tenía que reconocer que la conducta de su marido había experimentado una mejora drástica en las últimas semanas; concretamente, cómo no, desde la muerte del señor Hubbard, que lo había cambiado todo. Simeon seguía bebiendo todas las noches, pero sin los excesos de antes. Era amable con Cypress, se ofrecía para hacer recados y ya no tenía la actitud insultante de antaño. Con los niños daba muestras de paciencia. Había cocinado dos veces en la plancha, y como gran novedad había limpiado la cocina. El domingo pasado había ido a la iglesia con la familia. El cambio más visible era la delicadeza y suavidad de su conducta cuando estaba cerca su mujer.

Hacía años que no le pegaba, pero cuando te han pegado alguna vez nunca lo olvidas. Se borran los moratones, pero las cicatrices quedan en lo más profundo, en carne viva. Siempre te habrán pegado. Hay que ser muy cobarde para golpear a una mujer. Al final Simeon le había dicho que lo sentía, y ella que le perdonaba, pero no era verdad. Para Lettie había pecados imperdonables, y uno de ellos era pegar a tu mujer. Se había hecho una promesa que seguía decidida a mantener: un día se iría y sería libre. Quizá tardara diez años, o veinte, pero encontraría el valor necesario para plantar al desgraciado de Simeon.

No estaba segura de si el señor Hubbard había aumentado las probabilidades de divorcio o las había reducido. Por un lado sería mucho más difícil dejar a Simeon ahora que la adulaba tanto y hacía todo lo que le pidiera; por el otro, sin embargo, el dinero equivaldría a independencia.

¿O no? ¿Equivaldría a vivir mejor, en una casa más grande, con más cosas bonitas y menos preocupaciones, libre tal vez de un marido que no le gustaba? Seguro que entraba en lo posible, pero ¿equivaldría también a pasarse la vida huyendo de parientes, amigos y desconocidos, todos con la mano tendida? Lettie sentía el impulso de huir. Hacía años que se encontraba prisionera en una casa diminuta, con demasiada gente, demasiadas pocas camas y demasiados pocos metros cuadrados, pero ahora sí que se le caían las paredes encima.

Anthony, el nieto de cinco años, cambió de postura a sus pies, sin despertarse. Lettie bajó de la cama con sigilo, recogió del suelo el albornoz, se lo puso y salió del dormitorio haciendo el menor ruido posible. El suelo del pasillo crujió bajo la alfombra, sucia y desgastada. En el cuarto de al lado dormía Cypress en su cama; un cuerpo descomunal, demasiado grande para tan poca manta. En el suelo había dos niños de una hermana de Lettie. Se asomó al tercer dormitorio, donde Clarice y Phedra dormían juntas en una cama individual, con los brazos y las piernas colgando. La otra cama la ocupaba desde hacía casi una semana la hermana de Lettie. En el suelo descansaba otro niño, con las rodillas contra el pecho. En la sala de estar, el suelo le había tocado a Kirk, y el sofá a un tío que roncaba.

Parecía haber cuerpos por todas partes, pensó al encender la luz de la cocina y quedarse mirando los cacharros sucios de la cena. Ya los fregaría más tarde. Puso la cafetera, y mientras se hacía el café abrió la nevera y se encontró lo que esperaba. Comida había poca, aparte de unos huevos y un paquete de embutido. Demasiado poco para alimentar a las masas, estaba claro. Mandaría a la tienda a su querido esposo en cuanto se levantase. La compra no la pagaría el sueldo de Simeon, ni el de Lettie, ni un cheque del gobierno, sino la generosidad de su nuevo héroe, el honorable Booker Sistrunk, a quien Simeon había pedido un préstamo de cinco mil dólares («Uno que va con un cochazo así no se preocupa por cinco mil pavos»). En realidad, según había dicho Simeon, no era un préstamo, sino algo más parecido a un adelanto. Cómo no, había dicho Booker antes de firmar los dos un pagaré. Lettie tenía escondido el dinero en la despensa, en una caja de galletas saladas.

Se puso unas sandalias, se ajustó el albornoz y salió. Era 15 de octubre, y el aire volvía a ser frío. La brisa hacía murmurar a las hojas, que ya empezaban a cambiar de color. Mientras bebía de su taza favorita, dio unos pasos por la hierba y se acercó al pequeño cobertizo donde guardaban el cortacésped y otros trastos. Detrás había un columpio colgado con cuerdas de una tsuga. Se subió, se quitó las sandalias de una patada y se impulsó con los pies para empezar a deslizarse por los aires.

Ya se lo habían preguntado, y volverían a hacerlo una y mil veces. ¿Por qué lo había hecho el señor Hubbard? ¿Se lo había comentado a ella? La más fácil era la segunda: no, nunca le comentaba nada. Hablaban del tiempo, de reparaciones en la casa, de qué había que comprar en la tienda, de qué cenarían... Nada importante. Por el momento era la respuesta estándar de Lettie. Lo cierto era que el señor Hubbard había mencionado en dos ocasiones, como simple e inesperado comentario, que algo le dejaría. Sabía que se estaba muriendo, y que no le quedaba mucho tiempo. Estaba haciendo planes para la despedida, y había querido que Lettie supiera que recibiría algo.

Pero ¿por qué le había dejado tanto? Aunque sus hijos no fueran buena gente, no se merecían un castigo tan duro. Y Lettie no se merecía tampoco aquella herencia. No tenía sentido. ¿Por qué no podía sentarse a hablar con Herschel y Ramona a solas, sin tanto abogado, y llegar a un acuerdo para repartirse el dinero de manera sensata? Lettie nunca había tenido nada. Tampoco era avariciosa. Se contentaría con poco. Cedería a los Hubbard casi todo el patrimonio. Solo quería lo justo para poder volver a empezar.

Llegó un coche por la carretera del condado, frenó un poco y continuó, como si el conductor no quisiera perderse ni un detalle de la casa de Lettie Lang. Al cabo de unos minutos se acercó otro coche en sentido contrario. Lettie lo reconoció: su hermano Rontell, con su rebaño de críos insoportables y la bruja de su mujer. Había llamado para avisar de que quizá les hiciera una visita. Pues nada, allí estaban: el sábado por la mañana, a una hora intempestiva, viniendo a ver a su tía Lettie del alma, cuya foto había salido en primera plana, y que ahora que había conseguido meterse en el testamento de aquel viejo blanco y estaba a punto de ser rica se había convertido en el gran tema de conversación.

Lettie entró corriendo en la casa y empezó a dar gritos.

Mientras perdía el tiempo en la cocina, mirando la lista de la compra, Simeon vio por el rabillo del ojo que Lettie metía la mano en una caja de galletas saladas de la despensa. Había sacado dinero. Fingió no haberlo visto, pero después de unos segundos, cuando ella se fue a la sala de estar, cogió la caja y sacó diez billetes de cien dólares.

Así que lo tenía escondido allí, «nuestro dinero»...

Rontell, y al menos cuatro niños, se ofrecieron para ir a la tienda, pero Simeon necesitaba un poco de tranquilidad. Consiguió escabullirse por la puerta trasera, subir a su camión e irse sin ser visto. De camino a Clanton, que quedaba a un cuarto de hora, disfrutó de la soledad y se dio cuenta de que echaba de menos la carretera, los días fuera de casa, los bares de noche, las copas y las mujeres. Tarde o temprano dejaría a Lettie y se iría a vivir muy lejos, pero aún no era el momento. Ni hablar. Los planes de Simeon Lang para el futuro inmediato consistían en ser un marido modelo.

Al menos era lo que se decía. Muchas veces no sabía el porqué de sus actos. Una voz pérfida salida de la nada le habló, y él la escuchó. A unos kilómetros al norte de Clanton estaba Tank's Tonk, al final de una carretera sin asfaltar por la que solo se metía quien buscaba líos. Tank no disponía de autorización para el local, ni licencia para expender bebidas alcohólicas, ni adhesivo de la Cámara de Comercio en el escaparate. Sus neveras guardaban la cerveza más fría del condado. Simeon tuvo un antojo repentino, mientras circulaba inocentemente por la carretera con la lista de la compra de su esposa en un bolsillo y el dinero prestado por su abogado en el otro. Cerveza helada, y unos dados y unas cartas el sábado por la mañana. ¿Podía haber algo mejor?

Un chico manco a quien llamaban Loot pasaba el trapo por las mesas y barría los restos de tabaco y los destrozos de la noche anterior. La pista de baile estaba sembrada de cristales rotos, como evidencia de la inevitable pelea.

—¿Ha habido tiros? —preguntó Simeon mientras abría una lata de medio litro.

Estaba solo en el bar.

—De momento no. Dos en el hospital, con fractura de cráneo —contestó Ontario, el barman de una sola pierna que había estado en la cárcel por matar a sus dos primeras mujeres.

Ahora estaba soltero. Tank tenía debilidad por los tullidos, y a la mayoría de sus empleados les faltaban una o dos extremidades. En el caso de Baxter, el segurata, era una oreja.

—Qué lástima no haberlo visto —dijo Simeon, bebiendo a morro.

—Por lo que dicen la pelea fue de las buenas.

—Lo parece. ¿Está Benjy?

—Creo que sí.

Benjy organizaba partidas de blackjack al fondo del local, en una sala sin ventanas que cerraban con llave. Al lado, en otra sala parecida, estaban jugando a los dados. Se oían voces nerviosas. Entró una mujer blanca y atractiva, con todas las extremidades y otras partes importantes del cuerpo intactas.

—Aquí estoy —le dijo a Ontario.

—Creía que dormías todo el día —contestó él.

—Espero clientes. —La mujer siguió caminando. Al pasar detrás de Simeon le arañó un poco el hombro con sus uñas postizas, largas y rosadas—. Lista para trabajar —susurró en su oído.

Él se hizo el sordo. Se llamaba Bonnie, y llevaba varios años trabajando en la habitación del fondo, donde hacían sus primeros pinitos muchos de los jóvenes negros del condado de Ford. Simeon la había visitado varias veces, pero hoy no. Cuando Bonnie se perdió de vista, Simeon fue al fondo y encontró al repartidor de blackjack.

Benjy cerró la puerta.

—¿Cuánto le echas, tío? —preguntó.

—Mil —dijo Simeon con la jactancia de quien lleva dinero y juega fuerte.

Distribuyó enseguida los diez billetes por la superficie de fieltro de la mesa de blackjack. Benjy abrió mucho los ojos.

—¡Madre mía! Tío, ¿le has pedido permiso a Tank?

—Qué va. No me digas que nunca habías visto mil pavos.

—Un momento. —Benjy se sacó una llave del bolsillo y abrió la caja, que estaba debajo de la mesa. Contó, caviló y se preocupó—. Supongo que puedo —dijo finalmente—. De todos modos, que yo recuerde no eres muy peligroso.

—Tú calla y reparte.

Benjy cambió el dinero por diez fichas negras. Se abrió la puerta y apareció Ontario con una cerveza recién abierta.

—¿Tienes cacahuetes? —preguntó Simeon—. Es que no me ha puesto el desayuno, la muy bruja.

—Algo encontraré —masculló Ontario al salir.

—Yo de ti, por lo que dicen, no la insultaría mucho —dijo Benjy mientras barajaba.

—¿Te crees todo lo que oyes?

Después de las primeras seis manos, Bonnie llegó con una bandeja de frutos secos y otra cerveza fría servida en jarra helada. Se había cambiado. Ahora llevaba lencería transparente, medias negras y unos zapatos de plataforma que habrían hecho sonrojarse a una fulana. Simeon se la quedó mirando un buen rato.

—Caray —farfulló Benjy.

—¿Queréis algo más? —preguntó ella.

—Ahora mismo no —dijo Simeon.

Una hora y tres cervezas después, miró su reloj de pulsera y supo que era hora de irse, pero no tuvo fuerzas. Su casa estaba llena de parientes gorrones. Lettie estaba imposible. Encima Rontell era odioso, por decirlo suavemente. Tanto crío del demonio corriendo de un lado para el otro...

Bonnie regresó con otra cerveza, pero esta vez la sirvió en topless. Simeon pidió un descanso y dijo que no tardaría.

La pelea empezó después de que Simeon doblara con un 12 duro, una tontería desde cualquier punto de vista. Benjy sacó una reina, le dio una paliza y se llevó sus últimas dos fichas.

—Préstame quinientos —exigió inmediatamente Simeon.

—Por aquí no hay ningún banco —dijo Benjy, como era de prever—. Tank no fía a nadie.

Simeon, borracho, dio una palmada en la mesa.

—¡Que me des cinco fichas —berreó—, de cien cada una!

La partida había atraído a otro jugador, un joven musculoso con unos bíceps redondos como pelotas de baloncesto. Le llamaban Rasco. Había estado apostando fichas de cinco dólares mientras veía el pastón que se jugaba y que perdía Simeon.

—¡Ojo! —exclamó, cogiendo sus fichas.

Su presencia había irritado a Simeon desde el principio. Un pez gordo como él se merecía jugar solo con el repartidor. Se imaginó enseguida que habría una pelea, y sabía por experiencia que en situaciones así lo mejor era asestar el primer golpe, que podía ser decisivo. Descargó con todas sus fuerzas un puñetazo que dio muy lejos del blanco.

—¡Basta de tonterías! ¡Aquí dentro no! —bramó Benjy mientras Rasco saltaba de la silla (era mucho más alto de lo que parecía sentado) y dejaba seco a Simeon con dos golpes brutales en la cara.

Se despertó más tarde, en el aparcamiento. Le habían llevado a rastras hasta su camión para dejarle encima de la plataforma. Se incorporó y miró a su alrededor sin ver a nadie. Se tocó con cuidado el ojo derecho, que estaba cerrado, y se frotó con delicadeza el lado derecho de la mandíbula, bastante dolorido. Después quiso echar un vistazo a su reloj de pulsera, pero no lo llevaba. Comprendió que, no contento con haberse cepillado los mil dólares robados a Lettie, había perdido los ciento veinte con los que pensaba hacer la compra. Se lo habían robado todo, billetes y monedas. Habían dejado la cartera, que no contenía nada de valor. Pensó un momento en entrar en el garito, pillar a Ontario, el cojo, o a Loot, el manco, y exigir que le devolviesen el dinero robado. A fin de cuentas le habían desplumado en su local. ¿En qué clase de antro trabajaban?

Al final lo descartó y se fue con el camión. Ya volvería después a hablar con Tank para dejar las cosas claras. Al perder de vista el camión de Simeon, Ontario, que le estaba observando, llamó a la oficina del sheriff. Pararon a Simeon en los límites del término municipal de Clanton, le detuvieron por conducir borracho, le esposaron y se lo llevaron a la cárcel. Le metieron donde los borrachos, y le informaron de que no podría llamar por teléfono hasta que estuviera sobrio.

Tampoco tenía muchas ganas de llamar a casa.

A la hora de comer llegó Darias, de Memphis, con su mujer Natalie y el coche lleno de niños. Tenían hambre, claro. Al menos Natalie traía una gran fuente de pastelitos de coco. La mujer de Rontell no había traído nada. Ni Simeon ni la compra daban señales de vida. Hubo un cambio de planes: Lettie mandó a Darias a la tienda. Algo entrada ya la tarde salieron todos al jardín, donde los niños jugaron a fútbol americano y los hombres se tomaron sus cervezas. Rontell encendió la barbacoa. Un denso aroma a costillas se instaló en el jardín como una niebla. Las mujeres, sentadas en el porche, hablaban entre risas. Llegó más gente: dos primos de Tupelo y unos amigos de Clanton.

Todos querían estar con Lettie, encantada con su protagonismo, con la admiración y los halagos. Aunque desconfiara de los motivos, no podía negar que le gustaba ser el centro de atención. Nadie mencionó el testamento, ni el dinero, ni al señor Hubbard, al menos delante de ella. La cifra de veinte millones había circulado tanto y se había aireado con tanta autoridad que ya se aceptaba como un hecho cierto. El dinero existía, y Lettie se quedaría el 90 por ciento. En un momento dado, sin embargo, Darias no pudo aguantarse e hizo una pregunta al quedarse a solas con Rontell al lado de la barbacoa.

—¿Has visto el periódico de esta mañana?

—Sí —contestó Rontell—. No me parece que nos beneficie mucho.

—Yo he pensado lo mismo. El que queda bien es Booker Sistrunk.

—Seguro que ha llamado al periódico y les ha colocado la noticia.

Primera plana de la prensa matinal de Memphis, sección regional. Un jugoso artículo sobre el suicidio del señor Hubbard y su insólito testamento, junto a la misma foto de Lettie con sus mejores galas de juzgado, manoseada por Booker Sistrunk y Kendrick Bost.

—Ahora aparecerá gente como churros —dijo Darias.

Runtell gruñó, se rió e hizo un gesto con la mano.

—Ya ha aparecido —dijo—. De momento hace cola.

—¿Cuánto dirías que se quedará Sistrunk?

—Se lo he preguntado a ella, pero no contesta.

—La mitad no, ¿verdad?

—No lo sé. Barato no es.

Llegó un sobrino para ver cómo iban las costillas. Los dos hombres cambiaron de tema.

Al anochecer sacaron a Simeon de la celda de los borrachos y un policía le acompañó a la salita ciega donde los abogados hablaban con sus clientes. Le dieron una bolsa de hielo para la cara y una taza de café recién hecho.

—¿Y ahora? —preguntó.

—Tienes visita —dijo el policía.

Cinco minutos después entró Ozzie y se sentó. Llevaba tejanos y una americana, con la placa en el cinturón y una funda de la pistola en la cadera.

—Me parece que no nos conocemos —dijo.

—Le he votado dos veces —dijo Simeon.

—Gracias, pero cuando ganas te lo dicen todos.

Ozzie había hecho sus consultas, y sabía muy bien que Simeon Lang no figuraba en el censo electoral.

—Le juro que yo sí.

—Me ha llamado Tank. Dice que no vuelvas. No quiere más problemas.

—Me vaciaron los bolsillos.

—Por allí son duros. Ya conoces las reglas, no hay ninguna. No vuelvas.

—Quiero que me devuelvan el dinero.

—Del dinero, olvídate. ¿Qué prefieres, irte a casa o pasar la noche aquí?

—Prefiero irme a casa.

—Pues vámonos.

Simeon se sentó en el coche de Ozzie, delante y sin esposas. Detrás iba un agente con el camión. Durante los primeros diez minutos escucharon los graznidos de la radio del sheriff sin decirse nada. Al final Ozzie la apagó.

—No es que me incumba, Simeon —dijo—, pero los abogados de Memphis no pintan nada por aquí. Tu mujer ya ha dado mala imagen, al menos para el resto del país. En definitiva, de lo que se trata es de un juicio con jurado, y estáis cabreando a todo el mundo.

El primer impulso de Simeon fue decirle que se metiera en sus asuntos, pero tenía la cabeza embotada y le dolía la mandíbula. No le apetecía discutir. En vez de eso pensó en cuánto molaba ir de copiloto en aquel pedazo de coche, y que le llevasen a su casa.

—¿Me has oído? —preguntó Ozzie, como diciendo: «Contesta».

—¿Usted qué haría? —preguntó Simeon.

—Quitarme a los abogados de encima. El caso os lo ganará Jake Brigance.

—Si es un crío.

—Pregúntaselo a Carl Lee Hailey.

A Simeon le faltaba rapidez mental para pensar en una réplica. De hecho no había nada que decir. Para los negros del condado de Ford el veredicto de Hailey lo era todo.

Ozzie insistió.

—Me has preguntado qué haría, pues portarme bien y no buscar problemas. ¿A quién se le ocurre beber, ir de putas y perder dinero a las cartas un sábado por la mañana? O cualquier otro día. Todos están pendientes de tu mujer. Los blancos ya sospechan, y al final habrá un juicio con jurado. Lo que menos te interesa es que salga tu nombre en el periódico por conducir borracho, o por una pelea, o por cualquier otra cosa. ¿A quién se le ocurre?

Alcohol, putas, juego... Aun así, Simeon sentía rabia por dentro. Tenía cuarenta y seis años, y no estaba acostumbrado a que le regañase nadie que no fuera su jefe.

—Pórtate bien, ¿vale? —dijo Ozzie.

—Y ¿qué pasa con la acusación por conducir borracho?

—La dejaré congelada seis meses, pendiente de que te comportes como es debido. Si vuelves a cagarla, aunque sea una vez, te llevo a juicio. Si te ve por la puerta, Tank me llamará enseguida. ¿Lo has entendido?

—Lo pillo, lo pillo.

—Otra cosa. El camión que conduces, el que has llevado de Memphis a Houston y El Paso, ¿de quién es?

—De una empresa de Memphis.

—¿Y tiene algún nombre, la empresa?

—Mi jefe tiene nombre. A su jefe no le conozco.

—Lo dudo. ¿Qué llevas en el camión?

Simeon miró por la ventanilla sin decir nada.

—Es una empresa de almacenamiento. Transportamos de todo.

—¿Incluso cosas robadas?

—No, claro que no.

—Pues, entonces, ¿por qué está preguntando el FBI?

—Yo no he visto a nadie del FBI.

—Aún no, pero hace dos días me llamaron y sabían tu nombre. Mira, Simeon, como te trinquen los del FBI ya os podéis olvidar tú y Lettie de un juicio con jurado en este condado. ¿No te das cuenta, tío? Noticia de portada. Pero ¡si Lettie y el señor Hubbard ya son el gran tema de conversación! Como la cagues no se compadecerá de ti ningún jurado. Ni siquiera estoy seguro de que sigan apoyándote los negros. Tienes que pensar un poco, hombre.

«El FBI», estuvo a punto de decir Simeon, pero se mordió la lengua y siguió mirando por la ventanilla. Continuaron en silencio hasta acercarse a su casa. Ozzie le dejó subir a su camión y conducir, para ahorrarle la vergüenza.

—Te espero en el juzgado el miércoles por la mañana a las nueve en punto —dijo—. Le encargaré el papeleo a Jake. Lo aparcaremos durante una temporada.

Simeon le dio las gracias y se alejó despacio.

Contó ocho coches en la entrada de la casa y el jardín. Salía humo de la barbacoa. Había críos por todas partes. Una fiesta por todo lo alto. Todos se ponían del lado de su amada Lettie.

Aparcó en la carretera y empezó a caminar hacia la casa, temiéndose lo peor.

16

En las últimas dos semanas, desde que había llegado el testamento del señor Hubbard, el correo matinal era mucho más interesante. Cada día aportaba un nuevo giro, a medida que se acumulaban nuevos abogados e intentaban situarse en buen lugar en la parrilla de salida. Wade Lanier presentó una instancia para impugnar el testamento en representación de Ramona e Ian Dafoe, y su ejemplo cundió entre los demás. En cuestión de días se presentaron varias instancias similares por parte de la representación letrada de Herschel Hubbard, sus hijos y los de los Dafoe. Como estaba permitido corregir libremente las instancias, las primeras redacciones seguían la misma estrategia básica. Sostenían que el testamento manuscrito no tenía validez porque (1) Seth Hubbard carecía de capacidad para testar y (2) había estado sujeto a influencia indebida por parte de Lettie Lang. No se aportaba ningún dato que apoyara los argumentos, cosa que por otro lado entraba dentro de lo normal en el mundo de las demandas. El estado de Mississippi se ceñía al principio de «demanda simplificada», que, por decirlo de algún modo, sería sentar lo básico e intentar demostrar más tarde lo concreto.

Los esfuerzos solapados de Ian Dafoe para convencer a Herschel de que se uniera al bufete de Wade Lanier no solo resultaron infructuosos, sino que provocaron un cisma. Herschel no se había llevado buena impresión de Lanier. Consideraba, sin mucho fundamento, que resultaría inútil ante un jurado. Como necesitaba a un abogado de Mississippi, se puso en contacto con Stillman Rush con la idea de que representara sus intereses. En su calidad de abogados en el testamento de 1987, el bufete Rush estaba asistiendo a un declive de su papel dentro de la competición. No tendría gran cosa que hacer más allá de observar, y parecía dudoso que el juez Atlee tolerase su presencia, aunque fuera al margen con el taxímetro en marcha, por supuesto. Herschel tomó la astuta decisión de contratar al prestigioso bufete Rush, por un porcentaje de lo que consiguiera, y se despidió de su abogado de Memphis.

Mientras los opositores del testamento competían por el mejor puesto, sus defensores se peleaban entre sí. Rufus Buckley entró oficialmente en el pleito como letrado local de Lettie Lang. Jake elevó una vaga protesta con el argumento de que Buckley carecía de la experiencia necesaria. El bombardeo empezó cuando Booker Sistrunk, cumpliendo su promesa, presentó un escrito donde solicitaba apartar a Jake del caso y sustituirlo por el bufete Sistrunk y Bost, con Buckley como colegiado en Mississippi. Al día siguiente, Sistrunk y Buckley presentaron otro escrito en el que le pedían al juez Atlee que se recusase, con el vago y curioso argumento de que tenía algún tipo de prejuicio contra el testamento manuscrito. Acto seguido cursaron una instancia que pedía trasladar el juicio a otro condado «con mayor equidad» o, dicho de otro modo, más negro.

Jake habló largo y tendido con un abogado de Memphis con quien tenía conocidos en común. Había bregado durante años contra Sistrunk, y no se contaba entre sus seguidores, pero en última instancia no tenía más remedio que admirar sus resultados. La estrategia de Sistrunk consistía en reventar los casos, reducirlos a conflictos raciales, atacar a cualquier persona blanca implicada (incluyendo, si hacía falta, al propio juez) y mantener el pulso por la selección del jurado hasta que este contuviera un número suficiente de negros. Era descarado, gritón, no tenía miedo a nada, y podía intimidar tanto dentro como fuera de los tribunales. En caso de necesidad se mostraba encantador ante el jurado. En los juicios de Sistrunk siempre había víctimas. No parecía que le importase quién salía herido. Litigar contra él era algo tan desagradable que se sabía de muchos posibles demandados que habían llegado rápidamente a un acuerdo extrajudicial.

Era una táctica que podía funcionar en el ambiente cargado de casos racistas del sistema judicial de Memphis, pero en ningún caso en el condado de Ford, ni ante el juez Reuben V. Atlee. Jake había leído y releído las instancias presentadas por Sistrunk, y cuanto más las leía más se convencía de que el gran abogado estaba perjudicando de forma irreparable a Lettie Lang. Mostró copias a Lucien y Harry Rex, y ambos fueron de su mismo parecer. Era una estrategia burda, abocada a un fracaso seguro, porque al final le saldría el tiro por la culata.

Después de dos semanas trabajando en el caso, Jake estaba dispuesto a desistir si Sistrunk continuaba en la partida. Presentó una instancia para que se desestimasen las que habían presentado Sistrunk y Buckley, con el argumento de que no estaban reconocidos como asistencia letrada por el tribunal. El abogado de los defensores del testamento era él, no ellos. Pensaba presionar al juez Atlee para que los pusiera en su sitio. De lo contrario, se iría tan tranquilo a su casa.

Russell Amburgh fue eximido de sus obligaciones y se apeó del caso. Su sustituto fue el honorable Quince Lundy, un abogado medio jubilado de Smithfield, viejo amigo del juez Atlee. Al elegir la apacible carrera de asesor fiscal, Lundy había evitado los horrores del litigio. En tanto que albacea o administrador sustituto, como se le llamaba oficialmente, se le pedía que realizara sus labores con poca consideración por los debates sobre el testamento. Su trabajo consistía en reunir los bienes del señor Hubbard, tasarlos, protegerlos e informar de ellos al tribunal. Trasladó a Clanton los archivos de la Berring Lumber Company, al bufete de Jake, y los depositó en una sala de la planta baja, junto a la pequeña biblioteca. A partir de entonces llegaba puntualmente a las diez de la mañana, tras una hora de viaje. Por suerte congenió con Roxy y no hubo dramas.

En otra zona del bufete, por el contrario, sí se fraguaba un drama. Parecía que Lucien se estaba acostumbrando a ir todos los días, meter las narices en lo de Hubbard, rebuscar en la biblioteca, irrumpir en el despacho de Jake, darle opiniones y consejos, y agobiar a Roxy, que no le soportaba. Lucien y Quince tenían amistades en común, así que no tardaron mucho tiempo en beber juntos litros de café y contarse anécdotas sobre los jueces pintorescos de antaño, muertos hacía ya décadas. Jake se quedaba en el piso de arriba, con la puerta cerrada, mientras abajo no se trabajaba mucho.

A Lucien, por primera vez en muchos años, también se le veía dentro y fuera del juzgado. Su humillante expulsión del colegio de abogados ya era solo un recuerdo. Aún se sentía un paria, pero era una leyenda tal, por motivos exclusivamente malos, que la gente tenía ganas de saludarle. ¿Dónde has estado? ¿Ahora a qué te dedicas? Era una presencia habitual en el registro de la propiedad, donde al caer la tarde curioseaba en libros de escrituras antiguas llenos de polvo, como un detective en busca de pruebas.

Un martes a finales de octubre Jake y Carla se despertaron a las cinco de la mañana, se ducharon rápidamente, se vistieron, se despidieron de la madre de Jake (que hacía de canguro y dormía en el sofá) y salieron en el Saab. A la altura de Oxford se desviaron por un fast-food para coches y se tomaron al vuelo un café con galletas. A una hora al oeste de Oxford las colinas daban paso al delta. Recorrieron a gran velocidad carreteras rodeadas de cultivos que el algodón ya maduro cubría de blanco, y por los que reptaban las cosechadoras como insectos gigantes, devorando cuatro hileras a la vez, mientras los camiones aguardaban el momento de cargar con la cosecha. En un letrero viejo ponía PARCHMAN, 8 KM. Poco después apareció la valla de la cárcel.

Jake ya la conocía. Durante su último semestre en la facultad de derecho, un profesor de procedimiento penal había organizado el viaje anual a la tristemente famosa penitenciaría del estado. Jake y el resto de la clase habían escuchado a lo largo de unas horas a los administradores, y habían mirado boquiabiertos desde lejos a los condenados a muerte. El plato fuerte había sido una entrevista colectiva a Jerry Ray Mason, un asesino convicto cuyo caso habían estudiado, y cuyo último paseo hasta la cámara de gas estaba programado en menos de tres meses. Mason se había empecinado en defender su inocencia, aunque no hubiera pruebas de ella. También había tenido la arrogancia de predecir que el estado fracasaría en sus planes, pero el tiempo no le dio la razón. Después de sus estudios de derecho Jake había hecho dos visitas más a la cárcel para hablar con clientes. En aquel momento tenía a cuatro en Parchman, y a tres en el circuito federal.

Carla y él aparcaron cerca de un pabellón administrativo y entraron. Siguiendo los letreros encontraron un pasillo lleno de gente con aspecto de no estar donde quería estar. Jake se registró, y le dieron un documento titulado «Audiencias de libertad condicional – Lista». Él venía a ver al tercero: Dennis Yawkey, 10.00 a. m. Con la esperanza de esquivar a la familia Yawkey, Jake y Carla subieron al primer piso y acabaron encontrando el despacho de Floyd Green, un antiguo compañero de clase que ahora trabajaba para el sistema penitenciario del estado. Jake le había avisado por teléfono de su llegada. Le había pedido un favor, y Floyd trataba de ayudarle. Jake sacó una carta de Nick Norton, el abogado de Clanton que representaba a Marvis Lang, inquilino a la sazón del campo 29 de máxima seguridad. Floyd cogió la carta y dijo que intentaría concertar una entrevista.

Las sesiones comenzaban a las nueve, en una sala grande y austera con un cuadrado hecho de mesas plegables y decenas de sillas del mismo tipo distribuidas en hileras no muy rectas. En la primera mesa se sentaban juntos el presidente de la comisión de libertad condicional y sus otros cuatro miembros: cinco blancos, todos designados por el gobernador.

Jake y Carla entraron con un aluvión de espectadores y buscaron asientos. Jake vislumbró a su izquierda a Jim Yawkey, el padre del preso, pero sus miradas no coincidieron. Tomó a Carla del brazo y fue con ella hacia la derecha. Encontraron asiento y esperaron. El primero de la lista era un hombre que había estado treinta y seis años en la cárcel por un asesinato cometido durante un atraco a un banco. Le trajeron y le quitaron las esposas. Dio un repaso al público en busca de su familia. Blanco, de unos sesenta años, pelo largo y cuidado... Parecía buena persona. Jake, como siempre, se admiró de que alguien pudiera sobrevivir tanto tiempo en un sitio tan cruel como Parchman. El investigador leyó un informe que le presentaba como un preso modélico. La comisión hizo algunas preguntas. La siguiente persona en tomar la palabra fue la hija de la cajera asesinada, que empezó diciendo que era la tercera vez que comparecía ante la comisión, y la tercera vez que la obligaban a revivir la pesadilla. Conteniendo sus emociones, hizo una dolorosa descripción de lo que suponía tener diez años y enterarse de que a su madre la había destrozado una escopeta recortada en su lugar de trabajo. Lo siguiente fue aún peor.

Aunque la comisión tomara en consideración el asunto, parecía difícil que el asesino obtuviera la libertad condicional. Se lo llevaron después de media hora.

El siguiente a quien trajeron y quitaron las esposas fue un chico negro. Le sentaron en el banquillo y se lo presentaron a la comisión. Había cumplido seis años por robo de coche con violencia, y había sido un preso ejemplar; había acabado el bachillerato, había acumulado créditos preuniversitarios y no se había metido en ningún lío. Su investigador aconsejó que fuera puesto en libertad. También lo hizo su víctima, a través de una declaración jurada en la que instaba a la comisión a mostrarse compasiva. La víctima había salido ilesa del delito, y con el paso de los años se había intercambiado cartas con el agresor.

Durante la lectura de la declaración Jake reconoció a varios miembros del clan Yawkey que se abrían paso lentamente junto a la pared de la izquierda. Sabía por experiencia que era gente dura, de clase baja, pueblerinos a quienes les gustaba la violencia. Dos veces les había hecho bajar la vista en juicio abierto. Ahora volvía a tenerlos cerca. Sentía por ellos tanto desprecio como miedo.

Dennis Yawkey entró con una sonrisa de perdonavidas y empezó a buscar a los suyos. Jake no le veía desde hacía veintisiete meses, y habría preferido no volver a hacerlo. El investigador desgranó los datos pertinentes: en 1985 Dennis Yawkey se había declarado culpable en el condado de Ford de un delito de asociación ilícita para incendio doloso. Se alegó que él y otros tres hombres se habían confabulado para quemar la casa de un tal Jake Brigance, en la ciudad de Clanton. Los otros tres llegaron a cometer el incendio, y estaban cumpliendo condena en el sistema penitenciario federal. Uno de ellos testificó para el gobierno, por eso se habían confesado culpables. El investigador no aconsejó nada en lo referente a si convenía dejar en libertad condicional a Yawkey, lo cual, según Floyd Green, significaba que era poco probable que lo hiciesen.

Jake y Carla escuchaban indignados. Yawkey solo se había salvado de una condena más larga porque la acusación de Rufus Buckley fue una chapuza. Si Buckley se hubiera mantenido al margen, dejándolo en manos del FBI, Yawkey se habría pasado al menos diez años entre rejas, como sus colegas. Ahora, por culpa de Buckley, veintisiete meses después se estaba contemplando la libertad condicional de un macarra de tres al cuarto que había querido impresionar al Ku Klux Klan. La condena era de cinco años. No había cumplido ni la mitad y ya intentaba salir.

Justo cuando Jake y Carla caminaban tomados de la mano hacia el atril barato que había sobre una mesa plegable, Ozzie Walls y Marshall Prather protagonizaron una ruidosa entrada. Jake los saludó con la cabeza y trasladó su atención a la comisión de libertad condicional.

—Seré breve, porque sé que solo disponemos de unos cuantos minutos —empezó diciendo—. Soy Jake Brigance, el dueño de la casa que ya no existe, y esta es mi mujer, Carla. Ambos queremos decir unas palabras en contra de la petición de libertad condicional.

Se apartó y dejó el atril a Carla, que desdobló un papel e intentó sonreír a los miembros de la comisión. Después fulminó con la mirada a Dennis Yawkey y carraspeó.

—Me llamo Carla Brigance. Es posible que algunos de ustedes recuerden el juicio de Carl Lee Hailey, celebrado en Clanton en julio de 1985. La encendida defensa que hizo mi esposo de Carl Lee nos salió muy cara. Recibimos varias llamadas anónimas, que en algunos casos constituían amenazas directas. Alguien quemó una cruz en nuestro jardín. Incluso intentaron matar a mi marido una vez. Un hombre fue sorprendido con una bomba cuando intentaba volar nuestra casa mientras dormíamos. Ahora se hace el loco, y sigue pendiente de juicio. En un momento dado hui de Clanton con nuestra hija de cuatro años y me refugié en casa de mis padres. Mi marido llevaba una pistola. De hecho aún la lleva. Varios de sus amigos le hicieron de guardaespaldas. Por último, durante el juicio, una noche en que él estaba en el bufete, esta gente... —Señaló a Dennis Yawkey—. Incendió nuestra casa con una bomba de gasolina. Es posible que Dennis Yawkey no estuviera ahí personalmente, pero formaba parte del grupo. Era uno de los matones, demasiado cobarde para dar la cara, siempre escondiéndose en la oscuridad de la noche. Se me hace difícil creer que estemos aquí cuando solo han pasado veintisiete meses, viendo a este delincuente intentar salir de la cárcel.

Respiró hondo y pasó de página. Pocas veces comparecían mujeres guapas en las sesiones de la comisión, masculinas en un 90 por ciento. Carla gozaba de la más absoluta atención. Se irguió y siguió hablando.

—Nuestra casa fue construida en la década de 1890 por un ferroviario y su familia. Falleció durante la primera Nochebuena que pasó entre sus paredes. Su familia la conservó hasta que hace veinte años quedó abandonada. Estaba catalogada como monumento histórico, aunque cuando la compramos había agujeros en el suelo y grietas en el tejado. Durante tres años Jake y yo invertimos toda nuestra vida, y hasta el último centavo que logramos reunir, en nuestro nuevo hogar. Después de todo un día de trabajo, pintábamos hasta la medianoche. Las vacaciones las dedicábamos a empapelar las paredes y teñir los suelos. Jake intercambiaba honorarios de abogado por horas de fontanería, jardinería y material de construcción. Su padre montó un cuarto de invitados en el desván, y el mío puso los ladrillos del patio trasero. Podría seguir horas, pero no nos sobra tiempo. Hace siete años Jake y yo trajimos a casa a nuestra hija y la pusimos en la habitación de los niños. —Se le quebró un poco la voz, pero tragó saliva y levantó la cabeza—. Por suerte, cuando destruyeron nuestra casa ella no estaba. Me he preguntado muchas veces si a estos hombres les habría importado, y lo dudo. Estaban decididos a hacer el mayor daño posible. —Otra pausa. Jake le puso una mano en el hombro—. Tres años después del incendio —continuó Carla— aún pensamos en todo lo que perdimos, incluido nuestro perro. Aún estamos intentando sustituir cosas insustituibles, y explicarle a nuestra hija qué pasó y por qué. Es demasiado pequeña para entenderlo. A menudo pienso que aún no hemos superado la incredulidad. Y me cuesta creer que estemos hoy aquí, obligados a revivir la pesadilla, supongo que como todas las víctimas: mirando fijamente al delincuente que intentó destrozarnos la vida, y pidiéndoles a ustedes que le impongan su castigo. Cinco años para Dennis Yawkey era una condena demasiado benigna, demasiado fácil. Por favor, encárguense de que la cumpla íntegra.

Dio un paso a la derecha y cedió el atril a Jake, que al mirar a la familia Yawkey se fijó en que Ozzie y Prather se habían acercado a ellos, como diciendo: «Si queréis problemas, aquí los tenéis». Carraspeó.

—Carla y yo damos las gracias a la comisión de libertad condicional por darnos la oportunidad de expresarnos. Seré breve. Dennis Yawkey y su triste pandilla de matones consiguieron quemar nuestra casa y trastornar gravemente nuestras vidas, pero no hacernos daño, como planeaban. Tampoco lograron su máxima meta, que era destruir la búsqueda de la justicia. Por haber defendido yo a Carl Lee Hailey, un hombre negro que mató con arma de fuego a los dos hombres blancos que violaron e intentaron matar a su hija, estos individuos, Dennis Yawkey y otros de su calaña, además de varios miembros conocidos y desconocidos del Ku Klux Klan, trataron repetidas veces de intimidarnos y perjudicarnos a mí, a mi familia, a mis amigos y hasta a mis empleados. Fracasaron estrepitosamente. El veredicto a favor de mi cliente por parte de un jurado íntegramente blanco hizo justicia de forma tan ecuánime como admirable. El mismo jurado también dictaminó en contra de una serie de asquerosos camorristas como Dennis Yawkey, con sus ideas de racismo violento. Así se pronunció el jurado, con voz alta y clara, para siempre, y sería una pena que esta comisión mandara a Yawkey a su casa con una simple reprimenda. Francamente, necesita todo el tiempo al que puedan condenarle ustedes aquí en Parchman. Gracias.

Yawkey le miraba fijamente con una sonrisita. Aún se sentía victorioso por lo del incendio, y quería más. Su chulería no se les pasó por alto a varios integrantes de la comisión. Jake sostuvo su mirada antes de apartarse y acompañar a Carla a sus asientos.

—¿Sheriff Walls? —dijo el presidente.

Ozzie subió muy erguido al atril, con la placa brillante sobre el bolsillo de la americana.

—Gracias, señor presidente. Soy Ozzie Walls, sheriff del condado de Ford, y no quiero que este chico salga para dar más problemas. Francamente, debería estar en una cárcel federal, cumpliendo una condena mucho más larga, pero en este tema no tenemos tiempo de entrar. Tanto la delegación de Oxford del FBI como yo tenemos abierta una investigación sobre lo que ocurrió hace tres años. Aún no hemos terminado, ¿de acuerdo? Y sería un error soltarle. En mi opinión, lo retomaría donde lo dejó. Gracias.

Al irse, Ozzie se acercó todo lo que pudo a la familia Yawkey. Se puso con Prather contra la pared del fondo, y aprovechó la entrada del siguiente preso para salir con una parte del público. Jake y Carla se reunieron con ellos y les dieron las gracias por haber hecho el viaje. No se habían esperado que compareciese el sheriff. Después de unos minutos de conversación, Ozzie y el agente Prather se fueron con un preso que tenía que volver a Clanton.

Floyd Green encontró a Jake y Carla. Parecía un poco nervioso.

—Creo que saldrá bien —dijo—. Seguidme. Me debes una.

Salieron de un pabellón para ir a otro. Al lado del despacho de un subdirector había una puerta con dos vigilantes armados.

—Tienen diez minutos —dijo de malas maneras un hombre con camisa de manga corta y una corbata de las de clip.

«El gusto es mío», pensó Jake. Uno de los vigilantes abrió la puerta.

—Tú espera aquí —le dijo Jake a Carla.

—Me quedo con ella —añadió Floyd Green.

La sala, pequeña y sin ventanas, parecía más bien un armario. Marvis Lang, de veintiocho años, estaba esposado a una silla de metal. Llevaba el uniforme estándar de los presos, blanco con una franja azul descolorida en cada pierna. Parecía muy tranquilo, arrellanado en la silla con las piernas cruzadas. Llevaba el pelo a lo afro y una perilla.

—Marvis, soy Jake Brigance, un abogado de Clanton —dijo Jake, acercando la otra silla y sentándose.

Marvis sonrió educadamente y tendió como pudo la mano derecha, esposada a la silla al igual que la izquierda. Consiguieron darse un firme apretón.

—¿Te acuerdas de tu abogado, Nick Norton? —preguntó Jake.

—Más o menos. Ha pasado tanto tiempo... No he tenido muchas razones para hablar con él.

—Tengo en el bolsillo una carta firmada por Nick que me autoriza a hablar contigo. Si quieres verla...

—No hace falta. Vamos a charlar. ¿De qué quiere que hablemos?

—De tu madre, Lettie. ¿Ha venido a verte últimamente?

—El domingo pasado.

—¿Te contó que su nombre aparece en el testamento de un hombre blanco que se llamaba Seth Hubbard?

Marvis apartó un momento la vista y asintió un poco con la cabeza.

—Sí. ¿Por qué quiere saberlo?

—Porque en el testamento Seth Hubbard me pide que administre sus bienes. El 90 por ciento se lo deja a tu madre. Mi trabajo como abogado es asegurarme de que lo reciba. ¿Me sigues?

—O sea, ¿que usted es de los buenos?

—¡Pues claro! De hecho ahora mismo soy el mejor de todo el pleito, pero a tu madre no se lo parece. Ha contratado a unos abogados de Memphis que se dedican a desplumarla y a reventar el caso.

Marvis se irguió e intentó levantar las manos.

—Vale, vale, reconozco que no entiendo nada. No vaya tan deprisa.

Mientras Jake hablaba llamaron a la puerta y un vigilante asomó la cabeza.

—Se ha terminado el tiempo —espetó.

—Ahora mismo acabo —dijo Jake, cerrando la puerta con educación.

Se acercó más a Marvis.

—Quiero que llames a Nick Norton —dijo—, a cobro revertido. Se pondrá y confirmará lo que te he dicho. Cualquier abogado del condado de Ford te diría lo mismo que yo, que Lettie está metiendo la pata hasta el fondo.

—¿Y se supone que tengo que arreglarlo yo?

—Puedes ayudar. Habla con ella. Tu madre y yo tenemos por delante una pelea muy dura, y ella está empeorando las cosas.

—Déjeme que lo piense.

—Vale, Marvin. Llámame cuando quieras, a cobro revertido.

Ya había vuelto el vigilante.

17

La clientela del Tea Shoppe era la de siempre, oficinistas y profesionales liberales que iban a desayunar y tomarse un café (no un té: era demasiado temprano). Había una mesa redonda con un abogado, un banquero, un comerciante y un agente de seguros, y otra con un grupo selecto de hombres de cierta edad, ya jubilados. Jubilados pero no aburridos, lentos o callados. Recibía el nombre de Mesa de los Carcamales. Poco a poco se fue animando la conversación, centrada en el pobre rendimiento del equipo de fútbol americano de Ole Miss (la derrota del sábado pasado ante Tulane, en la fiesta de principio de curso, era imperdonable) y el de Mississippi State, más pobre aún. Cada vez era mayor el ímpetu con que los carcamales dejaban por los suelos a Dukakis, al que Bush le acababa de dar una paliza. En ese momento habló en voz alta el banquero.

—¿Sabéis qué he oído? Que la mujer esa ha alquilado la casa de los Sappington y se va a venir a vivir a la ciudad, con todo el séquito, claro. Dicen que le llegan parientes a carretadas, y que necesita una casa más grande.

—¿De los Sappington?

—Sí, hombre, la que hay al norte de la ciudad saliendo de Martin Road, justo después de donde las subastas. Una granja vieja que casi no se ve desde la carretera. Están intentando venderla desde que se murió Yank Sappington. ¿Cuánto tiempo hace, diez años?

—Como mínimo. Se ve que ha estado alquilada un par de veces.

—Pero nunca a negros, ¿no?

—Que yo sepa no.

—Yo creía que estaba bastante bien conservada.

—Sí que lo está. El año pasado la pintaron.

La noticia dio pie a un momento de reflexión, y a una gran consternación. Aunque la casa de los Sappington estuviera al final de la ciudad, era una zona que seguía considerándose blanca.

—Y ¿por qué se la alquilan a negros? —preguntó uno de los carcamales.

—Por dinero. ¿Qué más les da, si en Clanton ya no vive ningún Sappington? Si no pueden venderla, pues mejor que la alquilen. El dinero siempre es verde, te lo dé quien te lo dé.

Nada más decirlo, el banquero esperó que le llevaran la contraria. Su banco tenía la mala fama de evitar a los clientes negros.

Entró un agente inmobiliario que se sentó en la mesa de los profesionales liberales, donde fue recibido de inmediato con una pregunta.

—Estábamos diciendo que la mujer esa ha alquilado la casa de los Sappington. ¿Es verdad?

—¡Toma, pues claro! —respondió él con suficiencia. Se jactaba de ser el primero que oía los rumores, o como mínimo de parecerlo—. Por lo que me han dicho se instalaron ayer. Setecientos dólares al mes.

—¿Cuántos coches?

—No lo sé. Ni he pasado, ni tengo intención de pasar. Lo único que espero es que no afecte al valor del suelo en el barrio.

—¿Qué barrio? —preguntó uno de los carcamales—. Siguiendo un poco por la carretera llegas a la subasta de ganado, que desde que soy pequeño huele a boñiga de vaca. Al otro lado está la chatarrería de Luther Selby. ¿De qué barrio hablas?

—Bueno, ya sabes, el mercado inmobiliario —contraatacó el agente—. Como esta gente se instale donde no tendría que instalarse, bajará el precio del suelo en toda la ciudad y podría perjudicarnos a todos.

—Ahí tiene razón —intervino el banquero.

—Ella no trabaja, ¿verdad? —dijo el comerciante—. Y su marido es un vago. ¿De dónde sacan los setecientos mensuales de alquiler?

—No puede gastarse tan pronto el dinero de Hubbard, ¿no?

—Imposible —dijo el abogado—. Mientras no se resuelvan las demandas, el dinero no lo toca nadie. Tardará años. No puede recibir ni un centavo.

—Pues, entonces, ¿de dónde saca el dinero?

—A mí no me lo preguntes —dijo el abogado—. Quizá les cobre algo de alquiler a los demás.

—La casa tiene cinco dormitorios.

—Te apuesto lo que quieras a que ya están todos llenos.

—Y yo a que nadie le paga nada.

—Dicen que al marido le trincaron hace unas semanas por conducir borracho.

—Sí, es verdad —dijo el abogado—. Lo he visto en la lista de autos: Simeon Lang. Le pillaron el sábado por la mañana. En su primera comparecencia le representó Jake. Ahora está aplazado. Supongo que Ozzie habrá tenido algo que ver.

—¿Y a Jake quién le paga?

El abogado sonrió.

—Bueno, no se puede saber, pero seguro que de una u otra manera saldrá de la herencia —dijo.

—Suponiendo que quede algo.

—Que lo dudo mucho.

—Mucho.

—Bueno, volviendo a mi pregunta —dijo el comerciante—, ¿cómo puede pagarse el alquiler?

—¡Vaya pregunta, Howard! Tienen ayudas. Saben aprovecharse del sistema. Vales de comida, ayuda a niños dependientes, subsidios, vivienda pública, el paro... Ganan más sin pegar golpe que la mayoría de la gente trabajando cuarenta horas. Te metes en casa a cinco o seis, todos con ayudas, y ya no tienes que preocuparte por el alquiler.

—Ya, pero la casa de Sappington no es precisamente de alquiler social.

—Fijo que el dinero para gastos se lo adelanta su abogado de Memphis —dijo el abogado—. ¡Coño, si seguro que le ha pagado algo para ocuparse del caso! Pensadlo bien. Si al principio le suelta cincuenta mil en efectivo para quedarse con el caso, y luego le birla la mitad de la herencia cuando la reciba, es buen negocio. Y encima seguro que le cobra intereses.

—Pero éticamente no puede hacerlo, ¿no?

—¿Qué quieres decir, que hay abogados que hacen trampas?

—¿O que se buscan los casos?

El abogado respondió con calma.

—La ética depende de que te pillen. Si no te pillan es que no la has infringido. Y dudo que Sistrunk se haya pasado mucho tiempo leyendo los últimos preceptos éticos de la asociación nacional de abogados.

—Ya tiene bastante trabajo con leer los recortes de prensa donde sale. ¿Cuándo volverá a la ciudad?

—El juez Atlee ha programado una vista para la semana que viene —contestó el abogado.

—¿Qué harán?

—Instancias y esas cosas; probablemente sea otro circo.

—Como vuelva a presentarse con un Rolls-Royce negro es que es tonto.

—Pues ya te digo yo que lo hará.

—Tengo un primo en Memphis que trabaja en los juzgados —dijo el agente de seguros—, y dice que Sistrunk tiene deudas por toda la ciudad. Gana mucho, pero gasta aún más, y siempre está huyendo de los bancos y de los acreedores. Hace dos años se compró un avión y por poco se arruina. El banco se lo embargó y luego le demandó. Ahora él dice que es una confabulación racista. Montó una fiesta por todo lo alto por el cumpleaños de su tercera mujer. Alquiló una carpa grande, se trajo un circo e hinchables para los niños pequeños y luego, de cena, había langosta y centollo fresco, y vino a gogó. Cuando se acabó la fiesta resultó que ningún cheque tenía fondos. Justo cuando amenazaba con declararse en quiebra, consiguió diez millones zanjando un caso fuera de los tribunales y pagó a todo el mundo. Sube y baja.

Todo el mundo le escuchó con atención y pensó en lo que

había dicho. La camarera les volvió a llenar las tazas con café hirviendo.

El agente inmobiliario miró al abogado.

—Lo de que votaste a Michael Dukakis es broma, ¿no?

Era una provocación directa.

—Pues sí, le voté y volvería a votarle —dijo el abogado.

Se oyeron carcajadas y alguna risa falsa. El abogado era uno de los dos demócratas presentes en el bar. En el condado de Ford, Bush había ganado por un sesenta y 5 por ciento.

El otro demócrata, uno de los carcamales, volvió a encarrilar la situación con una pregunta.

—¿Cuándo presentarán el inventario de Hubbard? Tenemos que saber qué hay en la herencia, ¿no? Tanto cotillear y discutir, que si la herencia, que si el testamento, que si tal y cual... ¿No tenemos derecho a saber exactamente de qué se compone, como ciudadanos, contribuyentes y beneficiarios de la Ley de Libertad de Información? Yo estoy convencido de que sí.

—No es de tu incumbencia —dijo el comerciante.

—Puede que no, pero me apetece mucho saberlo. ¿A ti no?

—Me importa un pito —respondió el comerciante.

Se burlaron de él.

—El administrador —dijo el abogado, una vez que pasó la interrupción— tiene la obligación de presentar un inventario en la fecha que le indique el juez. La ley no estipula ningún plazo. Con una herencia de esta envergadura, yo diría que darán tiempo de sobra al administrador para encontrarlo todo y tasarlo.

—¿A qué envergadura te refieres?

—A la que dice todo el mundo. Mientras el administrador no haya presentado el inventario, no lo sabremos de verdad.

—Creía que se llamaba albacea.

—Si el albacea renuncia, como en este caso, no. Entonces el tribunal designa a un administrador para que lo gestione todo. El nuevo es un abogado de Smithfield que se llama Quince Lundy y es amigo del juez Atlee desde hace mucho tiempo. Creo que está medio jubilado.

—¿Y cobra de la herencia?

—¿De qué otro sitio podría salir el dinero?

—Bueno, y ¿cuánta gente cobra de la herencia?

El abogado pensó un momento.

—El abogado de la sucesión, que de momento es Jake, aunque no sé si durará mucho. Se rumorea que está harto de los abogados de Memphis y que se está planteando renunciar. El administrador cobra de la herencia. Contables, tasadores, asesores fiscales... Gente así.

—¿Y a Sistrunk quién le paga?

—Supongo que tendrá un contrato con esa mujer; si gana se queda con un porcentaje.

—¿Y se puede saber qué pinta Rufus Buckley?

—Hace de letrado local para Sistrunk.

—Hitler y Mussolini. ¿Qué pretenden, ofender a todos los habitantes del condado de Ford?

—Parece que sí.

—Y el juicio será con jurado, ¿no?

—Sí, sí —contestó el abogado—. Se ve que es lo que quieren todos, incluido el juez Atlee.

—¿El juez Atlee? ¿Por qué?

—Muy fácil, porque así no carga con el mochuelo. No hace falta que decida él. Habrá quien gane mucho y quien pierda mucho, y si el veredicto es de un jurado nadie podrá echarle la culpa al juez.

—Apostaría ahora mismo diez a uno a que el jurado falla en contra de la mujer esa.

—Paciencia —dijo el abogado—. Dejemos unos meses de margen para que el juez Atlee tenga tiempo de poner a cada cual en su sitio, organizarlo y planearlo todo y programar un juicio. Entonces, justo antes de que empiece, haremos una porra y apostaremos. Me gusta cuando me dais dinero. ¿Cómo vamos de momento, cuatro Super Bowls seguidas?

—¿Cómo van a encontrar a doce personas que no sepan nada del caso? Yo no conozco a nadie que no tenga una opinión, y te aseguro que todos los negros en ciento cincuenta kilómetros a la redonda desean un trozo del pastel. He oído que Sistrunk quiere que trasladen el juicio a Memphis.

—No se puede sacar de este estado, cabeza de chorlito —dijo

el abogado—. Lo que sí es verdad es que ha pedido que se celebre en otro sitio.

—¿Jake no intentó trasladar el caso Hailey? ¿A un condado
más receptivo, con más votantes negros?

—Sí, pero el juez Noose lo desestimó. De todos modos, lo
de Hailey era un caso mucho más gordo.

—Ya, pero no se jugaban veinte millones.

—¿Tú crees que Jake puede ganar el juicio para la mujer esa?
—preguntó al abogado el carcamal demócrata.

Todos se callaron un segundo y se quedaron mirando al abogado. Se lo habían preguntado al menos cuatro veces en tres semanas, y en la misma mesa.

—Depende —contestó con gravedad—. Si está Sistrunk en
la sala es imposible que ganen. Si solo está Jake, yo le daría un
50 por ciento de probabilidades.

Palabras de un abogado que nunca iba a juicio.

—He oído que ahora tiene un arma secreta.

—¿De qué tipo?

—Dicen que Lucien Wilbanks vuelve a ejercer. Y no de borracho. Supuestamente pasa mucho tiempo en el despacho de Jake.

—Sí, ha vuelto —dijo el abogado—. Le he visto en el juzgado, husmeando en escrituras y testamentos antiguos. Está como
siempre.

—Pues qué pena.

—¿Parecía sobrio?

—Más o menos.

—Seguro que Jake no dejará que se acerque al jurado.

—Dudo que el juez Atlee le deje entrar en la sala.

—Pero no puede ejercer, ¿verdad?

—No, le expulsaron permanentemente, lo cual en su caso
quiere decir que tiene que esperar ocho años antes de solicitar el
reingreso.

—¿Es permanente pero durante ocho años?

—Sí.

—No tiene sentido.

—Es la ley.

—La ley, la ley...

—¿Quién dijo «Lo primero que deberíamos hacer es matar a todos los abogados»?

—Creo que Shakespeare.

—Pensaba que Faulkner.

A lo que el abogado contestó:

—Si empezamos a citar a Shakespeare, es que es hora de irme.

La llamada era de Floyd Green, desde Parchman. Con tres votos a favor y dos en contra, la comisión de libertad condicional había decidido poner en libertad a Dennis Yawkey. No habían dado explicaciones. Floyd hizo vagas referencias a lo misterioso del funcionamiento de la comisión. Jake sabía que existía en el estado una larga y sórdida tradición de libertades condicionales a cambio de dinero, pero se negaba a creer que la familia Yawkey pudiera haber tenido el refinamiento necesario para sobornar a alguien.

Diez minutos después fue Ozzie quien llamó para dar la noticia. Tras manifestar su incredulidad y frustración, le dijo a Jake que iría personalmente a Parchman el día siguiente a buscar a Dennis, y que dispondría de dos horas a solas con él en el coche. Le amenazaría de todas las formas posibles y le prohibiría pisar el término municipal de Clanton.

Jake le dio las gracias y llamó a Carla.

18

Rufus Buckley aparcó su viejo Cadillac al otro lado de la plaza, lo más lejos posible de Jake, y se quedó un momento dentro del coche, recordando cuánto había odiado Clanton, su juzgado, a sus votantes y, sobre todo, lo vivido en la ciudad. En otros tiempos, no hacía muchos años, los votantes le habían adorado, y él los había considerado como parte integrante de su base, el cimiento desde el que emprendería la carrera para llegar a ser gobernador de todo el estado. A partir de ahí... a saber. Había sido fiscal de su distrito, un fiscal joven y duro, con sus pistolas en las cartucheras y su soga en la mano, sin miedo a los malos. Buscadlos, traedlos y veréis a Rufus colgarlos. Gran parte de su campaña se había apoyado en su 90 por ciento de condenas. Sus partidarios le adoraban. Le habían elegido tres veces con un margen avasallador, pero la última vez, hacía un año, cuando aún estaba fresco en su memoria el amargo veredicto Hailey, la buena gente del condado de Ford le había echado. Buckley también había sufrido una sonora derrota en los de Tyler, Milburn y Van Buren; prácticamente en todo el vigésimo segundo distrito, con la excepción de su condado natal, el de Polk, cuyas gentes, que habían ido en masa a votar, le habían otorgado un patético margen de sesenta votos.

Su carrera dentro de la función pública había terminado, aunque a sus cuarenta y cuatro años a veces casi pudiera convencerse de que había futuro, de que aún le necesitaban. De lo que no estaba tan seguro era de quién y para qué. Su mujer le amenazaba con abandonarle si volvía a presentarse a cualquier cargo.

Después de diez meses a medio gas en un bufete pequeño, contemplando el triste tránsito en la calle principal, Rufus estaba aburrido, derrotado, deprimido y fuera de sí. La llamada telefónica de Booker Sistrunk había sido un milagro. Rufus no había dejado pasar la ocasión de zambullirse en una polémica. El hecho de que el enemigo fuera Jake no hacía sino añadir intensidad al caso.

Abrió la puerta y salió con la esperanza de que nadie le reconociera. Qué bajo se puede caer...

El juzgado del condado de Ford abría a las ocho de la mañana. Cinco minutos después Rufus cruzó la puerta principal como tantas veces en su anterior vida; una vida en la que le respetaban y hasta le temían. Ahora le ignoraron, con la salvedad de un ujier que le miró con algo de insistencia y estuvo a punto de decir: «Oiga, ¿no le conozco de algo?». Subió con rapidez y le satisfizo encontrar abierta la sala de vistas, sin vigilancia. La sesión estaba programada para las nueve en punto. Había llegado el primero. Era algo voluntario, porque Sistrunk y él tenían un plan.

Solo era la tercera vez que regresaba desde el juicio de Hailey. El horror de la derrota retorció sus entrañas. Nada más cruzar la doble puerta se detuvo a contemplar la atroz sala vacía en toda su amplitud. Se le doblaban las rodillas. Se mareó por segunda vez. Cerró los ojos y oyó el veredicto en la voz de la secretaria judicial, Jean Gillespie: «En cuanto a todos los cargos imputados, nosotros, el jurado, declaramos al acusado inocente por enajenación mental». ¡Qué injusticia! Pero claro, no puedes matar a sangre fría a dos chavales y decir que fue porque se lo merecían, no; tienes que encontrar un motivo legal para hacerlo, y lo único que podía ofrecer Jake Brigance era la enajenación mental.

Obviamente no hacía falta más. Y eso que, al matar a los chavales, Carl Lee Hailey estaba totalmente cuerdo.

Haciendo memoria, recordó el caos de la sala cuando la familia Hailey y todos sus amigos se habían vuelto locos. ¡Eso sí que era enajenación! Segundos después, al gritar un muchacho «¡Inocente, inocente!», la chusma que rodeaba el juzgado había dado rienda suelta al júbilo.

Plantado frente a la baranda, consiguió mantener la compostura, física y mental. Tenía trabajo, y poco tiempo para prepararlo. Como en todas las salas, entre la baranda y el estrado del juez había dos grandes mesas. Eran idénticas, pero radicalmente distintas. La de su derecha correspondía al fiscal, en las causas penales (su antiguo terreno), o al demandante en las civiles. Como estaba más cerca del jurado, durante los juicios Rufus siempre se sentía más próximo a los suyos. La otra mesa, situada a tres metros, era la de la defensa, tanto en los casos penales como en los civiles. Según el parecer de la mayoría de los abogados que se pasaban la vida de juicio en juicio, la colocación era importante. Transmitía poder o falta de él. Permitía que unos abogados o litigantes fueran más visibles que otros para los miembros del jurado, siempre atentos. En ocasiones podía convertirse en el marco de una lucha entre David y Goliat, si un solo abogado y su cliente tullido se enfrentaban a un grupo de representantes trajeados de alguna gran empresa, o un acusado castigado por la vida al poder del estado. La ubicación era importante para las abogadas guapas y con falda corta ante jurados compuestos por varones; tan importante como para los toxicómanos de botas puntiagudas.

Como fiscal, Rufus nunca se había preocupado por la ubicación, puesto que carecía de importancia. Sin embargo, los pleitos testamentarios eran poco comunes, y Sistrunk y él habían tomado una determinación: de ser posible, ocuparían la mesa usada por la fiscalía y por los demandantes, la más próxima al jurado, y se presentarían como la auténtica voz de los defensores del testamento. Probablemente Jake Brigance se resistiera con uñas y dientes, pero bueno, allá él. Había llegado el momento de aclarar los papeles, y dado que el cliente de Rufus y de Sistrunk era la beneficiaria del último testamento de Seth Hubbard, cuya validez era absoluta, dejarían muy claras sus intenciones.

Personalmente, en su fuero interno, Rufus no tenía tan clara la estrategia. Estaba muy versado en la leyenda del honorable Reuben V. Atlee, que, como la mayoría de los presidentes de sala mayores, curtidos y a menudo cascarrabias del estado de Mississippi, gobernaba con mano de hierro y solía mirar con escepticismo a los de fuera. Sistrunk, no obstante, tenía ganas de pelea y era quien mandaba. Al margen de lo que ocurriese, sería emocionante, y él, Rufus, estaría en el ajo.

Redistribuyó rápidamente las sillas alrededor de la mesa, dejando tres y apartando las otras. Después abrió un grueso maletín y repartió papeles y cuadernos por toda la mesa, como si llevara varias horas sentado frente a ella, con un largo día de trabajo por delante. Habló con el señor Pate, oficial del juzgado, que entró a llenar de agua fría las jarras. En otros tiempos, habrían hablado del tiempo, pero a Rufus ya no le interesaban los chubascos.

Dumas Lee entró sin hacer ruido, y al reconocer a Buckley se acercó directamente a él. Llevaba una cámara al cuello y un cuaderno preparado para anotar citas.

—Hombre, señor Buckley, ¿qué le trae por aquí? —Su pregunta fue ignorada—. Tengo entendido que es el letrado local de Lettie Lang. ¿Es cierto?

—Sin comentarios —dijo Rufus, mientras organizaba carpetas con cuidado y tarareaba una canción en voz baja.

«Sí que han cambiado las cosas», pensó Dumas. El Rufus de antes era capaz de todo por hablar con un periodista, y nunca dejaba que se interpusiese nada entre las cámaras y él.

Se alejó y le dijo algo al señor Pate.

—Saca la cámara de aquí —fue la respuesta.

Así que salió y esperó junto a un colega con la esperanza de avistar un Rolls-Royce negro.

Wade Lanier llegó con su socio Lester Chilcott. Saludaron con la cabeza a Buckley, que estaba demasiado atareado para hablar, y les divirtió su conquista de la mesa del demandante. También ellos emprendieron la urgente tarea de abrir pesados maletines y prepararse para la batalla. Al cabo de unos minutos aparecieron Stillman Rush y Sam Larkin, que saludaron a sus semicolegas. Estaban en el mismo lado de la sala, y coincidirían en muchos de los argumentos que expusieran, pero en aquella fase temprana del conflicto aún no estaban dispuestos a fiarse los unos de los otros. Ya había empezado a entrar el público. Un murmullo sordo de saludos nerviosos y de comadreo hizo vibrar la sala. Varios agentes de uniforme iban de un lado para el otro, bromeando y saludando a los visitantes. Ian, Ramona y los hijos de ambos llegaron en manada y se sentaron en el extremo izquierdo, detrás de sus abogados, lo más lejos posible de los del otro bando. En torno al estrado merodeaban abogados cotillas, como si tuvieran algo que hacer. Se reían con los secretarios. El toque teatral lo aportaron finalmente Booker Sistrunk y su entorno, que entraron todos a la vez, obstruyendo el pasillo, e irrumpieron en la sala como si la tuvieran reservada en exclusiva. Sistrunk, del brazo de Lettie, lideró por el pasillo a sus hombres mientras miraba a los demás con mala cara, retándoles a hablar, buscando guerra, como siempre. Dejó a Lettie en la primera fila, con Simeon y los niños junto a ella, y apostó delante, en funciones de guardián, a un joven negro de cuello grueso y traje, camisa y corbata negros, como si en cualquier momento pudiesen irrumpir tanto asesinos como pretendientes. Rodeaban a Lettie varios primos, tías, tíos, sobrinos y vecinos, así como admiradores.

Al presenciar aquel desfile, Buckley refrenó a duras penas sus sospechas. Había tratado durante doce años con jurados en aquella parte del mundo. Sabía elegirlos, interpretarlos, predecirlos, hablar con ellos y en casi todos los casos dirigirlos, y se dio cuenta enseguida de que Booker Sistrunk y su numerito de negro grandote y malo no funcionaría en aquella sala. ¿Un guardaespaldas? ¡Pero bueno! Encima Lettie, como actriz, era un desastre. La habían preparado para que se mostrara cariacontecida y hasta triste, de luto, como si se le hubiera muerto un amigo muy querido y le hubiese dejado una herencia que le correspondía por derecho, y que ahora perseguían los avariciosos de los blancos. Intentaba dar la imagen de mujer maltratada.

Sistrunk y su socio, Kendrick Bost, cruzaron la baranda e intercambiaron saludos solemnes con su coabogado, el señor Buckley. Mientras amontonaban aún más detritos en la codiciada mesa, ignoraron por completo a los abogados del otro lado. A medida que el reloj se aproximaba a las nueve menos cuarto, el público siguió aumentando.

Nada más entrar por una puerta lateral, Jake se dio cuenta de que le habían quitado el sitio. Dio la mano a Wade Lanier, Stillman Rush y el resto de los abogados de la parte impugnadora.

—Parece que tenemos un pequeño problema —le dijo a Stillman, mientras señalaba con la cabeza a Buckley y los abogados de Memphis.

—Que tengas suerte —dijo Stillman.

Jake tomó la repentina decisión de evitar cualquier enfrentamiento. Salió de la sala y se dirigió al despacho del juez.

Herschel Hubbard llegó con sus dos hijos y unos amigos. Se sentaron cerca de Ian y Ramona. Justo antes de las nueve se calmó el ambiente. La segregación era casi perfecta: los negros en un lado y los blancos en el otro. Como era de esperar, Lucien se había sentado en el lado negro, al fondo.

Jake volvió y se quedó solo cerca de una puerta situada junto a la tribuna del jurado, sin hablar con nadie, mientras lograba hojear tranquilamente un documento.

—¡Levántense, que entra el tribunal! —exclamó a las nueve y cinco el señor Pate.

El juez Atlee hizo su entrada, arrastrando su vieja y desgastada toga negra.

—Siéntense, por favor —dijo cuando estuvo en su sitio.

Contempló la sala. Miró y miró, frunciendo el ceño una y otra vez, pero no dijo nada. Echó un vistazo a Jake, miró con mala cara a Buckley, Sistrunk y Bost, cogió un papel y pasó lista a los abogados. Estaban todos, diez en total.

El juez se acercó un poco más el micrófono.

—Empezaremos por las labores domésticas. Señor Buckley, ha cursado usted la notificación de que participará en la causa como letrado local del bufete de Memphis Sistrunk & Bost. ¿Me equivoco?

—No, señoría. Quisiera...

—Perdón. Y el señor Brigance ha presentado un escrito en el que se opone a dicha participación por falta de experiencia y de conocimientos. ¿Me equivoco?

—Una instancia completamente frívola, señoría, como bien ve usted. En este estado no existe el requisito de que los abogados...

—Perdón, señor Buckley. Usted cursó la notificación y el señor Brigance se opuso, lo cual significa que tengo que dictaminar sobre la impugnación. Todavía no lo he hecho. Hasta entonces no goza usted del debido reconocimiento como abogado en esta causa. ¿Me explico?

—Con la venia de su señoría, la objeción del señor Brigance es tan frívola que merece una sanción. De hecho estoy preparando un escrito en que lo expongo.

—No pierda el tiempo, señor Buckley. Siéntese y escuche. —Atlee esperó a que Buckley se sentase. Su mirada oscura se hizo más penetrante, y se le marcaron más las profundas arrugas de la frente. Nunca perdía la compostura, pero a veces tenía ramalazos de mal humor que asustaban a todos los abogados a cincuenta metros a la redonda—. Su comparecencia en este tribunal es contraria a las normas, señor Buckley. Por lo tanto, también lo es la de usted, señor Sistrunk, y la de usted, señor Bost. Aun así, se han adueñado de mi sala al ocupar sus puestos. Los abogados de esta sucesión no son ustedes. Lo es el señor Brigance, por orden oficial mía. Es posible que algún día pasen a constituir la representación letrada de los defensores del testamento, pero de momento no hemos llegado a ese punto.

Lo dijo lentamente, con incisividad, dureza y un lenguaje comprensible para todos. Sus palabras resonaron por la sala, obteniendo la plena atención de todos los oyentes. Jake no pudo aguantar una sonrisa. No había imaginado que su oposición a que participase Buckley en la causa, traducida en una impugnación tan frívola como irritante, por no decir inmadura, pudiera resultar de tanta utilidad.

El juez Atlee no perdió gas.

—Oficialmente no se encuentra usted aquí, señor Buckley. ¿Por qué se ha revestido de una posición de autoridad?

—Bueno, señoría...

—¡Haga el favor de levantarse cuando se dirija al tribunal!

El ímpetu de Buckley le hizo darse un golpe en la rodilla con el sobre de la mesa. Intentó mantener la dignidad.

—Bueno, señoría, es que nunca he visto ningún caso en que se impugne con tan poco fundamento la comparecencia de un abogado colegiado, así que he supuesto que la descartaría usted nada más verla y podríamos pasar a asuntos mucho más urgentes.

—Pues ha supuesto mal, señor Buckley. Ha pensado que usted y su colega de Memphis podían entrar como Pedro por su casa y adueñarse de la causa de los defensores. No me ha gustado nada.

—Bueno, señoría, yo le aseguro al tribunal...

—Siéntese, señor Buckley. Recoja sus cosas y siéntese allá, en la tribuna del jurado.

El juez Atlee señalaba más o menos hacia Jake con un dedo largo y huesudo. Buckley no se movió. Sí lo hizo su colega.

Booker Sistrunk se puso en pie, abrió mucho los brazos y habló con voz grave, poderosa y aterciopelada.

—Señoría, con la venia del tribunal debo decir que todo esto es bastante absurdo. Se trata de un simple trámite que podremos zanjar en breve sin la menor duda. No requiere llegar a estos extremos. Somos todos personas razonables, cuyo único objetivo es la justicia. ¿Me permite que sugiera que abordemos la cuestión inicial del derecho del señor Buckley a tomar parte en esta causa como letrado local? Estoy seguro de que su señoría se da cuenta de que la objeción cursada por el joven señor Brigance, aquí presente, carece de valor, y que lo lógico es desestimarla cuanto antes. ¿Verdad que se da usted cuenta, señoría?

El juez Atlee no dijo nada. Su mirada era inescrutable. Después de unos segundos de gran tensión miró a un secretario.

—Vaya a ver si se encuentra al sheriff Walls en el juzgado —dijo.

Quizá a Rufus Buckley le asustara la orden, y a Jake y los abogados del otro bando les divirtiera, pero a Booker Sistrunk le encrespó.

—Señoría —dijo muy tieso—, tengo derecho a hablar.

—No, de momento no. Siéntese, por favor, señor Sistrunk.

—Protesto por su tono, señoría. Represento a la beneficiaria del testamento, la señora Lettie Lang, y tengo derecho a proteger sus intereses en cualquier circunstancia.

—Siéntese, señor Sistrunk.

—No pienso callarme, señoría. No hace muchos años que en esta misma sala se impedía hablar a los abogados como yo. Tuvieron prohibido entrar durante años, y cuando estaban dentro no les dejaban hablar.

—Siéntese antes de que le acuse de desacato.

—No me amenace, señoría —dijo Sistrunk, saliendo de detrás de la mesa—. Tengo derecho a hablar, a defender a mi cliente, y no pienso callar por ningún tecnicismo recóndito en las normas procesales.

—Siéntese antes de que le acuse de desacato.

Sistrunk dio otro paso, para incredulidad de los abogados y de todos los presentes en la sala.

—No pienso sentarme —replicó con rabia. Jake pensó que se estaba volviendo loco—. Esta es justamente la razón de que haya solicitado formalmente que se inhiba usted de la causa. Yo, y muchos otros, vemos con claridad meridiana que la aborda con prejuicios raciales, y que a mi cliente le será imposible obtener un juicio justo. También es la razón de que hayamos presentado una instancia en la que se solicita el traslado del juicio a otro lugar. En esta... en esta ciudad... pues eso, que será imposible encontrar un jurado imparcial. Es de justicia que se celebre el juicio en otra sala, y ante otro juez.

—Le acuso de desacato, señor Sistrunk.

—Me da igual. Haré lo que haga falta para luchar por mi cliente, y si tengo que acudir a un tribunal federal para garantizar un juicio justo, estoy más que dispuesto a hacerlo. Presentaré una demanda federal contra cualquier persona que se interponga en mi camino.

Dos alguaciles del juzgado se acercaban lentamente hacia Sistrunk, que de pronto se giró y señaló a uno de ellos con el dedo.

—No me toque, si no quiere que salga su nombre en una demanda federal. ¡Apártese!

—¿Dónde está el sheriff Walls? —preguntó el juez Atlee.

Un secretario hizo un gesto con la cabeza.

—Aquí.

Ozzie estaba entrando por la puerta. Se lanzó por el pasillo, seguido a toda prisa por el agente Willie Hastings. El juez Atlee dio un golpe de martillo.

—Señor Sistrunk —dijo—, le acuso de desacato al tribunal y ordeno que sea puesto en custodia del sheriff del condado de Ford. Sheriff Walls, lléveselo, por favor.

—¡No puede! —vociferó Sistrunk—. Soy un abogado colegiado con permiso para ejercer ante el Tribunal Supremo. Estoy aquí en representación de mi cliente. Me acompaña un letrado local. No puede hacerme esto, señoría. Es discriminatorio, y muy perjudicial para mi cliente.

Para entonces Ozzie ya estaba tan cerca que podría haberle dado un puñetazo, y no habría dudado en atacar si hubiese sido necesario. También medía casi diez centímetros más, tenía diez años menos, pesaba quince kilos más, estaba armado y su expresión dejaba claro que le encantaría una buena pelea en su propio terreno. Cogió a Sistrunk por el codo. Hubo un breve segundo de resistencia. Ozzie se lo apretó.

—Las manos en la espalda —dijo.

La situación, en ese instante, se amoldaba por completo a los deseos de Booker Sistrunk. Con un gesto de perfecta teatralidad inclinó la cabeza, se puso las dos manos en la espalda y fue expuesto a la vejación de que le detuviesen. Miró a Kendrick Bost. Más tarde, algunas de las personas que estaban cerca comentaron haber visto una mueca repulsiva de alegría. Otras dijeron no haber visto nada. Rodeado de alguaciles, Sistrunk fue llevado a empujones más allá de la baranda, hasta el fondo del pasillo.

—Se van a enterar, Lettie —dijo en voz alta al pasar al lado de esta última—. Tú no te preocupes, que estos racistas no se quedarán con tu dinero. Fíate de mí.

Le obligaron a salir por la puerta.

Por motivos que nadie entendió nunca, Rufus Buckley sintió el impulso de decir algo, así que se puso en pie.

—Señoría —dijo en un silencio sepulcral—, con la venia del tribunal debo decir que esto nos sitúa en clara desventaja.

El juez Atlee miró a uno de los alguaciles que quedaban y señaló a Buckley.

—Llévenselo también a él —dijo.

—¿Qué? —dijo Buckley sin aliento.

—Le acuso a usted de desacato, señor Buckley. Llévenselo, por favor.

—Pero ¿por qué, señoría?

—Por desacato, además de por impertinencia, falta de respeto, arrogancia y muchas otras cosas. ¡Váyase!

Esposaron a Rufus, que estaba pálido y tenía los ojos muy abiertos. Él, Rufus Buckley, ex fiscal del distrito, símbolo de los parámetros más elevados en el cumplimiento de la ley, la moralidad y la conducta ética, llevado a rastras como un vulgar delincuente... Jake se aguantó las ganas de aplaudir.

—Métanle en la misma celda que a su colega —rugió por el micrófono el juez Atlee, mientras Rufus se alejaba a trompicones por el pasillo, buscando amigos con cara de desesperación.

Cuando se cerró la puerta todos intentaron aspirar el poco oxígeno que quedaba en la sala. Los abogados empezaron a intercambiar miradas divertidas, con la certeza de haber presenciado algo que jamás volverían a ver. El juez Atlee hacía como que tomaba notas, mientras que todos los demás trataban de respirar. Al final levantó la cabeza.

—Bueno, señor Bost, ¿tiene algo que decir?

No, el señor Bost no tenía nada que decir. Se le ocurrían muchas cosas, pero dado el ambiente que reinaba en la sala tuvo la prudencia de indicar que no con la cabeza.

—Muy bien. Dispone usted de unos treinta segundos para despejar la mesa y trasladarse a la tribuna del jurado. Señor Brigance, ¿tendría usted la amabilidad de colocarse en el lugar de mi sala que le corresponde?

—Con mucho gusto, señoría.

—No, ahora que lo pienso, descansaremos diez minutos.

Ozzie Walls tenía sentido del humor. En el acceso circular de la parte trasera del juzgado había cuatro coches patrulla con toda la parafernalia: letras, números, antenas, luces... Mientras reunía a sus hombres en el vestíbulo del fondo alrededor de los dos abogados que habían incurrido en desacato decidió rápidamente que se fueran en el mismo vehículo.

—Metedlos en mi coche —ordenó.

—Le denunciaré —amenazó por décima vez Sistrunk.

—Tenemos abogados —replicó Ozzie.

—Os denunciaré a todos, payasos, pueblerinos.

—Y los nuestros no están en la cárcel.

—A un tribunal federal.

—Me encantan los tribunales federales.

Sacaron a Sistrunk y Buckley a empujones del juzgado y los metieron en la parte trasera del gran Ford marrón de Ozzie. Mientras tanto, Dumas Lee y muchos otros reporteros disparaban sus cámaras.

—Vamos a hacerles el paseíllo —dijo Ozzie a sus hombres—. Con luces pero sin sirenas.

Se puso al volante, arrancó y condujo muy despacio.

—¿Habías estado alguna vez en el asiento trasero, Rufus?

Buckley no quiso contestar. Arrellanado al máximo detrás del sheriff, se asomó a la ventanilla durante el lento recorrido por la plaza. A menos de un metro a su derecha estaba Booker Sistrunk, en una postura incómoda, con las manos en la espalda y protestando sin parar.

—Vergüenza debería darte tratar así a un hermano.

—Al blanco le estamos tratando igual —dijo Ozzie.

—No estás respetando mis derechos.

—Ni tú los míos con tanto hablar. Cállate o te encierro debajo de la cárcel. Tenemos un pequeño sótano. ¿Lo has visto, Rufus?

Rufus tampoco quiso contestar esta vez.

Después de dos vueltas por la plaza recorrieron algunas manzanas en zigzag, con Ozzie delante, seguido por los otros coches. El sheriff estaba dando tiempo a Dumas para prepararlo todo en la cárcel. Cuando llegaron, el reportero ya hacía fotos. Sacaron a Sistrunk y Buckley del coche de Ozzie y los llevaron despacio hasta la cárcel por el acceso delantero. Recibieron el trato propio de cualquier persona a quien se acaba de arrestar: fotos, huellas dactilares, cien preguntas recogidas en acta, consigna de todas sus efectos personales y entrega de una muda de ropa.

Tres cuartos de hora después de haber despertado las iras del honorable Reuben V. Atlee, Booker Sistrunk y Rufus Buckley, ambos con el mismo mono de la cárcel del condado (naranja desvaído, rayas blancas en las piernas), se sentaron al borde de sus camas de metal y miraron el váter con manchas negras y un escape de agua que debían compartir. Un celador miró por los barrotes de su estrecha celda.

—¿Os traigo algo? —preguntó.

—¿A qué hora es la comida? —preguntó Rufus.

Después de que Bost se viera exiliado a la tribuna del jurado, y mientras fichaban a sus adláteres, la vista empezó y terminó a una velocidad asombrosa. Al no haber nadie que pudiera defender el traslado del juicio o la recusación del juez, fueron desestimadas ambas peticiones. La de sustituir a Jake por Rufus Buckley fue rechazada casi sin mediar palabra. El juez Atlee accedió a las de juicio con jurado, y dio noventa días a las partes para iniciar y concluir la exposición de pruebas. Explicó en términos claros que daba la máxima prioridad al caso, y que no permitiría que se alargase más de la cuenta. Pidió a los abogados que sacaran sus agendas y los obligó a pactar como fecha del juicio el 3 de abril de 1989, casi cinco meses después.

Tras media hora levantó la sesión y desapareció del estrado. El público se levantó y empezó a murmurar, mientras los abogados formaban corros e intentaban confirmar lo que acababa de ocurrir.

—Supongo que tienes suerte de no estar en la cárcel —le susurró Stillman Rush a Jake.

—Increíble —dijo Jake—. ¿Quieres ir a ver a Buckley?

—Quizá más tarde.

Kendrick Bost se llevó a un rincón a Lettie y los suyos, e intentó tranquilizarlos diciendo que se estaba cumpliendo el plan. La mayoría parecían escépticos. Bost y el guardaespaldas se fueron lo antes posible y cruzaron corriendo el césped del juzgado para meterse de un salto en el Rolls-Royce negro (el guardaespaldas también hacía de chófer) y salir pitando hacia la cárcel. Ozzie les dijo que el tribunal no había autorizado visitas. Bost soltó una palabrota y se fue en dirección a Oxford, donde estaba el juzgado más próximo.

Antes de comer, Dumas Lee despachó un millar de palabras y mandó el artículo por fax a un reportero conocido suyo del periódico de Memphis. También le mandó un montón de fotos. Más tarde envió el mismo material a la prensa de Tupelo y Jackson.

19

La noticia la filtró una fuente legítima y corrió como un reguero de pólvora por el juzgado y la plaza, el juez Atlee volvería a convocar a las partes a las nueve de la mañana y daría a sus presos la oportunidad de disculparse. La idea de ver cómo traían a la sala a Rufus Buckley y Booker Sistrunk, con algo de suerte encadenados, con chanclas de goma y monos naranjas del condado, era irresistible.

Lo ocurrido, al divulgarse, había generado todo tipo de rumores y de conjeturas, a cuál más entusiasta. Para Buckley era una humillación colosal. Para Sistrunk, solo otro capítulo.

La prensa matinal de Memphis publicaba el reportaje íntegro de Dumas en primera plana de las páginas urbanas, acompañado de una foto enorme de los dos coletrados saliendo del juzgado con esposas. Solo el titular ya valía la pena para Sistrunk: CONOCIDO ABOGADO DE MEMPHIS ENCARCELADO EN MISSISSIPPI. Además del artículo de Dumas, que sorprendía por su exactitud, había otro más corto sobre la petición de amparo cursada por el bufete Sistrunk & Bost en el tribunal federal de Oxford. Había una vista programada para la una del mediodía.

Sentado en su balcón con vistas a la plaza, Jake esperaba a los coches patrulla mientras Lucien y él se tomaban un café. Ozzie había prometido avisarle por teléfono.

Lucien, que odiaba madrugar, y con razón, sorprendía por lo despejado de su aspecto y de sus ojos. Decía que estaba bebiendo menos y haciendo más ejercicio. Lo que estaba claro era que trabajaba más. A Jake le estaba resultando cada vez más difícil evitarle en su bufete («su» en plural).

—Nunca había pensado —dijo Lucien— que vería el día en que se llevaran esposado a Rufus Buckley.

—Maravilloso, de verdad. Aún no me lo creo del todo —dijo Jake—. Voy a llamar a Dumas para ver si puedo comprar la foto donde lo meten en la cárcel.

—Sí, por favor, y hazme una copia.

—De veinte por veinticinco, y enmarcada. Seguro que podría venderlas.

Roxy no tuvo más remedio que subir por la escalera, entrar en el despacho de Jake y salir al balcón, donde encontró a su jefe.

—Era el sheriff Walls —dijo—. Están en camino.

—Gracias.

Jake y Lucien cruzaron la calle a toda prisa. Saltaba a la vista que se estaban vaciando muchos otros bufetes, debido a que en toda la plaza había abogados que de pronto tenían algo urgente que hacer en el juzgado. El pobre Buckley se había granjeado tantas enemistades... Y aunque la sala distara mucho de estar llena a reventar, no pocos de esos enemigos habían acudido a ella. Era una obviedad sangrante que todos venían por la misma razón. Un oficial de justicia llamó al orden. El juez Atlee apareció en el estrado e hizo una señal a un alguacil.

—Que entre.

Se abrió una puerta lateral y apareció Buckley sin nada que le entorpeciese las muñecas o los tobillos. Aparte de la barba de dos días y del pelo revuelto, presentaba el mismo aspecto que el día anterior. El juez Atlee había tenido el gesto compasivo de dejar que se cambiara de ropa. Habría sido una vergüenza un poco excesiva pasearle con atuendo de preso. Con una cobertura de prensa como la de aquella mañana, el juez Atlee no podía permitir bajo ningún concepto que se viera vestido de esa guisa a un funcionario de su tribunal.

Sistrunk no aparecía por ninguna parte. Al cerrarse la puerta quedó claro que no participaría en la sesión.

—Aquí, señor Buckley —dijo el juez Atlee, señalando la zona de delante del estrado.

Buckley ocupó el lugar que le indicaban y se quedó con gesto de impotencia, solo, humillado y vencido. Tragó saliva con dificultad y levantó la vista hacia el juez.

Atlee apartó el micrófono y habló en voz baja.

—Confío en que haya sobrevivido a una noche en nuestra bonita cárcel.

—Sí.

—¿Le ha tratado bien el sheriff Walls?

—Sí.

—¿Han descansado bien juntos, usted y el señor Sistrunk?

—No diría yo tanto, señoría, pero hemos pasado la noche.

—Me he fijado en que viene usted solo. ¿Le ha dicho algo al respecto el señor Sistrunk?

—Mucho, señoría, pero no tengo permiso para repetirlo. No creo que fuera beneficioso para él.

—Estoy seguro de que no. A mí no me gusta que me insulten, señor Buckley, y menos si el insulto es tan grave como «racista». Es una de las palabras favoritas del señor Sistrunk. Le autorizo, como coletrado, a que se lo explique, y les prometo que si vuelven a llamarme así, ni él ni usted podrán volver a entrar cn mi sala.

Buckley asintió con la cabeza.

—Se lo transmitiré con mucho gusto, señoría.

Jake y Lucien estaban sentados a cuatro hileras del fondo, en un largo banco de caoba que no había cambiado de sitio en varias décadas. En la otra punta apareció una mujer negra, que también se sentó. Era una joven de unos veinticinco años, atractiva y vagamente familiar. Lanzó una mirada rápida a su alrededor, como si no estuviera muy segura de poder estar ahí. Miró a Jake, que sonrió. Tranquila. La sala está abierta al público.

—Gracias —dijo el juez Atlee—. Bueno, la finalidad de esta pequeña vista matinal es repasar la situación y, si todo va bien, levantar la acusación de desacato. Si la formulé contra usted, señor Buckley, y contra su colega, fue a causa de lo que consideré como una falta palpable de respeto a mi sala, y por lo tanto a mí. Reconozco haberme enfadado. Soy un hombre que procura no tomar decisiones cuando se altera. Los años me han enseñado que siempre son malas. De lo hecho ayer no me arrepiento. Hoy tomaría las mismas medidas. Una vez dicho esto, le ofrezco la oportunidad de responder.

Ozzie ya había negociado un pacto. Una simple admisión y una simple disculpa harían que se levantara el cargo de desacato. Buckley había aceptado enseguida. Sistrunk se negaba.

Buckley se apoyó en la otra pierna y se miró los pies.

—Bueno, señoría —dijo—, me doy cuenta de que ayer no estuvimos nada acertados. Nuestra actitud fue impertinente e irrespetuosa. Le pido disculpas. No volverá a pasar.

—Muy bien. Queda anulada la acusación de desacato.

—Gracias, señoría —dijo Buckley dócilmente, con los hombros encorvados de alivio.

—Bueno, señor Buckley, he fijado una fecha para el juicio, el 3 de abril. Queda mucho trabajo, muchas reuniones entre ustedes, los abogados, y supongo que bastantes más vistas en esta sala. No puede ser que cada vez que coincidamos en la misma sala se arme un rifirrafe o un circo. La situación está muy tensa. Todos nos damos cuenta de lo mucho que está en juego. Por eso le pregunto lo siguiente: ¿cómo ve usted el papel que desempeñan en la causa usted y su colega de Memphis?

Ahora que volvía a ser libre, y que le daban la oportunidad de hablar, Rufus Buckley carraspeó y saltó confiado sobre la ocasión.

—Pues verá, señoría, acudiremos para proteger los derechos de nuestra cliente, la señora Lettie Lang, y...

—Sí, eso ya lo entiendo. Me refiero al juicio, señor Buckley. A mí me parece que no hay bastante sitio para el señor Brigance, principal letrado de los defensores del testamento, y todos los abogados que representan a la beneficiaria. Estaríamos un poco apretujados. ¿Me explico?

—Pues la verdad es que no del todo, señoría.

—Está bien, le seré franco. Cualquier persona que desee impugnar un testamento tiene derecho a contratar a un abogado y presentar una instancia —dijo Atlee, refiriéndose a los abogados del otro lado con un gesto del brazo—. A partir de ese momento, el abogado en cuestión participa en el caso de principio a fin. Por su parte, los defensores del testamento están representados por el abogado de la sucesión, que en este caso es el señor Brigance. En cierto modo los beneficiarios individuales se suben al carro.

—Disiento, señoría. Nosotros...

—Un momento. Lo que quiero decir, señor Buckley, con todos los respetos, es que no estoy seguro de que sea usted necesario. Tal vez sí, pero tendrá que convencerme más adelante. Tenemos mucho tiempo. Piénselo, ¿de acuerdo?

—Bueno, señoría, yo creo...

El juez Atlee le hizo un gesto de que parara.

—Ya basta —dijo—. No pienso discutir. Quizá otro día.

Al principio pareció que Buckley tenía ganas de polemizar, pero se acordó rápidamente de por qué estaba en la sala. No tenía sentido irritar de nuevo al juez.

—Por supuesto, señoría. Y gracias.

—Queda usted en libertad.

Jake volvió a mirar a la joven. Tejanos ceñidos, jersey negro, zapatillas deportivas amarillas muy gastadas, pelo corto, gafas de diseño... Se la veía delgada, en forma, sin el típico aspecto de la mujer negra de veinticinco años del condado de Ford. Lanzó una mirada a Jake y sonrió.

Media hora después estaba delante de la mesa de Roxy, preguntando con educación si podía hablar unos minutos con el señor Brigance. ¿Su nombre, por favor? Portia Lang, la hija de Lettie. El señor Brigance tenía mucho trabajo, pero Roxy pensó que podía ser importante, así que la hizo esperar diez minutos y encontró un hueco en la agenda.

Jake la recibió en su despacho y le ofreció un café, que ella rechazó. Se sentaron en un rincón, Jake en un sillón de piel antiguo y Portia en el sofá, como si estuviera en la consulta del psicólogo. No pudo resistirse al impulso de mirar aquella sala tan grande y admirar su mobiliario y el orden que reinaba en aquel desorden aparente. Reconoció que era la primera vez que entraba en un bufete de abogados.

—Si tienes suerte será la última —dijo él, haciéndola reír.

Portia estaba nerviosa, y al principio le costaba hablar, pero su presencia era crucial, y Jake se esmeró en hacer que se sintiera cómoda.

—Háblame de ti —dijo.

—Sé que está muy ocupado.

—Tengo tiempo de sobra, y el caso de tu madre es el más importante del bufete.

Portia sonrió con una mueca nerviosa. Sentada sobre las manos, no dejaba de mover las zapatillas. Poco a poco empezó a hablar. Tenía veinticuatro años. Era la hija mayor y acababa de licenciarse en el ejército después de seis años. La noticia de que su madre aparecía en el testamento del señor Hubbard la había recibido en Alemania, aunque no tenía nada que ver con su baja del servicio. Seis años eran suficientes. Estaba cansada del ejército y preparada para la vida civil. En el instituto de Clanton había sido buena alumna, pero los altibajos laborales de su padre no le habían permitido costearse la universidad. (Al hablar de Simeon frunció el ceño.) Las ganas de irse de casa y del condado de Ford la habían llevado a ingresar en el ejército y viajar por todo el mundo. Llevaba casi una semana de regreso, aunque no tenía la intención de quedarse en la zona. Tenía bastantes créditos para tres años de universidad, quería graduarse y soñaba con estudiar derecho. En Alemania había trabajado como secretaria en el cuerpo jurídico, y conocía de primera mano los mecanismos de los consejos de guerra.

Se alojaba con sus padres y su familia, que, por cierto, se habían ido a vivir a la ciudad. Tenían alquilada la antigua casa de los Sappington, dijo con un punto de orgullo.

—Ya lo sé —dijo Jake—. Esta ciudad es pequeña y las noticias vuelan.

De todos modos, Portia dudaba de que se quedase mucho tiempo, porque la casa, pese a ser mucho más grande, era un circo de parientes que iban y venían, y de gente durmiendo en todas partes.

Jake la escuchó con atención, esperando una oportunidad que estaba seguro de que llegaría. De vez en cuando le hacía alguna pregunta acerca de su vida, aunque en eso no hacía falta ayudarla demasiado. Portia se estaba animando y hablaba sin parar. Los seis años en el ejército habían borrado su acento nasal y sus malas costumbres gramaticales. Su dicción era perfecta, y no por casualidad: en Europa había aprendido alemán y francés, y había trabajado como traductora. Ahora estudiaba español.

Jake, por costumbre, quiso tomar notas, pero le pareció de mala educación.

El fin de semana anterior Portia había ido a Parchman para ver a Marvis, que le había explicado la visita de Jake. Habló un buen rato sobre Marvis, secándose más de una lágrima. Era su hermano mayor. Siempre había sido su héroe. Qué desperdicio... Si Simeon hubiera sido mejor padre, Marvis no se habría malogrado. Sí, le había dicho a Portia que aconsejara a su madre seguir con Jake. También le había explicado que había hablado con Nick Norton, su abogado, y que Norton había dicho que los abogados de Memphis lo estropearían todo.

—¿Por qué has estado esta mañana en el juzgado? —preguntó Jake.

—Ya fui ayer, señor Brigance.

—Llámame Jake, por favor.

—Vale. Jake. Vi el fiasco de ayer y he vuelto esta mañana para consultar los autos en el despacho del secretario. Entonces he oído los rumores de que traerían a los abogados de la cárcel.

—Los de tu familia.

—Exacto. —Portia respiró hondo y habló mucho más despacio—. Es lo que quería comentarte. ¿Te importa si hablamos de la causa?

—No, claro que no. Técnicamente estamos en el mismo bando. De momento somos aliados, aunque no dé esa sensación.

—Vale. —Otra respiración profunda—. A alguien se lo tengo que decir, ¿no? Mira, Jake, durante el juicio de Hailey yo no estaba aquí, pero me enteré de todo. En Navidad, cuando volví a casa, se hablaba mucho del juicio, y de Clanton, y del Ku Klux Klan, y de la Guardia Nacional, y de todo eso. Me supo un poco mal haberme perdido el espectáculo, pero bueno, el caso es que por donde vivimos nosotros se conoce mucho tu nombre. Hace pocos días mi madre me dijo que le parecía que podía fiarse de ti. Eso para los negros no es fácil, Jake, y menos en una situación como esta.

—Una situación como esta no la hemos visto nunca.

—Ya me entiendes. Con tanto dinero de por medio, pues... Esperamos llevarnos la peor parte, y es normal.

—Creo que te entiendo.

—Total, que ayer, cuando volvimos a casa, se armó otra trifulca, una de las gordas, entre mamá y papá, más alguno que otro que terciaba sin que se lo pidieran. Mira, yo no estoy al tanto de todo lo que pasó antes de volver, pero es evidente que han estado peleándose por cosas bastante serias. Yo creo que mi padre la ha acusado de acostarse con el señor Hubbard. —Se le empañaron los ojos enseguida. Dejó de hablar para secárselos—. Mi madre no es ninguna puta, Jake; es una mujer fantástica que ha criado a cinco hijos prácticamente sola. Sienta muy mal saber que hay tanta gente aquí que cree que consiguió salir en el testamento del viejo a base de tirárselo. Yo nunca me lo creeré. Nunca. Mi padre es otra cosa. Llevan veinte años de guerra. Cuando yo iba al instituto le supliqué a mi madre que se separara. Él se lo critica todo. Ahora le critica algo que no ha hecho. Yo le dije que se callara. —Jake le dio un pañuelo de papel, pero ya no lloraba—. Gracias. Total, que por un lado mi padre la acusa de acostarse con el señor Hubbard, y por el otro lado se alegra secretamente de que lo hiciera, porque puede beneficiarle. Pase lo que pase, mi madre sale perdiendo. Ayer, cuando volvimos del juzgado, mi mamá se metió con él por lo de los abogados de Memphis.

—O sea, ¿que les contrató él?

—Sí. Ahora es un pez gordo y tiene que proteger su gran activo, que es mi madre. Está convencido de que los blancos se confabularán para anular el testamento y quedarse el dinero. Si al final va a ser cuestión de raza, ¿por qué no contratar al mejor agitador racial de la zona? Vaya, que así estamos. Y él en la cárcel.

—¿Eso a ti qué te parece?

—¿Lo de Sistrunk? Pues que ahora mismo quiere estar en la

cárcel. Ya ha conseguido su foto de portada con un buen titular: otro negro encarcelado injustamente por los racistas de Mississippi. Para él es perfecto. Ni a propósito le habría salido mejor.

Jake asintió con la cabeza y sonrió. A aquella chica no se le escapaba una.

—Estoy de acuerdo —dijo—. Fue teatro, al menos por parte de Sistrunk, porque te aseguro que Rufus Buckley no tenía ninguna intención de que le metieran en la cárcel.

—¿Cómo hemos acabado con estos payasos? —preguntó Portia.

—Te iba a preguntar lo mismo.

—Bueno, que yo sepa mi padre fue a Memphis y habló con Sistrunk, que olió pasta, claro, y vino enseguida al condado de Ford para montar el numerito. Mi madre se dejó engañar. Tú, Jake, le caes muy bien y le inspiras confianza, pero Sistrunk la convenció de que en este caso no se puede confiar en ningún blanco. No sé por qué se trajo a Buckley.

—Como se queden en la causa, perderemos. ¿Te los imaginas delante de un jurado?

—No, no me los imagino. De ahí vino la pelea. Mi madre y yo dijimos que la estábamos cagando. Simeon, que siempre lo sabe todo, nos lo discutió diciendo que Sistrunk llevará el pleito a un tribunal federal y lo ganará.

—Imposible, Portia. Esto de federal no tiene nada.

—Ya me lo parecía.

—¿Cuánto se lleva Sistrunk?

—La mitad. Solo lo sé porque se les escapó durante la pelea. Mi madre dijo que darle a Sistrunk la mitad de su parte era una ridiculez. Mi padre contestó: «Bueno, es que la mitad de nada es nada».

—¿Le han pedido algo prestado a Sistrunk?

—No te cortas preguntando, ¿eh?

Jake sonrió y se encogió de hombros.

—Te aseguro que en algún momento se sabrá.

—Sí, les ha hecho un préstamo. Lo que no sé es de cuánto.

Jake bebió un poco de café frío, mientras pensaban los dos en la siguiente pregunta.

—Esto es muy serio, Portia. Hay una fortuna en juego, y ahora mismo el lado perdedor es el nuestro.

Portia sonrió.

—¿Fortuna? Cuando corrió la noticia de que una negra pobre de una zona rural de Mississippi estaba a punto de heredar veinte millones, los abogados se volvieron locos. Llamaron de Chicago prometiendo el oro y el moro. Para entonces ya estaba contratado Sistrunk, y les paró los pies, pero siguen llamando. Abogados blancos, negros... Todo el mundo tiene mejores condiciones que ofrecer.

—No los necesitáis.

—¿Estás seguro?

—Mi obligación es que se cumpla lo estipulado en el testamento del señor Hubbard. Así de claro. La familia de Hubbard quiere impugnar el testamento. Es por lo que habría que pelearse. Cuando vayamos a juicio quiero que Lettie se siente en mi mesa, conmigo y con Quince Lundy, el administrador de la herencia. Lundy es blanco, y yo también. Tendremos a Lettie entre los dos, guapa y con cara de contenta. Esto, Portia, es un tema de dinero, pero también de razas. No nos conviene en absoluto que en la sala haya negros en un lado y blancos en el otro. Le expondré el caso al jurado y...

—¿Y ganarás?

—Si un abogado predice lo que hará un jurado es que es tonto, pero te prometo que mis posibilidades de ganar son mucho mayores que las de Booker Sistrunk. Y encima no me quedo con una parte de la herencia de Lettie.

—¿Tú de dónde cobras?

—No te cortas preguntando, ¿eh?

—Perdona. Es que hay tantas cosas que no sé...

—Trabajo por hora y cobro de la herencia. Todo dentro de la sensatez, y con el beneplácito del tribunal.

Portia asintió como si lo hubiera oído mil veces. Después tosió.

—Tengo la boca seca. ¿Tienes un refresco o algo así?

—Claro que sí. Ven conmigo.

Bajaron a la pequeña cocina, donde Jake encontró un refresco light. Para impresionar a Portia la llevó a su sala de reuniones y le enseñó dónde estaba investigando Quince Lundy los papeles de Hubbard. Lundy aún no había llegado a trabajar.

—¿Qué parte de la herencia es en efectivo? —preguntó tímidamente Portia, por miedo a extralimitarse.

Se quedó mirando las cajas de documentos como si contuvieran dinero.

—La mayoría.

Admiró los estantes llenos de gruesos manuales y tratados jurídicos; los habían tocado poco en los últimos años.

—Tienes un bufete bonito, Jake —dijo.

—Lo tengo de otro. El dueño se llama Lucien Wilbanks.

—Me suena.

—Como a la mayoría de la gente. Siéntate.

Portia se acomodó en una silla de cuero acolchada, delante de la mesa larga, mientras Jake cerraba la puerta. Naturalmente, Roxy estaba cerca y con el radar a toda potencia.

Jake se sentó al otro lado.

—Bueno, Portia, dime cómo hay que quitarse a Sistrunk de encima.

—Dejándole en la trena —soltó ella enseguida, en la mejor tradición militar.

Jake se rió.

—Eso es temporal. Tendría que despedirle tu madre. Tu padre da igual, porque no es parte en la causa.

—Pero es que le deben dinero.

—Ya le pagarán. Si tu madre me hace caso se lo arreglaré, pero antes tiene que decirle a Sistrunk que ya no le quiere de abogado, y a Buckley lo mismo. Por escrito. Si está dispuesta a firmar, escribiré yo mismo la carta.

—Dame un poco de tiempo, ¿vale?

—No hay mucho. Cuanto más tiempo se quede Sistrunk, más daño hará. Él lo que quiere es publicidad. Le encanta ser el centro de atención, y por desgracia ya tiene la de todos los blancos del condado de Ford, que serán quienes compongan el jurado, Portia.

—¿Todo el jurado blanco?

—No, pero al menos ocho o nueve de los doce.

—¿El jurado de Hailey no era solo de blancos?

—¡Pues sí! Cada día parecía más blanco, pero era un juicio diferente.

Después de beber un trago de la lata, Portia volvió a mirar las hileras de libros importantes que cubrían las paredes.

—Debe de molar ser abogado —dijo impresionada.

No era «molar» el verbo que habría usado Jake. No tuvo más remedio que admitir interiormente que hacía mucho tiempo que veía su profesión en términos de simple aburrimiento. El juicio de Hailey había sido una gran victoria, pero, a pesar de tanto trabajo, de tanto hostigamiento, amenazas físicas y emociones a flor de piel, le habían pagado novecientos dólares. A cambio había perdido su casa, y casi a su familia.

—Tiene sus cosas buenas y sus cosas malas —respondió.

—Dime una cosa, Jake, ¿en Clanton hay alguna abogada negra?

—No.

—¿Y cuántos abogados negros?

—Dos.

—¿Cuál es la mujer negra con bufete propio que nos queda más cerca?

—Una en Tupelo.

—¿La conoces? Me gustaría hablar con ella.

—La llamaré con mucho gusto. Se llama Barbara McNatt y es muy simpática. Iba un curso por delante del mío en la facultad de derecho. Se dedica sobre todo al derecho de familia, pero también tiene escarceos con la policía y los fiscales. Es una buena abogada.

—Sería genial, Jake.

Portia bebió otro trago, mientras ambos esperaban el final de una pausa incómoda en la conversación. Jake sabía por dónde quería ir, pero no podía precipitarse.

—Antes has hablado de la facultad de derecho —comentó.

Le había llamado la atención. Hablaron largo y tendido sobre el tema, mientras Jake se esmeraba en que su descripción no fuera tan insoportable como los propios tres años de suplicio.

De vez en cuando, como todos los abogados, atendía a estudiantes que le preguntaban si aconsejaría la abogacía como profesión, y aunque él nunca hubiera encontrado una forma sincera de decir que no, tenía muchas reservas. Había demasiados abogados, y demasiado pocos puestos de trabajo de calidad. Los profesionales se hacinaban en las calles mayores de un sinfín de pueblos, o se amontonaban verticalmente en los bloques de oficinas de los núcleos urbanos. Aun así, por lo menos la mitad de los americanos que necesitaban asistencia jurídica no se la podían permitir, así que en el fondo hacían falta más abogados. Ahora bien, no de empresa, o de seguros, y menos todavía abogados de pueblo como el propio Jake. Tuvo la corazonada de que si Portia Lang se dedicaba al oficio lo haría bien, ayudando a los suyos.

La llegada de Quince Lundy interrumpió la conversación. Tras presentarle a Portia, Jake la acompañó a la puerta, y fuera, en la calle, debajo del balcón, la invitó a cenar.

La vista sobre la petición de hábeas corpus de Kendrick Bost, programada para la una de aquel mediodía, se celebró en la primera planta del juzgado federal de Oxford. A esas alturas, el honorable Booker F. Sistrunk llevaba más de veinticuatro horas con el mono de la cárcel del condado. No estuvo presente en la vista, ni se le esperaba.

La presidió, con escaso interés, un magistrado. La intervención de un tribunal federal en un veredicto de desacato a nivel estatal era algo sin precedentes, al menos en el distrito quinto. El magistrado solicitó jurisprudencia varias veces, de cualquier lugar del país, pero no la había.

Dejaron despotricar a Bost durante media hora, aunque no dijo casi nada con sustancia. Su alegación, sin fundamento, consistía en presentar al señor Sistrunk como víctima de una vaga confabulación en el condado de Ford para apartarle del pleito sobre el testamento, y bla-bla-bla. Lo que no se dijo era lo más obvio, que Sistrunk esperaba ser puesto en libertad por el mero hecho de ser negro y sentirse maltratado por un juez blanco.

La petición fue desestimada. Bost preparó inmediatamente un recurso al distrito quinto en Nueva Orleans. Buckley y él ya habían recurrido la orden de desacato ante el Tribunal Supremo de Mississippi.

Mientras tanto, Sistrunk jugaba al ajedrez con su nuevo compañero de celda, un artista de los cheques sin fondo.

El lado materno de la familia de Carla decía tener raíces alemanas, y por eso ella había estudiado alemán en el instituto y cuatro años en Ole Miss. Como no era un idioma que pudiera practicarse mucho en Clanton, estuvo encantada de recibir a Portia en su modesta casa de alquiler, aunque a Jake se le olvidase comentar la invitación hasta casi las cinco de la tarde.

—Tranquila —le dijo—, que es una chica muy simpática, y podría ser decisiva en el pleito. Además, lo más probable es que nunca la hayan invitado a cenar a casa de unos blancos.

A lo largo de la conversación, que al principio fue algo tensa, acabaron por darse cuenta y reconocer que tampoco ellos habían invitado nunca a cenar a ningún negro.

Su invitada llegó puntualmente a las seis y media, con una botella de vino de las de tapón de corcho. Pese a la insistencia de Jake en que la velada sería «lo más informal posible», se había cambiado de ropa y llevaba un vestido largo y suelto de algodón. Saludó a Carla en alemán, pero enseguida se pasó al inglés para disculparse por la botella de vino (un tinto barato de California). Se rieron a gusto sobre el penoso surtido de las bodegas de la ciudad. Jake explicó que, en realidad, todo el vino y las bebidas alcohólicas de Mississippi las compraba el gobierno del estado, que a continuación las distribuía a tiendas privadas. De ahí pasaron a un animado debate sobre lo absurdas que eran las leyes sobre el alcohol en Mississippi, donde en algunos pueblos se podía comprar ron de noventa grados pero ni una sola lata de cerveza.

—Aquí en casa no tenemos alcohol —dijo Jake con la botella en la mano.

—Lo siento —dijo Portia, violenta—. Me la llevaré con mucho gusto a casa.

—¿Y por qué no nos la bebemos, que es más fácil? —preguntó Carla.

Gran idea. Mientras Jake buscaba por todas partes un sacacorchos, las dos mujeres se acercaron a los fogones para vigilar la cena. Portia dijo que le gustaba más comer que cocinar, aunque en Europa había aprendido mucho de comida. También se había aficionado a los vinos italianos, de los que apenas podía encontrarse alguna botella en el condado de Ford.

—Tendrás que ir a Memphis —dijo Jake, que seguía con su búsqueda.

Carla había preparado una salsa para pasta con carne de salchicha picante. Mientras se iba cociendo a fuego lento, empezó a practicar algunas frases básicas en alemán. Portia le contestaba despacio, con alguna repetición y bastantes correcciones. Al oír aquellas palabras tan raras, Hanna salió del fondo de la casa y fue presentada a la invitada, que la saludó diciendo *ciao*.

—¿Qué quiere decir *ciao*? —preguntó Hanna.

—Entre amigos, en Italia, «hola» y «adiós». Creo que en Portugal también se dice —contestó Portia—. Es mucho más fácil que *guten Tag* o *bonjour*.

—Yo sé algunas palabras en alemán —dijo Hanna—. Me las ha enseñado mi madre.

—Practicaremos más tarde —dijo Carla.

Jake encontró un sacacorchos viejo y consiguió descorchar con mucho esfuerzo la botella.

—Antes teníamos copas de vino de verdad —dijo Carla al sacar tres copas de agua baratas—, pero las destruyó el incendio, como casi todo.

Sirvió Jake. Brindaron, dijeron «salud» y se sentaron en la mesa de la cocina. Hanna se fue a su habitación.

—¿Habláis del incendio alguna vez? —preguntó Portia.

—No mucho —dijo Jake. Carla sacudió la cabeza y apartó la vista—. Pero si has visto el periódico sabrás que uno de los culpables vuelve a estar suelto por la calle, por ahí.

—Sí, ya lo he visto —dijo Portia—. Veintisiete meses.

—Eso. No encendió la cerilla, vale, pero fue uno de los que lo planearon todo.

—¿Os preocupa que esté libre?

—Pues claro —dijo Carla—. Aquí dormimos con pistolas.

—A mí Dennis Yawkey no me preocupa mucho —dijo Jake—. Solo es un quinqui sin dos dedos de frente que quería impresionar a otros. Encima Ozzie le vigila como un águila. Al primer paso en falso se irá otra vez a Parchman. Me preocupan más los canallas que aún están sueltos porque no llegaron a pillarlos. Participaron muchos hombres, algunos de la zona y otros de fuera. A juicio solo han ido cuatro.

—Cinco, contando a Blunt —dijo Carla.

—No fue a juicio. Blunt es el del Ku Klux Klan que intentó volar la casa una semana antes de que la incendiasen. Ahora está en un psiquiátrico, y se hace muy bien el loco.

Carla se levantó para ir a los fogones, remover la salsa y encender el fuego para poner el agua a hervir.

—Lo siento —dijo Portia en voz baja—. No quería sacar un tema desagradable.

—No pasa nada —dijo Jake—. Cuéntanos algo de Italia, que nunca hemos estado.

Durante la cena Portia habló de sus viajes por Italia, Alemania, Francia y el resto de Europa. Durante el instituto había decidido ver mundo y alejarse lo más posible de Mississippi. La oportunidad se la dio el ejército, y ella la aprovechó a fondo. Después de la instrucción había elegido como tres destinos favoritos Alemania, Australia y Japón. Una vez destacada en Ansbach, se había gastado el dinero en pases de ferrocarril y albergues de estudiantes, y había conocido todos los países, desde Suecia hasta Grecia, con frecuencia sola. Había estado destinada un año en Guam, pero echaba de menos la historia, la cultura y sobre todo la gastronomía y los vinos europeos, y al final había conseguido que la trasladasen.

Jake había estado en México, y Carla en Londres. Para su quinto aniversario habían ahorrado para costearse un viaje barato a París del que aún hablaban. Aparte de esos viajes no se habían movido. En verano, con suerte, se escapaban una semana a la playa de Destin. Oír las experiencias de Portia como trotamundos les dio envidia. Hanna estaba alucinada.

—¿Has visto las pirámides? —preguntó.

Las había visto, sí. De hecho, parecía que Portia lo hubiera visto todo. La botella se quedó vacía después de la ensalada. Ya no tenían vino. Carla sirvió té helado, y consiguieron acabar de cenar. Después de acostar a Hanna se tomaron un descafeinado, comieron galletas y hablaron de temas mundanos.

Sobre Lettie, el testamento y todo lo relacionado con él, no se dijo ni una palabra.

20

Ancil Hubbard ya no era Ancil Hubbard. Hacía años que había descartado su yo y nombre anteriores, acuciado por las recriminaciones y exigencias de una mujer embarazada que había seguido su rastro. De hecho, no era la primera que le daba problemas o le hacía cambiar de nombre. La lista incluía a una esposa abandonada en Tailandia, a unos cuantos maridos celosos, a las autoridades tributarias, a cuerpos policiales de al menos tres países y a un costarricense cascarrabias que se dedicaba al tráfico de drogas, por ceñirse tan solo a lo más memorable de una biografía caótica, a salto de mata, que desde hacía tiempo habría estado encantado de cambiar por otra vida más tradicional. Pero Ancil Hubbard no estaba destinado a lo tradicional.

Trabajaba en un bar de Juneau, Alaska, en un barrio sórdido de la ciudad donde bebía, jugaba a los dados y se desfogaba una clientela de marineros y estibadores. La paz la mantenían dos feroces seguratas, aunque siempre era precaria. Ahora Ancil se hacía llamar Lonny, un nombre que le había llamado la atención hacía dos años en una esquela de un periódico de Tacoma. Lonny Clark. Sabía aprovecharse del sistema. Podría haber conseguido sin problemas un número de la seguridad social, o un carnet de conducir en el estado que quisiera, o incluso un pasaporte, pero prefería no arriesgarse; por eso su existencia no estaba recogida en ningún documento o sistema informático oficial. No existía. Tenía, eso sí, papeles falsos, por si le acorralaban. Trabajaba en bares porque pagaban en efectivo. Su domicilio era una pensión de mala muerte de la misma calle, que pagaba también en efectivo. Se movía en bicicleta y autobús, y si tenía que desaparecer, riesgo siempre latente, compraba en efectivo un billete de autobús y exhibía fugazmente un carnet de conducir falsificado. Eso cuando no viajaba haciendo autostop, opción con la que había recorrido millones de kilómetros...

Trabajaba en la barra, muy atento a la clientela. Cuando llevas treinta años huyendo aprendes a observar y a tener vista, fijándote en miradas demasiado insistentes, y en personas que no encajan. Teniendo en cuenta que las fechorías de Lonny no habían llegado a herir a nadie, ni a mover por desgracia grandes sumas de dinero, lo más probable era que no le persiguieran. Era un simple ratero cuya principal debilidad consistía en sentirse atraído por mujeres imperfectas, cosa que en el fondo tampoco era ningún delito. Sí tenía alguno a sus espaldas como tráfico de droga a pequeña escala, de armas a escala todavía menor, pero de alguna manera había que ganarse la vida... Quizá un par de ellos fueran algo más graves. En todo caso, vivir siempre sin rumbo le había hecho acostumbrarse a estar alerta.

Ahora ya se habían acabado los delitos, y a duras penas quedaban mujeres. A sus sesenta y seis años, Lonny estaba aceptando que la disminución de su libido podía ser beneficiosa al fin y al cabo, le evitaba problemas, y le permitía centrarse en otras cosas. Soñaba con comprarse una barca de pesca, aunque cobraba demasiado poco para ahorrar la cantidad necesaria. Su manera de ser y sus costumbres le hacían pensar frecuentemente en una última venta de droga, un gran golpe que le proporcionara un buen fajo de billetes y la libertad. Sin embargo, le daba pánico la cárcel. A su edad, si le pillaban con la cantidad soñada moriría entre barrotes. Además, sus anteriores trapicheos con droga no habían salido bien, por mucho que le pesara reconocerlo.

No, gracias; contento estaba con hacer de barman, dar conversación a marineros y putas, y dispensar consejos que buena falta hacían. A las dos de la madrugada cerraba el bar y se iba medio sobrio a su cuartucho, a acostarse en una cama sucia y recordar con nostalgia sus días en alta mar, primero en la marina y después en cruceros, yates y hasta petroleros. Cuando no tienes futuro vives de recuerdos, y ahí seguiría eternamente Lonny.

Nunca pensaba en Mississippi, ni en su infancia. Justo después de irse había conseguido que su cerebro se negara al instante a pensar en ellos. Cambiaba sin esfuerzo de paisaje y de imágenes, como el clic de una cámara, y tras varias décadas había logrado convencerse de no haber vivido nunca allí. Su vida empezaba a los dieciséis años. Antes no había nada.

Nada en absoluto.

Al inicio de su segundo día de cautividad, poco después de desayunar unos huevos revueltos fríos y unas tostadas aún más frías de pan blanco, Booker Sistrunk fue conducido desde su celda al despacho del sheriff, sin esposas. Mientras entraba, un alguacil se quedó en la puerta. Ozzie le saludó con gran cordialidad y le preguntó si le apetecía un café recién hecho. Sí, mucho. También le ofreció dónuts frescos, sobre los que Sistrunk se lanzó sin ceremonias.

—Si quieres puedes salir en dos horas —dijo Ozzie. Sistrunk escuchaba—. Solo tienes que ir al juzgado y pedirle disculpas al juez Atlee. Llegarías a Memphis antes de la hora de comer.

—La verdad es que esto me gusta —dijo Sistrunk con la boca llena.

—No, Booker, a ti lo que te gusta es esto otro.

Ozzie le acercó el periódico de Memphis. En la parte inferior de la portada de las páginas urbanas había una foto de archivo debajo del siguiente titular: DENEGADO EL HÁBEAS CORPUS A SISTRUNK, QUE SIGUE EN LA CÁRCEL DE CLANTON. El abogado lo leyó despacio, masticando otro dónut. Ozzie se fijó en que sonreía un poco.

—Un nuevo día y un nuevo titular, ¿eh, Booker? ¿Es lo único que has venido a buscar?

—Yo defiendo a mi cliente, sheriff. Es el bien contra el mal. Me sorprende que no lo vea.

—Yo lo veo todo, Booker, y hay cosas que saltan a la vista, el juez Atlee no te querrá en el juicio. Punto. Le has colmado la paciencia. Está harto de ti y de tus payasadas. Estás en su lista negra y no te borrará.

—Pues nada, sheriff, lo presentaré ante un tribunal federal.

—Sí, claro, siempre puedes presentar alguna chorrada sobre derechos civiles en un juzgado federal, pero no colará. He hablado con unos cuantos abogados especializados en asuntos federales y dicen que eres un fulero. Mira, Booker, a los jueces de aquí no puedes intimidarlos como a los de Memphis. En el distrito norte hay tres jueces federales. Uno fue presidente de sala, como Atlee. Otro fue fiscal del distrito, y el otro federal. Todos blancos. Y tirando a conservadores. ¿Qué te crees, que puedes entrar en un juzgado federal, pegar un rollo antirracista y que se lo trague alguien? Pues eres tonto.

—Y usted no es abogado, sheriff. De todos modos, gracias por los consejos jurídicos. Para cuando vuelva a mi celda ya se me habrán olvidado.

Ozzie se echó hacia atrás y puso los pies encima de la mesa, con una botas de vaquero tan lustrosas que impactaban. Miró el techo, disgustado.

—¿Sabes que les estás poniendo fácil a los blancos odiar a Lettie Lang?

—Es una mujer negra. Ya la odiaban mucho antes de llegar yo a la ciudad.

—En eso te equivocas. A mí me han elegido dos veces los blancos de este condado. La mayoría es buena gente. A Lettie le darán un trato justo. Al menos se lo habrían dado hasta que apareciste tú. Ahora son blancos contra negros, y nos faltan votos. ¿Sabes qué te digo, Booker? Que eres idiota. No sé qué haces en Memphis, pero aquí no funciona.

—Gracias por el café y los dónuts. Ya ¿puedo irme?

—Sí, vete, por favor.

Sistrunk se levantó. Al llegar a la puerta se detuvo.

—Por cierto —dijo—, no estoy seguro de que su cárcel cumpla con la legislación federal.

—Denúnciame.

—Hay muchas infracciones.

—Puede que vaya a peor.

Portia volvió antes de mediodía, charló con Roxy mientras Jake atendía una llamada larga, y subió por la escalera. Tenía los ojos rojos. Le temblaban las manos, y parecía que llevase una semana sin dormir. Lograron decirse cuatro cosas sobre la cena de la noche anterior.

—¿Qué pasa? —preguntó Jake después a bocajarro.

Portia cerró los ojos, se frotó la frente y empezó a hablar.

—No hemos dormido en toda la noche. Ha habido una pelea tremenda. Simeon había bebido; no mucho, pero lo bastante para perder los estribos. Mamá y yo hemos dicho que Sistrunk tiene que irse. A él no le ha gustado, claro, y hemos discutido. La casa llena y nosotros discutiendo como idiotas. Al final se ha ido y no hemos vuelto a verle. Esa es la mala noticia. La buena es que mi madre firmará lo que haga falta para quitarse de encima a los abogados de Memphis.

Jake se acercó a su mesa, cogió un papel y se lo entregó.

—Lo único que pone aquí es que prescinde de sus servicios. Nada más. Si lo firma podremos empezar.

—¿Y Simeon?

—Puede contratar a todos los abogados que quiera, pero no aparece en el testamento, y por lo tanto no es parte interesada. El juez Atlee no los reconocerá, ni a él ni a sus abogados. Simeon ya no pinta nada. Esto es entre Lettie y la familia Hubbard. ¿Firmará?

Portia se levantó.

—Ahora mismo vuelvo —dijo.

—¿Dónde está?

—Fuera, en el coche.

—Dile que entre, por favor.

—No quiere. Tiene miedo de que estés enfadado con ella.

Jake no se lo podía creer.

—Venga, Portia, hago un poco de café y hablamos. Ve a buscar a tu madre.

Sistrunk leía cómodamente recostado en la litera inferior, con un fajo de instancias e informes sobre la barriga. Su compañero de celda estaba sentado al lado, absorto en un libro de bolsillo. Se oyó un ruido metálico. Abrieron el pestillo de la puerta y Ozzie apareció sin previo aviso.

—Vámonos, Booker —dijo.

Le dio su traje, su camisa y su corbata, todo en la misma percha. Los zapatos y los calcetines estaban en una bolsa de la compra de las de papel.

Salieron por la puerta trasera, donde estaba aparcado el coche de Ozzie. Un minuto más tarde pararon detrás del juzgado y entraron enseguida. Los pasillos estaban vacíos. Nadie sospechaba nada. Subieron a la segunda planta y entraron en el antedespacho del juez Atlee, donde no cabía un alfiler. Le hacía de secretaria su taquígrafa, que señaló otra puerta.

—Los están esperando —dijo.

—¿Qué pasa? —masculló Sistrunk al menos por cuarta vez.

Ozzie no contestó. Abrió la puerta. Al final de una larga mesa estaba sentado el juez Atlee con su traje negro de siempre, pero sin toga. A su derecha estaban Jake, Lettie y Portia. Atlee señaló a su izquierda.

—Siéntense, por favor —dijo.

Así lo hicieron. Ozzie se colocó lo más al margen que pudo. Sistrunk miró con mala cara a Jake y Lettie. Le costaba morderse la lengua, pero lo consiguió. Tenía por costumbre disparar primero y preguntar después. Sin embargo, el sentido común le aconsejó mantener la calma, contenerse y hacer lo posible por no irritar al juez. Portia parecía especialmente deseosa de pasar al ataque. Lettie se miraba las manos, y Jake escribía en una libreta.

—Lea esto, por favor —le dijo el juez Atlee, empujando una hoja de papel—. Está despedido.

Solo era un párrafo corto. Sistrunk lo leyó y miró a Lettie.

—¿Has firmado tú esto?

—Sí.

—¿Coaccionada?

—En absoluto —dijo Portia con descaro—. Ha decidido prescindir de sus servicios. Lo pone aquí, negro sobre blanco. ¿Lo entiende?

—¿Dónde está Simeon?

—Se ha ido —dijo Lettie—. No sé cuándo volverá.

—Aún le represento —dijo Sistrunk.

—No es parte interesada —dijo el juez Atlee—. En consecuencia, no se le permitirá participar en el pleito, ni a usted tampoco. —Cogió otro papel y lo hizo circular—. Esto es una orden que acabo de firmar y que revoca la orden de desacato. Como ya no participa en este pleito, señor Sistrunk, queda en libertad.

Más que una observación era una orden. Sistrunk miró a Lettie con rabia.

—Tengo derecho a cobrar por mi tiempo y mis gastos. Y hay otro tema, el de los préstamos. ¿Cuándo calculo que me pagaréis?

—A su debido tiempo —dijo Jake.

—Lo quiero ahora.

—Pues ahora no lo tendrá.

—Entonces pondré una denuncia.

—Perfecto. Yo seré el abogado defensor.

—Y yo el juez —dijo Atlee—. Le asigno fecha de juicio para dentro de cuatro años.

Portia no se pudo aguantar una risita.

—¿Hemos terminado ya, señoría? —dijo Ozzie—. Es que tengo que llevar a Memphis al señor Sistrunk. Parece que no tiene otra manera de volver. Además, tenemos que hablar de algunas cosas.

—Volveréis a tener noticias mías. Aún no se ha pronunciado la última palabra —le espetó Sistrunk a Lettie.

—No lo dudo —dijo Jake.

—Lléveselo —dijo el juez Atlee—. Preferiblemente a la frontera del estado.

Se levantó la sesión.

21

A diferencia de otros bufetes de la plaza, que de vez en cuando aceptaban pasantes, el de Jakc Brigance nunca había tenido ninguno. Solían ser universitarios de la ciudad que se estaban planteando estudiar derecho y buscaban algo que añadir a su currículum. En teoría eran buenas fuentes de trabajo gratuito o barato, pero Jake había oído contar más cosas malas que buenas, y nunca le había tentado la idea hasta que llegó Portia Lang. Era inteligente, se aburría, no tenía trabajo y hablaba de estudiar derecho. También era la persona más sensata de las que residían en aquel momento en la antigua casa de los Sappington, y su madre se fiaba implícitamente de ella; una madre, no hacía falta decirlo, que seguía en vías de convertirse en la mujer negra más rica del estado, aunque Jake veía formidables obstáculos en su camino.

Contrató a Portia por cincuenta dólares a la semana y le asignó un despacho en el piso de arriba, donde no pudieran distraerla Roxy, Quince Lundy ni sobre todo Lucien, que para el día de Acción de Gracias ya se presentaba allí a diario y estaba recuperando sus viejas costumbres. A fin de cuentas el bufete era suyo, y si quería fumarse un puro y crear una humareda en los espacios de trabajo ajenos, qué se le iba a hacer... Si quería pasearse por la recepción con su bourbon de la tarde y acosar a Roxy con chistes verdes, qué se le iba a hacer... Si quería agobiar a Quince Lundy con preguntas sobre los bienes de Seth Hubbard, ¿quién podía impedírselo?

Jake cada vez dedicaba más tiempo a arbitrar entre su número creciente de empleados. Dos meses antes Roxy y él habían llevado una existencia tranquila, un poco sosa pero productiva. Ahora surgían tensiones, de vez en cuando conflictos, pero también muchas risas y trabajo en equipo. En líneas generales, a Jake le gustaba el barullo, aunque le aterraba la posibilidad de que Lucien dijera en serio lo de volver a ejercer. Por un lado le inspiraba afecto y sus consejos tenían para él un gran valor. Por el otro sabía que ningún nuevo apaño sería duradero. La gran baza de Jake era una provisión clave de la legislación de Mississippi, por la que cualquier abogado expulsado que tuviera prohibido el ejercicio de su profesión debía someterse al examen de ingreso antes de recuperarlo. Lucien tenía sesenta y tres años, y entre las cinco de la tarde, aproximadamente (a veces antes), y altas horas de la noche sucumbía al influjo del Jack Daniel's. A un viejo borracho como él le sería imposible estudiar para el examen de ingreso y aprobarlo.

Portia llegó a su primer día de trabajo cinco minutos antes de las nueve, la hora designada. Le había preguntado a Jake con timidez por el atuendo apropiado para el bufete, y él le había explicado con calma que no tenía la menor idea de qué vestían las pasantes, pero que se imaginaba que algo informal. Quizá si iban a juicio conviniera subir un poco el listón, aunque en el fondo le daba igual. Se esperaba unos tejanos y unas zapatillas deportivas, pero Portia se presentó con una bonita blusa, una falda y unos zapatos de tacón. Estaba lista para trabajar. En cuestión de minutos Jake tuvo la impresión de que ya se veía como toda una abogada. Le enseñó su despacho, uno de los tres vacíos del piso de arriba. Llevaba muchos años en desuso, desde los tiempos de gloria del viejo bufete Wilbanks. Portia abrió mucho los ojos al ver el magnífico escritorio de madera y los otros muebles, elegantes pero llenos de polvo.

—¿Cuál fue el último abogado que trabajó aquí? —dijo, mirando el descolorido retrato de uno de los antiguos Wilbanks.

—Tendrás que preguntárselo a Lucien —contestó Jake, que en los últimos diez años no había pasado ni diez minutos en aquella sala.

—Es impresionante —dijo ella.

—Para una pasante, no está mal. Hoy vendrán los del teléfono para conectarte. A partir de entonces, a trabajar.

Dedicaron media hora al reglamento: uso del teléfono, pausa para el almuerzo, protocolo de oficina, horas extras, etc. El primer trabajo de Portia fue leer una docena de casos relativos a pleitos testamentarios en el estado de Mississippi, resueltos en juicio y con jurado. Era importante que aprendiese la legislación y la jerga, y entendiese cómo se abordaría el caso de su madre. Leer los casos, releerlos, tomar notas... Impregnarse de las leyes, y dominarlas para que las conversaciones con Lettie fueran más provechosas. Lettie sería, con mucha diferencia, el testigo más importante del juicio. Era fundamental empezar a sentar las bases de su declaración. Lo primordial era la verdad, pero como sabe cualquier abogado litigante, hay muchas maneras de contarla.

En cuanto Jake dio media vuelta, Lucien irrumpió en el despacho de Portia y se puso cómodo. Se habían conocido el día anterior. No hacía falta que se presentaran. Lucien empezó a divagar sobre lo buena que había sido la idea de prescindir de los abogados de Memphis y quedarse con Jake, aunque en su opinión sería un pleito difícil de ganar. Él se acordaba de haber representado veinte años antes en una causa penal a uno de los primos de su padre, un Lang. Había conseguido que no fuera a la cárcel. Un trabajo buenísimo. De ahí pasó a otra anécdota sobre un tiroteo entre cuatro hombres, ninguno de ellos relacionado ni remotamente, que ella supiera, con Portia. Como todo el mundo, Portia conocía a Lucien por su fama de viejo borracho, por haber sido el primer miembro blanco de la NAACP local, y por vivir ahora con su criada en las colinas en una casa enorme. Jamás se había imaginado que conocería a aquella mezcla de leyenda y granuja. Ahora Lucien charlaba con ella ¡en el despacho de Portia! como si fueran amigos de toda la vida. Ella le escuchó respetuosamente, pero al cabo de una hora empezó a preguntarse cuál sería la frecuencia de aquellas visitas.

Mientras Portia era toda oídos, Jake se encerró con Quince Lundy en su despacho y revisó con él un documento que recibiría el nombre de Primer Inventario. Tras un mes de indagaciones, Lundy estaba convencido de que se parecería mucho al inventario final. No había bienes ocultos. Seth Hubbard había sabido cuándo y dónde moriría, y se había asegurado de dejarlo todo bien documentado.

Las tasaciones inmobiliarias ya estaban todas hechas. En el momento de morir Seth era dueño de (1) su casa y las ochenta hectáreas de terreno, valoradas en trescientos mil dólares, (2) sesenta hectáreas de bosque maderero cerca de Valdosta, Georgia, valoradas en cuatrocientos mil dólares, (3) ciento sesenta hectáreas de bosque maderero cerca de Marshall, Texas, valoradas en ochocientos mil dólares, (4) una parcela en primera línea de mar, sin construir, al norte de Clearwater, Florida, valorada en cien mil dólares, (5) una cabaña con dos hectáreas de terreno en las afueras de Boone, Carolina del Norte, valoradas en doscientos ochenta mil dólares, y (6) un apartamento en un quinto piso frente a la playa de Destin, Florida, valorado en doscientos treinta mil dólares.

La tasación del conjunto de los bienes inmobiliarios de Seth ascendía a dos millones ciento sesenta mil dólares. No había ninguna hipoteca.

Una consultoría de Atlanta valoró la Berring Lumber Company en cuatrocientos mil dólares. El informe se adjuntó al inventario, al igual que las tasaciones.

También se incluían declaraciones con listas del dinero custodiado por el banco de Birmingham. Al 6 por ciento de interés anual, el total no se alejaba mucho de los 21.360.000 dólares.

Lo más tedioso eran los números pequeños. Quince Lundy había incluido la mayor cantidad de bienes personales que creía que podría aguantar el tribunal, empezando por los coches último modelo de Seth (treinta y cinco mil dólares) y acabando en su armario ropero (mil dólares).

A pesar de todo, la cifra total seguía impresionando. El Primer Inventario valoraba el total de la herencia de Seth Hubbard en 24.020.000 dólares. Naturalmente, la parte líquida era una cantidad en firme. Todo lo demás quedaría sujeto al mercado, y se tardarían meses o años en venderlo todo.

El inventario tenía un grosor de entre dos y tres centímetros. Como Jake no quería que lo viera nadie más en el bufete, hizo él mismo dos copias. Salió temprano a comer, fue al colegio y se comió un plato de espaguetis con su mujer y su hija en la cafetería. Procuraba ir a verlas una vez por semana, sobre todo los miércoles, día en que Hanna prefería no traerse la comida. Le encantaban los espaguetis, pero aún le gustaba más que fuera su padre.

Cuando Hanna se fue al patio, los Brigance volvieron al aula de Carla. Sonó el timbre, pues las clases estaban a punto de empezar.

—Me voy a ver al juez Atlee —dijo Jake con una sonrisa burlona—. Primer día de cobro.

—Que tengas suerte —contestó ella, y le dio un beso rápido—. Te quiero.

—Y yo a ti.

Jake se fue a toda prisa para que no le pillara en el pasillo la avalancha de pequeños.

Cuando la secretaria hizo entrar a Jake, el juez Atlee estaba en su mesa, acabándose un cuenco de sopa de patata. Contraviniendo las órdenes de su médico, aún fumaba en pipa (no conseguía dejarlo). Llenó una de Sir Walter Raleigh y encendió una cerilla. Después de treinta años de dedicación intensiva a la pipa, todo el despacho se había teñido de un residuo amarronado. En el techo había una bruma permanente. Lo aliviaba una ventana un poco abierta. Sin embargo, el aroma era opulento y agradable. A Jake siempre le había encantado aquella sala, con sus filas de gruesos tratados, y sus retratos desvaídos de jueces muertos y generales confederados. En veinte años, desde que aquella parte del juzgado la ocupaba Reuben Atlee, no había cambiado nada. De hecho Jake tuvo la impresión de que los cambios habían sido escasos en cincuenta años. El juez, gran amante de la historia, tenía sus libros favoritos perfectamente ordenados en una estantería rinconera hecha a medida. En la mesa había de todo. Jake habría jurado que la ajada carpeta de la esquina derecha, en la parte delantera, no se había movido de su sitio en una década.

Se habían conocido hacía diez años en la iglesia presbiteriana, cuando Jake y Carla habían llegado a Clanton. El juez, tan líder en la iglesia como en todos los aspectos de su vida, no había tardado en abrirle los brazos al joven abogado, de quien se hizo amigo, aunque siempre de forma profesional. Reuben Atlee era de la vieja escuela. Él era juez, y Jake un simple abogado. En todo momento había que respetar los límites. Le había reprendido dos veces con severidad en vista abierta, y Jake tenía grabado aquel recuerdo.

Con la caña de la pipa ajustada en la comisura de los labios, cogió su americana negra y se la puso. Salvo en las vistas, en las que los cubría con la toga, no llevaba nada más que trajes negros. Siempre iguales. Nadie sabía si tenía veinte o solo uno. Eran idénticos. También llevaba siempre tirantes de color azul marino y camisas blancas almidonadas, casi todas sembradas de pequeños orificios debidos a los trozos encendidos de tabaco que se llevaba el aire. Se colocó en una esquina de la mesa mientras conversaban sobre Lucien. Después de vaciar su maletín, Jake le dio una copia del inventario.

—Quince Lundy es muy bueno —dijo—. No me gustaría que me revisara a mí los números.

—Dudo que tardara mucho —observó con mordacidad el juez Atlee.

Muchos le consideraban carente de sentido del humor, pero a veces, con quien le caía bien, podía ser de lo más puñetero.

—No, seguro que no.

Para ser juez hablaba poco. Leyó el inventario en silencio y con aplicación, página por página, mientras se le apagaba el tabaco y él dejaba de chupar. El tiempo carecía de importancia, ya que el reloj lo controlaba él. Al final se quitó la pipa y la dejó en un cenicero.

—Veinticuatro millones, ¿eh? —dijo.

—Sería el total aproximado.

—Mejor que lo guardemos bien, ¿vale, Jake? No tiene que verlo nadie, al menos de momento. Prepara una orden y yo sellaré esta parte del sumario. Vete a saber qué pasaría si se enterase la opinión pública. Saldría en primera página del periódico, y probablemente atrajese a aún más abogados. Ya se sabrá más adelante. De momento, mejor que lo enterremos.

—Estoy de acuerdo, señoría.

—¿Sabes algo de Sistrunk?

—No, y eso que ahora tengo buenas fuentes. Para no esconderle nada, le diré que he contratado a una nueva pasante: Portia Lang, la hija mayor de Lettie, una chica inteligente que se está planteando ser abogada.

—Sabia decisión, Jake. A mí me cae muy bien.

—O sea, ¿que me da el visto bueno?

—Sí. Yo no dirijo tu bufete.

—¿No hay conflicto de intereses?

—Yo no veo ninguno.

—Yo tampoco. Si se presenta Sistrunk, o merodea por aquí, nos enteraremos enseguida. De Simeon sigue sin saberse nada, aunque sospecho que tarde o temprano volverá. Es problemático, pero no tonto. Lettie todavía es su mujer.

—Volverá. Otra cosa, Jake, el testamento deja el 5 por ciento a un hermano, Ancil Hubbard, que por lo tanto es parte interesada. He leído tu informe y las declaraciones juradas, e interpreto que estamos dando por hecho que Ancil está muerto, lo cual me preocupa. Si no estamos seguros no deberíamos presuponer que ha muerto.

—Le hemos buscado, pero no hay pistas en ninguna parte.

—Bueno, Jake, pero no sois profesionales. Te expondré mi idea. El 5 por ciento de esta herencia es más de un millón de dólares. Me parecería prudente dedicar una suma más pequeña, pongamos que de unos cincuenta mil, a contratar a una buena agencia de detectives que le encuentre o averigüe qué fue de él. ¿Qué te parece?

En situaciones como aquella al juez Atlee le daba bastante igual lo que pensaras. Él ya estaba decidido. Solo lo preguntaba por educación.

—Muy buena idea —dijo Jake, una respuesta del agrado de cualquier juez.

—Lo aprobaré. ¿Y los otros gastos?

—Pues me alegro de que lo pregunte, señoría. Necesito que me paguen.

Jake tendió un resumen del tiempo dedicado al caso al juez Atlee, que lo estudió y frunció el ceño como si Jake estuviera esquilmando la herencia.

—Ciento ochenta horas —dijo—. ¿Qué tarifa aprobé?

Lo sabía perfectamente.

—Ciento cincuenta por hora —dijo Jake.

—Por lo tanto, un total de... Vamos a ver... —Atlee miraba por las gruesas gafas de lectura que tenía apoyadas en la punta de la nariz. Su ceño seguía muy fruncido, como si le hubieran insultado—. ¿Veintisiete mil dólares?

Levantó la voz con incredulidad fingida.

—Como mínimo.

—¿No es mucho?

—Al contrario, señor juez, es una ganga.

—Y una buena manera de encarar las vacaciones.

—Bueno, sí, también.

Jake sabía que Atlee habría aprobado sus honorarios incluso con el doble de horas.

—Aprobado. ¿Algún gasto más?

Metió la mano en el bolsillo de la americana y sacó una bolsa de tabaco. Jake le acercó más documentos.

—Sí, señor juez, unos cuantos. Hay que pagar a Quince Lundy. Ha trabajado ciento diez horas, a cien por hora. También hay que pagar a los tasadores, los contables y la consultoría. He traído la documentación y órdenes para que las firme. Si me lo permite, propongo que hagamos una transferencia del banco de Birmingham a la cuenta de la herencia, en el First National de Clanton.

—¿De cuánto? —preguntó Atlee mientras encendía una cerilla y la movía sobre la cazoleta.

—No mucho, porque no me gusta la idea de que vean el dinero aquí en el banco. Ya que está bien guardado en Birmingham, mejor dejarlo todo el tiempo posible.

—Pienso exactamente igual —dijo el juez Atlee, como era su costumbre al oír una buena idea.

Expulsó una bocanada de humo denso que envolvió la mesa.

—Ya he preparado la orden —dijo Jake, y le acercó más documentos mientras intentaba ignorar el humo.

El juez Atlee se arrancó la pipa de los dientes, dejando un reguero de humo, y empezó a estampar su firma con su estilo característico, que, a pesar de ser indescifrable, se reconocía. Hizo una pausa y se quedó mirando la orden de transferencia.

—De un simple plumazo puedo transferir medio millón de dólares. Cuánto poder.

—Más que mis ingresos netos de los próximos diez años.

—Tal como cobras, lo dudo. Debes de tomarte por un abogado de bufete grande.

—Antes cavaría zanjas, señoría.

—Y yo. —Atlee fumó un rato en silencio, alternando firmas y caladas—. Hablemos de la semana que viene —dijo al acabar con todo el fajo—. ¿Está todo en orden?

—Que yo sepa sí. La declaración de Lettie está programada para el lunes y el martes, la de Herschel Hubbard para el miércoles, la de su hermana para el jueves y la de Ian Dafoe para el viernes. Será una semana bastante agotadora, cinco días consecutivos de declaraciones.

—¿Y usaréis la sala grande?

—Sí. No hay ninguna vista, y le he pedido a Ozzie que nos asigne a otro agente para que nadie abra la puerta. Tendremos sitio de sobra. Nos hará falta, claro.

—Yo también estaré, por si hay algún problema. No quiero a ningún testigo en la sala mientras se toma declaración a otro.

—Se lo hemos dejado claro a todas las partes.

—También quiero que se grabe todo en vídeo.

—Ya está arreglado. Por dinero no será.

El juez Atlee mordisqueaba la caña de la pipa, divertido por algo.

—Vaya, vaya —dijo, pensativo—. ¿Qué pensaría Seth Hubbard si el lunes que viene pudiera echar un vistazo y viera la sala llena de abogados ávidos peleándose por su dinero?

—Seguro que le daría asco, señoría, pero es culpa suya. Debería haberlo repartido bien, pensando en sus hijos, en Lettie y en cualquier otra persona que quisiera. Entonces no estaríamos aquí.

—¿Tú crees que estaba loco?

—No, loco no.

—Pues, entonces, ¿por qué lo hizo?

—No tengo ni idea.

—¿Sexo?

—Bueno... Mi nueva pasante considera que no, y ha visto mucho mundo. Aunque sea su madre, no es ninguna ingenua.

En realidad una conversación así habría estado prohibida. Entre las muchas peculiaridades del código de Mississippi, una de las más famosas, al menos entre los abogados, era la que prohibía «influir en el juez», es decir, que los abogados comentasen aspectos delicados de una causa pendiente con el juez en ausencia del letrado de la parte contraria. Era una norma que se infringía constantemente, una práctica común, sobre todo en el despacho del juez Reuben V. Atlee, pero solo con unos cuantos abogados de su preferencia y confianza.

Jake había aprendido por las malas que lo que se decía en los despachos no tenía que salir de ellos y carecía de importancia durante las vistas, que eran lo que contaba, el momento en que el juez Atlee decía las cosas claras y con ecuanimidad, independientemente de que hubieran querido influir en él mucho o poco.

22

Tenía razón el juez Atlee; si el bueno de Seth hubiera podido mirar por un agujerito se habría enfadado mucho. El lunes por la mañana acudieron nada menos que nueve abogados a la vista, para incoar formalmente la fase probatoria de la causa que la lista de autos recogía ahora como *Sucesión de Henry Seth Hubbard*; nueve abogados que, por decirlo de otro modo, afilaban los cuchillos en espera de llevarse un trozo del pastel.

Aparte de Jake se presentaron Wade Lanier y Lester Chilcott, de Jackson, en representación de Ramona Dafoe, y Stillman Rush y Sam Larkin, de Tupelo, en representación de Herschel Hubbard. Lanier aún estaba urgiendo a Ian a que urgiese a Ramona a que urgiese a Herschel a que prescindiese de los abogados de Tupelo y todos aunaran sus fuerzas, pero de momento solo había servido para agravar las tensiones dentro de la familia; y aunque Lanier había amenazado con irse si los dos aliados no lograban ponerse de acuerdo, las amenazas empezaban a perder algo de fuerza. Ian sospechaba que el dinero en juego era excesivo para que ninguno de los abogados pudiera abandonar. Los hijos de Herschel estaban representados por Zack Zeitler, un abogado de Memphis que también estaba colegiado en Mississippi, y que se trajo a un socio inútil cuya única función era ocupar una silla, escribir sin parar y dar la impresión de que Zeitler tenía recursos. A los hijos de Ramona los representaba Joe Bradley Hunt, de Jackson, con la asistencia de otro socio parecido al de Zeitler. Ancil, que con su 5 por ciento también era parte interesada, seguía dado por muerto; de ahí que nadie le representase, y ni siquiera fuera nombrado.

Una de los tres asistentes jurídicos de la sala era Portia. A los otros dos, ambos varones y blancos, como todos los presentes salvo la taquígrafa, blanca pero mujer, los trajeron Wade Lanier y Stillman Rush. Jake le había dicho a Portia: «La sala es de los contribuyentes, o sea, que haz como si fuera tuya». Lo intentaba, pero los nervios la traicionaban. Lejos de las tensiones que esperaba, de la posible aspereza verbal y del ambiente impregnado de rivalidad y suspicacia que se había imaginado, lo que vio fue a un grupo de hombres blancos que se daban la mano, intercambiaban insultos amistosos, se hacían bromas, se reían y pasaban un buen rato mientras esperaban que dieran las nueve bebiendo café. Estaban a punto de entrar en guerra por una fortuna, y aun así no se palpaba ningún tipo de tensión.

—Solo son declaraciones —había dicho Jake—. Te morirás de aburrimiento. Muerte por declaración.

Habían juntado las mesas del centro de la sala, entre la baranda y el estrado, y las habían rodeado de un montón de sillas. Los abogados fueron encontrando poco a poco su sitio, aunque no hubiera asientos asignados. Dado que el primer testigo sería Lettie, Jake se puso cerca de la silla vacía de la esquina. En el otro extremo la taquígrafa manipulaba una cámara de vídeo, mientras una secretaria dejaba en la mesa una cafetera llena.

Cuando estuvieron todos sentados, más o menos instalados, Jake hizo una señal con la cabeza a Portia, que abrió una puerta lateral e hizo entrar a su madre. Lettie se había vestido como para la iglesia. Estaba muy guapa, aunque Jake le había dicho que podía ponerse lo que quisiera. «Solo son declaraciones.»

Se sentó al final de la mesa, entre Jake y la taquígrafa con la máquina de estenotipia, no muy lejos de su hija. Miró la larga mesa y sonrió a la horda de abogados.

—Buenos días —dijo.

La saludaron todos, sonrientes. No podían empezar mejor.

Solo duró un segundo. Justo cuando Jake iba a dar comienzo a los preliminares se abrió la gran puerta principal y entró Rufus Buckley con un maletín en la mano, como si viniera a trabajar. La sala estaba vacía, sin espectadores. Seguiría estándolo por orden del juez Reuben Atlee. Era evidente que Buckley no había venido como observador.

Cruzó la puerta de la baranda y se sentó delante de la mesa. Los otros nueve abogados le miraron con recelo.

A Jake le entraron de pronto ganas de pelea.

—¡Hombre, Rufus! ¿Qué tal? —dijo en voz alta—. Me alegro de no verte en la cárcel.

—Ja, ja, Jake, vaya humorista estás hecho.

—¿Qué haces aquí?

—Vengo a tomar declaración. ¿Acaso no lo ves? —replicó Buckley.

—¿A quién representas?

—Al mismo cliente que desde hace un mes: Simeon Lang.

—No es parte interesada.

—Ah, pues a nosotros nos parece que sí. Consideramos que quizá tenga que dirimirse, pero nuestra postura es que el señor Lang tiene un interés pecuniario directo en el pleito del testamento. Por eso he venido.

Jake se levantó.

—Bueno, vamos a parar aquí. El juez Atlee está de guardia por si surge algún problema. Voy corriendo a buscarle.

Jake salió a toda prisa de la sala. Buckley se sentó en su silla con cierto nerviosismo. Al cabo de unos minutos entró el juez por el fondo, sin la toga, y tomó asiento en el lugar de siempre.

—Buenos días, señores —dijo enfurruñado—. Señor Buckley, por favor —añadió sin esperar a la respuesta—, explíqueme con la mayor brevedad posible por qué está aquí.

Buckley se levantó con su determinación habitual.

—Pues mire, señoría, aún representamos al señor Lang y...

—¿Usted y quién más?

—El señor Booker Sistrunk y yo, así como...

—El señor Sistrunk no se personará en esta sala, señor Buckley, al menos en lo que a esta causa se refiere.

—Bueno, pues entonces nuestra postura no ha cambiado. El señor Simeon Lang sigue formando parte del proceso y...

—Ni forma parte ni permitiré que la forme. En consecuencia,

señor Buckley, no representa usted a ninguna parte interesada.

—Pero aún no se ha establecido definitivamente.

—Al contrario. Lo he establecido yo. No tiene usted nada que hacer aquí, señor Buckley. Y esta toma de declaraciones es a puerta cerrada.

—Vamos, señoría, si solo son declaraciones, no una reunión secreta... Se incorporarán al sumario y estarán a disposición del público.

—Eso lo decidiré yo en alguna fecha por venir.

—Señor juez, lo que declare la señora Lang en el día de hoy será un testimonio bajo juramento y quedará incorporado al sumario.

—No me dé clases, señor Buckley —dijo el juez con todas sus fuerzas.

Buckley tendió los brazos, impotente, incrédulo, como si no saliera de su asombro.

—¿En serio, señoría?

—Completamente en serio, señor Buckley. Buenos días.

Buckley asintió con la cabeza, recogió su maletín y se batió en retirada.

—Sigan —dijo el juez Atlee cuando se cerró la puerta y desapareció.

Todos respiraron profundamente.

—Bueno, ¿por dónde estábamos? —dijo Jake.

—Echo un poco de menos a Sistrunk —dijo Wade Lanier con acento gangoso, suscitando algunas risas.

—No me extraña —dijo Jake—. Con un jurado del condado de Ford, Buckley y él habrían triunfado.

Hizo las presentaciones entre Lettie, la taquígrafa y los otros abogados, un cúmulo de caras y de nombres que se confundían. Después se embarcó en una larga exposición sobre la finalidad de las declaraciones. Las instrucciones fueron bastante simples: por favor, habla despacio, con claridad, y si no entiendes alguna pregunta solicita su repetición. En caso de duda mantén silencio. Él, Jake, protestaría todo lo protestable. Por favor, ten en cuenta que has jurado responder la verdad. Los abogados se turnarían para hacer preguntas. Si necesitas descansar, dilo. La taquígrafa recogería hasta la última palabra, y la cámara de vídeo grabaría la declaración completa. Si por algún motivo Lettie no pudiera declarar en juicio, se usaría el vídeo como prueba.

Eran instrucciones necesarias, pero a la vez superfluas. Jake, Portia y Lucien habían ensayado durante horas con Lettie en la sala de reuniones del bufete, así que Lettie venía preparada, aunque a la hora de prestar declaración jurada era imposible predecir los temas que se tocarían. En los juicios, todos los testimonios tenían que ser relevantes, cosa que no ocurría en las tomas de declaración, que se convertían a menudo en una larga expedición de pesca.

Sé educada. Sé concisa. No intervengas por propia iniciativa. Si no sabes algo, no lo sabes. Recuerda que la cámara lo capta todo. Ah, y me tendrás a tu lado para protegerte, había repetido sin descanso Jake. Portia había subido al desván y había encontrado decenas de declaraciones antiguas que había consultado durante horas. Ya entendía los aspectos técnicos, las estrategias, los escollos. Se había pasado horas hablando con su madre en el porche trasero de la antigua casa de los Sappington.

Lettie no podía estar más preparada. Después de que le tomara juramento la taquígrafa, se presentó Wade Lanier con una sonrisa acaramelada y dio inicio al interrogatorio.

—Empecemos por su familia —dijo.

Nombres, domicilios actuales, fechas de nacimiento, educación, experiencia laboral, hijos, nietos, padres, hermanos, hermanas, primos, tías, tíos... Lettie había ensayado a fondo con Portia, así que no le fue difícil contestar. Al caer en la cuenta de que Portia era hija de Lettie, Lanier hizo una pausa.

—Es pasante en mi bufete —explicó Jake—. Con sueldo.

En la mesa cundió cierta inquietud.

—¿Plantea algún conflicto, Jake? —preguntó finalmente Stillman Rush.

Jake lo tenía pensado desde hacía tiempo.

—En absoluto. Yo soy el abogado de la sucesión. Según el testamento Portia no es beneficiaria. No veo ningún conflicto. ¿Ustedes sí?

—¿Declarará como testigo? —preguntó Lester Chilcott.

—No. Ha estado seis años fuera, en el ejército.

—¿Tendrá acceso a determinada información que tal vez no convenga que vea su madre? —preguntó Zack Zeitler.

—¿Cuál, por ejemplo?

—Ahora mismo no puedo dar ninguno. Me limito a formular una hipótesis. No estoy diciendo que haya ningún conflicto, Jake; lo que ocurre es que me ha pillado un poco desprevenido.

—¿Ha informado al juez Atlee? —preguntó Wade Lanier.

—Sí, la semana pasada, y le pareció bien.

Fin de la conversación. Wade Lanier siguió con sus preguntas sobre los padres y los abuelos de Lettie. Eran preguntas fáciles, afables, coloquiales, como si le interesara de verdad dónde habían vivido sus abuelos maternos y cómo se ganaban la vida. Al cabo de una hora, Jake reprimió sus ganas de abstraerse pensando en otras cosas. Era importante tomar notas por si se daba el caso de que horas después otro abogado pisara sin querer el mismo territorio.

Volviendo a Lettie, había acabado el instituto en 1959, en Hamilton, Alabama, en la vieja escuela para alumnos de color. Después se había escapado a Memphis y había conocido a Simeon. Se habían casado enseguida. Al año siguiente nacía Marvis.

Wade Lanier se detuvo un rato en Marvis: sus antecedentes penales, sus condenas y su ingreso en la cárcel. Lettie, con un nudo en la garganta, se secó las mejillas pero no se vino abajo. La siguiente fue Phedra, también con sus problemas: dos hijos nacidos de relaciones extraconyugales (los primeros dos nietos de Lettie) y una trayectoria laboral irregular, por usar un eufemismo. En ese momento vivía en casa. De hecho, nunca se había ido del todo. Sus dos hijos eran de padres distintos, con los que ya no tenía ningún contacto.

Portia se estremeció al oír las preguntas sobre sus hermanos mayores. No eran secretos, pero tampoco temas de los que se hablara a la ligera. En familia lo hacían en voz baja. En cambio ahora unos desconocidos blancos los trataban alegremente.

A las diez y media se concedieron un cuarto de hora de descanso y se dispersaron. Los abogados corrieron en busca de teléfonos. Portia y Lettie fueron al servicio de señoras. Un secretario trajo café recién hecho y una bandeja de galletas. Las mesas parecían ya vertederos.

Al reanudarse la sesión llegó el turno de Stillman Rush, que se detuvo en Simeon, cuya familia era más complicada. Lettie admitió no conocer tantos detalles sobre su ascendencia. La trayectoria laboral de Simeon estaba llena de interrupciones, aunque ella recordaba que había sido camionero, operario de bulldozer, talador de madera para papel, pintor y ayudante de albañil. Le habían detenido un par de veces, la última en octubre. Faltas, no delitos. Sí, se habían separado varias veces, pero nunca más de dos meses.

Basta de Simeon, al menos de momento. Stillman quería retomar el currículum de Lettie. Con Seth Hubbard había estado casi tres años, trabajando a temporadas, a tiempo parcial y a jornada completa. Los tres anteriores los había pasado limpiando la casa de Clanton de una pareja mayor que a Jake no le sonaba de nada. Se habían muerto con tres meses de diferencia, lo que la había dejado sin trabajo. Antes de eso había sido cocinera en la cafetería de la escuela secundaria de Karaway. Stillman quería saber fechas, sueldos, aumentos, jefes y hasta el último detalle. Lettie hacía un gran esfuerzo.

«Pero bueno —pensó Portia—, ¿qué importancia puede tener para el pleito el nombre del jefe que tuvo mi madre hace diez años?» Ya le había dicho Jake que se trataba de ir de pesca. Bienvenida al embrutecedor aburrimiento de la guerra de declaraciones.

Jake también le había explicado que las tomas de declaración se eternizaban días y días porque los abogados cobraban por horas, al menos los que hacían preguntas banales y monótonas. Al no haber prácticamente restricciones en el ámbito de lo indagable, y al tener el taxímetro en marcha, a los abogados, sobre todo los que trabajaban para compañías de seguros y grandes empresas, no les interesaba ser concisos. Mientras pudieran ceñirse a una persona, tema o cosa remotamente vinculados a la demanda, podían estar horas dale que te pego.

Sin embargo, también le había explicado que el caso Hubbard era diferente, porque el único abogado que cobraba por horas era él. Los otros tenían concertado un porcentaje, y dependían de un desenlace positivo. Si se anulaba el testamento manuscrito, el dinero se lo quedaría la familia, según lo estipulado por el anterior, y todos aquellos abogados se llevarían una parte. Al no tener los otros abogados ninguna garantía de cobrar, Jake sospechaba que sus preguntas no serían tan tediosas.

Portia no lo tenía tan claro. El tedio acechaba por todos los frentes.

A Stillman le gustaba irse por las ramas, probablemente para despistar al testigo. De pronto despertó a su público con una pregunta.

—Oiga, ¿le ha pedido algún préstamo a su anterior abogado, Booker Sistrunk?

—Sí.

Lettie contestó sin vacilar, sabiendo que se lo preguntarían. No había ninguna ley, ninguna norma que prohibiese (al menos en el receptor) aquel tipo de préstamo.

—¿De cuánto?

—De cincuenta mil dólares.

—¿Le hizo un cheque o se lo dio en efectivo?

—En efectivo, y le firmamos un pagaré Simeon y yo.

—¿Fue el único préstamo de Sistrunk?

—No, antes nos había hecho otro de cinco mil.

—¿Por qué le pidió un préstamo al señor Sistrunk?

—Porque necesitábamos dinero. Yo me había quedado sin trabajo, y con Simeon nunca se sabe.

—¿Cogieron ustedes el dinero y se mudaron a una casa más grande?

—Sí.

—En estos momentos ¿cuántas personas viven en la casa?

Lettie pensó un poco.

—Normalmente unos once —dijo—, pero el número cambia. Algunos van y vienen.

Jake fulminó con la mirada a Stillman, como diciendo: «Ni se te ocurra pedir los once nombres. ¿Y si cambiamos de tema?».

Stillman estuvo tentado, pero cambió de tema.

—¿Cuánto pagan de alquiler?

—Setecientos al mes.

—¿Y en este momento está desempleada?

—Efectivamente.

—¿Dónde trabaja ahora su marido?

—No trabaja.

—Si el señor Sistrunk ya no es su abogado, ¿cómo piensan devolverle el dinero?

—Ya lo pensaremos.

Roxy había preparado bocadillos y patatas fritas. Comieron en la sala de reuniones, donde se les sumó Lucien.

—¿Cómo ha ido? —preguntó.

—La típica primera ronda de preguntas inútiles —dijo Jake—. Lettie ha estado genial, pero ya está cansada.

—No puedo estar un día y medio más así —dijo Lettie.

—Cosas de la modernidad —dijo Lucien, asqueado.

—Cuéntanos cómo se presentaban en tu época las pruebas, Lucien —dijo Jake.

—Bueno, en los viejos tiempos, que por cierto eran mucho mejores que todas estas reglas nuevas que tenéis ahora...

—No las he escrito yo.

—No estabas obligado a revelar a todos tus testigos y describir lo que dirían. Qué va. Eran juicios a base de emboscadas. Tú te buscas a tus testigos, yo me busco a los míos, nos presentamos ante el tribunal y a juzgar se ha dicho. También aprendías a ser mejor abogado, porque tenías que reaccionar al momento. Hoy en día es obligatorio revelarlo todo, y todos los testigos tienen que estar disponibles para tomarles declaración. Imaginaos el gasto de tiempo y de dinero... Antes era mucho mejor, os lo aseguro.

—¿Por qué no le pegas un buen mordisco al bocadillo? —dijo Jake—. Lettie necesita un momento de relajación, y si pontificas nadie puede relajarse.

Lucien comió un poco.

—¿A ti qué te parece, Portia? —preguntó.

Ella, que estaba mordisqueando una patata, la dejó.

—Mola bastante —dijo—. Me refiero a estar en una sala con tantos abogados. Me hace sentirme importante.

—Pues que no te impresione demasiado —dijo Jake—, que la mayoría de esos tíos no podrían ni juzgar una denuncia de hurto en un juzgado municipal.

—Seguro que Wade Lanier sí —dijo Lettie—. Hila muy fino. Tengo la impresión de que adivina lo que estoy a punto de decir.

—Es muy bueno —admitió Jake—, pero acabaremos despreciándole. Hazme caso, Lettie, ahora parece buen tío, pero antes del final no podrás verle ni en pintura.

Lettie pareció desanimarse por la idea de una guerra larga. Cuatro horas de aquellas escaramuzas iniciales ya la habían dejado exhausta.

A la hora de comer dos administrativas montaron un pequeño árbol de Navidad artificial y lo instalaron al fondo de la sala, en una esquina. Desde su puesto en la mesa Jake lo veía claramente, sin ningún obstáculo. Cada 24 de diciembre, a mediodía, se reunían allí la mayoría de los secretarios y jueces de los tribunales de distrito y equidad, así como unos pocos abogados elegidos, para tomarse un ponche y hacerse regalos en broma. Jake hacía lo posible por escaquearse.

Aun así el árbol le recordó que faltaban pocos días para Navidad. Hasta entonces no había pensado en las compras. Mientras Wade Lanier proseguía imperturbable, con una voz tan grave y sosa que era casi un sedante, Jake se sorprendió pensando en las fiestas. Hacía dos años que Carla y él procuraban decorar su casa de alquiler e infundirle vida para las vacaciones. Hanna los ayudaba muchísimo. La presencia de una niña en casa mantenía el buen humor.

Lanier pasó a un tema delicado. Con lentitud y habilidad, sondeó a Lettie sobre sus tareas en la casa cuando el señor Hubbard tenía náuseas por la quimio y la radioterapia y no podía salir de la cama. Lettie explicó que una empresa de asistencia a domicilio mandaba a enfermeras para cuidarle, pero que no eran muy buenas ni amables, y que el señor Hubbard pecaba de bastante brusco. Lettie no se lo podía reprochar. Al final, después de echar a las enfermeras y pelearse con la empresa, el señor Hubbard había quedado al cuidado de Lettie, que le hacía la comida que más le apeteciera y, en caso de necesidad, le daba de comer. También le ayudaba a bajar de la cama e ir al baño, donde él podía pasarse media hora sentado en el váter. Tenía accidentes. Lettie le limpiaba la cama. En varias ocasiones él se vio obligado a usar una cuña, y Lettie le ayudaba. No, no era un trabajo agradable, ni ella estaba formada para desempeñarlo, pero se las arreglaba. Él le agradecía su amabilidad y confiaba en ella. Sí, en efecto, había lavado varias veces al señor Hubbard en la cama. Sí, un baño completo, tocando todo el cuerpo. Él tenía muchas náuseas, y apenas estaba despierto. Más tarde, durante una pausa en la quimio y la radio, se había repuesto y había empezado a moverse lo antes posible. Era increíble la fuerza de voluntad con la que se recuperaba. No, el tabaco no lo había dejado ni un momento.

La intimidad, le había explicado Jake a Portia sin tapujos, podía ser fatal para sus posibilidades. A través de la hija, aquellas palabras llegaron a la madre. Si el jurado piensa que Lettie intimó demasiado con Seth Hubbard, le será muy fácil dictaminar que le sometió a influencia indebida.

¿Se mostraba el señor Hubbard afectuoso con ella? ¿Era un hombre que diera abrazos, besitos en la mejilla y palmaditas en el trasero? En absoluto, dijo Lettie. Jamás. Su jefe era un hombre duro y reservado, poco paciente con sus semejantes y sin gran necesidad de amigos. Por las mañanas, cuando Lettie llegaba a trabajar, el señor Hubbard no le daba la mano; tampoco al despedirse le daba nada ni remotamente parecido a un abrazo. Lettie era una empleada, y nada más; no una amiga, ni una confidente, ni ninguna otra cosa. El señor Hubbard la trataba con educación, y le daba las gracias cuando correspondía, pero nunca había sido hombre de muchas palabras.

Lettie no sabía nada de sus negocios ni de sus relaciones sociales. El señor Hubbard nunca había hablado de ninguna otra mujer, ni Lettie había visto a ninguna en la casa. De hecho, no recordaba ni una sola visita de un amigo o colaborador en sus tres años de trabajo.

«Perfecto», se dijo Jake.

Los malos abogados intentaban engañar a los testigos, o pescarlos, o desorientarlos, todo en aras de salir victoriosos en la toma de declaraciones. Los buenos abogados preferían ganar en el juicio, usando la toma de declaraciones como fuente de datos que más tarde pudieran emplearse para poner trampas. Los grandes abogados se saltaban por completo la toma de declaraciones y orquestaban estupendas emboscadas delante del jurado. Wade Lanier y Stillman Rush eran buenos abogados, y dedicaron el primer día a reunir información. Durante ocho horas de interrogatorio directo no hubo la menor salida de tono, ni el menor atisbo de falta de respeto al testigo.

Jake se llevó una muy buena impresión de sus rivales. Más tarde, en su despacho, explicó a Lettie y Portia que tanto Lanier como Rush habían hecho básicamente una interpretación. Se presentaban como personas amigables con sincera simpatía por Lettie, y sin otro objetivo que saber la verdad. Querían que Lettie les tuviera simpatía y confianza, para que bajara la guardia en el juicio.

—Son un par de lobos. En el juicio te saltarán a la yugular.

—Jake —preguntó Lettie, exhausta—, no estaré ocho horas en el banquillo, ¿verdad?

—Estarás preparada.

Ella tenía sus dudas.

Zack Zeitler abrió la mañana siguiente con preguntas incisivas sobre los días finales del señor Hubbard, y obtuvo réditos al preguntar:

—¿Le vio usted el sábado 1 de octubre?

Jack se sujetó para lo que estaba a punto de ocurrir. Lo sabía desde hacía varios días, pero no había manera de evitarlo. La verdad era la verdad.

—Sí —contestó Lettie.

—Creía que había dicho que los sábados nunca trabajaba.

—Sí, es verdad, pero aquel sábado el señor Hubbard me pidió que fuera.

—¿Por qué?

—Quería que le acompañase a su oficina y le ayudase a hacer limpieza. La persona de siempre estaba enferma, y había que limpiar.

La respuesta de Lettie tuvo efectos muy superiores a los del café: en torno a la mesa se abrían ojos, se erguían espaldas, se deslizaban traseros hacia los bordes de las sillas y se intercambiaban miradas elocuentes.

Zeitler, que olía a sangre, insistió con cautela:

—¿A qué hora llegó a casa del señor Hubbard?

—Aquella mañana, hacia las nueve.

—¿Y él qué le dijo?

—Me dijo que quería que fuera con él a su oficina, así que subimos al coche y fuimos al despacho.

—¿Qué coche?

—El suyo, el Cadillac.

—¿Quién conducía?

—Yo. El señor Hubbard me preguntó si había conducido alguna vez un Cadillac nuevo, y yo le dije que no. Antes le había hecho un comentario sobre lo bonito que era el coche, y por eso me propuso conducirlo. Yo al principio le dije que no, pero él me dio las llaves, y al final conduje hasta la oficina. Estaba hecha un manojo de nervios.

—¿Condujo usted? —repitió Zeitler.

En la mesa todo eran cabezas inclinadas, abogados que escribían como posesos en plena vorágine mental. En el pleito más famoso de la historia del estado por cuestiones de herencia, el beneficiario, que no estaba unido por ningún parentesco al difunto, le había llevado en coche al bufete de abogados para firmar un testamento que excluía a toda la familia y se lo dejaba todo al conductor. Aquel testamento lo había invalidado el Tribunal Supremo por influencia indebida, alegando como principal motivo que el «beneficiario sorpresa» había participado muy cerca en la elaboración del nuevo testamento. Desde aquel fallo, fechado treinta años antes, entraba en lo normal que un abogado preguntase «¿Quién conducía?» al descubrirse un testamento inesperado.

—Sí —dijo Lettie.

Jake observó a los otros ocho abogados, que reaccionaron tal como esperaba. Para ellos era un regalo, y para él un obstáculo que superar.

Zeitler ordenó pulcramente algunas notas.

—¿Cuánto tiempo estuvo en la oficina? —preguntó.

—No miré el reloj, pero diría que un par de horas.

—¿Había alguien más?

—No, nadie. El señor Hubbard dijo que los sábados normalmente no trabajaban, al menos en las oficinas.

—Ya.

Zeitler se pasó una hora indagando en aquel sábado por la mañana. Pidió a Lettie que dibujara un esquema del edificio para determinar qué partes había limpiado y dónde había estado mientras tanto el señor Hubbard. Lettie dijo que su jefe no había salido ni una vez de su despacho, y que tenía la puerta cerrada. No, ella no había entrado, ni siquiera a limpiar. No sabía en qué había trabajado el señor Hubbard, o qué había hecho en el despacho. Había entrado y salido con su cartera de todos los días, pero Lettie ignoraba lo que contenía. Se le veía lúcido. Estaba claro que, de haberlo preferido, habría podido conducir. De su medicación contra el dolor no sabía mucho Lettie. Sí, el señor Hubbard estaba frágil y debilitado, pero aquella semana había ido todos los días a la oficina. Que ella supiera no les había visto nadie más en la oficina. Sí, durante el camino de vuelta había vuelto a conducir ella el Cadillac. Después se había ido a su casa, adonde había llegado hacia las doce del mediodía.

—¿Y él no le comentó en ningún momento que estuviera haciendo testamento?

—Protesto —dijo Jake—. La señora Lang ya ha contestado dos veces a esa pregunta.

—Ya, ya, es que quería cerciorarme.

—Consta en acta.

—Claro, claro.

A Zeitler le había tocado el gordo, y por eso se resistía tanto a cambiar de tema. Determinó que Lettie solo había conducido el Cadillac en esa fecha, que casi nunca había visto frascos o medicamentos por la casa, que sospechaba que el señor Hubbard guardaba los fármacos en su cartera, que a veces su jefe tenía muchos dolores, que nunca hablaba del suicidio, que Lettie nunca había presenciado ninguna conducta extraña que pudiera atribuirse a los efectos de la medicación, que él no bebía mucho alcohol, aunque de vez en cuando tenía un par de cervezas en la nevera, y que tenía un escritorio en su cuarto pero casi nunca trabajaba en casa.

El martes a las doce Lettie ya tenía ganas de renunciar. Estuvo comiendo un buen rato en el despacho de Jake, otra vez con Portia, y echó la siesta en un sofá.

La toma de declaraciones mortal se reanudó el miércoles. Esta vez le tocó a Jake, que interrogó durante varias horas a Herschel Hubbard. La sesión matinal se eternizaba en el más desolador de los aburrimientos. Tardó poco en quedar claro que la trayectoria laboral de Herschel era tan parca en triunfos como en riesgos. Lo más emocionante de su vida había sido divorciarse. Se analizaron en detalle temas de tanto relieve como su educación, sus experiencias laborales, sus negocios, sus casas y pisos anteriores, sus relaciones de pareja, sus amigos, sus intereses, sus aficiones, sus convicciones religiosas y sus simpatías políticas, todo lo cual resultó pasmosamente soporífero. Varios abogados se durmieron. Portia, que iba por su tercer día de experiencia procesal, a duras penas logró seguir despierta.

Después de comer los abogados volvieron a la sala muy a su pesar para una nueva sesión. Jake consiguió insuflar algo de vida al panorama intentando averiguar cuánto tiempo había pasado Herschel con su padre durante los últimos años. Herschel perseguía aparentar una gran cercanía entre los dos, pero le costaba recordar visitas en concreto. Si tan a menudo hablaban por teléfono, preguntó Jake, ¿qué constaría en los registros de la compañía? ¿Guardaba cartas y postales de Seth? Herschel estaba seguro de que sí, pero no tanto de poder enseñarlas. Las instrucciones de sus abogados eran mostrarse lo más vago posible. Le salió de perlas.

Sobre el tema de Lettie Lang, aseguró haberla visto a menudo durante sus numerosas visitas a su amado padre. A su juicio, Seth le tenía mucho cariño. Reconoció no haber visto ningún contacto físico, pero su manera de mirarse llamaba la atención. ¿Por qué motivo, exactamente? No estaba seguro, pero algo había entre los dos. Lettie siempre estaba en la sombra, tratando de escuchar todo lo que se decía. Con el agravamiento de la enfermedad, Seth había dependido cada vez más de ella. La relación se había vuelto más estrecha. Jake preguntó a Herschel si estaba insinuando algún tipo de intimidad.

—Eso solo lo sabe Lettie —contestó Herschel, dando a entender lo evidente.

Portia, furibunda, miraba por la mesa con la seguridad de que todos los presentes a excepción de Jake creían que su madre se había acostado con un blanco decrépito y lleno de achaques con el único objetivo de hacerse con su dinero. Así y todo, conservó la discreción, y como profesional que era puso cara de palo mientras llenaba otra página de notas que nadie releería.

Siete horas de pesquisas fueron más que suficientes para dejar sentado que Herschel Hubbard era una persona de nulo interés, cuya relación con su padre había sido forzada y distante. Aún vivía con su madre, no había superado un mal divorcio y a sus cuarenta y seis años sobrevivía con más pena que gloria gracias a los ingresos de un garito de estudiantes. Si algo necesitaba era una buena herencia.

Lo mismo Ramona, que empezó a declarar el jueves a las nueve de la mañana. A esas alturas los abogados ya estaban de mal humor, hartos del pleito. Sin ser insólito, sí era infrecuente tomar declaraciones durante cinco días seguidos. Durante una pausa, Wade Lanier contó que una vez había tomado declaración consecutivamente a doce testigos en diez días por un caso de derramamiento de petróleo en Nueva Orleans. Los doce eran venezolanos, casi ninguno hablaba inglés y los intérpretes no destacaban por su fluidez. Los abogados se iban todas las noches de parranda, padecían las declaraciones con una resaca tremenda y al final de aquel suplicio dos de ellos habían tenido que someterse a una cura de desintoxicación.

Nadie podía contar tantas anécdotas como Wade Lanier, el mayor del grupo, con treinta años de experiencia procesal. Cuanto más le veía y escuchaba Jake, más respeto sentía por él. Ante el jurado sería un enemigo temible.

Ramona resultó ser igual de aburrida que su hermano. Poco a poco, por los testimonios de ambos, quedó claro que Seth Hubbard había sido un padre negligente, que veía en los hijos poco más que una molestia. En retrospectiva, y con el dinero en juego, ambos hacían un valiente esfuerzo por dejarle en buen lugar y pintar el retrato de una familia unida y feliz, pero la verdad pura y dura era que no se podía reinventar a Seth. Jake pinchaba, escarbaba y de vez en cuando pillaba a Ramona, pero siempre con una sonrisa, intentando no ofenderla. A la hora del juicio, dado el poco tiempo que habían compartido ambos hermanos con su padre, su testimonio no sería decisivo. Al no haber estado junto a él los días anteriores a su muerte, poco podrían explicar sobre sus facultades mentales. Carecían de un conocimiento de primera mano de la supuesta intimidad entre Seth y Lettie.

Y solo eran las declaraciones preliminares. Jake y el resto de abogados sabían que lo más probable era que Lettie, Herschel, Ramona e Ian Dafoe tuvieran que volver a testificar. Cuando estuvieran más claros los hechos, y se definieran con más exactitud los puntos, surgirían más preguntas.

23

Ya era tarde el jueves cuando Stillman Rush abordó a Jake, que salía con prisas del juzgado, le preguntó si tenía tiempo para una copa rápida. Era una propuesta un poco rara, teniendo en cuenta que lo único en común entre los dos era el caso Hubbard. Jake contestó que sí, que por qué no. Stillman tenía algo importante que decirle. Si no, no habría perdido el tiempo con un simple abogado de la calle como él.

Fueron a un bar que ocupaba el sótano de un edificio antiguo, justo al lado de la plaza. Se podía ir a pie desde el juzgado. Fuera ya era de noche y había niebla, una perfecta velada plomiza, ideal para una copa. Jake ya había estado en el local, aunque no acostumbrase a ir mucho de bares. Era un sitio umbrío, sofocante, lleno de rincones oscuros, que daba la impresión de albergar tratos semiilícitos. Bobby Carl Leach, el sinvergüenza con peor fama de la ciudad, tenía mesa fija al lado de la chimenea, y se le solía ver en compañía de políticos y de banqueros. Harry Rex Vonner era otro cliente habitual.

Jake y Stillman se sentaron a una mesa, pidieron unas cervezas de barril y empezaron a relajarse. Después de cuatro días seguidos en la misma mesa, escuchando testimonios interminables y de utilidad muy limitada, estaban prácticamente muertos de aburrimiento. No parecía quedar rastro de la chulería innata de Rush, que casi se mostró simpático. Después de que pasara el camarero y les dejara las cervezas, Stillman se inclinó mucho hacia Jake.

—Voy a decirte lo que se me ha ocurrido, pensando por pensar, sin el apoyo de nadie. Todos sabemos que aquí hay mucho dinero. Ahora mismo no tengo claro cuánto, pero...

—Veinticuatro millones —le interrumpió Jake.

Los abogados no tardarían mucho en enterarse de qué contenía el inventario. No pasaba nada por desvelárselo a Stillman. Lo único que no quería Jake era que saliera en la prensa.

Stillman sonrió en silencio, bebió un poco y sacudió la cabeza.

—Veinticuatro millones.

—Sin deudas.

—Parece increíble, ¿no?

—Sí.

—Pues lo que te decía: hay veinticuatro millones, y cuando se hayan salido con la suya los de hacienda, tendremos suerte si queda la mitad.

—Según los contables por ahí va la cosa —dijo Jake.

—Total, que nos quedan doce millones, que sigue siendo un montón de dinero; más del que veremos junto tú y yo. Mi idea es la siguiente, Jake: ¿por qué no intentamos llegar a un acuerdo fuera de los tribunales? Hay tres actores principales: Herschel, Ramona y Lettie. Seguro que podemos cortar el pastel y contentar a todo el mundo.

No era una idea muy original. Jake y Lucien ya la habían sopesado, y tenían la certeza de que los abogados de la parte contraria también. Cada interesado cede un poco, o mucho, se restan los honorarios y los gastos de los abogados, se evita que salga en el periódico, se ahorra uno el estrés y las incertidumbres de los juicios y se le garantiza a todo el mundo un buen trozo de pastel. Tenía toda la lógica del mundo. La posibilidad de un acuerdo extrajudicial estaba siempre en la cabeza de los abogados, siempre, en cualquier pleito.

—¿Es lo que quiere tu cliente? —preguntó Jake.

—No lo sé. Aún no lo hemos hablado. Pero si existe la posibilidad, se lo comentaré a Herschel y le presionaré.

—Ya. Y este pastel que dices... ¿cómo lo cortarías?

Un buen trago, el dorso de una mano por la boca y a lanzarse en más explicaciones.

—Seamos sinceros, Jake, a Lettie Lang no le correspondería gran cosa. Tal como funciona el mundo, y tal como suelen transmitirse los bienes y los patrimonios, no encaja en ningún sitio. No es pariente de nadie, y por muy jodida que pueda estar una familia, el dinero siempre se lo queda la generación siguiente. Ya lo sabes. El 90 por ciento de todo el dinero que circula por vía hereditaria se lo quedan los parientes. 90 por ciento en Mississippi y otro tanto en Nueva York y California, donde los patrimonios, por decirlo de alguna manera, son más grandes. Fíjate en la ley, si muere alguien sin testar, todo su dinero y sus bienes se transmiten exclusivamente a su familia consanguínea. La ley prefiere que el dinero se quede en las familias.

—Es verdad, pero en este caso no podemos llegar a ningún acuerdo si le decimos a Lettie que se quedará sin nada.

—Pues claro que no, Jake. Dale un par de millones. ¿Te imaginas? Lettie Lang, de profesión mujer de la limpieza, sin trabajo, de repente se embolsa dos millones. Libres de impuestos, ¿eh? No lo digo para denigrarla, Jake. ¡Qué va! Después de haberla oído declarar me cae muy bien. Es agradable, y hasta divertida. Buena persona. No la critico para nada, pero bueno, Jake, ¿tú sabes cuántos negros hay en Mississippi que lleguen al millón?

—Sácame de mi ignorancia.

—Según el censo de 1980, en este estado había siete personas de raza negra que declaraban más de un millón de dólares en propiedad. Todos hombres, y la mayoría del sector inmobiliario o de la construcción. Lettie sería la mujer negra más rica del estado.

—¿Y los diez millones restantes se los repartirían tu cliente y su hermana? —preguntó Jake.

—Más o menos. Le hacemos un buen regalo a la iglesia y el resto a dividir.

—Os saldría bien la jugada —dijo Jake—. Hala, a rebañar un tercio de casi cinco millones. Vaya sueldecito.

—Yo no he dicho que nos vayamos a quedar un tercio, Jake.

—Pero sí un porcentaje, ¿no?

—No te lo puedo decir. De todos modos, mal sueldecito no sería, no.

«Para algunos», pensó Jake. En su caso, pactar ya significaba una gran reducción de honorarios.

—¿Lo has hablado con Wade Lanier?

Stillman hizo una mueca al oír el nombre.

—Eso es otro percal. Lanier quiere a mi cliente, que de momento se queda conmigo. De Lanier no me fío. Los próximos seis meses me los pasaré mirando por encima del hombro. Qué serpiente.

—O sea, ¿que la respuesta es que no?

—La respuesta es no. No lo he hablado con nadie.

—Deduzco que entre tu cliente y el de Lanier las cosas están tensas.

—Supongo. Si no hay más remedio, Herschel y Ramona son capaces de llevarse bien. El problema es Ian. Herschel dice que Ian y él no se aguantan ni se han aguantado nunca. Para él, Ian es un capullo de familia carca y con dinero pero venida a menos. Por eso ahora se esfuerza tanto en recuperar un poco de su antiguo estatus e ir de gran señor. A los Hubbard siempre los ha mirado con desprecio, como si prácticamente fueran unos desgraciados. Hasta hace poco, claro. Ahora de repente está enamorado de la familia y le preocupa muchísimo su bienestar.

A Jake no se le pasó por alto que Stillman se refiriese a otra persona como «un capullo de familia carca y con dinero».

—Anda, qué sorpresa —dijo—. Mira, Stillman, acabo de pasarme ocho horas y media de palique con Ramona y, si fuera mal pensado, diría que bebe demasiado. Esos ojos rojos y llorosos, esa cara hinchada, aunque lo disimule un poco el maquillaje, esas arrugas que no se corresponden con una mujer de solo cuarenta y dos años... Y soy experto en alcohólicos por mi amistad con Lucien Wilbanks.

—Herschel dice que es una borracha que lleva años amenazando a Ian con abandonarle —dijo Stillman.

A Jake le impactó su franqueza.

—Y ahora no puede quitárselo de encima.

—Qué va. Creo que Ian se ha vuelto a enamorar perdidamente de su mujer. Tengo a un colega en Jackson que conoce a algunos de los que salen de copas con Ian, y dicen que le gustan las mujeres.

—Mañana se lo pregunto.

—Vale. La cuestión es que Herschel e Ian nunca confiarán el uno en el otro.

Pidieron otra ronda de cervezas y se acabaron la primera.

—No pareces muy entusiasmado con la idea del acuerdo —dijo Stillman.

—Es que se prescinde de la voluntad del muerto. Hubbard fue muy claro, tanto en su testamento como en la carta que me escribió. Me pidió que defendiera a toda cosa su testamento manuscrito, llegando hasta donde hubiera que llegar.

—¿Te dio instrucciones?

—Sí, en una carta que venía con el testamento. Ya la verás. Fue muy concreto en su deseo de excluir a la familia.

—Pero está muerto.

—El dinero sigue siendo suyo. ¿Cómo vamos a darle otro destino si dejó tan claros sus deseos? No es correcto, y dudo que el juez Atlee diera el visto bueno.

—¿Y si perdéis?

—Habré perdido haciendo lo que me habían dado instrucciones de que hiciera: defender a toda costa el testamento.

La segunda ronda de cervezas llegó justo cuando pasaba bamboleándose en silencio Harry Rex. Parecía ensimismado, y no miró a Jake. Aún eran las seis de la tarde, demasiado pronto para que saliera del despacho. Se sentó a una mesa del rincón, sin compañía, y trató de esconderse.

Stillman se limpió otra vez la boca de espuma.

—¿Por qué lo hizo, Jake? ¿Ya tienes alguna pista?

—La verdad es que no —dijo Jake encogiéndose de hombros, como si pudiera darle a conocer a su rival los trapos sucios de su representado, cuando a Stillman Rush no le habría dado ni la hora, aunque pudiera ser beneficioso para su causa.

—¿Sexo?

Otro movimiento displicente de hombros, seguido por una sacudida rápida de la cabeza y un gesto de seriedad.

—No creo. Tenía setenta y un años, fumaba mucho, estaba

enfermo y frágil, y se lo estaba comiendo un cáncer. Cuesta imaginárselo con la energía y el aguante para montárselo con alguna mujer.

—Hace dos años no estaba enfermo.

—Es verdad, pero no se puede demostrar.

—No estoy hablando de demostraciones, Jake, ni de pruebas, ni de vistas orales, ni de nada. Me limito a especular. Tiene que haber algún motivo.

«Pues dedúcelo tú, so gilipollas», pensó Jake sin decirlo. Le divertía la torpeza con que Stillman intentaba cotillear, como si salieran de copas cada dos por tres y tuvieran por costumbre contarse secretos. Por la boca muere el pez, le gustaba decir a Harry Rex. Pues por la boca se pierden los pleitos.

—Cuesta creer que un poco de sexo pueda valer veinticuatro millones —dijo Jake.

Stillman se rió.

—No estoy tan seguro. Por menos de eso ha habido guerras.

—Tienes razón.

—¿Entonces qué, no te interesa pactar?

—No. Tengo órdenes.

—Pues te arrepentirás.

—¿Es una amenaza?

—En absoluto. Desde nuestro punto de vista, Booker Sistrunk ya ha cabreado a todos los blancos del condado de Ford.

—No sabía que fueras tan experto en el condado de Ford.

—Mira, Jake, lo que tú tienes es un veredicto, sensacional, enorme, pero uno. No dejes que se te suba a la cabeza.

—No iba a pedirte consejo.

—Quizá lo necesites.

—¿De ti?

Stillman se acabó la jarra y la estampó en la mesa.

—Me voy pitando. Ya pago yo en la barra.

Se había levantado del banco y tenía la mano en el bolsillo. Jake lo vio irse y le insultó por dentro. Después fue al fondo de la sala y se sentó frente a Harry Rex.

—¿Qué, saludando a los amigos?

—Vaya, vaya... Conque Carla te ha dejado salir de casa.

Harry Rex se estaba tomando una Bud Light mientras leía una revista, que apartó.

—Acabo de tomarme mi primera y última copa con Stillman Rush.

—Qué emoción. A ver si lo adivino. Quiere un acuerdo extrajudicial.

—¿Cómo lo sabes?

—Por lógica. Con un pacto rápido se forran estos tíos.

Jake describió la versión de Stillman de un acuerdo justo. Se rieron a gusto. Una camarera les sirvió una fuente de nachos y salsa.

—¿Es tu cena? —preguntó Jake.

—Qué va, la merienda. Ahora vuelvo al despacho. Ni te imaginas quién está en la ciudad.

—¿Quién?

—¿Te acuerdas de Willie Traynor, el que fue dueño del *Times*?

—Más o menos. Hablé con él una o dos veces hace años. Me parece que el periódico lo vendió más o menos cuando me instalé yo aquí.

—Exacto. Se lo compró en 1970 a la familia Caudle, cuando estaba en quiebra. Creo que pagó algo así como cincuenta mil. Diez años después lo vendió por un millón y medio. —Harry Rex empapó de salsa un nacho y se lo metió en la boca. Siguió hablando después de una pausa brevísima—. La verdad es que no acabó de encajar en Clanton y al final volvió a Memphis, su ciudad, donde perdió la camisa en el sector inmobiliario. Luego se murió su abuela y le dejó otra millonada. Creo que ahora mismo se la está fundiendo. Antes éramos muy amigos. De vez en cuando pasa y nos tomamos una copa.

—¿Aún tiene Hocutt House?

—Sí. De hecho creo que es una de las razones de que quiera hablar. La compró en 1972, después de que se murieran todos los Hocutt. Por cierto, para gente rara... Las gemelas Wilma y Gilma, más un hermano y una hermana loca, y no se casó ninguno de los cuatro. La casa la compró Willie porque no la quería nadie más. Luego la estuvo arreglando durante unos años. ¿La has visto alguna vez?

—Desde la calle. Es muy bonita.

—De las mejores casas victorianas de la zona. A mí me recuerda un poco a la vuestra de antes, pero mucho más grande. Willie tiene buen gusto. Por dentro está inmaculada. El problema es que en los últimos cinco años no ha dormido ni tres noches en la casa. Quiere venderla. Debe de necesitar dinero, pero es que por aquí no hay nadie que pueda permitírsela...

—Cueste lo que cueste, se me va del presupuesto —dijo.

—Él la valora en trescientos mil dólares. Yo le he dicho que muy bien, pero que no los conseguirá ni ahora ni dentro de diez años.

—Se la comprará algún médico.

—Ha dicho tu nombre, Jake. Siguió el juicio de Haley y sabe que te quemó la casa el Ku Klux Klan. Sabe que andas buscando.

—Yo no ando buscando, Harry Rex. Tengo un pleito con la compañía de seguros. De todos modos, dale las gracias de mi parte. Se me escapa.

—¿Quieres nachos?

—No, gracias, me tengo que ir a casa.

—Dile a Carla que estoy enamorado de ella y deseo su cuerpo.

—Ya lo sabe. Hasta luego.

Jake fue caminando a su bufete, bajo una fría llovizna. Las farolas de la plaza estaban adornadas con coronas y campanillas de Navidad. Delante del juzgado había un belén donde sonaban villancicos. Los puestos callejeros abrían hasta tarde y en las tiendas había mucha actividad. Se preveía alguna posibilidad de nieve para el día siguiente, y pocas cosas emocionaban tanto a la ciudad como un pronóstico de esas características. Según los veteranos, la Navidad de 1952 había nevado, y ahora hasta la menor posibilidad de que se repitiese hacía que los niños se quedaran pegados a las ventanas y que en las tiendas se vendieran palas y sal. La gente hacía las compras con gran expectación, como si se hubiera anunciado un temporal.

Jake volvió a casa dando un rodeo. Se alejó lentamente de la plaza y se internó por las calles en penumbra del centro de Clanton hasta torcer por Market Street. En Hocutt House había una luz encendida, cosa rara. Jake y Carla habían pasado muchas veces por delante, siempre despacio y con admiración, siempre conscientes de que aquella encantadora mansión victoriana estaba casi en desuso. En otoño las ráfagas de viento acumulaban hojas secas en el porche, donde nadie pasaba el rastrillo.

Por un momento tuvo la tentación de frenar, llamar a la puerta, entrar sin haberse anunciado, tomarse una copa con Willie y hablar de negocios. Después se le pasó y continuó hacia su casa.

24

El día de Nochebuena Jake durmió hasta tarde, o todo lo tarde que pudo. Se levantó de la cama a las siete, dejando a Carla en el limbo, y fue con sigilo a la cocina, donde preparó café, huevos revueltos y panecillos tostados. Cuando entró en el dormitorio con el desayuno, Carla regresó a regañadientes a la vida. Mientras comían despacio y hablaban en voz baja, disfrutando al máximo de un momento excepcional, llegó Hanna dando brincos de emoción, y hablando sin parar de Santa Claus. Se encajó entre sus padres y cogió ella misma un panecillo. Después, sin que se lo pidieran, enumeró todo lo que había puesto en su carta al Polo Norte y se mostró sinceramente preocupada por la posibilidad de haber pedido demasiado. Sus padres discreparon con paciencia. A fin de cuentas, era hija única y solía conseguir lo que quería. Además, había una sorpresa que eclipsaría todas sus otras peticiones.

Una hora después Jake y Hanna se fueron a la plaza, mientras Carla se quedaba en casa para envolver los regalos. Roxy tenía el día libre, y Jake tenía que ir a buscar un regalo para su mujer. El mejor escondrijo era siempre el bufete. No esperaba encontrarse allí a nadie, pero no le sorprendió demasiado ver a Lucien en la sala de reuniones rebuscando en una pila de carpetas viejas. Parecía llevar horas en el mismo sitio. Lo más importante, sin embargo, era que se le veía limpio y sobrio.

—Tenemos que hablar —dijo.

A Hanna le encantaba fisgar por el amplio despacho de su padre, así que Jake la dejó a sus anchas en el piso de arriba y fue en busca de café. Lucien ya se había tomado media cafetera, y parecía bastante centrado.

—No te lo vas a creer —dijo al cerrar la puerta de la sala de reuniones.

Jake se dejó caer en una silla y removió el café.

—¿Puede esperar hasta el lunes? —preguntó.

—No. Cállate y escucha. La gran pregunta es la siguiente: ¿qué razón puede tener una persona para hacer lo que hizo Seth Hubbard? ¿Sí o no? Escribir a mano y de cualquier manera un testamento de última hora, excluir a la familia y dejárselo todo a una persona sin el menor derecho a su fortuna... Es la pregunta que te quita el sueño, y seguirá creciendo hasta que averigüemos la respuesta.

—Asumiendo que haya una repuesta.

—Sí. Así que para solucionar el misterio y, esperemos, ayudarte a ganar el caso, tenemos que contestar a esa pregunta.

—¿Tú has averiguado la respuesta?

—Aún no, pero estoy sobre la pista. —Lucien señaló con un gesto de la mano los restos que se acumulaban en la mesa: expedientes, copias de escrituras viejas, notas...—. He examinado los datos catastrales de las ochenta hectáreas que tenía Seth Hubbard en este condado en el momento de morir. Después de la Segunda Guerra Mundial, cuando se incendió el juzgado, se destruyeron muchos documentos, pero he podido reconstruir gran parte de lo que buscaba. He escarbado en todos los libros de escrituras desde principios del siglo XIX, y he hecho una batida por la prensa local a partir de cuando empezó a salir de la imprenta, sin saltarme ni un número. También he hecho bastantes investigaciones genealógicas en las familias Hubbard, Tayber y Rinds. Ya sabes que con los negros es bastante difícil. A Lettie la criaron Cypress y Clyde Tayber, pero no llegaron a adoptarla legalmente. Según Portia, no lo supo hasta los trece años. Portia y yo también pensamos que, en realidad, Lettie era una Rinds, familia que ya no existe en el condado de Ford.

Jake tomó un poco de café y prestó atención. Lucien levantó un gran mapa dibujado a mano y empezó a señalar.

—Esta es la finca original de Hubbard, de algo más de treinta hectáreas, propiedad de la familia desde hace unos cien años. Seth la heredó de su padre, Cleon, que murió hace treinta años. En su testamento Cleon se lo dejaba todo a Seth, sin nombrar a Ancil. Al lado hay otras treinta y pocas hectáreas. Justo aquí, en el puente donde encontraron a Seth después de caerse de la escalera. Estas otras quince hectáreas de aquí las compró Seth hace veinte años, y no tienen importancia. —Lucien estaba dando golpecitos en la segunda finca, donde había dibujado un riachuelo, un puente y un árbol, todo muy rudimentario—. Ahora se pone interesante. La segunda parcela de treinta y pico hectáreas la compró en 1930 Cleon Hubbard y se la vendió Sylvester Rinds o su mujer. Hacía sesenta años que eran tierras de los Rinds. Lo insólito es que Rinds era negro, y parece que su padre era hijo de un esclavo liberto que tomó posesión de la finca hacia 1870, durante la Reconstrucción. No está claro cómo consiguió la propiedad. Yo estoy convencido de que no llegaremos a saberlo. No hay ningún registro.

—¿Cómo pasó de manos de Rinds a las de Cleon? —preguntó Jake.

—Por una simple escritura de renuncia firmada por Esther Rinds, no por su marido.

—¿Dónde estaba el marido?

—No lo sé. Me imagino que muerto, o desaparecido, porque las tierras constaban a su nombre, no al de su mujer. Para que ella pudiera transmitir la propiedad habría tenido que heredar la finca, o sea, que lo más probable es que el marido estuviera muerto.

—¿No hay constancia de la defunción?

—De momento no, aunque sigo indagando. No termina aquí la cosa. A partir de 1930 la familia Rinds deja de estar documentada en el condado de Ford. Desaparece. Hoy en día no se encuentra a un solo Rinds. He buscado en listines telefónicos, censos electorales y fiscales... Todo lo que puedas imaginarte, y no hay Rinds en ningún sitio. Es bastante raro.

—¿Entonces?

—Pues eso, que desaparecieron.

—Quizá se fueran a Chicago, como todo el mundo.

—Puede ser. Sabemos por la declaración de Lettie que su madre la tuvo con unos dieciséis años, sin estar casada, y que a su padre no le conoció. Dice que nació cerca de Caledonia, en el condado de Monroe. Un par de años después murió su madre (a quien Lettie no recuerda) y a ella se la quedó una tía. Luego otra tía, y al final acabó en Alabama, con la familia Tayber. Adoptó el apellido y siguió con su vida. El resto ya se lo has oído declarar. Nunca ha tenido una partida de nacimiento.

—¿Adónde quieres llegar, Lucien?

Lucien abrió otra carpeta y deslizó por la mesa una copia de una sola hoja de papel.

—En esa época nacían muchos bebés negros sin partida de nacimiento. Los tenían en casa, con parteras y todo eso, y nadie se molestaba en consignarlo, pero al menos el departamento de salud de cada condado intentaba llevar un registro de los nacimientos. Esto es una copia de una página del Registro de Neonatos Vivos de 1941. Pone que el 16 de mayo nació en el condado de Monroe, Mississippi, una tal Letetia Delores Rinds, hija de Lois Rinds, de dieciséis años.

—¿Has ido a buscarlo al condado de Monroe?

—Pues sí, y aún no he acabado. Parece que Lettie podría ser una Rinds.

—Pero si ella ha dicho que no se acuerda de nada, al menos antes de su infancia en Alabama...

—¿Tú te acuerdas de algo que te pasara antes de los tres años?

—De todo.

—Pues serás un bicho raro.

—Bueno, ¿y qué pasa si la familia de Lettie era del condado de Ford?

—Supongamos que lo era, aunque solo sea por probar. Y supongamos otra cosa, que habían sido dueños de las mismas treinta hectáreas cuya titularidad pasó en 1930 a Cleon Hubbard, las que heredó más tarde Seth Hubbard. Las que Seth deja en su testamento a Lettie. Se cierra el círculo, ¿no?

—Puede que sí y puede que no. Sigue habiendo lagunas enormes. No puedes dar por sentado que todos los negros con el apellido Rinds del norte de Mississippi procedieran del condado de Ford. Es mucho suponer.

—De acuerdo, solo es una teoría, pero estamos progresando.

—¿Estamos?

—Portia y yo. La he puesto a investigar su árbol genealógico. Ha sondeado a Cypress, por si le daba algún dato, pero es poco habladora. Además, como en la mayoría de las familias, hay muchos trapos sucios que Portia preferiría no haber encontrado.

—¿Por ejemplo?

—Cypress y Clyde Tayber no estaban casados. Tuvieron seis hijos y vivieron juntos cuarenta años, pero no legalizaron su situación.

—No es tan raro para la época. Los protegía el derecho consuetudinario.

—Ya lo sé. Hay bastantes posibilidades de que Cypress ni siquiera tenga parentesco consanguíneo con Lettie. Portia sospecha que a su madre pudieron abandonarla más de una vez antes de dejarla en la puerta de los Tayber.

—¿Lettie habla del tema?

—Mucho no, evidentemente. Su árbol genealógico no es un tema agradable, como te imaginarás.

—¿Si Lettie fuera de la familia Rinds no lo sabría?

—Lo lógico es que sí, pero no tiene por qué. Cypress no le contó la verdad sobre la adopción hasta que tuvo treinta años. De hecho, Cypress no conoció a la madre de Lettie. Imagínate, Jake: durante los primeros treinta años de su vida, Lettie dio por supuesto que sus padres biológicos eran Cypress y Clyde, y que los otros seis hijos eran sus hermanos. Según Portia, al enterarse se llevó un disgusto, pero nunca tuvo ganas de indagar en su pasado. Teniendo en cuenta que los Tayber de Alabama no están ni remotamente emparentados con los Rinds del condado de Ford, supongo que es posible que Lettie no sepa de dónde viene.

Jake lo estuvo pensando unos minutos, entre sorbos lentos de café, tratando de adoptar todas las perspectivas posibles.

—Vale —dijo—, me quedo con tu teoría. Entonces, ¿por qué quiso Seth devolverle las tierras a una Rinds?

—Mi teoría aún no ha llegado tan lejos.

—Y ¿por qué iba a dejárselo todo, las treinta hectáreas y un montón de cosas más, a costa de su propia familia?

—Eso aún lo estoy investigando.

—Me gusta. Sigamos con la investigación.

—Podría ser determinante, Jake, porque demostraría la existencia de un móvil. La gran pregunta es por qué, y si conseguimos darle respuesta es posible que ganes el juicio. Si no, estarás jodido.

—Eso lo dirás tú, Lucien; si mal no recuerdo, justo antes del juicio de Hailey lo veías igual.

—Cuanto antes te olvides de aquel juicio, antes mejorarás como abogado.

Jake sonrió y se levantó.

—Hay cosas que no pueden olvidarse, Lucien. Bueno, con tu permiso me voy de compras con mi hija. Feliz Navidad.

—Chorradas.

—¿Quieres venir a comer?

—Chorradas.

—Me lo imaginaba. Hasta el lunes.

Simeon Lang llegó a su casa en Nochebuena, al anochecer. Llevaba fuera más de dos semanas. Sus viajes le habían llevado hasta Oregón en un tráiler de dieciocho ruedas cargado con seis toneladas de electrodomésticos robados. Tenía un fajo de billetes en el bolsillo, amor en el corazón, villancicos en la garganta y una buena botella de bourbon escondida debajo del asiento. De momento iba completamente sobrio, y se había prometido no dejar que el alcohol estropease las fiestas. En general su humor podía calificarse de bueno, al menos hasta que frenó ante la vieja casa de los Sappington y contó siete coches aparcados sin orden ni concierto en el camino de entrada y el jardín. Reconoció tres de ellos. Sobre los otros tuvo dudas. Cortó a medio estribillo «Jingle Bells» y tuvo ganas de decir palabrotas. Dentro de la casa estaban todas las luces encendidas. Daba la impresión de estar llena de gente.

Una de las ventajas de casarse con Lettie había sido que su familia vivía muy lejos, en Alabama. No tenía parientes en el condado de Ford. Del lado de Simeon había demasiados, y daban problemas. Los de Lettie no, al menos durante los primeros años. Al descubrir Lettie a los treinta que Cypress y Clyde Tayber no eran sus padres biológicos, ni los otros seis hijos hermanos suyos, Simeon se había alegrado sin decirlo; una alegría efímera, no obstante, porque Lettie había seguido tratándolos como si los unieran lazos de sangre. Después se había muerto Clyde, los hijos se habían dispersado y Cypress se había visto en la necesidad de vivir en algún sitio, así que la habían metido en casa provisionalmente. Cinco años después seguía con ellos, más voluminosa y necesitada que nunca. Encima ahora habían vuelto los hermanos, con su prole a cuestas y la mano tendida.

En honor a la verdad, también había algún Lang, en especial una cuñada, que era un incordio constante. Se había quedado en paro y necesitaba un préstamo, a poder ser acompañado de una promesa verbal que no pudiera verse obligada a cumplir. A punto estuvo Simeon de echar mano a la botella, pero se aguantó las ganas y bajó del camión.

Por todas partes había niños. La chimenea estaba encendida, y la cocina llena de mujeres que cocinaban y hombres que probaban. Casi todo el mundo se alegró de ver a Simeon, o fingió muy bien. Lettie sonrió. Se dieron un abrazo. Simeon había llamado el día antes desde Kansas, y le habría prometido estar en casa a la hora de la cena. Lettie le dio un besito en la mejilla, para saber si había bebido, y se relajó considerablemente una vez superada la prueba. Que ella supiera no había ni gota de alcohol en toda la casa, situación que deseaba prolongar encarecidamente. En la sala de estar Simeon abrazó a sus hijos (Portia, Phedra, Clarice y Kirk) y a sus dos nietos. En el piso de arriba sonaba a tope «Rudolph» en un loro, mientras tres niños pequeños paseaban a Cypress en silla de ruedas por el pasillo, a velocidades peligrosas. Los adolescentes veían la tele a todo volumen.

Tanto caos y energía casi hacían temblar la vieja casa. Después de unos minutos Simeon volvió a tranquilizarse. Le habían estropeado la soledad de la carretera, pero a fin de cuentas era

Nochebuena, y le rodeaba su familia. Por supuesto que gran parte del amor y el cariño del que hacían gala lo impulsaban la codicia y el deseo de ganarse a Lettie, pero Simeon lo pasó por alto. Había que disfrutar del momento, al menos durante unas horas.

Lástima que no estuviera Marvis.

En el comedor, Lettie juntó a lo largo dos mesas que ella y las demás señoras procedieron a cubrir con pavos asados, jamones, boniatos, media docena de verduras distintas, cazuelas y un surtido impresionante de tartas y pasteles. Hicieron falta unos minutos para reunir a toda la familia en torno a la comida. Cuando estuvieron quietos, Lettie pronunció una breve oración de gratitud, pero tenía algo más que decir. Desdobló una hoja blanca.

—Escuchad, por favor, que es de Marvis.

Al oír su nombre cesó todo movimiento y se inclinaron todas las cabezas. Cada uno tenía sus recuerdos del hijo mayor, desoladores y desagradables en su mayoría.

—«Hola, mamá, papá —leyó Lettie—, hermanos, hermanas, sobrinas, sobrinos, tías, tíos, primos y amigos. Os deseo muy felices fiestas, y espero que estéis disfrutando todos de la Navidad. Es de noche, y escribo en mi celda. Desde aquí se ve un trozo de cielo. Hoy no hay luna, pero sí muchas estrellas. Hay una que brilla muchísimo. Creo que es la del norte, pero no estoy seguro. Bueno, el caso es que ahora mismo estoy haciendo como si fuera la que pasa encima de Belén y lleva a los Reyes Magos hasta el niño Jesús. Mateo, capítulo 2. Os quiero mucho a todos, y me gustaría estar con vosotros. Me arrepiento mucho de mis errores y del dolor que he causado a mi familia y mis amigos. Algún día saldré, y cuando esté en libertad vendré para las Navidades y nos lo pasaremos bomba. Marvis.»

La voz de Lettie se mantuvo firme, pero rodaban lágrimas por sus mejillas. Se las secó y logró sonreír.

—Venga, a comer —dijo.

Al ser una fecha especial, Hanna insistió en dormir con sus padres. Leyeron cuentos navideños hasta bastante más de las diez, con un mínimo de dos descansos cada media hora para que Hanna pudiera ir corriendo a la sala de estar y asegurarse de que Santa Claus no hubiera encontrado algún resquicio. Estuvo tan charlatana y movida como siempre, nerviosa por la espera, hasta que de repente se quedó callada. Al alba, cuando Jake se despertó, Hanna estaba encajada debajo de su madre, y tan profundamente dormida como ella, pero bastó un «Me parece que ha pasado Santa Claus» en voz baja para que las chicas se despertaran de golpe. Hanna fue corriendo al árbol y chilló de sorpresa al ver el magnífico botín que le había dejado Santa Claus. Mientras Jake preparaba café, Carla hizo fotos. Abrieron regalos y se rieron con Hanna, mientras crecía la montaña de envoltorios y cajas. ¿Podía haber algo mejor que tener siete años el día de Navidad por la mañana? Cuando empezó a decaer la euforia, Jake salió un momento de la casa y fue a buscar otro paquete en el pequeño cobertizo de al lado del garaje, una caja grande y rectangular envuelta en papel verde con un gran lazo rojo. Dentro gemía el cachorrito. La noche había sido larga para ambos.

—Mira qué he encontrado —anunció al dejar el paquete en el suelo, al lado de Hanna.

—¿Qué es, papá? —preguntó ella, sospechando enseguida. Dentro el perro, rendido, no decía ni mu.

—Ábrelo —dijo Carla.

Hanna empezó a rasgar el papel. Jake abrió la caja por arriba, y Hanna se asomó. Los ojos con que la miraba Sadie, tristes y cansados, parecían decir: «Sáquenme de aquí».

Harían como si Sadie viniera del Polo Norte, cuando en realidad venía de la perrera del condado, donde Jake la había comprado por treinta y siete dólares, incluidas todas las vacunas y la futura esterilización. Al no existir ni el más remoto atisbo de pedigrí, sus cuidadores no podían formular ninguna hipótesis acerca de su tamaño o su carácter. A uno le parecía que tenía «mucho de terrier», mientras que otro, en profundo desacuerdo, había dicho: «Algo de schnauzer tiene que haber en algún sitio». A la madre la habían encontrado muerta en una zanja.

Sadie y sus cinco hermanos habían sido rescatados con aproximadamente un mes de edad.

Hanna la levantó suavemente del suelo y la apretó contra su pecho. La perra, como no podía ser menos, empezó a darle lametazos en la cara. Hanna miró a sus padres con mudo asombro y lágrimas en sus preciosos ojos, sin poder articular ni una palabra.

—Santa Claus le ha puesto Sadie —dijo Jake—, pero puedes elegir el nombre que quieras.

Santa Claus hacía milagros, pero en ese momento quedaron olvidados todos los otros regalos y juguetes.

—Sadie es perfecto —dijo Hanna finalmente.

Una hora después la perra se había hecho con el mando, y los tres seres humanos la seguían por todas partes para asegurarse de que no le faltase de nada.

La invitación al cóctel estaba escrita a mano por Willie Traynor: el día 26 a las seis de la tarde en Hocutt House. Traje de fiesta, que no se sabía muy bien qué quería decir. Carla insistió en que al menos era con corbata, y al final Jake cedió. Al principio, como puro trámite, fingieron no tener ganas de ir, aunque en realidad el 26 lo tenían libre. En Clanton no abundaban los cócteles dignos de ese nombre. Sospecharon que Willie, crecido en Memphis dentro de un ambiente acaudalado, sabía organizarlos. El principal aliciente era la casa. Llevaban años admirando su exterior, pero nunca habían tenido la oportunidad de entrar.

—Se rumorea que quiere venderla —dijo Jake mientras hablaban de la invitación.

No le había contado a su mujer la conversación con Harry Rex, más que nada porque, independientemente del precio final de la casa, no podían permitírsela.

—Ya hace tiempo que lo dicen, ¿no? —contestó Carla, que a partir de aquel momento empezó a soñar con ella.

—Sí, pero según Harry Rex ahora va en serio. Willie nunca se queda a dormir.

Fueron los primeros en llegar, con diez minutos de elegante

retraso. Willie estaba solo. Su traje de fiesta consistía en una pajarita roja, un esmoquin de raso negro y un kilt escocés modificado. Más cerca de los cuarenta que de los cincuenta, era un hombre guapo, con el pelo negro y la barba canosa, de un encanto irreprochable, sobre todo con Carla. Jake tuvo que reconocer que le daba un poco de envidia. Pese a aventajarle solo en unos años, ya había ganado su primer millón. Era soltero, con fama de mujeriego, y daba una imagen de hombre de mundo.

Sirvió champán en pesadas flautas de cristal y propuso un brindis navideño.

—Quería contaros algo —dijo después del primer sorbo, sonriendo, como si estuvieran en familia y hubiera noticias importantes.

»He decidido vender esta casa —continuó—. La tengo desde hace dieciséis años, y me encanta, pero no paso mucho tiempo aquí. Necesita dueños de verdad, que la valoren como se merece, la conserven y la dejen como está. —Otro sorbo, para expectación de Jake y Carla—. Y no pienso vendérsela a cualquiera. No tengo tratos con ninguna inmobiliaria. Si puedo evitarlo, no la pondré en venta. No quiero dar que hablar en la ciudad.

Jake no pudo aguantarse la risa. La ciudad ya hablaba.

—Vale, vale, aquí no hay secretos, pero no hace falta que trascienda esta conversación. Me encantaría que os la quedarais vosotros. La verdad es que vi la otra antes de que la destruyeran, y admiré cómo la habíais restaurado.

—Rebaja el precio y trato hecho —dijo Jake.

Willie miró los ojos marrón claro de Carla.

—La casa os pide a gritos —dijo.

—¿Cuánto? —preguntó Jake con la espalda en tensión, prometiéndose no flaquear cuando oyera la cifra.

—Doscientos cincuenta —dijo Willie sin dudarlo—. En 1972 me costó cien, y me gasté cien más en arreglarla. En el centro de Memphis esta misma casa llegaría al millón, pero aquí estamos lejos de Memphis. Por doscientos cincuenta es una ganga, aunque claro, el mercado es el que es. Si la anunciase por medio millón, acabaría criando malas hierbas. Francamente, lo único que quiero es recuperar la inversión.

Jake y Carla se miraron sin dejar traslucir nada; no había nada que decir, al menos de momento.

—Vamos a echar un vistazo —dijo Willie, comerciante al acecho—, que a las seis y media llegan los demás.

Les llenó las flautas y se fueron al porche delantero. Una vez iniciada la visita, Jake supo que no había vuelta atrás.

Según Willie, la casa la había levantado hacia 1900 el doctor Miles Hocutt, que fue durante décadas el médico principal de la ciudad. Era la típica mansión victoriana de doble hastial, mirador de cuatro plantas y unos porches amplios, cubiertos, que la rodeaban.

Jake tenía que reconocer que el precio no era exagerado. Se les escapaba claramente, pero podría haber sido mucho peor. Sospechó que Harry Rex había aconsejado a Willie que fuera razonable, sobre todo si pretendía que se la quedasen los Brigance. Según Harry Rex, se rumoreaban varias cosas: que Willie había vuelto a forrarse en la bolsa, que había perdido mucho dinero en Memphis con sus negocios inmobiliarios y que había heredado una fortuna de su abuela, BeBe. A saber. En todo caso, el precio parecía indicar la necesidad de conseguir dinero rápido. Willie sabía que Jake y Carla necesitaban una casa. Sabía que estaban empantanados en un pleito con la compañía de seguros, y sabía también (probablemente a través de Harry Rex) que Jake aspiraba a generosos honorarios por el caso Hubbard. Mientras Willie hablaba por los codos y guiaba a Carla por suelos de corazón de pino magníficamente teñidos, atravesando la cocina moderna y subiendo por una escalera de caracol hasta la sala de lectura circular del tercer piso de la torre con vistas a los campanarios de la iglesia, a pocas manzanas de la casa, Jake, que los seguía obedientemente, se preguntó cómo narices podrían permitírsela, por no hablar de acondicionarla.

25

Para quienes pretendían impugnar el testamento manuscrito de Seth Hubbard, las Navidades llegaron con retraso, para ser exactos el 16 de enero.

Fue un investigador al servicio de Wade Lanier, Randall Clapp, quien dio con el filón: finalmente encontró a un posible testigo cuyo nombre era Fritz Pickering, y que vivía cerca de Shreveport, Luisiana. Clapp era el investigador número uno de Lanier, y tenía bien entrenado el olfato. Pickering se dedicaba a sus asuntos, sin conocer las intenciones de Clapp, pero le picó la curiosidad y quedaron en un delicatessen donde Clapp le invitó a comer.

Clapp estaba entrevistando a los antiguos jefes de Lettie Lang, casi todos blancos ricos acostumbrados a tener servicio de raza negra en sus casas. En su declaración, Lettie había dado todos los nombres que recordaba, al menos según su testimonio, pero sin descartar que en los últimos treinta años pudiera haber habido uno o dos más. No llevaba la cuenta, como la gran mayoría de las asistentas. A quien no mencionó fue a Irene Pickering, una de sus antiguas jefas, cuyo nombre salió a relucir durante una entrevista de Clapp con otro de sus empleadores.

Lettie nunca había trabajado más de seis años para nadie. Las razones eran múltiples, y no tenían nada que ver con que no hiciera bien su cometido. Al contrario, casi todos sus antiguos jefes la tenían en mucha consideración. El caso de Pickering resultó ser distinto como narró mientras se comía una sopa y una ensalada.

Unos diez años antes, en 1978 o 1979, su madre, Irene Pickering, viuda, había contratado a Lettie Lang para limpiar y cocinar. La señora Pickering vivía justo a las afueras del pequeño pueblo de Lake Village, en una casa vieja que había pertenecido a la familia desde tiempos inmemoriales. Por aquel entonces Fritz Pickering vivía en Tupelo y trabajaba en una compañía de seguros, que era la que le había trasladado a Shreveport. Iba a ver a su madre al menos una vez al mes, y había llegado a conocer bastante a Lettie. Todos estaban encantados con la relación, sobre todo la señora Pickering. En 1980 su salud inició un rápido declive. Era evidente que no le quedaba mucho tiempo. Lettie alargó su jornada y se mostró sinceramente compasiva con la moribunda, pero Fritz y su única hermana empezaron a albergar sospechas sobre la gestión de la economía doméstica de su madre. Poco a poco Lettie se había ido encargando de cobrar las facturas y extender los talones, aunque al parecer siempre llevaban la firma de la señora Pickering. Era Lettie quien hacía el seguimiento de los extractos bancarios, de los formularios del seguro, de los recibos y de todo el papeleo.

Un día Fritz recibió una llamada urgente de su hermana, que había encontrado un documento sorprendente: era un testamento escrito a mano por su madre, en el que le dejaba cincuenta mil dólares a Lettie Lang. Fritz salió del trabajo, se acercó rápidamente a Lake Village, se reunió con su hermana y echó un vistazo al testamento. Estaba fechado dos meses antes y firmado por Irene Pickering. La letra era inconfundible, pese a constituir una versión mucho menos enérgica que la que conocían ellos dos desde su infancia. La hermana de Fritz había encontrado el testamento en un sobre de lo más normal, dentro de una Biblia antigua de la familia, en la estantería de los libros de cocina. Cuando se lo dijeron a su madre, ella no quiso hablar del tema y escudándose en su debilidad.

En aquel momento la señora Pickering tenía ciento diez mil dólares en un certificado de depósito y dieciocho mil en una cuenta corriente. Lettie tenía acceso a los extractos bancarios de ambas cuentas.

Por la mañana, los hermanos abordaron a Lettie cuando llegó al trabajo y en el transcurso de una discusión muy fea la acusaron de haber convencido, o incluso obligado, a su madre a redactar el testamento. Ella dijo que no sabía nada. Se mostró sinceramente sorprendida, por no decir dolida. Aun así la despidieron y la hicieron salir inmediatamente de la casa. Después subieron a su madre al coche y la llevaron a un bufete de Oxford, donde vivía la hermana. Allí esperaron a que el abogado preparase un testamento de dos páginas donde no aparecía Lettie Lang, y que se lo dejaba todo a partes iguales a Fritz y su hermana, tal como habían hablado muchas veces con su madre. La señora Pickering firmó allí mismo, falleció un mes más tarde y no hubo problemas con la sucesión. Fritz y su hermana vendieron la casa y el terreno, y se dividieron los bienes sin la menor desavenencia.

En vida de Irene le preguntaron muchas veces por el testamento manuscrito, pero ella siempre se disgustaba y no quería hablar del tema. También las preguntas sobre Lettie Lang la hacían llorar. Al final los dos hijos renunciaron a nuevas discusiones. En honor a la verdad, cuando la señora Pickering firmó el testamento en el bufete no estaba del todo en su sano juicio, situación que hasta su muerte no experimentó ninguna mejoría.

A la hora del café, Clapp escuchaba cada vez con más entusiasmo. Estaba grabando la conversación, con permiso de Fritz, y no veía el momento de reproducírsela a Wade Lanier.

—¿Guardaron una copia del testamento manuscrito?

Fritz sacudió la cabeza.

—No recuerdo haber hecho ninguna. En todo caso, si la hubo hace tiempo que se ha perdido. No tengo ni idea de dónde podría estar.

—¿Y el abogado de Oxford? ¿Tenía una?

—Me parece que sí. Cuando fuimos al bufete con mamá le dimos su anterior testamento, que le había redactado un abogado de Lake Village, además del otro, el manuscrito, y estoy seguro de que se los quedó. Dijo que era importante destruir los testamentos previos, porque a veces reaparecen y causan problemas.

—¿Se acuerda de cómo se llamaba el abogado de Oxford?

—Hal Freeman. Era mayor, y ya se ha jubilado. Mi hermana murió hace cinco años. Yo fui su albacea. Para entonces Freeman ya estaba jubilado, pero la sucesión la llevó su hijo.

—¿Habló usted alguna vez con el hijo sobre el testamento escrito a mano?

—No creo. La verdad es que tuve muy poco contacto con él. A los abogados procuro evitarlos, señor Clapp. He tenido muy malas experiencias.

Clapp tuvo la sensatez de saber que había descubierto dinamita, y la experiencia necesaria para darse cuenta de que ya había insistido bastante. Convenía tomárselo con calma, explicárselo todo a Wade Lanier y dejar la batuta en sus manos. Pickering empezó a interesarse por los motivos de Clapp para seguir la pista de Lettie, pero chocó contra un muro de vaguedades. Acabaron de comer y se despidieron.

Wade Lanier escuchó la grabación con su habitual seriedad y su habitual mutismo. En cambio su socio, Lester Chilcott, disimulaba a duras penas su entusiasmo. Después de salir Clapp del despacho de Lanier, Chilcott se frotó las manos.

—¡Se acabó el partido! —dijo.

Wade finalmente sonrió.

Primer paso: no tener ningún otro contacto con Pickering. Al haber muerto su madre y su hermana, era la única persona que podía testificar sobre el testamento manuscrito, aparte de Hal Freeman. Dos llamadas rápidas a Oxford corroboraron que Freeman estaba jubilado y seguía con vida, y que su antiguo bufete lo llevaban sus dos hijos, Todd y Hank. De momento, ignorar a Pickering. Ningún contacto entre el bufete de Lanier y Pickering, porque llegado el momento sería importante que Pickering declarase no haber hablado nunca con los abogados.

Segundo paso: encontrar a toda costa el testamento manuscrito. Si existía, localizarlo y conseguirlo, a poder ser sin que se enterase Hal Freeman. Encontrarlo antes de que lo hicieran Jake u otros.

Tercer paso: de momento, esconderlo y reservarlo para más

adelante. El uso más teatral y eficaz del testamento escrito a mano por Irene Pickering tendría lugar en el transcurso del juicio, cuando Lettie Lang, en el estrado, negase saber nada de él. Lo mostrarían entonces, y la dejarían como una mentirosa. Y demostrarían al jurado que lograr mediante la complicidad que sus ancianos y vulnerables jefes escribieran a mano un testamento era una artimaña habitual en Lettie.

Se trataba de una estrategia llena de peligros. El primero, y más obvio, eran las normas básicas del intercambio de pruebas. Jake había presentado interrogatorios que requerían de sus adversarios divulgar la identidad de cualquier posible testigo. Lo mismo habían hecho Lanier y los otros abogados. Era un procedimiento estándar del nuevo ordenamiento probatorio, regido en principio por la más absoluta transparencia. Mantener oculto a un testigo como Fritz Pickering no solo contravenía la ética, sino que era peligroso. Pocas veces daba fruto intentar crear sorpresas en un juicio. Lanier y Chilcott necesitaban tiempo para urdir estrategias con las que esquivar la norma. Había excepciones, pero no dejaban mucho margen.

Otro elemento no menos conflictivo era el plan de encontrar el testamento escrito a mano por Irene. Cabía la posibilidad de que lo hubieran destruido con otros miles de expedientes antiguos y carentes de valor de los archivos de Freeman. Sin embargo, los abogados solían conservar sus viejos expedientes durante más de treinta años, así que existían bastantes posibilidades de que el testamento siguiera en algún sitio.

Ignorar a Fritz también era problemático. ¿Y si le encontraba otro abogado y le hacía las mismas preguntas? Si daba la casualidad de que el abogado era Jake se perdería el factor sorpresa. Jake tendría tiempo de sobra para preparar con Lettie una declaración que pudiera contentar al jurado. Seguro que podría darle un giro favorable a la historia. Por otra parte, despotricaría contra la infracción de la normativa de intercambio de pruebas, y el juez Atlee no sería clemente.

Lanier y Chilcott sopesaron la idea de ponerse en contacto directamente con Freeman. Si el testamento estaba acumulando polvo en algún archivador, no cabía duda de que Freeman podría facilitárselo sin que nadie se viera obligado a robarlo. Además sería un testigo respetable en el juicio. En contrapartida, hablar con Freeman significaría destapar su gran secreto. Se revelaría su nombre como potencial testigo, y se perdería el factor sorpresa. Quizá fuera necesario ponerse en contacto con él más tarde, pero de momento Wade Lanier y Lester Chilcott se daban por satisfechos si urdían una trama de silencio y argucias. No siempre era fácil mantener ocultos los engaños. Había que planearlo todo meticulosamente. A ellos dos, no obstante, se les daba bien.

Dos días más tarde Randall Clapp entró en el bufete Freeman e informó a la secretaria de que estaba citado a las cuatro. El bufete, de dos socios, ocupaba un bungalow reconvertido, a una manzana de la plaza de Oxford, justo al lado de una caja de ahorros y en la misma calle que el juzgado. Durante la espera en recepción, Clapp hojeó una revista y miró a su alrededor. Cámaras de vídeo o sensores, ninguno; una cerradura de pestillo en la puerta del bufete; ninguna cadena, o casi nada que pudiera disuadir al más simple y estúpido ladrón de entrar de noche y tomárselo con calma. ¿Y por qué iba a haber algo, si aquel edificio no contenía nada con valor real más allá de las montañas habituales de papeles?

Era el típico bufete de pueblo, como Clapp los había visto a cientos. Ya se había paseado por el callejón de atrás y examinado la entrada trasera; una cerradura de pestillo, pero nada inexpugnable. Erby, su ayudante, podría entrar bien por delante o por detrás más deprisa que los propios empleados con la llave.

Cuando le recibió Todd Freeman, Clapp le dijo que quería comprarse unos terrenos al oeste del pueblo, al lado de la carretera principal. Dio su nombre, su trabajo y su tarjeta reales, pero mintió al decir que él y su hermano querían montar un veinticuatro horas para camioneros. Los trámites serían los de rutina. Todd parecía bastante interesado. Clapp pidió ir al lavabo y le indicaron que estaba al fondo del pasillo. Una escalera de quita y pon, al menos dos salas repletas de expedientes y una pequeña cocina con la ventana rota y sin cerrojo. No había sensores de seguridad por ningún sitio. Estaba chupado.

Erby entró en el edificio justo después de medianoche, mientras Clapp, discretamente apoltronado en su coche vigilaba al otro lado de la calle por si había problemas. Era el 18 de enero, un miércoles de frío, y los estudiantes no habían salido de marcha. La plaza estaba muerta. El principal temor de Clapp era llamar la atención de algún policía aburrido. Una vez dentro, Erby le llamó por radio: no había moros en la costa. Solo había tardado unos segundos en forzar la puerta trasera gracias a su fiel navaja. Recorrió los despachos con una linterna de infrarrojos de bolsillo. Todas las puertas interiores se podían abrir. La escalera de quita y pon era precaria y rechinaba, pero consiguió bajarla sin hacer demasiado ruido. Se puso en la ventana de delante y llamó por radio a Clapp, que no vio su sombra dentro del bufete. Acto seguido empezó por uno de los almacenes, con guantes, sin cambiar nada de sitio. Tardaría horas. No tenía prisa. Abrió cajones y miró expedientes, fechas, nombres y demás, tocando documentos que nadie había tocado en semanas, meses o años. Clapp movió su coche a un aparcamiento del otro lado de la plaza y se adentró en los callejones. A la una Erby abrió la puerta trasera y Clapp entró en el edificio.

—Hay archivadores en todas las salas —dijo Erby—. Parece que los expedientes actuales los guardan en los despachos de los abogados, y algunos los tienen las secretarias.

—¿Y las dos salas? —preguntó Clapp.

—Son expedientes de hasta hace unos cinco años. Algunos están retirados, y otros no. Todavía estoy buscando. Aún no he acabado con la segunda sala. Hay un sótano grande lleno de muebles viejos, máquinas de escribir, libros jurídicos y más expedientes, todos retirados.

En la segunda sala no encontraron nada de interés. Era la típica panoplia de expedientes viejos que se encuentra en cualquier bufete de pueblo. A las dos y media Erby subió con precaución por la escalera abatible y desapareció en el desván. Clapp plegó la escalera y bajó al sótano. El desván era una sala ciega, de una oscuridad absoluta, llena de cajas de cartón pulcramente alineadas y con cuatro hileras de profundidad. Como no podían verle desde fuera, Erby dio más potencia a la linterna y examinó las cajas. Cada una tenía un código escrito a mano con un rotulador de color negro: «Inmobiliario, 1/1/76-8/1/77», «Penal, 3/1/81-7/1/81», etc. Le alivió encontrar carpetas de hacía una docena de años. En cambio le frustró la ausencia de todo lo relativo a escrituras y herencias.

Estarían en el sótano. Después de media hora de búsqueda Clapp encontró un montón de cajas del mismo tipo que las del desván donde ponía «Sucesiones, 1979-1980». Sacó una, la abrió con cuidado y empezó a hojear docenas de expedientes. El de Irene Pickering llevaba la fecha de agosto de 1980. De cuatro centímetros de grosor, permitía seguir los trámites jurídicos desde el día en que Hal Freeman había preparado el testamento de dos páginas firmado de inmediato por Irene hasta el auto final que relevaba a Fritz Pickering de su condición de albacea. La primera entrada era un testamento antiguo redactado por el abogado de Lake Village. La segunda, un testamento manuscrito. Clapp lo leyó en voz alta, despacio, ya que en algunos pasajes resultaba difícil descifrar la letra. El cuarto párrafo contenía un legado de cincuenta mil dólares a Lettie Lang.

—Bingo —murmuró.

Dejó la carpeta en una mesa, cerró la caja, la devolvió con suavidad a su sitio, rehizo su camino con cautela y salió del desván. Con la carpeta dentro de un maletín, salió al oscuro callejón y pocos minutos después llamó por radio a Erby, que apareció en la puerta trasera y solo se detuvo para echar rápidamente el cerrojo. Que ellos supieran no habían desordenado nada, ni habían dejado huellas. De hecho, el bufete pedía a gritos una buena limpieza, y a nadie le llamaría la atención algo de tierra desprendida de un zapato, o un poco de polvo movido de su sitio.

Tras dos horas y media en coche llegaron a Jackson y se reunieron antes de las seis de la mañana con Wade Lanier en su despacho. Pese a sus treinta años de experiencia en pleitos, Lanier no recordaba haber encontrado nunca una bomba igual. Quedaba en pie, no obstante, una pregunta: ¿cuál era el mejor modo para su explosión?

El bar de Benny el Gordo quedaba al final de la parte asfaltada de una carretera de condado, que a partir de aquel punto pasaba a ser de grava. Portia había crecido en Box Hill, un barrio conflictivo y aislado, que quedaba oculto detrás de una ciénaga y unas colinas, y en cuyos alrededores vivían muy pocos blancos; pero Box Hill era Times Square en comparación con Prairietown, una barriada casi inaccesible que daba miedo solo de verla. Estaba al final del condado de Noxubee, a unos quince kilómetros de la frontera de Alabama. Si Portia hubiera sido blanca, no se habría atrevido ni a parar. Delante había dos surtidores de gasolina y unos cuantos coches sucios aparcados en la grava. Saludó al adolescente de detrás de la barra, mientras la puerta mosquitera daba un portazo a sus espaldas. Había algunos productos de alimentación, refrescos y neveras de cerveza, y al fondo una docena de mesas bien puestas, con manteles de cuadros rojos y blancos. Olía mucho a grasa. En una plancha chisporroteaban hamburguesas. Sujetando una espátula como si fuera un arma, un individuo corpulento y de panza colosal hablaba con dos hombres sentados en taburetes. Quedaba bastante claro quién de ellos era Benny el Gordo.

«Haga aquí su pedido», ponía en un letrero.

—¿Qué desea? —dijo el cocinero, sonriendo amablemente.

Portia le obsequió con su mejor sonrisa.

—Póngame un perrito caliente y una Coca-Cola —dijo con voz susurrante—. Estoy buscando a Benny Rinds.

—Soy yo —dijo él—. ¿Y tú...?

—Me llamo Portia Lang, de Clanton, pero es posible que sea una Rinds. No estoy segura, pero estoy buscando información.

Benny señaló una mesa con la cabeza. Diez minutos más tarde puso el perrito y la Coca-Cola delante de Portia y se sentó al otro lado.

—Estoy haciendo el árbol genealógico de la familia —dijo ella—, y me están saliendo muchas ovejas negras.

Benny se rió.

—Haber venido a verme antes de empezar.

Sin tocar el perrito, Portia habló de su madre, y de la madre de su madre. Benny no las conocía de nada. Su familia era de los condados de Noxubee y Lauderdale, más hacia el sur que hacia al norte. Nunca había conocido a ningún Rinds del condado de Ford, ni uno solo. Mientras escuchaba, Portia comió rápidamente y acabó en cuanto se dio cuenta de que era un nuevo callejón sin salida.

Dio las gracias a Benny y se marchó. Durante el camino de vuelta paró en todos los pueblos y miró los listines telefónicos. Por aquella zona había muy pocos Rinds: unos veinte en el condado de Clay y unos doce en el de Oktibbeha, cerca de la universidad del estado. Ya había hablado por teléfono con una docena en el condado de Lee, tanto en Tupelo como en sus alrededores.

Portia y Lucien ya tenían identificados a veintitrés miembros de la familia Rinds que habían vivido en el condado de Ford durante los años previos a 1930, la fecha en que habían desaparecido todos. Tarde o temprano encontrarían a algún descendiente, un anciano familiar que supiera algo y estuviera dispuesto a hablar.

26

El último viernes de enero Roxy llegó al trabajo a las nueve menos cuarto y encontró a Jake al lado de su mesa, esperando tan tranquilo mientras consultaba un documento, como si no pasara nada. Pero pasaba. Había llegado el momento de una evaluación que no tendría nada de agradable. El comienzo fue plácido.

—Jake, no aguanto aquí más —le espetó Roxy.

Ya estaba llorando. Sin maquillaje, despeinada, con el aspecto cansado de una esposa, madre y mujer fuera de quicio...

—No soporto a Lucien —dijo—. Viene casi cada día y es el colmo de la mala educación. Es vulgar, ordinario, malhablado, sucio y fuma unos puros que son lo más asqueroso del mundo. Le odio.

—¿Algo más?

—Una de dos: o se va él o me voy yo.

—Es que el edificio es suyo.

—¿No puedes hacer nada?

—¿Como qué? ¿Decirle que sea más amable, que no fume ni diga palabrotas, ni insulte a la gente, ni cuente chistes verdes, ni beba? Por si no te has fijado, Roxy, a Lucien Wilbanks no le dice nadie lo que tiene que hacer.

Roxy cogió un pañuelo de papel y se secó las mejillas.

—No puedo más.

Era la ocasión perfecta. Jake no pensaba desperdiciarla.

—Pues nada, quedamos en que lo dejas —dijo, compasivo—. Estaré encantado de escribirte una carta de recomendación.

—¿Me estás despidiendo?

—No, renuncias tú a partir de ya. Si te marchas ahora te doy el día libre. Te mandaré el cheque del último sueldo.

Roxy miró su mesa, y pasó del llanto a la rabia. Diez minutos después se había marchado, dando varios portazos. A las nueve, puntualmente, entró Portia.

—Acabo de cruzarme con Roxy por la calle —dijo—, y no me ha dirigido la palabra.

—Se ha ido. Voy a hacerte una oferta. Puedes trabajar aquí temporalmente como secretaria y recepcionista. Se te considerará una técnica jurídica, no una simple pasante. Lo mires por donde lo mires, es una gran mejora.

Portia lo asimiló sin perder la serenidad.

—No escribo muy bien a máquina.

—Pues practica.

—¿Cuánto se gana?

—Mil dólares al mes durante dos meses de prueba. Después de los dos meses lo reevaluamos.

—¿Horario?

—De las nueve menos cuarto a las cinco, con media hora para comer.

—¿Y Lucien? —preguntó.

—¿Qué le pasa?

—Que está aquí abajo. A mí me gusta estar arriba, en la primera planta, sana y salva.

—¿Te ha molestado?

—Todavía no. Mira, Jake, le tengo simpatía, y trabajamos bien juntos, pero a veces da la sensación de que le gustaría estrechar un poco más la relación, no sé si me entiendes.

—Creo que sí.

—Como me toque le doy cachetes en el culo por toda la habitación.

Jake se rió de la imagen. No cabía la menor duda de que Portia era capaz de cuidarse por sí sola.

—Tendré que hablar con Lucien —dijo—. Déjalo en mis manos, que le avisaré.

Portia respiró hondo, miró el despacho, asintió y sonrió.

—De todos modos, Jake, yo no soy secretaria. Pienso ser abogada, como tú.

—Y te ayudaré en todo lo que pueda.

—Gracias.

—Quiero una respuesta. Ahora mismo.

—Es que no quiero perderme el juicio, y si me instalo aquí en la mesa me lo perderé, ¿verdad?

—Eso ya habrá tiempo de pensarlo. De momento te necesito aquí abajo.

—Vale.

—¿Trato hecho, entonces?

—No. Mil dólares al mes es demasiado poco para una secretaria, recepcionista y técnica jurídica a la vez.

Jake mostró las palmas de las manos, consciente de haber sido derrotado.

—Bueno, pues ¿qué tienes pensado?

—Dos mil está más en la línea del mercado.

—¿Qué narices sabes tú del mercado?

—No mucho, pero sé que mil al mes es demasiado poco.

—Vale. Mil quinientos los dos primeros meses y luego negociamos.

Portia se lanzó hacia Jake y le dio un abrazo, rápido pero un abrazo.

—Gracias, Jake —dijo.

Una hora después Jake lidió con la segunda crisis laboral de la mañana. Lucien irrumpió sin llamar a la puerta y se dejó caer en una silla.

—Jake, hijo mío —empezó a decir con un tono que no presagiaba nada bueno—, me he decidido. Hace meses, o años, que doy vueltas a la decisión de poner en marcha el proceso de readmisión; de ir preparando mi regreso, como si dijéramos, ¿me explico?

Jake, que estaba enfrascado en la respuesta a un escrito de Stillman Rush, dejó lentamente el bolígrafo y logró mirar a Lucien con aire pensativo. Hasta entonces no había salido a relucir la palabra «regreso», pero en los últimos tres meses Lucien se las había arreglado para dosificar todas las insinuaciones posibles en el sentido de que deseaba volver a ejercer la abogacía. Aunque Jake ya se temiera la noticia, le puso en situación comprometida. No quería a Lucien cerca, y menos en funciones de abogado ahora que sus labores de asesor sin cargo ni salario ya empezaban a estar algo manidas. El Lucien abogado equivalía al Lucien jefe. En ese sentido Jake no duraría. En cambio, el Lucien amigo era quien le había dado trabajo, bufete y trayectoria, un hombre de fidelidad a toda prueba.

—¿Por qué? —preguntó Jake.

—Lo echo de menos, Jake. Soy demasiado joven para quedarme sentado en el porche. ¿Me apoyarás?

La única respuesta posible era un sí.

—Pues claro... —dijo enseguida Jake—, ya lo sabes, pero ¿cómo?

—Con tu respaldo moral, Jake, al menos al principio. Ya sabes que antes de que puedan readmitirme tendré que aprobar el examen, lo cual no es poca cosa para un vejestorio como yo.

—Si ya lo aprobaste puedes volver a aprobarlo —dijo Jake con la convicción de rigor, aunque a decir verdad dudaba mucho de que Lucien, empezando desde cero, pudiera empollar seis meses por su cuenta a la vez que intentaba olvidarse del whisky.

—¿Cuento contigo, entonces?

—¿En qué sentido, Lucien? ¿Y cuando te hayan readmitido? ¿Querrás que te devuelva el bufete? ¿Me querrás como machaca? ¿Volveremos a la situación de hace ocho o nueve años?

—No lo sé, pero alguna solución encontraremos, Jake, estoy seguro.

Jake se encogió de hombros.

—Está bien, cuenta conmigo. Te ayudaré en todo lo que pueda.

Ya había ayudado a dos futuros abogados en una mañana. ¿Cuál sería el siguiente?

—Gracias.

—Ya que estás aquí te comento unas cuestiones prácticas. Se

ha ido Roxy, y ahora la secretaria es Portia provisionalmente. Es alérgica al humo de puro, o sea que sal a fumar fuera, por favor. Y ten las manos quietas, que ha estado seis años en el ejército, domina la lucha cuerpo a cuerpo y el kárate, y no le gusta que la manoseen viejos verdes blancos. Como la toques te partirá los dientes y luego me denunciará por acoso sexual. ¿Te enteras?

—¿Lo ha dicho ella? Te juro que no he hecho nada.

—Solo te aviso, ¿vale, Lucien? No la toques, no le cuentes chistes verdes ni le hagas comentarios insinuantes, y no bebas ni fumes delante de ella. Se cree que es abogada, y quiere llegar a serlo. Trátala como a una profesional.

—Yo creía que nos llevábamos muy bien.

—No te digo que no, pero te conozco. No la líes.

—Lo intentaré.

—No te limites a intentarlo. Bueno, perdona, es que tengo que seguir trabajando.

Al irse, Lucien murmuró con bastante fuerza para que le oyera Jake:

—Buen culo sí tiene.

—Basta, Lucien.

Normalmente los viernes por la tarde era casi imposible encontrar a un juez en el juzgado o a un abogado en su bufete. Se escaqueaban todos, cada cual a su manera, porque el fin de semana empezaba pronto. Se pescaban muchos peces, se consumía mucha cerveza y se posponían hasta el lunes muchos temas jurídicos. Si era enero, y atardecía un viernes gris, abogados y no abogados por igual cerraban discretamente sus despachos antes de hora y se alejaban de la plaza.

A las cuatro de la tarde, cuando llegó Jake, el juez Atlee estaba en el porche con una manta en las piernas. No hacía viento. Sobre los escalones de entrada flotaba una nube de humo de pipa. Según el letrero del buzón la casa se llamaba Maple Run. Era una especie de mansión antigua y regia, con columnas georgianas y contraventanas alabeadas por el tiempo. Una de tantas residencias de Clanton, y del condado de Ford, que llevaban varias generaciones en manos de la misma familia. A dos manzanas se veía el tejado de Hocutt House.

Reuben Atlee ganaba ochenta mil dólares al año por ser juez, y no destinaba casi nada a su finca. Era viudo desde hacía años. Los arriates de flores, los estropeados muebles de mimbre del jardín y las cortinas rotas del piso de arriba dejaban muy clara la ausencia de un toque femenino. Atlee vivía solo. También había muerto tiempo atrás su asistenta de toda la vida, y el juez no se había molestado en buscarle sustituta. Jake, que le veía todos los domingos por la mañana en la iglesia, había observado con el paso de los años un declive generalizado en su apariencia. Ya no llevaba tan limpios los trajes, ni tan almidonadas las camisas. Tampoco sus nudos de corbata eran tan impecables. A menudo le habría convenido un buen corte de pelo. Estaba claro que el juez Atlee salía todas las mañanas de su casa sin haberse sometido a la debida inspección.

Sin ser un gran bebedor, casi todas las tardes, sobre todo si era viernes, disfrutaba de un buen ponche. Le sirvió a Jack un generoso whisky sour sin preguntar y lo puso en la mesa de mimbre, entre los dos. Hablar de trabajo con el juez en su porche equivalía a tomarse un ponche. Atlee se balanceó en su mecedora favorita y tomó un trago largo y reparador.

—Se rumorea —dijo— que desde hace un tiempo Lucien va mucho a tu bufete.

—Es suyo —dijo Jake.

Los dos contemplaban el césped, que en lo más crudo del invierno estaba deslucido, de un color marrón. Ambos llevaban el abrigo puesto. Como tardara mucho en hacer efecto el whisky, Jake, que no tenía manta, tendría que pedir que entrasen en la casa.

—¿A qué se dedica? —preguntó el juez Atlee.

Conocía a Lucien desde hacía mucho tiempo, y su relación tenía muchos capítulos.

—Le he pedido un informe sobre la finca de Seth Hubbard, y que investigue algunos aspectos jurídicos.

De ningún modo habría revelado Jake lo que le había dicho Lucien por la mañana, y menos al juez Atlee. Si llegaba a saberse que Lucien Wilbanks tramaba su regreso, la mayoría de los jueces de la zona presentarían su dimisión.

—No le pierdas de vista —dijo el juez Atlee; otro consejo no solicitado.

—Es inofensivo —dijo Jake.

—Inofensivo no lo es nunca. —Atlee hizo girar los cubitos, como si la temperatura no hiciera mella en él—. ¿Qué novedades hay en la búsqueda de Ancil?

Jake intentó beber más bourbon evitando los cubitos. Sus dientes empezaban a castañetear.

—Pocas —contestó—. Nuestra gente ha encontrado a una ex esposa en Galveston que no ha tenido más remedio que reconocer que hace treinta y cinco años se casó con un tal Ancil Hubbard. Estuvieron casados tres años y tuvieron dos hijos. Después Ancil desapareció. Debe una fortuna en pensiones alimenticias, para los niños y para la ex, pero a ella le da igual. Parece que hace quince años Ancil dejó de usar su verdadero nombre y pasó a la clandestinidad. Seguimos buscando.

—¿Son los de Washington?

—Sí, una empresa de antiguos agentes del FBI especializada en buscar a gente desaparecida. No sé lo buenos que son, pero me consta que son caros. Tengo una factura pendiente.

—Sigue insistiendo. Desde el punto de vista del tribunal, Ancil no está muerto mientras no exista la certeza de que lo está.

—Han empezado a consultar las actas de defunción de los cincuenta estados, y de una docena de otros países. Es un poco largo.

—¿Cómo va el intercambio de pruebas?

—Deprisa. El caso es raro, señor juez, en el sentido de que todos los abogados quieren ir a juicio cuanto antes. ¿Lo había visto muchas veces?

—Pues no sé si alguna.

—Al ser tan prioritario para todos, hay mucha colaboración.

—¿Nadie remolonea?

—Nadie, ni un solo abogado. La semana pasada tomamos declaración a once personas en tres días, todos feligreses que vieron al señor Hubbard la mañana en que murió. Nada de especial interés o que llamara la atención. En general los testigos coinciden en que parecía el mismo de siempre, sin ninguna rareza. De momento hemos tomado declaración a cinco personas que trabajan en su oficina central y que estuvieron con él el día antes de que redactase el testamento.

—Las he leído —dijo el juez Atlee entre dos sorbos.

A otra cosa.

—Están todos muy ocupados con buscarse expertos. Yo he encontrado a mi grafólogo y...

—¿Un grafólogo? ¿No han determinado que es la letra de Seth Hubbard?

—Aún no.

—¿Existe alguna duda?

—La verdad es que no.

—Pues entonces tráemelo para una audiencia antes del juicio y le echaré un vistazo. Quizá podamos zanjar el tema. Mi objetivo es reducir las cuestiones a lo básico y dirimir el caso de la manera menos accidentada posible.

En lo de reducir las cosas a lo básico Reuben Atlee era un maestro. Su odio a las pérdidas de tiempo era tan grande como el que le inspiraban los letrados parlanchines. Jake había visto vapulear a un abogado sin preparación que le exponía un argumento pobre al juez Atlee. A la tercera repetición, el juez le había interrumpido diciendo: «¿Qué se cree que soy, tonto o sordo?». Azorado, pero bastante sensato para no replicar, el abogado no había podido hacer otra cosa que poner cara de incredulidad. Después el juez Atlee había dicho: «Mi audífono funciona de perlas, y no soy tonto. Si vuelve a repetirse dictaminaré a favor de la otra parte. Vamos, continúe».

¿Eres tonto o sordo? Era una pregunta que se hacía mucho en los círculos jurídicos de Clanton.

Ahora el bourbon sí empezaba a caldear el ambiente. Jake se obligó a beber más despacio. Con una copa bastaría. A Carla no le sentaría bien verle llegar a casa medio piripi un viernes por la tarde.

—Como era de esperar —dijo— habrá bastantes testimonios médicos. El señor Hubbard pasaba muchos dolores y tomaba un montón de medicinas. La otra parte intentará demostrar que su salud mental se resintió, así que...

—Lo entiendo, Jake. ¿A cuántos peritos médicos escuchará el jurado?

—De momento no lo sé muy bien.

—¿Cuántos peritajes médicos puede entender un jurado de esta ciudad? Entre los doce tendremos como máximo a dos licenciados, a un par que no acabaron los estudios y el resto tendrá el graduado escolar.

—Seth Hubbard no acabó los estudios.

—Es verdad, y me apuesto lo que quieras a que nunca le pidieron que evaluase peritajes médicos contradictorios. Lo digo, Jake, porque tenemos que guardarnos de abrumar al jurado con demasiados dictámenes periciales.

—Lo entiendo. Si representara a la otra parte haría comparecer a un montón de peritos para sembrar dudas. Así confundiría a los miembros del jurado y les daría motivos para sospechar que Seth no pensaba claramente. ¿Usted no, señoría?

—No hablemos de estrategias procesales, Jake. No me gusta que intenten influir en mí. Por si no lo sabes, contraviene el reglamento.

Atlee lo dijo con una sonrisa, pero dejando las cosas claras.

Se hizo un silencio largo y denso en la conversación, mientras bebían y saboreaban la tranquilidad.

—Hace seis semanas que no cobras —dijo finalmente el juez.

—He traído los papeles.

—¿Cuántas horas?

—Doscientas diez.

—¿O sea, treinta mil contando por lo bajo?

—Exacto.

—Parece razonable. Sé que trabajas mucho, Jake, y estoy encantado de dar el visto bueno a tus honorarios, pero si me permites que me inmiscuya en tus negocios, hay algo que me preocupa un poco.

En ese momento Jake no habría podido decir nada que evitara que el juez se inmiscuyese. Cuando le caías bien a Atlee, sentía la necesidad de darte consejos no solicitados sobre un amplio abanico de temas, esperando que te dieras por afortunado al recibir sus favores.

—Adelante —dijo Jake, preparándose para lo peor.

Un ruido de cubitos, seguido de otro sorbo.

—Ahora, y en el futuro próximo, cobrarás bien por tu trabajo, y a nadie le molestará. Tú mismo dijiste que el lío lo montó Seth Hubbard, y que se lo vio venir. Pase. Ahora bien, dudo que fuera muy sensato dar la impresión de que te has vuelto rico de la noche a la mañana. La señora Lang ha trasladado a su familia a la ciudad, a la casa de los Sappington, que ya sabemos que no es nada especial, y que por algo no se ha vendido, pero no está en Lowtown, sino a nuestro lado de las vías. Ha habido quejas. Queda feo. Mucha gente cree que la señora Lang ya ha empezado a gastarse el dinero, y les sienta mal. Ahora dicen por ahí que le tienes puesto el ojo a Hocutt House. No me preguntes cómo lo sé. Esta ciudad es pequeña. Dar un paso así, en un momento así, llamaría mucho la atención, y en ningún caso de manera favorable.

Jake se había quedado sin habla. Viendo a lo lejos el hastial más alto de Hocutt House, hizo el vano esfuerzo de intentar deducir quién se lo había contado a quién, y cómo se había filtrado la noticia. Willie Traynor le había hecho prometer silencio, porque no quería verse acosado por otros compradores. Harry Rex era confidente de los dos, de Jake y Willie, y aunque le encantase difundir rumores maliciosamente no habría dado un chivatazo así.

—Solo es un sueño —logró decir—. Queda muy lejos de nuestro presupuesto, y aún estoy empantanado en la demanda, pero gracias.

Gracias por haber vuelto a inmiscuirse, señoría. De todos modos, mientras respiraba hondo y esperaba a que se le pasara el enfado, Jake reconoció en su fuero interno que Carla y él se habían dicho lo mismo. Una compra tan evidente llevaría a mucha gente a sospechar, como era natural, que Jake medraba a expensas de un muerto.

—¿Ha salido el tema de un posible acuerdo extrajudicial? —preguntó el juez.

—Algo se ha dicho —respondió enseguida Jake, impaciente por cambiar de tema y dejar el asunto inmobiliario atrás.

—¿Y?

—No hemos llegado a nada. En su carta, Seth Hubbard me daba instrucciones muy explícitas. Lo que decía exactamente, creo, era: «Luche usted sin cuartel, señor Brigance. Es necesario que venzamos». No es que deje mucho margen para la negociación.

—Pero Seth Hubbard está muerto, y la demanda que ha creado sigue viva. ¿Qué le dirás a Lettie Lang cuando el jurado se pronuncie en contra de ella, si es que se da el caso, dejándola sin nada?

—Mi cliente no es Lettie Lang, sino la sucesión, y mi trabajo consiste en hacer que se apliquen los términos del testamento que la ha generado.

El juez Atlee asintió como si estuviera de acuerdo, aunque no lo dijo.

27

La llegada de Charley Pardue tuvo el don de producirse en el momento más oportuno. Simeon volvía a estar fuera. Si aquel sábado, antes de mediodía, hubiera estado en casa, el encontronazo habría sido inmediato y la pelea con Charley, sonada.

Lo que pasó fue que Charley llamó a la puerta del antiguo domicilio de los Sappington y se encontró con una casa llena de mujeres y de niños. Los críos estaban delante de la tele, comiendo cereales de las cajas, mientras las mujeres pasaban el rato en una cocina sucia, tomando café y charlando en albornoz o pijama. La puerta la abrió Phedra, que logró acomodar al visitante en el salón antes de correr a la cocina.

—¡Mamá, ha venido a verte un hombre y es guapíííísimo! —dijo, impresionada.

—¿Quién es?

—Charley Pardue. Dice que le parece que es tu primo.

—No me suena de nada —dijo Lettie, poniéndose a la defensiva.

—Pues está aquí, y es más mono...

—¿Vale la pena hablar con él?

—¡Y tanto!

Las mujeres subieron deprisa a cambiarse. Phedra salió disimuladamente por detrás y rodeó la casa. Un Cadillac amarillo último modelo, inmaculado, con matrícula de Illinois. El propio Charley no era menos presentable: traje negro, camisa blanca, corbata de seda, pisacorbatas de diamantes y al menos dos brillantes pequeños y de buen gusto en los dedos. No llevaba alianza. En la muñeca derecha, una cadena de oro, y en la izquierda, un reloj de mucho empaque. Transmitía una elegancia urbana. Phedra supo que era de Chicago antes de que entrase por la puerta. Cuando Lettie bajó a conocerle, Phedra insistió en sentarse al lado de su madre. Más tarde se les unieron Portia y Clarice. Cypress se quedó en la cocina.

Lo primero que hizo Charley fue soltar algunos nombres, sin demasiado efecto. Dijo ser de Chicago, donde trabajaba «como empresario». Era de sonrisa amplia y fácil, un hombre con labia al que le brillaban los ojos al reírse. Su efecto en las mujeres fue considerable. Desde hacía cuatro meses venía mucha gente a ver a Lettie, y no eran pocos los que alegaban algún parentesco consanguíneo, como Charley. Dada la desnudez del árbol genealógico de Lettie, lo más fácil era reaccionar con cinismo, descartando de antemano a muchos posibles familiares. Lo cierto era que, tras varios abandonos, Lettie había sido adoptada extraoficialmente por Clyde y Cypress Tayber, e ignoraba por completo quiénes eran sus abuelos. Portia había dedicado muchas horas a cribar la escasa historia de sus ascendientes, sin que sus desvelos hubieran dado grandes frutos.

—Mi abuela materna —dijo Charley para conmoción de todas— era una Rinds. Creo, Lettie, que tú también.

Les enseñó unos documentos. Acto seguido se sentaron muy juntos en una mesa del comedor, y Charley desplegó un organigrama que de lejos, más que un árbol genealógico como Dios mandaba, parecía un montón de hierbajos. Todo eran líneas retorcidas que salían en varias direcciones, entre notas encajadas en los márgenes. Fuera lo que fuese, alguien se había pasado horas intentando descifrarlo.

—Me ha ayudado mi madre —dijo Charley—, que era hija de una Rinds.

—¿De dónde viene el Pardue? —preguntó Portia.

—De mi padre. Son de Kansas City, pero llevan mucho tiempo instalados en Chicago, que fue donde se conocieron mis padres. —Charley señaló el esquema con una pluma estilográfica—. Todo se remonta a un tal Jeremiah Rinds, un esclavo nacido hacia 1841 cerca de Holly Springs que tuvo cinco o seis hijos.

Uno de ellos era Solomon Rinds, que también tuvo seis hijos, entre ellos Marybelle Rinds, mi abuela. En 1920 Marybelle tuvo a mi madre, Effie Rinds, que nació en este condado. En 1930 Marybelle Rinds, su marido y unos cuantos Rinds más se fueron a Chicago y no volvieron.

—El mismo año en que la familia Hubbard se quedó con la finca de Sylvester Rinds —dijo Portia.

Aunque las demás lo estaban oyendo, no sacaron mucho en claro. Portia ni siquiera estaba segura de que hubiese alguna relación. Faltaban demasiados datos.

—De eso no sé nada —dijo Charley—, pero mi madre se acuerda de una prima que según ella podría ser hija única de Sylvester Rinds. Por lo que sabemos nació hacia 1925. En 1930 se dispersó la familia y perdieron el contacto, pero con los años fueron surgiendo los típicos rumores familiares. Se supone que esta chica se quedó embarazada siendo muy joven, que el padre se fue en tren y que la familia no llegó a enterarse de qué le había pasado al bebé. Mi madre se acuerda de que su prima se llamaba Lois.

—Yo he oído que mi madre se llamaba Lois —dijo Lettie con cautela.

—Pues nada, lo miramos en tu partida de nacimiento —dijo Charley como si hubiera llegado finalmente a un momento decisivo.

—Nunca la he tenido —dijo Lettie—. Sé que nací en el condado de Monroe en 1941, pero no hay partida oficial.

—Ni tampoco consta el nombre del padre o de la madre en ningún sitio —añadió Portia—. Esto lo hemos descubierto hace poco en el condado de Monroe. La madre aparece como L. Rinds, de dieciséis años. El padre es H. Johnson, pero no vuelve a desaparecer en ningún sitio.

Charley se había llevado un chasco. Después de esforzarse tanto y de viajar hasta tan lejos para demostrar su parentesco con aquella prima recién descubierta, se encontraba en vía muerta. ¿Cómo es posible vivir sin una partida de nacimiento?

—A mi madre —siguió explicando Portia— la adoptaron, o algo así, Cypress y su marido. Hasta los treinta años no supo la verdad, y para entonces se habían muerto o marchado tantos de sus parientes que en el fondo daba igual.

—Me enteré cuando ya estaba casada y con tres hijos —dijo Lettie—. Tampoco podía irme a la aventura, a buscar parientes muertos... Además, la verdad es que ni entonces me importaba ni me importa ahora. Yo era una Tayber. Mis padres eran Clyde y Cypress. Tenía seis hermanos y hermanas.

Le irritaba sonar tan a la defensiva cuando no le debía ninguna explicación a aquel desconocido, fuera o no primo suyo.

—O sea —dijo Portia—, que según tu teoría parece que mi madre podría ser una Rinds del contado de Ford, pero es imposible demostrarlo.

—No, si de que es una Rinds estoy convencidísimo —dijo Charley, aferrado a un clavo ardiendo. Dejó caer los documentos en la mesa como si contuvieran una verdad indiscutible—. Probablemente seamos siete u ocho primos.

—Como todos los negros del norte de Mississippi —dijo Lettie, casi entre dientes.

Las mujeres se apartaron de la mesa. Una de las hermanas, Shirley, hija de Cypress, llegó con una cafetera y rellenó las tazas.

Charley, que no parecía amedrentarse, siguió hablando por los codos mientras la conversación se alejaba de linajes y dudosas historias familiares. Había venido en busca de dinero, y traía los deberes hechos. Su labor detectivesca había acercado más que nunca a Lettie a sus auténticos antepasados. Aun así, seguía sin haber suficientes datos objetivos para atar los cabos sueltos. Quedaban demasiadas lagunas, y demasiadas preguntas de imposible respuesta.

Portia se quedó en segundo plano, escuchando sin intervenir. Empezaba a cansarse de los brillantes y la sofisticación de Charley, pero le fascinaban sus indagaciones. Portia, Lucien y ahora Lettie partían de la misma e infundada premisa, la de que Lettie estaba emparentada con los Rinds que habían sido propietarios de la finca transmitida a los Hubbard en 1930. Si llegaba a demostrarse, podría ayudar a explicar la decisión de Seth. O no. También podría suscitar muchas preguntas, algunas de las cuales podían perjudicarlos. ¿Habría alguna parte admisible a juicio? En opinión de Lucien probablemente no, aunque valía la pena seguir buscando con el mismo tesón.

—¿Aquí dónde se come mejor? —preguntó Charley sin rodeos—. Os invito a todas.

¡Qué idea tan de Chicago! En Clanton casi nunca se comía fuera de casa. Hacerlo un sábado, con un joven tan encantador, que por si fuera poco se encargaba de pagar la cuenta, era irresistible. Se decidieron enseguida por Claude's, el bar de la plaza cuyos dueños eran negros. Los sábados Claude hacía costillas de cerdo a la barbacoa y lo tenía todo lleno.

Era la primera vez que Lettie subía a un Cadillac último modelo desde la mañana del día antes del suicidio, cuando había llevado a Seth a la oficina. Seth la había hecho conducir, y ella se había puesto muy nerviosa. Lo recordó perfectamente al sentarse junto a Charley. Sus tres hijas se arrellanaron en la lujosa piel del asiento trasero, y de camino a la plaza admiraron lo bien equipado que estaba el coche. Charley hablaba sin parar y conducía despacio, para que los lugareños pudieran admirarlo. Solo tardó unos minutos en comentar sus planes de comprar una funeraria muy rentable del South Side de Chicago. Portia miró a Phedra, y esta a Clarice. Charley lo vio por el retrovisor, pero no dejó de hablar.

Según su madre, que a sus sesenta y ocho años gozaba de buena salud y excelente memoria, su rama de la familia Rinds había vivido cerca de las otras, con las que en un momento dado había formado una comunidad de ciertas dimensiones, aunque con el tiempo se habían sumado a la gran migración y se habían ido al norte en busca de trabajo y una vida mejor. Después de irse de Mississippi, ya no habían sentido ganas de volver. Los que ya estaban en Chicago mandaron dinero para el viaje a los rezagados, y así, con el paso del tiempo, huyeron o murieron todos los Rinds.

La funeraria podía ser una mina de oro.

A mediodía casi no quedaba sitio en el pequeño restaurante. Claude, con un mandil de un blanco inmaculado, atendía a los clientes, mientras que su hermana se encargaba de la cocina. No hacían falta cartas. A veces escribían los platos del día en una pizarra, pero la mayoría de las veces se comía lo que estuviera preparando la hermana. Claude servía los platos, dirigía el tráfico, cobraba en caja, creaba más rumores de los que filtraba y en líneas generales llevaba el local con mano dura. Para cuando Charley y las mujeres ocuparon sus asientos y pidieron té helado, Claude ya había oído que eran todos parientes, y su respuesta había sido poner los ojos en blanco. Ahora eran todos parientes de Lettie...

Un cuarto de hora después entraron tranquilamente Jake y Lucien como por casualidad, lo cual no era cierto: Portia había llamado a Lucien por teléfono media hora antes para darle el aviso. Cabía alguna posibilidad de que Charley fuera un vínculo con el pasado, con el misterio de la familia Rinds, y Portia había pensado que Lucien podía estar interesado en conocerle. Una vez hechas las presentaciones, Claude sentó a los dos blancos en una mesa aparte, cerca de la cocina.

Mientras comían costillas de cerdo y puré de patatas, Charley siguió pregonando los beneficios astronómicos del negocio funerario en «una ciudad de cinco millones», aunque las mujeres empezaban a perder interés. Charley había estado casado, pero ahora estaba divorciado. Dos hijos, que vivían con la madre. Él había ido a la universidad. Las mujeres sonsacaron poco a poco los detalles mientras disfrutaban a fondo de la comida. Cuando llegó el pastel de crema de coco ya no le hacían ni caso y se dedicaban a dejar a la altura del betún a un diácono que se había fugado con una mujer casada.

Por la tarde Portia fue a casa de Lucien por primera vez. El tiempo había cambiado de repente y hacía frío y viento, por lo que el porche quedaba descartado de antemano. Le intrigaba conocer a Sallie, una persona a quien rara vez se veía en la ciudad, pero que aun así era muy conocida. Su situación provocaba condenas incesantes a ambos lados de las vías, aunque no parecía que la molestaran, ni tampoco a Lucien. Portia se había dado cuenta enseguida de que en el fondo a Lucien no le molestaba nada, al menos en lo relativo a lo que pensara u opinara la gente. Despotricaba contra la injusticia, o la historia, o los problemas del mundo, pero mantenía una dichosa indiferencia respecto a las observaciones ajenas.

Sallie tenía unos diez años más que Portia. No era hija de Clanton. De hecho nadie sabía con seguridad de dónde era su familia. A Portia le pareció una persona educada y amable, en absoluta incómoda con la presencia de otra mujer negra en la casa. Lucien tenía encendida la chimenea de su estudio, donde Sallie les sirvió chocolate caliente. Lucien le echó coñac al suyo. Portia lo tomó solo. La idea de añadir alcohol a una bebida tan reconfortante se le hacía casi rara. Claro que ya hacía tiempo que se había dado cuenta de que Lucien nunca había visto una sola bebida que no pudiera mejorarse con uno o dos chorros de alcohol...

Se pasaron una hora actualizando el árbol genealógico, mientras Sallie, presente en la sala, hacía un comentario de vez en cuando. Portia había anotado parte de lo dicho por Charley: datos importantes, como nombres y fechas, y otros prescindibles, como las muertes y desapariciones de personas sin vínculo con ellos. En la zona de Chicago había varias ramas de Rinds, y en Gary algunas más. Charley había mencionado a un primo lejano que vivía cerca de Birmingham, pero no tenía sus datos de contacto. También había hablado de un primo que se había marchado a Texas. Y tal y cual.

En algunos momentos Portia no se creía que pudiera estar sentada al lado de una chimenea en una casa tan bonita, una casa con historia, tomando un chocolate caliente que le había preparado otra persona, y hablando con un granuja de la talla de Lucien Wilbanks. Estaban a la misma altura. Tuvo que recordárselo más de una vez, pero era cierto, porque Lucien la trataba así. Era perfectamente posible que estuvieran perdiendo el tiempo con su persecución del pasado, pero resultaba tan fascinante investigarlo... Lucien estaba obsesionado con el enigma. Albergaba la convicción de que Seth Hubbard había tenido motivos para hacer lo que había hecho.

Y esos motivos no eran el sexo ni la compañía. Suavemente,

con toda la confianza, el respeto y el amor que le había sido humanamente posible reunir, Portia le había hecho a su madre la gran pregunta, y Lettie había dicho que no. Nunca. No había llegado a plantearse, al menos por su parte. Nunca se había hablado. Nunca había sido una posibilidad. Jamás.

Randall Clapp introdujo el sobre en uno de los buzones de la oficina de correos del centro de Oxford. Era un sobre blanco de tamaño folio, sin nada especial. No llevaba remite y estaba dirigido a Fritz Pickering, en Shreveport, Luisiana. Contenía dos hojas de papel, copia completa del testamento escrito a mano por Irene Pickering y firmado por ella el 11 de marzo de 1980. La otra copia estaba guardada bajo llave en el bufete de Wade Lanier. El original se hallaba en la carpeta robada en el bufete Freeman, situado a dos manzanas, en la misma calle.

El plan consistía en que Fritz Pickering recibiese la carta anónima, se fijase en el matasellos de Oxford, la abriese, reconociera el viejo testamento y se preguntara quién podía habérselo enviado. Probablemente tuviera una corazonada, pero nunca la seguridad absoluta.

Era sábado por la noche. En los bares de universitarios la juerga estaba en su pleno apogeo, y la policía se preocupaba más por esa actividad que por un hurto de poca monta en un pequeño despacho de abogados. Mientras Clapp se quedaba observando en el callejón, Erby entró por la puerta trasera y tardó cinco minutos en devolver el expediente Pickering a su lugar, donde nadie le hacía caso.

28

El lunes 20 de febrero el juez Atlee convocó a las partes para una puesta al día. Al no tratarse de ningún tipo de vista formal, cerró la sala con llave para que no entrasen reporteros ni espectadores. Acudieron la mayoría de los litigantes: por un lado los Hubbard, y por el otro Lettie y Phedra. De Ancil seguía sin saberse nada, aunque el juez Atlee todavía se resistía a declararle muerto.

Subió con toga al estrado.

—Buenos días —dijo, arisco.

Pasó lista a los abogados. Todos presentes. Pronto quedó de manifiesto que el juez no estaba de muy buen humor. Probablemente se encontrara mal.

—Señores —dijo con voz cansada—, queda fijado el juicio con jurado para dentro de seis semanas a partir de hoy. Estoy haciendo un seguimiento de la fase probatoria y no veo motivos para que no estemos todos listos el 3 de abril, en cumplimiento de las previsiones. ¿Se me ha pasado algo por alto? ¿Alguna razón para que se retrase el juicio?

Negativas enérgicas con la cabeza. ¿Razones? No, ninguna. Tal como había dicho Jake, el caso se salía de lo normal en la medida en que todos los abogados estaban impacientes por llegar a juicio. Si alguien podía querer ganar tiempo era Jake, que a ciento cincuenta dólares por hora tenía motivos para alargarlo, pero también él sentía el aliento del juez en la nuca. La causa, cuyo nombre oficial era *Sucesión de Henry Seth Hubbard*, iba lanzada como un cohete por la lista de autos.

—Vamos a ver —prosiguió el juez—. El señor Brigance ha traído copias del Primer Inventario para que las consulten. Ya les he indicado por escrito que debe mantenerse en el máximo secreto. —Portia empezó a repartir copias a la parte contraria—. Esta parte del sumario la he sellado porque la divulgación de un material tan delicado no traería nada bueno. Tanto ustedes, en cuanto abogados, como sus clientes tienen derecho a conocer de qué se compone la herencia, así que échenle un vistazo.

Los abogados le arrebataron las copias a Portia y las hojearon. Algunos habían oído el supuesto valor de la herencia, pero querían verlo impreso. Veinticuatro millones y calderilla. Era la justificación de lo que hacían, la razón de su lucha.

Hubo unos momentos de silencio sepulcral, mientras se asimilaba la noticia. Más dinero del que cualquiera de ellos podía aspirar a ganar durante una larga carrera. Después se oyeron cuchicheos, y una risa debida a un comentario chistoso.

—Me dirijo a la parte impugnadora —dijo el juez Atlee—. Al estudiar el material probatorio da la impresión de que podrían tener planes de impugnar la validez de la caligrafía. En su lista figuran dos peritos grafólogos, e imagino que la parte defensora se verá en la necesidad de recurrir a otros. He visto personalmente las muestras de escritura, en concreto el testamento, las instrucciones para el entierro, la carta que dejó el señor Hubbard en la mesa de la cocina y la que escribió con fecha de 1 de octubre al señor Brigance. También he visto las otras muestras de la letra del señor Hubbard que han sido presentadas. Díganme, señores Lanier y Rush, ¿piensan ustedes sostener con seriedad que el testamento fue escrito por otra persona distinta a Seth Hubbard?

Su tono dejaba muy claro qué le habría parecido. Rush y Lanier se levantaron despacio, sin ganas de contestar.

—Señoría —dijo Lanier—, es un punto que aún estamos debatiendo.

—Pues dense prisa —dijo Atlee de malos modos—. No sirve de nada y me hace perder el tiempo. Hasta un ciego vería que es su letra. Cualquier perito que se plante en esta sala y diga lo contrario será objeto de burla por parte del jurado y de desprecio por el tribunal.

Con esas palabras quedó zanjada la cuestión de la letra. Se sentaron.

—A ver qué más tiene decidido —le susurró Lanier a su ayudante, Lester Chilcott.

El juez Atlee miró a Jake.

—Señor Brigance —gruñó—, ¿alguna novedad en la búsqueda de Ancil Hubbard? El 5 por ciento de este inventario es mucho dinero.

«Coño, no me digas», tuvo ganas de contestar Jake, que estaba pensando en otra cosa. Se levantó con gran corrección, a pesar de que se había llevado un susto.

—La verdad es que no, señoría. La búsqueda ha dado muy pocos resultados. Al parecer hace ya mucho tiempo que Ancil empezó a usar otros nombres. No hemos encontrado pruebas de que esté muerto, y menos aún de que esté vivo.

—Muy bien. El punto siguiente de mi lista es que hablemos del jurado y de su selección. Hace más de ocho años que no presido ningún juicio con jurado, y me confieso algo oxidado al respecto. He hablado con los jueces Noose, Handleford y otros, así que buenos consejos no me faltan. Por lo visto consideran que con cien candidatos bastaría. ¿Señores?

Nada.

—Muy bien. Le indicaré al secretario que extraiga ese número de nombres al azar del censo electoral. La lista la haré pública dos semanas antes del juicio, como es práctica común en los tribunales de distrito. Regirán las precauciones y advertencias habituales sobre contactos no autorizados con los candidatos. Tenemos en nuestras manos un caso de gran relieve, señores, y estoy casi convencido de que en este condado todo el mundo se ha formado ya una opinión.

Jake se levantó.

—En tal caso, señoría —dijo—, quizá pudiera contemplarse el traslado del juicio.

—De usted depende solicitarlo, señor Brigance. Aún no he visto nada por escrito.

—Es que no he escrito nada. Era una simple conjetura. Si fuera cierto que la mayoría de los posibles integrantes del jurado están al corriente del caso, parecería lógico pensar en un traslado.

—Señor Lanier —dijo el juez Atlee, mirando a los otros abogados—, señor Rush, señor Zeitler... ¿Alguna observación?

Wade Lanier se irguió, dando muestras de gran contrariedad.

—En Mississippi nunca se ha trasladado ningún pleito de tipo sucesorio. Ni uno solo. Lo hemos investigado. —De pronto Lester Chilcott arañaba el contenido de una gruesa cartera—. Por otra parte, parece algo abusivo declarar que en este condado todo el mundo se ha formado una opinión antes de que hayamos presentado nuestras pruebas. —Chilcott le tendió un grueso informe—. Aquí está. Si el tribunal desea consultarlo... Ni un solo caso.

Jake quedó impresionado por la investigación. El juez Atlee no tanto.

—De momento me fío de su palabra —dijo—. Ya consultaré más tarde los datos.

Lo de trasladar el juicio Jake no lo había dicho en serio, puesto que quería mantenerlo en aquella sala. Sin embargo, un cambio de condado habría tenido sus ventajas, entre ellas (1) la posibilidad de más personas negras en el jurado, (2) evitar los perjuicios causados por Booker Sistrunk, su bocaza, su agitación racial y su Rolls-Royce negro, (3) encontrar para el jurado a personas que no hubieran cotilleado sobre Lettie y su familia, sus problemas y la casa que acababan de alquilar fuera de Lowtown, y por último (4) seleccionar un jurado que no estuviese contaminado por las interminables conjeturas acerca de Lettie y Seth Hubbard, y lo que realmente hacían. Todos esos factores y cuestiones las habían debatido en las últimas semanas Jake, Lucien y, cada vez más, por Portia. Pero que debatiesen todo lo que quisieran, que era una pérdida de tiempo. El juez Atlee no iba a trasladar el juicio. Se lo había dicho bien claro a Jake. Así pues, lo de este último era un farol para regodearse en el espectáculo de que sus adversarios le llevaran la contraria a cualquier precio.

—Con la venia, señoría —dijo—, si cree usted que en el condado de Ford todo el mundo se ha formado una opinión, presentaré una instancia para trasladar el juicio.

—Tengo una idea mucho mejor, señor Brigance —dijo el juez Atlee—. Convoquemos a los candidatos e iniciemos el proceso de selección. Así averiguaremos enseguida si hacerlo aquí es una pérdida de tiempo. Si parece imposible seleccionar un jurado imparcial, trasladaremos el juicio y santas pascuas. En este estado hay muchas salas, como mínimo una por condado.

Jake se sentó, al igual que Lanier y que Stillman Rush. El juez Atlee cambió algunos papeles de sitio antes de embarcarse en un análisis de las declaraciones restantes. Al existir una notable sintonía entre los abogados, apenas hubo problemas para fijar el calendario. Se estableció una consulta previa al juicio para el 20 de marzo, dos semanas antes de su inicio.

Se levantó la sesión.

La sesión se retomó un cuarto de hora más tarde en el despacho del juez Atlee. Solo abogados; sin clientes, asistentes jurídicos, secretarios ni ninguna otra persona que no fuera de absoluta confianza. Únicamente los abogados y el juez, que se había quitado la toga y fumaba de su pipa.

—Señores —dijo cuando estuvieron todos sentados—, vamos a dedicar al menos unos minutos a la posibilidad de un acuerdo. Personalmente no tengo reparos en llegar a juicio. Es más, en muchos sentidos me apetece. Presido pocos juicios con jurado, y pocas veces se me presentan hechos tan intrigantes como los de esta causa. Aun así, faltaría a mis obligaciones como árbitro imparcial si no analizara las posibles vías para llegar a un desenlace que aporte algo a todos los interesados, aunque sea menos de lo que querrían. Aquí hay mucho dinero en juego, señores. Alguna manera existirá de cortar el pastel y contentar a todo el mundo. —Una pausa elocuente para chupar con fuerza la caña de la pipa—. ¿Me permiten formular la primera propuesta?

Como si necesitase permiso de alguien... Todos los abogados asintieron, pero con cautela.

—Muy bien. Primero los dos legados de menor cuantía, del 5 por ciento cada uno; uno de ellos se entrega íntegramente a la iglesia, y el de Ancil se pone en fideicomiso a la espera de que tomemos una decisión definitiva. El 90 por ciento restante lo dividimos en tres: una tercera parte para Lettie Lang, otra para Herschel Hubbard y otra para Ramona Hubbard Dafoe. Suponiendo que los impuestos se lleven el 50 por ciento, cada uno de los tres se queda aproximadamente tres millones seiscientos mil; mucho menos de lo que desean, pero mucho más de lo que obtendrán si gana la otra parte. ¿Qué les parece?

—Estoy seguro de que la iglesia aceptará —dijo Jake.

—A nosotros nos deja un poco en la estacada, señoría —dijo Zack Zeitler, el abogado de los hijos de Herschel.

—Lo mismo digo —observó Joe Bradley Hunt, el de los de Ramona.

—Claro —dijo el juez Atlee—, pero no es ningún desatino suponer que los niños obtendrían bastantes beneficios de un acuerdo así. A sus padres les caerá una fortuna del cielo, y seguro que la lluvia seguirá filtrándose hacia abajo. Quizá se pudiera estipular una parte en fideicomiso para los niños. Solo es una idea.

—Quizá —dijo Zeitler con miradas de soslayo a los otros abogados, como si su cuello estuviera en peligro.

—Interesante —masculló Wade Lanier—. Yo creo que mis representados se lo pensarían.

—Lo mismo digo —añadió Stillman Rush.

Su señoría mordisqueó la caña maltrecha de su pipa mientras miraba a Jake, que rabiaba por dentro a causa de la emboscada. No le habían avisado de aquella negociación improvisada. Tampoco tenía la menor sospecha de que su viejo amigo planease poner números sobre la mesa.

—¿Jake? —dijo el juez Atlee.

—Todos ustedes —dijo Jake— tienen una copia de la carta que me escribió Seth Hubbard al enviarme su testamento. Las instrucciones que me dio eran bastante explícitas. Sus deseos en lo referente a sus dos hijos adultos no pueden ser más claros. Les propongo que relean la carta, así como el testamento. Yo represento a la sucesión, y tengo órdenes estrictas. Mi cometido es velar por que se cumpla la voluntad del señor Hubbard, y por que sus hijos no reciban nada. No tengo elección. No estoy dispuesto a participar en ningún acuerdo o solución de compromiso.

—¿No debería comentárselo a su cliente? —dijo Stillman.

—Mi cliente es la sucesión, representada por el señor Quince Lundy, el administrador.

—Me refería a Lettie Lang.

—Tampoco represento a Lettie Lang. Coincidimos en nuestros intereses (la legalización del testamento manuscrito), pero no soy su abogado. Eso se lo he dejado claro a todo el mundo, y especialmente a ella. Como parte interesada tiene derecho a contratar a un abogado. Ya lo intentó una vez, pero el abogado en cuestión terminó en la cárcel.

—La verdad es que echo de menos al bueno de Booker —dijo Wade, logrando hacer reír de nuevo a los demás.

Jake insistió.

—Lo que quiero decir es que no soy el abogado de Lettie Lang.

—Vale, Jake, técnicamente no —dijo Stillman—, pero ahora mismo te escucha más que a nadie. ¡Coño, si su hija es tu pasante, o tu secretaria, o lo que sea!

—Tengo una plantilla bastante amplia.

—Jake —dijo Wade Lanier—, no nos digas que si fueras a ver a Lettie y le explicaras que podría quedarse más de tres millones de dólares en dos meses... ¿Qué digo dos meses? ¡Dos semanas! Seguro que pillaría la ocasión al vuelo.

—No sé qué haría. Tiene su orgullo, y se siente despreciada por sus vecinos. Quiere el juicio que le corresponde.

—Tres millones podrían aliviar un poco ese desprecio —dijo Lanier.

—Es posible, pero no pienso participar en ninguna solución de compromiso. Si lo desea el tribunal renunciaré a seguir siendo el abogado de la sucesión, pero mientras lo sea no estoy autorizado a pactar.

El juez Atlee volvió a encender su pipa con una cerilla, y arrojó un poco más de humo. Después se apoyó en los codos.

—Señores, creo que Jake tiene razón. Si se demuestra que

este testamento es válido, es decir, si el jurado considera que el señor Hubbard estaba en su sano juicio y no estuvo expuesto a influencias indebidas, no tendremos más remedio que cumplir lo estipulado por el testamento: nada para los hijos adultos.

«Puede ser —pensó Wade Lanier—, pero tú no sabes lo que sé yo. No has visto el testamento de Irene Pickering. Desconoces que no es la primera vez que la señora Lettie Lang se inmiscuye en los asuntos privados de sus jefes. Cuando lo oiga y lo vea el jurado, los hijos adultos de Seth Hubbard saldrán bastante bien parados.»

La defensa por principios que hacía Jake del testamento de su difunto cliente, y su fe, teñida de cierta chulería, en que era preferible que el juicio fuera en Clanton, en «su» sala, sufrieron un duro golpe a causa de una tragedia que se produjo aquella misma noche, durante una tormenta de hielo, cerca de la localidad de Lake Village, al sur del condado de Ford. Dos hermanos, Kyle y Bo Roston, volvían en coche a su casa después de un partido de baloncesto. Kyle era el base titular del instituto de Clanton y Bo, un suplente de segundo curso. Según un testigo que iba en el coche de detrás, Kyle conducía con cuidado y sin prisas, sabiendo adaptarse al estado de la carretera. Otro vehículo coronó una colina a gran velocidad y empezó a derrapar cuesta abajo. El testigo calculaba que Kyle iba a algo más de sesenta por hora, y el otro vehículo, una camioneta vieja, bastante más deprisa. El choque frontal hizo salir volando el pequeño Toyota de los Roston, que acabó en una zanja. La camioneta se metió a toda pastilla por un campo, dejando sembrada de escombros la carretera. El testigo tuvo tiempo de frenar y prestar ayuda.

Kyle murió en el acto. Bo fue extraído del coche por el personal de rescate, que le trasladó al hospital de Clanton para una intervención urgente. Había sufrido traumatismos graves en la cabeza. Vivía de milagro. El otro conductor también fue hospitalizado, pero sin heridas graves. Su nivel de alcohol en sangre doblaba el límite legal. Apostaron a un policía en la puerta de su habitación.

El otro conductor era Simeon Lang.

Justo después de medianoche, Ozzie llamó a Jake, que dormía profundamente. Un cuarto de hora más tarde el sheriff paró delante de la casa y Jake se apresuró a subir a su coche. Había más hielo que antes. Las calles estaban resbaladizas. Ozzie puso al día a Jake mientras cruzaban la ciudad muy despacio. Al segundo muchacho aún le estaban operando, pero la cosa tenía muy mala pinta. Por lo que sabía Ozzie en aquel momento, Simeon no había bebido en ningún garito de la zona. Según Lettie, que ya estaba en el hospital, llevaba más de una semana sin pasar por su casa. A ella le parecía que volvía de un servicio largo, aunque no llevaba dinero, ni en efectivo ni en cheque. Aparte de tener la nariz rota, no había sufrido lesiones.

—Los borrachos siempre se salvan de los accidentes que provocan —dijo Ozzie.

Encontraron a Lettie y a Portia escondidas al final de un largo pasillo, cerca de la habitación de Simeon. Lloraban, angustiadas y casi inconsolables. Jake se quedó con ellas mientras Ozzie iba a ocuparse de otros temas. Después de unos minutos de conversación intrascendente, Lettie salió a buscar un cuarto de baño.

—Hace diez años —dijo Portia en cuanto se marchó su madre—, cuando yo tenía catorce e iba a noveno, le supliqué que le dejase. Entonces él le pegaba. Yo lo vi. Le dije: «Mamá, por favor, vámonos a algún otro sitio donde no esté». No te digo que ella no lo intentara, pero siempre le ha tenido miedo. Y ahora esto. ¿Qué le pasará, Jake?

—Nada bueno —contestó Jake, casi susurrando—. Suponiendo que toda la culpa haya sido suya, y que estuviera borracho, le acusarán de homicidio culposo. Un solo cargo, de momento.

—¿Cuánto le caería?

—Entre cinco y veinticinco. El juez goza de mucha discrecionalidad.

—¿Y no se puede escapar?

—No, no se me ocurre cómo.

—Aleluya. Por fin estará fuera mucho tiempo. —Portia se tapó la boca y la nariz con las dos manos ahuecadas y lloró con más fuerza—. Pobres chicos —repetía.

En la sala de espera del ala principal había cada vez más gente. Ozzie habló con Jeff y Evelyn Roston, los padres, tan conmocionados que a duras penas podían contestar. También habló con un tío de los jóvenes, al que le explicó que Simeon Lang estaba bajo arresto y en unas horas le trasladarían a la cárcel. Borracho, sí, y seguía estándolo. Mi más sincero pésame.

—Pues más vale que os lo llevéis —dijo el tío, señalando con la cabeza a un grupo de hombres, tipos rurales, llenos de congoja y rabia, que habían crecido entre pistolas y rifles y estaban bastante furiosos y dispuestos a tomar medidas drásticas.

Seguía llegando gente. Los Roston cultivaban soja, criaban gallinas y eran feligreses activos de su iglesia. Tenían muchos parientes y amigos, y nunca habían votado a Ozzie.

A las dos de la madrugada ya estaban en el hospital todos los policías a sueldo de Clanton. A las tres sacaron disimuladamente a Simeon para llevárselo a la cárcel. Ozzie informó de esto al tío.

Por la misma puerta lateral salieron Lettie y Portia, a quienes Jake acompañó a su coche. Después volvió al ala principal, evitando la sala de espera, y encontró a Ozzie hablando con dos de sus hombres. Dumas Lee se acercó con la cámara al cuello. Se callaron de inmediato.

—Oye, Jake —dijo Dumas—, ¿tendrías un minuto?

Jake vaciló y miró a Ozzie.

—Nada que comentar —dijo el sheriff.

—¿Qué querías? —preguntó Jake.

—Nada, hacerte unas preguntas.

Se marcharon juntos por el largo pasillo.

—¿Me puedes confirmar que ha sido Simeon Lang? —preguntó Dumas.

No tenía sentido negarlo.

—Sí —dijo Jake.

—¿Y tú eres su abogado?

—No, eso no.

—Bueno, pero hace cuatro meses que está pendiente de juicio por conducir borracho, y en la lista de autos sales tú como su abogado.

Cuidado, pensó Jake, que al respirar profundamente sintió un gran nudo en el estómago.

—Eso se lo hice como un favor —dijo.

—Me da igual por qué lo hicieras. Sales en la lista de autos como su abogado.

—Pues no soy su abogado, ¿vale? Ni lo he sido nunca. No puedo representar al mismo tiempo la sucesión de Seth Hubbard y a Simeon Lang, el marido de una de las beneficiarias.

—Pues entonces ¿por qué compareciste en el juzgado el 19 de octubre para solicitar un aplazamiento de su juicio por conducir borracho?

—Eso fue un favor. No soy su abogado, ¿vale, Dumas?

—¿Por qué se ha pospuesto cuatro meses?

—No soy el juez.

—Luego hablo con él —replicó Dumas.

—Vale. No tengo nada más que comentar.

Jake se giró de golpe y se marchó, seguido por Dumas, que no dejaba de hablar.

—Oye, Jake, mejor que hables conmigo, porque va a quedar fatal.

Jake volvió a dar media vuelta. Se encontraron cara a cara en medio del pasillo. Jake se contuvo y respiró hondo.

—No saques conclusiones, Dumas —dijo—. La acusación de ebriedad al volante no la he tocado en cuatro meses porque no soy su abogado. Te recuerdo que entonces a él le representaban aquellos payasos de Memphis, no yo, o sea que vete con cuidado, por favor.

Dumas tomaba notas como un poseso. Jake tuvo ganas de darle un puñetazo. De repente quedó todo olvidado a causa de unos gritos en la otra punta del edificio.

A las cuatro y cuarto de la mañana se certificó la defunción de Bo Roston.

29

Jake y Carla estaban sentados en la mesa de la cocina, esperando a que saliera el café. Faltaba poco para las cinco de la mañana del miércoles 22 de febrero, día que indudablemente quedaría como uno de los más tristes y oscuros de la historia del condado. Dos adolescentes (inteligentes, buenos estudiantes, deportistas, habituales de la iglesia, queridos y de buena familia) asesinados por un borracho en una carretera cubierta de hielo. La horrible noticia se había difundido en cuestión de minutos. Los más madrugadores llenarían los cafés en busca de noticias. Las iglesias estarían abiertas para la oración. El instituto de Clanton sería el peor sitio donde estar. Pobres muchachos.

Carla sirvió el café. Hablaron en voz baja para no despertar a Hanna.

—Ni siquiera llegué a abrir un expediente —dijo Jake—. El lunes Ozzie me llamó por teléfono para decirme que el sábado por la mañana habían detenido a Simeon, y que el miércoles tenía que presentarse en el juzgado. Cuando a Simeon se le pasó la cogorza, Ozzie le llevó a su casa en coche y durante el camino le pidió que se quitara de encima a los abogados de Memphis. Yo le di las gracias a Ozzie, y quedamos en que ya hablaríamos. Más tarde Ozzie me llamó para pedirme que me presentase el miércoles en el juzgado para pedir una prórroga del juicio. Le parecía que podría usar la acusación de conducir borracho para presionar a Simeon y que se portara bien. El miércoles fui al juzgado, hice los trámites, pedí la prórroga, me la concedieron y prácticamente me olvidé del tema. Entonces a Simeon aún le representaba Booker Sistrunk. Le dije a Simeon en el juzgado que no le ayudaría con la acusación de ebriedad. No me caía bien. De hecho, me inspiraba desprecio.

—¿Viste alguna incompatibilidad? —preguntó Carla.

—Se me pasó por la cabeza. Es más, se lo comenté a Ozzie, pero la verdad es que no había ninguna. Yo soy el abogado de la sucesión, y Simeon no es parte interesada. Su mujer sí, pero él no.

—No es que esté muy claro, Jake.

—No, tienes razón. Hice mal en dejarme involucrar. Fue una equivocación enorme. No escuché a mi intuición.

—Pero nadie puede echarte la culpa de que Simeon condujera borracho.

—Pues claro que sí. Si el caso se hubiera llevado correctamente, le habrían condenado antes de hoy y le habrían retirado el permiso. Esta noche no habría conducido, al menos en teoría, porque la verdad es que la mitad de los blancos y de los paletos del condado no tienen el carnet vigente.

—Solo han sido cuatro meses, Jake. Estos juicios se alargan más, ¿no?

—A veces.

—¿Cómo se llamaba aquel hombre, el techador? Le llevaste a su hijo un caso de ebriedad al volante y duró un año.

—Chuck Bennett, pero es que no quería que metiesen al hijo en la cárcel antes de que nos hubieran acabado el tejado.

—Lo que quiero decir es que son juicios que pueden alargarse.

—Sí, claro, pero después de una tragedia la gente busca culpables. Es el juego de siempre, y al estar en el bando de los Lang me tocará recibir. Siempre es fácil echarle la culpa al abogado. También se cebarán con Ozzie. Le verán como el sheriff negro que quiso proteger a alguien de su raza, con la consecuencia de que se han muerto dos chavales blancos. Podría ser brutal.

—O no, Jake.

—No soy optimista.

—¿Cómo influirá en el pleito de la herencia?

Jack bebió despacio el café, contemplando la oscuridad del jardín a través de la ventana.

—Es un golpe demoledor —dijo en voz baja—. En los próximos meses Simeon Lang será la persona más vilipendiada del condado. Le juzgarán y le mandarán a la cárcel. La mayoría de la gente, con el tiempo, se olvidará de él, pero solo faltan seis semanas para nuestro juicio, y el apellido Lang es tóxico. Imagínate lo que será con un bagaje así intentar elegir el jurado... —Después de otro sorbo se frotó los ojos—. Lo único que puede hacer Lettie es pedir el divorcio lo antes posible. Tiene que cortar cualquier lazo con Simeon.

—¿Y lo hará?

—¿Por qué no? Simeon se pasará los próximos veinte o treinta años en Parchman, que es donde tiene que estar.

—Seguro que a los Roston les gustará saberlo.

—Pobre gente.

—¿Verás hoy a Lettie?

—Seguramente. Lo primero que haré será llamar a Harry Rex para quedar con él. Algo se le ocurrirá.

—¿Esto saldrá en el *Times*?

—No, lo sacan dentro de una hora. Seguro que la semana que viene Dumas le dedicará toda la portada, con fotos de los coches destrozados y el máximo de sangre posible. También le encantaría machacarme a mí.

—¿Qué es lo peor que puede decir de ti, Jake?

—Pues mira, para empezar puede colgarme el sambenito de que soy el abogado de Simeon. También puede tergiversar las cosas para que parezca que he frenado el juicio por ebriedad de octubre, y que si no lo hubiera hecho el tribunal habría despojado a Simeon de su carnet, o sea, que no habría conducido ni se habrían muerto los hijos de los Roston.

—No puede. Es demasiado suponer.

—Puede y lo hará.

—Pues habla con él. Política de contención de daños, Jake. Hoy es miércoles. Lo más seguro es que los funerales sean el fin de semana. Espera hasta el lunes y pide el divorcio para Lettie. ¿Cómo se llama la orden esa para que no se puedan acercar?

—Orden de alejamiento temporal.

—Exacto. Haz que el juez firme una para que Simeon no

pueda acercarse a Lettie. Ya sé que estará en la cárcel, pero sería beneficioso que Lettie pidiera una orden de esas, como diciendo que no quiere saber nada de él. Mientras tanto habla con Dumas y asegúrate de que los datos que maneja son los correctos. Investiga y demuéstrale que hay casos de ebriedad al volante que se arrastran más de cuatro meses. Tú ni siquiera has abierto un expediente, y está claro que no has cobrado nada. A ver si puedes convencer a Ozzie de que cargue un poco con el muerto. Si mal no recuerdo, en las últimas elecciones sacó sobre el 70 por ciento de los votos. Está blindado. Encima quiere que el pleito lo gane Lettie. Si te cargan marrones, haz que unos cuantos se los coma Ozzie, que no le pasará nada.

Jake escuchaba a Carla asintiendo e incluso sonriendo. «¡Tú sí que sabes!»

—Mira, cariño —dijo ella—, ahora mismo estás en estado de shock y tienes miedo. Pues no lo tengas. No dejes que te culpen, que no has hecho nada malo. Primero a contener los daños, y luego las interpretaciones.

—¿Puedo contratarte? No damos abasto en el bufete.

—No te alcanza el presupuesto. Soy maestra.

Hanna estaba tosiendo. Carla fue a ver si estaba bien.

La verdadera contención de daños comenzó más o menos una hora después, cuando Jake entró en tromba en el Coffee Shop dispuesto a convencer a todo el mundo de que ni era ni había sido nunca el abogado de Simeon Lang. Había tantos rumores que nacían ahí, delante de unos huevos con beicon... Mientras se duchaba decidió acudir directamente al meollo.

Marshall Prather, de uniforme, parecía esperar tras una montaña de tortitas. Después de toda la noche en vela tenía las mismas ojeras que Jake.

—Eh, Jake —dijo en el silencio que siguió a la aparición del abogado—, te he visto hace unas horas en el hospital.

Lo hacía adrede, para darle el primer sesgo a la situación, ya que Ozzie también estaba practicando la política de contención de daños.

—Sí, qué horror —dijo Jake, muy serio—. ¿Ya habéis metido a Lang en la cárcel? —preguntó a todo volumen.

—Sí. Aún no se le ha pasado la cogorza.

—¿Eres su abogado, Jake? —preguntó a tres mesas de distancia Ken Nugent, el que llevaba el camión de la Pepsi y se pasaba la vida llevando cajas de refrescos a las tiendas de carretera.

Una vez, en su ausencia, Dell había dicho que hacía correr más rumores que nadie.

—No lo he sido nunca —dijo Jake—. No los represento, ni a él ni a su mujer.

—Pues entonces ¿qué coño pintas en el pleito? —replicó Nugent.

Dell echó café en la taza de Jake y le dio el golpe de trasero habitual.

—Buenos días, corazón —susurró.

Después de sonreírle, Jake volvió a mirar a Nugent. Se interrumpieron todas las demás conversaciones.

—Jurídicamente hablando —dijo— represento a Seth Hubbard, que claro, ya no está en este mundo, pero que justo antes de morir me eligió para ser el abogado de la sucesión. Mi obligación es cumplir sus deseos, presentar su testamento y proteger sus bienes. Mi contrato de representación es con el administrador de la herencia, y nadie más; ni Lettie Lang ni mucho menos su marido. Al que no aguanto, dicho sea de paso. No os olvidéis de que fue el que contrató a los payasos de Memphis que intentaron robar el caso.

—Es lo que intentaba explicarles —intervino Dell, siempre leal.

Le sirvió a Jake tostadas y sémola.

—Pues entonces ¿quién es el abogado? —preguntó Nugent sin hacerle caso.

—No tengo ni idea. Supongo que el de oficio. Dudo que tenga dinero para pagar a otro.

—¿Cuánto le va a caer, Jake? —preguntó Roy Kern, un fontanero que había trabajado en el anterior domicilio de Jake.

—Mucho. Dos acusaciones de homicidio culposo, a veinticinco cada una... No sé cómo acabará, pero en estos casos el juez

Noose es duro, y no me extrañaría que le echase veinte o treinta años.

—¿Y por qué no pena de muerte? —preguntó Nugent.

—En este caso no se aplica, porque...

—Y una leche no se aplica. Se han muerto dos críos.

—Pero sin que hubiera intención de matarlos. No fue premeditado. Para que sea aplicable la pena de muerte hace falta algo más aparte del homicidio: agravante de violación, de robo, de secuestro... Esto nunca se podría castigar con la pena de muerte.

Los parroquianos no se lo tomaron bien. Cuando la clientela del Coffee Shop se exaltaba, podía parecerse a una multitud a punto de linchar a alguien, aunque después del desayuno siempre se calmaban los ánimos. Jack echó tabasco a la sémola y empezó a untar mantequilla en la tostada.

—¿Los Roston podrán cobrar alguna parte del dinero? —preguntó Nugent.

¿El dinero? Como si ya se pudiera disponer de la herencia de Seth, y por lo tanto fuera vulnerable...

Jake dejó el tenedor y miró a Nugent, recordándose que aquella gente eran los suyos, sus clientes y amigos, y que solo había que tranquilizarlos. No entendían los entresijos del derecho y la ley de sucesiones, y les preocupaba que pudiera ocurrir una injusticia.

—No —dijo con amabilidad—, imposible. Pasarán meses, por no decir años, hasta que se desembolse el dinero del señor Hubbard. Además, aún no sabemos quién se lo quedará. El juicio ayudará a aclarar las cosas, pero se podrá apelar el veredicto, claro. Y aunque al final el dinero se lo quedara Lettie Lang, o el 90 por ciento, a su marido no le tocaría nada. Encima estará en la cárcel. Los Roston no tendrán derecho a exigirle nada a Lettie.

Mordió la tostada y masticó rápidamente un trozo. Quería seguir encauzando los hechos sin perder tiempo con la boca llena.

—Bajo fianza no saldrá, ¿verdad, Jake? —preguntó Bill West.

—Lo dudo. Se establecerá una fianza, pero lo más seguro es

que sea demasiado alta. Yo diría que se quedará en la cárcel hasta que se declare culpable o vaya a juicio.

—¿De qué manera podría defenderse?

Jake sacudió la cabeza, como si no existiera ninguna.

—Estaba borracho, y hay un testigo presencial, ¿verdad, agente?

—Sí, un hombre lo vio todo.

—Yo preveo que pactará —añadió Jake—, y que la condena será larga.

—¿No tiene un hijo en la cárcel? —preguntó Nugent.

—Sí, Marvis.

—Pues igual pueden compartir litera, y pandilla, y pasárselo bomba en Parchman— dijo Nugent.

Jake se sumó a las risas antes de atacar su desayuno. Le alivió que la conversación se hubiera alejado de sus posibles vínculos con Simeon Lang.

Al salir del Coffee Shop se irían a trabajar y en todo el día no hablarían de otra cosa que de la tragedia de los Roston. Al haber desayunado con Jake, que estaba metido en el asunto, tendrían información privilegiada, y les asegurarían a sus compañeros y a su audiencia que su amigo Jake no era el abogado de Simeon Lang, el hombre más odiado del condado de Ford. Suavizarían los temores de los otros, y les prometerían que a Lang le esperaba una larga temporada en la cárcel.

Se lo había dicho Jake.

El sol de la mañana atravesaba con fuerza las persianas de madera, recortando franjas blancas en la larga mesa de la sala de reuniones. Al fondo no dejaba de sonar un teléfono, que nadie tenía interés en descolgar. La puerta estaba cerrada con llave. Aproximadamente cada cuarto de hora llamaba alguien. El tenso debate subió de tono hasta que a partir de un momento declinó y se interrumpió del todo, a pesar de que quedaba mucho por decir.

Harry Rex había expuesto las estrategias de una demanda de divorcio: presentarla cuanto antes, armar un buen escándalo y alegar todas las sordideces posibles para que el señor Lang quedara como el impresentable que de hecho era. Aducir adulterio, trato cruel e inhumano con reincidencia, abandono, ebriedad, insultos, falta de manutención y lo que hiciera falta, porque el matrimonio, lo reconociese Lettie o no, se había acabado. Machacarle, porque en la cárcel no podía replicar. (¿Y por qué iba a tomarse la molestia?) Hacerlo el lunes, asegurándose de que Dumas Lee y cualquier reportero a quien pudiera interesar un poco la noticia recibieran una copia de la demanda. Incluir una petición de orden de alejamiento, para que el muy patán no volviera a poner los pies en la casa ni se acercara a Lettie, sus hijos y sus nietos en lo que le quedaba de vida. Se trataba de poner fin a un matrimonio infeliz, pero también de quedar bien ante la opinión pública. Harry Rex accedió a llevar la demanda.

Las primeras amenazas telefónicas, según les había dicho Portia, se habían producido justo después de las cinco de la mañana. Se había puesto ella, y después de unos segundos había colgado sin perder la calma.

—Me ha llamado «negrata» —dijo, estupefacta—. Ha dicho que pagaremos por haber matado a los chicos.

El pánico les había hecho encerrarse con llave. Portia había encontrado una pistola en un armario y la había cargado. Después habían apagado las luces y se habían reunido todos en la sala de estar para vigilar la calle. Luego había vuelto a sonar el teléfono. Una vez. Dos veces. Habían rezado para que amaneciese. Portia dijo que su madre firmaría los papeles del divorcio, pero que a partir de entonces habría que tener cuidado con los Lang. Ya se sabía que los hermanos y primos de Simeon eran unos delincuentes (compartían sus genes), y seguro que darían problemas. De hecho, ya habían estado molestando a Lettie para que les diera dinero. Si creían que iban a excluirlos, cometerían alguna estupidez.

Pese a haber pasado una noche difícil, Lucien acudió a la reunión y estuvo más lúcido que nunca. Adoptó rápidamente la postura de que el juicio por el testamento no debía celebrarse en el condado de Ford. Jake no tenía más remedio que pedir un traslado; probablemente Atlee se lo denegase, pero al menos tendrían un argumento sólido para apelar. Lucien nunca había estado muy convencido de las posibilidades de Jake de ganar ante un jurado. Por otra parte, llevaba tiempo convencido de que el colectivo de posibles candidatos estaba contaminado por culpa de Booker Sistrunk. La poco acertada decisión de Lettie de instalarse en la ciudad, en una casa que había pertenecido a una familia blanca de cierto relieve, no beneficiaba en nada su prestigio entre sus convecinos. Ya habían surgido rencores, y mucho recelo. Lettie no trabajaba, ni lo había hecho desde la muerte de Hubbard. Y ahora lo de Simeon. El apellido de Lettie se había convertido en el más odiado del condado. La demanda de divorcio no era una opción, sino una necesidad. Lo malo era que el proceso no podría concluir antes del 3 de abril, fecha del primer día de juicio. En el testamento aparecía como Lettie Lang. Así seguía llamándose, y así se llamaría al empezar el juicio. Si Lucien estuviera en el lugar de Wade Lanier, haría que el jurado odiase a todos los Lang sin excepción.

—Perdona, Portia —dijo Lucien—, no te ofendas, pero es que las cosas son así.

Portia lo entendía, o trataba de entenderlo. Estaba demasiado cansada para hablar. A su madre y sus hermanas las había dejado al lado de la chimenea, en albornoz, con la pistola en la repisa, sin saber si enviar a los niños al colegio o qué decirles. Kirk, que iba a segundo curso en el instituto de Clanton, conocía a los hermanos Roston, y había jurado no volver a pisar las aulas. Eran tan simpáticos... Kirk odiaba a su padre. Le habían fastidiado la vida. Tenía ganas de irse, como Portia, alistarse en el ejército y no volver.

Jake y Harry Rex habían hablado de cómo aplazar el juicio. Dar largas, ganar tiempo, concederle a Harry Rex el tiempo necesario para que el divorcio fuera definitivo, concederle al sistema el tiempo necesario para mandar lejos a Simeon y darle al condado un poco de distancia entre el horror de aquel momento, los dos entierros y la pelea por la herencia de Seth Hubbard. ¿Dónde estarían todos dentro de seis meses? Lettie se habría divorciado. Hasta podría recuperar su antiguo apellido, Tayber. Sonaba mucho mejor, aunque Portia recordó que a ella no había quien le despegase el Lang. Simeon se habría ido. Sistrunk sería apenas un recuerdo. Sí, decididamente la situación sería más proclive a un juicio justo dentro de seis meses. Sus adversarios pondrían el grito en el cielo. ¿Por qué no iban a hacerlo, cuando todo remaba a su favor?

Jake contemplaba con cierto optimismo la posibilidad de hablar con el juez Atlee. ¿Otra charla de viernes por la tarde en el porche, con whisky sour? Una vez roto el hielo podría dejar caer la idea de un aplazamiento o de un traslado. Valía la pena intentarlo. El único inconveniente era el riesgo de enfadar al juez con una tentativa tan evidente de influenciarle, pero ¿qué podía hacer Atlee más allá de decirle que se callara? Y seguro que después de un par de copas no lo hacía... Tal vez no le gustara la conversación, pero a Jake no le castigaría. Un pequeño reproche, a lo sumo, lejos de provocar estragos permanentes.

«Que pase un tiempo —se dijo Jake—. Que la rabia, el horror, la tristeza, se vuelvan menos hirientes y se apaguen por sí solos.» Presentarían la demanda de divorcio el lunes, y una semana después, aproximadamente, abordaría al juez Atlee.

Llegó Quince Lundy para una de sus dos visitas semanales y se los encontró muy serios en la sala de reuniones, callados, apagados, casi acongojados en torno a la mesa, con la vista en las paredes y en un futuro negro. Había oído la noticia por la radio, viniendo en coche desde Smithfield, y quiso preguntarles qué implicaba la tragedia para la causa, pero después de unos momentos en la sala sospechó que el juicio estaba gravemente amenazado.

Willie Hastings era uno de los cuatro policías negros a las órdenes de Ozzie. Era primo de Gwen Hailey, la mujer de Carl Lee y madre de Tonya, que ahora tenía trece años y se había recuperado. Llamó a la puerta de la casa de los Sappington, y mientras esperaba oyó un ruido apresurado de pies al otro lado. Finalmente se abrió un poco la puerta y se asomó Lettie.

—Buenos días, señora Lang —dijo Willie—. Me envía el sheriff Walls.

Se abrió algo más la puerta. Lettie logró sonreír.

—¿Eres tú, Willie? —dijo—. ¿Quieres pasar?

Al entrar, Hastings se encontró a los niños viendo la tele en la sala de estar. Evidentemente faltaban a clase. Siguió a Lettie a la cocina, donde Phedra le sirvió una taza de café. Charló con las mujeres, tomó algunas notas sobre las amenazas telefónicas, se fijó en que el teléfono estaba descolgado y dijo que se quedaría un rato por la zona. Tenía el coche aparcado en el camino de entrada. Si le necesitaban, ya sabían dónde encontrarle. Así además se hacía ver. El sheriff Walls les mandaba todo su apoyo. Simeon estaba en una celda, bastante magullado y durmiendo la mona. Hastings no conocía a los Roston, ni había hablado con ellos, pero tenía entendido que habían vuelto a su casa y estaban rodeados de parientes y amistades. Lettie le dio una carta que había escrito durante la mañana, y le preguntó si podía encargarse de que llegara a manos de los Roston.

—Es una manera de decirles que nos sabe fatal —dijo.

Willie prometió que la recibirían antes de mediodía.

Le sirvieron más café y se lo llevó fuera. La temperatura seguía estando bajo cero, pero la calefacción del coche patrulla funcionaba perfectamente. Se pasó la mañana tomando café, vigilando la calle, donde no vio nada, y procurando no dormirse.

A las siete de la mañana dieron la noticia en el canal de Tupelo. Stillman Rush, que estaba en la ducha, se la perdió, pero uno de sus ayudantes no. Hubo llamadas y confirmación de datos. Una hora después Stillman llamó a Wade Lanier a Jackson y le dio la noticia, trágica pero prometedora. Era maná caído del cielo. Ningún jurado del condado de Ford tendría la oportunidad de poner a Simeon Lang en el punto de mira, pero su mujer acababa de convertirse en blanco fácil.

30

El jueves a primera hora despertaron a Simeon Lang, le dieron de comer, le esposaron y le sacaron de su celda para llevarle a través de un pasillo a una pequeña sala de reuniones donde le esperaba un desconocido. Sentado en una silla plegable y esposado, escuchó lo que decía.

—Me llamo Arthur Welch y soy abogado en Clarksdale, en el Delta.

—Sí, ya sé dónde está Clarksdale —dijo Simeon.

Tenía un gran vendaje sobre la nariz, y varios puntos en el borde del ojo izquierdo.

—Me alegro por usted —dijo Welch—. Estoy aquí para representarle porque no hay nadie más que acepte el caso. Esta mañana a las nueve es la primera comparecencia y la vista para la fianza, y necesitará usted a un abogado.

—¿Por qué ha venido?

—Porque me lo ha pedido un amigo. No le hace falta saber más, ¿vale? Ahora mismo usted necesita a un abogado, y yo soy el único hijo de puta dispuesto a ponerme de su lado.

Simeon asintió ligeramente.

A las ocho y media le llevaron al juzgado y le subieron a empujones por la escalera trasera, por donde accedió a la sala principal, dominio temporal del juez de condado Percy Bullard. La sala de la que Bullard era titular se encontraba en el mismo pasillo, pero al ser más bien pequeña él prefería usar la principal cuando no la utilizaba nadie más, es decir, al menos durante la mitad del tiempo. La mayor parte de los dieciséis años que llevaba como juez los había dedicado a dirimir litigios civiles de escasa importancia y delitos de poca gravedad, aunque de vez en cuando le asignaban una causa más seria para que la despachase. Con el condado de luto y el ambiente cargado de tensión, decidió darle un pequeño vapuleo a Lang para que la gente viera que los engranajes de la justicia funcionaban.

Había corrido la voz, y había público dentro de la sala. A las nueve en punto hicieron entrar a Simeon. Jamás se había visto a un acusado tan culpable. Tenía la cara como un mapa. El mono naranja de la cárcel del condado le iba grande y estaba manchado de sangre. Simeon tenía las manos esposadas en la espalda, y los alguaciles no se dieron prisa alguna en soltarle.

El juez Bullard le miró.

—*El estado contra Simeon Lang.* Acérquese.

Señaló un punto ante el estrado. Simeon arrastró los pies y echó a su alrededor una mirada nerviosa, como si pudieran pegarle un tiro por la espalda. Arthur Welch estaba detrás de él, intentando guardar las distancias al mismo tiempo.

—¿Es usted Simeon Lang? —preguntó el juez Bullard.

Simeon asintió con la cabeza.

—¡En voz alta!

—Sí.

—Gracias. ¿Y usted?

—Señoría, me llamo Arthur Welch y ejerzo la abogacía en Clarksdale. Estoy aquí para representar al señor Lang.

Bullard le miró como diciendo: «¿Y para qué narices?». En vez de eso le hizo una pregunta a Simeon.

—Señor Lang, ¿el señor Welch es su abogado?

—Sí.

—Bueno, vamos a ver. Señor Lang, se le acusa de dos homicidios culposos y de conducir en estado de ebriedad. ¿Cómo se declara usted?

—Inocente.

—Era de esperar. Fijaré la vista preliminar para dentro de treinta días. Señor Welch, mi secretario se lo notificará. Supongo que querrá que hablemos de la fianza.

—Sí, señoría —dijo Welch, como si leyera un guión—. En esta ocasión desearíamos solicitar una fianza razonable. El señor Lang tiene esposa y familia en este condado, donde ha pasado toda su vida. No existe riesgo de fuga. Él me ha asegurado, y se lo asegurará a usted, que se presenta en el juzgado siempre que así se le requiere.

—Gracias. Se fija la fianza en dos millones de dólares, un millón por cada cargo de homicidio culposo. ¿Algo más, señor Welch?

—No, señoría.

—Muy bien. Señor Lang, queda usted en custodia del sheriff del condado de Ford hasta que quede satisfecha la fianza o sea usted convocado por este tribunal.

Bullard dio un golpecito con el mazo y le hizo un guiño a Welch. Esposaron otra vez a Simeon y se lo llevaron de la sala. Welch salió tras él. Fuera, bajo la galería trasera donde siempre se fotografiaba a los imputados por algún delito con interés de noticia, Dumas Lee hizo abundantes fotos de Lang y su abogado. Después charló con Welch, que pese a no tener gran cosa de la que informar mostró una gran locuacidad. Comentó vaguedades sobre su disposición por un caso que le quedaba a dos horas de camino.

A Welch le había sacado de la cama a las cinco de la mañana una llamada plagada de tacos de Harry Rex Vonner, antiguo compañero de residencia en la facultad de derecho. Welch había llevado dos de los divorcios de Harry Rex, y este dos de los de Welch. Eran tantos los favores, deudas y pagarés entre los dos que no se podía llevar la cuenta. Harry Rex necesitaba que fuera de inmediato a Clanton. Allí se dirigió Welch en coche, diciendo palabrotas durante las dos horas de camino. No pensaba representar a Simeon Lang después de que le leyeran los cargos. En cuestión de un mes despacharía el caso.

Según le explicó Harry Rex (en términos de una jugosidad y grosería a duras penas concebibles) era importante que las gentes del lugar vieran y comprendieran que a Simeon Lang no le representaba Jake Brigance, sino alguna sabandija que no les sonase de nada.

Welch lo entendió perfectamente. Era otro claro ejemplo de lo que nunca se enseñaba en la facultad de derecho.

Era primera hora de la tarde del viernes, hacía frío y llovía, y Jake estaba padeciendo el rito semanal de intentar atar algunos de los cabos sueltos de la semana para que no crecieran, se enconasen y le estropeasen el lunes. Una de sus muchas reglas no escritas, pero serias, era la de haber devuelto todas las llamadas telefónicas para el viernes a mediodía. En la mayoría de los casos habría preferido ahorrárselas, pero no era posible. Era fácil aplazar su devolución. A menudo resbalaban de un laborable al siguiente. Sin embargo, estaba resuelto a no arrastrarlas el fin de semana. Otra regla le prohibía aceptar casos sin ningún valor por los que cobraría poco o nada, y que convertirían a sus odiosos clientes en personas a quienes tuviera ganas de estrangular. Como todos los abogados, sin embargo, decía por rutina que sí a algún aprovechado cuya madre le había dado clase en cuarto curso, o cuyo tío conocía a su padre, o a la viuda sin blanca de la iglesia que no tenía dinero para abogados pero tampoco podía pasar de ellos. Eran temas que invariablemente acababan convertidos en «expedientes pescado», los que apestaban más cuanto más tiempo pasaban sin tocarse en un rincón. Los tenían todos los abogados. Los odiaban todos los abogados. No aceptar ninguno más era algo que juraban todos los abogados. Casi se reconocía su olor en el momento mismo en que el cliente cruzaba la puerta por primera vez.

Para Jake la libertad habría sido un bufete sin expedientes pescado. Aún empezaba cada nuevo año con la decisión de decir no a los aprovechados. Años antes Lucien le había repetido muchas veces: «No te construyen los casos que aceptas, sino los que no aceptas». Di no y punto. Aun así, su cajón especial para casos pescado estaba lleno, para su desesperación y todos los viernes por la tarde se los quedaba mirando entre reproches a sí mismo.

Portia entró en su despacho sin llamar. Se notaba que estaba disgustada. Se daba golpecitos en el pecho como si no pudiera respirar.

—Ha venido un hombre —susurró, por no poder hablar más fuerte.

—¿Te encuentras bien? —preguntó Jake, apartando otro expediente pescado.

Ella sacudió rápidamente la cabeza.

—No. Es el señor Roston, el padre de los chicos.

—¿Qué? —dijo Jake, levantándose de un salto.

Portia seguía dándose palmadas en el pecho.

—Quiere verte.

—¿Por qué?

—Por favor, Jake, no le digas quién soy.

Se miraron un segundo fijamente, sin entender nada.

—Vale, vale, hazle pasar a la sala de reuniones, que en un minuto bajo.

Jeff Roston no era mucho mayor que Jake, pero se le veía viejo en esas circunstancias. Se había sentado con las manos juntas, hombros caídos, como si cargara con un peso enorme. Llevaba unos chinos muy almidonados y un blazer azul marino, y tenía un aspecto más cercano al de un niño bien con ropa informal, que de cultivador de soja. También tenía cara de padre sometido a una inenarrable pesadilla. Se levantó. Se dieron la mano.

—Lo siento muchísimo, señor Roston —dijo Jake.

—Gracias. Tratémonos de Jeff y Jake, ¿vale?

—Claro, claro.

Jake se sentó en el mismo lado de la mesa que él. Estaban frente a frente.

—No me puedo imaginar lo que estarás pasando —dijo Jake tras una pausa incómoda.

—No —dijo Roston en voz baja, muy despacio, con palabras preñadas de dolor—. Ni yo tampoco. Creo que es un poco como si estuviéramos sonámbulos, ¿sabes? Nos movemos como autómatas y procuramos sobrevivir una hora más para enfrentarnos a la siguiente. Rezamos para pedir tiempo. Rezamos por que los días se conviertan en semanas, y las semanas en meses. Quizá dentro de varios años se acabe la pesadilla y podamos gestionar la pena, pero al mismo tiempo sabemos que nunca será así. No estamos hechos para enterrar a nuestros hijos, Jake. No es lo natural.

Jake asentía sin poder añadir nada juicioso, inteligente o útil. ¿Qué le dices a un padre que tiene a sus dos hijos esperando en ataúdes a que los entierren?

—No me hago ni remotamente a la idea —dijo Jake.

Su reacción inicial había sido pensar: «¿Qué quiere?». Ahora, transcurridos varios minutos, seguía preguntándose lo mismo.

—Mañana es la ceremonia —dijo tras una pausa larga y embarazosa.

—Exacto. Otra pesadilla. —Jeff tenía los ojos rojos y cansados, señal de que llevaba varios días sin dormir. Incapaz de mirar a los ojos, prefería fijarse en sus rodillas. Hizo chocar suavemente los diez dedos, como si meditara profundamente—. Hemos recibido una nota muy amable de Lettie Lang —dijo finalmente—. Nos la ha entregado a mano el sheriff Walls, que ha estado estupendo, dicho sea de paso. Nos ha comentado que sois amigos. —Jake asentía, atento pero sin decir nada. Jeff continuó—. Era una nota muy sentida, que transmitía la pena y el sentimiento de culpa de la familia. Para Evelyn y para mí ha sido muy importante. Nos hemos dado cuenta de que Lettie es una muy buena cristiana a la que le horroriza lo que ha hecho su marido. ¿Puedes darle las gracias de nuestra parte, por favor?

—Por supuesto.

Jeff volvió a mirarse las rodillas y a hacer chocar los dedos. Respiró hondo, como si incluso eso le doliera.

—Si no te importa, Jake —dijo—, también me gustaría que les dijeras otra cosa. Es algo que quiero que le transmitas a Lettie y su familia, y hasta a su marido.

Pues claro, lo que fuera. ¿Qué no haría Jake por un padre así, tan destrozado?

—¿Tú eres cristiano, Jake?

—Sí. Unos días más que otros, pero lo intento.

—Ya me lo parecía. En el sexto capítulo del evangelio según san Lucas, Jesús habla de la importancia del perdón. Sabe que somos humanos, y que nuestra tendencia natural es buscar la venganza, devolver los ataques y condenar a quienes nos hacen daño, pero eso está mal. Siempre hay que perdonar. Por eso quiero que les digas a Lettie y su familia, sobre todo a su marido, que Evelyn y yo perdonamos a Simeon por lo que ha hecho. Hemos rezado, hemos estado con nuestro ministro... y no podemos permitirnos pasar el resto de nuestras vidas llenos de odio y mala voluntad. Le perdonamos, Jake. ¿Puedes decírselo?

Jake estaba demasiado atónito para contestar. Era consciente de tener la boca un poco abierta, y de estar mirando a Jeff con incredulidad, pero tardó unos segundos en poder asimilarlo. ¿Cómo era humanamente posible perdonar a un borracho que ha matado a tus dos hijos menos de setenta y dos horas antes? Pensó en Hanna, y en la imagen casi incomprensible de ella dentro de un ataúd. Habría pedido a gritos la venganza más cruel.

Finalmente consiguió asentir.

—Sí, se lo diré.

—Mañana —dijo Roston—, cuando enterremos a Kyle y Bo y nos despidamos de ellos, lo haremos con todo el amor y el perdón. No hay sitio para el odio, Jake.

Jake tragó saliva con dificultad.

—La chica negra de aquí fuera es hija de Lettie. Y de Simeon. Trabaja para mí. ¿Por qué no se lo dices?

Jeff Roston se levantó sin decir nada y se acercó a la puerta. Después la abrió y, seguido por Jake, salió a la recepción y miró a Portia.

—Así que eres hija de Simeon Lang —dijo.

Ella casi perdió el equilibrio. Se levantó despacio y dio la cara.

—Sí.

—Tu madre me ha enviado una nota muy amable. Dale las gracias, por favor.

—Se las daré, gracias —dijo ella, nerviosa.

—¿Podrías decirle a tu padre que mi mujer Evelyn y yo le perdonamos por lo que pasó?

Portia se tapó la boca con la mano derecha, a la vez que se

le empañaban los ojos de repente. Roston dio otro paso y la abrazó con suavidad. Después retrocedió de golpe.

—Le perdonamos —repitió.

Salió a la calle sin decir nada más.

Jake y Portia se quedaron contemplando la puerta hasta mucho después de que se fuera. Se habían quedado mudos, abrumados.

—Venga, a cerrar y a casa —dijo finalmente Jake.

Los esfuerzos por certificar el testamento manuscrito de Seth Hubbard se vieron aún más trastocados el domingo poco antes de mediodía, aunque Jake y el resto de los defensores no pudieran saberlo. Husmeando por Dillwyn, un pueblo del extremo sur de Georgia, a unos diez kilómetros de la frontera con Florida, Randall Clapp encontró por fin a una mujer negra a quien buscaba desde hacía una semana. Se llamaba Julina Kidd, tenía treinta y nueve años, estaba divorciada y tenía dos hijos.

Cinco años antes había trabajado en una gran fábrica de muebles cerca de Thomasville, Georgia. Era administrativa en plantilla, ganaba quince mil dólares al año y se llevó una sorpresa el día en que supo que una compañía anónima con sede en Alabama había comprado la fábrica. Poco después se presentó el nuevo dueño, un tal señor Hubbard, para saludar.

Un mes más tarde despedían a Julina. Al cabo de otra semana presentó una denuncia por acoso sexual ante la Comisión de Igualdad de Oportunidades, que fue desestimada tres semanas después de su admisión a trámite. El abogado de Julina, que estaba en Valdosta, no había querido hablar con Clapp de la denuncia. Dijo que había perdido el contacto con Julina y no sabía dónde estaba.

Cuando Clapp la encontró vivía en una casa de protección oficial con sus dos hijos adolescentes y una hermana menor, y trabajaba a media jornada en una gasolinera. Al principio no mostró un gran interés por hablar con un desconocido blanco, pero Clapp, que se ganaba así la vida, era un experto en conseguir información, así que le ofreció doscientos dólares contantes y sonantes y una invitación a comer a cambio de una hora de su tiempo y respuestas directas a sus preguntas. Quedaron en un área de servicio y pidieron el pollo especial al horno. Clapp, racista solapado e impermeable a cualquier tentación de ligar con una mujer negra, tuvo que hacer un esfuerzo para controlar sus pensamientos. Aquella era de bandera: piel oscura con toques café, ojos avellanados que llegaban al alma, pómulos marcados, africanos, y unos dientes perfectos que dibujaban una sonrisa espontánea y seductora. Reservada, tenía siempre las cejas en alto, como si recelase hasta de la última palabra pronunciada por Randall.

Él no dijo gran cosa, al menos al principio. Le explicó que estaba metido en un pleito de alto nivel contra Seth Hubbard, y que sabía que había habido algo entre los dos. Buscaba trapos sucios, en efecto.

Y ella los tenía. Seth se le había echado encima como un marinero de dieciocho años de permiso en el puerto. Por aquel entonces ella tenía treinta y cuatro años, y estaba en la última fase de un duro divorcio. Era frágil, y tenía miedo al futuro. No le interesaba un blanco de sesenta y seis años que olía a cenicero, por muchas empresas que pudiera tener. Hubbard, sin embargo, era insistente y pasaba mucho tiempo en la fábrica de Thomasville. Le aumentó mucho el suelo, y la trasladó cerca de su despacho. Después despidió a la secretaria y nombró a Julina «ayudante de dirección», cuando no sabía ni escribir a máquina.

Hubbard era dueño de dos fábricas de muebles en México y tenía que ir a visitarlas, así que organizó la tramitación de un pasaporte para Julina y le preguntó si quería acompañarle. Ella se lo tomó más como una orden que como una invitación, pero nunca había salido del país y la intrigaba un poco la idea de ver mundo, pese a ser consciente de que habría que transigir.

—Dudo que Seth fuera el primer blanco que te echaba los tejos —dijo Clapp.

Julina esbozó una sonrisa y asintió.

—No, es verdad que de vez en cuando pasa.

Clapp tuvo que hacer otro esfuerzo por controlar sus pensamientos. ¿Por qué seguía soltera? Y¿ por qué vivía en una casa de protección oficial? Cualquier mujer con su belleza y su cuerpo, blanca o negra, podía usarlos para vivir mucho mejor.

Su primer viaje en avión fue a Ciudad de México. Se alojaron en habitaciones contiguas de un hotel de lujo. Por la noche llegaron los temidos golpes en la puerta. Julina abrió. Más tarde, en la cama con él, le asqueó lo que había hecho. Sexo a cambio de dinero. En ese momento era una simple prostituta. A pesar de todo se mordió la lengua, y el día siguiente esperó a que se marchara Seth para ir en taxi al aeropuerto. Una semana más tarde, al volver Seth, Julina fue despedida de inmediato. La acompañó a la calle un vigilante armado. Julina contrató los servicios de un abogado que le puso a Seth una denuncia por acoso sexual. El abogado de Seth quedó horrorizado por lo sucedido. Se rindieron enseguida y propusieron un acuerdo. Después de regatear un poco, Seth aceptó un pago confidencial de ciento veinticinco mil dólares. El abogado de Julina se quedó veinticinco mil. El resto se lo había ido gastando ella. En principio no tenía que contárselo a nadie, pero bueno, total... Ya habían pasado cinco años.

—Tranquila, que Seth ya está muerto —dijo Clapp antes de contarle el resto de la historia.

Julina le escuchó mientras masticaba el pollo gomoso y lo acompañaba de té helado con azúcar. Ni estaba triste por Seth ni fingió estarlo. Prácticamente se había olvidado del viejo.

—¿Alguna vez te dijo algo de que prefiriese a las mujeres negras?

—Decía que no hacía distinciones —contestó ella más despacio que antes—. Dijo que yo no era la primera negra.

—¿Y todo eso cuándo te lo dijo?

—Bueno, lo típico, en la cama. No pienso meterme en ningún pleito.

—Ni yo he dicho lo contrario —dijo Clapp para tranquilizarla. Aun así, Julina extremó su cautela. Clapp sabía que había vuelto a encontrar algo muy gordo, pero se lo tomó con calma—. Ahora bien, de lo que estoy seguro es de que los abogados para los que trabajo estarían dispuestos a pagarte a cambio de que declarases.

—¿Eso es legal?

—Pues claro que es legal. Los abogados se pasan la vida pagando a los testigos. Todos los peritos cobran una fortuna. Encima te pagan el avión y los gastos.

—¿Cuánto?

—No lo sé, pero habrá tiempo de hablarlo. ¿Te puedo hacer una pregunta un poco... delicada?

—Claro, ¿por qué no? ¿De qué no hemos hablado?

—Cuando estuviste con Seth... ¿cómo fue? Ya me entiendes. Entonces tenía sesenta y seis años, y a esta asistenta negra la contrató un par de años después, mucho antes de ponerse enfermo. Empezaba a estar granadillo, pero por lo que dices era bastante... retozón, vaya.

—Estuvo bien. Vaya, que para su edad lo hacía bastante bien. —Lo dijo como si se hubiera acostado con muchos y de todas las edades—. Me dio la impresión de que le apetecía quedarse toda una semana follando en la habitación. Para un viejo, blanco o negro, es bastante impresionante.

Cuando Clapp le encontró, Wade Lanier se estaba tomando una cerveza en el bar del club de campo. Todos los domingos por la mañana se iba a jugar al golf exactamente a las ocho menos cuarto, con los mismos tres amigos. Hacía dieciocho hoyos, solía ganar más de lo que perdía y luego se pasaba dos horas tomando cerveza y jugando al póquer. Olvidando enseguida cartas y cerveza, pidió a Clapp que repitiera hasta la última palabra de su charla con Julina Kidd.

Casi nada de lo que había dicho sería admisible en el juicio, pero el hecho de que pudiera subir al estrado, mostrar al jurado su raza y hablar de su denuncia por acoso sexual contra Seth Hubbard induciría a cualquier miembro blanco del jurado a creer que el viejo y Lettie probablemente no hubieran perdido el tiempo. Creerían que Lettie había intimado todo lo humanamente posible con su jefe y había influido en él, usando su cuerpo para hacerse un sitio en el testamento. Por supuesto, Lanier no podía demostrarlo con pruebas irrefutables, pero sí insinuarlo, qué duda cabía, y lo haría con gran fuerza.

Se fue del club de campo a su bufete.

El lunes Ian y Ramona Dafoe salieron temprano de Jackson hacia Memphis, y después de tres horas en coche desayunaron tarde con Herschel. Su relación se había deteriorado. Iba siendo hora de arreglar las cosas. Al menos era lo que decía Ramona. Estaban todos en el mismo barco. Era una tontería discutir y desconfiar. Quedaron en una crepería, y tras los esfuerzos habituales de reconciliación Ian se embarcó en un enérgico alegato para que Herschel prescindiera de Stillman Rush y su bufete. El abogado de ellos dos, Wade Lanier, tenía mucha más experiencia y, para ser sinceros, temía que Rush fuera un estorbo en el juicio. Era un niñato demasiado fanfarrón y jactancioso, que corría el riesgo de ponerse en contra al jurado. Lanier llevaba cuatro meses observándole de cerca y no le gustaba lo que había visto: mucho ego y poco talento. La arrogancia de un solo abogado puede hacer que se ganen o se pierdan los juicios. Wade Lanier estaba muy preocupado. Hasta había amenazado con no continuar.

Y no acababa ahí la cosa. Como prueba de la disparidad entre sus abogados, Ian reveló la historia del otro testamento y la frustrada asignación de cincuenta mil dólares a Lettie. Se abstuvo de dar nombres, para evitar una metedura de pata por parte de Stillman Rush. Herschel reaccionó con estupefacción, pero también con entusiasmo. «Espera, espera, que aún falta lo mejor.» Wade Lanier acababa de encontrar a una mujer negra que había denunciado a Seth por acoso sexual.

«Mira lo que ha hecho mi abogado, y compáralo con lo que ha hecho el tuyo. Ese chaval no se entera de nada, Herschel. Lanier sabe de guerrillas, y tu abogado es un boy scout. Vamos a unir fuerzas. De hecho Lanier tiene un pacto que ofrecerte: si nos unimos, nos quitamos de encima a Rush y dejamos que Lanier nos represente a los dos, bajará hasta el 25 por ciento la parte que se quede de cualquier acuerdo. Tiene una estrategia para forzar uno, sobre todo en vista de lo que está sacando a relucir su principal investigador. Elegirá el mejor momento y se lo soltará todo de golpe a Jake Brigance, que no podrá aguantar la presión. ¡Podemos tener el dinero en pocos meses!»

Herschel se resistió un poco, pero al final accedió a ir a Jackson y reunirse en secreto con Lanier.

Simeon Lang estaba acabando de cenar (judías con tocino, de lata, y cuatro rebanadas de pan seco) cuando apareció el celador y le pasó un paquete a través de los barrotes.

—Que disfrutes de la lectura —dijo antes de irse.

Era del bufete de Harry Rex Vonner.

Dentro había una carta de Vonner para Simeon, a cargo de la cárcel del condado de Ford, en la que se anunciaba sin rodeos que los otros papeles eran una petición de divorcio. Disponía de treinta días para responder.

La leyó despacio. ¿A qué venía tanta prisa? Trato cruel e inhumano con reincidencia, adulterio, abandono, malos tratos físicos... Páginas y páginas de acusaciones, algunas absurdas y otras ciertas. ¿Qué más daba? Había matado a dos chavales, y le esperaba una larga temporada en Parchman. Su vida había terminado. Lettie necesitaba a otro. No había venido a verle desde que le habían encerrado, y Simeon dudaba de que le visitase alguna vez, ni ahí ni en Parchman. Quien había pasado a saludarle había sido Portia, pero no se había quedado mucho tiempo.

—¿Qué lees? —preguntó Denny desde la litera de arriba.

Era su nuevo compañero de celda. Le habían pillado conduciendo un coche robado y ya tenía harto a Simeon, que prefería vivir solo, aunque a veces casi daba gusto poder hablar con alguien.

—Mi mujer acaba de pedirme el divorcio —dijo.

—Mejor para ti. Yo ya he tenido dos. Cuando te meten en la cárcel se ponen como locas.

—Si tú lo dices... ¿A ti te han puesto alguna vez una orden de alejamiento?

—No, pero a mi hermano sí. La muy zorra convenció a un

juez de que era peligroso, con razón, y un juez le mandó no acercarse a la casa y mantener las distancias en público. A él le dio lo mismo. La mató igualmente.

—¿Que tu hermano mató a su mujer?

—Sí, pero es que ella se lo había ganado. Fue un homicidio justificado, aunque el jurado no lo vio exactamente así y le condenó por homicidio impremeditado.

—¿Ahora dónde está?

—En Angola, Luisiana. Veinte años. Según mi abogado será más o menos lo que te echen a ti.

—¿Tu abogado?

—Sí, es que nos hemos visto esta tarde y se lo he preguntado. Está al tanto de tu caso. Me ha dicho que es de lo que más se habla en toda la ciudad, y que la gente está muy disgustada. Me ha dicho que tu mujer está a punto de hacerse rica por el pleito aquel del testamento, pero que a ti te esperan veinte años en la trena. Para cuando salgas, con todas las nuevas amistades que está haciendo, no quedará ni un céntimo. ¿Es verdad?

—Pregúntaselo a tu abogado.

—¿Qué ha hecho tu mujer para aparecer así en el testamento de aquel viejo? Dicen que ha dejado unos veinte millones. ¿Es eso verdad?

—Pregúntaselo a tu abogado.

—Ya se lo preguntaré. Oye, que no te lo he dicho para cabrearte.

—No estoy cabreado. Lo que pasa es que no quiero hablar del tema, ¿vale?

—Vale, tío.

Denny cogió su periódico y se puso a leer.

Simeon se estiró en la litera de abajo y volvió a la primera página. Dentro de veinte años tendría sesenta y seis. Lettie se habría vuelto a casar y viviría mucho mejor. Tendría a los niños, y a los nietos, y probablemente a algún bisnieto. En cambio él no tendría nada.

No pensaba oponerse al divorcio. Que se lo quedara todo Lettie.

Tal vez en la cárcel pudiera ver a Marvis.

32

Ocho días después de la tragedia de los Roston, justo cuando empezaba a perder fuerza y aparecían nuevos temas de conversación, el tema recuperó de golpe todo su protagonismo gracias a la edición semanal del *The Ford County Times*. En primera plana, bajo un titular en negrita: LUTO EN EL CONDADO POR LOS HERMANOS ROSTON, salían grandes fotos de clase de Kyle y Bo. En la mitad inferior había otras: del coche destrozado, de los ataúdes al salir de la iglesia y de la vigilia ante la escuela de sus compañeros de clase, que habían encendido velas. A Dumas Lee no se le había olvidado casi nada. Sus artículos eran largos, ricos en detalles.

En la segunda página había una foto de Simeon Lang con un siniestro vendaje en la cara, saliendo el jueves del juzgado con las manos esposadas. Le acompañaba su abogado de oficio, Arthur Welch, de Clarksdale. En el artículo adjunto a la foto no se hacía ninguna referencia a Jake Brigance, más que nada porque había amenazado a Dumas y al periódico con denunciarlos por difamación a la menor insinuación de que representaba a Simeon. Sí se mencionaba la acusación de conducir en estado de ebriedad pendiente desde octubre, pero Dumas no iba más allá, ni daba a entender que se hubiera resuelto en falso. Le daban pánico los pleitos, y solía echarse atrás rápidamente. Las dos necrológicas eran largas y desoladoras. Había un artículo sobre el instituto, con alabanzas de los compañeros y los profesores, y otro sobre el lugar del accidente, en el que Ozzie daba detalles. El testigo, del que salía una foto, tenía mucho que decir. Los padres guardaban silencio. Un tío pedía respeto para su intimidad.

A las siete Jake ya había leído hasta la última palabra y estaba agotado. Esta vez se saltó el Coffee Shop, harto de dimes y diretes sobre la tragedia. A las siete y media se despidió de Carla con un beso y se fue al bufete con la esperanza de volver a la normalidad. Su objetivo era trabajar durante gran parte del día en otros casos distintos al de Hubbard. Tenía varios clientes muy necesitados de atención.

Justo después de las ocho llamó Stillman Rush con la noticia de que Herschel Hubbard acababa de prescindir de sus servicios. Jake se quedó pensativo al escucharle. Por un lado, le encantaba que le hubieran dado puerta a Stillman, porque no le caía nada bien; pero, por el otro, le preocupaba la capacidad de manipulación de Wade Lanier. El único juicio importante de Jake, el de Carl Lee Hailey, se había caracterizado por el cuerpo a cuerpo con Rufus Buckley, que por aquel entonces era un fiscal de distrito consumado; pero aunque Buckley se mostrase bastante hábil en la sala y exhibiera un gran aplomo, no destacaba por su inteligencia, ni como intrigante o manipulador. En eso no era rival para Wade Lanier, que siempre parecía estar un paso por delante. Jake tenía la convicción de que Lanier estaba dispuesto a todo con tal de ganar un juicio: mentiras, engaños, robo, encubrimiento... Experiencia no le faltaba para ello, ni rapidez mental, ni un vasto arsenal de trucos. Mejor tener a Stillman en la sala, con sus meteduras de pata y sus aires de grandeza ante el jurado.

Adoptó el debido tono de tristeza en el momento de la despedida, pero una hora después ya se había olvidado de la llamada.

Había que tranquilizar a Portia. Ahora tenían la costumbre de tomar café a las ocho y media, siempre en el despacho de Jake. Después del accidente la familia había recibido cuatro amenazas telefónicas, pero no parecía que fueran a tener continuidad. Aun así seguía habiendo un policía cerca de la casa, montando guardia en el camino de entrada y vigilando la puerta trasera todas las noches. Así la familia se sentía más segura. Los Roston se habían comportado con tal elegancia y valentía que, de momento, al menos, no se habían desbordado las emociones.

Si Simeon, con todo, decidía ir a juicio, la pesadilla se repetiría de principio a fin. A Portia, Lettie y el resto de la familia les daba miedo el espectáculo de un juicio, y tener que verse las caras con la familia Roston en los tribunales. Jake no creía que se diera el caso, y si se daba sería como mínimo en un año.

Hacía tres meses que incitaba a Lettie a trabajar en lo que fuera. Sería importante que durante el juicio el jurado supiera que tenía un empleo, y que lejos de haberse jubilado a los cuarenta y siete años, a la espera de una lluvia de dinero, pensaba en mantener a su familia. Sin embargo, con su bagaje y las polémicas, era imposible que ningún ama de casa blanca la contratase como asistenta. Era demasiado mayor para un fast food, y demasiado negra para un despacho.

—Mamá tiene trabajo —dijo Portia, orgullosa.

—Estupendo. ¿Dónde?

—En la iglesia metodista. Limpiará el parvulario tres veces por semana. Le pagan el salario mínimo, pero ahora mismo es lo único que encuentra.

—¿Está contenta?

—Jake, hace dos días que ha pedido el divorcio y en esta zona su apellido es más bien tóxico. Tiene a un hijo en la cárcel, la casa llena de parientes gorrones y una hija de veintiún años con dos hijos no deseados. La vida de mi madre es bastante dura. Me extrañaría que un trabajo de tres dólares y medio la hora la hiciese muy feliz.

—Perdón por la pregunta.

Estaban fuera, en el balcón de Jake, donde hacía fresco pero no demasiado frío. Jake tenía un millón de cosas en la cabeza, y ya se había tomado varios litros de café.

—¿Te acuerdas de Charley Pardue, mi supuesto primo de Chicago? —preguntó Portia—. Le conociste en Claude's hace dos meses.

—Sí, ese que dijiste que era un sinvergüenza que buscaba dinero para una funeraria.

—Pues hemos hablado por teléfono y ha encontrado a un pariente por la zona de Birmingham; un viejo que está en una residencia y se apellida Rinds. Según Charley podría ser el eslabón.

—Pero lo que busca Pardue es dinero, ¿no?

—Como todos. El caso es que se me ha ocurrido acercarme este sábado y hacerle unas preguntas al viejo.

—¿Es un Rinds?

—Sí, Boaz Rinds.

—Muy bien. ¿A Lucien se lo has dicho?

—Sí, y le parece que vale la pena intentarlo.

—El sábado es tu día libre. No dependes de mí.

—Solo quería informarte. Ah, Jake, otra cosa. Lucien me ha dicho que el condado guarda una parte de la documentación antigua del juzgado en Burley, donde estaba el colegio de los negros.

—Sí, es verdad, fui una vez a buscar un antiguo expediente, aunque no lo encontré. Hay mucho papelajo inútil.

—¿Hasta qué fecha llegan los archivos?

Jake pensó un momento. Sonó su teléfono a lo lejos.

—La documentación catastral —dijo finalmente— aún está en el juzgado, porque se usa, pero hay un montón de cosas que básicamente carecen de valor: certificados de matrimonio y de divorcio, actas de nacimiento y defunción, demandas, juicios... Todo eso. La mayoría habría que tirarlo, pero nadie quiere destruir documentos jurídicos, ni siquiera si son de hace cien años. Una vez oí que hay transcripciones judiciales de antes de la Guerra Civil, hechas a mano. Interesante, pero actualmente de poco valor. Es una lástima que el incendio no lo quemara todo.

—¿Cuándo fue el incendio?

—Todos los juzgados se queman en algún momento. El nuestro sufrió graves destrozos en 1948, y se perdieron muchos documentos.

—¿Puedo buscar en los archivos antiguos?

—¿Para qué? Es perder el tiempo.

—Porque me encanta la historia jurídica, Jake. Me he pasado horas en el juzgado leyendo antiguos documentos procesales y escrituras. Se aprende mucho de los sitios y sus habitantes. ¿Sabías que en 1915 ahorcaron a un hombre delante del juzgado un mes después del juicio? Había robado el Security Bank y le había pegado un tiro a alguien, pero sin hacerle mucho daño. Se había ido con doscientos dólares. Luego le pillaron, le juzgaron in situ y le colgaron.

—Eso es eficacia. Me imagino que no tendrían problemas de hacinamiento en las cárceles.

—Ni se les acumularían los autos. Total, que a mí todo eso me fascina. He leído un testamento antiguo, de 1847, por el que un blanco legaba a sus esclavos. Primero explica lo mucho que los quiere, el gran valor que tienen para él... y luego los da como si fueran caballos o vacas.

—Suena deprimente. Nunca encontrarás a ningún Brigance que tuviera esclavos. A duras penas teníamos una vaca.

—Bueno, el caso es que para consultar los archivos antiguos necesito la autorización escrita de un abogado colegiado. Es una norma del condado.

—Eso está hecho, pero que no sea en horas de trabajo. ¿Aún investigas tus raíces?

—Pues claro. Busco en todas partes. Los Rinds se fueron del condado en 1930 sin dejar rastro, y quiero saber por qué.

Quien fuera a comer a la trastienda de los Bates podía elegir entre cuatro verduras de un surtido de diez cazuelas y sartenes puestas a hervir a fuego lento sobre grandes fogones de gas. La señora Bates aconsejaba, servía y daba explicaciones en persona al distribuir los platos, mientras que el señor Bates se ocupaba de la caja registradora y cobraba tres dólares con cincuenta, té helado y pan de maíz incluidos. Jake y Harry Rex se acercaban una vez al mes en coche, cuando tenían que comer y hablar sin que nadie los oyera. La clientela, rural, se componía de granjeros, peones y, de vez en cuando, un leñador. Todos blancos. A los negros les habrían servido sin incidentes, pero aún no había entrado ninguno. Ellos compraban delante, en la tienda. De hecho, era donde había hecho la compra Tonya Hailey tres años atrás, antes de ser raptada en el camino de vuelta, en los menos de dos kilómetros que separaban la tienda de su casa.

Los dos abogados se apretujaron en una mesa pequeña, lo más lejos posible del resto de la clientela. La mesa se movía, y las viejas maderas del suelo chirriaban. Justo encima giraba de forma irregular un ventilador destartalado, a pesar de que aún estaban en invierno y había corriente en todo el edificio. En otro rincón, una estufa panzuda irradiaba un calor espeso y acre que permitía estar a gusto en la salita.

—Dumas lo ha hecho bien, dentro de lo que cabe —dijo Harry Rex después de unos bocados—. Le gustan tanto los accidentes de tráfico como a los abogados.

—Tuve que amenazarle, pero es verdad que no nos ha perjudicado. Más de lo que ya estábamos, al menos. Gracias por el cameo de Arthur Welch.

—Es un idiota, pero de los que me gustan. La de cosas que podríamos contar... Una vez estuvimos dos noches en una cárcel de condado en vez de en la facultad de derecho, y casi nos expulsan.

El sentido común le dijo a Jake que no picase, pero no pudo evitarlo.

—¿Y por qué os metieron en la cárcel?

Harry Rex se llenó la boca de berza.

—Bueno —empezó a explicar—, es que habíamos pasado un fin de semana largo en Nueva Orleans e intentábamos volver a Ole Miss. Yo conducía y bebía al mismo tiempo. Nos perdimos por algún vericueto del condado de Pike. Al ver luces azules dije: «Coño, Welch, ponte tú al volante, que viene la pasma y estoy borracho». Él contestó: «Apáñatelas, gordinflón, que yo también estoy borracho». Pero el coche era suyo, y yo estaba seguro de que no iba tan borracho como yo. «Oye, Welch —le dije—, que solo te has tomado unas cervezas. Ahora mismo freno y te vienes para aquí.» Las luces azules se acercaban. «Ni hablar, tío —dijo él—. Llevo borracho desde el viernes. Encima ya me han trincado una vez por conducir borracho, y a la próxima mi padre me mata.» Pisé el freno y me quedé parado en el arcén. Teníamos justo detrás las luces azules. Cogí a Welch, que entonces era bastante más menudo, e intenté ponerle delante del volante. Él se cabreó y se resistió: se aferró al tirador de la puerta y clavó los pies en el suelo. No había manera de moverle. Para entonces me había enfadado tanto que le arreé una bofetada. Le di una hostia de padre y señor mío justo en la nariz, y se quedó tan sorprendido que abrió un momento las manos. Entonces le cogí por el pelo y tiré, pero el coche tenía un cambio de marchas de los de palanca y Welch se quedó atascado. No podíamos movernos ninguno de los dos. Decíamos palabrotas y nos arañábamos como dos gatos. Justo cuando le hice la llave de la muerte dijo un poli por la ventanilla: «Si me perdonáis...».

»Nos quedamos de piedra. Al llegar a la comisaría el poli habló con nosotros y llegó a la conclusión de que estábamos igual de borrachos. Entonces no había alcoholímetros ni nada. Era la época buena.

Harry Rex se tomó un buen trago de té y atacó un montoncito de okra frita.

—Y ¿qué pasó? —preguntó finalmente Jake.

—Yo no quería llamar a mi padre, y Welch tampoco al suyo. Resultó que un abogado había ido a ver a un cliente a la cárcel y se enteró de que había dos alumnos de derecho de Ole Miss en una celda, durmiendo la mona y perdiéndose las clases. Fue a ver al juez, tocó algunas teclas y nos sacó. Al llegar a la facultad nos esperaba el decano, que amenazó con matarnos, o como mínimo con expulsarnos del colegio de abogados antes de que nos hubiéramos sacado el título. Al final quedó en nada. El decano sabía que mi aportación al colegio de abogados del estado sería demasiado valiosa para renunciar a ella.

—Por supuesto.

—No hace falta que te diga que conozco a Welch desde hace mucho tiempo. Tenemos muchos trapos sucios en común. Se va a encargar de Simeon hasta el final del pleito sucesorio, y luego se lo quitará de encima. De todos modos Simeon lo tiene crudo. A él no hay quien le ayude.

—¿A nosotros cuánto nos perjudica?

Lucien, siempre pesimista, estaba convencido de que los daños eran irreparables, pero Jake no estaba tan seguro. Harry Rex se limpió la cara con una servilleta de papel barata.

—Ya sabes cómo son los juicios, Jake —dijo—. Desde el momento en que empiezan todo el mundo está encerrado en una sala, muy cerca los unos de los otros: el juez, los abogados, los testigos, el jurado... Lo oyen todo, lo ven todo y hasta lo sienten todo. Tienden a olvidarse de todo lo de fuera, de lo que pasó hace una semana o hace un año. Están obsesionados con lo que ocurre ante sus ojos y con las decisiones que tienen que tomar. Tengo la corazonada de que no se acordarán de Simeon Lang ni de los hermanos Roston. Es evidente que Lettie no ha tenido nada que ver con la tragedia. Está haciendo todo lo posible por librarse de Simeon, que está a punto de irse del condado para no volver en mucho tiempo. —Un trago de té y un bocado de pan de maíz—. Ahora mismo parece preocupante, pero dentro de un mes lo será menos. Yo creo que el jurado estará tan concentrado en el testamento de Seth Hubbard que no dedicará mucho tiempo a pensar en un accidente de tráfico.

—Dudo que se les olvide tan fácilmente. Estará Wade Lanier para recordárselo.

—¿Todavía quieres presionar a Atlee para que traslade el juicio?

—Es el plan. Hemos quedado este viernes en el porche de su casa, se lo he pedido yo.

—Mala señal. Si te pide el juez que vayas, perfecto; pero si tienes que pedírselo tú es que probablemente no salga tan bien.

—No sé. Le vi el domingo en la iglesia y me preguntó cómo lo llevaba. Parecía sinceramente interesado, y hasta dispuesto a hablar del caso después del sermón, cosa muy rara en él.

—Jake, voy a decirte algo sobre Atlee: sé que eres muy amigo suyo, o todo lo amigo que puede llegar a ser un abogado, pero hay un lado más turbio. Atlee es de la vieja escuela, del viejo sur, con viejos lazos familiares y viejas tradiciones. Me apuesto a que en el fondo le escandaliza la idea de que un hombre blanco le deje todo el dinero de la familia a una mujer negra. Quizá entendamos algún día por qué lo decidió Seth Hubbard, o no, pero independientemente del motivo a Reuben Atlee no le gusta nada. Lo que tiene lo tiene por haberlo heredado de sus antepasados. Su familia tenía esclavos, Jake.

—Hace mil años. La de Lucien también.

—Sí, pero Lucien está loco. Hace tiempo que salió de la reserva. Él no cuenta. Atlee sí, y no esperes que te haga ningún favor. Velará por que el juicio sea justo, pero su corazón está con la otra parte, te lo digo yo.

—Lo único que podemos pedir es un juicio justo.

—Sí, claro, pero ahora mismo suena mejor un juicio justo en otro condado que un juicio justo aquí.

Jake bebió un poco y cruzó unas palabras con un señor que pasó por su lado. Después se inclinó hacia Harry Rex.

—Aún tengo que cursar la petición de traslado —dijo—. Así tendremos argumentos para recurrir.

—Claro, claro, cúrsala, pero Atlee no trasladará el juicio.

—¿Por qué estás tan seguro?

—Porque es viejo, tiene mala salud y no quiere conducir ciento cincuenta kilómetros al día. Al margen de dónde se celebre el juicio, el presidente de la sala sigue siendo Atlee, Jake. Es perezoso, como la mayoría de los jueces, y este caso tan espectacular lo quiere aquí, en su sala.

—Yo también, si quieres que te diga la verdad.

—Se pasa el día entre divorcios de mutuo acuerdo, decidiendo quién se queda la batería de cocina. Como todos los jueces, quiere el caso y lo quiere aquí, en casa. Aquí podremos elegir jurado, Jake. Yo confío en que sí.

—¿Podremos?

—Pues claro. No puedes hacerlo solo. Ya quedó demostrado en el juicio de Hailey. En las vistas te defiendes bien, pero el caso lo ganó mi inteligencia.

—Anda, pues yo no lo recuerdo así.

—Hazme caso, Jake. ¿Te apetece un poco de pudin de plátano?

—¿Por qué no?

Harry Rex se bamboleó hasta el mostrador y pagó dos generosas raciones de postre en vasos de cartón. Después volvió con sus andares de pato, haciendo temblar el suelo, y se sentó en la silla bruscamente.

—Ayer por la noche me llamó Willie Traynor —dijo con la boca llena—. Quiere saber cómo va lo de la casa.

—El juez Atlee me dijo que no la compre, al menos por ahora.

—¿Cómo dices?

—Ya me has oído.

—No sabía que su señoría se dedicase a la compraventa de inmuebles.

—Considera que podría dar mala imagen. Teme que se rumoree que, al quedarme una parte de la herencia, de repente me busco una casa de lujo.

—Dile a Atlee que se vaya a tomar viento. ¿Desde cuándo se encarga de tus asuntos personales?

—¡Pues claro que se encarga! Ahora mismo es el que da luz verde a mis honorarios.

—Eso son chorradas. Mira, Jake, dile al carcamal ese que se vaya a paseo y se ocupe de sus cosas. Al final te quedarás sin la casa, y luego la buena de Carla y tú os flagelaréis el resto de la vida por no haberla comprado.

—No nos la podemos permitir.

—Lo que no os podéis permitir es no comprarla. Ahora ya no se hacen casas así, Jake. Además, Willie quiere que os la quedéis vosotros.

—Pues dile que rebaje el precio.

—Ya está por debajo del precio de mercado.

—No es suficiente.

—Mira, Jake, te voy a hacer una propuesta. Willie necesita el dinero. No sé a qué se dedica, pero es evidente que está un poco apurado. Os lo bajará de doscientos cincuenta a doscientos veinticinco. Es una ganga, Jake. Joder, si hasta yo me la compraría si mi mujer aceptara mudarse...

—Pues búscate a otra.

—Me lo estoy planteando. Escucha, tontorrón: ¿sabes qué voy a hacer? Lo del incendio lo tienes tan crudo que nunca llegarás a un acuerdo. ¿Por qué? Porque eres tu propio cliente, y en la facultad de derecho nos enseñaron que el abogado que se representa a sí mismo tiene como cliente a un tonto. ¿Sí o no?

—Más o menos.

—Pues te llevo el caso gratis y consigo un acuerdo. ¿Qué compañía de seguros es?

—Land Fire and Casualty.

—¡Menudos timadores! ¿Cómo se te ocurrió contratar una póliza con esos hijos de puta?

—¿Sirve de algo saberlo, a estas alturas?

—No. ¿Cuál ha sido su última oferta?

—Es una póliza de valor de reposición por ciento cincuenta mil. Como nosotros solo pagamos cuarenta mil por la casa, la compañía dice que al quemarse valía cien mil. He guardado las facturas de los constructores, y todo lo demás, y puedo demostrar que invertimos otros cincuenta mil en la casa. Durante un período de tres años. Contando la revalorización del mercado, les digo que, en el momento de incendiarse, la casa valía ciento cincuenta mil, pero ellos nada, ni caso. Encima no cuentan en absoluto todo el esfuerzo que invertimos Carla y yo.

—¿Y eso te cabrea?

—Joder si me cabrea.

—¿Lo ves? Tienes demasiados vínculos emocionales con la casa para tu bien. Tu cliente es un tonto.

—Gracias.

—No hay de qué. ¿De cuánto es la hipoteca?

—Las hipotecas, en plural. Refinanciamos al final de las reformas. La primera hipoteca es de ochenta mil, y la segunda de un poco menos de quince mil.

—O sea, que Land solo te ofrece lo justo para cancelar las dos hipotecas.

—Básicamente sí. Nos quedaríamos sin nada.

—Vale, pues haré unas llamadas.

—¿De qué tipo?

—Para llegar a un acuerdo, Jake. Es el arte de la negociación. Tienes mucho que aprender. Esta tarde a las cinco habré puesto en su sitio a los timadores esos. Conseguiremos un acuerdo, nos llevaremos un poco de dinero, todo para ti, que no para mí, y luego pactaremos con Willie por Hocutt House. Mientras tanto, tú le dirás al honorable Reuben Atlee que se vaya a tomar viento.

—¡No me digas!

—Pues te lo digo.

33

En vez de eso, lo que hizo Jake fue no pronunciar una sola palabra que pudiera atentar remotamente al respeto. Se encontraron en el porche, en una tarde ventosa pero cálida de marzo, y durante la primera media hora hablaron sobre los dos hijos del juez Atlee. Ray era profesor de derecho en la Universidad de Virginia, y de momento había conseguido una vida tranquila y productiva, cosa que no podía decirse de Forrest, el pequeño. Ninguno de los dos era muy conocido en Clanton, porque se habían escolarizado en un internado del este. Forrest se estaba desintoxicando, lo que suponía una gran preocupación para su padre, que en veinte minutos se había pulido dos whiskies sours.

Jake fue dosificándose hasta que llegó el momento.

—Creo que la selección del jurado está contaminada, señoría —dijo—. En esta zona el apellido Lang es tóxico, y dudo que Lettie pueda tener un juicio justo.

—De todos modos, Jake, al condenado deberían haberle retirado el carnet. He oído que Ozzie y tú no os disteis mucha prisa con la acusación de conducir borracho, y no me gusta nada.

Jake, dolido, respiró profundamente. Como presidente de la sala, el juez Atlee no tenía ningún tipo de jurisdicción sobre los casos de ebriedad al volante en el condado, pero como siempre daba por supuesto que eran de su incumbencia.

—No es verdad, señoría —dijo—. De todos modos, Simeon Lang habría conducido incluso sin carnet. A esta gente le da igual llevarlo en regla. Hace tres meses, un viernes por la noche, Ozzie puso un control de carretera y el 60 por ciento de los negros y el cuarenta de los blancos conducían sin carnet.

—No veo que tenga nada que ver —contestó el juez Atlee. Jake no pensaba llevarle la contraria—. Le pillaron conduciendo borracho en octubre. Si se hubiera tramitado bien la denuncia, por la vía judicial, no habría tenido carnet, y cabe perfectamente la posibilidad de que el jueves de la semana pasada no hubiera estado conduciendo.

—Yo no soy su abogado. Ni ahora ni entonces.

Ambos movieron los cubitos, dejando pasar el momento. El juez Atlee bebió un sorbo.

—Si quieres cursar la petición de traslado, cúrsala. Yo no te lo puedo impedir.

—Me gustaría que se estudiara en serio. Tengo la impresión de que usted ya tiene tomada la decisión, pero han cambiado las cosas.

—Yo lo estudio todo en serio. Sabremos mucho más cuando empecemos con la selección del jurado. Si resulta que saben demasiado sobre el caso, detendré el proceso y lo resolveremos. Creía que ya lo había explicado.

—Sí, lo había explicado.

—¿Qué ha sido de nuestro buen amigo Stillman Rush? El lunes mandó un fax para informarme de que ya no consta en autos como abogado de Herschel Hubbard.

—Han prescindido de él. Wade Lanier lleva varios meses maniobrando para aglutinar a todos los impugnadores, y parece que se ha llevado el gato al agua.

—No perdemos mucho. Un abogado menos con el que lidiar. A mí Stillman no me parecía gran cosa.

Jake se mordió la lengua y consiguió no decir nada. Si su señoría quería poner verde a otro abogado, no sería él quien se lo impidiese. Sin embargo, tuvo la corazonada de que era un tema zanjado, al menos por parte del anciano juez.

—¿Has conocido a Arthur Welch, el de Clarksdale? —preguntó el juez Atlee.

—No, solo sé que es amigo de Harry Rex.

—Esta mañana hemos hablado por teléfono y me ha dicho

que también representará al señor Lang en el divorcio, aunque no podrá hacer mucho. Dice que su cliente accederá a todas las exigencias, para no alargar la situación. Tampoco tiene demasiada importancia. Con la fianza y los cargos que pesan sobre él tardará bastante tiempo en salir.

Jake asintió con la cabeza. Arthur Welch estaba haciendo exactamente lo que le había dicho Harry Rex, quien a su vez tenía puntualmente informado a Jake.

—Gracias por otorgar la orden de alejamiento —dijo—. Quedó de fábula en la prensa.

—Parece un poco tonto decirle a un hombre que está en la cárcel, y que no saldrá en bastante tiempo, que no se acerque a su mujer ni a su familia, pero bueno, no todo lo que hago tiene lógica...

«Es verdad», pensó Jake sin decirlo. Contemplaron el viento doblar la hierba y barrer las hojas. Entre sorbo y sorbo, el juez Atlee pensó en lo que acababa de decir. Después cambió de tema.

—¿Alguna novedad sobre Ancil Hubbard? —preguntó.

—La verdad es que no. Ya llevamos gastados treinta mil, y seguimos sin saber si está vivo o muerto. Los profesionales sospechan que está vivo, más que nada por falta de pruebas de su muerte. De todos modos siguen investigando.

—Pues que continúen, que me sigue dando reparo ir a juicio sin saberlo con certeza.

—La verdad, señoría, es que deberíamos aplazarlo unos meses hasta haber acabado la investigación.

—Y hasta que se haya superado la tragedia de los Roston.

—También.

—El 20 de marzo, cuando nos veamos, plantéalo y decidiré.

Jake respiró hondo.

—Señoría —dijo—, necesito a un experto en selección de jurados para el juicio.

—¿Qué es un experto en selección de jurados?

No le sorprendió la pregunta. En los días de gloria de Atlee como abogado no existía esa figura, y su señoría no se mantenía al corriente de las novedades.

—Hacen varias cosas —dijo Jake—. Lo primero es un estudio demográfico del condado, que analizan a la luz del caso para crear un modelo de jurado. Después realizan una encuesta telefónica con nombres genéricos pero con hechos parecidos para evaluar la reacción de la gente. Una vez que tengamos los nombres de los candidatos, el experto investigará sus antecedentes, siempre a una distancia prudencial, claro, y cuando empiece el proceso de selección estará presente en la sala como observador. Saben mucho de lenguaje corporal y todas esas cosas. Después, durante el juicio, estará todos los días en la sala, observando al jurado. Sabrá si cree a un testigo o no, y hacia dónde se inclina.

—Son muchas cosas. ¿Cuánto cuesta?

Jake apretó los dientes.

—Cincuenta mil dólares.

—Pues te digo ya que no.

—¿Cómo?

—Que no. No pienso autorizar que se costee un gasto de esa magnitud con la herencia. Me parece un derroche.

—Hoy en día es algo casi estándar en los juicios importantes con jurado, señoría.

—Me parecen unos honorarios desorbitados. La selección tiene que hacerla el abogado, Jake, no un experto de altos vuelos. En mis tiempos me encantaba el desafío de leer el pensamiento y el lenguaje corporal de los posibles miembros del jurado, y elegir solo a los más adecuados. Aunque me esté mal decirlo, Jake, tenía ese don.

«Sí, señoría. Como en el caso del predicador tuerto.»

En sus tiempos, hacía unos treinta años, el joven Reuben Atlee había sido contratado por la Primera Iglesia Metodista Unida de Clanton para defenderla en una demanda interpuesta por un evangelista pentecostal que había venido a la ciudad para exaltar a los devotos en el «renacer» del otoño. Aquel predicador tenía por costumbre ir a otras iglesias de la ciudad, las más consolidadas, y exorcizar espíritus malignos delante de su puerta. Según él, y algunos de sus más furibundos seguidores, aquellas congregaciones más antiguas y reposadas estaban corrompiendo la palabra de Dios, tranquilizando a los remisos y sirviendo, por lo general, como refugio para supuestos cristianos que en el mejor de los casos merecían el calificativo de tibios. Dios le había ordenado retar a esos herejes en su propio campo, así que se reunía cada tarde frente a alguna iglesia con su panda de acólitos y desgranaba oraciones e invectivas. La mayoría de los metodistas, presbiterianos, baptistas y episcopalianos no le hacían el menor caso. Un día en que estaba frente al templo metodista, predicando a pleno pulmón con los ojos cerrados, perdió el equilibrio y se cayó por ocho escalones de mármol. Sufrió lesiones de gravedad, con afectación en el cerebro, y perdió el ojo derecho. Un año después (1957) presentó una denuncia de negligencia contra la iglesia metodista. Pedía cincuenta mil dólares.

Reuben Atlee estaba tan indignado por la denuncia que no solo aceptó defender a la iglesia, sino que optó por no cobrar. Hombre de fe, consideraba su deber como cristiano defender un templo legítimo contra tan infundadas pretensiones. Sus palabras al juez durante la selección del jurado tuvieron mucho eco: «Deme a los doce primeros», dijo con arrogancia.

El abogado del predicador tuvo la sensatez de aceptar. Tras prestar juramento, los doce primeros ocuparon la tribuna. El abogado demostró que la escalinata de la iglesia se encontraba en mal estado y no se reparaba desde hacía años. De hecho, ya se habían quejado varias personas, y bla-bla-bla. Reuben Atlee iba pisando fuerte por la sala, todo altivez y bravuconería, indignado por la mera existencia de la denuncia. Al cabo de dos días el jurado concedió cuarenta mil dólares al predicador, cifra récord en el condado de Ford. Fue un duro golpe para el Atlee abogado, y motivo de burla durante años, hasta su elección como presidente de sala.

Con el tiempo se supo que cinco de los primeros doce miembros del jurado también eran pentecostales, confesión, como era sabido, cerrada y suspicaz. Hasta el menor sondeo previo por cualquier abogado lo habría sacado a relucir. Treinta años después los abogados aún murmuraban en broma «Deme a los doce primeros» al observar a los posibles miembros del jurado que esperaban nerviosos en la sala.

Más tarde el predicador tuerto fue elegido senador del estado, pese a las lesiones cerebrales.

—Estoy seguro de que Wade Lanier tendrá a un experto en selección de jurados —dijo Jake—. Siempre los usa. Lo único que intento es que el partido esté igualado.

—¿En el juicio de Hailey usaste a alguno? —preguntó el juez Atlee.

—No. Por aquel juicio me pagaron novecientos dólares. Cuando se acabó no tenía ni para la factura del teléfono.

—Y aun así ganaste. Empiezo a estar preocupado por los costes de la certificación y el pleito.

—La herencia es de veinticuatro millones, señoría. No nos hemos gastado ni el 1 por ciento.

—Ya, pero a este ritmo pronto llegarás.

—No estoy inflando nada.

—No cuestiono tus honorarios, Jake, pero hemos pagado a contables, tasadores, a Quince Lundy, a ti, a investigadores, a taquígrafos, y ahora a peritos para el juicio. Comprendo que es porque Seth Hubbard tuvo la insensatez de redactar un testamento así a sabiendas de que el pleito sería duro, pero seguimos teniendo la obligación de proteger su herencia.

Tal como lo dijo parecía que el dinero saliera de su propio bolsillo. El tono de su comentario fue claramente adverso. Jake se acordó de las advertencias de Harry Rex.

Respiró profundamente y lo pasó por alto. Después de dos mazazos (ni traslado ni experto en selección de jurados) decidió no insistir. Ya lo intentaría en otra ocasión. De hecho daba igual. El juez Atlee se había puesto a roncar de repente.

Boaz Rinds vivía en una residencia triste y sórdida junto a la carretera norte-sur por la que se accedía o salía de Pell City, Alabama. Después de cuatro horas en coche, tras perderse y desviarse algunas veces, Portia y Lettie lo encontraron. Era sábado, a la hora de la sobremesa. Charley había conseguido localizar a Boaz a través de unos parientes lejanos de Chicago. Se esforzaba mucho por no perder el contacto con su nueva prima favorita. Todas las semanas aportaba mejores perspectivas de rentabilidad para la funeraria. Pronto llegaría el momento de pasar al ataque.

Boaz estaba mal de salud y casi sordo. Iba en silla de ruedas, pero no podía moverla por sí solo, así que le sacaron a un porche de cemento y le dejaron a merced del interrogatorio de las dos mujeres. Él estaba contento de tener visita. Por lo visto aquel sábado eran las únicas. Dijo haber nacido «más o menos» en 1920, hijo de Rebecca y Monroe Rinds, cerca de Tupelo. Rondaría por lo tanto los sesenta y ocho, cosa que a las dos mujeres les chocó. Parecía mucho mayor, con todo el pelo blanco y numerosas arrugas en torno a unos ojos vidriosos. Les explicó que padecía del corazón, y que en otros tiempos había fumado como un carretero.

Portia le explicó que su madre y ella estaban intentando reconstruir el árbol genealógico de la familia, y que existía la posibilidad de que estuvieran emparentadas con él. Al oírlo Boaz sonrió, mostrando varios huecos en su dentadura. Portia sabía que en el condado de Ford no había ningún acta de nacimiento de Boaz Rinds, pero ya había aprendido que ese tipo de documentación despertaba dudas por sus múltiples lagunas. Boaz dijo haber tenido dos hijos, ambos muertos, y que también su mujer había fallecido años atrás. Ignoraba si tenía nietos. Nunca venía nadie a visitarle. A juzgar por lo que se veía, no era el único residente a quien habían abandonado.

Hablaba despacio, con algunas pausas para rascarse la frente mientras hacía un esfuerzo de memoria. Después de diez minutos quedó claro que sufría algún tipo de demencia. Su vida había sido dura, poco menos que brutal. Hijo de jornaleros que iban de campo en campo de algodón por todo Mississippi y Alabama, arrastrando consigo a una familia numerosa de siete hijos, recordaba haber recogido algodón a los cinco años. No había ido al colegio. Su familia nunca había tenido domicilio fijo. Vivían en barracas y tiendas, siempre con el hambre en el horizonte. El padre de Boaz había muerto joven. Estaba enterrado cerca de Selma, detrás de una iglesia negra. Su madre se había vuelto a emparejar con un hombre que pegaba a los niños. Boaz y uno de sus hermanos se habían escapado para no volver.

Mientras Portia tomaba notas, Lettie azuzaba suavemente a Boaz con sus preguntas. A él le encantaba que le hicieran caso. Un celador les trajo té helado. Boaz no recordaba nada de sus abuelos, ni siquiera sus nombres. Le parecía que habían vivido en Mississippi. Lettie le preguntó por varios nombres, todos de la familia Rinds. Boaz siempre asentía con una sonrisa, y admitía no conocerlos. Sin embargo, cuando Lettie dijo «Sylvester Rinds» el anciano empezó a asentir sin parar.

—Era mi tío —dijo finalmente—. Sylvester Rinds. Primo de mi padre.

Sylvester, nacido en 1898, había muerto en 1930. Era el dueño de las treinta hectáreas legadas por su esposa a Cleon Hubbard, el padre de Seth. A esas alturas, Lettie ya estaba convencida de ser hija de Lois Rinds, la hija de Sylvester, y tenía muchas ganas de demostrarlo.

—¿Verdad que Sylvester tenía tierras? —preguntó.

Boaz, como siempre, asintió y sonrió.

—Eso parece. Yo diría que sí.

—¿Y usted y su familia vivieron alguna vez en sus tierras?

Se rascó la frente.

—Yo diría que sí. Sí, cuando era pequeño. Ahora me acuerdo. Recogía algodón en la finca de mi tío. Ahora me acuerdo. Se pelearon sobre si tenían que pagarnos el algodón.

—O sea, que no estaban de acuerdo. ¿Qué pasó? —preguntó amablemente Lettie.

—Que nos fuimos a otra granja, no sé dónde. Trabajamos en tantas...

—¿Se acuerda de si Sylvester tenía hijos?

—Todo el mundo tenía hijos.

—¿Se acuerda de alguno de los de Sylvester?

Boaz se rascó, y tanto pensó que al final se quedó dormido.

Cuando se dieron cuenta de que estaba echando la siesta, Lettie le sacudió suavemente por el brazo.

—Boaz, ¿se acuerda de algún hijo de Sylvester?

—Ponedme al sol —dijo, señalando un punto del porche donde no llegaba la sombra.

Empujaron la silla y redistribuyeron las sillas de jardín. Boaz se irguió todo lo que pudo, levantó la vista hacia el sol y cerró los ojos. Lettie y Portia esperaron.

—Eso no lo sé. Benson —dijo él finalmente.

—¿Quién era Benson?

—El que nos pegaba.

—¿Se acuerda de una niña que se llamaba Lois, Lois Rinds?

Boaz inclinó la cabeza hacia Lettie.

—Sí —dijo con rapidez y claridad—. Ahora me acuerdo. Era la hija de Sylvester. La finca era de ellos. Lois. La pequeña Lois. Muy normal no era que unos negros tuvieran tierras, no, pero ahora me acuerdo. Al principio iba todo bien, hasta que se pelearon.

—Creo que Lois era mi madre —dijo Lettie.

—¿No lo sabe?

—No, no lo sé. Murió cuando yo tenía tres años, y me adoptaron otros. Pero soy una Rinds.

—Yo también. Siempre lo he sido —dijo Boaz. Se rieron. Después puso cara de pena—. Ya no queda mucho de la familia. Se han dispersado tanto...

—¿Qué le pasó a Sylvester? —preguntó Lettie.

Boaz hizo una mueca y cambió de postura con cara de dolor. Durante unos minutos respiró con dificultad, y pareció que se le hubiera olvidado la pregunta. Miró a las dos mujeres como si nunca las hubiera visto. Se limpió la nariz con una manga. Después volvió al presente.

—Nos fuimos —dijo—. No sé. Más tarde oí que había pasado algo malo.

—¿Tiene idea de qué fue?

El bolígrafo de Portia no se movía.

—Le mataron.

—¿Quiénes le mataron?

—Unos blancos.

—Y ¿por qué le mataron?

Se quedó otra vez ausente, como si no hubiera oído la pregunta.

—No lo sé. Nosotros nos habíamos ido. Ahora me acuerdo de Lois. Era muy mona. Benson era el que nos pegaba.

A esas alturas Portia ya no estaba muy segura de poder creerle. Boaz tenía los ojos cerrados. Le temblaban las orejas, como si estuviera sufriendo un ataque.

—Benson, Benson —repetía.

—¿Y Benson se casó con su madre? —preguntó Lettie con suavidad.

—Lo único que oímos fue que le pillaron unos blancos.

34

Inmerso en una mañana bastante productiva, Jake oyó el inconfundible ruido de los zapatos del cuarenta y ocho de Harry Rex aporreando la escalera de madera, ya maltrecha de por sí. Respiró hondo y esperó, hasta ver que se abría la puerta sin ningún atisbo de educados golpes de nudillos.

—Buenos días, Harry Rex —dijo.

—¿Te suena de algo el clan Whiteside, de allá por el lago? —preguntó Harry Rex al aposentarse jadeando en una silla.

—Vagamente. ¿Por qué lo...?

—Nunca he visto a unos tíos que estén peor de la cabeza. El fin de semana pasado el señor Whiteside pilló a su mujer en la cama con uno de sus yernos. Ya me ves, con dos divorcios simultáneos. Antes de eso lo había pedido una de las hijas, y me cayó a mí. Total, que ahora tengo...

—Por favor, Harry Rex, que no me interesa.

Jake sabía que aquellas historias podían eternizarse.

—Vale, vale, perdona. Vengo porque ahora están todos en mi bufete tirándose de los pelos, y hemos tenido que llamar a la policía. Estoy tan harto de mis clientes... De todos. —Harry Rex se secó la frente con una manga—. ¿Tienes una Bud Light?

—No, lo que tengo es café.

—Es lo que menos falta me hace. Esta mañana he hablado con la compañía de seguros y ofrecen ciento treinta y cinco. Acepta, ¿vale? Ahora mismo.

Jake creyó que lo decía en broma y estuvo a punto de reírse.

Hacía dos años que la compañía de seguros no se movía de los cien mil.

—¿Lo has dicho en serio?

—Pues sí, mi querido cliente. Acepta el dinero. Mi secretaria está redactando el acuerdo. Lo traerá a mediodía. Llévatelo, haz que lo firme Carla y tráemelo volando a mi bufete, ¿vale?

—Vale. ¿Cómo lo has conseguido?

—Jake, hijo mío, es que habías hecho una cagada. Habías presentado la denuncia en un tribunal de distrito, exigiendo un jurado, porque desde lo de Hailey te dejaste dominar por el ego y te creíste que a las compañías de seguros les daría pánico enfrentarse con el gran Jake Brigance delante de un jurado del condado de Ford. Lo vi yo y lo vieron otros. Pediste daños y perjuicios y te pensaste que conseguirías un señor veredicto que además de darte un pastón te daría puntos por el lado civil. Te conozco, y sé lo que pensabas, aunque no lo quieras admitir. Como la compañía de seguros no se inmutó, se atrincheraron las dos partes, se convirtió en un tema personal y pasaron los años. Hacían falta ojos nuevos, y alguien como yo, que supiera cómo piensan las compañías de seguros. Además, les he dicho que retiraría la denuncia en el tribunal de distrito y la volvería a presentar en el de equidad, donde tengo bastante controlada la lista de autos y todo lo demás. La idea de enfrentarse allí conmigo, en este condado, en sala de equidad, no es muy del gusto de los otros abogados. Total, que después de un poco de tira y afloja he conseguido que llegaran a los ciento treinta y cinco. Te quedan limpios cuarenta, a mí no me pagas honorarios, que es como habíamos quedado, y así te recuperas. Voy a llamar a Willie para decirle que Carla y tú pagaréis doscientos veinticinco por la casa de los Hocutt.

—No corras tanto, Harry Rex. Con cuarenta mil en el bolsillo tampoco es que sea rico.

—No me vengas con chorradas, Jake, que te estás llevando cada mes treinta mil de la herencia.

—No del todo. Además, mientras tanto me estoy quedando sin ningún otro ingreso. Tardaré un año en darle carpetazo a esto. Como a lo de Hailey.

—Pero al menos en este caso te pagan.

—Eso es verdad. Te agradezco que hayas usado tu pasmosa habilidad para solucionar mi denuncia por lo del incendio. Gracias, Harry Rex. Esta tarde tendré firmados los papeles. Ah, y estaría más contento si te pagara honorarios. Modestos.

—No, Jake, entre amigos no, y si son modestos aún menos. Si fueran generosos te diría que a la mierda la amistad. Además, este trimestre no estoy para más ingresos. Se me acumula tan rápido el dinero que ya no me cabe debajo del colchón. No quiero que se inquiete hacienda y vuelva a mandarme a sus matones. Invito yo. ¿Qué le digo a Willie?

—Que siga rebajando el precio.

—Este fin de semana estará en la ciudad. El sábado por la tarde da otra fiesta de gin-tonics y me ha dicho que os invite a ti y a Carla. ¿Os apuntáis?

—Tendré que preguntárselo a la jefa.

Harry Rex se puso en pie y empezó a alejarse con gran estrépito.

—El sábado nos vemos.

—Vale. Y otra vez gracias, Harry Rex.

—No hay de qué.

Dio un portazo. Jake se rió entre dientes. Qué alivio que se hubiera resuelto la demanda... Ahora ya podía cerrar un expediente pescado tan grueso como deprimente, cancelar las dos hipotecas, quitarse a los bancos de encima y meterse algo de dinero en el bolsillo. La casa no podrían sustituirla nunca, pero ¿no podía decirse lo mismo de cualquier demanda por incendio grave? No eran los únicos que lo habían perdido todo en un desastre. Por fin podrían superarlo y dejar el pasado a sus espaldas.

Cinco minutos después llamó Portia a la puerta. Tenía que enseñarle algo, pero era necesario un corto viaje en coche.

A mediodía salieron del bufete, cruzaron las vías y atravesaron Lowtown, la parte negra de la ciudad. Más allá, donde acababa Clanton por el este, se encontraba Burley, la antigua escuela elemental y primaria donde ya no se impartían clases desde 1969, cuando se abolió la segregación racial. Poco después la había reformado el condado, que ahora la usaba para almacenaje y mantenimiento. Era un complejo de cuatro grandes pabellones con aspecto de graneros, de madera blanca y tejados de chapa. El aparcamiento estaba ocupado por los coches de los funcionarios. Detrás de la escuela había un gran cobertizo con camiones de grava y maquinaria alrededor. East, el instituto para negros, quedaba al otro lado de la calle.

Jake conocía a muchos negros que se habían escolarizado en Burley y, aunque todos agradecieran la existencia de un sistema integrado, solían delatar cierta nostalgia por la vieja escuela y el antiguo sistema. Siempre les tocaban las sobras: pupitres, libros, pizarras, máquinas de escribir, archivadores, material deportivo, instrumentos... todo gastado, de segunda mano. No había nada nuevo. Les llegaba de las escuelas blancas del condado de Ford. Los profesores blancos estaban peor pagados que en cualquier otro estado, y los negros aún cobraban menos. Entre una cosa y otra, no había bastante ni para un solo sistema escolar de calidad. Aun así, Ford intentó mantener dos durante décadas, como el resto de los condados. Lo de separados pero iguales era una farsa cruel. No obstante, pese a estar notablemente desfavorecida, Burley era motivo de orgullo para quienes tenían la suerte de estudiar en ella. Los profesores eran severos y entregados. Al tenerlo todo en contra, los éxitos aún sabían mejor. De vez en cuando algún alumno llegaba a la universidad y se convertía en un modelo para las siguientes generaciones.

—¿Dices que ya habías estado? —preguntó Portia al subir con Jake por la escalera de lo que había sido el pabellón administrativo.

—Sí, una vez, durante mi primer año con Lucien. Me mandó a buscar unos documentos judiciales. Era misión imposible. No los encontré.

Subieron a la primera planta. Portia sabía exactamente adónde ir. Jake la seguía. Las antiguas aulas estaban llenas de archivadores reciclados del ejército, con expedientes fiscales y tasaciones inmobiliarias de otras épocas. Todo basura, se dijo Jake al leer los índices de los carteles de las puertas. En una sala se guardaban las matriculaciones de coches, en otra viejos números de la prensa local, etc. Qué desperdicio de espacio y mano de obra.

Portia encendió la luz de una sala oscura y sin ventanas, donde también se alineaban varios archivadores. Levantó con cuidado un pesado tomo de un estante y lo depositó suavemente en una mesa. La encuadernación era de piel verde oscura, con grietas debidas al paso de los años y al descuido. En el centro ponía «Lista de autos».

—Esto es una lista de autos de los años veinte —dijo—, más en concreto del período entre agosto de 1927 y junio de 1928.

La abrió despacio y empezó a girar con mucha precaución las hojas amarillas y frágiles, casi quebradizas.

—Tribunal de equidad —dijo, como la conservadora de un museo.

—¿Cuánto tiempo has pasado aquí? —preguntó Jake.

—No lo sé. Horas. Es que a mí todo esto me fascina, Jake. Aquí está la historia del condado, en la de su sistema jurídico. —Siguió pasando páginas hasta que se detuvo—. Aquí está: junio de 1928, hace sesenta años.

Jake se inclinó para verlo mejor. Todo eran entradas manuscritas, con la tinta bastante desvaída. Portia deslizó el índice por una columna.

—Cuatro de junio de 1928 —dijo. Lo desplazó a la de la derecha—. El demandante, que se llamaba Cleon Hubbard, presentó una denuncia contra el demandado. —Pasó a la columna de al lado—. Cuyo nombre era Sylvester Rinds. —Una columna más—. Aquí solo figura como un pleito de propiedad. En la siguiente columna consta el abogado. A Cleon Hubbard le representó Robert E. Lee Wilbanks.

—El abuelo de Lucien —dijo Jake.

Estaban inclinados sobre la lista de autos, hombro con hombro.

—Y al demandado le representó Lamar Thisdale —añadió Portia.

—Un viejo que murió hace treinta años. Aún te encuentras

su nombre en testamentos y escrituras. ¿Dónde está el expediente? —preguntó Jake, dando un paso hacia atrás.

Portia se incorporó.

—No lo encuentro —dijo. Señaló el resto de la sala con un gesto del brazo—. Si existe debería estar aquí, pero he buscado en todas partes. Hay muchas lagunas. Supongo que es por el incendio del juzgado.

Jake se apoyó en un archivador y se quedó pensando.

—O sea, que en 1928 pleiteaban por unas tierras.

—Sí, y es de suponer que fueran las treinta hectáreas que tenía Seth al morir. Sabemos por las investigaciones de Lucien que en esa época Sylvester no tenía ninguna otra finca. Cleon Hubbard obtuvo esta en propiedad en 1930, y desde entonces ha seguido en la familia Hubbard.

—El hecho de que en 1930 aún fueran de Sylvester es una prueba bastante clara de que la demanda de 1928 la ganó él. Si no habrían sido de Cleon Hubbard.

—Es lo que iba a preguntarte. El abogado eres tú. Yo soy una humilde secretaria.

—Te estás convirtiendo en abogada, Portia. Ni siquiera estoy muy seguro de que te haga falta pasar por la facultad. ¿Estás suponiendo que Sylvester era tu bisabuelo?

—Bueno, ahora mismo mi madre está casi segura de que era su abuelo, de que solo tenía una hija, Lois, y de que Lois era su madre. Según eso, el viejo sería mi bisabuelo. Aunque no es que le conozca de mucho, ¿eh?

—¿Le has contado a Lucien lo que hacían sus antepasados?

—No. ¿Debería? Total, para lo que sirve... No es culpa suya. Él aún no vivía.

—Yo lo haría solo para torturarle. Como se entere de que su familia representó a Hubbard padre y perdió, le sentará fatal.

—Qué va, Jake, si ya sabes que odia a su familia y su historia.

—Sí, pero le encanta el patrimonio familiar. Yo se lo contaría.

—¿Crees que el bufete Wilbanks conserva documentación antigua?

Jake gruñó y sonrió.

—De hace sesenta años lo dudo —dijo—. En el desván hay mucha porquería, pero no tan vieja. En general los abogados no tiran nada, pero con el tiempo desaparecen las cosas.

—¿Puedo buscar en el desván?

—A mí no me molesta. ¿Qué quieres encontrar?

—El expediente. Algo donde haya pistas. Está bastante claro que hubo un pleito por las treinta hectáreas, pero ¿en qué se basaba? ¿Y qué ocurrió en el caso? ¿Cómo puede ser que en Mississippi, en los años veinte, un negro ganara un pleito por unas tierras? Piénsalo, Jake. Un terrateniente blanco contrató al bufete más importante de la ciudad, el que tenía todo el poder y todas las relaciones, para ponerle una demanda a un negro pobre por la propiedad de unas tierras. Y ganó el negro. Al menos es lo que parece.

—Quizá no ganase. Quizá se alargara el pleito hasta la muerte de Sylvester.

—Exacto. Ahí está, Jake. Es lo que tengo que averiguar.

—Pues que tengas suerte. Yo se lo contaría todo a Lucien y haría que me ayudase. Despotricará contra sus antepasados, pero de todos modos ya lo hace casi cada día antes de desayunar. Se le pasará. Peores cosas hicieron, te lo aseguro.

—Genial. Se lo contaré y empezaré a buscar esta tarde en el desván.

—Ten cuidado. Yo subo una vez al año, y solo si no hay más remedio. Dudo mucho que encuentres algo.

—Ya veremos.

Lucien se lo tomó bien. Más allá de los duros reproches de siempre a su linaje, pareció apaciguarle el hecho de que su abuelo hubiera perdido la demanda contra Sylvester Rinds. Se puso a hablar de historia sin que se lo pidieran, y le explicó a Portia (y por momentos durante la tarde, también a Jake) que Robert E. Lee Wilbanks había nacido durante la Reconstrucción y se había engañado casi toda la vida pensando que algún día volvería a instaurarse el esclavismo. La familia logró mantener lejos de sus tierras a los inmigrantes del norte, y había que reconocer que

Robert había sabido fundar toda una dinastía dueña de bancos y líneas de ferrocarril, presente en la política y el mundo del derecho. Era un hombre severo y antipático, a quien Lucien, de niño, temía, pero al César lo que era del César: la bonita mansión que ahora le pertenecía la había construido el bueno del abuelo, y su titularidad se había transmitido de generación en generación.

Subieron al desván fuera de horas de trabajo y se internaron más lejos aún en la historia. Jake se quedó un rato, pero no tardó en darse cuenta de que era una pérdida de tiempo. La documentación se remontaba a 1965, el año en que Lucien había heredado el bufete después de la muerte en accidente de avión de su padre y su tío. Alguien, probablemente Ethel Twitty, la mítica secretaria, había puesto orden y expurgado el archivo.

35

Dos semanas antes de la fecha estipulada para el inicio de las hostilidades, los abogados y sus ayudantes se reunieron en la sala principal para una audiencia previa. En los viejos tiempos habría sido algo inaudito, pero las reglas modernas del combate establecían este requisito, y hasta les asignaban un acrónimo, PTC (*Pre-Trial Conference*). Los abogados que, como Wade Lanier, combatían por lo civil eran duchos en las estrategias y matices de las PTC. Jake, no tanto. En cuanto a Reuben Atlee, aunque fuera incapaz de reconocerlo, nunca había presidido ninguna. Para él, para su tribunal de equidad, los grandes juicios eran divorcios sin mutuo acuerdo y con dinero en juego; y como de esos había pocos, los llevaba como en los últimos treinta años, mandando al traste la normativa moderna.

Los detractores del nuevo ordenamiento procesal y de presentación de pruebas se lamentaban de que las PTC eran un simple ensayo del juicio, con la consiguiente obligación de que los abogados se preparasen por partida doble. Comportaban tiempo y gastos, y además de onerosas eran restrictivas. Si un documento, tema o testigo no había sido debidamente tratado durante la PTC, no podía contemplarse en el juicio. Los abogados de cierta edad que, como Lucien, se regodeaban en el juego sucio y en las emboscadas aborrecían el nuevo reglamento porque estaba pensado para fomentar la equidad y la transparencia. «En los juicios no se trata de equidad, Jake, se trata de ganar», había dicho mil veces Lucien.

Tampoco le gustaban demasiado al juez Atlee, aunque el deber le obligase a acatarlos. El lunes 20 de marzo a las diez de la mañana ahuyentó a unos pocos espectadores y le pidió al ujier que cerrase la puerta con llave. No era una vista pública.

Mientras se situaban los abogados, Lester Chilcott, el coletrado de Lanier, se acercó a la mesa de Jake y dejó unos papeles.

—Actualización de pruebas —dijo como si se tratara de simple rutina.

Mientras Jake los hojeaba, el juez Atlee los llamó al orden y empezó a mirar las caras para asegurarse de que no faltaba ningún abogado.

—Sigue echándose de menos al señor Stillman Rush —farfulló por el micrófono.

La sorpresa de Jake se convirtió rápidamente en rabia. En una parte donde se enumeraba a todos los posibles testigos, Lanier había escrito los nombres de cuarenta y cinco personas, cuyas direcciones estaban dispersas por todo el sudeste, y cuatro en México. Jake solo reconoció a unos cuantos. A algunos les había tomado declaración durante el intercambio de pruebas. Ejemplo habitual de juego sucio, perfeccionado por las grandes empresas y las compañías de seguros, los «vertidos de documentos» consistían en que estas últimas y sus letrados ocultasen hasta el último instante documentos revelables, y acto seguido, justo antes del juicio, inundasen con miles de páginas de documentación al abogado de la parte contraria, a sabiendas de que ni a él ni a su equipo les resultaría posible familiarizarse a tiempo con ellas. A algunos jueces les indignaban aquellos «vertidos», mientras que otros hacían la vista gorda. Pues bien, Wade Lanier acababa de sacarse de la manga un primo hermano de este truco: el «vertido de testigos», consistente en retener hasta el último momento los nombres de muchos de los testigos en potencia y entregarlos por último junto con otros que eran simple hojarasca, para confundir a su rival.

El rival en cuestión estaba que trinaba, pero en aquel momento tuvo cosas más urgentes que atender.

—Señor Brigance —dijo el juez Atlee—, tiene usted dos solicitudes pendientes: una de traslado y la otra de aplazamiento. He leído sus instancias, así como las réplicas de los impugnado-

393

res, y doy por supuesto que no tiene usted nada más que añadir a las solicitudes.

Jake se levantó.

—No, señoría —tuvo la sensatez de contestar.

—Permanezcan sentados, señores, que esto es una audiencia previa, no una vista formal. Sigamos. ¿Es lícito presuponer también que no se han producido avances en la búsqueda de Ancil Hubbard?

—Lo es, señoría, aunque con algo más de tiempo tal vez pueda lograrse algún avance.

Wade Lanier se puso en pie.

—Con la venia, señoría, quisiera responder. La presencia o ausencia de Ancil Hubbard carece de importancia para lo que nos ocupa. Todo ha quedado reducido a lo que esperábamos, a lo que siempre se dirime en los pleitos de índole testamentaria, esto es, a la capacidad para testar y la influencia indebida. En caso de estar vivo, Ancil no habrá visto a su hermano Seth en varias décadas antes del suicidio, y es del todo imposible que declare acerca de cómo o qué pensaba su hermano. Procedamos pues según lo previsto. Si el jurado alcanza un veredicto favorable al testamento manuscrito, el señor Brigance y la sucesión tendrán tiempo de sobra para seguir buscando a Ancil, y si todo va bien hacerle entrega de sus 5 por ciento. Si, por el contrario, el jurado rechaza el testamento manuscrito, la figura de Ancil perderá toda importancia, ya que no se le menciona en el testamento anterior. Procedamos, señoría. Hace muchos meses que fijó usted el juicio para el 3 de abril, y no hay motivos de peso para no cumplir lo estipulado.

Lanier no se comportaba de forma llamativa, pero daba una imagen de realismo y hasta de campechanía, y resultaba persuasivo. Jake ya conocía su capacidad para argumentar de manera improvisada sin ningún esfuerzo y convencer a cualquiera poco menos que de cualquier cosa.

—Estoy de acuerdo —dijo con aspereza el juez Atlee—. El 3 de abril procederemos según las previsiones, en esta misma sala. Siéntese, por favor, señor Lanier.

Jake tomó notas y esperó el siguiente argumento. El juez

Atlee miró las suyas y deslizó sus gafas de lectura por la nariz.

—En el lado de la sala que corresponde a los impugnadores cuento a seis abogados. El señor Lanier representa a los hijos de Seth Hubbard, Ramona Dafoe y Herschel Hubbard. El señor Zeitler representa a los dos hijos de Herschel Hubbard. El señor Hunt, a los dos hijos de Ramona Dafoe. Los demás son ustedes asociados. —Se quitó las gafas y se metió una patilla en la boca. Era la hora del sermón—. Bueno, señores, vamos a ver. Una vez que empiece el juicio, no tengo la menor intención de tolerar ningún tipo de cháchara innecesaria por parte de seis abogados. De hecho, los únicos con autorización para pronunciarse en nombre de los impugnadores serán los señores Lanier, Zeitler y Hunt. Me parece bastante. Tampoco expondré al jurado a tres alegatos iniciales, tres conclusiones finales y tres turnos de preguntas distintos a los testigos. Si hay alguna objeción, no quiero que salten tres o cuatro de ustedes a la vez y griten agitando los brazos: «¡Protesto, protesto!». ¿Me explico?

Por supuesto que sí. El juez hablaba despacio y con claridad, haciendo valer su férrea autoridad de siempre.

—Propongo —continuó— que el señor Lanier lleve la voz cantante por parte de los impugnadores y gestione el grueso del juicio. No cabe duda de que posee más experiencia procesal, y de que representa a los clientes con mayores intereses. Repártanse el trabajo como prefieran. En eso no me atrevo a darles ningún consejo —aconsejó de hecho, gravemente—. No estoy intentando ponerle un bozal a nadie. Están en su derecho de abogar por su cliente o clientes. Todos pueden llamar a sus propios testigos y proceder al contrainterrogatorio de los que sean llamados por la parte defensora. Ahora bien, en cuanto empiecen a repetir lo que ya se haya dicho, como son propensos a hacer los abogados, no se sorprendan de que me apresure a intervenir. No pienso tolerarlo. ¿Estamos de acuerdo?

Sin duda, al menos de momento.

Atlee volvió a calarse las gafas de lectura en la nariz y miró sus anotaciones.

—Pasemos a hablar de las pruebas —dijo.

Dedicaron una hora a debatir sobre los documentos que se

admitirían a juicio y serían mostrados al jurado. Por marcada insistencia del juez Atlee se estipuló que la letra era la de Henry Seth Hubbard. Aducir lo contrario habría sido una pérdida de tiempo. También se estipuló la causa de la muerte y se aprobaron cuatro grandes fotos en color en las que aparecía Seth colgado de un árbol, lo que despejaba cualquier duda sobre las circunstancias de su defunción.

—Ahora pasaremos a los testigos —dijo el juez Atlee—. Veo que el señor Lanier ha añadido a unos cuantos.

Jake llevaba más de una hora de impaciente espera. Intentaba no perder la calma, pero era difícil.

—Señoría —dijo—, mi intención es protestar contra la admisión a juicio de muchos de estos testimonios. Si consulta usted la sexta página verá que a partir de ella aparecen los nombres de cuarenta y cinco testigos potenciales. En vista de sus direcciones, me imagino que serán trabajadores de las diversas fábricas y plantas del señor Hubbard. No lo sé con certeza, ya que es la primera vez que los veo. He consultado las últimas respuestas actualizadas a los interrogatorios, y solo quince o dieciséis de los cuarenta y cinco han sido mencionados antes de hoy por los impugnadores. Según las reglas, yo tenía derecho a conocer sus nombres desde hace meses. Es lo que se llama un vertido de testigos, señoría, descargando en la mesa un montón de testigos dos semanas antes del juicio, se me imposibilita hablar con todos ellos y averiguar cuál es el rumbo que pueden tomar sus testimonios. De la toma de declaración ya no hablo, puesto que consumiría otros seis meses. Se trata de una clara infracción de las reglas, solapada, para colmo.

El juez Atlee fulminó con la mirada a los de la otra mesa.

—¿Señor Lanier? —dijo.

Lanier se levantó.

—¿Me permite estirar las piernas, señoría? —dijo—. Es que tengo problemas de rodilla.

—Bueno, bueno.

Empezó a pasearse por delante de su mesa, con una leve cojera. Jake pensó que debía de ser algún tipo de truco procesal.

—Señoría, no se trata de nada solapado. Me ofende la acusación. El intercambio de pruebas no es nunca algo definitivo. Constantemente surgen nuevos nombres. A veces se presentan en el último momento testigos reticentes. Un testigo se acuerda de otro, o de algo que ocurrió. Tenemos investigadores que llevan cinco meses buscando sin parar, y con franqueza le diré que hemos trabajado más que la otra parte. Hemos encontrado a más testigos, y seguimos buscándolos. El señor Brigance tiene dos semanas para llamar por teléfono o hablar personalmente con cualquiera de los testigos de mi lista. Dos semanas. No, no es mucho tiempo, pero ¿acaso hay tiempo suficiente alguna vez? Ya sabemos que no. Así funcionan los pleitos de alto perfil, señoría; las dos partes apuran su tiempo al límite.

Con su paseo, su cojera y la eficacia de su argumentación, Lanier se hacía admirar incluso por el más reacio. Al mismo tiempo, sin embargo, Jake tuvo ganas de tirarle un hacha. Lanier no seguía las reglas. Era hábil, eso sí, en dar legitimidad a sus trampas.

Para Wade Lanier el momento era crucial. En la lista de los cuarenta y cinco se ocultaba el nombre de Julina Kidd, la única mujer negra que había encontrado Randall Clapp por el momento dispuesta a declarar y reconocer que se había acostado con Seth. A cambio de cinco mil dólares más gastos, había accedido a desplazarse a Clanton y prestar testimonio. También había aceptado no ponerse al teléfono ni tener ningún tipo de contacto con otros abogados, específicamente con un tal Jake Brigance que tal vez se presentase buscando pistas a la desesperada.

Quien no estaba oculto en la lista era Fritz Pickering, cuyo nombre no había salido a relucir, ni saldría hasta un momento decisivo del juicio.

—¿Cuántas declaraciones han tomado? —le preguntó el juez Atlee a Jake.

—Entre todos, treinta.

—Me parecen muchas. Y no son baratas. Señor Lanier, supongo que no pretenderá llamar a cuarenta y cinco testigos.

—Por supuesto que no, señoría, pero el reglamento nos obliga a dejar constancia de todos los testigos potenciales. Es posible que no sepa a cuáles de ellos necesitaré en el banquillo hasta que haya empezado el juicio. Es la flexibilidad que se contempla en el reglamento.

—Lo entiendo. Señor Brigance, ¿a cuántos testigos pensaba usted llamar?

—A unos quince, señoría.

—Pues desde ya les digo que no pienso exponernos ni al juzgado ni a mí mismo a sesenta testimonios. Por otra parte, no soy partidario de delimitar a quién pueden llamar y a quién no. Asegúrense de que la otra parte tenga conocimiento de todos los testigos. Señor Brigance, dispone usted de todos los nombres, y de dos semanas para investigar.

Jake sacudió la cabeza, disgustado. Al viejo juez le podían sus viejas costumbres.

—En tal caso —preguntó—, ¿sería posible solicitar a los señores letrados un breve resumen de lo que puedan declarar en el banquillo los testigos? Me parece de justicia, señoría.

—¿Señor Lanier?

—Con la venia, señoría, no sé hasta qué punto es de justicia. No porque nos hayamos puesto las pilas y hayamos encontrado a un montón de testigos que al señor Brigance ni siquiera le suenan se nos tiene por qué exigir que le expliquemos las grandes líneas de sus declaraciones.

El tono era condescendiente, casi insultante. Por unas décimas de segundo Jake se sintió como un vago.

—Estoy de acuerdo —dijo el juez Atlee.

Lanier lanzó a Jake una mirada despectiva de victoria al pasar a su lado y volver a sentarse.

La PTC se alargó con el debate sobre los peritos y lo que podrían declarar. Jake estaba irritado con el juez Atlee, y no hizo esfuerzos por disimularlo. El momento más importante de la reunión sería cuando distribuyesen la lista del jurado. El juez lo dejó para el final. Cuando un ujier repartió las listas casi era mediodía.

—Hay noventa y siete nombres —dijo Atlee—, con todos los filtros posibles salvo el de la edad. Ya saben ustedes que hay personas de más de sesenta y cinco años que no quieren que se les exima del servicio, así que dejaré que lo resuelvan ustedes durante la selección.

Los abogados leyeron los nombres en busca de los más simpáticos y compasivos, esas personas perspicaces que se pondrían enseguida de su parte y harían que el veredicto fuera el correcto.

—Mucha atención a lo que voy a decir —continuó el juez Atlee—: no consentiré ningún contacto con estas personas. Hoy en día, si no me equivoco, es normal que en los pleitos importantes los abogados investiguen hasta donde puedan a los candidatos. Adelante, pero no se pongan en contacto con ellos, ni los sigan, ni los intimiden, ni los sometan a ningún tipo de acoso. Seré severo con quien lo haga. Y guarden bien las listas, que no quiero que todo el condado se entere de si Fulanito o Menganito puede estar en el jurado.

—¿En qué orden se sentarán para la selección, señoría? —preguntó Wade Lanier.

—Totalmente al azar.

Los abogados leyeron los nombres deprisa y en silencio. Jake estaba en clara ventaja, porque era su terreno, pero cada vez que miraba una de aquellas listas le sorprendía reconocer tan pocos nombres. Un antiguo cliente por aquí, alguien de su misma iglesia por allá... Un compañero de instituto de Karaway. Una prima hermana de su madre. A simple vista reconoció a veinte de noventa y siete. Harry Rex conocería a más. Ozzie a todos los negros, y a muchos de los blancos. Lucien se jactaría de conocer a un montón, pero en realidad había estado demasiado tiempo sentado en el porche.

Wade Lanier y Lester Chilcott, que eran de Jackson, no reconocieron a nadie, pero tendrían ayuda de sobra. Estaban haciendo amistad con el bufete Sullivan, que con sus nueve abogados todavía era el más grande del condado, y si algo no faltaría serían consejos.

A las doce y media el juez Atlee estaba cansado y levantó la sesión. Jake salió rápidamente de la sala, con la duda de si el viejo se encontraba en condiciones físicas para un juicio extenuante. También le preocupaban las normas por las que se regiría el juicio, ya que evidentemente no se cumplirían de manera estricta las oficiales, las que salían en los nuevos libros.

Reglamento al margen, Jake, como todos los abogados del estado, conocía la fama del Tribunal Supremo de Mississippi de confiar en el criterio de los presidentes de sala locales, que eran quienes estaban en medio de la brega, veían las caras, oían los testimonios y palpaban la tensión. ¿Quiénes somos nosotros (se preguntaba desde hacía décadas el Tribunal Supremo) para estar aquí sentados, tan lejos de todo, y anteponer nuestros fríos dictámenes a los del juez tal o cual?

Como siempre, el juicio se regiría por las normas de Reuben.

Fueran las que fueran en aquel momento dado.

Wade Lanier y Lester Chilcott fueron directamente a las oficinas del bufete Sullivan, a una sala de reuniones de la primera planta. Los esperaba una bandeja de bocadillos, así como un hombre menudo y peleón con acento del Upper Midwest. Se trataba de Myron Pankey, un antiguo abogado que había encontrado su sitio en el campo relativamente nuevo de la asesoría de jurados, actividad que se estaba abriendo camino en muchos juicios importantes. A cambio de unos sustanciosos honorarios, Pankey y su equipo hacían todo tipo de milagros y reunían al jurado perfecto, o en todo caso al mejor disponible. Ya habían realizado una encuesta telefónica, en la que habían entrevistado a doscientos votantes censados en los condados adyacentes al de Ford. El 50 por ciento había dicho que cualquier persona tenía que poder dejar sus bienes a quien quisiese, aunque fuera a expensas de su propia familia, pero el 90 por ciento habría recelado de un testamento manuscrito que se lo dejaba todo a la última cuidadora. Los datos resultantes aún estaban siendo analizados en las oficinas centrales de Pankey, en Cleveland. Ninguna parte de la encuesta contemplaba el factor racial.

Basándose en los números preliminares, Wade Lanier era optimista. Mientras hablaba se tomó de pie un bocadillo y una Coca-Cola Light. Hicieron copias de las listas y las repartieron por la mesa de juntas. Cada uno de los nueve miembros del bufete Sullivan recibió una, junto con la petición de leer los nombres cuanto antes, aunque anduvieran todos tan atareados como de costumbre y les pareciera imposible añadir cinco minutos de trabajo a unas agendas ya sobrecargadas.

Habían enganchado en una pared un mapa de carreteras muy ampliado del condado de Ford. Un ex policía de Clanton, Sonny Nance, ya había empezado a clavar chinchetas numeradas en las calles y carreteras donde vivían los posibles jurados. Él era de Clanton, estaba casado con una mujer de Karaway y presumía de conocer a todo el mundo. Myron Pankey le había contratado para que lo demostrara. A la una y media llegaron cuatro nuevos empleados más, que recibieron sus instrucciones. Lanier habló con precisión, sin pelos en la lengua. Quería fotos en color de todas las casas, barrios y, si se podía, incluso coches. Si había pegatinas en los parachoques, que las fotografiaran. Pero sin arriesgarse en ningún caso a que los vieran. Hacerse pasar por encuestadores, cobradores, agentes de seguros que entregaban talones, proselitistas de los que van de puerta en puerta y cualquier otra excusa verosímil. En cualquier caso, hablar con los vecinos y enterarse de todo lo posible sin levantar sospechas. Evitar rigurosamente el contacto directo con posibles miembros del jurado. Averiguar dónde trabajaban, a qué iglesia iban y en qué colegio estudiaban sus hijos. De momento solo tenían lo más básico: nombre, edad, sexo, raza, dirección y circunscripción electoral, es decir, que quedaban muchas lagunas que llenar.

—No pueden pillaros —dijo Lanier—. Si vuestra actividad levanta sospechas, desapareced enseguida. Si alguien os planta cara, dad un nombre falso y volved aquí a informar. A la menor sospecha de que puedan veros, marchaos, desapareced y al cabo de un tiempo venid a dar el parte. ¿Alguna pregunta?

Al no ser ninguno de los cuatro del condado de Ford, las posibilidades de que los reconociesen eran nulas. Dos habían sido policías, y los otros dos trabajaban a tiempo parcial como investigadores. Conocían muy bien la calle.

—¿Cuánto tiempo tenemos? —preguntó uno.

—El juicio empezará dentro de dos semanas. Pasad cada día

con los datos que hayáis recogido. El plazo acaba el viernes de la semana que viene.

—Vámonos —dijo uno.

—Y que no os pillen.

La asesora de jurados de Jake era a la vez su secretaria y su técnica jurídica. Ahora que el juez Atlee administraba la herencia como si todo el dinero saliera directamente de su propio y rácano bolsillo, quedaba totalmente descartado el recurso de un asesor profesional. Sería Portia quien se ocupase de reunir los datos, o mejor dicho de asimilarlos. El lunes a las cuatro y media de la tarde se reunió con Jake, Lucien y Harry Rex en una sala de la primera planta, al lado del antiguo despacho de Portia. También estaba Nick Norton, un abogado del otro lado de la plaza que había representado dos años antes a Marvis Lang.

Repasaron los noventa y siete nombres sin saltarse ni uno.

36

A juzgar por su aspecto y su acento, Lonny tuvo claro que eran rusos, y más al ver que se pasaban una hora bebiendo vodka a palo seco. Toscos, maleducados y con ganas de pelea, elegían las noches en las que solo había un segurata. El dueño del bar había amenazado con poner un letrero que prohibiera la entrada a los rusos, pero claro, no podía. Lonny supuso que formaban parte de la tripulación de un carguero, probablemente alguno de cereales con destino a Canadá.

Llamó a casa del otro segurata, pero no se puso nadie. El dueño no estaba. En ese momento el responsable era Lonny. Pidieron más vodka. Se le ocurrió aguarlo, pero se habrían dado cuenta a la primera. Cuando uno de ellos puso la mano en el trasero respingón de una de las camareras, todo se descontroló con rapidez. El único segurata, que nunca había tenido reparos en usar la violencia, pegó un grito al ruso culpable, que a su vez le contestó en otro idioma mientras se levantaba con cara de enfado. El ruso falló un puñetazo y recibió otro. Al otro lado de la sala unos moteros patrióticos arrojaron botellas de cerveza a los rusos, que ya estaban todos de pie.

—¡Mierda! —dijo Lonny, pensando en escaparse por la cocina.

Se lo sabía de memoria. El bar tenía mala fama y por eso le pagaban tan bien, y en efectivo.

Rodeó la barra para acudir en ayuda de otra camarera a la que habían arrojado al suelo. A pocos metros, la pelea estaba en su apogeo. Cuando se agachó hacia la camarera algún tipo de objeto no punzante le golpeó la nuca y perdió la conciencia, mientras la hemorragia impregnaba su larga coleta gris. Sesenta y seis años eran demasiados para una pelea así, incluso como espectador.

Estuvo dos días inconsciente en un hospital de Juneau. El dueño del bar tuvo que aparecer a su pesar y admitió que no le tenía contratado. Solo sabía su nombre: Lonny Clark. Había un detective cerca, y al quedar claro que quizá no volviera a despertarse se urdió un plan. El dueño les dijo en qué pensión vivía Lonny, y los polis entraron a la fuerza. Apenas encontraron efectos personales, pero sí treinta kilos de cocaína muy bien envueltos en papel de aluminio y , al parecer, intactos. También localizaron debajo del colchón una pequeña carpeta de plástico con cremallera. Dentro había dos mil dólares en efectivo; un carnet de conducir de Alaska que resultó ser falso, a nombre de Harry Mendoza; un pasaporte (también falso) extendido a Albert Johnson; otro pasaporte falso a nombre de Charles Noland; un carnet de conducir robado y caducado de Wisconsin, a nombre de Wilson Steglitz; y un documento de baja de la marina amarillento, con fecha de mayo de 1955, cuyo titular era un tal Ancil F. Hubbard. Todos los bienes materiales de Lonny estaban en aquella carpeta, a excepción, naturalmente, de la cocaína, cuyo valor de venta en la calle rondaba el millón y medio de dólares.

La policía tardó varios días en cotejar la información con sus bases de datos. Para entonces Lonny ya se había despertado y se encontraba mejor. La policía decidió no preguntarle por la coca hasta que estuviera en situación de recibir el alta. Pusieron a un policía de paisano en la puerta. Como los únicos nombres legítimos de su arsenal parecían ser Ancil F. Hubbard y Wilson Steglitz, los introdujeron en el sistema informatizado nacional de delincuentes para ver si salía algo. El detective empezó a charlar con Lonny y a traerle batidos, pero no sacó el tema de la droga. Después de unas cuantas visitas le dijo que no encontraban datos sobre nadie que se llamara Lonny Clark. ¿Fecha y lugar de nacimiento, número de la seguridad social, estado en el que residía? Cualquier cosa, Lonny.

Lonny, que había sido un prófugo toda su vida, empezó a sospechar y a hablar menos.

—¿Has conocido alguna vez a alguien que se llamara Harry Mendoza? —preguntó el detective.

—Puede ser —contestó Lonny.

¿Ah, sí? ¿Dónde, y cuándo? ¿Cómo? ¿En qué circunstancias? Nada.

¿Y Albert Johnson, o Charles Noland? Lonny dijo que quizá los hubiera conocido hacía mucho tiempo, pero que no estaba seguro. A fin de cuentas tenía el cráneo fracturado, y una conmoción cerebral y... pues que de antes de la pelea no tenía muchos recuerdos. ¿A qué venían tantas preguntas?

A esas alturas ya sabía que habían entrado en su habitación, pero no estaba seguro de que hubieran encontrado la cocaína. Era perfectamente posible que su dueño hubiera ido a la pensión poco después de la pelea y se la hubiera llevado. Lonny no era un camello. Solo le hacía un favor a un amigo, que a cambio le tenía prometido un buen pellizco. Por lo tanto, la pregunta era si los polis habían encontrado la coca. En caso afirmativo Lonny lo tenía muy mal. Cuanto menos hablara, mejor. Ya hacía décadas que había aprendido que, cuando la pasma empieza a hacer preguntas serias, hay que negar, negar y negar.

Portia le pasó una llamada a Jake, que estaba en su despacho.

—Es Albert Murray.

Jake descolgó y saludó a Murray, dueño de una empresa de Washington especializada en buscar a personas desaparecidas tanto a nivel nacional como internacional. De momento habían cobrado cuarenta y dos mil dólares de la herencia de Seth Hubbard para localizar a un hermano desaparecido hacía mucho tiempo y casi no tenían nada que ofrecer a cambio. Los resultados de la investigación habían sido muy flojos, a pesar de que la tarifa podía competir con la de cualquier bufete de una gran ciudad.

Murray empezó con su escepticismo de siempre.

—Puede ser que haya salido algo sobre Ancil Hubbard, pero no te emociones.

Expuso los datos tal como le constaban: el falso nombre de Lonny, una pelea en un bar de Juneau, una fractura de cráneo, mucha cocaína y documentos falsos.

—¿Tiene sesenta y seis años y trafica con droga? —preguntó Jake.

—Los camellos no tienen edad oficial de jubilación.

—Gracias.

—Bueno —siguió diciendo Murray—, la cuestión es que es un tío muy hábil, y que no admite nada.

—¿Cómo está de grave?

—Lleva una semana en el hospital. Los médicos no tienen prisa, porque de ahí pasará a la cárcel. Una fractura de cráneo es una fractura de cráneo.

—Si tú lo dices...

—En Juneau tienen curiosidad por el documento de baja de la marina. Parece auténtico y no acaba de encajar. Con un carnet de conducir y un pasaporte falsos puedes ir a algún sitio, pero ¿con un documento de baja militar de hace treinta años? ¿Para qué los necesita un timador? Claro que podría ser robado...

—Total, que volvemos a la pregunta de siempre —dijo Jake—: si le encontramos, ¿cómo comprobamos que es él?

—Tú lo has dicho.

No había fotos de Ancil Hubbard que pudieran ayudarlos. Habían encontrado varias decenas de instantáneas familiares en una caja del armario de Seth, sobre todo de Ramona, Herschel y la primera esposa de Seth, pero ninguna de la infancia de este último. Ni una sola fotografía de sus padres o de su hermano pequeño. Algunos documentos escolares permitían seguir a Ancil hasta noveno curso, y en una foto de grupo de 1934 con poca definición en la escuela media de Palmyra salía sonriendo, . La habían ampliado junto con varias de Seth adulto. Dado que hacía cincuenta años que Ancil no se dejaba ver por el condado de Ford, no había nadie capaz de opinar sobre si de niño se parecía mucho o poco a su hermano mayor.

—¿Tenéis a alguien en Juneau? —preguntó Jake.

—No, aún no. He hablado dos veces con la policía. Puedo mandar a alguien en veinticuatro horas.

—Y ¿qué haría? Si Lonny Clark no habla con los de allí, ¿por qué iba a hablar con un desconocido?

—No creo que hable, no.

—Deja que piense.

Jake colgó y durante una hora no tuvo otra cosa en la cabeza. Era la primera pista en meses, pero débil. Faltaban cuatro días para que empezase el juicio, y le era imposible viajar de sopetón a Alaska para comprobar la identidad de un hombre que no solo no deseaba ser identificado, sino que al parecer se había pasado los últimos treinta años cambiando de identidad.

Bajó y se encontró a Lucien en la sala de reuniones, examinando fichas donde figuraban en negrita los nombres del jurado. Las había puesto en orden alfabético sobre la mesa, todas, las noventa y siete.

Estaban puntuadas del uno al diez, en orden ascendente de atractivo. Muchas aún no tenían puntuación porque no se sabía nada del posible jurado.

Jake reprodujo su conversación con Albert Murray.

—No se lo diremos al juez Atlee —fue la primera reacción de Lucien—, al menos de momento. Ya sé qué piensas: que si Ancil está vivo, y pudiéramos saber dónde se encuentra, pediríamos a gritos un aplazamiento y ganaríamos un poco más de tiempo, pero no es buena idea, Jake.

—No es lo que pensaba.

—Es muy posible que se pase el resto de su vida encerrado. Aunque quisiera estar en el juicio no podría venir.

—No, Lucien, me preocupa más la verificación. La única manera es hablar con él. Ten en cuenta que se juega un buen pellizco. Quizá colabore más de lo que nos pensamos.

Lucien respiró profundamente y empezó a dar vueltas a la mesa. Portia era demasiado inexperta, sin olvidar su condición de mujer joven de raza negra; resumiendo, que no daba el tipo para sonsacar secretos a un viejo blanco que huía de algo o de todo. El único integrante disponible del bufete, por lo tanto, era él. Se acercó a la puerta.

—Ya voy yo. Consígueme toda la información que puedas.

—¿Estás seguro, Lucien?

Salió y cerró la puerta, sin contestar. Lo único que pensó Jake fue que esperaba que lograra no emborracharse.

El jueves a última hora de la tarde Ozzie les hizo una visita rápida. Harry Rex y Portia estaban en el centro de mando, analizando nombres y direcciones del jurado, y Jake en el piso de arriba, en su despacho, hablando por teléfono y perdiendo el tiempo en inútiles indagaciones sobre unos cuantos más de los cuarenta y cinco testigos de Wade Lanier. De momento la labor había resultado frustrante.

—¿Quieres una cerveza? —le preguntó Harry Rex al sheriff. Cerca había una Bud Light bien fría.

—Estoy de servicio y no bebo —contestó Ozzie—. Espero que tú no conduzcas. No me gustaría nada ver que te trincan por conducción en estado de ebriedad.

—Solo tendría que contratar a Jake para que lo aplazara indefinidamente. ¿Tienes algún nombre?

Ozzie le dio un papel.

—Alguno —dijo—. ¿Te acuerdas de Oscar Peltz, aquel de cerca de Lake Village que decíamos ayer? Pues va a la misma iglesia que la familia Roston.

Portia cogió la tarjeta con el nombre de OSCAR PELTZ escrito en la parte superior con rotulador

—Yo le evitaría —dijo Ozzie.

Harry Rex miró sus apuntes.

—De todos modos le habíamos puesto un cinco, no muy atractivo.

—Raymond Griffis, que vive pasando la tienda de Parker, hacia el sur. ¿Qué tenéis sobre él?

Portia cogió otra tarjeta.

—Varón, raza blanca, cuarenta y un años, trabaja para uno que hace vallas —dijo.

—Divorciado, casado otra vez —añadió Harry Rex—, y hace unos cinco años su padre murió en un accidente de tráfico.

—Evitadle —dijo Ozzie—. Según una de mis fuentes, su hermano estuvo liado hace tres años con el Ku Klux Klan, durante el juicio de Hailey. No creo que él llegara a meterse, pero estaba un poco demasiado cerca. A primera vista podrían ser presentables, pero igual dan problemas.

—Yo le había puesto un cuatro —dijo Harry Rex—. Creía que ibas a centrarte en los negros.

—Eso es perder el tiempo. En este juicio todos los negros reciben automáticamente un diez.

—¿Cuántos hay en la lista, Portia?

—Veintiuno de noventa y siete.

—Nos los quedamos.

—¿Dónde está Lucien? —preguntó Ozzie.

—Le ha mandado Jake a hacer algo. ¿Has tenido suerte con Pernell Phillips? Pensabas que podía conocerle Moss Junior.

—Es primo en tercer grado de la mujer de Moss Junior, pero procuran evitar las reuniones familiares. Baptistas del quinto pino. Yo no le pondría muchos puntos.

—¿Portia?

—Vamos a ponerle un tres —dijo ella con la autoridad de una veterana en asesoría de jurados.

—Es el problema de esta selección de las narices —dijo Harry Rex—: demasiados treses y cuatros, y demasiado pocos ochos y nueves. Nos van a machacar.

—¿Dónde está Jake? —preguntó Ozzie.

—Arriba, peleándose con el teléfono.

Lucien fue en coche a Memphis, tomó un vuelo a Chicago y luego otro nocturno a Seattle. Durante el vuelo bebió alcohol, pero se durmió antes de haberse excedido. Después de seis horas en el aeropuerto de Seattle sin nada que hacer, se embarcó en un vuelo de dos horas a Juneau con Alaska Airlines. Encontró habitación en un hotel del centro, llamó a Jake, durmió tres horas, se duchó y hasta afeitó, y se puso un viejo traje negro que no había llevado en una década. Con la camisa blanca y la corbata de estampado de cachemira podía pasar por abogado, que era exactamente su intención. Caminó hasta el hospital con un maletín gastado y, a las veintidós horas de haber salido de Clanton, saludó al detective y oyó las últimas noticias tomándose un café.

No le dijeron nada muy novedoso. Lonny tenía una infección que le estaba inflamando el cerebro, y no estaba de humor para hablar. Sus médicos querían que estuviera tranquilo. El detective no había hablado con él en todo el día. Le enseñó a Lucien la documentación falsa que habían encontrado en la pensión, y la baja de la marina. Lucien, a su vez, le mostró dos fotos ampliadas de Seth Hubbard. Podía haber cierto parecido, o no... Era mucho suponer. El detective llamó al dueño del bar e insistió en que acudiera al hospital. No estaba de más que mirase las fotos, porque conocía bien a Lonny. Lo hizo y no vio nada.

Después de que se fuera el dueño, Lucien, que no tenía nada más que hacer, le explicó al detective el objeto de su visita. Hacía seis meses que buscaban a Ancil pero sin encontrar su pista. Su hermano, el de las fotos, le había dejado dinero en su testamento. No era una fortuna, pero sí bastante para que Lucien hubiera hecho el viaje desde Mississippi a Alaska de un tirón.

Al detective no le interesaba un pleito a tanta distancia geográfica. Le preocupaba más la cocaína. No, él no creía que Lonny Clark fuera un camello. Estaban a punto de cargarse un cártel de Vancouver, y tenían a un par de informadores. El rumor era que Lonny se limitaba a esconder la droga a cambio de dinero. Algo de tiempo pasaría en la cárcel, seguro, pero meses, no años. Y no, no le permitirían volver a Mississippi por ningún motivo, suponiendo que realmente se llamara Ancil Hubbard.

Después de que se fuera el detective, Lucien dio un paseo por el hospital para familiarizarse con el laberinto de pasillos, anexos y medias plantas. Encontró la habitación de Lonny en el segundo piso, y vio que cerca había un hombre que hojeaba una revista para no dormirse. Supuso que era policía.

Al anochecer volvió a su hotel, llamó a Jake para ponerle al día y se fue al bar.

Era su quinta o sexta noche en aquella habitación oscura y húmeda, con ventanas que no se abrían nunca y que, de alguna manera, tapaban por completo la luz diurna. Las enfermeras iban y venían. A veces llamaban con suavidad al empujar la puerta, y otras aparecían al lado de su cama sin ningún ruido de advertencia. Tenía tubos en los brazos y monitores sobre la cabeza. Le habían dicho que no se moriría, pero después de cinco o seis días y noches sin comer casi nada, pero con muchos medicamentos y demasiados médicos y enfermeras, no le habría importado prolongar la inconsciencia. Le dolía mucho la cabeza, y tenía la base de la espalda entumecida por la inactividad. A veces le entraban ganas de arrancar los tubos y los cables e irse corriendo. En un reloj digital ponía que eran las once y diez.

¿Podía marcharse? ¿Tenía libertad para salir del hospital? ¿O le esperaban los maderos justo al otro lado de la puerta, para llevárselo? Nadie se lo decía. Había preguntado a varias de las enfermeras más simpáticas si había alguien esperando, pero todas las respuestas habían sido vagas. Como tantas cosas. A veces la pantalla del televisor estaba nítida, y otras borrosa. Un pitido constante en los oídos le hacía murmurar. Los médicos lo negaban. Las enfermeras no hacían más que darle otra pastilla. A todas horas de la noche había sombras, observadores que entraban con sigilo. Tal vez fueran estudiantes que venían a ver pacientes de verdad, o solo sombras sin existencia real. Le cambiaban a menudo la medicación para ver cómo reaccionaba. Tómese esto para el dolor. Esto para la vista borrosa. Esto para las sombras. Esto es un anticoagulante. Esto un antibiótico. Decenas y decenas de pastillas, a todas horas del día y de la noche.

Volvió a quedarse dormido. Cuando se despertó eran las once y diecisiete. La habitación estaba completamente a oscuras, aparte del resplandor rojo que proyectaba sobre su cabeza un monitor que no veía.

Se abrió la puerta en silencio, pero no entró luz desde el pasillo oscuro. No era una enfermera. Un hombre a quien no conocía se acercó a la cama: pelo gris y largo, camisa negra... Era un viejo a quien nunca había visto. Miraba con dureza. Cuando se inclinó, un olor a whisky golpeó como una bofetada el rostro de Lonny.

—Ancil —dijo—, ¿qué le pasó a Sylvester Rinds?

Lonny se lo quedó mirando horrorizado, con el corazón en vilo. El desconocido le puso suavemente una mano en el hombro. Cada vez olía más a whisky.

—Ancil —repitió—, ¿qué le pasó a Sylvester Rinds?

Lonny intentó hablar, pero no le salían las palabras. Parpadeó para enfocar la vista, pero ya veía con bastante claridad. También estaban claras las palabras, y el acento era inconfundible. Era un hombre del sur profundo.

—¿Qué? —logró susurrar Lonny, casi sin aliento.

—¿Qué le pasó a Sylvester Rinds? —repitió el desconocido, clavando en Lonny unos ojos como láseres.

En el cabezal de la cama había un botón para llamar a la enfermera. Lonny lo pulsó rápidamente. El desconocido se apartó y se convirtió de nuevo en una sombra, antes de salir de la habitación.

Finalmente llegó una enfermera. Era una de las que menos le gustaban. Le daba rabia que la molestasen. Lonny tenía ganas de hablar sobre el desconocido, pero no era de las que escuchaban. Ella le preguntó qué quería. Contestó que no podía dormir. Ella le prometió pasar más tarde. Siempre prometían lo mismo.

Se quedó a oscuras, asustado. ¿Le daba miedo que le hubieran llamado por su verdadero nombre? ¿Que le hubiera atrapado su pasado? ¿O no estar seguro de haber visto y oído de verdad al desconocido? A ver si al final se estaba volviendo loco... ¿Se estaban haciendo permanentes las lesiones cerebrales?

Desfallecido, entraba y salía de las tinieblas sin dormir más que a ratos, y pensando en Sylvester.

37

Jake entró en el Coffee Shop a las siete y cinco del sábado por la mañana, y como siempre hubo una pausa en la conversación mientras buscaba sitio y lanzaba algunos juramentos. Faltaban dos días para que empezase el juicio, y según Dell el palique de primera hora estaba dominado por rumores y un sinfín de opiniones sobre el caso. Cada mañana, cuando entraba Jake, se cambiaba de tema, pero bastaba que se fuese para que el testamento de Seth recuperara todo el protagonismo, como si alguien accionase un interruptor. Aunque todos los clientes de Dell fueran blancos, parecían dividirse en varios bandos. Pesaba mucho la opinión de que un hombre en su sano juicio tenía que poder dejar sus propiedades a quien quisiera, fuese o no de la familia. Otros aducían que Seth no había estado en su sano juicio. No faltaban detractores de Lettie. Muchos la consideraban una mujer de vida alegre que se había aprovechado del pobre Seth.

Jake pasaba al menos una vez por semana cuando estaba vacío el café, para que Dell le pusiera al tanto de las novedades. Le interesaba especialmente un cliente habitual que se llamaba Tug Whitehurst y era inspector de carne del estado. Su hermano figuraba en la lista del jurado, aunque Dell estaba segura de que Tug no lo había comentado. No era muy hablador. Aun así, durante una conversación se había posicionado del lado de Kerry Hull cuando este último declaró que lo que hiciera alguien con su herencia no incumbía a los demás. Era sabido que Hull estaba arruinado y cargado de deudas. A todo el mundo le constaba que su herencia sería un desastre, pero se abstuvieron de comentarlo. En todo caso, Dell consideraba que Tug Whitehurst podía irle bien a Jake, pero su hermano... A saber.

A aquellas alturas del caso, Jake estaba desesperado por recibir información sobre los noventa y siete elegidos.

Se sentó a la misma mesa que dos granjeros y esperó a que le trajeran su tostada y su sémola. No podía aportar mucho a la conversación, centrada en la pesca de la perca. Hacía como mínimo tres años que en algunos círculos se debatía con ardor sobre si la población de percas del lago Chatulla disminuía o aumentaba. Se opinaba con rotundidad, como si no hubiera margen para las medias tintas. Abundaban los expertos. Justo cuando la balanza se inclinaba hacia la hipótesis de la disminución, alguien pescaba un ejemplar de concurso y se encendía de nuevo el debate. Jake estaba harto del tema, pero en aquella ocasión lo agradeció, porque les distraía del de Hubbard.

—Oye, Jake —le preguntó Andy Furr mientras comía—, ¿el juicio aún empieza el lunes?

—Sí.

—O sea, ¿que no hay ninguna posibilidad de que lo aplacen o algo así?

—No creo. A las nueve se presentarán los candidatos al jurado, y tardaremos poco en empezar. ¿Vendrás?

—No, qué va, tengo trabajo. ¿Esperáis a mucha gente?

—Nunca se sabe. Los juicios civiles tienden a ser bastante sosos. Puede que empecemos con algunos espectadores, pero sospecho que se irán deprisa.

Dell le sirvió café.

—Estará llenísimo, ya lo sabes —dijo—. No pasaba nada tan emocionante desde el juicio de Hailey.

—Ah, sí, no me acordaba —dijo Jake, haciendo reír a unos cuantos.

Bill West dijo haber oído que el FBI acababa de registrar las oficinas de dos supervisores del condado de Polk, famoso por su corrupción. A todo el mundo excepto a Jake y a Dell le pareció fatal. También fue una manera de cambiar de tema, y en ese sentido Jake se alegró. En aquel momento, a punto de pasar un largo fin de semana en el bufete, lo único que quería era desayunar.

Portia llegó hacia las nueve y se tomaron juntos un café en el balcón, mientras la ciudad se despertaba en torno a ellos. Portia explicó que había desayunado temprano con su madre. Lettie estaba nerviosa, incluso se sentía frágil, y tenía mucho miedo del juicio. La tensión de vivir en una casa llena de parientes, y de intentar trabajar a media jornada, y de intentar ignorar que su marido estuviera en la cárcel por haber matado a dos chavales... la agotaba. Si a todo ello le sumaban los trámites del divorcio y un duro pleito por un testamento, era comprensible que estuviera hecha polvo.

Portia reconoció que también ella estaba exhausta. Trabajaba muchas horas en el bufete y dormía poco. Jake se mostró comprensivo, pero solo hasta cierto punto. Durante los pleitos a menudo había que hacer jornadas de dieciocho horas y trabajar los fines de semana. Si Portia pretendía ser abogada de verdad necesitaba una buena dosis de presión. Durante las dos semanas anteriores se habían ayudado mutuamente a memorizar los noventa y siete nombres de la lista del jurado. Si Jake decía «erre», Portia contestaba: «Seis. Rady, Rakestraw, Reece, Riley, Robbins y Robard». Si Portia decía «uve doble», Jake contestaba: «Tres. Wampler, Whitehurst, Whitten». Y así todo el día, en un toma y daca mental interminable.

En Mississippi la selección del jurado no solía durar más de un día. A Jake nunca dejaban de fascinarle los juicios de otros estados donde se tardaban dos semanas o un mes en elegir al jurado. Le resultaba incomprensible aquel sistema, como se lo resultaba a los jueces de Mississippi. No es que estos últimos no se tomaran en serio la elección de jurados equitativos e imparciales, sino que no perdían el tiempo, simplemente.

La rapidez sería crucial. Habría que tomar decisiones al vuelo. Los abogados de ambas partes no tendrían mucho tiempo para pensar en nombres o consultarlos en las notas de sus investigaciones. Era imprescindible saberse los nombres y asignarles de inmediato un rostro. Jake estaba decidido a conocer a todos los candidatos, con su edad, su dirección, su profesión, su educación, la iglesia a la que iban... Toda la información que fueran capaces de reunir.

Después de acabar con los noventa y siete nombres, Portia recibió el encargo de consultar los archivos del juzgado. Pasó horas buscando transacciones de los últimos diez años en libros de escrituras y compilaciones catastrales. Leyó de arriba abajo las listas de autos en busca de demandantes y demandados, vencedores y vencidos. Dieciséis de los noventa y siete se habían divorciado en los últimos diez años. Portia no estaba muy segura de las repercusiones de este dato en un pleito sucesorio, pero bueno, al menos era información. Un tal Eli Rady había presentado cuatro demandas y las había perdido todas. Al consultar los registros tributarios encontró decenas de denuncias por impago de impuestos, de remesas, de subcontratados... Unos cuantos candidatos tenían pendiente de pago el impuesto de patrimonio. Portia fue a la oficina del asesor fiscal, buscó en las liquidaciones y dejó constancia de las marcas y modelos de coches que tenía tal o cual posible miembro del jurado.

Era una labor tediosa, a veces soporífera, pero Portia no bajaba el ritmo, ni se le ocurrió dejarla a medias. Después de dos semanas de convivencia con aquellas personas tenía la certeza de conocerlas.

Después del café volvieron de mala gana al trabajo. Jake empezó a redactar un esbozo de su primer discurso. Portia regresó a la sala de reuniones, y a sus noventa y siete nuevos amigos. A las diez apareció por fin Harry Rex, con toda una bolsa de aceitosos bollos de salchicha recién traídos de Claude's. Le ofreció uno a Jake, e insistió en que lo aceptara. Después le acercó un sobre.

—Es un cheque de tu compañía de seguros, Land, Fire and Casualty, que además de ser una pandilla de timadores no son más burros porque no se entrenan, o sea, que no vuelvas a contratar una póliza con ellos en tu vida, ¿vale? Ciento treinta y cinco mil. Todo el acuerdo en un solo pago. Y sin que se te haya escapado un céntimo en honorarios de representación, es decir, que me debes una de las gordas, chaval.

—Gracias. Ya que cobras tan poco ponte a trabajar.

—Estoy muy harto de este caso, Jake. El lunes te ayudo a elegir el jurado y a partir de ese momento no cuentes conmigo. Tengo mis propios casos que perder.

—Lo entiendo, pero no faltes a la selección.

Jake sabía que en realidad Harry Rex no se perdería casi nada de las declaraciones del juicio. Después se aposentaría cada tarde en la sala de reuniones de la planta baja y, entre pizzas y bocadillos, comentaría con los demás qué había ido mal y qué podría suceder al día siguiente. Cuestionaría todos los pasos que diera Jake, lanzaría las más feroces críticas sobre Wade Lanier, despotricaría contra las decisiones tomadas en su contra por el juez Atlee, daría consejos cada dos por tres sin que nadie se los pidiera, mantendría el clima lúgubre de estar perdiendo un caso imposible de ganar y, a veces, se volvería tan insoportable que Jake tendría ganas de tirarle algo. Pero rara vez se equivocaba. Gran conocedor de las leyes y de sus entresijos, leía a las personas como quien lee una revista. Observaría al jurado sin hacerse notar mientras el jurado observase a Jake. Y sus sugerencias tendrían un valor incalculable.

Pese a la disposición bastante explícita de Seth Hubbard de que ningún otro abogado del condado de Ford sacase provecho de su sucesión, Jake estaba resuelto a buscar la manera de que una parte de los honorarios llegara a manos de Harry Rex. Seth quería que su testamento manuscrito de última hora superara todos los obstáculos, y le gustara o no para eso era crucial Harry Rex Vonner.

El teléfono del escritorio de Jake empezó a sonar bajito. Jake siguió como si nada.

—¿Por qué ya nadie coge aquí el teléfono? —dijo Harry Rex—. Esta semana he llamado diez veces y no se ha puesto nadie.

—Es que Portia estaba en el juzgado, yo tenía trabajo y Lucien nunca lo coge.

—Imagínate la cantidad de accidentes de tráfico, divorcios y hurtos que te estás perdiendo. Todo ese sufrimiento humano desviviéndose por cruzar estas paredes...

—Me parece que ahora mismo no damos abasto.

—¿De Lucien sabes algo?

—Esta mañana no, pero bueno, en Alaska solo son las seis. Dudo que se haya levantado.

—Lo más probable es que acabe de acostarse. Jake, ha sido una idiotez mandar de viaje a Lucien. Coño, si ya se emborracha cuando va de aquí a su casa... Si le dejas suelto por la carretera, por las salas de espera de los aeropuertos, por los bares de los hoteles, o qué sé yo, seguro que se mata.

—Se está controlando. Piensa estudiar para el examen de reingreso al colegio de abogados y volver a ejercer.

—Para el viejo chivo ese, controlar quiere decir parar a medianoche.

—Y tú ¿desde cuándo eres tan abstemio, Harry Rex? Si has desayunado con una Bud Light.

—Sé no pasarme de la raya. Soy un profesional y Lucien, un simple borracho.

—¿Piensas perfeccionar las instrucciones del jurado o pasarte la mañana aquí sentado criticando a Lucien?

Harry Rex se levantó y se alejó con pesadez.

—Hasta luego. ¿Tienes una Bud Light fría?

—No.

Cuando se fue, Jake abrió el sobre y examinó el cheque de la compañía de seguros. Por un lado le daba pena, porque representaba el final de su primera casa. Hacía más de tres años que la habían devorado las llamas, pero la demanda contra la compañía de seguros les daba a Carla y él la esperanza de reconstruirla. Seguía siendo posible, aunque improbable. Por otro lado, el cheque equivalía a tener dinero en el banco; no mucho, no, pero después de cancelar las dos hipotecas se acercaría a los cuarenta mil netos. Distaba mucho de ser una fortuna, pero les quitaba algo de presión.

Llamó a Carla y le dijo que tenían que celebrarlo un poco. Que buscase a una canguro.

Por teléfono Lucien sonaba normal, aunque en su caso la normalidad consistía en la voz cazallosa y las dificultades de pronunciación de un borracho intentando sacudirse las telarañas. Dijo que Lonny Clark había pasado mala noche, que no le remitía la infección, que los médicos estaban más preocupados que el día anterior y, lo más importante de todo, que no se le podía visitar.

—¿Qué planes tienes? —preguntó Jake.

—Quedarme un poco más por aquí. Quizá haga una excursión. ¿Conoces esta zona, Jake? La verdad es que es espectacular, con montañas en tres lados y el Pacífico delante mismo. La ciudad no es que sea muy grande ni muy bonita, pero qué paisaje, oye... Me gusta. Creo que saldré a explorar.

—¿Crees que es él, Lucien?

—Ahora sé menos que al salir de Clanton. Sigue siendo un misterio. A los polis les da igual quién sea, o qué esté pasando en Clanton. Ellos a lo que van es a desarticular una banda de narcotraficantes. Esto me gusta, Jake. Quizá me quede unos días. No tengo prisa en volver. Tampoco es que me necesites en el juicio.

Jake estaba más que de acuerdo, aunque no dijo nada.

—Se está fresco —añadió Lucien—, y no hay humedad. Imagínatelo, Jake: un sitio sin humedad. Esto me gusta. Tendré vigilado a Lonny y, cuando me dejen, hablaré con él.

—¿Estás sobrio, Lucien?

—Por las mañanas siempre estoy sobrio. Los problemas empiezan a las diez de la noche.

—Llámame de vez en cuando.

—Descuida, Jake, no te preocupes.

Dejaron a Hanna en Karaway, en casa de los padres de Jake, y en una hora llegaron a Oxford. Dieron un paseo en coche por el campus de Ole Miss, impregnándose de los paisajes y recuerdos de otros tiempos. Era un día despejado y cálido de primavera. Los estudiantes iban descalzos, en pantalón corto, jugando al *frisbee* en el Grove, con cerveza de contrabando en neveras portátiles y aprovechando los últimos rayos de sol. Jake tenía treinta y cinco años, y Carla treinta y uno. La época de la universidad parecía próxima y lejana al mismo tiempo.

Un paseo por el campus siempre desencadenaba un arranque de nostalgia. Pero ¿de verdad habían pasado de los treinta? Parecía que el mes pasado aún estuvieran estudiando. Jake evitaba acercarse a la facultad de derecho. Aquella pesadilla aún no quedaba lo suficientemente lejos. Al anochecer fueron a la plaza de Oxford y aparcaron al lado del juzgado. Después de una hora en la librería, se tomaron un café en la terraza y fueron a cenar al Downtown Grill, el restaurante más caro en más de cien kilómetros a la redonda. Como podía gastar, Jake pidió una botella de burdeos de sesenta pavos.

Volvieron casi a medianoche, dando los rodeos de costumbre. Pasaron despacio junto a Hocutt House. Había algunas luces encendidas, y era como si la espléndida mansión los llamase. En el camino de entrada estaba aparcado el Spitfire con matrícula de Tennessee de Willie Traynor.

—Vamos a saludar a Willie —dijo Jake, algo contento todavía por el vino.

—¡No, Jake! Es demasiado tarde —protestó Carla.

—Venga, que no le importará.

Jake frenó el Saab y metió marcha atrás.

—Jake, que es de muy mala educación.

—Lo sería para cualquier otro, pero no para Willie. Además, quiere que la casa la compremos nosotros.

Aparcó detrás del Spitfire.

—¿Y si está con alguien?

—Pues ahora seremos más. Vamos.

Carla salió de mala gana. Se quedaron un segundo en la acera, contemplando el porche en toda su amplitud. En el aire flotaba un denso aroma de peonías y lirios. De los arriates brotaban con vigor azaleas rosadas y blancas.

—Yo voto por comprarla —dijo Jake.

—No nos la podemos permitir —contestó ella.

—Nosotros no, pero el banco sí.

Subieron al porche, llamaron al timbre y oyeron música de Billie Holiday de fondo. Después de un rato apareció Willie con tejanos y camiseta, y abrió la puerta muy sonriente.

—Vaya, vaya —dijo—, pero si son los nuevos dueños.

—Es que pasábamos por el barrio y teníamos ganas de tomar algo —dijo Jake.

—Esperamos no molestarte —dijo Carla, algo violenta.

—En absoluto. Pasad, pasad —insistió Willie, invitándoles por señas.

Fueron al salón de delante, donde había una cubitera con una botella de vino blanco casi vacía. Willie sacó otra rápidamente y, mientras la descorchaba, explicó que estaba en la ciudad para informar del juicio. Su última aventura consistía en el lanzamiento de una revista mensual dedicada a la cultura sureña, cuyo número inaugural contendría un largo artículo sobre Seth Hubbard y la fortuna que le había dejado a su asistenta negra. Hasta entonces no lo había mencionado.

A Jake le entusiasmó la idea de tener publicidad más allá del condado de Ford. El juicio de Hailey le había procurado cierta fama y había sido una experiencia embriagadora.

—¿Quién sale en la portada? —preguntó en broma.

—Lo más probable es que tú no —dijo Willie al pasarles dos copas llenas hasta el borde—. ¡Salud!

Hablaron un momento sobre el juicio, pero los tres tenían la cabeza en otra cosa. Al final fue Willie quien rompió el hielo.

—Yo os propongo lo siguiente: que cerremos esta noche el pacto de la casa. Un contrato verbal entre los tres.

—En el ámbito inmobiliario no son de aplicación los contratos verbales —dijo Jake.

—¿No odias a los abogados? —le dijo Willie a Carla.

—A casi todos, sí.

—Si nosotros decimos que es de aplicación será de aplicación —dijo Willie—. Venga, vamos a hacer esta noche un pacto secreto, y después del juicio ya nos buscaremos a un abogado de verdad que pueda redactar un contrato como Dios manda. Vosotros id al banco y contratad una hipoteca, que en noventa días lo cerramos todo.

Jake y Carla se miraron mutuamente. Se quedaron un momento inmóviles, como si fuera una idea totalmente novedosa, cuando en realidad habían hablado de Hocutt House hasta el hartazgo.

—¿Y si no nos conceden la hipoteca? —preguntó Carla.

—No digas tonterías. Os prestará el dinero cualquier banco de la ciudad.

—Lo dudo —dijo Jake—. Hay cinco, y he demandado a tres.

—Mira, esto por doscientos cincuenta es una ganga, y los bancos lo saben.

—Creía que eran doscientos veinticinco —dijo Jake, lanzando una mirada a Carla.

Willie tomó un poco de vino e hizo un ruido de satisfacción con los labios.

—Bueno, sí, lo fueron fugazmente, pero a ese precio no mordiste el anzuelo. Francamente, esta casa vale al menos cuatrocientos mil. En Memphis...

—De eso ya habíamos hablado, Willie. No estamos en el centro de Memphis.

—Ya, pero doscientos cincuenta es un precio más razonable. O sea, que doscientos cincuenta.

—Qué manera más rara de vender, Willie —dijo Jake—. ¿Si no te dan lo que pides vas subiendo el precio?

—No, Jake, no volveré a subirlo a no ser que venga un médico. Son doscientos cincuenta. Es un precio justo, y lo sabéis. Venga, démonos la mano.

Jake y Carla se miraron un momento. Después ella tendió lentamente la mano y estrechó la de Willie.

—Así me gusta —dijo Jake.

Habían cerrado el trato.

No se oía nada más que el suave zumbido de un monitor, detrás y por encima de su cabeza. Tampoco había luz aparte del resplandor rojo de los dígitos que recogían sus constantes vitales. Se le estaba quedando rígida la base de la espalda. Lonny intentó cambiar un poco de postura. Gracias a un gotero, su sangre siempre disponía de medicamentos acuosos pero potentes que le evitaban casi todos los dolores. Ahora estaba consciente, luego no, luego sí, luego no... Se quedaba dormido casi sin haberse despertado. Le habían apagado el televisor y se habían llevado el mando a distancia. La medicación era tan fuerte que ni siquiera las ansiosas enfermeras podían despertarle a todas horas de la noche, por mucho que lo intentaran.

Cuando estaba despierto percibía movimientos en la habitación: camilleros, mujeres de la limpieza, médicos... Muchos médicos. De vez en cuando los oía hablar en voz baja, y ya había llegado a la conclusión de que se estaba muriendo. Se había apoderado de su cuerpo una infección que él no era capaz de pronunciar ni recordar, y que a los médicos se les iba de las manos. Ahora consciente, luego no...

Apareció sigilosamente un desconocido que tocó la baranda.

—Ancil —dijo en voz baja pero enérgica—. ¿Estás aquí, Ancil?

Al oír su nombre, Lonny abrió mucho los ojos. Era un hombre mayor, con el pelo largo y gris y una camiseta negra. Otra vez la misma cara.

—¿Me oyes, Ancil?

No movió ni un músculo.

—No te llamas Lonny. Lo sabemos. Eres Ancil, Ancil Hubbard, el hermano de Seth. Ancil, ¿qué le pasó a Sylvester Rinds?

A pesar del miedo siguió sin moverse. Un olor a whisky le recordó la noche anterior.

—¿Qué le pasó a Sylvester Rinds? Tenías ocho años, Ancil. ¿Qué le pasó a Sylvester Rinds?

Cerró los ojos y respiró profundamente. Perdió la conciencia durante un segundo. Después le temblaron las manos y abrió los ojos. Ya no estaba el desconocido.

Llamó a la enfermera.

38

Antes de la muerte de la esposa del juez, el matrimonio Atlee había logrado encadenar ocho años sin faltar ni una sola vez al servicio dominical de la Primera Iglesia Presbiteriana: cincuenta y dos domingos consecutivos anuales. La racha la rompió una gripe. Cuando ella falleció, el juez se desconcentró un poco, y como resultado se saltaba uno o dos domingos al año, aunque no era lo habitual. Su presencia en la iglesia era tan fija que su ausencia nunca pasaba desapercibida. El domingo previo al juicio acudió al servicio. Al darse cuenta, Jake estuvo pensativo durante el sermón. ¿Estaría enfermo el juez? Y en ese caso, ¿aplazarían el juicio? ¿Cómo afectaría a su estrategia? Una docena de preguntas y ninguna respuesta.

Después de la ceremonia Jake y sus chicas volvieron a Hocutt House, donde Willie, que estaba preparando un *brunch* en el porche trasero, había insistido en agasajar a los nuevos propietarios, diciendo que quería conocer a Hanna y enseñarle la casa. Todo en el máximo secreto, claro. Jake y Carla habrían preferido mantener a su hija al margen de momento, pero les costaba mucho disimular la euforia. Hanna prometió guardar un secreto tan importante. Después de una visita guiada que incluyó la elección provisional de un dormitorio por parte de la niña, se sentaron en el porche, a ambos lados de una mesa de tablones, y tomaron tostadas y huevos revueltos.

Willie fue desviando la conversación de la casa hacia el juicio, haciendo que su personalidad de periodista que tanteaba temas delicados fluyera. Carla lanzó en dos ocasiones miradas de advertencia a Jake, que se dio cuenta de la situación. A la pregunta de Willie de si se podía esperar alguna prueba de que hubiera existido algún tipo de intimidad entre Seth Hubbard y Lettie Lang, Jake señaló educadamente que era una pregunta a la que no podía responder. El *brunch* se volvió un poco incómodo, a medida que Jake guardaba más silencio en contraposición a la locuacidad con la que su anfitrión barajaba rumores. ¿Era cierto que Lettie se había ofrecido a repartir el dinero y llegar a un acuerdo extrajudicial? Jake repuso con firmeza que no podía hacer comentarios. Circulaban tantos rumores...

—Por favor, Willie —dijo Carla frente a otra pregunta acerca de la «intimidad»—, que hay una niña de siete años.

—Ah, sí, perdona.

Hanna no se perdía ni una palabra.

Una hora después, Jake miró el reloj y dijo que tenía que ir al bufete. Le esperaban una larga tarde y una larga noche. Willie sirvió algo más de café, mientras la familia Brigance le daba las gracias y dejaba las servilletas en la mesa. Despedirse con educación les llevó un cuarto de hora. Al alejarse, Hanna contempló la casa por la luna trasera del coche.

—Me gusta nuestra nueva casa —dijo—. ¿Cuándo podremos instalarnos?

—Pronto, cielo —dijo Carla.

—¿Y el señor Willie dónde vivirá?

—Uy, tiene muchas casas —dijo Jake—. Por él no te preocupes.

—Es muy simpático.

—Sí, es verdad —dijo Carla.

Lucien siguió al detective a la habitación donde esperaba Lonny sentado y expectante. A su lado, como montando guardia, había una enfermera robusta, seria e irritada por la intromisión. Uno de los médicos había accedido a regañadientes a la solicitud de Lucien de hacer unas preguntas. Lonny se había restablecido un poco durante la noche. Se encontraba mejor, pero sus cuidadores seguían protegiéndole. Además, no les gustaban los abogados.

—Es la persona de la que te había hablado, Lonny —dijo el detective sin ni siquiera hacer el gesto de presentarle a Lucien.

Este, con su traje negro, se puso delante del enfermo luciendo su mejor sonrisa falsa.

—Señor Clark, me llamo Lucien Wilbanks y trabajo para un abogado de Clanton, Mississippi —dijo.

¿De qué le sonaba a Lonny aquella cara? Se le había aparecido en mitad de la noche como un fantasma.

—Mucho gusto —dijo como si aún estuviera grogui, aunque no había estado tan lúcido desde el golpe en el cráneo.

—Nos hemos embarcado en un pleito en el que es imprescindible que localicemos a un tal Ancil Hubbard. El señor Hubbard nació en el condado de Ford, Mississippi, el 1 de agosto de 1922. Su padre se llamaba Cleon Hubbard y su madre, Sarah Belle Hubbard. Tenía un hermano, Seth, cinco años mayor. Le hemos estado buscando en todas partes, y nos han avisado de que tal vez usted le conozca o se haya cruzado con él en los últimos años.

—¿De tan lejos viene, de Mississippi? —dijo Lonny.

—Sí, pero bueno, tampoco es para tanto. Allí también tenemos aviones. Además, a Ancil le hemos buscado por todo el continente.

—¿Qué tipo de pleito es? —preguntó Lonny con el mismo desdén que muestran la mayoría de las personas sobre un tema tan desagradable.

—Algo bastante complicado. Hace seis meses falleció inesperadamente Seth Hubbard, y dejó un buen lío. Muchos intereses mercantiles, pero planes de sucesión, más bien pocos. Nuestro trabajo como abogados es ante todo tratar de reunir a la familia, lo cual, en el caso de los Hubbard, es bastante arduo. Tenemos motivos para creer que usted podría saber algo de Ancil Hubbard. ¿Es así?

Lonny cerró los ojos, pues le sobrevino un dolor agudo de cabeza. Al volver a abrirlos miró al techo.

—Lo siento —dijo en voz baja—, pero el nombre no me suena de nada.

Lucien siguió como si ya se lo esperase, o no lo hubiera oído.

—¿Se le ocurre algún conocido de su pasado que pudiera haber tenido contacto con Ancil Hubbard, o que hubiera mencionado su nombre? Ayúdeme, señor Clark. Busque en su memoria. Al parecer se ha movido usted mucho, o sea, que habrá conocido muchos sitios y a mucha gente. Ya sé que le han dado un golpe en la cabeza y todo eso, pero tómeselo con calma y concéntrese todo lo que pueda.

—No me suena el nombre —repitió Lonny.

La enfermera miró a Lucien de malos modos, como si estuviera a punto de echársele encima, pero él hizo como si no existiera. Depositó con cuidado el gastado maletín a los pies de la cama para que lo viese Lonny. Probablemente contuviera algo importante.

—¿Ha estado alguna vez en Mississippi, señor Clark? —dijo Lucien.

—No.

—¿Está seguro?

—Pues claro que estoy seguro.

—Vaya, qué sorpresa. Creíamos que era donde había nacido. Hemos pagado un montón de dinero a unos investigadores muy caros que han estado siguiendo la pista de Ancil Hubbard. Cuando apareció su nombre, emprendieron su búsqueda y encontraron a varios Lonny Clark. Uno de ellos nació en Mississippi hace sesenta y seis años. Es la edad que tiene usted, ¿no, señor Clark?

Lonny se lo quedó mirando, abrumado, indeciso.

—Sí —dijo lentamente.

—Entonces, ¿cuál es su relación con Ancil Hubbard?

—Ya ha dicho que no le conoce —dijo la enfermera.

—¡No se lo pregunto a usted! —le espetó Lucien—. Este es un tema jurídico importante, un caso de los gordos en el que participan decenas de abogados, tribunales a manta y un montón de dinero. Cuando necesite que meta las narices ya le avisaré. De momento, haga el favor de dedicarse a lo suyo.

La enfermera se puso muy roja, casi no podía respirar.

—No hable por mí, ¿vale? —le dijo Lonny, que le tenía especial antipatía—. Ya me sé cuidar solo.

La enfermera, arrepentida, se apartó de la cama. Unidos por el desprecio, Lucien y Lonny se escrutaron mutuamente.

—Tendré que consultarlo con la almohada —dijo Lonny—. Últimamente se me va la memoria. Es que me tienen tan dopado...

—Esperaré con mucho gusto —dijo Lucien—. Es muy importante que encontremos a Ancil Hubbard. —Se sacó una tarjeta del bolsillo y se la entregó a Lonny—. Este es mi jefe, Jake Brigance. Si quiere llámele y pregúntele por mí. Es quien lleva el caso.

—¿Y usted también es abogado? —preguntó Lonny.

—Sí, lo que ocurre es que se me han acabado las tarjetas. Me alojo en el Glacier Inn de Third Street.

A última hora de la tarde Herschel Hubbard abrió con llave la puerta de la casa de su padre y entró. Llevaba vacía... ¿cuánto tiempo? Se paró a calcularlo. Su padre se había suicidado el 2 de octubre, un domingo. Hoy era 2 de abril, domingo. Que él supiera, la casa no se había limpiado desde que habían despedido a Lettie, el día después del funeral. El mueble de la tele y las estanterías estaban cubiertos por una densa capa de polvo. Olía a tabaco viejo y a cerrado. Pulsó un interruptor y se encendieron las luces. Le habían dicho que de pagar los consumos se encargaba Quince Lundy, el administrador. Las encimeras de la cocina estaban inmaculadas y la nevera, vacía. En la pila de porcelana había una mancha marrón sobre la que goteaba un grifo. Fue al fondo de la casa. Al llegar a la habitación que había sido la suya, sacudió la colcha para levantar el polvo, se echó en la cama y se quedó mirando el techo.

En seis meses se había gastado varias veces la fortuna. A veces se compraba todo lo que quería; otras duplicaba o triplicaba su dinero mediante acertadas inversiones. En ocasiones se sentía millonario; en otras le corroía el horrible vacío de ver que se le escapaba la riqueza, y se quedaba sin nada. ¿Por qué lo había hecho el viejo? Herschel estaba dispuesto a aceptar y cargar con su parte de culpa por el carácter conflictivo de la relación, pero lo que le resultaba inconcebible era haber sido excluido del todo. Podría haber querido más a Seth, pero es que tampoco Seth le había dado mucho amor. Podría haber pasado más tiempo allí en la casa, pero es que Seth no le quería cerca. ¿En qué se habían equivocado? ¿A qué edad se había dado cuenta Herschel de que tenía un padre frío y distante? Cuando un padre no tiene tiempo para su hijo, el hijo no puede perseguirle.

Ahora bien, nunca se había peleado con su padre, ni le había avergonzado rebelándose abiertamente o con algo peor: adicciones, arrestos, vida delictiva... A los dieciocho años se había despedido de Seth y se había ido de casa para hacerse un hombre. Si en su vida adulta había descuidado a Seth, era porque este le había descuidado de pequeño. Ningún niño nace con tendencia al abandono. Eso se aprende. Y Herschel lo había aprendido de un maestro.

¿El dinero habría cambiado algo? De haber sabido hasta qué punto era rico su padre, ¿habría actuado de otro modo? ¡Por supuesto!, reconocía al fin para sí mismo. Al principio había adoptado aires de superioridad, diciendo (al menos a su madre) que habría actuado igual. Pues claro. Si Seth no quería saber nada de su único hijo varón, este le correspondería del mismo modo. Sin embargo, ahora que había pasado el tiempo y que su mundo de infelicidad no hacía sino oscurecerse, Herschel comprendía que habría estado allí, en aquella casa, cuidando a su querido y anciano padre. Habría dado muestras de un arranque entusiasta de interés por el sector de la madera y el del mueble. Le habría rogado a Seth que le instruyese en el negocio, y posiblemente que le preparara para sucederle. Haciendo de tripas corazón, habría regresado al condado de Ford y habría alquilado una casa en los alrededores. Y con toda seguridad habría tenido vigilada a Lettie Lang.

Era tan humillante verse excluido de una herencia tan grande... Sus amistades habían susurrado a sus espaldas. Sus enemigos se habían regodeado en su desgracia. Su ex mujer, que le odiaba casi tanto como despreciaba a Seth, había estado encantada de hacer correr por Memphis el rumor, horrible pero verídico; y aunque sus propios hijos hubieran recibido el mismo trato que Herschel, ella seguía cebándose en su pobre ex marido, sin poder evitarlo. Hacía seis meses que a él le costaba llevar su empresa y concentrarse en sus negocios. Se le acumulaban las facturas y las deudas, y su madre se mostraba cada vez menos compasiva y menos deseosa de ayudarle. Ya le había pedido dos veces que se fuera de su casa y se buscara otro sitio donde vivir. Él quería hacerlo, pero no se lo podía permitir.

Ahora su suerte estaba en manos de un astuto abogado llamado Wade Lanier, un juez viejo y cascarrabias de nombre Reuben Atlee, y un jurado heterogéneo amasado al puro azar en una zona rural de Mississippi. Tenía momentos de optimismo. Triunfaría la justicia, el bien sobre el mal, etc. No había justificación posible para que una asistenta, fuera cual fuese el color de su piel, apareciera en los últimos años de una larga vida y lo manipulase todo con tal malevolencia. La justicia estaba de parte de ellos. Sin embargo, también había momentos en los que seguía sintiendo el dolor indecible de que se le escapase. Si podía ocurrir una vez, seguro que podía repetirse.

Se le caían las paredes encima. El aire cada vez olía más a moho. Había sido un hogar infeliz, pues sus padres se despreciaban. Tras insultarles un rato en silencio, a los dos por igual, se concentró más en Seth. ¿Para qué se tienen hijos si no se quieren? Claro que llevaba años lidiando con aquellas preguntas, y no había respuesta. Mejor no obsesionarse.

Basta. Cerró la casa con llave y se fue a Clanton, donde le esperaban hacia las seis de la tarde. Ian y Ramona ya habían llegado. Estaban en la sala de reuniones de la primera planta del bufete Sullivan. Herschel llegó justo cuando el gran asesor de jurados, Myron Pankey, exponía su meticulosa investigación. Procedieron a saludarse y presentarse de forma somera. Pankey estaba acompañado por una parte de su personal, dos jóvenes atractivas que tomaban notas.

En el centro de uno de los lados de la mesa estaban Wade Lanier y Lester Chilcott, flanqueados por sus asistentes.

—Nuestra encuesta telefónica —decía Pankey— también muestra que cuando se dan los datos adicionales de que el testamento lo escribió un hombre rico de setenta años y la asistenta era una mujer atractiva y mucho más joven, más de la mitad de los encuestados preguntan si hubo relaciones sexuales. El sexo nunca lo hemos mencionado, pero a menudo es la respuesta automática. ¿Qué pasaba de verdad? Tampoco se ha hecho referencia a la raza, pero casi el 80 por ciento de los encuestados negros sospecha algún tipo de actividad sexual. De los blancos, el cincuenta y 5 por ciento.

—O sea, que aunque no se hable del tema está en el aire —dijo Lanier.

«¿Y eso no lo sabíamos hace seis meses?», se preguntó Herschel, haciendo garabatos en una libreta. De momento le habían pagado a Pankey dos tercios de sus honorarios, que ascendían a setenta y cinco mil dólares. El dinero lo ponía el bufete de Wade Lanier, que estaba corriendo con todos los gastos procesales. Ian había aportado veinte mil, pero Herschel no había puesto nada. Si recuperaban el dinero, repartirlo provocaría una guerra.

Pankey hizo circular gruesos folletos para que disfrutasen con su lectura, aunque los abogados ya habían dedicado varias horas a su contenido. Había un perfil de una o dos páginas de cada posible jurado, empezando por Ambrose y acabando por Young. En muchos había fotos de sus casas y coches, aunque pocas de la persona en sí, y esas pocas procedían de directorios de iglesias, clubes y anuarios de instituto, salvo algunas instantáneas indiscretas cedidas por amigos sin conocimiento del interesado.

—Nuestro candidato perfecto —siguió diciendo Pankey— es de raza caucásica y tiene más de cincuenta años. Los más jóvenes han ido a colegios integrados y tienden a ser más tolerantes en cuestión de raza. Nosotros, obviamente, no buscamos tolerancia. Aunque sea triste decirlo, cuanto más racistas sean, mejor. Las mujeres blancas son ligeramente preferibles a los hombres blancos. La razón es que tienden a mostrarse más celosas respecto a otra mujer que ha conseguido manipular un testamento. Un hombre puede disculpar a otro por tontear con su asistenta, pero las mujeres no son tan comprensivas.

«¿Setenta y cinco mil por esto? —se dijo Herschel entre garabatos—. ¿No es bastante obvio?». Lanzó una mirada de aburrimiento a su hermana y la vio mayor y cansada. Tenía problemas con Ian. Los hermanos Hubbard habían hablado más por teléfono en los últimos tres meses que en los últimos diez años. Los negocios de Ian no estaban fructificando. Mientras tanto, las tensiones conyugales seguían agravándose. Ian pasaba la mayor parte del tiempo en la costa del Golfo, donde estaba renovando un centro comercial junto con unos socios. A Ramona le daba igual. No quería a su marido en casa. Hablaba abiertamente de divorcio, al menos con Herschel. Ahora bien, si perdían el caso, quizá no tuviera más remedio que aguantarle. «No perderemos», le aseguraba constantemente Herschel.

La investigación se eternizó hasta las siete y media, hora en que Wade Lanier dijo que ya estaba harto. Entonces fueron a una barraca de pescadores con vistas al lago Chatulla y disfrutaron de una larga comida, abogados y clientes a solas. Se tomaron unas copas para que se les pasaran los nervios y lograran relajarse. Como la mayoría de los abogados procesalistas, Wade Lanier era un consumado narrador de anécdotas, hizo las delicias de los demás con episodios hilarantes de sus reyertas judiciales.

—Vamos a ganar —dijo más de una vez—. Hacedme caso.

Cuando sonó el teléfono, Lucien estaba en su habitación de hotel con un Jack Daniel's con hielo en la mesilla de noche, enfrascado en la lectura de otra novela incomprensible de Faulkner.

—¿El señor Wilbanks? —dijo un hilo de voz por el auricular.

—Sí —contestó Lucien, mientras cerraba suavemente el libro y bajaba los pies al suelo.

—Soy Lonny Clark, señor Wilbanks.

—Llámeme Lucien, por favor. Y yo a usted Lonny, ¿vale?

—Vale.

—¿Cómo se encuentra esta noche, Lonny?

—Mejor, mucho mejor. ¿Verdad que la noche pasada vino a mi habitación, Lucien? Sé que sí. Creía que estaba soñando. Apareció un desconocido y me dijo algo, pero hoy, al verle, le he reconocido y me he acordado de su voz.

—Me temo que soñaba, Lonny.

—No, no soñaba, porque también vino la noche anterior. El viernes y el sábado por la noche era usted. Lo sé.

—En su habitación no puede entrar nadie, Lonny. Hay un policía en la puerta, y me han dicho que está las veinticuatro horas.

Lonny se quedó callado, como si no lo supiera. O, si lo sabía, ¿cómo podía meterse un desconocido en su habitación?

—El desconocido dijo algo de Sylvester Rinds. ¿Usted conoce a Sylvester Rinds, Lucien?

—¿De dónde es? —preguntó Lucien, bebiendo sin inmutarse.

—Se lo pregunto yo, Lucien. ¿Conoce a Sylvester Rinds?

—He vivido toda la vida en el condado de Ford, Lonny. Conozco a todo el mundo, negros y blancos, pero algo me dice que Sylvester Rinds murió antes de mi nacimiento. ¿Usted le conocía?

—No lo sé. Ahora está todo tan confuso... Y ha pasado tanto tiempo...

Su voz se debilitó, como si hubiera apartado el teléfono.

«Haz que siga hablando», se dijo Lucien.

—Me interesa mucho más Ancil Hubbard —dijo—. ¿Ha habido suerte con el nombre, Lonny?

—Es posible que haya descubierto algo. ¿Puede venir mañana? —contestó Lonny sin fuerzas.

—Claro que sí. ¿A qué hora?

—Venga temprano. Por las mañanas no estoy tan cansado.

—¿A qué hora acabarán los médicos su ronda?

—No sé, hacia las nueve.

—Pues estaré allí a las nueve y media, Lonny.

39

Nevin Dark aparcó su camión enfrente del juzgado y miró el reloj. Llegaba pronto, pero esa era su intención. Nunca le habían convocado para hacer de jurado, y él mismo habría reconocido, aun con cierta reticencia, que le emocionaba un poco. Cultivaba ochenta hectáreas al oeste de Karaway y casi nunca iba a Clanton. De hecho, ya no se acordaba de su última visita a la sede del condado. En honor a la ocasión se había puesto sus chinos almidonados más nuevos y una chaqueta de cuero de aviador que había heredado de su padre, piloto durante la Segunda Guerra Mundial. Su mujer le había planchado a conciencia la camisa de algodón de cuello abotonado. Nevin casi nunca iba tan elegante. Se paró a mirar por el juzgado en busca de otros que pudieran llevar la misma citación.

De la causa sabía poco. El hermano de su mujer, que era un bocazas, había dicho que le parecía que el juicio iba de un testamento escrito a mano, pero no tenía muchos más detalles. Ni Nevin ni su mujer estaban suscritos a la prensa local. Por otra parte, al llevar diez años sin pisar la iglesia no se beneficiaban de tan generosa fuente de cotilleos. En la citación no ponía nada sobre el tipo de actividad que le esperaba en el jurado. Nevin no había oído hablar nunca de Seth Hubbard ni de Lettie Lang. En lo que se refería al nombre de Jake Brigance, solo lo había reconocido porque era de Karaway, y por los ecos del juicio de Hailey.

Era, en suma, un jurado modelo: razonablemente inteligente, ecuánime y desinformado. La citación la llevaba doblada en el bolsillo de la chaqueta. Dio un paseo por la plaza para matar unos minutos, y luego se acercó al juzgado, que empezaba a animarse. Subió por la escalera y se unió a la multitud que se agolpaba ante las grandes puertas de roble de la sala principal. Había dos policías de uniforme con portapapeles. Nevin pasó todos los trámites, y al entrar en la sala vio a una secretaria que le sonreía y señalaba un asiento del lado izquierdo. Se sentó junto a una atractiva mujer con falda corta, que transcurridos dos minutos le informó de que era maestra en el mismo colegio que Carla Brigance, y que lo más probable era que la eliminasen. Le costó dar crédito a la confesión de Nevin de que no sabía nada de la causa. Todos los convocados susurraban entre sí, viendo a los abogados y los aires de importancia con que iban de un lado para el otro. Cinco o seis secretarios movían papeles en varios puntos de la sala. En realidad no hacían gran cosa, pero intentaban justificar su presencia en el pleito testamentario más importante de la historia del condado de Ford. Algunos de los abogados no tenían ninguna relación con el litigio, ningún motivo para estar ahí, pero una sala llena de posibles jurados siempre atraía a unos cuantos asiduos de la audiencia.

Por ejemplo, un tal Chuck Rhea, abogado sin clientela, despacho ni dinero que de vez en cuando consultaba escrituras y por eso estaba siempre en el juzgado, matando cantidades industriales de tiempo, bebiendo gratis de cualquier despacho que tuviera café reciente, tonteando con las secretarias, que le conocían muy bien, cotilleando con cualquier abogado que pudiera oírle y, en resumidas cuentas, estando, nada más. Casi nunca se perdía un juicio. Al no tener ninguno propio observaba los ajenos. Se había puesto un traje oscuro y zapatos de cordones que, recién cepillados, brillaban con gran lustre. Habló con Jake y Harry Rex (que le conocían de sobra), y también con los abogados de fuera de Clanton, que a esas alturas ya sabían que Chuck era como un mueble más. Había abogados así en todos los juzgados.

Nevin tenía a su derecha a un hombre con el que entabló conversación. Dijo que tenía una empresa de vallas en Clanton, y que una vez había levantado una alambrada para los perros de caza de Harry Rex Vonner. Señaló a alguien.

—El gordo de allá, el del traje barato, es Harry Rex Vonner, el abogado de divorcios con más mala leche del condado.

—¿Trabaja con Jake Brigance? —preguntó Nevin desde la más absoluta ignorancia.

—Se ve que sí.

—¿Y los otros abogados? ¿Quiénes son?

—A saber. Hoy en día hay tantos por la zona... Está toda la plaza llena.

Un ujier se animó a berrear.

—¡Levántense! Tribunal de equidad del vigésimo quinto distrito judicial de Mississippi, presidido por el honorable Reuben V. Atlee.

El juez Atlee apareció por el fondo y subió al estrado mientras el público se levantaba.

—Siéntense, por favor —dijo.

Los espectadores volvieron a sentarse con estrépito. El juez saludó, dio los buenos días y agradeció su presencia a los posibles jurados, como si fuera opcional. Después explicó que el primer punto en el orden del día era la selección: doce miembros más dos suplentes. Según sus cálculos, les llevaría casi todo el día. En algunos momentos, dijo, las cosas irían despacio, como era habitual en los tribunales, así que les pidió paciencia. Un secretario había escrito todos los nombres en unos papelitos que había introducido en un cubo de plástico. De cómo los sacara el juez al azar dependería el orden inicial en el que se sentarían los candidatos. Una vez que estuvieran en su sitio los cincuenta primeros, los demás podrían marcharse. En caso de necesidad, podían ser llamados el día siguiente.

En la sala había dos zonas, a ambos lados de un pasillo central. Cada una tenía diez bancos largos con capacidad para unas diez personas. Como ya no cabía nadie más en la sala, el juez Atlee pidió a los demás espectadores que se levantasen, por favor, y dejasen libres las cuatro primeras filas de la izquierda del juez. El proceso tardó unos minutos, mientras la gente arrastraba los pies, tropezaba y se empujaba sin saber muy bien adónde ir. La mayoría se pusieron contra la pared. Atlee metió la mano en el cubo de plástico y sacó un nombre.

—Nevin Dark —dijo.

A Nevin le dio un salto el corazón, pero se levantó.

—Sí, señor —dijo.

—Buenos días, señor Dark. ¿Me hace usted el favor de sentarse aquí, en primera fila, en la esquina de la izquierda? De momento nos referiremos a usted como el Jurado Número Uno.

—Con mucho gusto.

Desde el pasillo, Nevin reparó en que los abogados le observaban como si acabara de pegarle un tiro a alguien. Ocupó su asiento en la primera fila, donde no había nadie. Los abogados seguían observándole. Sin excepción.

Nevin Dark. Varón, blanco, cincuenta y tres años, granjero, una esposa, dos hijos adultos, sin filiación religiosa, de ningún club cívico, sin titulación escolar, sin antecedentes penales. Jake le había puesto un siete. Él y Portia consultaron sus notas. Harry Rex, que estaba de pie en un rincón cerca de la tribuna del jurado, estudió sus apuntes. Su jurado modelo era un hombre o mujer negros de cualquier edad, pero no había muchos entre el público. En la mesa impugnadora, Wade Lanier y Lester Chilcott compararon sus investigaciones. Su jurado modelo era una mujer blanca de cuarenta y cinco años o más, que hubiera pasado su infancia en el viejo sur, donde tan profundas eran las barreras raciales, y no tuviera tolerancia alguna respecto a los negros. Nevin Dark les gustaba, aunque supieran lo mismo que Jake.

La Número Dos fue Tracy McMillen, secretaria, blanca, de treinta y un años. El juez Atlee tardaba un poco en desdoblar los papelitos, examinar los nombres e intentar pronunciarlos a la perfección. Así les daba tiempo para cambiar de sitio. Una vez llena la primera fila, pasaron a la segunda, donde se sentó el Jurado Número Once, Sherry Benton, la primera persona negra citada.

Tardaron una hora en sentar a los cincuenta primeros. Cuando estuvieron todos en su sitio, el juez Atlee dio permiso a los demás para que se marcharan y les pidió que estuvieran localizables hasta nuevo aviso. Algunos se fueron, pero la mayoría se quedó y pasó a engrosar el público.

—Haremos un descanso de un cuarto de hora —dijo el juez, mientras levantaba su pesado cuerpo, y tras un golpe de martillo bajó del estrado con andares de pato, seguido por el vuelo de su toga negra.

Los abogados formaron grupos donde todos hablaban a la vez, histéricos. Jake, Portia y Harry Rex fueron directamente a la sala de deliberaciones del jurado, que por el momento estaba vacía.

—Nos han jodido —dijo Harry Rex en cuanto Jake cerró la puerta—. ¿Os dais cuenta? Qué mala selección. Fatal, fatal.

—Un momento —dijo Jake, tirando la libreta en la mesa y haciendo crujir los nudillos.

—Tenemos once negros de cincuenta—dijo Portia—. Lo malo es que cuatro están en la última fila. Nos hemos vuelto a quedar atascados al fondo.

—¿Pretende ser un chiste? —le espetó Harry Rex.

—Pues sí, me ha parecido bastante ingenioso.

—Vale ya, ¿eh? —dijo Jake—. Dudo que pasemos del cuarenta.

—Yo también —contestó Harry Rex—. Ah, y como simple observación, a los números siete, dieciocho, treinta y uno, treinta y seis y cuarenta y siete les he puesto demandas de divorcio. No saben que trabajo para ti, Jake. Claro que no estoy muy seguro de para quién trabajo, porque lo que es cobrar no cobro una mierda. Es lunes por la mañana, tengo el bufete lleno de mujeres que se quieren divorciar, algunas con pistola, y yo aquí en el juzgado como Chuck Rhea, sin que me paguen...

—¿Te puedes callar, por favor? —rezongó Jake.

—Si insistes...

—No está nada perdido —dijo Jake—. La selección no es buena, pero tampoco catastrófica.

—Seguro que ahora mismo Lanier y sus chicos están sonriendo.

—Yo es que no os entiendo —dio Portia—. ¿Por qué siempre son blancos contra negros? Personalmente, al mirarlos y verles las caras no he visto a ningún hatajo de racistas fanáticos que vayan a quemar el testamento y a dárselo todo a la otra parte. He visto a personas sensatas.

—Y a algunas no tan sensatas —dijo Harry Rex.

—Estoy de acuerdo con Portia, pero aún nos falta mucho para los doce definitivos. Las discusiones, mejor que las dejemos para otro momento.

Después del descanso se autorizó a los abogados a trasladar las sillas al otro lado de las mesas, para que pudieran observar a los candidatos y ser observados por ellos. El juez Atlee subió al estrado sin el «Levántense» ritual, y se embarcó en una exposición concisa de la causa. Dijo que esperaba que el juicio durase tres o cuatro días, y que en todo caso confiaba en que el viernes por la tarde ya hubiera terminado. Después presentó a los abogados sin olvidarse de ninguno, pero no a los asistentes. Jake estaba solo ante un ejército.

El juez Atlee explicó que abordaría algunos aspectos que era necesario tratar, y que después dejaría que los abogados interrogaran y sondearan a los candidatos. Empezó por la salud: ¿había alguien enfermo, en tratamiento o que no pudiera escuchar sentado durante mucho tiempo? Se levantó una mujer que dijo que su marido estaba ingresado en el hospital de Tupelo, y que tenía que estar con él.

—Puede usted marcharse —dijo el juez con gran compasión.

La mujer se apresuró a salir de la sala. La número veintinueve fuera. El número cuarenta tenía una hernia discal que se había inflamado durante el fin de semana. Alegó que tenía muchos dolores. Estaba tomando calmantes que le adormilaban.

—Puede usted marcharse —dijo el juez Atlee.

Se le veía muy dispuesto a eximir de sus obligaciones a cualquier persona que tuviera motivos de peso, aunque pronto se vería que no era del todo así. Cuando preguntó si alguien tenía conflictos laborales, un hombre con americana y corbata se levantó y explicó que no podía ausentarse de su oficina. Era jefe de zona en una empresa que hacía edificios de acero, un ejecutivo, a la vista estaba, pagado de su propia importancia. Hasta insinuó que podía quedarse sin trabajo. El sermón del juez Atlee sobre los deberes cívicos duró cinco minutos, y dejó de vuelta y media al candidato.

—Si se queda sin trabajo, señor Crawford —fue su conclusión—, infórmeme, que le mandaré una citación a su jefe, le haré declarar ante mí y haré que pase un mal rato, en definitiva.

Crawford se sentó, arrepentido y humillado. Ya no hubo más intentos de eludir la obligación de ser jurado con excusas de trabajo. A continuación el juez Atlee pasó al siguiente punto de su lista: haber pertenecido anteriormente a algún jurado. Hubo varios que dijeron que sí, tres en tribunales estatales y dos en federales. Ninguna de sus experiencias los incapacitaba para deliberar en la causa.

Nueve personas afirmaron conocer a Jake Brigance. Cuatro eran antiguos clientes y se les eximió. Había dos mujeres que iban a la misma iglesia, pero no les parecía que pudiera influir en su veredicto, así que el juez no las eximió. Sí lo hizo con un pariente lejano. La amiga maestra de Carla dijo conocer demasiado a Jake y tener una relación demasiado estrecha para poder ser objetiva. Fue eximida. El último era un compañero de instituto de Karaway que admitió no haber visto a Jake en diez años. Se quedó, en espera de una decisión.

Misma presentación y mismas preguntas sobre el resto de los abogados. Nadie conocía a Wade Lanier, Lester Chilcott, Zack Zeitler o Joe Bradley Hunt. Claro que ninguno de los cuatro era de la ciudad.

—Bueno, pasemos a otro tema —dijo el juez Atlee—. La persona que escribió el testamento, ya fallecida, claro está, se llamaba Seth Hubbard. ¿Alguno de ustedes le conocía personalmente?

Se levantaron tímidamente dos manos. Un hombre se puso en pie y explicó que había pasado su infancia en la zona de Palmyra, y que había conocido a Seth cuando los dos eran bastante jóvenes.

—¿Qué edad tiene usted? —preguntó el juez Atlee.

—Sesenta y nueve años.

—¿Sabe que por encima de los sesenta y cinco puede pedir que se le exima del servicio?

—Sí, pero no es obligatorio, ¿no?

—No, no; si quiere cumplir con su deber me parece admirable. Gracias.

Después se levantó una mujer para decir que había trabajado en un depósito de madera cuyo dueño era Seth Hubbard, pero que no supondría ningún problema. El juez Atlee pronunció los nombres de las dos esposas de Seth y preguntó si alguien las conocía. Una mujer dijo que su hermana mayor había sido amiga de la primera, pero que había sido hacía mucho tiempo. Acto seguido se les pidió a Herschel Hubbard y Ramona Hubbard Dafoe que se levantasen. Sonrieron incómodos al juez y a los jurados, y volvieron a sentarse. El juez Atlee preguntó metódicamente a los candidatos si los conocían. Se levantaron unas cuantas manos, todas de compañeros de clase del instituto de Clanton. El juez Atlee hizo una serie de preguntas a cada uno. Todos afirmaron saber poco del caso y no estar influidos por la poca información de la que disponían.

A medida que el juez Atlee desgranaba páginas y páginas de preguntas fue llegando el tedio. A mediodía habían quedado eximidos doce de los cincuenta, todos blancos. Once de los treinta y ocho restantes eran negros, y ninguno había levantado la mano.

Durante el descanso del almuerzo los abogados formaron grupos tensos para debatir quién era aceptable y a quién había que eliminar. Ignorando los sándwiches, hablaron de lenguaje corporal y expresiones faciales. El ambiente del bufete de Jake era más animado, debido al mayor predominio del negro. Más sombrío era el clima en la sala de reuniones del bufete Sullivan, porque los negros no iban de frente. Ninguno de los once que quedaban admitía conocer a Lettie Lang. ¡Imposible en un condado tan pequeño! Algún tipo de confabulación había, era evidente. El experto, Myron Pankey, los había observado atentamente durante las preguntas y no albergaba duda alguna de que estaban haciendo lo posible por formar parte del jurado. Claro que Myron era de Cleveland, y sabía poco de los negros del sur.

Quien no se alteraba era Wade Lanier. Había librado más batallas judiciales en Mississippi que todos los otros abogados juntos, y no estaba preocupado por los treinta y ocho candidatos restantes. En casi todos los juicios contrataba a asesores para que investigasen los antecedentes del jurado, pero una vez que había visto en carne y hueso a sus posibles miembros tenía la seguridad de poder interpretar lo que pensaban. Y aunque no lo dijera, le gustaba lo que había visto durante la mañana.

Lanier seguía teniendo dos grandes ases en la manga: el testamento manuscrito de Irene Pickering y el testimonio de Julina Kidd. Que él supiera, Jake no tenía ni idea de lo que se le echaba encima. Si Lanier lograba detonar con éxito ambas bombas en juicio abierto, era muy posible que obtuviera un veredicto unánime. Después de negociar bastante, Fritz Pickering había aceptado declarar por siete mil quinientos dólares, mientras que Julina Kidd había saltado enseguida sobre la oferta de solo cinco mil. Dado que ni Fritz ni Julina habían hablado con nadie de la parte contraria, Lanier confiaba en el triunfo de las emboscadas.

De momento su bufete había pagado, o se había comprometido a pagar, algo más de ochenta y cinco mil dólares en gastos procesales, dinero del que, en último término, debían responsabilizarse los clientes, salvo alguna excepción. Aunque nunca se les fuera de la cabeza, el tema del coste del pleito apenas era objeto de debate. El aumento de los gastos inquietaba a los clientes, pero Wade Lanier sabía muy bien cuál era la realidad de los pleitos de alto nivel. Dos años antes su bufete había gastado doscientos mil dólares en una causa de responsabilidad civil por productos defectuosos y había perdido.

Echas los dados y, a veces, pierdes. En el pleito de Seth Hubbard, sin embargo, Wade Lanier no contemplaba perder.

Nevin Dark se sentó con tres nuevos amigos a una mesa del Coffee Shop y le pidió un té helado a Dell. Los cuatro llevaban insignias blancas en la solapa donde ponía «Jurado» en negrita y letra azul, como si fueran oficialmente intocables. Dell, que las había visto mil veces, sabía que podía abrir bien los oídos pero sin hacer preguntas ni expresar opiniones.

Los treinta y ocho candidatos restantes habían recibido la advertencia del juez Atlee de que no hablasen del caso con nadie. Los cuatro de la mesa de Nevin no se conocían de nada, así que dedicaron unos minutos a presentarse mientras miraban la carta. Fran Decker era un maestro jubilado de Lake Village, a quince kilómetros al sur de Clanton. Charles Ozier vendía tractores de uso agrícola para una empresa de Tupelo y vivía cerca del lago. Debbie Lacker residía en el centro de Palmyra, localidad de trescientos cincuenta habitantes, pero no conocía a Seth Hubbard. Al no poder hablar del caso conversaron sobre el juez, la sala y los abogados. Dell escuchaba atentamente, pero no sacó nada en claro de la charla, al menos nada que pudiera comentarle a Jakc si se pasaba más tarde a enterarse de las últimas habladurías.

A la una y cuarto cada cual pagó lo suyo y volvieron al juzgado. A la una y media, después de que pasaran lista a los treinta y ocho, apareció al fondo el juez Atlee.

—Buenas tardes —dijo.

Explicó que iba a proceder a la selección del jurado, y que tenía pensado hacerlo de una manera que se salía de lo habitual: pidiendo a cada candidato que fuera a su despacho y se sometiera en privado a las preguntas de los abogados.

Era Jake quien lo había pedido así, suponiendo que como grupo los candidatos sabían más del caso de lo que estaban dispuestos a admitir. Confiaba en poder obtener respuestas más completas mediante interrogatorios en privado. Wade Lanier no se opuso.

—Señor Dark —dijo el juez Atlee—, ¿es usted tan amable de reunirse con nosotros en mi despacho?

Un ujier le indicó el camino. Nevin, nervioso, pasó junto al estrado, cruzó una puerta, recorrió un breve pasillo y entró en una sala bastante pequeña donde le esperaban todos. Había una taquígrafa lista para transcribir hasta la última palabra. El juez Atlee estaba en una punta de la mesa, alrededor de la cual se agolpaba el resto de los abogados

—Por favor, señor Dark, no olvide que ha prestado juramento —dijo el juez Atlee.

—No, claro.

Jake Brigance le sonrió con gravedad.

—Es posible que algunas de las preguntas sean de tipo personal, señor Dark —dijo—. Si no desea contestar no hay ningún problema. ¿Me entiende?

—Sí.

—¿Ha hecho usted testamento?

—Sí.

—¿Quién se lo redactó?

—Barney Suggs, un abogado de Karaway.

—¿Y su mujer?

—Sí, firmamos los dos al mismo tiempo en el despacho del señor Suggs, hará unos tres años.

Jake dio vueltas al proceso de elaboración, sin preguntar por los detalles concretos del testamento. ¿Qué les había incitado a testar? ¿Estaban sus hijos al corriente de su contenido? ¿Cuántas veces lo había cambiado el matrimonio? ¿Habían heredado algo de algún otro testamento? ¿Creía Nevin Dark que las personas debían tener derecho a dejar sus bienes a quien quisieran? ¿A alguien que no fuera de la familia? ¿A obras de caridad? ¿A un amigo o un empleado? ¿A excluir a parientes con quienes estuvieran peleados? ¿El señor Dark o su mujer se habían planteado alguna vez modificar sus testamentos para excluir a alguna persona que en aquel momento figurase entre los beneficiarios?

Y en esa línea. Cuando Jake terminó, Wade Lanier hizo una serie de preguntas sobre fármacos y analgésicos. Nevin Dark dijo que él procuraba no tomarlos mucho, pero que su mujer había sobrevivido a un cáncer de pecho y se trataba el dolor con medicamentos bastante fuertes. No se acordaba de los nombres. Lanier se mostró sinceramente preocupado por aquella mujer a quien no conocía, y hurgó todo lo necesario para dejar claro el mensaje de que los analgésicos fuertes que toman las personas muy enfermas a menudo provocan lapsus de razonamiento. Así, con consumada habilidad, dejó plantada la semilla.

El juez Atlee, atento al reloj, dictó un descanso después de diez minutos. Nevin volvió a la sala, donde se convirtió en el centro de todas las miradas. La segunda candidata, Tracy McMillen, esperaba junto al estrado, en una silla. La acompañaron rápidamente a la sala del fondo, donde fue sometida al mismo tipo de interrogatorio.

La gente se aburría. Muchos espectadores se marcharon. Algunos candidatos se quedaron traspuestos, mientras otros leían y releían periódicos y revistas. Entre bostezos, los ujieres contemplaban el césped del juzgado a través de los ventanales. A cada posible jurado le seguía otro, en un constante desfile hacia el despacho del juez Atlee. La mayoría no se ausentaba menos de diez minutos, aunque algunos acababan antes. Al salir del interrogatorio, la candidata número once pasó al lado de los bancos y se fue a la puerta, eximida de su obligación por motivos de los que no llegarían a enterarse los que seguían sentados en la sala.

Lettie y Phedra se ausentaron para un descanso largo, y al ir por el pasillo, hacia la doble puerta, tuvieron la precaución de no mirar al clan Hubbard, apiñado en la última fila.

Casi eran las seis y media cuando el candidato número treinta y ocho a formar parte del jurado salió del despacho del juez y regresó a la sala.

—Señores —dijo el juez Atlee, frotándose las manos y exhibiendo una energía considerable—, zanjemos este tema de una vez para poder empezar mañana con los alegatos.

—Señoría —dijo Jake—, deseo reiterar mi petición de traslado. Ahora que hemos entrevistado a los primeros treinta y ocho candidatos, se ha puesto de manifiesto que saben demasiado sobre el caso. Prácticamente todos han estado dispuestos a reconocer que algo habían oído al respecto, cosa nada habitual en las causas civiles.

—Al contrario, Jake —dijo el juez Atlee—. A mí me ha parecido que contestaban bien a las preguntas. Conocen el caso, sí, pero casi todos han declarado no tener prejuicios.

—Estoy de acuerdo, señoría —dijo Wade Lanier—. A mí los candidatos, con pocas salvedades, me han dado una muy buena impresión.

—Petición denegada, Jake.

—No me extraña —murmuró Jake lo bastante alto para que le oyeran.

—Bueno, ¿podemos elegir ya al jurado?

—Yo estoy listo —dijo Jake.

—Adelante —contestó Wade Lanier.

—Muy bien. Descarto a los candidatos números tres, cuatro, siete, nueve, quince, dieciocho y veinticuatro. ¿Algo en contra?

—Sí, señoría —dijo Lanier despacio—. ¿Por qué el quince?

—Ha dicho que conoce a la familia Roston, y que le dio mucha pena que murieran sus dos hijos. Sospecho que guarda rencor contra cualquier persona apellidada Lang.

—Él ha dicho que no, señoría —adujo Lanier.

—Claro, ¿qué iba a decir? Pero no me lo creo. Queda descartado. ¿Algo más?

Jake sacudió la cabeza. Lanier estaba enfadado, pero no dijo nada. El juez Atlee siguió adelante.

—Cada parte dispone de cuatro recusaciones sin causa. Señor Brigance, debe usted presentar a los doce primeros.

Jake, nervioso, repasó sus apuntes.

—Muy bien —dijo lentamente—, pues nos quedamos con los números uno, dos, cinco, ocho, diez, doce, catorce, dieciséis, diecisiete, diecinueve, veintiuno y veintidós.

Durante una larga pausa todos los presentes miraron sus listas y tomaron notas.

—Por lo tanto —dijo finalmente el juez Atlee—, suprime usted al seis, al trece, al veinte y al veintitrés. ¿Correcto?

—Sí.

—¿Está usted preparado, señor Lanier?

—Un segundo, señor juez —dijo Lanier, reunido con Lester Chilcott.

Susurraron un momento. Se notaba que no estaban de acuerdo. Jake aguzó el oído, pero no entendió nada. No apartaba la vista de sus notas, de sus doce elegidos, a sabiendas de que no podía conservarlos a todos.

—Señores —dijo el juez Atlee.

—Su señoría —empezó lentamente Lanier—, nosotros suprimimos a los números cinco, dieciséis, veinticinco y veintisiete.

La sala quedó nuevamente en suspenso, mientras todos los abogados y el juez tachaban nombres de sus organigramas y hacían ascender los números más altos.

—Bueno —dijo el juez Atlee—, pues parece que el jurado se compondrá de los números uno, dos, ocho, diez, doce, catorce, diecisiete, diecinueve, veintiuno, veintidós, veintiséis y veintiocho. ¿Están todos de acuerdo?

Los abogados dieron su consentimiento con la cabeza, sin dejar de mirar sus libretas. Diez blancos y dos negros. Ocho mujeres y cuatro hombres. La mitad había hecho testamento y la otra no. Tres eran licenciados, siete habían acabado los estudios secundarios y dos no. Promedio de edad, cuarenta y nueve, con dos mujeres de menos de treinta años, una sorpresa agradable para Jake. En general estaba satisfecho. También lo estaba Wade Lanier al otro lado de la mesa. Lo cierto era que el juez Atlee había estado muy acertado al eliminar a quienes pudieran abordar las deliberaciones con ideas preconcebidas o prejuicios. Sobre el papel parecía que hubieran desaparecido los extremistas, y que el juicio quedaba en manos de doce personas con apertura de miras.

—Vamos elegir a dos sustitutos —dijo su señoría.

A las siete de la tarde se reunió en su sala el jurado recién constituido, que se organizó siguiendo las indicaciones del juez Atlee. Fue elegido presidente Nevin Dark, por haber sido el primer seleccionado, el primer nombre pronunciado y el primero en tomar asiento, y porque daba claras muestras de ser una persona afable, de sonrisa fácil y con buenas palabras para todo el mundo.

Había sido un día largo pero emocionante. Nevin volvió a

casa impaciente por hablar con su mujer y contárselo todo durante la cena. El juez Atlee les había dicho que no hablaran del caso entre ellos, pero no había dicho nada de sus cónyuges.

40

Lucien barajó y repartió con mano experta diez cartas a Lonny, y se quedó otras tantas. Lonny, como iba siendo costumbre, levantó las suyas lentamente de la mesa plegable y tardó una eternidad en colocarlas en su orden preferido. Era lento con las manos y las palabras, pero su cerebro parecía funcionar a la velocidad correcta. Llevaba treinta puntos de ventaja en la partida de gin rummy, la quinta que jugaban. Había ganado tres de las cuatro primeras. Llevaba una bata de hospital muy ancha, y tenía un gotero sobre la cabeza. Una enfermera más amable le había dado permiso para levantarse de la cama y jugar a las cartas frente a la ventana, pero solo porque Lonny había levantado la voz. Estaba harto del hospital. Quería marcharse, pero no tenía adónde ir salvo a la cárcel municipal, donde aún se comía peor, y donde le esperaba la poli para hacerle preguntas. De hecho le esperaban en aquella misma puerta, la de la habitación. Treinta kilos de coca siempre dan problemas. Su nuevo amigo Lucien, que decía ser abogado, le había asegurado que las pruebas quedarían anuladas tras la debida instancia. La pasma había entrado en la pensión sin causa razonable. Que a un hombre le hieran en una pelea de bar no da derecho a la policía a meter las narices donde vive, forzando la cerradura. «La coca se la ventila hasta el más memo de los penalistas —le había prometido Lucien—. Tranquilo, que a ti no te empapelan.»

En sus conversaciones acerca de Seth Hubbard, Lucien no había escatimado datos, cotilleos, inventos, especulaciones y rumores de los que habían circulado en Clanton en los últimos seis meses. Lonny decía no tener mucha curiosidad, pero daba la impresión de disfrutar con lo que oía. Lucien no hizo ninguna referencia al testamento manuscrito, ni a la asistenta negra. Se explayó sobre la increíble trayectoria que en diez años había llevado a Seth desde la ruina provocada por su segundo divorcio a una carrera de inversionista de altos vuelos, que de una finca hipotecada había hecho una fortuna. Habló de su celo por el secretismo, de sus cuentas en paraísos fiscales, de su laberinto de empresas, y explicó la increíble pero verídica anécdota de que en 1928 el padre de Seth, Cleon, había contratado al de Lucien, Robert E. Lee Wilbanks, para un pleito de tierras. ¡Y habían perdido!

Lucien hablaba casi sin parar, intentando ganarse la confianza de Lonny y convencerle de que no tenía nada malo contarse secretos del pasado. Si Lucien podía abrirse tanto, también podía hacerlo Lonny. Durante la mañana Lucien había sondeado suavemente a Lonny sobre el tema de si sabía algo de Ancil, pero ninguna de sus dos tentativas había dado fruto. El resto de la mañana se la habían pasado conversando y jugando. A mediodía Lonny estaba cansado y necesitaba reposo. La enfermera disfrutó al decirle a Lucien que se fuera.

Se fue, pero al cabo de dos horas volvió para ver cómo estaba su nuevo amigo. Ahora Lonny quería jugar al blackjack, por diez centavos la mano.

—He llamado a Jake Brigance —le dijo Lucien más o menos después de media hora—, el abogado para el que trabajo en Mississippi, y le he pedido que busque información sobre aquel hombre del que hablaste, Sylvester Rinds. Ha encontrado algo.

Lonny puso las cartas en la mesa y miró a Lucien con curiosidad.

—¿Qué? —dijo con parsimonia.

—Pues mira, según el registro de la propiedad del condado de Ford, Sylvester Rinds tenía una finca de treinta hectáreas en la parte nordeste del condado, herencia de su padre, que se llamaba Solomon Rinds y había nacido más o menos al comienzo de la guerra civil. La documentación no está muy clara, pero es muy posible que la finca llegara a manos de la familia Rinds justo después de la guerra, durante la Reconstrucción, cuando los esclavos libertos empezaron a poder tener tierras gracias a la ayuda de los que venían del norte, de los gobernadores federales y de toda la chusma que en aquella época inundó nuestro país. Parece que las treinta hectáreas estuvieron cierto tiempo en disputa. La familia Hubbard tenía otras treinta adyacentes a la finca de Rinds, y evidentemente impugnaron su titularidad. La querella de la que te he hablado esta mañana, la que presentó en 1928 Cleon Hubbard, era por la finca de Rinds. Mi abuelo, que era el mejor abogado del condado y tenía muy buenos contactos, perdió el caso en representación de Cleon. Supongo que si mi abuelo perdió el pleito fue porque la familia Rinds tenía razones bastante sólidas para quedarse como dueños de la finca. Sylvester logró conservar un par de años más las tierras, pero en 1930 murió y luego Cleon Hubbard le compró la finca a la viuda.

Lonny, que había cogido las cartas, las miraba sin verlas. Escuchaba y recordaba imágenes de una vida anterior.

—Interesante, ¿eh? —dijo Lucien.

—Ha pasado mucho tiempo —dijo Lonny con una mueca provocada por otro ataque de dolor de cabeza.

Lucien insistió. No habiendo nada que perder, no tenía intención de relajarse.

—Lo más raro de toda esta historia es que la muerte de Sylvester no está documentada. Ahora mismo, en el condado de Ford, no hay ningún Rinds. Parece que se fueron todos más o menos en la misma época en que Cleon Hubbard se hizo con la finca. Desaparecieron. La mayoría huyó al norte, a Chicago, y encontró trabajo, pero, bueno, eso en la época de la Depresión era bastante normal. Del sur profundo se escaparon muchos negros que pasaban hambre. Según el señor Brigance han encontrado a un pariente lejano en Alabama, un tal Boaz Rinds que dice que a Sylvester le cogieron unos blancos y le asesinaron.

—¿Y a qué viene todo eso? —preguntó Lonny.

Lucien se levantó y se acercó a la ventana para mirar el aparcamiento de abajo. No sabía si decirle la verdad a Lonny: el testamento, Lettie Lang, sus antepasados, el hecho de que fuera casi con seguridad una Rinds y no una Tayber, el hecho de que su familia fuera del condado de Ford y en otros tiempos hubiera vivido en la finca de Sylvester, las elevadas probabilidades de que Sylvester, de hecho, fuera abuelo de Lettie...

Al final lo que hizo fue sentarse.

—No, por nada —dijo—. Solo es una historia sobre mi familia, la de Seth Hubbard y tal vez la de Sylvester Rinds.

Hubo un momento de silencio en que ninguno de los dos tocó sus cartas. Tampoco se miraron a la cara. Justo cuando parecía que Lonny se había quedado dormido, Lucien le sobresaltó con sus palabras.

—Tú conoces a Ancil. ¿A que sí?

—Sí —dijo Lonny.

—Háblame de él. Tengo que encontrarle cuanto antes.

—¿Qué quieres saber?

—¿Está vivo?

—Sí, está vivo.

—¿Y ahora dónde está?

—No lo sé.

—¿Cuándo le viste por última vez?

En ese momento entró una enfermera y dijo que tenía que tomarle las constantes vitales a Lonny. Él dijo que estaba cansado, así que la enfermera le ayudó a meterse en la cama, le puso bien la vía, fulminó con la mirada a Lucien y le tomó a Lonny la tensión y el pulso.

—Tiene que descansar —dijo.

Lonny cerró los ojos.

—No te vayas —dijo—. Apaga las luces pero no te vayas.

Lucien acercó una silla a la cama y se sentó.

—Háblame de Ancil —dijo al quedarse los dos solos.

Lonny contestó sin abrir los ojos, casi en susurros.

—Bueno, Ancil siempre ha estado huyendo de algo. Se fue muy joven de casa y no volvió. Odiaba su casa, sobre todo a su padre. Estuvo en la guerra y casi murió por una herida en la cabeza. La mayoría de la gente cree que siempre ha estado un poco mal de allá. Le encantaba el mar. Decía que al haber nacido tan lejos de él le cautivaba. Estuvo navegando varios años en cargueros, y viajó por todo el mundo. No podrías encontrar ningún punto del mapa donde no haya estado Ancil; ninguna montaña, ningún puerto, ninguna ciudad, ningún sitio famoso... Ningún bar, ninguna sala de baile, ninguna casa de putas... En cualquier sitio que se te ocurra habrá estado Ancil. Ha tratado con tíos duros, y alguna que otra vez ha ido por el mal camino; delitos de poca monta, otros de no tan poca... Ha vivido algunas situaciones que casi no las cuenta. Una vez pasó una semana en un hospital de Sri Lanka con una herida de cuchillo, pero la herida no era nada en comparación con la infección que pilló en el hospital. Ha estado con un montón de mujeres, y algunas han tenido un montón de hijos, pero Ancil no es de los que se quedan mucho tiempo en los sitios. Que él sepa, algunas mujeres aún le están buscando con sus hijos. Puede que no sean las únicas personas que le buscan. Ha vivido a lo loco, siempre pendiente de si le persigue alguien.

Al pronunciar la palabra «vivido» lo hizo mal, o quizá con naturalidad. La segunda i le salió mucho más plana que antes, muy parecida a las típicas íes del norte de Mississippi. Lucien había relajado adrede su pronunciación, dándole más nasalidad con la esperanza de que se le contagiase a Lonny. Era de Mississippi. Ambos lo sabían.

Cerró los ojos como si durmiera. Lucien se lo quedó mirando unos minutos. La respiración de Lonny se volvió más pesada, señal de que se había dormido. Se le cayó la mano derecha a un lado. Según los monitores, la tensión y el pulso eran normales. Para seguir despierto, Lucien dio vueltas por la habitación a oscuras, esperando la aparición de una enfermera que le hiciese salir. Después se puso al lado de la cama y apretó con firmeza la muñeca derecha de Lonny.

—¡Ancil! ¡Ancil! —dijo—. Seth escribió un testamento que te deja un millón de dólares.

Los ojos se abrieron. Lucien lo repitió.

Hacía una hora que se discutía sin parar, y los nervios estaban de punta. De hecho el tema se había debatido acaloradamente durante todo un mes sin que faltasen opiniones. Casi eran las diez de la noche. La mesa de reuniones estaba llena de notas, carpetas, libros y los restos de una pizza a domicilio pésima que habían devorado a la hora de comer.

¿Había que decirle al jurado cuánto valía la herencia de Seth? Lo único que dirimía el juicio era la validez del testamento manuscrito. Nada más y nada menos. Legalmente, técnicamente, no importaba la cuantía de la herencia. En un lado de la mesa, el que ocupaba Harry Rex, se tenía muy claro que no había que decírselo al jurado, porque si sus miembros se enteraban de que había veinticuatro millones de dólares en juego, a punto para ser entregados a Lettie Lang, se opondrían. Como era lógico, verían con recelo la transferencia de una cantidad tan alta fuera de la familia. Se trataba de una suma inaudita, tan impactante que resultaba impensable que se la quedara una humilde asistenta negra. Lucien, ausente, estaba de acuerdo con Harry Rex.

En cambio Jake lo veía de otra manera. Su primer argumento era que el jurado probablemente ya intuyese que había mucho dinero sobre la mesa, aunque prácticamente todos hubieran negado saberlo durante el proceso de selección. Solo había que fijarse en las dimensiones del litigio y la cantidad de abogados que intervenían. Todo en la causa y en el juicio olía a una fortuna. El segundo argumento de Jake era que la mejor opción sería revelarlo todo. Si el jurado tenía la impresión de que intentaba esconderles algo, el juicio empezaría con una pérdida inmediata de credibilidad. Toda persona que presencia un juicio quiere saber de qué va la batalla. Mejor decírselo. Mejor enseñar todas las cartas sin guardarse nada. Si ocultaban las dimensiones de la herencia, estas se convertirían en un secreto cada vez más enquistado.

Portia dudaba entre ambas posturas. Antes de la constitución del jurado se había inclinado por que no hubiera secretos, pero después de mirar las diez caras blancas, frente a solo dos negras, le costaba creer que hubiera posibilidades de victoria. Después de que hubieran declarado todos los testigos, de que se hubieran callado todos los letrados, de que el juez Atlee hubiera pronunciado la última de sus sabias palabras, ¿podrían aquellas diez personas blancas hallar en lo más hondo de su ser el valor necesario para secundar el testamento de Seth? En esos momentos, cansada y sin fuerzas, era presa de la duda.

Sonó el teléfono. Se puso ella.

—Es Lucien —dijo al tendérselo a Jake.

—¿Diga? —respondió él.

Llegó el parte desde Alaska.

—Ya le tengo, Jack. Es Ancil Hubbard, el mismo que viste y calza.

Jake vació sus pulmones.

—Pues nada, Lucien —dijo—, supongo que es una buena noticia. —Apartó el auricular de su boca—. Es Ancil.

—¿Qué estáis haciendo? —preguntó Lucien.

—Nada, preparándonos para mañana. Estamos Portia, Harry Rex y yo. Te estás perdiendo la fiesta.

—¿Ya tenemos jurado?

—Sí, diez blancos y dos negros. Sin sorpresas. Háblame de Ancil.

—Está bastante mal, el pobrecito. Se le ha infectado la herida de la cabeza y los médicos están preocupados. Medicamentos, antibióticos y calmantes a patadas. Nos hemos pasado el día jugando a cartas y hablando de todo. Tiene ratos buenos y ratos malos. Al final le he hablado del testamento y le he dicho que su hermano le ha dejado un millón. He conseguido su atención. Ha reconocido quién es. Media hora después ya no se acordaba.

—¿Se lo explico al juez Atlee?

Harry Rex hizo que no con la cabeza.

—Yo no se lo diría —contestó Lucien—. El juicio ya ha empezado, y no se parará por esto. Ancil no tiene nada que añadir. Lo que está claro es que no puede viajar a Clanton con una fractura de cráneo y lo de la cocaína esperando justo al otro lado de la puerta. Pobre, lo más seguro es que acabe en la cárcel. A la poli se la ve muy decidida.

—¿Habéis subido por el árbol genealógico?

—Sí, bastante, pero mucho antes de que confesara. Yo le he explicado la historia de las familias Hubbard y Rinds, con énfasis en el misterio de Sylvester, pero no le ha interesado mucho. Mañana volveré a intentarlo. Estoy pensando en irme mañana por la tarde. Tengo muchas ganas de ver una parte del juicio. Seguro que cuando llegue la habréis fastidiado de lo lindo.

—No lo dudes, Lucien —dijo Jake.

Poco después colgó y refirió la conversación a Portia y Harry Rex, que, si bien intrigados por el tema, tenían cosas más urgentes que atender. El hecho de que Ancil Hubbard estuviera vivo y en Alaska no tendría importancia para el juicio.

Volvió a sonar el teléfono. Se puso Jake.

—Oye, Jake —dijo Willie Traynor—, solo para que lo sepas: en el jurado hay un tío que no debería estar.

—Probablemente sea demasiado tarde, pero dime.

—Está en la última fila y se llama Doley, Frank Doley.

Jake había visto que Willie tomaba notas a lo largo del día.

—¿Qué le pasa? —preguntó.

—Tiene un primo lejano que vive en Memphis. Hace seis o siete años, a la hija del primo, que tenía quince años, la raptaron unos quinquis negros a la salida de un centro comercial del este de Memphis y la tuvieron varias horas dentro de una furgoneta. Pasaron cosas horribles. La chica sobrevivió, pero estaba demasiado afectada para poder identificar a nadie. Nunca arrestaron a nadie. Dos años después ella se suicidó. Una tragedia de tomo y lomo.

—Y ¿por qué me lo cuentas ahora?

—Es que solo hace una hora que me he acordado del nombre, cuando ya estaba en Memphis. Me he acordado de que en el condado de Ford había unos Doley. Más vale que te lo quites de encima, Jake.

—No es tan fácil. De hecho a estas alturas es imposible. Ha respondido bien a todas las preguntas de los abogados y del juez.

Frank Doley, de cuarenta y tres años, tenía una empresa de tejados cerca del lago. Había dicho que no sabía nada de Seth Hubbard, y parecía muy abierto de miras.

«Gracias por nada, Willie.»

—Lo siento, Jake —dijo Willie—, pero es que en el juzgado no me ha sonado el nombre. Te lo habría comentado.

—No pasa nada. Ya lo arreglaré de alguna manera.

—Aparte de Doley, ¿qué te parece el jurado?

Jake estaba hablando con un periodista, de modo que no se arriesgó.

—Bien —dijo—. Oye, te tengo que dejar.

—A mí tampoco me ha parecido trigo limpio —fue la reacción de Harry Rex—. Fallaba algo.

—Pues no recuerdo que hayas dicho nada en su momento —replicó Jake—. Siempre es fácil discutir la alineación el lunes por la mañana.

—Uy, qué mal genio...

—Yo le he visto muchas ganas de colaborar —dijo Portia—. Ha contestado bien a todo.

—Quizá no le hayáis hecho las preguntas adecuadas —dijo Harry Rex, y se bebió un buen trago de Bud Light.

—Muchas gracias, Harry Rex. Para tu información, durante el proceso de selección del jurado no suele permitirse que los abogados hagan preguntas como «Oiga, señor Doley, ¿es verdad que a una prima lejana suya la violaron en serie unos chorizos negros de Memphis?». El motivo de la prohibición es que en general los abogados no están al corriente de estos crímenes tan espantosos.

—Me voy a casa.

Otro trago.

—Vámonos todos —dijo Portia—, que no estamos consiguiendo gran cosa.

Cuando apagaron las luces faltaba poco para las diez y media. Jake dio un paseo por la plaza para despejar la cabeza. En el bufete Sullivan había luz. Wade Lanier seguía dentro, trabajando.

41

El alegato inicial de Jake para la defensa de Carl Lee Hailey solo había durado catorce minutos. Rufus Buckley había dado el pistoletazo de salida con una maratón de una hora y media que había dormido al jurado; de ahí la buena recepción y el agradecimiento suscitados por la concisión de Jake. El jurado le escuchaba sin perderse una palabra. «Los jurados son prisioneros —decía siempre Lucien—, o sea que no te extiendas.»

En la causa del testamento de Henry Seth Hubbard, Jake tenía pensado hablar diez minutos. Subió al estrado, sonrió a los rostros frescos y expectantes, y empezó así:

—Señoras y señores del jurado, su cometido no es hacer entrega del dinero de Seth Hubbard. Ese dinero, que por cierto es mucho, lo ganó el propio Seth Hubbard, no ustedes, ni yo, ni ninguno de los abogados de esta sala. Se arriesgó, contrajo grandes préstamos, desoyó los consejos de sus hombres de confianza, hipotecó su casa y sus tierras, hizo negocios que sobre el papel no prometían nada, siguió pidiendo préstamos, corrió riesgos que parecían desproporcionados y, al final, cuando le diagnosticaron un cáncer de pulmón mortal, lo vendió todo. Fue a cambiar las fichas, saldó sus deudas con los bancos y contó su dinero. Ganó. Tenía razón, y todos los demás se equivocaban. Es inevitable sentir admiración por Seth Hubbard. Yo no llegué a conocerle, pero me habría gustado.

»¿Cuánto dinero? Como oirán ustedes declarar a Quince Lundy, que es este señor aquí sentado, designado por el tribunal como administrador de la herencia de Seth Hubbard, el valor de esta última es de aproximadamente veinticuatro millones de dólares.

Jake caminaba despacio. Al pronunciar la cantidad se paró a mirar algunas caras. Casi todos los miembros del jurado sonreían. «Bravo, Seth, así se hace.» Había dos claramente impresionados. Tracy McMillen, la número dos, miraba a Jake con los ojos como platos. Sin embargo, fue un momento pasajero. En el condado de Ford no había nadie capaz de aprehender cifras así.

—Si creen ustedes que un hombre que reunió una fortuna de veinticuatro millones de dólares en unos diez años sabía lo que hacía con su dinero, tienen razón: Seth sabía perfectamente lo que hacía. El día antes de ahorcarse se encerró en su despacho, se sentó ante su mesa y escribió un nuevo testamento. Un testamento manuscrito, totalmente legal, bien escrito, legible, fácil de entender, sin complicaciones ni nada que pueda llevar a engaño. Sabía que se suicidaría al día siguiente, el domingo 2 de octubre, y lo estaba dejando todo en orden. Lo tenía todo planeado. Le escribió una nota a un empleado suyo, Calvin Boggs, donde explicaba que iba a suicidarse. Ya verán ustedes el original. Escribió instrucciones detalladas para su funeral y su entierro. Y el mismo sábado, cabe suponer que en su despacho, mientras redactaba el testamento, me escribió una carta en la que me daba instrucciones muy concretas. También este original lo verán ustedes. Seth lo tenía todo planeado. Al acabar de escribir fue a Clanton, a la oficina de correos, y me envió la carta junto con el testamento. Quería que recibiera la carta el lunes, porque el funeral sería el martes a las cuatro de la tarde en la Iglesia Cristiana de Irish Road. Detalles. Seth no descuidaba los detalles. Sabía exactamente lo que hacía. Lo tenía todo planeado.

»Como les he dicho, su cometido no es hacer entrega del dinero de Seth, o decidir a quién le corresponde cuánto. Sí es su cometido, en cambio, establecer si Seth sabía lo que hacía. La expresión jurídica es «capacidad para testar». Para otorgar un testamento válido, tanto si está escrito a mano detrás de una bolsa de la compra como si lo mecanografían cinco secretarias en un gran bufete y se firma ante notario, hay que tener capacidad para testar. Se trata de una expresión jurídica fácil de comprender. Significa que hay que saber exactamente lo que se hace y, señoras y señores, Seth Hubbard sabía exactamente lo que hacía. No estaba loco. No deliraba. No le afectaban los calmantes, ni ningún otro fármaco. Era tan dueño de sus facultades mentales como lo son ustedes doce ahora mismo.

»Se podría aducir que un hombre que planea suicidarse no puede ser dueño de sus facultades mentales. Hay que estar loco para matarse, ¿no? Pues no siempre, y no necesariamente. En tanto que miembros de un jurado, se espera de ustedes que recurran a sus propias vivencias. Quizá hayan conocido a alguien, un amigo íntimo, un pariente incluso, que llegara al final de su camino y eligiera cómo despedirse. ¿Estaban locos? Es posible, pero no probable. Seth, en todo caso, no lo estaba. Sabía exactamente lo que hacía. Llevaba un año batallando contra el cáncer de pulmón, con varias tandas de quimioterapia y radioterapia, y al final los tumores se habían extendido a sus costillas y su columna vertebral. Sufría unos dolores atroces. Durante su última visita al médico le dieron menos de un mes de vida. Cuando lean lo que escribió el día antes de morir, quedarán convencidos de que las riendas de la vida de Seth Hubbard las llevaba él mismo.

Jake tenía una libreta en la mano, como atrezo, pero no la usaba. No le hacía falta. Se paseaba por delante del jurado mirándolos a todos a los ojos, mientras hablaba despacio y con claridad, como si estuvieran sentados en el salón de su casa, charlando sobre sus películas favoritas. Cada palabra, pese a todo, estaba escrita en algún sitio. Cada frase estaba ensayada, y cada pausa calculada. La cadencia, el ritmo... todo memorizado casi a la perfección.

Hasta los procesalistas más atareados solo pasan una pequeña parte de su tiempo ante un jurado. Eran momentos infrecuentes, que a Jake le entusiasmaban. Era un actor sobre las tablas recitando un monólogo escrito por él mismo, pronunciando sentencias llenas de sabiduría ante un público selecto. Se le disparaba el pulso. Su estómago sufría un vuelco. Se le doblaban las rodillas. Todas esas luchas internas, sin embargo, estaban controladas, y Jake ilustró con calma a sus nuevos amigos.

En cinco minutos no se había saltado una palabra. Faltaban otros cinco, y la parte más difícil.

—Ahora bien, señoras y señores, esta historia tiene una parte desagradable, que es la razón de que estemos aquí. A Seth Hubbard le han sobrevivido un hijo, una hija y cuatro nietos. En su testamento no les dejó nada. En términos muy claros, pero de lectura dolorosa, excluyó específicamente a su familia de heredar ningún bien, según lo dispuesto por el testamento. La pregunta es evidente: ¿por qué? Tenemos tendencia natural a preguntar: «¿Qué razones se pueden tener para eso?». Sin embargo, no es su cometido hacerse esa pregunta. Seth actuó por motivos que solo él conocía. Repito que el dinero lo ganó él. Era todo suyo. Podría haber dado hasta el último céntimo a la Cruz Roja, o a algún telepredicador con don de palabra, o al Partido Comunista. Eso era de su incumbencia, no de la de ustedes, ni de la mía, ni de la de este tribunal.

»En vez de dejar el dinero a su familia, Seth dejó el 5 por ciento a su iglesia, el 5 por ciento a un hermano a quien llevaba muchísimo tiempo sin ver y el 90 por ciento restante a una mujer llamada Lettie Lang. La señora Lang se encuentra aquí sentada, entre el señor Lundy y yo. Trabajó tres años como asistenta, cocinera y a veces enfermera para el señor Hubbard. También en este caso es evidente la pregunta: ¿por qué? ¿Por qué excluyó Seth a su familia y se lo dejó casi todo a una mujer a quien conocía desde hacía tan poco tiempo? Les aseguro, señoras y señores, que es la mayor pregunta a la que me he enfrentado jamás como abogado. Me la he hecho yo, se la han hecho los otros abogados, se la ha hecho la familia Hubbard, se la ha hecho la propia Lettie Lang, se la han hecho sus amigos y vecinos, y se la han hecho casi todos los habitantes del condado que han oído la noticia. ¿Por qué?

»La verdad es que nunca lo sabremos. El único que lo sabía era Seth, que ya no se encuentra entre nosotros. Y la verdad es que no es de nuestra incumbencia, señores y señoras. No tenemos por qué (me refiero a los abogados, al juez y a ustedes, el jurado) preocuparnos por la razón de que Seth hiciera lo que hizo. Como ya les he dicho, su cometido es tomar una decisión sobre un solo punto importante, que es muy simple, al escribir su testamento, ¿pensaba Seth con claridad? ¿Sabía lo que hacía?

»La respuesta es en ambos casos sí. Las pruebas serán claras y convincentes.

Jake hizo una pausa y cogió un vaso de agua. Mientras bebía un poco echó un vistazo general a la sala, llena de gente. En la segunda fila se cruzó con la mirada fija de Harry Rex, que le hizo un gesto rápido con la cabeza. «De momento vas muy bien. Están atentos. Remátalo.»

Jake volvió al estrado, miró sus apuntes y siguió hablando.

—Lo previsible, al haber tanto dinero en juego, es que en los próximos días se pongan las cosas algo tensas. La familia de Seth Hubbard ha impugnado el testamento manuscrito, lo cual no se le puede reprochar. Creen sinceramente que son ellos quienes deberían haber recibido el dinero, y para poner en tela de juicio el testamento escrito a mano han contratado a un buen grupo de abogados. Sostienen que Seth no tenía capacidad para testar, que le faltaba la claridad de ideas necesaria y que fue sometido a influencia indebida por Lettie Lang. «Influencia indebida» es una expresión jurídica que será decisiva en esta causa. La familia de Seth Hubbard tratará de convencerles de que Lettie Lang aprovechó su trabajo como asistenta para intimar con Seth Hubbard. La palabra «intimar» puede tener muchos sentidos. La señora Lang cuidaba a Seth, a veces le bañaba, le cambiaba de ropa, le lavaba las cosas y hacía todo lo que se les pide a los cuidadores en situaciones tan delicadas y tristes como esta. Seth era un anciano a punto de morir, aquejado de un cáncer mortal y debilitador que consumía todas sus fuerzas.

Jake se giró y miró a Wade Lanier y al grupo de abogados de la otra mesa.

—Harán muchas insinuaciones, señoras y señores, pero no pueden demostrar nada. Entre Seth Hubbard y Lettie Lang no hubo relaciones físicas. Harán insinuaciones, sugerencias, alusiones; pero no traerán pruebas, porque no hubo tal.

Dejó caer la libreta en la mesa y concluyó.

—Va a ser un juicio breve, con muchos testigos. Como en todos los juicios habrá cosas que a veces se presten a confusión. Es algo que frecuentemente hacen los abogados a propósito, pero no se dejen despistar. Recuerden, señoras y señores, que su cometido no es distribuir el dinero de Seth Hubbard, sino establecer si al escribir su testamento sabía lo que hacía. Ni más ni menos. Gracias.

Obedeciendo las severas instrucciones del juez Atlee, los impugnadores habían accedido a aligerar los alegatos y las conclusiones, dejándolos en manos de Wade Lanier. Este se acercó al estrado con una americana llena de arrugas, una corbata demasiado corta y los faldones de la camisa casi fuera de los pantalones. Los pocos mechones de pelo que le quedaban en torno a las orejas despuntaban en varias direcciones. Parecía un abogado atolondrado de segunda que podría olvidarse de comparecer al día siguiente, pero era todo puro teatro para desarmar al jurado. Jake no se dejó engañar.

—Gracias, señor Brigance —empezó—. Tengo treinta años de juicios a mis espaldas, y no había conocido a un abogado joven del talento de Jake Brigance. Tienen suerte, aquí en el condado de Ford, de contar con un joven letrado de su inteligencia. Es un honor poder enfrentarme con él, como lo es estar en esta sala tan antigua y majestuosa.

Hizo una pausa para consultar sus notas, mientras Jake rabiaba por los falsos elogios. En ausencia de jurado Lanier se expresaba con fluidez y coherencia. En cambio ahora, ya en escena, se mostraba sencillo, campechano y de una inmediata simpatía.

—Bueno. Esto es un simple alegato inicial. Lo que digamos el señor Brigance o yo no son en ningún caso pruebas. Las pruebas vienen de un solo sitio, que es esta tribuna de aquí, la de los testigos. A veces los abogados se dejan llevar y dicen cosas que más tarde no pueden demostrar en el juicio. También tienden a omitir datos importantes que debería conocer el jurado. El señor Brigance, por ejemplo, no ha hecho referencia a que, cuando Seth Hubbard escribió su testamento, la única persona presente en todo el edificio aparte de él era Lettie Lang. Fue un sábado por la mañana, y los sábados por la mañana la señora

Lang no trabajaba. Fue a casa del señor Hubbard y desde ahí condujo hasta las oficinas en el nuevo Cadillac de su jefe. El señor Hubbard abrió la puerta con llave, y entraron juntos. Lettie Lang dice que fue a limpiar las oficinas, pero nunca lo había hecho. Estaban solos. Estuvieron solos durante cerca de dos horas en las oficinas de la Berring Lumber Company, el cuartel general de Seth Hubbard. Aquel sábado por la mañana, cuando llegaron, Seth Hubbard ya tenía un testamento, preparado un año antes por un buen bufete de Tupelo en el que había confiado varios años. El testamento al que me refiero se lo dejaba casi todo a sus dos hijos adultos y sus cuatro nietos. Era un testamento típico, estándar, sensato, del tipo que en algún momento firman prácticamente todos los americanos. El 90 por ciento de los bienes que se transmiten por vía testamentaria va a parar a manos de la familia del difunto. Como tiene que ser.

Lanier había empezado a caminar, un poco doblado por la cintura, bamboleando su robusto cuerpo.

—Pero esa mañana, después de pasar dos horas en su oficina sin otra compañía que la de Lettie Lang, salió con otro testamento escrito por él mismo que excluía a sus hijos y a sus nietos, y le dejaba el 90 por ciento de su fortuna a su asistenta. ¿Les parece razonable? Pongámoslo en perspectiva. Hacía un año que Seth Hubbard luchaba contra el cáncer; una batalla terrible, que sabía que perdería. Durante los últimos días de Seth Hubbard en este mundo, la persona más cercana a él fue Lettie Lang. Los días buenos le cocinaba y cuidaba de su casa y de sus cosas, y los días malos le daba de comer, le bañaba, le vestía y limpiaba lo que ensuciaba. Lettie Lang sabía que Seth Hu-bbard se estaba muriendo. No era ningún secreto. También sabía que era rico, y que su relación con sus hijos adultos era un poco tensa.

Lanier se detuvo cerca de la tribuna del jurado y abrió los brazos en un gesto teatral de incredulidad.

—¿Tenemos que creernos —preguntó con fuerza— que no pensaba en el dinero? ¡Seamos realistas, por favor! La propia señora Lang les dirá que siempre ha trabajado de asistenta, que su marido, Simeon Lang, actualmente en la cárcel, ha trabajado a salto de mata, por lo que no se podía depender de su sueldo, y que ella ha criado a cinco hijos en una situación económica difícil. ¡Una vida dura! Nunca le había sobrado un solo céntimo. Como tantas personas, Lettie Lang estaba sin blanca. Siempre lo había estado. Saben ustedes muy bien que al ver que su jefe iba acercándose a la muerte pensó en el dinero. Es la naturaleza humana. No se le puede reprochar. No insinúo que fuera mala o codiciosa. ¿Quién de entre nosotros no habría pensado en el dinero?

»Y aquel sábado por la mañana del pasado octubre, Lettie llevó a su jefe en coche a la oficina, donde estuvieron dos horas a solas. Y mientras estaban solos cambió de manos una de las mayores fortunas de la historia de este estado. Se transfirieron veinticuatro millones de dólares de la familia Hubbard a una asistenta a quien Seth Hubbard solo conocía desde hacía tres años.

Lanier tuvo el acierto de callarse mientras su última frase resonaba por la sala. «Caramba, qué bueno es», pensó Jake mientras miraba al jurado como si no pasara nada. Frank Doley no le quitaba el ojo de encima. «Te aborrezco», decía su mirada.

Lanier bajó la voz.

—Vamos a tratar de demostrar que la señora Lang ejerció una influencia indebida en Seth Hubbard. La clave de este caso es la influencia indebida, que se puede demostrar de muchos modos. Una de las señales de que se ha producido es la existencia de un regalo insólito o poco razonable. El que le hizo Seth Hubbard a la señora Lang es flagrantemente insólito y poco razonable, hasta extremos increíbles. Perdón. No se me ocurre el adjetivo justo para describirlo. ¿El 90 por ciento de veinticuatro millones? ¿Y nada para su familia? No es muy normal, señores. No es lo que entiendo yo por razonable. La influencia indebida clama al cielo. Si él hubiera querido tener un gesto con su asistenta, podría haberle dado un millón, que habría sido un regalo bastante generoso. ¿Dos millones? En mi modesta opinión, cualquier cosa por encima de un millón de dólares se consideraría insólito y poco razonable, dado lo breve de su relación.

Lanier volvió al podio, consultó sus apuntes y miró el reloj. Ocho minutos. No tenía prisa.

—Intentaremos demostrar que hubo influencia indebida mediante el análisis de un testamento anterior dado por Seth Hubbard. Lo preparó un año antes de la muerte de Seth un importante bufete de Tupelo, y dejaba más o menos el 95 por ciento de sus bienes a su familia. Es un testamento complicado, con mucha jerga legal de esa que solo entienden los expertos en derecho tributario. Yo no la entiendo, y procuraremos no aburrirles a ustedes con ella. Si analizamos este testamento anterior será para poner de manifiesto que Seth no pensaba con claridad. Al estar redactado por expertos que dominan el tema tributario, y no por un hombre a punto de ahorcarse, el testamento anterior aprovecha al máximo las desgravaciones de hacienda, con lo que se ahorra más de tres millones en impuestos. Según el testamento manuscrito del señor Hubbard, la agencia tributaria se queda el 51 por ciento, más de doce millones de dólares. Según el anterior se quedaría nueve millones. Al señor Brigance le gusta mucho decir que Seth Hubbard sabía muy bien lo que hacía. Pues yo lo dudo. Piénsenlo un poco. Un hombre bastante listo como para amasar una fortuna así en diez años no escribe de cualquier manera un documento que le costará tres millones a su patrimonio. ¡Es absurdo! ¡Es algo insólito y poco razonable!

Apoyó los codos en el podio, juntó las puntas de los dedos y miró a los expectantes miembros del jurado a los ojos.

—Bueno, voy acabando —dijo por último—. Debo decirles que tienen suerte, porque ni Jake Brigance ni yo somos partidarios de los discursos largos. Tampoco el juez Atlee, dicho sea de paso. —Hubo algunas sonrisas. Casi tenía gracia—. Quiero dejarles con mi primera reflexión, con mi primera imagen del juicio. Imagínense a Seth Hubbard el 1 de octubre del año pasado, enfrentado a una muerte segura, y ya decidido a acelerarla. Es un hombre con unos dolores espantosos, que toma un montón de analgésicos; un hombre triste, solo, sin pareja ni relación con sus hijos y nietos, moribundo, amargado y sin ganas de luchar. La única persona bastante próxima para escucharle y consolarle es Lettie Lang. Nunca sabremos hasta qué punto fue estrecha su relación. Nunca sabremos qué pasó entre los dos. Pero sí sabemos el desenlace. Señoras y señores, es un ejemplo muy claro de un hombre que se equivoca gravemente a causa de la influencia de alguien que busca su dinero.

—Llame a su primer testigo, señor Brigance —dijo el juez Atlee cuando Lanier se sentó.

—Los proponentes llaman al sheriff Ozzie Walls.

Ozzie, que estaba en la segunda fila, subió rápidamente al estrado y prestó juramento. Quince Lundy ocupaba la mesa de la derecha de Jake, y pese a llevar casi cuarenta años de ejercicio del derecho había evitado por todos los medios los juicios orales. Jake le había pedido que mirase de vez en cuando al jurado e hiciera observaciones. Mientras Ozzie se colocaba en su sitio, Lundy le pasó a Jake una nota donde ponía: «Has estado muy bien. Lanier también. El jurado está dividido. Lo tenemos crudo».

«Gracias», pensó Jake. Portia le acercó una libreta. Su nota rezaba así: «Frank Doley es más malo que la tiña».

«Menudo equipo», pensó Jake. Solo le faltaba que Lucien le susurrara consejos e irritase a todos los presentes.

En respuesta a las preguntas de Jake, Ozzie hizo una descripción del suicidio. Usó cuatro fotos grandes en color de Seth Hubbard colgado de la soga, que se hicieron circular entre el jurado, por su carácter impactante. Jake se había mostrado contrario, porque le parecían demasiado truculentas. También se había opuesto Lanier, porque podían despertar compasión hacia Seth. Al final el juez Atlee había dicho que era necesario que las viera el jurado. Una vez recogidas, y admitidas como prueba, Ozzie mostró la nota de suicidio que Seth dejó en la mesa de su cocina para Calvin Boggs. La proyectaron a gran tamaño en una pantalla desplegada ante el jurado, y a cada uno de los miembros de este último se le facilitó una copia. Rezaba así: «Para Calvin. Por favor, informa a las autoridades de que me he quitado la vida, sin ayuda de nadie. En la hoja adjunta he dejado instrucciones específicas para mi funeral y mi entierro. ¡Sin autopsia! S. H. Fechado el 2 de octubre de 1988».

Jake mostró los originales de las instrucciones para el funeral y el entierro, que fueron admitidos sin protestas, y los proyectó en la gran pantalla. Cada miembro del jurado recibió una copia. Decían así:

> Instrucciones para el funeral:
> Deseo una ceremonia sencilla en la Iglesia Cristiana de Irish Road, el martes 4 de octubre a las 16.00, oficiada por el reverendo Don McElwain. Quiero que la señora Nora Baines cante «The Old Rugged Cross», y que nadie pronuncie ningún discurso fúnebre. De hecho dudo que le apeteciera a alguien. Aparte de eso, que el reverendo McElwain diga lo que quiera. Media hora, como máximo.
> Si alguna persona de raza negra quiere asistir a mi funeral, se le tendrá que permitir. En caso contrario mejor que no haya funeral y que me metan en el hoyo.
> Portadores del féretro: Harvey Moss, Duane Thomas, Steve Holland, Billy Bowles, Mike Mills y Walter Robinson.
>
> Instrucciones para el entierro:
> Acabo de comprar una parcela en el cementerio de Irish Road, detrás de la iglesia. He hablado con el señor Magargel, de la funeraria, que ha recibido el dinero del ataúd. No quiero panteón. Deseo un sepelio rápido justo después de la ceremonia religiosa (máximo cinco minutos antes de bajar el ataúd).
> Adiós. Nos vemos en el otro mundo.
>
> SETH HUBBARD

—Sheriff Walls —dijo Jake, dirigiéndose al testigo—, esta nota de suicidio y estas instrucciones las encontraron usted y sus hombres en el domicilio de Seth Hubbard poco después de descubrir su cadáver, ¿no es así?

—Exacto.

—¿Qué hicieron con ellas?

—Tomar posesión de los dos documentos, hacer copias y dárselas al día siguiente a la familia del señor Hubbard, en casa de este último.

—No tengo más preguntas, señoría.

—¿Desea usted un contrainterrogatorio, señor Lanier?

—No.

—Puede usted levantarse, sheriff Walls. Gracias. ¿Señor Brigance?

—Sí, señoría, en este momento desearía que se le indicase al jurado que todas las partes han determinado que los documentos recién admitidos como pruebas fueron escritos de su puño y letra por Seth Hubbard.

—¿Señor Lanier?

—Así se ha estipulado, señoría.

—Muy bien, pues no hay ninguna controversia sobre la autoría de los documentos. Prosiga, señor Brigance.

—Los proponentes —dijo Jake— llaman al señor Calvin Boggs.

Esperaron a que llegara Calvin de una sala para testigos. Era un chicarrón de campo que nunca había tenido corbata, y saltaba a la vista que ni siquiera había pensado en comprarse una para la ocasión. Llevaba una camisa de cuadros gastada, con parches en los codos, y unos chinos sucios, como las botas. Parecía recién llegado de talar árboles. Tanto le impuso el entorno, tanto le abrumó, que a los pocos segundos de empezar a describir su horror al encontrar colgado a su jefe de un sicomoro se atragantó.

—El domingo por la mañana ¿a qué hora le llamó? —preguntó Jake.

—Hacia las nueve. Me dijo que estuviera en el puente para verle a las dos.

—Y usted llegó a las dos en punto, ¿no?

—Sí.

El plan de Jake era usar a Boggs como un ejemplo de cómo cuidaba los detalles Seth. Más tarde argumentaría ante el jurado que Seth había dejado la nota en la mesa, se había llevado la soga y la escalera, había ido en coche hasta el sitio elegido y se había asegurado de que a las dos, cuando llegara Calvin, él ya estuviera muerto. Quería que le encontrasen poco después de morir. Si no, podrían haber tardado varios días.

Lanier no tenía nada que preguntar. El testigo quedó libre de marcharse.

—Llame a su próximo testigo, señor Brigance —dijo el juez Atlee.

—Los proponentes —dijo Jake— llaman al forense del condado, Finn Plunkett.

Trece años antes, al ser elegido por primera vez al cargo, Finn Plunkett era un cartero rural sin experiencia médica, ya que en Mississippi no era un requisito indispensable. Nunca había pisado el escenario de ningún crimen. El hecho de que el estado aún eligiera a los forenses de condado era una auténtica rareza. Ya quedaban pocos estados que lo hiciesen. De hecho Mississippi había sido uno de los pocos en crear el ritual. Durante los últimos trece años, a Finn lo habían llamado a todas horas del día o de la noche para personarse en lugares como residencias para la tercera edad, hospitales, accidentes, bares de mala muerte, ríos, lagos y casas asoladas por la violencia. Su rutina habitual era ponerse al lado del cadáver y dictaminar solemnemente: «Pues sí, está muerto». Acto seguido formulaba alguna hipótesis sobre la causa de la muerte y firmaba el acta.

Presente al ser depositado Seth en el suelo, había dicho: «Pues sí, está muerto». Muerte por ahorcamiento. Un suicidio. Asfixia y fractura de cuello. Conducido por Jake, explicó rápidamente al jurado algo que caía por su propio peso. Wade Lanier renunció al contrainterrogatorio.

Jake llamó a su antigua secretaria, Roxy Brisco, que al principio, debido a su tempestuosa marcha del bufete, no había querido prestarse a declarar, así que Jake le había mandado una orden judicial y le había explicado que si no la acataba podían meterla en la cárcel. Roxy había entrado rápidamente en razón. Subió al estrado muy elegante, como merecía la ocasión. En un mano a mano con Jake, repasó lo acontecido el 3 de octubre por la mañana, al llegar ella al bufete con el correo. Identificó el sobre, la carta y el testamento de dos páginas de Seth Hubbard, y el juez Atlee lo admitió todo a juicio como pruebas de los proponentes. No hubo protestas en el otro bando. Siguiendo un guión que le había aconsejado su señoría, Jake proyectó en la pantalla una versión ampliada de la carta que le había escrito Seth. También repartió copias entre el jurado.

—Señoras y señores —dijo el juez Atlee—, haremos una pausa para que todos ustedes lean la carta con detenimiento.

Se hizo un silencio inmediato en la sala, mientras los miembros del jurado leían sus copias y el público estudiaba la pantalla.

1 de octubre de 1988

Adjunto a la presente mi testamento, redactado, fechado y firmado de mi puño y letra. He consultado la legislación del estado de Mississippi y estoy seguro de que responde a todos los requisitos de los testamentos ológrafos, y es acreedor por tanto a que lo ejecuten las autoridades judiciales. No hay testigos de la firma, ya que como bien sabe los testamentos ológrafos no los requieren. Hace un año firmé una versión más extensa en el bufete Rush de Tupelo, pero es un documento al que he renunciado.

Lo más probable es que esta nueva versión dé algunos problemas. Por eso quiero que sea usted el abogado de la sucesión. Deseo que el testamento sea defendido a toda costa, y sé que es usted capaz de ello. He excluido específicamente a mis dos hijos adultos, a sus respectivos hijos y a mis dos ex esposas. No es buena gente. Prepárese, porque querrán guerra. Mis propiedades son considerables —hasta un punto que ellos ni siquiera sospechan—. Cuando se sepa, atacarán. Luche usted sin cuartel, señor Brigance. Es necesario que venzamos.

Junto a mi nota de suicidio he dejado instrucciones para el funeral y el entierro. No mencione usted mi testamento hasta después del funeral. Deseo que mi familia se vea obligada a cumplir todos los rituales del luto antes de descubrir que no recibirán nada. Obsérvelos fingir. Se les da muy bien. A mí no me quieren.

Le agradezco de antemano el celo con el que velará por mis intereses. No será fácil. Me consuela saber que no estaré presente para soportar tan dura prueba.

Atentamente,

SETH HUBBARD

A medida que acababan, los jurados no pudieron evitar una mirada al público, y a Herschel Hubbard y Ramona Dafoe. Ella tuvo ganas de llorar, pero en aquel momento supuso con razón que todos creerían que fingía, así que se quedó mirando el suelo, como su hermano y su marido, en espera de que pasase aquel trance tan incómodo y desagradable.

—Descansaremos diez minutos —dijo finalmente el juez Atlee, tras una eternidad.

Pese a las advertencias de Seth sobre los peligros del tabaco, al menos la mitad del jurado necesitaba un cigarrillo. Los no fumadores se quedaron en la sala de deliberaciones, tomando café, mientras los otros siguieron a un ujier hasta un pequeño patio que daba al lado norte del jardín del juzgado. No tardaron casi nada en encender sus cigarrillos y empezar a expulsar humo. Nevin Dark estaba intentando dejarlo, y había bajado hasta medio paquete al día, pero en aquel momento sentía el ansia de la nicotina. Jim Whitehurst se acercó y dio una calada.

—¿Qué, señor presidente, qué te parece? —dijo.

El juez Atlee había sido muy explícito en sus advertencias, no hablar de la causa. En cualquier juicio, sin embargo, los miembros del jurado están impacientes por comentar lo que acaban de ver y oír.

—Que parece que el viejo sabía muy bien lo que se hacía. ¿Y a ti?

—No me cabe la menor duda —susurró Jim.

Justo encima de ellos, en la biblioteca jurídica del condado, Jake estaba reunido con Portia, Lettie, Quince Lundy y Harry Rex, ninguno de los cuales regateaba observaciones u opiniones. A Portia le ponía nerviosa que Frank Doley, el jurado número doce, no apartase la vista de ella, ceñudo y moviendo los labios como si la insultase. Lettie opinaba que Debbie Lacker, la número diez, se había quedado dormida, mientras que Harry Rex estaba seguro de que la número dos, Tracy McMillen, ya estaba enamorada de Jake. Quince Lundy se reafirmaba en que el jurado estaba dividido, pero Harry Rex dijo que tendrían suerte si conseguían cuatro votos. Jake le pidió educadamente que se callase, recordándole sus agoreras predicciones durante el juicio de Carl Lee Hailey.

Después de diez minutos de cháchara absurda, Jake se juró a sí mismo que almorzaría solo.

De regreso a la sala llamó a declarar a Quince Lundy y le guió por una serie de preguntas anodinas pero necesarias acerca de su papel en la sucesión, su nombramiento como administrador y el hecho de que hubiera sustituido a Russell Amburgh después de la renuncia de este último. Lundy explicó sin florituras cuáles eran los deberes del administrador, y le salió de maravilla hacer que sonase tan aburrido como era. Jake puso en sus manos el original del testamento manuscrito y le pidió que lo identificara.

—Es —dijo Lundy— el testamento ológrafo que se admitió a trámite el 4 de octubre del año pasado. Firmado por Seth Hubbard el 1 de octubre.

—Echémosle un vistazo —dijo Jake, que una vez más proyectó el documento en la pantalla a la vez que repartía copias al jurado.

—Señoras y señores —dijo el juez Atlee—, les pido una vez más que lean sin prisas. Cuando empiecen a deliberar podrán llevarse a su sala todos los documentos y las pruebas.

Jake se quedó al lado del podio con una copia del testamento en la mano, y mientras fingía leerlo observó al jurado con la máxima atención. Tuvo la impresión de que todos, en algún momento, fruncían el ceño. Supuso que era por las palabras «mueran con dolor». Él había leído cien veces el testamento y seguía teniendo las mismas dos reacciones: por un lado, pensar que era mezquino, duro, cruel y poco razonable; y por otro, preguntarse qué había hecho Lettie para que Seth se encariñase tanto de ella. Como siempre, sin embargo, una nueva lectura le convenció de que Seth sabía perfectamente lo que hacía. Si alguien tiene capacidad para testar, puede ser todo lo insensato y disparatado que quiera al legar sus bienes.

Cuando el último miembro del jurado acabó de leer su copia y la dejó sobre la mesa, Jake apagó el proyector. A continuación, Quince Lundy y él dedicaron media hora a los principales hitos del increíble viaje de diez años de Seth Hubbard desde las ruinas de su segundo divorcio a una riqueza nunca vista en el condado de Ford.

A las doce y media el juez Atlee levantó la sesión hasta las dos.

42

El detective salió del hospital justo cuando entraba Lucien. Intercambiaron unas palabras en el vestíbulo sobre Lonny Clark, que seguía en la segunda planta y no evolucionaba nada bien. Había pasado mala noche. Los médicos habían prohibido las visitas. Lucien se perdió en el hospital y reapareció una hora más tarde en la segunda planta. No había ningún policía en la puerta, ni enfermeras que estuviesen atendiendo a Lonny. Entró a hurtadillas en la habitación y sacudió con suavidad el brazo de Ancil.

—Ancil —dijo—, Ancil, ¿estás aquí?

Pero Ancil no estaba.

En el pequeño bufete Brigance había consenso en que la mañana no habría podido ir mejor. La exhibición de la nota de suicidio, de las instrucciones para el funeral y el entierro, del testamento manuscrito y de la carta a Jake dejaban muy claro que Seth Hubbard lo había planeado todo y lo había tenido controlado hasta el final. El alegato inicial de Jake había sido convincente. Claro que el de Lanier no había sido menos magistral... Resumiendo, un buen principio

Jake empezó la sesión de la tarde llamando a declarar al reverendo Don McElwain, pastor de la Iglesia Cristiana de Irish Road. El predicador explicó al jurado que el 2 de octubre, después del servicio, y pocas horas antes de que se ahorcara Seth, habían cruzado unas palabras. Sabía que Seth estaba gravemente enfermo, aunque no que los médicos le hubieran dado semanas de vida. Aquella mañana le había visto animado, despierto y hasta sonriente. Seth le había comentado que le había gustado mucho su sermón. Aunque enfermo y delicado, no parecía drogado ni en estado de embriaguez. Hacía veinte años que era feligrés de aquella iglesia, a la que tenía por costumbre acudir más o menos una vez al mes. Tres semanas antes de su muerte había comprado por trescientos cincuenta dólares la parcela del cementerio que ahora ocupaba.

El siguiente testigo fue el tesorero de la iglesia. El señor Willis Stubbs declaró que Seth había depositado en el cepillo un cheque por la cantidad de quinientos dólares, fechado el 2 de octubre. Su contribución anual ascendía a dos mil seiscientos dólares.

El señor Everett Walker subió al banquillo y refirió un momento privado de la que probablemente hubiera sido la última conversación de Seth. Al salir de la iglesia e ir juntos al aparcamiento, el señor Walker había preguntado cómo iban los negocios, y Seth había hecho un chiste sobre que la temporada de huracanes estaba siendo lenta. Cuantos más huracanes, más daños a la propiedad y más demanda de madera. Seth había confesado sentir un gran amor por los huracanes. Según el señor Walker, su amigo había estado lúcido e ingenioso, y no parecía aquejado de dolores. Delicado sí estaba, por supuesto. Al enterarse más tarde de la muerte de Seth, y de que se había suicidado poco después de hablar con él, Walker se había quedado estupefacto. Con lo cómodo, relajado y satisfecho incluso que le había visto... Se conocían desde hacía muchos años, y si por algo no destacaba Seth era por ser sociable. Todo lo contrario: era un hombre callado, reservado, que hablaba poco. Walker se acordaba de que aquel domingo, al alejarse en coche, Seth había sonreído, y que él le había comentado a su mujer lo raro que era verle sonreír.

La señora Gilda Chatham explicó al jurado que durante el último sermón había estado sentada con su esposo detrás de Seth. Al final del servicio habían hablado un poco con él y no habían visto nada que les hiciera pensar que estuviera a punto de cometer un acto tan chocante. La señora Nettie Vinson declaró haber saludado a Seth a la salida de la iglesia y haberle visto más simpático que de costumbre.

Tras un breve descanso, el oncólogo de Seth, el doctor Talbert, del centro médico regional de Tupelo, prestó juramento y consiguió aburrir rápidamente a toda la sala con una larga y árida exposición sobre el cáncer pulmonar de su paciente. Había tratado a Seth durante casi un año. Habló largo y tendido de la operación, remitiendo a sus notas, y después de la quimioterapia, la radioterapia y la medicación. Al principio no habían tenido muchas esperanzas, pero Seth se había esforzado mucho. Después le habían encontrado metástasis en la columna vertebral y las costillas, y a partir de ese momento habían sabido que no le quedaba mucho tiempo. El doctor Talbert había visto a Seth dos semanas antes de su muerte, y le había sorprendido encontrarle tan resuelto a continuar. Los dolores, sin embargo, eran intensos. El doctor había aumentado la dosis oral de Demerol hasta cien miligramos cada tres o cuatro horas. Seth prefería no tomarlo, porque le producía somnolencia; tanto era así, que más de una vez le había explicado sus intentos de no tomar medicamentos durante todo el día. El doctor Talbert no sabía cuántas pastillas consumía de verdad. Durante los últimos dos meses le había recetado doscientas.

Jake había hecho declarar al doctor Talbert con un doble objetivo. En primer lugar quería dejar claro que Jake estaba casi muerto de cáncer de pulmón. Quizá así no pareciera tan drástico y poco razonable el hecho de haberse suicidado. Tenía la intención de argumentar más tarde que en sus últimos días Seth pensaba con total claridad, al margen de cómo hubiera decidido morir. Los dolores eran insoportables, y le quedaba poco tiempo de vida. No había hecho sino acelerar lo inevitable. En segundo lugar, Jake quería abordar de buenas a primeras el tema de los efectos secundarios del Demerol. Lanier tenía en su lista de testigos a un peso pesado, un perito que aseguraría que en las cantidades recetadas aquel narcótico tan potente había deteriorado mucho las facultades mentales de Seth.

Un punto curioso era que no se había encontrado la última

receta. Seth la había comprado seis días antes de morir en una farmacia de Tupelo, y debía de haberla tirado, así que no había pruebas de la cantidad consumida, fuera mucha o poca. Le habían enterrado sin autopsia, siguiendo sus propias instrucciones. Meses antes Wade Lanier había sugerido fuera de actas que se exhumase el cadáver para efectuarle pruebas toxicológicas, pero el juez Atlee (también fuera de actas) se había negado. El nivel de opiáceos en la sangre de Seth el mismo domingo de su muerte no tenía relevancia de por sí respecto al mismo nivel el día de la escritura del testamento. El juez Atlee pareció especialmente molesto con la idea de desenterrar a una persona que ya descansaba en paz.

Jake quedó satisfecho con su interrogatorio al doctor Talbert. Habían determinado claramente que Seth intentaba evitar el Demerol, y que no se podía demostrar qué cantidad tenía en el organismo al redactar su testamento.

Wade Lanier logró que el médico admitiese que un paciente que ingería entre seis y ocho dosis diarias de Demerol, de cien miligramos cada una, no debería plantearse tomar decisiones importantes, y menos si eran relativas a grandes cantidades de dinero. Lo que le correspondía a un paciente en esa situación era descansar cómoda y tranquilamente en algún sitio, sin conducir, ni realizar actividades físicas, ni tomar decisiones trascendentales.

Después de que el médico quedara dispensado de seguir declarando, Jake llamó a Arlene Trotter, secretaria y jefa de personal de Seth durante mucho tiempo. Sería su último testigo antes de Lettie, y al faltar poco para las cinco tomó la decisión de reservar a esta última para el miércoles a primera hora de la mañana. Desde la muerte de Seth había hablado muchas veces con Arlene, y albergaba dudas sobre su testimonio, pero a decir verdad no tenía elección. Si no la llamaba él, seguro que lo haría Wade Lanier. Le habían tomado declaración a principios de febrero, y Jake era de la opinión de que había contestado con muchas evasivas. Después de cuatro horas tuvo la clara impresión de que Arlene había recibido instrucciones de Lanier, o de alguno de sus ayudantes. Aun así, dado que era quien más tiempo había pasado con Seth durante su última semana de vida, su testimonio sería decisivo.

Se la vio muy asustada al prometer que diría la verdad y sentarse. Miró al jurado, que la observaba atentamente. Las preguntas preliminares, las que tenían respuestas fáciles y obvias, parecieron calmarla. Jake determinó que entre el lunes y el viernes de la semana anterior a su muerte, Seth había llegado cada mañana a su oficina hacia las nueve, es decir, más tarde de lo habitual. Solía estar animado y de buen humor hasta las doce, hora en que se echaba una siesta larga en el sofá de su despacho. Nunca comía, a pesar de que Arlene le ofrecía constantemente algo de picar y bocadillos. Fumar sí fumaba. Nunca había conseguido dejarlo. Tenía la puerta cerrada, como siempre, de modo que Arlene no estaba muy segura de qué hacía. En todo caso, aquella semana estuvo ocupado intentando vender tres parcelas de bosque maderero en Carolina del Sur. Hablaba mucho por teléfono, como era habitual en él. Salía de las oficinas al menos una vez por hora y se iba a pasear por el recinto. De vez en cuando se paraba a hablar con algún empleado. También flirteaba con Kamila, la chica de la recepción. Arlene sabía que tenía muchos dolores, porque a veces no podía disimularlo, aunque no lo admitiera jamás de los jamases. Una vez se le escapó que tomaba Demerol, pero ella nunca vio el frasco de pastillas.

No, los ojos no los tenía vidriosos. Tampoco se le trababa la lengua. A veces estaba cansado, y echaba más de una cabezadita. Solía irse hacia las tres o las cuatro.

Jake logró pintar la imagen de un hombre que todavía mandaba, de un jefe que seguía al mando como si tal cosa. Antes de escribir un nuevo testamento, Seth Hubbard había estado cinco días consecutivos yendo a su despacho, hablando por teléfono y atendiendo el negocio.

—Hablemos de esas parcelas de Carolina del Sur, señora Trotter —fue como empezó Wade Lanier el turno de las repreguntas—. ¿Seth Hubbard vendió las tres?

—Sí, sí que las vendió.

—¿Cuándo?

—El viernes por la mañana.

—El viernes por la mañana antes del sábado en que escribió su testamento, ¿verdad?

—Verdad.

—¿Firmó algún tipo de contrato?

—Sí. Me lo mandaron por fax y se lo llevé. Lo firmó y volví a mandárselo por fax a los abogados de Spartanburg.

Lanier cogió un documento.

—Señoría —dijo—, esta es la prueba C-5, que ya ha sido pactada y admitida.

—Prosiga —dijo el juez Atlee.

Lanier se lo dio a Arlene.

—¿Podría identificarlo, por favor? —dijo.

—Sí, es el contrato que firmó Seth el viernes por la mañana para vender tres parcelas en Carolina del Sur.

—¿Cuánto tenía que recibir Seth?

—En total ochocientos diez mil dólares.

—Ochocientos diez. Señora Trotter, ¿cuánto había pagado Seth por las parcelas?

Arlene hizo una pequeña pausa y miró con nerviosismo al jurado.

—Los documentos los tiene usted, señor Lanier —dijo.

—Claro.

Lanier mostró tres pruebas más, todas previamente admitidas. En eso no hubo sorpresas. El pulso por las pruebas y los documentos entre Jake y Lanier había durado semanas, y ya hacía tiempo que el juez Atlee había dictaminado que eran admisibles.

Arlene examinó lentamente las pruebas mientras los demás esperaban.

—Estas tierras —dijo finalmente— las compró el señor Hubbard en 1985 por un total de un millón cien mil.

Lanier se lo apuntó como si fuera un nuevo dato. Después miró por encima de sus gafas de lectura, con las cejas arqueadas de sorpresa.

—¡Trescientos mil dólares de pérdidas!

—Eso parece.

—¿Y solo veinticuatro horas antes de escribir su testamento?

Jake se había levantado.

—Protesto, señoría. Se le pide a la testigo que no formule conjeturas. El letrado puede reservárselo para sus conclusiones finales.

—Se admite la protesta.

Ignorando el revuelo, Lanier se cebó en la testigo.

—Señora Trotter, ¿tiene usted alguna idea de por qué Seth hizo tan mal negocio?

Jake volvió a levantarse.

—Protesto, señoría. Más conjeturas.

—Se admite la protesta.

—¿Pensaba claramente, señora Trotter?

—Protesto.

—Se admite la protesta.

Lanier se quedó callado y pasó una página de sus apuntes.

—Dígame, señora Trotter, ¿quién se encargaba de la limpieza de las oficinas donde trabajaban usted y Seth?

—Un tal Monk.

—Muy bien, pues háblenos de Monk.

—Hace tiempo que trabaja en el depósito. Es una especie de ayudante para todo, aunque lo que más hace es limpiar. También pinta, lleva a cabo todas las reparaciones y hasta le lavaba los coches al señor Hubbard.

—¿Con qué frecuencia limpia Monk las oficinas?

—Los lunes y jueves por la mañana, de nueve a once, desde hace muchos años y sin fallar nunca.

—¿Limpió las oficinas el jueves 29 de septiembre del año pasado?

—Sí.

—¿Lettie Lang ha limpiado alguna vez las oficinas?

—Que yo sepa no. No hacía falta. Ya se encargaba Monk. Hasta hoy yo nunca había visto a la señora Lang.

Myron Pankey se pasaba todo el día moviéndose de un lado a otro de la sala. Su trabajo era observar constantemente al jurado, pero para que no se notara hacían falta varios trucos: diferentes asientos, diferentes observatorios, un cambio de americana, esconder la cara detrás de alguien más corpulento, usar gafas distintas... Toda su vida laboral transcurría en los juzgados, escuchando a testigos y observando la reacción de los jurados, y según su docto parecer Jake había hecho una exposición sólida de los argumentos. Sin florituras, ni nada especialmente memorable, pero sin meteduras de pata. Caía bien a la mayoría de los integrantes del jurado, convencidos de que buscaba la verdad, salvo tres que parecían disentir. Frank Doley, el número doce, estaba claramente en el bando contrario. Él nunca votaría a favor de dar tanto dinero a una asistenta negra. Pankey desconocía la trágica historia de la sobrina de Doley, pero desde el alegato inicial ya se había dado cuenta de que desconfiaba de Jake y le tenía antipatía a Lettie. La número diez, Debbie Lacker, una mujer blanca de cincuenta años, muy de campo, había lanzado varias miradas severas a Lettie a lo largo del día, pequeños mensajes que a Myron nunca se le pasaban por alto. La número cuatro, Fay Pollan, otra mujer blanca de cincuenta años, había llegado a asentir con la cabeza al oír el dictamen del doctor Talbert de que no era aconsejable que una persona medicada con Demerol tomara decisiones importantes.

Al tocar a su fin el primer día de las declaraciones, Pankey lo dejó en empate. Dos excelentes abogados habían hecho bien las cosas, y el jurado había estado atento a todas sus palabras.

Como Ancil no podía hablar, Lucien aprovechó el día para alquilar un coche e ir a ver glaciares y fiordos en las montañas de los alrededores de Juneau. Le tentaba irse cuanto antes y volver a Clanton a tiempo para el juicio, pero también le impresionaba la belleza de Alaska, su aire fresco y su clima perfecto. En Mississippi ya empezaba a hacer calor. Se alargaban los días, y llegaba el bochorno. Mientras comía en un bar de montaña que dominaba el canal de Gastineau en todo su esplendor, tomó la decisión de marcharse al día siguiente, lunes.

En algún momento no muy lejano Jake informaría al juez Atlee de que habían localizado e identificado a Ancil Hubbard, aunque la verificación fuese más bien precaria, ya que el individuo en cuestión podía cambiar de idea en cualquier momento y adoptar otro alias. De todos modos Lucien tenía sus dudas, porque Ancil estaba pensando en el dinero. La revelación no afectaría al juicio. En eso tenía razón Wade Lanier, Ancil no tenía nada que decir sobre el testamento de su hermano, ni sobre su capacidad para testar. Lucien, por lo tanto, le dejaría a merced de sus problemas. Sospechaba que Ancil podía pasar algunos meses en la cárcel. Con algo de suerte, si encontraba a un buen abogado, quizá quedara en libertad. Lucien estaba convencido de que la búsqueda e incautación de la cocaína era una clara infracción de la Cuarta Enmienda. Si anulaban la búsqueda y descartaban la cocaína, Ancil volvería a ser libre; y si Jake ganaba el juicio, tal vez algún día se produjera el postergado regreso al condado de Ford de Ancil, que tomaría posesión de su parte de la herencia.

En caso de que Jake perdiera, Ancil desaparecería y no volverían a encontrarle.

Al anochecer fue al bar del hotel y saludó a Bo Buck, el barman, de quien se había hecho muy amigo. Antes de que se confabulasen las circunstancias para destrozarle la vida, Bo Buck había sido juez en Nevada, y él y Lucien disfrutaban compartiendo anécdotas. Hablaron un momento, mientras Lucien esperaba su primer Jack Daniel's con Coca-Cola. Lo llevó a una mesa y se sentó, encantado de estar solo. Un hombre sin otra compañía que la de su whisky. Al cabo de un minuto apareció como por arte de magia Ancil Hubbard, que se sentó al otro lado de la mesa.

—Buenas noches, Lucien —dijo tan campante.

Lucien, sorprendido, se lo quedó mirando unos segundos para asegurarse de que veía bien. Ancil llevaba una gorra de béisbol, una sudadera y unos tejanos. Por la mañana había estado inconsciente en una cama de hospital, lleno de tubos.

—No esperaba verte aquí —dijo Lucien.

—Es que estaba cansado del hospital y me he ido. Supongo que ahora soy un fugitivo, pero bueno, en mi caso tampoco es nada nuevo. La verdad es que me gusta huir.

—¿Y tu cabeza? ¿Y la infección?

—La cabeza me duele, pero mucho menos de lo que se pensaban. Te recuerdo, Lucien, que estaba previsto trasladarme desde el hospital a la cárcel, un trayecto que he preferido no hacer. Digamos que no estaba tan inconsciente como se creían, ni de lejos. La infección está controlada. —Enseñó un frasco de pastillas—. Me he llevado los antibióticos. No me pasará nada.

—¿Cómo te has ido?

—Yéndome. Me han llevado a la planta baja en silla de ruedas para una resonancia, y yo he ido al lavabo. Se pensaban que no podía caminar, así que he bajado corriendo unas cuantas escaleras, he encontrado el sótano y un vestuario, me he cambiado de ropa y he salido por la rampa de servicio. La última vez que he mirado estaba todo lleno de polis. Yo me estaba tomando un café al otro lado de la calle.

—Esta ciudad es pequeña, Ancil. No podrás esconderte mucho tiempo.

—¿Qué sabes tú de esconderse? Tengo amigos.

—¿Quieres beber algo?

—No, pero me encantaría una hamburguesa con patatas.

Harry Rex miró con mala cara a la testigo.

—¿Le tocó usted el pene? —inquirió.

Lettie apartó la vista, avergonzada, antes de responder sin entusiasmo.

—Sí.

—Pues claro, Lettie —dijo Jake—. Se lo tenías que tocar, porque no podía bañarse solo. Lo hiciste más de una vez. Bañar a alguien es limpiarle todo el cuerpo. Si él no podía tenías que hacerlo tú. No era íntimo, ni remotamente sexual. Te limitabas a hacer tu trabajo.

—No puedo —dijo Lettie con una mirada de impotencia a Portia—. No me lo preguntará, ¿verdad?

—¡Pues claro que te lo preguntará! —gruñó Harry Rex—. Esto y muchas otras cosas, así que más te vale tener las respuestas preparadas.

—Vamos a tomarnos un descanso —dijo Jake.

—Necesito una cerveza —dijo Harry Rex al levantarse.

Salió hecho una fiera, como si le tuvieran todos harto. Llevaban dos horas ensayando y eran casi las diez de la noche. Jake hacía las preguntas fáciles en interrogatorio directo, y Harry Rex acosaba a Lettie con las repreguntas. A veces era brusco, o en todo caso más de lo que Atlee le permitiría ser a Lanier, pero más valía prepararse para lo peor. Portia compadecía a su madre, pero al mismo tiempo encontraba frustrante su fragilidad. Lettie a ratos era dura y a ratos se venía abajo. No se podía confiar en un testimonio sin fisuras.

«Acuérdate de las reglas, Lettie —le decía siempre Jake—. Sonreír, pero sin hipocresía. Hablar despacio y con claridad. Si te emocionas y tienes que llorar, no pasa nada. Si no estás segura de algo, no lo digas. El jurado está muy atento y no se le escapa nada. Míralos de vez en cuando, pero con seguridad. No dejes que Lanier te ponga nerviosa. Siempre estaré contigo para protegerte.»

Harry Rex tenía ganas de gritarle otro consejo: «¡Haz la actuación de tu vida, que estamos hablando de veinticuatro millones de pavos!», pero se controlaba.

—Nosotras ya estamos cansadas, Jake —dijo Portia cuando Harry Rex volvió con una cerveza—. Ahora nos iremos a casa, nos sentaremos en el porche y hablaremos un poco. Mañana por la mañana nos tendréis aquí otra vez.

—Vale. Me parece que estamos todos cansados.

Cuando se hubieron ido, Jake y Harry Rex subieron al piso de arriba y se sentaron en el balcón. Hacía calor, pero sin bochorno, una noche perfecta de primavera que resultaba difícil apreciar. Jake tomó un poco de cerveza y se relajó por primera vez en varias horas.

—¿Sabes algo de Lucien? —preguntó Harry Rex.

—No, pero se me ha olvidado escuchar el contestador.

—¿Sabes que tenemos suerte? De que esté en Alaska, digo, y no aquí, criticando todo lo que ha salido mal.

—Eso te toca a ti, ¿no?

—Sí, pero de momento no me quejo. Has tenido un buen

día, Jake. El alegato ha sido bueno. El jurado lo ha escuchado y le ha gustado. Después has llamado a doce testigos y no ha acabado quemado ninguno de los doce. Las pruebas pesan más a tu favor, al menos de momento. No podrías pedir un mejor día.

—¿Y el jurado?

—Les caes bien, aunque aún es pronto para formular hipótesis sobre si Lettie les cae bien o mal. Mañana será un día revelador.

—Mañana es un día decisivo, chaval. Lettie puede ganar el pleito o perderlo.

43

Los abogados se reunieron con el juez Atlee en su despacho a las nueve menos cuarto del miércoles por la mañana, y estuvieron de acuerdo en que no había peticiones pendientes ni puntos que aclarar antes de que se reanudara el juicio. Por tercer día consecutivo su señoría estuvo muy animado, casi más de la cuenta, como si la emoción de un juicio importante le hubiera rejuvenecido. Los abogados habían pasado la noche en vela, trabajando o preocupados, y su aspecto delataba la crispación que sentían por dentro. En cambio el viejo juez estaba listo para continuar.

Una vez en la sala dio la bienvenida a todo el mundo, agradeció a los espectadores su vivo interés por el sistema judicial e indicó al ujier que hiciera pasar al jurado. Cuando este último se hubo sentado, Atlee saludó efusivamente a sus miembros y les preguntó si tenían algún problema. ¿Algún contacto no autorizado? ¿Algo sospechoso? ¿Estaban todos bien de salud? Muy bien, señor Brigance, pues adelante.

Jake se puso en pie.

—Señoría —dijo—, los proponentes llaman a la señora Lettie Lang.

Portia le había dicho que no se pusiera nada ceñido, ni entallado, ni remotamente sexy. Por la mañana, mucho antes de desayunar, habían discutido sobre el mejor modelo, y había ganado Portia. Era un vestido azul marino de algodón, con un cinturón holgado; bonito, pero nada que no se pudiera poner una asistenta para ir a trabajar. Lettie nunca lo habría elegido para ir a la iglesia. En los pies unas sandalias planas. Ni joyas ni reloj. Nada que pudiera indicar que disponía de algún ahorro o que pudiera tenerlo en perspectiva. Durante el último mes había dejado de teñirse las canas. Ahora llevaba el pelo al natural, y aparentaba todos y cada uno de sus cuarenta y siete años.

Al prestar juramento lo hizo poco menos que tartamudeando. Miró a Portia, que estaba sentada detrás de la silla de Jake. Su hija le sonrió en señal de que ella también tenía que hacerlo.

La sala estaba llena, pero nadie dijo nada cuando Jake se acercó al podio. Preguntó a Lettie su nombre, su dirección y su trabajo, preguntas fáciles a las que contestó sin problemas. Nombres de sus hijos y nietos. Sí, el mayor, Marvis, estaba en la cárcel. Su marido era Simeon Lang, que ahora estaba en prisión pendiente de que le imputasen. Hacía un mes que Lettie había pedido el divorcio, y esperaba que se lo concediesen en cuestión de semanas. Unos cuantos datos de su pasado: escuela, iglesia, trabajos anteriores... Todo estaba en el guión, y a veces las respuestas sonaban mecánicas, acartonadas, como si se las supiera de memoria (y así era, en efecto). Lettie miró al jurado, pero se puso nerviosa al darse cuenta de que la estaban observando. En momentos de nerviosismo, según le habían indicado sus adiestradores, tenía que mirar directamente a Portia. Hubo veces en que no logró apartar la vista de su hija.

Jake llegó por fin al tema de Seth Hubbard, o simplemente el señor Hubbard, como tenía que llamarle siempre Lettie durante la vista. Nunca Seth. Tampoco señor Seth. El señor Hubbard la había contratado hacía tres años como asistenta. ¿Cómo se había enterado Lettie de que buscaba una? De ninguna manera. La había llamado él por teléfono, y le había dicho que un amigo sabía que no tenía trabajo. Daba la casualidad de que él buscaba a una asistenta a media jornada. Lettie habló de su experiencia con el señor Hubbard, de sus reglas, costumbres y rutinas, y más tarde de sus preferencias culinarias. Los tres días por semana se habían convertido en cuatro. El señor Hubbard le había subido un par de veces el sueldo. Como viajaba mucho, Lettie se quedaba a menudo en su casa sin nada que hacer. En tres años el señor Hubbard no había recibido una sola visita, ni había comido con nadie. Lettie conocía a Herschel y Ramona, pero los había visto muy poco. Ramona venía una vez al año, unas pocas horas, y las visitas de Herschel no eran mucho más frecuentes. No conocía a ninguno de los cuatro nietos del señor Hubbard.

—Aunque no trabajaba los fines de semana, así que no sé quién venía —dijo—. Podría ser que el señor Hubbard recibiera a mucha gente.

Lettie procuraba mostrarse ecuánime, pero solo hasta cierto punto.

—Los lunes sí trabajaba, ¿verdad? —preguntó Jake, ciñéndose al guión.

—Sí.

—¿Y vio alguna señal de que hubiera habido invitados durante el fin de semana?

—No, nunca.

A esas alturas no entraba en sus planes ser amable con Herschel y Ramona. Tampoco entraba en los de ellos serlo con Lettie, y a juzgar por sus declaraciones era lícito prever que dirían bastantes mentiras.

Después de una hora en el banquillo Lettie se encontró más cómoda. Sus respuestas eran más claras y espontáneas, y de vez en cuando sonreía al jurado. Jake abordó el tema del cáncer de pulmón. Lettie describió a las enfermeras que había tenido su jefe, tan poco convincentes que al final el señor Hubbard le había preguntado a ella si estaba dispuesta a trabajar cinco días por semana. Describió los peores momentos, en los que la quimio había dejado al señor Hubbard al borde de la muerte, hasta el punto de que no podía ir solo al baño ni comer sin ayuda.

«Que no te vean conmovida —le había dicho Portia—. No delates ningún tipo de emoción por el señor Hubbard. El jurado podría llevarse la impresión de que existía un vínculo emocional entre los dos. Por supuesto que lo hubo, como entre cualquier persona agonizante y su cuidador, pero no lo reconozcas al testificar.»

Jake trató lo básico, pero no dedicó mucho tiempo al cáncer del señor Hubbard. Ya lo haría Wade Lanier, seguro. Preguntó a

Lettie si había firmado alguna vez un testamento. La respuesta fue que no.

—¿Ha visto alguno?

—No.

—¿El señor Hubbard le habló alguna vez del suyo?

Lettie consiguió soltar una risita, que le salió bordada.

—El señor Hubbard era muy reservado —dijo—. Conmigo nunca hablaba de negocios ni de nada así. Nunca decía nada sobre su familia, o sobre sus hijos... Qué sé yo. No era su forma de ser.

Lo cierto era que Seth le había prometido dos veces que le dejaría algo en herencia, pero del testamento no había hablado. Lettie se lo había comentado a Portia, y la opinión de esta última había sido que, si lo reconocía, Wade Lanier y los abogados de la otra parte le darían una importancia que no tenía. Lo tergiversarían, lo exagerarían y lo convertirían en algo letal. «¡Conque habló usted con él del testamento!», bramaría Lanier ante el jurado.

Hay cosas que es mejor no decir. Nadie se enteraría. Seth estaba muerto, y de Lettie no saldría.

—¿Hablaron alguna vez sobre su enfermedad, y de que se estuviera muriendo? —preguntó Jake.

Lettie respiró profundamente y pensó en la pregunta.

—Sí, claro. A veces le dolía todo tanto que decía que se quería morir. Supongo que es natural. En sus últimos días el señor Hubbard sabía que le quedaba poco tiempo, y me pidió que rezara con él.

—¿Y usted rezó con él?

—Sí. El señor Hubbard creía mucho en Dios. Quería dejarlo todo en regla antes de irse.

Jake hizo una pequeña pausa teatral para que el jurado se impregnara de la imagen de Lettie y su jefe rezando juntos, en vez de haciendo lo que la mayoría de la gente creía que habían hecho. Después pasó a la mañana del 1 de octubre del año anterior, y Lettie contó su versión. Habían salido de la casa hacia las nueve, con Lettie al volante del Cadillac último modelo del señor Hubbard. Era la primera vez que le hacía de chófer. Él nunca se lo había pedido. También fue la primera y última vez que estuvieron juntos en un coche. Al salir de casa ella había hecho el comentario tonto de que nunca había conducido un Cadillac, y él había insistido en que lo hiciera. Lettie, nerviosa, había ido despacio. El señor Hubbard se había tomado un café en vaso de cartón. Parecía relajado, sin dolores, disfrutando de la conducción tensa de Lettie por una carretera prácticamente sin coches.

Jake le preguntó de qué habían hablado durante los diez minutos de trayecto. Lettie pensó un poco y miró fugazmente al jurado, que seguía muy atento.

—Hablamos de coches —dijo—. Él dijo que a muchos blancos ya no les gustan los Cadillac, porque hay muchos negros que los llevan. Me preguntó por qué para una persona negra era tan importante un Cadillac, y yo le dije que ni idea, que nunca había querido tener uno ni lo tendría. Mi Pontiac es de hace doce años. De todos modos, luego dije que es porque es el coche más bonito, y así le demuestras a la gente que has triunfado. Tienes trabajo, unos cuantos ahorros y no te ha ido del todo mal en la vida. Algo funciona. Nada más. El señor Hubbard dijo que a él los Cadillac también le habían gustado desde siempre, que el primero lo había perdido en el primer divorcio y el segundo en el segundo, pero que desde que había renunciado al matrimonio ya no le había molestado nadie a él ni a sus Cadillac. Lo dijo con bastante gracia.

—O sea, ¿que estaba de buen humor, bromista, como si dijéramos? —preguntó Jake.

—Sí, aquella mañana estaba de muy buen humor. Hasta se rió de mí, de cómo conducía.

—¿Y estaba lúcido?

—Totalmente. Dijo que yo estaba conduciendo su séptimo Cadillac, y que se acordaba de todos. Dijo que los cambiaba cada dos años.

—¿Sabe si esa mañana había tomado algo para el dolor?

—No, eso no lo sé. Con las pastillas era un poco raro. No le gustaba tomarlas. Las guardaba en su maletín, donde yo no pudiera tocarlas. Solo las vi una vez que estaba tumbado, con un mareo de morirse, y me pidió que se las fuera a buscar. Pero no, esa mañana no parecía que se hubiera medicado.

Lettie siguió con su relato, mientras Jake la guiaba. Llegaron al tema de la Berring Lumber Company, de la única vez que había estado Lettie en las oficinas y de que el señor Hubbard se había encerrado en su despacho mientras ella hacía la limpieza. Había pasado la aspiradora, había quitado el polvo, había limpiado casi todas las ventanas, había ordenado las revistas y hasta había fregado los platos en la pequeña cocina. No, las papeleras no las había vaciado. Entre el momento de entrar y el de salir no había hablado con el señor Hubbard ni le había visto. No tenía ni idea de qué había hecho en su despacho. Había salido con el mismo maletín que al entrar. Después de llevarle en coche a su casa, Lettie había vuelto a la suya hacia las doce del mediodía. El domingo por la noche la había llamado Calvin Boggs bastante tarde para darle la noticia de que el señor Hubbard se había ahorcado.

A las once, después de casi dos horas de declaración, Jake puso a la testigo a disposición de la parte contraria para las repreguntas. Durante un breve descanso le dijo a Lettie que había estado fantástica. Portia estaba entusiasmada, y sumamente orgullosa: su madre había guardado la compostura y había estado convincente. Harry Rex, que lo había observado todo desde la última fila, dijo que su testimonio había sido inmejorable.

A mediodía tenían todas las de perder el caso.

Estaba seguro de que esconder a un fugitivo era ilegal en todos los estados, incluido Alaska, así que no se podía descartar que le metieran en la cárcel. En aquel momento a Lucien no le preocupaba. Se despertó al amanecer, entumecido por haber pasado la noche en un sillón, durmiendo solo a ratos. La cama le había tocado a Ancil. En realidad se había ofrecido a dormir en el suelo, o en un sillón, pero Lucien temía por sus lesiones craneales y había insistido en que usara él la cama. Con un analgésico se quedó grogui. Lucien estuvo mucho tiempo a oscuras, con su último Jack Daniel's con Coca-Cola en la mano, oyendo los ronquidos de su compañero.

Se vistió sin hacer ruido y salió. En el vestíbulo no había nadie, tampoco polis que buscasen a Ancil. Pidió un café y unos muffins en el bar de la esquina y se los llevó a la habitación, donde Ancil, ya despierto, veía las noticias locales.

—No han dicho nada —informó a Lucien.

—No me extraña —contestó este último—. Dudo que hayan traído a los sabuesos.

Comieron, se turnaron para ducharse y vestirse, y dejaron la habitación a las ocho de la mañana. Ancil llevaba el traje negro, la camisa blanca y la corbata con estampado de cachemira de Lucien, así como la gorra del día anterior, muy calada para que no se le viese la cara. Recorrieron deprisa tres manzanas hasta llegar al bufete de Jared Wolkowicz, un abogado recomendado por Bo Buck, el barman del Glacier Inn. Lucien había ido a verle el día anterior, había contratado sus servicios y había organizado la declaración. En la sala de reuniones ya había un taquígrafo y un cámara esperando. En un extremo de la mesa, el señor Wolkowicz se puso en pie, levantó la mano derecha, repitió las palabras del taquígrafo y juró decir la verdad. Después se colocó delante de la cámara y empezó a hablar.

—Buenos días. Me llamo Jared Wolkowicz y soy abogado colegiado del estado de Alaska. Estamos a miércoles 5 de abril de 1989. Me encuentro en mi despacho jurídico de Franklin Street, en el centro de Juneau, Alaska. Me acompañan el señor Lucien Wilbanks, de Clanton, Mississippi, y una persona cuyo nombre es Ancil F. Hubbard y que actualmente reside aquí en Juneau. El objetivo de esta declaración es recoger el testimonio del señor Hubbard. No tengo ningún conocimiento de la causa que nos ha traído aquí. Mi papel se limita a dar fe de que la grabación de lo que ocurra en esta sala es fidedigna. Si alguno de los letrados o jueces que participan en la causa desea hablar conmigo, puede llamarme por teléfono.

Wolkowicz se levantó de la silla. Lucien avanzó y prestó juramento ante el taquígrafo antes de situarse él también frente a la cámara.

—Me llamo Lucien Wilbanks —dijo—, y tanto el juez Atlee como los letrados que participan en el pleito por el testamento de Seth Hubbard me conocen muy bien. En colaboración con Jake Brigance y otras personas he logrado encontrar a Ancil Hubbard, he pasado varias horas con él y no me cabe la menor duda de que es el hermano que dejó Seth Hubbard al morir. Nació en el condado de Ford en 1922. Su padre era Cleon Hubbard, y su madre Sarah Belle Hubbard. En 1928 su padre, Cleon, contrató los servicios de mi abuelo, Robert E. Lee Wilbanks, para representarle en un pleito por unas tierras. Dicho pleito tiene importancia para el día de hoy. Aquí está Ancil Hubbard.

Lucien desocupó la silla. Ancil se sentó en ella, levantó la mano derecha y juró decir la verdad.

Wade Lanier abrió su venenoso contrainterrogatorio con preguntas sobre Simeon. ¿Por qué estaba en la cárcel? ¿Le habían imputado? ¿Con qué frecuencia le había visitado Lettie? ¿Impugnaría Simeon el divorcio? Fue una forma cruda pero eficaz de recordarle al jurado que el padre de los cinco hijos de Lettie era un borracho que había matado a los hijos de los Roston. En cinco minutos Lettie se estaba secando las lágrimas, y Lanier había quedado como un cabrón, pero le daba igual. Ahora que a Lettie le podían las emociones, nublando por unos instantes su buen juicio, Lanier hizo un rápido cambió de marchas y tendió su trampa.

—Dígame una cosa, señora Lang: ¿dónde trabajó antes de ser empleada del señor Hubbard?

Lettie se enjugó una lágrima con el dorso de la mano e intentó ordenar sus ideas.

—Pues... Con los señores Tingley, aquí en Clanton.

—¿De qué trabajaba?

—De asistenta.

—¿Cuánto tiempo estuvo en su casa?

—Exactamente no lo sé, pero unos tres años.

—Y ¿por qué lo dejó?

—Porque murieron. Los dos.

—¿Le dejaron dinero en sus testamentos?

—Si lo hicieron, nadie me avisó.

La respuesta hizo sonreír a una parte del jurado. A Wade Lanier no le hizo gracia el chiste.

—Y antes de los Tingley ¿dónde trabajaba? —prosiguió.

—Mmm... Antes de eso fui cocinera en el colegio de Karaway.

—¿Cuánto tiempo?

—Creo que dos años.

—Y ¿por qué se fue?

—Porque encontré trabajo con los Tingley y prefería hacer de asistenta que de cocinera.

—Muy bien. ¿Dónde trabajó antes del colegio?

Lettie se quedó callada, intentando acordarse.

—Antes del colegio —dijo finalmente— trabajé para la señora Gillenwater, aquí en Clanton, de asistenta.

—¿Cuánto tiempo?

—Más o menos un año, hasta que ella se fue a vivir a otro sitio.

—Antes de la señora Gillenwater ¿dónde trabajó?

—Mmm... Pues creo que con los Glover, en Karaway.

—¿Cuánto tiempo?

—Tampoco me acuerdo exactamente, pero unos tres o cuatro años.

—No, si no le pido detalles, señora Lang. Usted acuérdese de todo lo que pueda, ¿vale?

—Vale.

—Antes de los Glover ¿dónde trabajó?

—Pues con la señorita Karsten, aquí en Clanton. Con ella estuve seis años. Era mi preferida. No quería irme, pero murió repentinamente.

—Gracias. —Lanier hizo anotaciones en su libreta, como si estuviera descubriendo algo nuevo—. Bueno, señora Lang, como simple resumen: trabajó tres años para el señor Hubbard, tres para los Tingley, dos en el colegio, uno para la señora Gillenwater, tres o cuatro para los Glover y seis para la señorita

Karsten. Según mis cálculos son aproximadamente veinte años. ¿Le parece correcto?

—Sí, año más año menos —dijo Lettie con seguridad.

—¿Y no ha trabajado para nadie más en los últimos veinte o veintipocos años?

Lettie sacudió la cabeza. No.

Algo tenía Lanier entre ceja y ceja, pero Jake no podía detenerle. Las inflexiones de su voz, los vagos atisbos de sospecha, las cejas arqueadas, lo neutro de sus frases... Trataba de disimular, pero los oídos y los ojos avezados de Jake detectaron problemas.

—Son seis trabajos en veinte años, señora Lang. ¿Cuántas veces la han despedido?

—Ninguna. Bueno, me dieron de baja después de morir el señor Hubbard, y de ponerse enferma la señorita Karsten, y de fallecer los señores Tingley, pero siempre fue porque ya no había trabajo, no sé si me explico.

—¿Nunca la han despedido por trabajar mal, o por algo mal hecho?

—No, nunca.

Lanier se apartó bruscamente del podio y miró al juez Atlee.

—Ya he terminado, señoría. Me reservo el derecho de volver a llamar más tarde a esta testigo.

Volvió a su mesa con aires de suficiencia. En el último segundo Jake vio que le guiñaba el ojo a Lester Chilcott.

Lettie acababa de mentir, y Lanier estaba a punto de dejarla en evidencia. Jake, sin embargo, no tenía ni idea de qué se avecinaba, por lo que tampoco podía evitarlo. Su intuición le pedía apartar a Lettie del banquillo. Se levantó.

—Señoría —dijo—, los proponentes no tienen nada más que alegar.

—¿Tiene usted más testigos, señor Lanier? —dijo el juez Atlee.

—Sí.

—Pues llame al primero.

—Los impugnadores llaman al señor Fritz Pickering.

—¿Quién? —soltó Jake.

—Fritz Pickering —repitió Lanier en voz alta, con sarcasmo, como si Jake fuera duro de oído.

—No me suena de nada. No está en su lista de testigos.

—Está fuera, en la rotonda —le dijo Lanier a un ujier—. Esperando.

Jake sacudió la cabeza, mirando al juez Atlee.

—Si no está en la lista de testigos no puede declarar, señor juez —dijo.

—Aun así le llamo —dijo Lanier.

Fritz Pickering entró en la sala y siguió a un ujier hasta el banquillo.

—Protesto, señoría —dijo Jake.

El juez Atlee se quitó las gafas de lectura y miró a Wade Lanier con cara de pocos amigos.

—Bueno —dijo—, vamos a tomarnos un cuarto de hora de descanso. Recibiré a los abogados a puerta cerrada. Solo a los abogados, sin asistentes ni empleados.

Sacaron rápidamente al jurado de la sala, mientras los abogados seguían al juez por el pasillo del fondo hasta su angosto despacho. Atlee no se quitó la toga. Se sentó y puso la misma cara de perplejidad que Jake.

—Adelante, hable —le dijo a Lanier.

—Señoría, al no tratarse de un testigo probatorio no existe la necesidad de dárselo a conocer a la otra parte. La finalidad de este testimonio no es aportar pruebas, sino poner en tela de juicio la credibilidad de otro testigo. No me vi en la obligación de añadirle a la lista, ni de divulgar su nombre en modo alguno, porque en ningún momento tuve la seguridad de que le llamaría. Ahora, a raíz del testimonio de Lettie Lang y de que no haya dicho la verdad, de pronto este testigo es crucial para la causa.

El juez Atlee exhaló, mientras todos los abogados de la sala se devanaban los sesos en busca de tal o cual artículo del derecho procesal. De lo que apenas cabía duda en aquel momento era de que Lanier dominaba a fondo las reglas sobre la recusación de testigos. Era su emboscada, planeada al milímetro con Lester Chilcott. Jake habría querido explayarse en una argumentación tan razonable como persuasiva, pero toda su destreza hizo aguas de forma penosa.

—¿Qué dirá el testigo? —preguntó el juez Atlee.

—Lettie Lang trabajó para su madre, la señora Irene Pickering. Fritz y su hermana despidieron a Lettie porque la hermana encontró un testamento manuscrito que dejaba cincuenta mil dólares en efectivo a Lettie. Acaba de decir al menos tres mentiras. La primera es que en los últimos veinte o veintipocos años solo ha trabajado para las personas a las que me he referido yo. La señora Pickering la contrató en 1978, y el despido fue en 1980. La segunda mentira es que no la han despedido nunca como asistenta, cosa que no es cierta. Y la tercera es que ha dicho que nunca ha visto un testamento. El día en que la echaron, Fritz y su hermana le enseñaron el testamento manuscrito. Es posible que haya una o dos más, aunque ahora mismo no se me ocurren.

Jake estaba encorvado, con un nudo en el estómago, la visión borrosa y el rostro lívido. Era imperativo decir algo inteligente, pero se había quedado en blanco. De pronto se le encendió la bombilla.

—¿Cuándo encontró a Fritz Pickering? —preguntó.

—No le he conocido hasta hoy —dijo Lanier, pagado de sí mismo.

—No es lo que le he preguntado. ¿Cuándo se enteró de lo de los Pickering?

—Durante la revelación de pruebas. Es otro ejemplo de que hemos trabajado más que ustedes, Jake. Hemos encontrado a más testigos. Hemos buscado por todas partes, trabajando como mulas. No sé a qué se han dedicado ustedes.

—Pues la normativa le exige presentar los nombres de sus testigos. Hace dos semanas vertió sobre la mesa cuarenta y cinco nuevos nombres. No está siguiendo las reglas, Wade. Señoría, se trata de una clara infracción de las normas.

El juez Atlee levantó la mano.

—Basta. Déjenme pensar un momento.

Se levantó para acercarse a su mesa y sacar una pipa de un soporte donde había una docena. La llenó de Sir Walter Raleigh, la encendió, lanzó hacia el techo una densa nube de humo y se quedó pensativo. En un lado de la mesa estaban Wade Lanier, Lester Chilcott, Zack Zeitler y Joe Bradley Hunt, esperando en un silencio complacido la decisión que marcaría definitivamente el rumbo del juicio. En el otro lado solo estaba Jake, tomando notas que ni él mismo podía descifrar. Se encontraba mal. Las manos le temblaban sin remedio.

Wade Lanier se había sacado de la manga un truco sucio magistral, y exasperante. Al mismo tiempo, Jake tenía ganas de pillar a Lettie y echarle una buena bronca. ¿Por qué no había dicho nada sobre los Pickering, si desde octubre habían pasado juntos una cantidad innumerable de horas?

Su señoría echó más humo por la boca.

—Es demasiado importante para descartarlo —dijo—. Permitiré que testifique el señor Pickering, pero dentro de unos límites.

—Juicio por emboscada —dijo Jake con rabia—. Será automáticamente revocable. Dentro de dos años empezaremos desde cero.

—Sermones no, Jake —le espetó el juez Atlee con la misma rabia—. A mí no me ha revocado nunca el Tribunal Supremo, nunca.

Jake respiró hondo.

—Perdón —dijo.

Las explicaciones de Ancil duraron cincuenta minutos. Al final se secó los ojos, dijo que estaba demasiado cansado para continuar y salió de la sala. Lucien le dio las gracias a Jared Wolkowicz por haberles abierto su bufete. No le había dicho que Ancil era un prófugo.

De regreso al hotel vieron a varios policías al acecho en una esquina y decidieron refugiarse en un bar. Ocultos en una mesa intentaron hablar de cualquier cosa. Lucien aún estaba afectado por lo que había contado Ancil, pero ninguno se encontraba de humor para insistir en el tema.

—Tengo pagadas dos noches más en el hotel —dijo Lucien—. Son tuyas. Yo me voy. Puedes quedarte la ropa, la pasta de dientes y todo lo demás. En el armario hay unos chinos viejos con trescientos dólares en el bolsillo delantero. Son para ti.

—Gracias, Lucien.

—¿Qué planes tienes?

—No lo sé. Ganas de ir a la cárcel no tengo, así que lo más seguro es que me marche de la ciudad, como siempre. Desapareceré y ya está. Estos payasos no me pueden pillar. Para mí es pura rutina.

—¿Adónde irás?

—Pues mira, igual me doy un garbeo por Mississippi, ya que mi querido hermano me tenía en tanta estima. ¿Cuándo podría ver alguna parte de su herencia?

—A saber. Ahora mismo se están peleando por ella. Podría tardar un mes o cinco años. Tienes mi número. Llámame dentro de unas semanas y nos pondremos al día.

—Lo haré.

Lucien pagó los cafés y salieron por una puerta lateral. Se despidieron en un callejón. Lucien iba al aeropuerto y Ancil, al hotel. Cuando llegó le estaba esperando el detective.

En una sala tan abarrotada como silenciosa, por no decir estupefacta, Fritz Pickering contó su historia hasta el último y devastador detalle. Lettie la escuchó completamente derrotada, con la cabeza gacha y la mirada clavada en el suelo, hasta que cerró los ojos de dolor. De vez en cuando sacudía la cabeza como si no estuviera de acuerdo, pero en toda la sala no había nadie que la creyese.

Mentiras, mentiras, mentiras.

Fritz enseñó una copia del testamento manuscrito de su madre. Jake protestó en contra de su admisión, con el argumento de que no se podía demostrar que fuera la letra de Irene Pickering, pero el juez Atlee a duras penas le oyó. El documento pasó a engrosar las pruebas. Wade Lanier le pidió a su testigo que leyera el cuarto párrafo, el que dejaba cincuenta mil dólares a Lettie Lang. Pickering lo hizo despacio y en voz alta. Unos cuantos miembros del jurado sacudieron la cabeza en señal de incredulidad.

Wade Lanier siguió a mazazo limpio.

—O sea, señor Pickering, que usted y su hermana hicieron sentarse a Lettie Lang en la mesa de la cocina y le enseñaron el testamento manuscrito de su madre, ¿correcto?

—Correcto.

—Es decir, que si antes ella ha declarado no haber visto nunca un testamento, ha mentido, ¿correcto?

—Supongo que sí.

—Protesto —dijo Jake.

—No ha lugar —bufó en el estrado su señoría.

Estaba claro, al menos para Jake, que ahora el juez Atlee era el enemigo. Consideraba a Lettie una mentirosa, pecado, desde su punto de vista, superior a cualquier otro. Durante su trayectoria como juez había mandado a la cárcel a varios litigantes sorprendidos en el acto de mentir, pero siempre en litigios por divorcio. Una noche entre rejas hacía milagros en lo que respectaba a la búsqueda de la verdad.

El riesgo que corría Lettie no era ir a la cárcel, opción muy preferible, dicho fuera de paso; en aquel momento atroz en que el jurado se removía en sus asientos y miraba a todas partes, su riesgo era el de perder más o menos veinte millones de dólares, previo impuestos, claro.

Cuando un testigo dice la verdad, y esa verdad es dolorosa, el abogado procesalista no tiene otra opción que atacar su credibilidad. Jake permaneció inmutable, como si ya se esperase todo lo que decía Fritz, pero en su fuero interno buscaba desesperadamente una brecha. ¿Qué ganaba Fritz declarando? ¿Por qué perdía el tiempo?

—Señor Brigance —dijo el juez Atlee cuando Lanier cedió el turno.

Jake se levantó enseguida y fingió todo el aplomo que le fue posible. La regla número uno de los abogados procesalistas es no hacer nunca una pregunta si no se sabe la respuesta, pero cuando te enfrentas a una derrota segura no hay reglas que valgan, así que disparó a ciegas.

—Señor Pickering —dijo—, ¿cuánto le pagan por esta declaración?

La bala dio entre los ojos. Pickering se quedó boquiabierto, e incluso perdió un poco el equilibrio, mientras miraba a Wade Lanier desesperado. Lanier se encogió de hombros y asintió. «Dilo, que tampoco pasa nada.»

—Siete mil quinientos dólares —contestó Fritz.

—Y ¿quién se los paga? —inquirió Jake.

—El cheque venía del bufete del señor Lanier.

—¿Qué fecha llevaba el cheque?

—No me acuerdo exactamente, pero lo recibí hace más o menos un mes.

—O sea, que lo pactaron hace aproximadamente un mes. Usted aceptó venir a declarar y el señor Lanier le mandó el dinero, ¿no?

—Exacto.

—¿Y no es cierto que pidió más de esos siete mil quinientos? —preguntó Jake, siempre a ciegas, sin ningún conocimiento de los hechos pero con una corazonada.

—Bueno, sí, pedí más.

—Quería como mínimo diez mil, ¿verdad?

—Algo así —reconoció Fritz, con otra mirada a Lanier.

Jake le estaba leyendo el pensamiento.

—Y le dijo al señor Lanier que si no le pagaban no declararía, ¿verdad?

—Entonces no hablaba con el señor Lanier, sino con uno de sus investigadores. Al señor Lanier no le he conocido hasta esta mañana.

—Da igual. No estaba dispuesto a declarar gratis, ¿verdad que no?

—No.

—¿Cuándo llegó de Shreveport?

—Ayer a última hora de la tarde.

—Y ¿cuándo se irá de Clanton?

—Lo antes que pueda.

—Un viaje rápido, vaya. ¿Como de veinticuatro horas?

—Algo así.

—Siete mil quinientos dólares por veinticuatro horas. Es un testigo caro.

—¿Me lo pregunta?

Jake estaba teniendo suerte, pero sabía que no podía durar. Miró sus notas, garabatos ilegibles, y cambió de rumbo.

—Señor Pickering, ¿Lettie Lang no le explicó que no había tenido nada que ver con la elaboración del testamento de su madre?

Jake no tenía ni idea de lo que había hecho Lettie. Aún no había hablado con ella sobre el incidente. Sería una conversación desagradable, que probablemente mantuvieran a la hora de comer.

—Fue lo que dijo.

—¿De dónde ha sacado usted la copia del testamento?

—La había guardado.

En realidad la había recibido por correo, sin remitente, pero ¿quién podía enterarse?

—Nada más —dijo Jake al sentarse.

—Se levanta la sesión hasta la una y media —anunció el juez Atlee.

44

Jake y Harry Rex se escaparon de Clanton. Conducía Jake. Se alejaron a gran velocidad por el campo, lejos de la pesadilla del juzgado. No querían arriesgarse a un encuentro fortuito con Lettie o Portia, ni con los otros abogados, ni con nadie que hubiera presenciado la sangría.

Harry Rex era de los que siempre llevaban la contraria. Si un día de juicio iba bien, podía darse por sentado que él solo vería cosas negativas. Si el día era malo, podía mostrarse de un optimismo alucinante respecto al siguiente. Jake conducía hecho una furia, esperando alguna observación de su compañero de trinchera que pudiera animarle, aunque solo fuera un momento, pero lo que obtuvo fue lo siguiente:

—Más vale que te bajes del burro y llegues a un acuerdo con el hijo de puta ese.

Jake no contestó hasta casi dos kilómetros después.

—¿Por qué crees que Wade Lanier estaría dispuesto a hablar de acuerdos justo ahora, si acaba de ganar el caso? Este jurado no le daría a Lettie Lang ni cincuenta dólares para la compra. Ya les has visto las caras.

—¿Sabes qué es lo malo, Jake?

—Todo es malo. Más que malo, peor.

—Lo malo es que te hace cuestionar a Lettie en general. A mí no se me había pasado por la cabeza que pudiera haber manipulado a Seth Hubbard para que rehiciera el testamento. No es tan marrullera, ni él era tan tonto. Pero ahora, de repente, al darte cuenta de que ya lo había hecho, te dices: «Pues mira, podría ser un precedente. ¿Y si esta chavala sabe más de testamentos y derecho sucesorio de los que nos pensamos?». No sé, te altera.

—Entonces ¿por qué lo tapa? Te apuesto lo que quieras a que nunca le ha contado a Portia, ni a nadie, que la pillaron los Pickering. Supongo que hace seis meses debería haber sido bastante listo para preguntárselo: «Oye, Lettie, ¿has convencido alguna vez a alguien de que cambie su testamento y le añada un buen pellizco para ti?».

—¿Por qué no se te ocurrió?

—Supongo que por idiota. Ahora mismo me siento bastante estúpido.

Pasaron dos kilómetros, tres...

—Tienes razón —dijo Jake—. Te hace cuestionarlo todo. Y si nosotros pensamos así, imagínate el jurado.

—Al jurado lo has perdido, Jake, y no lo recuperarás. Has llamado a tus mejores testigos, has expuesto tus argumentos casi a la perfección, has reservado para el final a tu estrella y ella lo ha hecho muy bien. Luego, en cuestión de minutos, te ha destrozado el caso un testigo sorpresa. Del jurado puedes olvidarte.

Pasaron otros dos kilómetros.

—Un testigo sorpresa —dijo Jake—. Eso es motivo de revocación, seguro.

—No pondría la mano en el fuego. No puedes llegar tan lejos, Jake. Tienes que pactar antes de que decida el jurado.

—Tendré que renunciar como abogado.

—Pues renuncia. Has ganado un dinero. Ahora quédate al margen. Piensa un poco en Lettie.

—Mejor no.

—Lo entiendo, pero ¿y si se va del juzgado sin llevarse ni un céntimo?

—Quizá se lo merezca.

Frenaron en el aparcamiento de grava de la tienda de los Bates. El único vehículo extranjero era el Saab rojo. Todos los demás eran camionetas, ninguna de menos de diez años. Hicieron cola mientras la señora Bates les llenaba pacientemente los platos de verdura, y el señor Bates cobraba tres dólares cincuenta a cada cliente, té helado dulce y pan de maíz incluidos. La gente casi se chocaba y no había asientos libres.

—Aquí —dijo la señora Bates con un gesto de la cabeza.

Jake y Harry Rex se sentaron en una barra pequeña, no muy lejos de los enormes fogones de gas cubiertos de cazos. Podían hablar, pero con precaución.

De todos modos daba igual. Ni uno solo de los comensales sabía que en la ciudad se estuviera celebrando un juicio, y menos que Jake lo tuviera todo en contra. Encaramado a un taburete, inclinado hacia su plato, miró con tristeza a la multitud.

—Eh, que tienes que comer —le dijo Harry Rex.

—No tengo hambre —dijo Jake.

—¿Me das tu plato?

—Quizá. Me da envidia toda esta gente. No tienen que volver al juzgado.

—Yo tampoco. Te has quedado solo, chaval. Se te ha jodido tanto el caso que ya no tiene remedio. Me las piro.

Jake arrancó un trocito de pan de maíz y se lo metió en la boca.

—¿Tú no estudiaste derecho con Lester Chilcott?

—Sí. El más capullo de toda la facultad. Al principio era simpático, pero luego consiguió trabajo en un bufete grande de Jackson y ¡pam! De la noche a la mañana se volvió un borde de campeonato. Cosas que pasan, supongo. No es el primero. ¿Por qué?

—Acércate esta tarde y tantéalo con discreción, a ver si están dispuestos a pactar.

—Vale. ¿Qué tipo de acuerdo?

—No sé, pero si se sientan a hablar algo acordaremos. Yo creo que, si renuncio, el juez Atlee se pondrá al frente de las negociaciones y se asegurará de que le toque algo a todo el mundo.

—Así me gusta. Vale la pena intentarlo.

Jake consiguió comer un poco de okra frita. Harry Rex casi había terminado, y miraba su plato de reojo.

—Oye, Jake, tú jugabas a fútbol americano, ¿verdad?

—Lo intentaba.

—Que sí, que sí. Me acuerdo de cuando eras quarterback de la birria de equipo de Karaway, que si no me equivoco no ha ganado ni una temporada. ¿Cuál fue la peor paliza que os llevasteis en el terreno de juego?

—En tercero los de Ripley nos ganaron cincuenta a cero.

—¿Cómo ibais en la media parte?

—Treinta y seis a cero.

—¿Y no seguiste jugando?

—Sí, era el quarterback.

—Vaya, que en el descanso sabías que no ganaríais, pero fuiste el primero en salir el campo en la segunda parte y seguiste jugando. No renunciaste, y ahora tampoco puedes renunciar. Ahora mismo parece bastante dudosa la victoria, pero tienes que volver al campo, aunque sea a rastras. De momento parece que lo tienes todo perdido y el jurado observa todos tus movimientos. Pórtate bien, cómete la verdura y vámonos.

A la hora de comer el jurado se desperdigó. A la una y cuarto volvía a estar reunido en la sala de deliberaciones, hablando del caso en corrillos y en voz baja. Estaban sorprendidos y desconcertados. La sorpresa era que el juicio se hubiera puesto en contra de Lettie Lang de una manera tan brusca. Antes de la aparición de Fritz Pickering se habían ido acumulando pruebas que dejaban muy claro que Seth Hubbard era un hombre que hacía siempre lo que quería, y que sabía perfectamente lo que hacía. Ahora se había producido un vuelco y Lettie era objeto de un profundo recelo. Hasta los dos miembros negros del jurado, Michele Still y Barb Gaston, parecían estar abandonando el barco. El desconcierto nacía de no saber qué iba a pasar. ¿A quién llamaría Jake a declarar para poner remedio a los destrozos? ¿Había vuelta atrás? Y si el jurado rechazaba el testamento manuscrito, ¿qué pasaría con el dinero? Había muchas preguntas por responder.

Tanto se hablaba sobre el caso que el presidente, Nevin Dark, se sintió obligado a recordarles que a su señoría no le parecían bien esas conversaciones.

—Hablemos de otra cosa —dijo con educación y sin ánimo de ofender a nadie, ya que a fin de cuentas no era el jefe.

A la una y media entró el ujier e hizo el recuento.

—Vamos —dijo.

Los doce le siguieron a la sala de vistas. Una vez sentados miraron a Lettie Lang, que no apartaba la vista de su cuaderno de notas. Tampoco su abogado les lanzó una de sus sonrisas de buen chico, sino que se quedó arrellanado en la silla, mordisqueando un lápiz e intentando aparentar tranquilidad.

—Señor Lanier —dijo el juez Atlee—, puede llamar a su próximo testigo.

—Sí, señor. Los impugnadores llaman al señor Herschel Hubbard.

Herschel subió al banquillo, sonrió al jurado con cara de lelo, juró decir solo la verdad y empezó a responder a una larga serie de preguntas triviales. Wade Lanier le había preparado bien. Fueron abordando todos los aspectos de la anodina existencia del testigo, con el sesgo favorable de siempre: Herschel recordó con gran cariño su niñez junto a sus padres y su hermana, y lo bien que lo pasaban en familia. El divorcio había sido doloroso, sí, pero lo habían superado a base de perseverancia. Con su padre tenía una relación muy estrecha, hablaban mucho y se veían siempre que podían, aunque claro, estaban los dos muy ocupados. Ambos eran grandes hinchas de los Atlanta Braves. Seguían religiosamente al equipo y hablaban a menudo de los partidos.

Lettie se quedó estupefacta mirando a Herschel. Nunca había oído decir nada a Seth Hubbard sobre los Atlanta Braves. Tampoco le constaba que viera partidos de béisbol por la tele.

Cada temporada intentaban ir al menos una vez a Atlanta para ir a algún partido. ¿Cómo? ¿Qué? Para Jake, y cualquiera que hubiera leído las declaraciones de Herschel, fue una novedad. Herschel nunca había hablado de aquellas excursiones con su padre. Por desgracia poco se podía hacer. Para demostrar la inexistencia de los viajes a Atlanta habría hecho falta indagar a fondo durante dos días. Si Herschel quería inventarse cosas sobre su padre y él, a esas alturas Jake no se lo podía impedir. Además, tenía que andarse con cuidado. El escaso crédito que le quedase ante el jurado podía salir muy dañado por un ataque a Herschel.

Primero perdía a su padre, y luego le excluían de su testamento de la manera más cruel y humillante. Lo más fácil y natural para el jurado sería compadecerse de él.

Por otra parte, ¿cómo discutir con un hijo que había tenido poca relación con su padre pero que ahora juraba lo contrario? Imposible. Jake sabía que era una discusión de la que no podía salir ganador. Tomaba notas, escuchaba la novela e intentaba poner cara de póquer, como si estuviera yendo todo a pedir de boca. De lo que no era capaz era de mirar al jurado. Había un muro de por medio, situación que nunca había vivido.

Finalmente llegaron al tema del cáncer de Seth y Herschel se puso muy serio, hasta el punto de contener las lágrimas. Explicó lo espantoso que había sido ver secarse y arrugarse a un hombre tan activo y vigoroso por la enfermedad. Seth había intentado dejar de fumar muchas veces, y ambos, padre e hijo, habían tenido conversaciones muy íntimas sobre el tabaco. Herschel lo había dejado a los treinta años, y le había rogado a su padre que siguiera su ejemplo. Durante los últimos meses de Seth, Herschel iba a verle siempre que podía. Hablaban de la herencia, sí. Seth había dejado muy claras sus intenciones. Quizá no había sido demasiado generoso con Herschel y Ramona cuando eran pequeños, pero quería que a su muerte se quedaran con todo. Les había asegurado que tenía preparado un testamento perfectamente legal que les pondría a salvo de cualquier preocupación económica, además de asegurar el futuro de sus hijos, esos nietos a quienes tanto quería.

Hacia el final ya no era el mismo. Hablaban mucho por teléfono, y al principio Herschel se fijó en que a su padre le fallaba la memoria. No se acordaba del resultado del partido de béisbol de la noche anterior. Se repetía constantemente. Divagaba sobre las World Series, aunque el año pasado no la hubieran jugado los Braves, pero él creía que sí. El viejo perdía facultades. Daba tanta pena...

Herschel había tenido las lógicas reservas sobre Lettie Lang. Limpiaba y cocinaba bien, y atendía bien a su padre, pero cuanto más tiempo llevaba trabajando en la casa, y cuanto más enfermo se ponía Seth, más le intentaba proteger. Hacía como si no quisiera a Herschel ni Ramona cerca. Más de una vez Herschel había llamado a su padre por teléfono y Lettie le había dicho que no podía ponerse porque se encontraba mal. Intentaba apartarle de su familia.

Lettie miró al testigo con rabia, sacudiendo lentamente la cabeza.

Fue una magnífica interpretación. Al final Jake estaba casi demasiado atónito para pensar o moverse. Gracias a una preparación muy hábil, y sin duda exhaustiva, Wade Lanier había pergeñado un relato ficticio que habría sido la envidia de cualquier padre e hijo.

Jake se acercó al podio.

—Señor Hubbard —preguntó—, ¿en qué hotel solían alojarse usted y su padre cuando iban a ver a los Braves?

Herschel entornó los ojos y abrió la boca, pero sin decir nada. Los hoteles llevan un registro que se puede consultar. Finalmente se recuperó.

—Bueno... —dijo—. En varios.

—¿El año pasado fueron a Atlanta?

—No, papá estaba demasiado enfermo.

—¿Y el anterior?

—Sí, creo que sí.

—O sea, que fueron en 1986. ¿A qué hotel?

—No me acuerdo.

—Vale. ¿Contra qué equipo jugaron los Braves?

También los partidos y las temporadas se pueden consultar.

—Pues... la verdad es que no estoy muy seguro. Puede que contra los Cubs.

—Podemos verificarlo —dijo Jake—. ¿Qué fechas eran?

—Uy, yo con las fechas soy malísimo.

—Bueno, pues en 1986. ¿Ese año fueron a Atlanta a ver algún partido?

—Sí, creo que sí.

—¿En qué hotel se hospedaron?

—Puede que el Hilton, aunque no estoy seguro.

—¿Contra quiénes jugaron los Braves?

—A ver... Seguro no estoy, pero sé que un año los vimos jugar contra los Phillies.

—¿En 1986 quién jugaba de tercer base para el equipo de los Phillies?

Herschel tragó saliva y clavó la vista al frente como si le hipnotizasen unos faros. Le temblaban los codos. Miraba mucho al jurado de reojo. Le habían pillado mintiendo. La obra maestra de ficción de Lanier tenía sus lagunas.

—No lo sé —dijo al fin.

—¿No se acuerda de Mike Schmidt, el tercer base más importante de la historia del béisbol? Aún juega, y va lanzado al Hall of Fame.

—Pues no, lo siento.

—¿Quién era el centrocampista de los Braves?

Otra pausa embarazosa. Estaba claro que Herschel no tenía ni idea.

—¿Le suena de algo Dale Murphy?

—Ah, sí, claro, Dale Murphy.

Herschel estaba dando claras muestras de ser un mentiroso, o como mínimo de adornar mucho las cosas. Jake podría haber seguido hurgando en su testimonio, pero no tenía garantías de volver a acertar, así que siguió el dictado de su intuición y se sentó.

La siguiente fue Ramona, que poco después de haber prestado juramento ya lloraba. Aún no podía creer que su querido «papá» hubiera estado tan perdido y angustiado como para quitarse la vida. Con algo de tiempo, sin embargo, Lanier consiguió tranquilizarla y guiarla trabajosamente por el guión del testimonio. Siempre había sido la niña de los ojos de su papi. Nunca se cansaba de él. Seth la adoraba, y a sus hijos también. Iba a visitarlos a menudo a Jackson.

Tampoco en este caso tuvo Jake más remedio que admirar a Wade Lanier. En diciembre había preparado muy bien a Ramona para su declaración, y le había enseñado el arte del amago. Sabía que durante el juicio a Jake le sería imposible rebatir su testimonio, así que de lo que se trataba era de dar unas cuantas migajas durante la toma de declaraciones, las justas para responder con vaguedad a las preguntas y cargar después las tintas delante del jurado.

Su testimonio fue una mezcla teatral de emotividad, mala interpretación, mentiras y exageraciones. Jake empezó a mirar con disimulo al jurado para ver si alguno de sus miembros sospechaba algo. Durante una de las lloreras de Ramona, Tracy McMillen, la número dos, vio que Jake la miraba y frunció el ceño como si dijese: «Pero ¡habrase visto...!».

Al menos fue como lo interpretó Jake, aunque podía equivocarse. Estaba demasiado afectado para poder fiarse de su intuición. Dentro del jurado, Tracy era su favorita. Hacía dos días que intercambiaban miradas, y casi habían llegado al punto de coquetear. No era la primera vez que Jake se aprovechaba de ser atractivo para ganarse a alguien de un jurado, ni sería la última. Echó otro vistazo y pilló a Frank Doley lanzándole otra de esas miradas «estoy impaciente por destrozarte» marca de la casa.

Wade Lanier no estuvo perfecto. Alargó demasiado el interrogatorio de Ramona, y más de uno empezó a distraerse. La voz de Ramona era irritante, y su llanto un truco fácil y cansino. Los que la miraban sufrían tanto como ella. Cuando Lanier, finalmente, dijo «No tengo más preguntas», el juez Atlee se apresuró a dar un golpe de martillo.

—Un cuarto de hora de descanso —dijo.

El jurado abandonó la sala, que se quedó casi vacía. Ni Jake ni Lettie se movieron de la mesa. Había llegado el momento de dejar de ignorarse. Portia acercó su silla para que los tres pudieran hablar en voz baja, muy pegados.

—Jake, lo siento —fue lo primero que dijo Lettie—. ¿Qué he hecho?

Se le empañaron enseguida los ojos.

—¿Por qué no me lo habías dicho, Lettie? Si hubiera sabido lo de los Pickering, podría haberme preparado.

—Es que no tuvo nada que ver con lo que han contado, Jake. Te juro que nunca hablé con la señora Irene de ningún testamento. Nunca jamás. Ni antes de que lo escribiese ni después. Ni siquiera sabía que existiese, hasta que esa mañana fui a trabajar y se armó un berenjenal. Te lo juro, Jake. Tienes que dejar que se lo explique al jurado. Puedo hacerlo. Puedo conseguir que me crean.

—No es tan fácil. Ya lo hablaremos más tarde.

—Tenemos que hablar, Jake. Herschel y Ramona mienten por los codos. ¿No puedes impedirlo?

—No me parece que el jurado se esté creyendo gran cosa.

—Ramona les cae mal —dijo Portia.

—Se entiende. Tengo que ir corriendo al lavabo. ¿Alguna noticia de Lucien?

—No. A la hora de comer he mirado si había mensajes en el contestador. Unos cuantos abogados, unos cuantos reporteros y una amenaza de muerte.

—¿Una qué?

—Un tío que decía que como ganes tanto dinero para los negros volverán a quemarte la casa.

—Qué simpático. En el fondo me gusta. Me trae recuerdos entrañables del juicio de Hailey.

—Lo he grabado. ¿Quieres que se lo diga a Ozzie?

—Claro.

Harry Rex pilló a Jake a las puertas del baño.

—He hablado con Chilcott —dice—. No quieren pactar. No les interesa negociar. De hecho, casi se me ha reído en la cara. Dice que aún tienen alguna sorpresa más.

—¿Qué? —preguntó Jake, presa del pánico.

—Bueno, no me ha dado detalles, claro. Estropearía la emboscada, ¿no?

—No aguantaré otra emboscada, Harry Rex.

—No pierdas la calma, que lo estás haciendo muy bien. Dudo que Herschel y Ramona hayan convencido a muchos en el jurado.

—¿Qué me aconsejas, que vaya a por ella?

—No, no te precipites. Si la acosas lo único que hará será ponerse otra vez a llorar. Al jurado lo tiene harto.

Cinco minutos después Jake se acercó al podio.

—Veamos, señora Dafoe —dijo—. Su padre murió el 2 de octubre, ¿verdad?

—Sí.

—¿Cuándo le vio por última antes de morir?

—No llevaba la cuenta, señor Brigance. Era mi papá.

—¿No es cierto que le vio por última vez a finales de julio, más de dos meses antes de su muerte?

—No, eso no es verdad. Nos veíamos muy a menudo.

—La última vez, señora Dafoe. ¿Cuándo fue la última vez?

—Ya le digo que no llevaba la cuenta. Debió de ser un par de semanas antes de que muriera.

—¿Está segura?

—Bueno, no del todo. ¿Usted se apunta todas las veces que va a ver a sus padres?

—No soy el testigo, señora Dafoe. Soy el abogado que le hace las preguntas. ¿Está segura de que vio a su padre un par de semanas antes de que muriera?

—Bueno, segura del todo no puedo estar.

—Gracias. ¿Y sus hijos, Will y Leigh Ann? ¿Cuándo fue la última vez que vieron a su abuelo antes de que muriera?

—Pues mire, señor Brigance, no tengo ni idea.

—Pero ha declarado que le veían muy a menudo, ¿no?

—Claro. Querían mucho a su abuelito.

—¿Y él a ellos?

—Los adoraba.

Jake sonrió y se acercó a la mesa donde se guardaban las pruebas. Cogió dos hojas y miró a Ramona.

—Este es el testamento que escribió su padre el día antes de morir. Ha sido aceptado como prueba, y el jurado ya lo ha visto. En el sexto párrafo su padre escribió (cito): «Tengo dos hijos, Herschel Hubbard y Ramona Hubbard Dafoe, padres a su vez, aunque no sé de cuántos hijos, ya que hace un tiempo que no los he visto». Fin de la cita.

Dejó otra vez el testamento encima de la mesa.

—Por cierto —preguntó—, ¿cuántos años tiene Will?

—Catorce.

—¿Y Leigh Ann?

—Doce.

—O sea, ¿que hace doce años que tuvo a su último hijo?

—Sí, eso es verdad.

—¿Y su propio padre no sabía si había tenido más hijos?

—El testamento no es creíble, señor Brigance. Cuando lo escribió, mi padre no estaba en su sano juicio.

—Supongo que eso lo decidirá el jurado. No tengo más preguntas.

Jake se sentó y recibió un mensaje de Quince Lundy donde ponía: «Muy bien. La has destrozado». En ese momento del juicio, de su carrera e incluso de su vida, Jake necesitaba ánimos.

—Gracias —dijo, acercándose a Lundy.

Wade Lanier se levantó.

—Señoría —dijo—, los impugnadores llaman al señor Ian Dafoe, esposo de Ramona Hubbard.

Ian subió al banquillo. Seguro que iba preparado y estaba a punto de inventarse otro evocador relato de otros tiempos. Durante la declaración, Quince Lundy le pasó otra nota a Jake donde ponía: «Se están esforzando demasiado por convencer al jurado. Me parece que no les sale bien».

Jake asintió con la cabeza, buscando una oportunidad, alguna palabra perdida que pudiera aprovechar para volverla en contra del testigo. Después del melodrama de su mujer, la declaración de Ian resultó tan sosa como inofensiva. Contestó igual a muchas preguntas, pero sin la misma emoción.

Gracias a diversas fuentes, muchas de ellas extraoficiales, Jake, Harry Rex y Lucien habían encontrado algunos trapos sucios sobre Ian. Hacía cierto tiempo que su matrimonio hacía aguas. Prefería estar lejos de casa, echando la culpa de sus ausencias al trabajo. Era muy mujeriego, y su mujer muy bebedora. Además, algunos de sus negocios zozobraban.

La primera pregunta del contrainterrogatorio de Jake fue la siguiente:

—Ha dicho que es promotor inmobiliario, ¿verdad?

—Correcto.

—¿Es usted el propietario total o parcial de la empresa KLD Biloxi Group?

—Sí.

—¿Y esa empresa está intentando renovar el centro comercial Gulf Coast de Biloxi, en Mississippi?

—Sí.

—¿Diría usted que es una empresa solvente?

—Depende de la definición de «solvente».

—Bueno, definámoslo así: ¿es verdad que hace dos meses el First Gulf Bank demandó a su empresa, KLD Biloxi Group, por impago de una línea de crédito de dos millones de dólares?

Jake tenía en la mano varias hojas unidas por un clip. Podía demostrarlo.

—Sí, pero habría que explicar muchas más cosas.

—No se las he pedido. ¿Y es verdad que el mes pasado su empresa recibió otra demanda de un banco de Nueva Orleans, el Picayune Trust, por dos millones seiscientos mil dólares?

Ian respiró profundamente.

—Sí —dijo al final—, pero aún no se han resuelto las demandas, y nosotros nos hemos querellado contra ellos.

—Gracias. No tengo más preguntas.

Ian bajó del banquillo a las cinco menos cuarto. Por un momento el juez Atlee se planteó levantar la sesión hasta el jueves por la mañana.

—Señoría —dijo solícito Wade Lanier—, podemos llamar a un testigo que acabará en poco tiempo.

Si Jake hubiera tenido alguna idea de lo que se avecinaba habría perdido un poco más de tiempo con Ian y así esquivar otra emboscada al menos hasta el día siguiente. Pero al final el jurado se acostó con una opinión aún más negativa que antes sobre Seth Hubbard y sus debilidades.

—Llamamos a Julina Kidd —dijo Lanier.

Jake reconoció enseguida uno de los cuarenta y cinco nombres del vertido de testigos de Wade Lanier de dos semanas antes. Había intentado llamarla dos veces por teléfono, pero había sido inútil. La trajeron de una sala de testigos, y un ujier la acompañó al banquillo. Siguiendo instrucciones bastante claras y firmes de Wade Lanier, se había puesto un vestido azul barato que se parecía al de Lettie. Nada ceñido, ni sexy, ni que resaltara un tipo que, en general, llamaba la atención. Tampoco llevaba joyas, ni ningún detalle de elegancia. Julina se esforzaba al máximo por dar impresión de sencillez, aunque fuera imposible.

El mensaje era sutil, si Seth había intentado ligar con aquella mujer negra tan atractiva, habría hecho lo mismo con Lettie.

Julina subió al banquillo y sonrió nerviosamente al jurado. Lanier la guió por una serie de preliminares antes de ir al grano. Le dio unos documentos.

—¿Puede identificar estos papeles, por favor? —le pidió.

Julina les echó un vistazo.

—Sí —dijo—, es una denuncia de acoso sexual que le puse a Seth Hubbard hace unos cinco años.

Jake se levantó.

—Protesto, señoría —dijo casi gritando—. No debería admitirse, a menos que el letrado pueda explicarnos qué importancia tiene para el caso.

También Lanier se había levantado.

—Importancia tiene, y mucha, señoría —dijo con una voz resonante.

El juez Atlee levantó las dos manos.

—Silencio —dijo. Consultó el reloj, miró al jurado e hizo una pausa de un segundo—. Vamos a descansar cinco minutos, pero que nadie se mueva. Señores letrados, reúnanse conmigo en mi despacho.

Se dirigieron hacia allí rápidamente. Jake estaba tan furioso que habría podido dar un puñetazo, y a Lanier se le veían ganas de liarla.

—¿Qué va a declarar? —preguntó el juez Atlee cuando Lester Chilcott cerró la puerta.

—Trabajó en una de las empresas de Seth Hubbard —dijo Lanier—, al sur de Georgia. Fue donde se conocieron. Él se le echó encima, la obligó a acostarse con él y luego, cuando decidió que ya no le interesaba, la despidió. La denuncia de acoso la zanjaron con un acuerdo extrajudicial.

—¿Y de eso hace cinco años? —preguntó Jake.

—Sí.

—¿Qué importancia tiene para lo que nos ocupa hoy? —preguntó el juez Atlee.

—Pues mucha, señoría —dijo Lanier tan tranquilo, beneficiándose de meses de preparación. Jake, tomado por la más absoluta sorpresa, casi estaba demasiado furioso para pensar—. Tiene que ver con el tema de la influencia indebida —añadió Lanier—. La señorita Kidd era empleada de Seth, como la señora Lang. Seth tenía tendencia a seducir a mujeres que trabajaban para él, sin distinciones de color. Esta debilidad le hacía tomar decisiones que no se sostenían económicamente.

—¿Jake?

—Eso son chorradas. En primer lugar, señor juez, no tendría que poder declarar porque hasta hace dos semanas no estaba en la lista de testigos, lo cual contraviene claramente las normas. En segundo lugar, lo que hizo Seth hace cinco años no tiene nada que ver con su capacidad para testar en octubre pasado. Y obviamente no hay ni la más pequeña prueba de que Seth intimase con Lettie Lang. Me da igual a cuántas mujeres se tirara hace cinco años, blancas o negras.

—A nosotros nos parece probatorio —dijo Lanier.

—Chorradas. Probatorio lo es todo.

—Esa boca, Jake —advirtió el juez Atlee.

—Perdón.

El juez Atlee levantó una mano y se hizo silencio. Encendió una pipa, expulsó una gran bocanada de humo, dio un paseo hasta la ventana y regresó.

—Me gusta su argumento, Wade —dijo—. Las dos mujeres eran empleadas suyas. Voy a dejar que testifique.

—¿Alguien quiere el reglamento? —dijo Jake.

—Ven a verme al final de la vista, Jake —dijo el juez Atlee con severidad, antes de otra nube de humo. Dejó la pipa—. Sigamos —dijo.

Los abogados volvieron a sus puestos en la sala. Portia se inclinó hacia Jake.

—¿Qué ha pasado? —susurró.

—Nada, que el juez se ha vuelto loco.

Julina contó su historia a un público que apenas respiraba. Su repentino ascenso, el pasaporte nuevo, el viaje con su jefe a Ciudad de México, el hotel de lujo con habitaciones contiguas, las relaciones sexuales, y después el sentimiento de culpa. Al volver, Seth la había despedido de inmediato y había hecho que la acompañasen a la calle. Después ella le había denunciado, y él se había apresurado a pactar.

El testimonio no tenía relevancia para el pleito sobre el testamento. Era escandaloso, memorable sin duda, pero al oírlo Jake se convenció de que el juez Atlee había cometido un error garrafal. El juicio estaba perdido, pero el recurso parecía tener cada vez más posibilidades. Jake se lo pasaría en grande dejando en evidencia los trucos de Wade Lanier ante el Tribunal Supremo de Mississippi, y le procuraría una gran satisfacción revocar por fin al juez Reuben V. Atlee.

Reconoció en su fuero interno que si ya estaba pensando en el recurso la causa estaba perdida. Solo dedicó unos minutos al contrainterrogatorio de Julina Kidd, los suficientes para sonsacarle que cobraba por testificar. Ella no quiso decir la cantidad. Obviamente, Lanier había hablado a tiempo con ella.

—O sea, que cambió sexo por dinero, y ahora un testimonio por dinero, ¿no, señorita Kidd? —preguntó.

Era una pregunta dura, de la que se arrepintió enseguida. Ella no había hecho otra cosa que contar la verdad.

Julina se encogió de hombros, pero no contestó. Posiblemente fuera la respuesta con más clase del día.

A las cinco y media el juez Atlee levantó la sesión hasta el jueves por la mañana. Jake se quedó en el juzgado hasta mucho después de que se fueran los demás. Conversó en voz baja con Portia y Lettie, tratando de asegurarles que la situación no era tan mala como lo era en realidad, pero fue un esfuerzo inútil.

Finalmente el señor Pate empezó a apagar las luces, y Jake se marchó.

No pasó por el despacho del juez Atlee, como le habían pedido, sino que se fue a su casa. Necesitaba algo de calma con las dos personas a quienes más quería, las dos que siempre le verían como el mejor abogado del mundo.

45

El vuelo a Seattle tenía overbooking. Lucien consiguió la última plaza en el de San Francisco, donde dispondría de veinte minutos para tomar otro directo a Chicago. Si todo iba bien aterrizaría en Memphis justo después de medianoche. Fue todo mal. Perdió la conexión en San Francisco, y estuvo a punto de ser esposado por un guardia de seguridad cuando le echó la bronca a un vendedor de billetes. Con tal de sacarle del aeropuerto, le hicieron subir a un puente aéreo para Los Ángeles con la promesa de que en Dallas tendría una mejor conexión. De camino a Los Ángeles se bebió tres bourbons dobles con hielo, haciendo que los azafatos intercambiaran miradas. Después de aterrizar se fue directamente a un bar para seguir bebiendo. Llamó cuatro veces al bufete de Jake, pero siempre le salía el contestador. También llamó tres veces a Harry Rex, pero le dijeron que estaba en un juicio. A las siete y media cancelaron el vuelo directo a Dallas. Entonces Lucien insultó a otro vendedor de billetes y amenazó con denunciar a American Airlines. Con tal de sacarle del aeropuerto le embarcaron en un vuelo de cuatro horas a Atlanta, en primera clase, con bebida gratis.

Tully Still era operador de carretillas para una empresa de transportes del polígono industrial del norte de la ciudad. Hacía el turno de noche y era fácil de localizar. El miércoles a las ocho y media de la noche Ozzie Walls le saludó con la cabeza y se adentraron juntos en la oscuridad. No tenían ningún parentesco, pero sus madres habían sido amigas íntimas desde la escuela elemental. La mujer de Tully, Michele, era la número tres del jurado. Primera fila, justo en medio. La presa de Jake.

—¿Cómo va de mal? —preguntó Ozzie.

—Bastante. ¿Qué ha pasado? Primero iba todo de perlas, y de repente se ha jodido.

—Un par de testigos sorpresa. ¿Dentro qué dicen?

—Mira, Ozzie, ahora hasta Michele duda de Lettie Lang. Está quedando fatal. Disimula, hace que los viejos blancos cambien su testamento... No te preocupes, que Michele y la Gaston no le fallarán, pero eso quiere decir que tendrá dos votos. Y los blancos del jurado no son mala gente. Uno o dos puede que sí, pero hasta esta mañana la mayoría estaba con Lettie. No es una cuestión de negros contra blancos.

—O sea, ¿que hablan mucho?

—Yo no he dicho eso. Me parece que lo que hacen es cuchichear mucho. Normal, ¿no? No se puede esperar que la gente no diga nada hasta el final.

—Supongo.

—¿Qué va a hacer Jake?

—No estoy muy seguro de que pueda hacer algo. Dice que ya ha llamado a sus mejores testigos.

—Pues nada, parece que le han pillado por sorpresa y que los abogados de Jackson han podido con él.

—Ya veremos. Quizá aún no se haya terminado.

—Tiene mala pinta.

—Tú no digas nada.

—No te preocupes.

En el bufete Sullivan no estaban celebrando con champán, pero sí se servía buen vino. Walter Sullivan, el socio jubilado que había fundado el bufete treinta y cinco años antes, sabía mucho de vinos, y hacía poco que había descubierto los buenos Barolos italianos. Tras una cena ligera de trabajo en la sala de reuniones descorchó algunas botellas, trajo unas copas de cristal y organizó una cata.

Al ambiente le faltaba poco para ser triunfal. Myron Pankey, que había observado a mil jurados, nunca había presenciado un vuelco tan rápido, tan absoluto.

—Los tienes en el bolsillo, Wade —dijo.

A Lanier se le reverenciaba como a un mago de los tribunales, capaz de sacarse conejos de la chistera a pesar de la normativa de presentación de pruebas.

—El mérito es del juez —dijo y repitió modestamente—. Solo quiere un juicio justo.

—En los juicios no se trata de justicia, Wade —le regañó el señor Sullivan—. Se trata de ganar.

Lanier y Chilcott casi olían el dinero. 80 por ciento de la herencia bruta para sus clientes, menos impuestos y otras hierbas, y su pequeño bufete procesalista de diez hombres se llevaría más de dos millones en concepto de honorarios. Además, quizá no hubiera que esperar mucho. Una vez desestimado el testamento manuscrito, se procedería con el anterior. La mayor parte de la herencia era en efectivo. Quizá pudiera evitarse una legitimación larga.

Herschel estaba en Memphis, desde donde iba y venía al juicio con sus dos hijos. La familia Dafoe se alojaba en la casa de invitados de un amigo, cerca del club de campo. Todos estaban de buen humor, con ganas de recibir el dinero y seguir con sus vidas. Wade los llamaría cuando acabara el vino o para que le felicitasen.

Una hora después de su conversación con Tully Still, Ozzie estaba apoyado en el capó de su coche patrulla, fumándose un puro delante de la casa de Jake con su abogado favorito.

—Dice Tully que es un diez a dos —dijo.

Jake resopló.

—Tampoco me sorprende mucho —contestó.

—Bueno, pues parece que ha llegado la hora de plegar la silla e irte a casa, Jake. Se acabó la fiestecita. Consigue algo para Lettie y sal pitando. No necesita mucho. Llega a un acuerdo de una vez, antes de que la decisión recaiga en el jurado.

—No, si ya lo hemos intentado, Ozzie. Esta tarde Harry Rex ha hablado dos veces con la gente de Lanier y se han reído de él. Cuando la otra parte se ríe de ti no puedes llegar a ningún acuerdo. Ahora mismo aceptaría un millón.

—¡Un millón! ¿Cuántos negros de esta zona tienen un millón, Jake? Piensas demasiado como un blanco. Consigue medio millón, o un cuarto; lo que sea, hombre, pero algo.

—Mañana volveremos a intentarlo. Primero a ver cómo va la mañana. Luego, a la hora de comer, hablaré con Wade Lanier, que sabe de estas cosas. Salta a la vista que domina el tema. Se ha visto varias veces en la misma situación que yo. Espero poder hablar con él.

—Habla deprisa, Jake, y desmárcate de este maldito juicio. Con este jurado no puedes hacer nada. No tiene ningún parecido con lo de Hailey.

—No, la verdad es que no.

Jake le dio las gracias y entró en casa. Carla ya estaba en la cama, leyendo, preocupada por su marido.

—¿Qué pasaba? —preguntó mientras se desvestía Jake.

—No, nada, Ozzie, que está preocupado por el juicio.

—¿Y qué hace a estas horas rondando por aquí?

—Ya le conoces. Nunca duerme.

Jake se tumbó al pie de la cama y le frotó las piernas a Carla debajo de la sábana.

—Tú tampoco. ¿Puedo preguntarte algo? Estás en medio de otro juicio importante. Hace una semana que no duermes ni cuatro horas, y cuando duermes lo haces mal, con pesadillas. No comes bien. Estás adelgazando. La mitad del tiempo te lo pasas distraído, en tu mundo. Vas todo el día estresado, susceptible y a veces hasta tienes náuseas. Mañana por la mañana te despertarás con un nudo en el estómago.

—¿Y la pregunta?

—¿Se puede saber por qué quieres ser abogado litigante?

—No sé si es el mejor momento para preguntarlo.

—Pues sí, es el momento perfecto. ¿Cuántos juicios con jurado has tenido en los últimos diez años?

—Treinta y uno.

—Y en todos has perdido sueño y peso, ¿no?

—Creo que no. La mayoría no son tan importantes como este, Carla. Ni de lejos. Esto es una excepción.

—Lo que quiero decir es que los juicios son muy estresantes. ¿Para qué los quieres?

—Porque me encanta. Es lo que tiene ser abogado. Estar en la sala, con el jurado delante, es como estar en el ruedo o en la cancha. La competición es dura. Hay mucho en juego. Manda la estrategia. Al final hay uno que gana y otro que pierde. Cada vez que traen al jurado y lo hacen sentarse noto un chute de adrenalina.

—Y mucho ego.

—Toneladas. Nunca verás a un abogado litigante de éxito sin ego. Es un requisito indispensable. Para querer trabajar en esto hay que tener ego.

—Pues entonces debería irte bien.

—Vale, reconozco que de ego voy sobrado, pero quizá esta semana me lo dejen por los suelos. Quizá necesite que me consuelen.

—¿Ahora o en otro momento?

—Ahora. Hace ocho días.

—Cierra con pestillo.

Lucien se quedó inconsciente a más de diez mil metros de altura, mientras sobrevolaban Mississippi. Cuando el avión aterrizó en Atlanta, el personal de a bordo ayudó a bajarle y dos guardias se lo llevaron en silla de ruedas a la puerta de embarque del vuelo a Memphis. Cruzaron varias salas de espera, cuyos bares no le pasaron desapercibidos. Cuando los guardias le aparcaron en su sitio, les dio las gracias, se levantó y dio tumbos hasta el bar más próximo para pedir una cerveza. Se estaba conteniendo. Estaba siendo responsable. Durmió entre Atlanta y Memphis, donde aterrizaron a las siete y diez de la mañana. Le bajaron del avión a rastras y avisaron a seguridad, que llamó a la policía.

Fue Portia quien respondió el teléfono en el bufete. Jake estaba en el piso de arriba, repasando testimonios a la desesperada.

—Jake —le dijo Portia por el intercomunicador—, es Lucien, a cobro revertido.

—¿Dónde está?

—No lo sé, pero la voz la tiene fatal.

—Acepta y pásame la llamada.

Segundos después Jake levantó el auricular.

—Lucien —dijo—, ¿dónde estás?

Con un gran esfuerzo, Lucien logró transmitir el mensaje de que se encontraba en la cárcel municipal de Memphis, y de que necesitaba que Jake fuera a buscarle. Se le trababa la lengua, y hablaba de manera errática. Estaba como una cuba, no había más que oírle. Por desgracia no era nada nuevo para Jake, que reaccionó con enfado e indiferencia.

—No me dejan hablar —farfulló Lucien de modo casi ininteligible.

De repente pareció que le gruñera a otra persona. Jake se lo imaginó perfectamente.

—Lucien —dijo—, dentro de cinco minutos salimos para el juzgado. Lo siento.

En realidad no lo sentía. Que Lucien se pudriera en la cárcel.

—Tengo que llegar, Jake. Es importante —dijo Lucien, arrastrando tanto las palabras que se repitió tres veces.

—¿El qué es importante?

—Tengo una declaración. La de Ancil, Ancil Hubbard. Una declaración jurada. Es importante Jake.

Jake y Portia cruzaron la calle a toda prisa y entraron en el juzgado por la puerta trasera. En el vestíbulo de la planta baja estaba Ozzie, hablando con un conserje.

—¿Tienes un minuto? —le preguntó Jake.

No habría podido estar más serio. Diez minutos después Ozzie y Marshall Prather salieron de Clanton para Memphis.

—Ayer te eché en falta —dijo el juez Atlee cuando entró Jake en su despacho.

Ya habían empezado a llegar los abogados para la previa informativa matinal.

—Lo siento, señoría, pero es que me lié con cosas del proceso —contestó Jake.

—Ya, ya me lo imagino. Señores, ¿alguna consideración preliminar esta mañana?

Los letrados de la parte impugnadora sonrieron apesadumbrados e indicaron que no con sus cabezas.

—Pues sí, señoría, una —dijo Jake—. Hemos localizado a Ancil Hubbard en Juneau, Alaska. Está vivo, pero no puede venir con tan poca antelación para el juicio. Al ser parte interesada en la causa debería ser incluido en ella, por lo que solicito la anulación del juicio y propongo que volvamos a empezar cuando Ancil pueda estar aquí.

—No ha lugar —dijo sin vacilar el juez Atlee—. No podría contribuir en nada a establecer la validez del testamento. ¿Cómo le han encontrado?

—Es bastante largo de contar, señoría.

—Tiempo habrá. ¿Algo más?

—Por mi parte no.

—¿Están preparados sus próximos testigos, señor Lanier?

—Sí.

—Pues adelante.

Ahora que tenía al jurado totalmente en el bolsillo, lo que menos deseaba Wade Lanier era cansarlo. Estaba resuelto a prescindir de todo lo accesorio y acelerar al máximo el veredicto. Ya había planificado el resto del juicio con Lester Chilcott. El jueves lo dedicarían por entero a llamar a sus testigos restantes. Si a Jake le quedaba algo, podría llamar a testigos de refutación. Ambos letrados pronunciarían sus conclusiones finales el viernes a media mañana. Después de la comida, el caso quedaría en manos del jurado. Dada la inminencia del fin de semana, y teniendo en cuenta que la decisión ya estaba tomada, lo lógico era que tuvieran preparado el veredicto mucho antes de las cinco, la hora en que cerraba sus puertas el juzgado. Wade y Lester llegarían a Jackson a tiempo para cenar tarde con sus esposas.

Dos letrados tan curtidos como ellos no deberían haber cometido la imprudencia de planificar el resto del juicio.

El primer testigo a quien llamaron Lanier y Chilcott el jueves por la mañana fue un oncólogo jubilado de Jackson, el doctor Swaney, que durante varias décadas había simultaneado el ejercicio de su profesión con las clases en la facultad de medicina. Su currículum era tan impecable como sus modales. Su forma de hablar, con el típico acento gangoso de las zonas rurales, no tenía nada de pretenciosa. Su credibilidad era absoluta. Usando el menor número posible de términos médicos, explicó al jurado el tipo de cáncer del que había muerto Seth Hubbard, con especial hincapié en los tumores que se habían extendido a su médula y sus costillas. Describió el intenso dolor que provocaban. Él había tenido a cientos de pacientes con dolencias similares y podía decir que los dolores eran de los más intensos que se pudiera imaginar. No cabía duda de que el Demerol era uno de los fármacos más eficaces del mercado. Una dosis oral de cien miligramos cada tres o cuatro horas entraba dentro de lo normal, y aliviaba parcialmente el dolor. Al mismo tiempo, solía provocar somnolencia, torpeza mental, mareos, en muchos casos náuseas, e incapacidad para realizar muchas funciones de rutina. Quedaba rotundamente descartado conducir. Tampoco convenía, por supuesto, tomar decisiones importantes bajo los efectos de tanto Demerol.

Ya hacía años que Jake había aprendido que no servía de nada discutir con los auténticos expertos. Los falsos a menudo daban la oportunidad de brindarle al jurado una carnicería, pero no los de la solvencia del doctor Swaney. Durante el contrainterrogatorio dejó bien claro que ni el propio médico de Seth Hubbard, el doctor Talbert, estaba seguro de cuánto Demerol había tomado durante los días anteriores a su muerte. El testigo estuvo de acuerdo en que eran puras conjeturas, aunque recordó educadamente a Jake que no es habitual que los pacientes sigan comprando un fármaco caro si no piensan usarlo.

El siguiente perito era otro médico, el doctor Niehoff, de la facultad de medicina de la UCLA. A los jurados de pueblo es fácil que los expertos venidos de muy lejos para hablar ante ellos

los impresione. Nadie lo sabía mejor que Wade Lanier. Un experto de Tupelo se habría ganado la atención del jurado y uno de Memphis aún habría sido más creíble, pero si el testigo era de California comerían de su mano.

Por diez mil dólares más gastos, todo a cargo de Wade Lanier, el doctor Niehoff explicó al jurado que llevaba veinticinco años investigando y tratando el dolor en pacientes de cáncer. Gran conocedor de los tumores de los que se estaba hablando, describió con pelos y señales sus efectos en el cuerpo. Había visto a personas que lloraban y gritaban durante mucho tiempo, que adquirían una palidez cadavérica, que vomitaban de modo incontrolable, que rogaban ser medicados, que se desmayaban y hasta que suplicaban morir. Era bastante habitual pensar en el suicidio, y no eran pocos quienes llegaban a cometerlo. El Demerol era uno de los tratamientos más extendidos y eficaces. En aquel punto, el doctor Niehoff se salió del guión e incurrió en una retahíla de tecnicismos, como tan a menudo les ocurre a los expertos que no pueden resistir la tentación de impresionar a sus oyentes. Se refirió al fármaco como clorhidrato de meperidina y dijo que era un analgésico narcótico, un opiáceo contra el dolor.

Lanier le paró los pies y encarriló de nuevo su vocabulario. El doctor Niehoff le dijo al jurado que el Demerol era un analgésico de gran potencia, muy adictivo. Él lo había usado durante toda su carrera y le había dedicado múltiples artículos. Los médicos preferían administrarlo en el hospital o en la consulta, pero en casos como el de Seth Hubbard no era infrecuente permitir que el enfermo lo tomase en casa, por vía oral. Era fácil abusar de él, sobre todo cuando alguien pasaba por dolores como los de Seth.

Jake se levantó.

—Protesto, señoría —dijo—. No hay ninguna prueba de que Seth Hubbard abusara de este fármaco.

—Se admite la protesta. Cíñase a los hechos, doctor.

Jake se sentó, aliviado por que al fin se hubiera dictado a su favor.

El doctor Niehoff era un magnífico testigo, muy pródigo en

detalles sobre los tumores, el dolor y el Demerol. Después de oírle declarar durante tres cuartos de hora era fácil pensar que Seth había sufrido mucho, y que lo único que paliaba sus dolores eran dosis abundantes de Demerol, un medicamento que le dejaba al borde de la inconsciencia. Según la acreditada opinión del doctor, Seth Hubbard se había visto tan gravemente afectado en sus facultades mentales por las dosis diarias y el efecto acumulado de aquel fármaco que durante los últimos días no podía haber pensado con lucidez.

Durante el contrainterrogatorio Jake perdió aún más terreno. Cuando intentó argumentar que el doctor Niehoff ignoraba por completo la cantidad ingerida por Seth, el experto le «aseguró» que cualquier persona con dolores como los de Seth habría estado desesperada por tomar Demerol.

—Si le habían recetado las pastillas, señor Brigance, es que las tomaba.

Después de unas cuantas preguntas inútiles, Jake se sentó. Los dos médicos habían conseguido justo lo que pretendía Wade Lanier. En ese momento, al parecer del jurado y de prácticamente todos los presentes, Seth era un hombre desorientado, mareado, adormilado, aturdido e incapaz de conducir. Por eso se lo había pedido a Lettie.

Resumiendo, que no tenía capacidad para testar.

Después de diez minutos de descanso Lanier llamó a declarar a Lewis McGwyre. Al haber sido apartado del caso su bufete con tan poca elegancia, y excluido por tanto de los honorarios, McGwyre se había negado a declarar, así que Lanier había hecho algo impensable: citar judicialmente como testigo a otro abogado. Gracias a ello dejó rápidamente establecido que en septiembre de 1987 McGwyre había redactado un largo testamento para Seth. Después de la admisión del documento como prueba, McGwyre abandonó el banquillo, y aunque tuviera muchas ganas de quedarse y ver el juicio su orgullo no se lo permitió y salió a toda prisa de la sala junto a Stillman Rush.

Duff McClennan tomó su lugar, prestó juramento y procedió a explicar al jurado que era abogado experto en fiscalidad en un bufete de Atlanta con trescientos empleados. Desde hacía treinta años estaba especializado en planificación sucesoria. Redactaba extensos testamentos para gente rica que quería reducir al mínimo el impuesto de sucesión. Había estudiado el inventario de bienes presentado por Quince Lundy, y también el testamento escrito y firmado por Seth Hubbard. A continuación Lanier proyectó en una gran pantalla una serie de cálculos, y McClennan se embarcó en una tediosa explicación sobre cómo devoraban herencias desprotegidas los impuestos de sucesión federales y estatales. Pidió disculpas por lo enrevesado, contradictorio y abrumadoramente anodino de «nuestro querido código fiscal», y también por sus complejidades.

—No lo he escrito yo, sino el Congreso —dijo dos veces.

Lanier sabía de sobra que aquel testimonio provocaría el aburrimiento, si no la repulsa, del jurado, así que se esmeró en agilizarlo y limitarlo a los puntos más destacados, sin desempolvar la mayor parte del código.

No sería Jake quien protestase y alargara la agonía. El jurado ya estaba nervioso.

Por fin McClennan llegó a sus anheladas conclusiones.

—En mi opinión —dijo— el importe total de los impuestos, estatales y federales, será del 51 por ciento.

Lanier escribió en negrita en la pantalla «12.240.000 dólares en impuestos».

La diversión acababa de empezar. McClennan había analizado el testamento elaborado por Lewis McGwyre. Se trataba fundamentalmente de una serie de fideicomisos complejos e interrelacionados que, tras otorgar sendos millones de dólares a Herschel y Ramona, inmovilizaban el resto durante muchos años y se lo iban dosificando a la familia. Ni McClennan ni Lanier tuvieron más remedio que desmenuzarlo. Jake vio que en el jurado empezaba a dormirse más de uno. Hasta la versión aligerada de McClennan sobre la intención del testamento era densa, y a veces cómicamente impenetrable. Sin embargo, Lanier tenía muy claro su objetivo, así que continuó y empezó a proyectar los números en la pantalla. La conclusión fue que con el testamento de 1987, según el peritaje de McClennan, los impuestos solo ascenderían a «9.1000.000 dólares, entre los del estado y los federales, dólar arriba dólar abajo».

La diferencia de 3.140.000 dólares apareció en grandes números en la pantalla.

Quedaba muy claro, el testamento ológrafo de Seth, escrito a toda prisa, le salía muy caro a la herencia. Otra prueba más de que no pensaba con claridad.

En la facultad de derecho Jake había aprendido a esquivar los temas tributarios, y llevaba diez años disuadiendo a cualquier posible cliente que necesitara asesoría en cuestiones fiscales. Sabiendo tan poco del tema, no habría podido aconsejarle. Cuando Lanier puso al testigo a su disposición, renunció a contrainterrogarle. Sabía que el jurado estaba aburrido, con ganas de irse a comer.

—Se levanta la sesión hasta la una y media —anunció el juez Atlee—. Señor Brigance...

Jake vio frustrados sus planes de interceptar a Wade Lanier y preguntarle si podían hablar cinco minutos. Fue a ver al juez Atlee en su despacho. Después de quitarse la toga y encender su pipa, su señoría se le quedó mirando.

—No estás contento con mis decisiones —dijo con calma.

Jake resopló por la nariz.

—La verdad es que no. Ha dejado que Wade Lanier se apoderara del juicio con un par de trucos sucios, un par de testigos sorpresa que yo no había tenido la oportunidad de preparar.

—Pero tu cliente ha mentido.

—No es mi cliente; mi cliente es la sucesión, pero reconozco que Lettie no ha dicho la verdad. La han pillado desprevenida, señoría. Ha sido una emboscada. Cuando se le tomó declaración dejó muy claro que no se acordaba de todas las familias blancas para las que había trabajado. El episodio de los Pickering fue tan desagradable que estoy seguro de que intentó olvidarlo. Lo más importante es que Lettie no sabía nada del testamento manuscrito. Yo podría haberla preparado, señor juez. Por eso lo digo. Podría haber suavizado el impacto, pero usted ha permitido la emboscada y el juicio ha dado un vuelco en cuestión de segundos.

Jake lo dijo mirando al viejo juez con mala cara, pese a ser muy consciente de que a Reuben V. Atlee no se le podía regañar. En aquel caso, sin embargo, el juez se equivocaba, y Jake estaba indignado con la injusticia. A esas alturas no tenía nada que perder. ¿Por qué no ponerlo todo encima de la mesa?

El juez dio unas caladas a la pipa, como si se comiera el humo, que a continuación soltó.

—No estoy de acuerdo, pero bueno, espero que sepas mantener la dignidad. En mi sala los letrados no dicen palabrotas.

—Lo siento. A veces digo tacos en el calor de la batalla. Dudo que sea el único.

—No estoy tan seguro de que el jurado haya dado un vuelco, como dices tú.

Jake vaciló, y estuvo a punto de recordarle al juez que no sabía casi nada de jurados. Trataba con muy pocos. De hecho era una parte del problema. En su sala era el jefe supremo, como juez y jurado, y podía darse el lujo de admitir todas las pruebas, cribarlas, separar el grano de la paja y emitir un dictamen que le pareciera justo.

Pero no, no pensaba discutir.

—Juez —dijo—, tengo mucho trabajo.

El juez Atlee señaló la puerta con un gesto. Jake se fue. A la salida del juzgado le abordó Harry Rex.

—Ozzie ha llamado al bufete —le dijo—. Dice que aún están en la cárcel de Memphis, intentando sacarle. De momento no consiguen que le pongan fianza.

Jake frunció el ceño.

—¿Fianza sobre qué?

—Le acusan de ebriedad en público y resistencia a las fuerzas del orden. Es Memphis. En cuanto pillan a alguien sacan a relucir lo de la resistencia.

—Creía que Ozzie tenía contactos en la ciudad.

—Pues los estará buscando. Ya te avisé de que era un error mandar a Alaska a ese borracho.

—¿Sirve de algo decirlo ahora?

—No. ¿Qué vas a comer?

—No tengo hambre.

—Pues vamos a tomar una cerveza.

—No, Harry Rex. Hay jurados que se ofenden si el abogado apesta a alcohol.

—¡No me digas que aún te preocupa el jurado!

—Déjame en paz, hombre.

—Esta tarde tengo que ir al juzgado de Smithfield. Que tengas suerte. Después me paso.

—Gracias.

Al cruzar la calle para ir a su despacho, Jake cayó en la cuenta de que Harry Rex no se había perdido ni una palabra del juicio desde el lunes por la mañana.

Dewayne Squire era el vicepresidente de la Berring Lumber Company. El jueves antes del suicidio había discutido con Seth por una gran remesa de madera de pino para una compañía texana de revestimiento para suelos. A Squire, que era quien había negociado el acuerdo, le sorprendió saber que su jefe había llamado a la compañía para negociar otro a menor precio. Estuvieron toda la mañana del jueves dando vueltas al tema. Ambos estaban disgustados, y convencidos de tener la razón, pero en un determinado momento Squire se dio cuenta de que Seth no era el mismo de siempre. Arlene Trotter no pudo asistir al choque, porque no estaba en la oficina. En un momento dado Squire entró en el despacho de Seth y se lo encontró con la cabeza apoyada en las manos, quejándose de mareos y náuseas. Más tarde, cuando hablaron, Seth ya no recordaba los detalles del contrato. Dijo que Squire había negociado un precio demasiado bajo, y volvieron a discutir. Hacia las tres de la tarde, cuando Seth se marchó, ya estaba cerrado el acuerdo, por el que Berring acabaría perdiendo unos diez mil dólares. Que Squire recordase, Seth nunca había perdido tanto dinero en un contrato con un cliente.

Calificó a su jefe de desorientado, errático. La mañana siguiente Seth vendió la explotación de Carolina del Sur y perdió una buena cantidad de dinero.

Jake era muy consciente de que Wade Lanier estaba echando

el resto para que el caso quedara en manos del jurado antes del fin de semana. Había que ganar tiempo, así que en el contrainterrogatorio sacó los números de Berring y los repasó con Squire. El año más rentable de los últimos cinco había sido 1988, aunque en el último trimestre después de morir Seth habían caído en picado los ingresos. Mientras el jurado se mostraba distraído, Jake y Squire hablaron de los resultados de la empresa y sus contratos, estrategias, costes, problemas laborales, amortización de las instalaciones...

—No se entretenga, señor Brigance —dijo dos veces su señoría, pero sin insistir demasiado, porque el señor Brigance ya estaba disgustado con él.

Después de Dewayne Squire, Lanier llamó a declarar al señor Dewberry, un agente inmobiliario especializado en granjas y clubes de caza que explicó que días antes de la muerte de Seth había hecho negocios con él. A Seth le interesaba comprar doscientas hectáreas en el condado de Tyler para un club de caza. Hacía cinco años que buscaba terrenos con Dewberry, pero nunca acababa de decidirse. Al final pagó por una opción a un año sobre las doscientas hectáreas, pero después se puso enfermo y perdió interés. Justo antes del vencimiento de la opción llamó varias veces a Dewberry, que no sabía que se estaba muriendo ni tenía la menor idea de que estuviera medicándose con analgésicos. Un día Seth quería ejercitar la opción, y al siguiente no. Hubo varias ocasiones en que no se acordó del precio por hectárea, y una vez se olvidó de con quién estaba hablando por teléfono. Su conducta se hizo cada vez más imprevisible.

Durante las repreguntas Jake consiguió perder un poco más de tiempo. Al final de la tarde del jueves el juicio casi estaba parado. El juez Atlee levantó temprano la sesión.

46

Después de su choque con la burocracia de Memphis, justo cuando estaba a punto de darse por vencido, Ozzie recordó algo que debería habérsele ocurrido antes. Llamó por teléfono a Booker Sistrunk, cuyo bufete estaba a cuatro manzanas de la cárcel municipal. Después de un principio accidentado se habían mantenido en contacto, y en los últimos meses se habían visto dos veces cuando Ozzie había ido a la ciudad. Booker no había vuelto a Clanton, ni tenía muchas ganas de hacerlo. Los dos se habían dado cuenta de que lo lógico entre dos hombres negros que vivían a una hora de distancia y gozaban de cierto poder en un mundo de blancos, era encontrar territorios en común. Lo lógico era ser amigos. Un punto de especial interés para Booker era que los Lang aún le debiesen cincuenta y cinco mil dólares, un dinero que deseaba proteger.

La policía de Memphis odiaba a Booker Sistrunk, pero también le tenía miedo. Tardó un cuarto de hora en llegar con su Rolls negro, y empezaron a saltar papeles de una mesa a otra con Lucien Wilbanks como gran prioridad. Lucien salió media hora después de la entrada de Booker.

—Tenemos que ir al aeropuerto —dijo.

Ozzie le dio las gracias a Booker y prometió mantenerle informado.

Resultó que Lucien se había dejado el maletín en el avión. Él pensaba que debajo del asiento, pero también podía estar en el compartimento superior. En todo caso, los azafatos eran unos idiotas por no haberlo encontrado. Habían estado demasiado concentrados en sacarle a rastras del avión. Ozzie y Prather le escucharon indignados de camino al aeropuerto. Por su aspecto y su olor, Lucien podría haber sido un indigente detenido por vagancia.

En el departamento de objetos perdidos de American Airlines no les constaba que hubieran traído ningún maletín del vuelo de Atlanta. El encargado, que estaba solo, empezó a buscar sin muchas ganas. Lucien encontró una sala de espera con bar y se pidió una pinta de cerveza. Ozzie y Prather comieron cerca y mal en el bar de una zona de tránsito muy concurrida. Procuraban no perder de vista al pasajero. Cuando llamaron al bufete de Jake no se puso nadie. Casi eran las tres. Obviamente estaba liado en el juzgado.

Localizaron el maletín en Minneapolis. Para entonces, como Ozzie y Prather eran representantes de las fuerzas del orden, American Airlines estaba tratando el maletín como si fuera una prueba de gran valor, decisiva para una investigación importante, cuando en realidad se trataba de una bolsa de piel vieja y gastada con algunas libretas y revistas, jabón barato y cerillas del Glacier Inn de Juneau, y una cinta de vídeo. Después de muchas dudas y de muchas discusiones se organizó un plan para reenviarlo lo antes posible a Memphis. Si no había percances llegaría hacia la medianoche.

Ozzie dio las gracias al encargado y fue a buscar a Lucien, que resucitó cuando salían del aeropuerto.

—Oye, que tengo aquí mi coche. Quedamos en Clanton.

—No, Lucien, estás borracho —dijo Ozzie—. No puedes conducir.

—Ozzie —replicó con rabia Lucien—, estamos en Memphis. Tú aquí no mandas nada. ¡Vete a la mierda! Hago lo que me da la gana.

Ozzie levantó los brazos y se fue con Prather. Intentaron seguir a Lucien mientras salían de Memphis en hora punta, pero el pequeño y sucio Porsche se les escapó al adelantar peligrosamente por el denso tráfico. Siguieron hasta Clanton. Justo antes de las siete llegaron al bufete de Jake, que aguardaba sus noticias.

La única un poco positiva de aquel día tan atroz y tan frustrante había sido que hubieran detenido a Lucien por ebriedad en público y con resistencia a las fuerzas del orden. Así quedaba descartada cualquier posibilidad de que volviera a ejercer. Tal como estaban las cosas, sin embargo, fue algo nimio, una satisfacción que Jake ni siquiera podía mencionar. Por lo demás el panorama era de lo más desalentador.

Dos horas después Jake fue en coche a la casa de Lucien, y al parar en la entrada vio que no estaba el Porsche. Habló un momento en el porche con Sallie, que prometió llamarle en cuanto llegara Lucien.

Milagrosamente, el maletín de Lucien llegó a Memphis a medianoche. Lo recogió el agente Willie Hastings, que lo llevó a Clanton.

El viernes a las siete y media de la mañana Jake, Harry Rex y Ozzie se reunieron en la sala de la planta baja y cerraron la puerta. Jake introdujo la cinta en su reproductor de vídeo y apagó las luces. En la pantalla del televisor aparecieron las palabras «Juneau, Alaska ... 5 de abril de 1989», que al cabo de unos segundos desaparecieron. Después de presentarse, Jared Wolkowicz explicaba lo que estaban haciendo. Después era Lucien quien se presentaba y decía que iban a tomar declaración a alguien, y que sería él quien hiciera las preguntas. Se le veía sobrio, con la mirada limpia. Presentaba a Ancil F. Hubbard, que prestaba juramento ante el taquígrafo.

Menudo, frágil y con la cabeza lisa como una cebolla, llevaba el traje negro y la camisa blanca de Lucien, ambos dos tallas demasiado grandes. Tenía un vendaje detrás de la cabeza. Encima de su oreja derecha se adivinaba un trozo de la cinta adhesiva que lo mantenía en su sitio. Tragaba saliva con dificultad y miraba la cámara como si le diera pánico.

—Me llamo Ancil F. Hubbard —decía—. Vivo en Juneau, Alaska, pero nací en el condado de Ford, Mississippi, el 1 de agosto de 1922. Mi padre se llamaba Cleon Hubbard, mi madre Sarah Belle y mi hermano Seth. Seth era cinco años mayor que yo. Nací en la granja de la familia, cerca de Palmyra. Me fui de casa a los dieciséis años y nunca he vuelto. Nunca. Nunca he querido volver. Voy a contar mi historia.

Cincuenta y ocho minutos después, al desaparecer la última imagen, se quedaron sentados mirando la pantalla. Los tres habrían preferido no volver a verlo ni oírlo nunca más, pero no sería así. Finalmente Jake se levantó despacio y pulsó el botón EJECT.

—Más vale que vayamos a ver al juez.

—¿Podréis hacer que lo admitan? —preguntó Ozzie.

—Ni de coña —dijo Harry Rex—. Se me ocurren diez maneras de dejarlo fuera, y ni una de meterlo.

—Por intentarlo que no quede —dijo Jake.

Cruzó la calle corriendo, con el corazón tan agitado como la cabeza. Los otros abogados ya merodeaban por la sala, contentos de que fuera viernes y con muchas ganas de llegar a casa con una gran victoria a las espaldas. Jake habló un momento con el juez Atlee para decirle que era urgente que se reunieran los letrados en su despacho, donde había un televisor y un vídeo. Cuando estuvieron todos reunidos alrededor de la mesa, y su señoría hubo llenado y encendido su pipa, Jake explicó lo que iba a hacer.

—La declaración se tomó hace dos días. Lucien, que estaba allí, hizo unas preguntas.

—No sabía que hubiera vuelto a ejercer —comentó Wade Lanier.

—Un momento —dijo Jake sin hacerle mucho caso—. Primero vemos la grabación y luego nos peleamos.

—¿Cuánto dura? —preguntó el juez.

—Más o menos una hora.

—Es una pérdida de tiempo, señoría —dijo Lanier—. Al no haber estado yo, ni haber tenido la oportunidad de interrogar al testigo, no puede admitirse la declaración. Es absurdo.

—Tenemos tiempo, señoría —dijo Jake—. ¿A qué viene tanta prisa?

El juez Atlee chupó su pipa mientras miraba a Jake.

—Ponla —dijo con un brillo en la mirada.

Para Jake, volver a ver el vídeo fue tan desgarrador como la primera vez. Se le confirmaron cosas que no estaba seguro de haber oído bien. Miró varias veces de reojo a Wade Lanier, cuya indignación se fue difuminando a medida que sucumbía al peso del relato. Al final se quedó mustio. Todos los letrados de la parte impugnadora habían sufrido una transformación. Ya no quedaba nada de su arrogancia.

El juez Atlee siguió contemplando la pantalla después de que Jake sacara la cinta. Volvió a encender su pipa y expulsó una nube de humo.

—¿Señor Lanier?

—Bueno, señoría, está muy claro que no puede admitirse. Yo no estaba allí ni tuve la oportunidad de interrogar o contrainterrogar al testigo. Sería injusto.

—Vaya —dijo Jake sin poder aguantarse—, que está en la línea del resto del juicio. Ahora un testigo sorpresa, luego una emboscada... Pensaba que estaba con esos trucos, Wade.

—Haré como si no lo hubiera oído. No es propiamente una declaración, señoría.

—Pero ¿qué podría haberle preguntado? —dijo Jake—. Describe cosas que pasaron antes de que usted naciera, y es el único testigo que ha sobrevivido. Le sería imposible contrainterrogarle. No sabe nada de lo que pasó.

—No está debidamente autentificado por el taquígrafo —dijo Lanier—. El abogado de Alaska no está colegiado en Mississippi. Y podría decir muchas más cosas.

—Perfecto, pues lo retiro como testimonio y lo presento como declaración jurada. Las palabras de un testigo que ha prestado juramento ante notario. El taquígrafo también era notario.

—No tiene nada que ver con la capacidad para testar de Seth Hubbard el 1 de octubre del año pasado —dijo Lanier.

—Ah, pues a mí me parece que lo explica todo, Wade —replicó Jake—. Despeja cualquier duda de que Seth Hubbard supiera lo que hacía. Vamos, señoría, si está dejando que el jurado lo oiga todo.

—Basta —dijo con severidad el juez Atlee. Cerró los ojos

como si meditara. Después respiró hondo, mientras se le apagaba la pipa—. Señores —dijo al abrir los ojos—, creo que el jurado debe conocer a Ancil Hubbard.

Diez minutos después se pidió orden en la sala. Entró el jurado, y una vez más se desplegó la gran pantalla. El juez Atlee pidió disculpas al jurado por el retraso, antes de explicar lo sucedido y mirar hacia la mesa de los impugnadores.

—Señor Lanier —dijo—, ¿tiene usted más testigos?

Lanier se levantó como si tuviera artritis.

—No, señoría.

—¿Señor Brigance?

—Con la venia de su señoría, deseo llamar a la señora Lang para finalidades limitadas. Será solo un momento.

—Muy bien. Señora Lang, recuerde por favor que ya ha prestado juramento y sigue siendo válido.

Portia se inclinó para susurrar algo.

—¿Qué haces, Jake?

—Ahora no —contestó él en voz baja—. Ya lo verás.

Lettie, en quien seguía vivo el horrible recuerdo de su última comparecencia en el banquillo, se sentó e intentó parecer tranquila. No quiso mirar al jurado. No había habido tiempo para prepararla. Ignoraba por completo qué iba a suceder.

—Lettie —empezó a decir Jake—, ¿quién era su madre, su madre biológica?

Lettie sonrió y asintió con la cabeza al entenderlo.

—Se llamaba Lois Rinds.

—¿Y de quién era hija?

—De Sylvester y Esther Rinds.

—¿Qué sabe usted de Sylvester Rinds?

—No llegué a conocerle, porque murió en 1930. Vivía en unas tierras que ahora son de los Hubbard. Después de su muerte Esther se las cedió al padre de Seth Hubbard. El padre de Sylvester se llamaba Solomon Rinds, y ya era dueño de las mismas tierras.

—No hay más preguntas, señoría.

—¿Señor Lanier?

Wade se acercó al podio sin notas.

—Señora Lang, ¿ha tenido usted alguna vez una partida de nacimiento?

—No.

—Se quedó huérfana de madre a los tres años, ¿no es así?

—Exacto.

—En diciembre, cuando le tomamos declaración una semana antes de Navidad, no estaba tan segura de su ascendencia. ¿Por qué ahora sí?

—Porque he conocido a unos parientes. Han salido las respuestas de muchas preguntas.

—¿Y ahora está segura?

—Sé quién soy, señor Lanier. De eso estoy segura.

Lanier se sentó. El juez Atlee se dirigió a la sala.

—A continuación veremos la declaración grabada en vídeo de Ancil Hubbard. Bajen la luz. Quiero que estén cerradas las puertas y que nadie entre ni salga. Será cuestión de una hora, más o menos, sin interrupciones.

El jurado, que tan inexorablemente se había aburrido el día anterior, tenía los ojos muy abiertos y muchas ganas de asistir a aquel giro inesperado en el proceso. Muchos de los espectadores se desplazaron a la derecha de la sala para ver mejor la pantalla. Se atenuaron las luces y ya no se movió nadie. Fue como si todos respiraran profundamente. La cinta empezó a girar. Tras las presentaciones de Jared Wolkowicz y Lucien apareció Ancil.

«—Esta es mi historia —dijo—, aunque en el fondo no sé por dónde empezar. Vivo aquí, en Juneau, pero en realidad no soy de aquí ni de ningún otro sitio. Soy del mundo y lo he visto casi todo. En estos años he tenido mis problemas, pero también me he divertido mucho. Muchísimo. A los diecisiete años entré en la marina, mintiendo sobre mi edad. Con tal de irme de casa habría sido capaz de cualquier cosa. Pasé quince años destinado por todas partes. Luché en el Pacífico y en el USS *Iowa*. Después de la marina viví en Japón, Sri Lanka, Trinidad... En tantos sitios que ahora mismo ni me acuerdo. Trabajaba en navieras y vivía en el mar. Cuando quería descansar me instalaba durante una temporada en algún sitio, nunca el mismo.

—Háblanos de Seth —dijo Lucien fuera de plano.

—Seth me llevaba cinco años. No teníamos otros hermanos. Él era el mayor, y siempre se esforzaba por cuidarme. Nuestra vida era dura por culpa de nuestro padre, Cleon Hubbard, a quien odiamos desde el día en que nacimos. Nos pegaba, y también a nuestra madre. Parecía que siempre estuviera peleado con alguien. Vivíamos en medio del campo, cerca de Palmyra, en la granja de la familia, en una vieja casa de campo que había construido mi abuelo. Se llamaba Jonas Hubbard, y su padre Robert Hall Hubbard. La mayoría de nuestra familia se había ido a Arkansas, es decir, que no es que tuviéramos muchos primos o parientes cerca. Seth y yo trabajábamos en la granja de sol a sol, ordeñando las vacas, cortando el algodón, cuidando el huerto, cogiendo algodón... Se esperaba que trabajásemos como los adultos. Entre la Depresión y todo lo demás, la vida era dura, pero bueno, ya dicen siempre que en el sur nos daba igual la Depresión porque a nosotros nos duraba desde la guerra...

—¿Cuántas tierras teníais? —preguntó Lucien.

—Algo más de treinta hectáreas. Llevaban mucho tiempo en la familia. Casi todo era bosque maderero, aunque mi abuelo había talado algunas partes para cultivarlas. Algodón y judías.

—¿Y la familia Rinds tenía la finca de al lado?

—Exacto. Sylvester Rinds. También había otros Rinds. De hecho Seth y yo de vez en cuando jugábamos con varios de los niños, pero solo si no nos veía Cleon, que odiaba a Sylvester y a todos los Rinds. Era una enemistad que había estado incubándose muchos años. Es que Sylvester también tenía treinta hectáreas justo al lado de las nuestras, al oeste, y a los Hubbard siempre les había parecido que eran suyas por derecho. Según Cleon se había apoderado de ellas en 1870, durante la Reconstrucción, un tal Jeremiah Rinds, un antiguo esclavo que de alguna manera había podido comprarlas. Yo entonces era muy pequeño y no entendía lo que pasaba, pero los Hubbard siempre se consideraron los legítimos propietarios del terreno. Creo que hasta fueron a juicio, pero el caso es que siguió en manos de la familia Rinds. A Cleon lo indignaba, porque solo tenía treinta hectáreas, lo mismo que aquellos negros. Recuerdo haber oído muchas veces que los Rinds eran los únicos negros del condado que tenían tierras propias, y que se las habían quitado a los Hubbard no sé cómo. Seth y yo sabíamos que habríamos tenido que odiar a los hijos de los Rinds, pero es que no teníamos a nadie más con quien jugar. Nos íbamos con ellos a escondidas a pescar y a nadar. Mi mejor amigo era Toby Rinds, un niño de mi edad. Una vez Cleon nos pilló a Seth y a mí nadando con los Rinds y nos pegó tanto que no podíamos ni caminar. Era un hombre violento, vengativo, malo, lleno de odio y con muy mal genio. A nosotros nos daba mucho miedo.»

Al ser la tercera vez que lo veía durante la mañana, Jake no se concentró tanto, sino que observó al jurado, que se había quedado de piedra, como hipnotizado. No se perdían una sola palabra, como si no se lo creyeran. Hasta Frank Doley, el más hostil a Jake, estaba inclinado, dándose golpecitos en los labios con el índice, absolutamente fascinado.

«—¿Qué le pasó a Sylvester? —preguntó Lucien.

—Ah, sí, es lo que querías saber. La enemistad se agravó cuando talaron unos árboles cerca de la frontera entre los dos terrenos. Cleon los consideraba suyos y Sylvester estaba seguro de que no, de que eran de él. Después de haberse peleado tantos años por los límites, todos sabían exactamente dónde estaban. Cleon estaba a punto de estallar. Me acuerdo de que dijo que ya había aguantado demasiado tiempo las chorradas de los Rinds, y que era hora de hacer algo. Una noche llegaron unos hombres y bebieron whisky detrás del establo. Seth y yo salimos a escondidas y quisimos espiar lo que decían. Estaban planeando algo contra los Rinds. No pudimos enterarnos de qué era exactamente, pero estaba claro que algo planeaban. Un sábado fuimos al pueblo por la tarde. Hacía calor. Creo que sería agosto, agosto de 1930. Los sábados por la tarde iba todo el mundo al pueblo, negros y blancos. Todos tenían que hacer compras y aprovisionarse para la semana. Entonces Palmyra solo era un pueblo de campesinos, pero los sábados estaba a reventar, con las tiendas y las aceras llenas. Seth y yo no vimos nada, pero por la noche oímos hablar a unos niños de que un negro le había dedicado un piropo a una blanca, y que estaba todo el mundo muy disgustado. Luego nos enteramos de que el negro era Sylvester Rinds. Al volver a casa en la parte trasera de la camioneta, con mis padres delante, sabíamos que pasaría algo. Se notaba. Al llegar a casa Cleon nos mandó que nos fuéramos a nuestros cuartos y no saliéramos hasta que nos lo dijera. Luego oímos que discutía con nuestra madre. Fue una pelea de las gordas. Creo que Cleon le pegó. Después oímos que se iba con la camioneta, y aunque nos hiciéramos los dormidos salimos enseguida y vimos que los faros se alejaban hacia el oeste, hacia Sycamore Row.

—¿Dónde estaba Sycamore Row?

—Ahora ya no existe, pero en 1930 era una aldea en tierras de los Rinds, al lado de un riachuelo. Nada, unas cuantas casas viejas desperdigadas, de la época de los esclavos. Era donde vivía Sylvester. Total, que Seth y yo embridamos a Daisy, nuestro pony, y la montamos a pelo. Las riendas las llevaba Seth. Yo me aguantaba como un desesperado, pero ya estábamos acostumbrados a montar a pelo y sabíamos lo que hacíamos. Al acercarnos a Sycamore Row vimos las luces de varias camionetas. Bajamos, nos metimos con Daisy por el bosque y la dejamos atada a un árbol. Seguimos acercándonos hasta oír voces. Estábamos en una cuesta. Al mirar hacia abajo vimos a tres o cuatro blancos pegando con palos a un negro. No llevaba camisa y tenía los pantalones desgarrados. Era Sylvester Rinds. Su mujer, Esther, estaba en la entrada de su casa, a unos cincuenta metros, chillando y llorando. Intentó acercarse, pero uno de los blancos la dejó tirada por el suelo. Seth y yo nos acercamos hasta la entrada del bosque y nos quedamos mirando y escuchando. Aparecieron más hombres en otra camioneta. Llevaban una soga. Al verla Sylvester se puso como loco. Solo pudieron sujetarle entre tres o cuatro, hasta que consiguieron atarle las manos y las piernas. Entonces le llevaron a rastras hasta una de las camionetas y le tiraron en la parte trasera.

—¿Dónde estaba tu padre? —preguntó Lucien.

Ancil se quedó callado, respiró profundamente y se frotó los ojos antes de seguir hablando.

—Ahí, un poco apartado, mirándolo todo con una escopeta al hombro. Se notaba que formaba parte del grupo, pero no quería ensuciarse las manos. Había cuatro camionetas. Se alejaron lentamente de las casas, pero no fueron muy lejos, solo a una hilera de sicomoros. Era un sitio que conocíamos mucho Seth y yo, por haber pescado en el riachuelo. Había cinco o seis sicomoros perfectamente alineados. Por eso se llamaba así, Sycomore Row. Decían que los había plantado una tribu india para sus ritos paganos, pero no sé si es cierto. Las camionetas se pararon al llegar al primer árbol y formaron un semicírculo para tener bastante luz. Seth y yo las habíamos seguido entre los árboles sin hacer ruido. Yo no quería mirar. Hubo un momento en que dije: "Vámonos, Seth", pero no me moví, ni él tampoco. Era demasiado horrible para irse. Echaron la cuerda por encima de una rama gruesa y pasaron el dogal por el cuello de Sylvester, que se retorcía y gritaba, suplicando: "Que yo no he dicho nada, señor Burt, no he dicho nada; por favor, señor Burt, usted sabe que no he dicho nada"». Dos hombres tiraron de la otra punta y casi le arrancaron la cabeza.

—¿Quién era Burt? —preguntó Lucien.

Ancil volvió a respirar hondo y se quedó mirando la cámara durante una pausa larga e incómoda.

—Bueno —dijo al fin—, han pasado casi cincuenta y nueve años y estoy seguro de que hace tiempo que se han muerto todos. Seguro que se están pudriendo en el infierno, que es donde tienen que estar, pero tienen familias, y no serviría de nada nombrarlos. Seth reconoció a tres: el señor Burt, que era el cabecilla de los linchadores, nuestro querido padre, por supuesto, y otro, pero no pienso dar nombres.

—Pero ¿te acuerdas de cómo se llamaban?

—¡Y tanto! No se me olvidará en la vida.

—De acuerdo. ¿Qué pasó después?

Otra larga pausa en la que Ancil hizo un esfuerzo por recuperarse.»

Jake miró al jurado. La número tres, Michele Still, se tocaba las mejillas con un pañuelo de papel. La otra integrante negra, Barb Gaston, la número ocho, se secaba los ojos. A su derecha, Jim Whitehurst, el número siete, le tendió un pañuelo.

«—Sylvester estaba prácticamente colgado, pero aún tocaba la plataforma de la camioneta con los dedos de los pies. La cuerda le apretaba tanto el cuello que no podía hablar ni gritar, aunque lo intentaba; hacía un ruido horrible que nunca se me borrará de la memoria, una especie de gruñido agudo. Le dejaron sufrir uno o dos minutos, admirando de cerca lo que habían hecho. Él bailaba sobre la punta de los pies, intentando soltarse las manos y gritar. Era tan patético, tan espantoso...

Ancil se secó los ojos con la manga. Alguien fuera de campo le acercó unos pañuelos de papel. Respiraba con dificultad.

—Madre mía... Es que es la primera vez que lo cuento. Luego Seth y yo estuvimos días y meses hablando de lo que habíamos visto, hasta que nos pusimos de acuerdo en intentar olvidarlo. Es la primera vez que se lo cuento a otras personas. Fue tan espantoso... Nosotros éramos pequeños. No podríamos haberlo evitado.

—¿Y entonces qué pasó, Ancil? —preguntó Lucien después de una pausa.

—Pues lo que tenía que pasar. El señor Burt gritó: "¡Ya!", y el que conducía la camioneta avanzó. Al principio Sylvester se balanceó bastante. Los dos hombres de la otra punta de la cuerda estiraron un poco más, y Sylvester se levantó diría que un metro y medio, o dos. Tenía los pies a unos tres metros del suelo. No tardó mucho en quedarse quieto. Se lo quedaron mirando. Nadie quería irse. Luego desataron la cuerda y le dejaron tirado. Volvieron a las casas, que estarían a unos doscientos metros del árbol. Algunos caminaban y otros iban en camioneta.

—¿Cuántos eran, en total?

—No sé. Yo era pequeño. Supongo que unos diez.

—Sigue.

—Seth y yo los seguíamos en la oscuridad del bosque, oyéndolos reírse y darse palmadas en la espalda. Oímos decir a uno: "Vamos a quemar su casa". Se reunieron cerca de donde vivía

Sylvester. Esther estaba en los escalones de entrada, con una criatura en brazos.

—¿Una criatura? ¿Niño o niña?

—Niña. Pequeña, pero no un bebé.

—¿Tú la conocías?

—No, entonces no. Seth y yo nos enteramos más tarde. Sylvester solo tenía una hija, que era aquella niña de nombre Lois.»

A Lettie se le cortó con tal fuerza la respiración que sobresaltó a casi todo el jurado. Quince Lundy le pasó un pañuelo de papel. Jake miró a Portia por encima del hombro. Movía la cabeza, atónita, como el resto.

«—¿Quemaron la casa? —preguntó Lucien.

—No, pasó algo raro. Cleon se adelantó con la escopeta y se interpuso entre los otros hombres y Esther y Lois. Dijo que la casa no la incendiaba nadie, y los hombres subieron a las camionetas y se fueron. Seth y yo nos marchamos. Lo último que vi fue que Cleon hablaba con Esther en la entrada de la choza. Nos subimos al pony y fuimos corriendo a casa. Al meternos a escondidas por la ventana de nuestro cuarto nos encontramos con nuestra madre, que nos estaba esperando, muy enfadada. Quiso saber dónde habíamos estado. Seth, que era el que mentía mejor, dijo que habíamos salido a cazar luciérnagas. Pareció que se lo creía. Le suplicamos que no se lo dijera a Cleon. Creo que nos hizo caso. Cuando estábamos en la cama oímos llegar la camioneta. Cleon aparcó, entró en casa y se acostó. Nosotros no podíamos dormir. Estuvimos toda la noche susurrando. Yo no podía parar de llorar. Seth dijo que no pasaba nada, siempre que no me vieran. Juró no contarle a nadie que me había visto llorar. Luego le pillé llorando a él. Hacía tanto calor... En esa época no había aire acondicionado. Mucho antes del amanecer volvimos a salir por la ventana y nos sentamos en el porche trasero, donde se estaba más fresco. Hablamos de volver a Sycamore Row y ver cómo estaba Sylvester, pero en el fondo no lo decíamos en serio. Especulamos con lo que le pasaría a su cadáver. Estábamos seguros de que vendría el sheriff y detendría a Cleon y los demás. Necesitaría testigos. Por eso no podíamos decir ni pío sobre lo que habíamos visto. Nunca. Aquella noche no dormimos. Al oír a nuestra madre en la cocina nos metimos en la cama justo antes de que Cleon entrase y nos gritase que fuéramos a ordeñar las vacas en el establo. Lo hacíamos todas las mañanas, al alba. Absolutamente todas. Era una vida dura. Yo odiaba la granja, y a partir de aquel día odié a mi padre como nunca ha odiado un hijo a alguno de sus padres. Quería que viniera el sheriff a buscarle y se lo llevara para siempre.

Daba la impresión de que Lucien, fuera de plano, también necesitara descansar. Antes de la siguiente pregunta hizo una larga pausa.

—¿Qué pasó con las familias Rinds?

Ancil inclinó la cabeza y la sacudió exageradamente.

—Horrible, de verdad, horrible. Aún no he contado lo peor. Uno o dos días después Cleon fue a ver a Esther, le dio unos dólares y le hizo firmar una escritura de las treinta hectáreas. Le prometió que se podría quedar. Se quedó, pero solo unas cuarenta y ocho horas. El sheriff se presentó, efectivamente. Fue con uno de sus hombres y con Cleon a la aldea, y le dijo a Esther y los otros Rinds que los echaban. Inmediatamente. Venga, a recoger las cosas y a salir de aquellas tierras. Había una pequeña capilla de madera, una iglesia que usaban desde hacía décadas. Como demostración de que era el dueño de todo, Cleon le prendió fuego. La redujo a cenizas para demostrar lo importante que era. El sheriff y el agente le ayudaron. Y amenazaron con quemar también las chozas.

—¿Tú lo viste?

—Sí, claro. Seth y yo lo vimos todo. En principio teníamos que estar recogiendo algodón, pero al ver frenar el coche del sheriff delante de nuestra casa supimos que pasaba algo. Esperábamos que detuviera a Cleon, pero entonces en Mississippi las cosas no eran así. En absoluto. El sheriff venía a ayudar a Cleon a limpiar sus tierras y quitarse a los negros de encima.

—¿Qué les pasó a los negros?

—Pues que se fueron. Cogieron lo que pudieron y salieron corriendo por el bosque.

—¿Cuántos?

—Ya te digo que era pequeño. No los conté, pero en aquellas tierras vivían varias familias de los Rinds. No todos en la misma aldea, pero bastante cerca los unos de los otros. —Ancil respiró hondo—. De repente estoy cansadísimo —murmuró.

—Casi hemos acabado —dijo Lucien—. Sigue, por favor.

—Vale, vale. Total, que se fueron corriendo por el bosque. En cuanto una familia dejaba vacía su choza, Cleon y el sheriff le pegaban fuego. Lo quemaron todo. Tengo un recuerdo muy claro de los negros al borde del bosque, con sus hijos y las pertenencias que habían podido llevarse, mirando las llamas y el humo gris que provocaban, y llorando y lamentándose. Era horrible.

—¿Qué les pasó?

—Se dispersaron. Algunos acamparon un tiempo al lado de Tutwiler Creek, en pleno bosque, cerca del Big Brown River. Seth y yo buscamos a Toby y le encontramos con su familia. Pasaban mucha hambre, y estaban aterrorizados. Un domingo por la tarde cargamos los caballos, salimos a escondidas y les llevamos toda la comida que pudimos sin que nos pillaran. Fue el día en que vi a Esther y su hija, Lois. La niña tenía unos cinco años, y estaba totalmente desnuda. No tenía nada de ropa. Era horrible. Toby vino un par de veces a nuestra casa y se escondió detrás del establo. Seth y yo le dábamos toda la comida que podíamos. Él se la llevaba al campamento, que estaba a varios kilómetros. Un sábado se presentaron unos hombres con rifles y escopetas. No pudimos acercarnos lo suficiente para escuchar, pero más tarde nuestra madre nos contó que habían ido al campamento y habían echado a todos los Rinds. Un par de años después otro niño negro le explicó a Seth que Toby y su hermana se habían ahogado en el riachuelo, y que a algunos los habían matado a tiros. Creo que a esas alturas yo ya había oído bastante. ¿Puedo beber un poco de agua?

Una mano acercó un vaso de agua a Ancil, que la bebió despacio.

—Cuando yo tenía trece años —continuó— mis padres se separaron. Para mí fue un día feliz. Me fui con mi madre a Corinth, Mississippi. Seth se quedó con Cleon, porque no quería cambiar de colegio, aunque casi no se hablaban. Yo echaba mucho de menos a mi hermano, pero después de un tiempo, como es normal, nos distanciamos. Luego mi madre se volvió a casar con un zopenco que no era mucho mejor que Cleon. A los dieciséis años me fugué, y a los diecisiete entré en la marina. A veces pienso que desde entonces no he hecho otra cosa que correr. Después de irme no he vuelto a tener ningún contacto con mi familia. Pero ¡cómo me duele la cabeza! Ya está. Se acabó la triste historia.»

47

El jurado abandonó la sala en silencio y siguió al ujier por una escalera trasera que daba a una puerta lateral del juzgado, el mismo recorrido que había seguido desde el martes. Una vez fuera se dispersó sin mediar una sola palabra. Nevin Dark decidió ir a comer a casa. En aquel momento no quería estar con sus compañeros. Necesitaba tiempo para digerir el relato que acababa de escuchar. Quería respirar, pensar, recordar. Dentro de su camioneta, solo, con las ventanillas abiertas, casi se sentía sucio. Quizá lo remediase una ducha.

«El señor Burt.» «El señor Burt.» Por el lado más nebuloso del árbol genealógico de su mujer había un tío abuelo o primo lejano que se llamaba Burt. Había vivido cerca de Palmyra hacía muchos años, y siempre se había rumoreado que formaba parte del Ku Klux Klan.

No podía ser la misma persona.

En los cincuenta y tres años que llevaba en el condado de Ford, Nevin solo había oído hablar de otro linchamiento, pero casi se le había olvidado la historia. Supuestamente había sido a principios de siglo. Todos los testigos habían muerto, y los detalles estaban olvidados. Nevin nunca había oído describir un asesinato así por un testigo real. Pobre Ancil. Presentaba un aspecto tan lastimero, con su cabecita redonda, y su traje demasiado grande, y las lágrimas que se secaba con la manga...

Estuviera o no desorientado por el Demerol, no cabía duda de que Seth sabía lo que hacía.

Michele Still y Barb Gaston no tenían ningún plan para la

hora de comer. Estaban demasiado conmocionadas para pensar con claridad. Subieron al coche de Michele y huyeron de Clanton por la primera carretera de salida, sin ningún destino en la cabeza. La distancia les fue útil. Después de casi diez kilómetros por una carretera del condado vacía pudieron relajarse. Pararon en una tienda y se compraron unos refrescos y unas galletas saladas. Después se sentaron a la sombra, con las ventanillas abiertas, escuchando una emisora de soul de Memphis.

—¿Tenemos nueve votos? —preguntó Michele.

—Chica, podríamos tener doce.

—Qué va. Con Doley no podemos contar.

—Algún día le zurraré en el culo. No sé si hoy o el año que viene, pero lo pienso hacer.

Michele logró reírse. Se animaron bastante.

También Jim Whitehurst se fue a casa a comer. Su mujer le esperaba con un estofado. Comieron en el patio. Jim le había contado todo lo referente al juicio, pero no quería repetir lo que acababa de escuchar. Ella, sin embargo, insistió, y casi dejaron la comida intacta.

Tracy McMillen y Fay Pollan fueron juntas en coche a un centro comercial situado al este de la ciudad, donde tenía mucho éxito un nuevo local de bocadillos. Sus insignias de «Jurado» atrajeron algunas miradas, pero ninguna pregunta. Buscaron una mesa tranquila para poder hablar, y solo tardaron unos minutos en ponerse totalmente de acuerdo. Aunque en sus últimos días de vida Seth Hubbard ya no fuera el mismo, no cabía duda de que lo había planeado todo a la perfección. De todos modos, a ellas no les habían caído muy bien ni Herschel ni Ramona, y aunque no les gustase que todo el dinero se lo quedase una asistenta negra, la decisión, como había dicho Jake, no la tenía el jurado. El dinero no era de ellos.

Para la familia Hubbard, una mañana de lo más prometedora se había convertido en una humillante pesadilla. Ahora se sabía la verdad sobre su abuelo, a quien a duras penas habían conocido, y su apellido quedaría manchado para siempre. La mancha podrían aprender a gestionarla, pero perder el dinero sería una catástrofe. De repente tenían ganas de esconderse. Fueron rápidamente a casa de su anfitrión, cerca del club de campo, y se olvidaron de comer mientras debatían si volver al juzgado.

Durante el descanso Lettie y Portia volvieron a la casa de los Sappington, pero no se les pasó por la cabeza comer, sino que fueron al dormitorio de Lettie, se descalzaron a patadas y se tumbaron juntas, cogidas de la mano, para llorar.

La narración de Ancil había cerrado tantos círculos...

Era tal la vorágine de pensamientos que casi no cabían las palabras. Las emociones eran demasiado intensas. Lettie pensó en su abuela Esther, y en lo horrible de la historia. También en su madre, una niña sin ropa, comida ni techo.

—¿Cómo lo sabía, mamá? —preguntó.

—¿Quién? ¿Cuál? ¿Qué historia?

—Seth. ¿Cómo sabía que eras tú? ¿Cómo descubrió Seth Hubbard que eras la hija de Lois Rinds?

Lettie se quedó mirando el ventilador del techo, sin respuesta.

—Era un hombre muy inteligente —dijo al fin—, pero dudo que lleguemos a saberlo.

Willie Traynor pasó por el bufete de Jake con una bandeja de bocadillos y se autoinvitó a comer. Jake y Harry Rex estaban en el piso de arriba, tomando algo en el balcón: Jake café, y Harry Rex cerveza. Agradecieron los bocadillos, que se sirvieron ellos mismos. Willie optó por una cerveza.

—Mirad, cuando tenía el periódico —dijo—, hacia 1975, un tío publicó un libro sobre linchamientos. Se documentó a tope, puso un montón de fotos truculentas y todo eso, y le salió un libro muy ameno. Según este señor, que era del norte, con muchas ganas de dejarnos mal, entre 1882 y 1968 fueron linchados tres mil quinientos negros en Estados Unidos. También hubo mil trescientos blancos, pero la mayoría eran ladrones de caballos del oeste. A partir de 1900 casi todos los linchamientos fueron de negros, incluidos mujeres y niños.

—¿Es el mejor tema de conversación, justo ahora que estamos comiendo? —preguntó Harry Rex.

—No sabía que fueras tan delicado, chicarrón —replicó Willie—. Pero bueno, adivinad qué estado encabeza la lista nacional de linchamientos.

—Me da miedo preguntarlo —dijo Jake.

—Has acertado. El número uno somos nosotros, con casi seiscientos, todos negros menos cuarenta y dos. Georgia nos sigue de cerca, y luego viene Texas, también de cerca. Total, que me acuerdo de que al leer el libro pensé: seiscientos son muchos. ¿Cuántos fueron en el condado de Ford? Retrocedí cien años y me leí todos los números del *Times*. Solo encontré tres, todos negros, y Sylvester Rinds no salía en ninguna parte.

—¿Quién ha hecho los cálculos? —preguntó Jake.

—Se han hecho estudios, pero su validez es cuestionable.

—Si se sabe de seiscientos —dijo Harry Rex—, te apuesto lo que quieras a que hubo muchos más.

Willie tomó un trago de cerveza.

—Y adivina cuánta gente fue acusada de asesinato por haber participado en un linchamiento.

—Cero.

—Has acertado. Ni una sola persona. Era la ley del país, y los negros eran blanco fácil.

—Me da asco —dijo Jake.

—Pues a tu jurado también, chaval —dijo Willie—, y lo tienes de tu parte.

A la una y media el jurado se volvió a reunir en la sala de deliberaciones, sin que se pronunciara ni una palabra sobre el juicio. Un ujier los condujo a la sala. Ya no estaba la pantalla. Tampoco había más testigos. El juez Atlee miró hacia abajo.

—Sus conclusiones, señor Brigance.

Jake se acercó al podio sin libreta. No tenía notas.

—Estas conclusiones —empezó a decir— serán las más breves de la historia de esta sala, porque no puedo decir nada tan convincente como el testimonio de Ancil Hubbard. Cuanto más hable, más distancia interpondré entre él y sus deliberaciones, de modo que seré breve. Voy a pedirles que recuerden todas las palabras de Ancil Hubbard, aunque es dudoso que quien las haya oído pueda olvidarlas. A menudo los juicios dan giros inesperados. El lunes, cuando empezamos este, ninguno de nosotros podría haber predicho que el misterio de que Seth Hubbard hubiera legado su fortuna a Lettie Lang lo explicaría un linchamiento. En 1930 el padre de Seth Hubbard linchó al de Lettie Lang, y después de matarle se quedó con sus tierras y dispersó a su familia. Esa historia la ha contado Ancil mucho mejor de como pueda contarla yo. Durante seis meses, muchos nos hemos preguntado por qué hizo Seth lo que hizo. Ahora lo sabemos. Ya está claro.

»Personalmente siento una nueva admiración por Seth, a quien no conocí. A pesar de sus defectos, de los que ninguno carecemos, era un hombre de talento. ¿Conocen a alguna otra persona capaz de reunir una fortuna así en diez años? Pero más allá de eso, consiguió seguir la pista de Esther y Lois, y más tarde de Lettie. Unos cincuenta años más tarde llamó a Lettie por teléfono y le ofreció trabajo. No fue ella quien llamó. Seth lo tenía todo planeado. Era un hombre de talento. Admiro a Seth por su valentía. Sabía que se estaba muriendo, pero se negó a hacer lo que se esperaba de él y eligió un camino mucho más polémico. Sabía que su reputación quedaría manchada, y que su familia maldeciría su nombre, pero le dio igual. Hizo lo que le pareció correcto.

Jake se acercó al testamento manuscrito y lo cogió.

—Y por último, admiro a Seth por su sentido de la justicia. Mediante este testamento manuscrito intenta corregir una injusticia cometida hace décadas por su padre contra la familia Rinds. En sus manos está, señoras y señores del jurado, ayudar a Seth a corregir esa injusticia. Gracias.

Volvió lentamente a su asiento, y al hacerlo miró al público. En la última fila estaba Lucien Wilbanks, sonriendo y saludándolo con la cabeza.

«Tres minutos veinte segundos», se dijo Harry Rex al pulsar el botón de su reloj de pulsera.

—Señor Lanier —dijo el juez Atlee.

Wade cojeó más que de costumbre al ir al podio. Veía con la misma impotencia que sus clientes que el dinero se le iba de las manos. Lo habían tenido en el bolsillo. A las ocho de la mañana, sin ir más lejos, habían estado gastándolo mentalmente.

En aquel momento tan acuciante, Wade tenía poco que decir. La historia, que había aparecido de golpe, inesperadamente, lo había hundido. Con todo, era un veterano que ya había pasado por otros malos tragos.

—Uno de los instrumentos más importantes de los que disponen los abogados en los juicios —empezó a decir— es la oportunidad de contrainterrogar a los testigos de la parte contraria. El abogado casi siempre tiene la oportunidad de hacerlo, pero de vez en cuando, como ahora, le resulta imposible. Y es muy frustrante. Me siento atado de pies y manos. Me encantaría tener aquí a Ancil y hacerle unas preguntas, como por ejemplo: «Dígame, Ancil, ¿no es verdad que se encuentra en prisión preventiva por distribución de cocaína y fuga?», y «Vamos a ver, Ancil, ¿no es verdad que las fuerzas del orden de al menos cuatro estados le buscan, entre otras cosas, por obtención de bienes a través de medios fraudulentos, hurto mayor e impago de la pensión a sus descendientes?». Y también: «Ancil, explíquele al jurado por qué hace veinte años que no presenta la declaración de la renta». O la más importante de todas: «Ancil, ¿no es verdad que si el testamento manuscrito de Seth es declarado válido usted cobrará un millón de dólares?».

»Pero no puedo, señoras y señores, porque Ancil no está aquí. Lo único que puedo hacer es avisarles. Les aviso de que todo lo que han visto y oído de Ancil podría no ser lo que asegura ser.

»Olvidémonos por un momento de Ancil. Voy a pedirles que regresen a la noche de ayer. ¿Se acuerdan de lo que pensaban? Se fueron de aquí después de haber oído testimonios muy persuasivos, empezando por los de médicos acreditados más allá de cualquier duda, expertos que han trabajado con pacientes de cáncer y entienden hasta qué punto queda trastocada la capacidad de pensar con claridad cuando se toman muchos analgésicos.

Lanier procedió a resumir las declaraciones de los doctores Swaney y Niehoff. Al tratarse de las conclusiones finales se daba mucho margen al arte de la persuasión, pero Lanier lo tergiversaba todo tan perversamente que Jake se sintió obligado a levantarse.

—Señoría —dijo—, protesto. No creo que el doctor Niehoff dijera eso.

—Se admite la protesta —dijo de malos modos el juez Atlee—. Señor Lanier, voy a pedirle que se ciña a los hechos.

Lanier, ofendido, siguió divagando sobre lo que habían dicho tan excelsos médicos. No hacía ni un día que habían subido al banquillo. No hacía falta reproducir declaraciones tan recientes. Ahora Lanier daba tumbos, descolocado. Por primera vez desde el principio del combate, Jake pensó que se le veía perdido.

—Seth Hubbard no tenía capacidad para testar —repetía Lanier cuando no se le ocurría nada más.

Sacó a colación el testamento de 1987, y para alegría de Jake y contrariedad del jurado volvió a explayarse sobre él.

—Tres millones cien mil dólares desperdiciados porque sí —dijo con un chasquido de los dedos. Acto seguido describió un ardid fiscal conocido como «fideicomiso con salto generacional», y justo cuando la número diez del jurado, Debbie Lacker, iba a quedarse dormida, repitió—: Tres millones cien mil dólares desperdiciados porque sí.

Hizo chasquear de nuevo los dedos con fuerza.

Aburrir a un jurado que no podía moverse de su sitio, obligado como estaba a escuchar, era un pecado capital, pero Wade Lanier estaba poniendo toda la carne en el asador. Aun así tuvo la sensatez de no atacar a Lettie Lang. Sus oyentes acababan de enterarse de la verdad sobre su familia. Habría sido una imprudencia denigrarla o hacerle algún reproche.

Lanier hizo una pausa penosa para estudiar sus apuntes.

—Sería conveniente ir terminando, señor Lanier —aprovechó para decir el juez Atlee—. Ya ha excedido el tiempo.

—Perdón, señoría.

Lanier, nervioso, agradeció al jurado con palabras sensibleras sus «maravillosos servicios», y a guisa de conclusión les rogó que sopesaran los hechos con imparcialidad, sin dejarse llevar ni por las emociones ni por el sentimiento de culpa.

—¿Desea replicar, señor Brigance? —preguntó el juez Atlee.

Jake tenía derecho a diez minutos más para rebatir las afirmaciones de Lanier. Como abogado de la parte proponente le correspondía la última palabra, pero tuvo el sentido común de rehusar.

—No, señoría, creo que el jurado ya ha oído bastante.

—Muy bien. Ahora, señoras y señores, tendré que dedicar unos minutos a ilustrarles sobre el ordenamiento jurídico y cómo se aplica en esta causa, así que presten atención. Cuando acabe se retirarán a la sala del jurado y empezarán con sus deliberaciones. ¿Alguna pregunta?

La espera siempre era la peor parte. La retirada del jurado quitaba un gran peso de encima. Ya se había acabado el trabajo. Ya habían declarado todos los testigos, y no era necesario preocuparse por los alegatos y las conclusiones. Ahora empezaba la espera, cuya duración era imposible predecir.

Jake invitó a Wade Lanier y Lester Chilcott a tomar algo en su bufete. A fin de cuentas era viernes por la tarde, y se había acabado la semana. Abrieron cervezas en el balcón del piso de arriba, con vistas al juzgado.

—Aquello de allí es la sala de deliberaciones —dijo Jake—, donde están ahora.

Apareció Lucien, siempre dispuesto a tomarse una copa. Ya tendrían sus palabras, Jake y él, pero de momento el ambiente se prestaba al alcohol.

—Venga, Lucien —dijo Wade, riéndose—, que nos tienes que contar lo que pasó en Juneau.

Lucien engulló media cerveza y empezó a hablar.

Después de que se hubieran tomado todos un café, un refresco o un vaso de agua, Nevin Dark llamó al orden a los reunidos.

—Propongo —dijo— empezar por el esquema de trabajo que nos ha dado el juez. ¿Algo en contra?

Nadie dijo nada. Las deliberaciones del jurado no se regían por ninguna norma. El juez Atlee les había dicho que podían hacer lo que les pareciera.

—Bueno, pues la primera pregunta es esta —dijo Nevin—: ¿el documento firmado por Seth Hubbard cumplía los requisitos necesarios para ser un testamento ológrafo, en el sentido de que (1) lo escribió entero Seth Hubbard, (2) lo firmó Seth Hubbard y (3) le puso fecha Seth Hubbard? ¿Alguna duda?

—Yo sobre eso no tengo ninguna —dijo Michele Still.

Los otros estuvieron de acuerdo. De hecho los impugnadores no habían dicho lo contrario.

—Ahora viene la gran pregunta —continuó Nevin—: la capacidad para testar, o pleno uso de las facultades mentales. La cuestión es si Seth Hubbard entendía y calibraba la naturaleza y los efectos de su testamento ológrafo. Como de eso va el juicio, propongo que expresemos por turnos nuestra postura. ¿Quién quiere empezar?

—Tú primero, Nevin —dijo Fay Pollan—, que eres el número uno.

—Vale, pues lo que pienso es lo siguiente. A mí no me parece bien excluir a la familia y darle todo el dinero a otra persona, sobre todo cuando Seth solo la conocía desde hacía tres años, pero como dijo Jake al principio, nuestro cometido no es decidir a quién le corresponde el dinero. No es nuestro dinero. También pienso que los últimos días Seth perdió facultades y estaba bastante dopado, pero después de haber visto a Ancil no tengo ninguna duda de que sabía lo que hacía. Llevaba tiempo planeándolo. Yo voto a favor del testamento. ¿Tracy?

—Estoy de acuerdo —dijo rápidamente Tracy McMillen—. En este caso hay muchas cosas que me inquietan, pero también hay muchas que no deberían inquietarme. De repente nos han puesto delante varias décadas de historia, y eso no creo que debamos cambiarlo ninguno de los de aquí. Lo que hizo Seth lo hizo por algunas muy buenas razones.

—¿Michele?

—Ya sabéis lo que pienso. Lo que me gustaría es que no tuviéramos que estar aquí. Me gustaría que Seth le hubiera dejado un poco de dinero a Lettie, si le apetecía, y que también hubiera pensado en su familia, aunque no le gustara, lo cual no le reprocho... Por muy malos que sean no se merecen quedarse sin nada.

—¿Fay?

Fay Pollan fue la que menos compasiva se mostró, con la posible excepción de Frank Doley.

—A mí no me preocupa mucho su familia —dijo—. Probablemente tengan más dinero que la mayoría de nosotros, y es gente joven, con estudios. Ya se las arreglarán. Si no ayudaron a Seth a ganar su dinero, ¿por qué tiene que tocarles todo a ellos? Él los excluyó por algo, que no llegaremos a saber. Encima su hijo ni siquiera sabía quién era el centrocampista de los Braves. Dios mío... Hace años que somos fans de Dale Murphy. Yo creo que mintió. En todo caso estoy segura de que Seth no era nada amable, pero como dijo Jake, no nos toca a nosotros decidir a quién le da el dinero. Estaba enfermo, pero no loco.

La deliberación duró lo que duran dos cervezas. Después de la segunda, un secretario avisó de que ya había un veredicto. Todas las risas cesaron de inmediato, mientras los abogados se metían chicles en la boca y se recolocaban las corbatas. Entraron juntos en la sala y ocuparon sus puestos. Al girarse hacia el público, Jake vio a Carla y Hanna en la primera fila, detrás de él. Las dos le sonrieron.

—Suerte —articuló Carla.

—¿Estás bien? —susurró Jake, inclinándose hacia Lettie.

—Tranquila —dijo ella—. ¿Y tú, estás bien?

—Hecho un manojo de nervios —dijo él, y sonrió.

El juez Atlee subió al estrado, y condujeron al jurado a la sala. A un abogado litigante le es imposible no mirar al jurado cuando regresa con el veredicto, aunque todos se prometan ignorarlo. Jake miró sin disimulo a Michele Still, que fue la primera en sentarse, y que le dirigió a su vez una fugaz sonrisa. Nevin Dark entregó el veredicto al secretario, que a su vez se lo dio al juez Atlee. El juez se lo quedó mirando durante una eternidad, hasta que se acercó unos centímetros al micro y dijo, disfrutando del suspense:

—No se aprecian defectos en el veredicto. El jurado tenía que contestar a cinco preguntas. Primera: ¿redactó Seth Hubbard un testamento ológrafo válido el 1 de octubre de 1988? La respuesta, por doce votos a favor y ninguno en contra, es que sí. Segunda pregunta: ¿entendía y calibraba Seth Hubbard la naturaleza y los efectos de lo que hacía al redactar su testamento ológrafo? La respuesta, por doce votos a favor y ninguno en contra, es que sí. Tercera pregunta: ¿entendía y calibraba Seth Hubbard quiénes eran los beneficiarios a los que dejaba sus bienes en el testamento ológrafo? La respuesta, por doce votos a favor y ninguno en contra, es que sí. Cuarta pregunta: ¿entendía y calibraba Seth Hubbard la naturaleza y cuantía de sus propiedades, y cómo deseaba disponer de ellas? La respuesta, por doce votos a favor y ninguno en contra, es que sí. Y quinta pregunta: ¿fue sometido Seth Hubbard a influencia indebida por parte de Lettie Lang o cualquier otra persona al redactar su testamento ológrafo el 1 de octubre de 1988? La respuesta, por doce votos a favor y ninguno en contra, es que no.

Ramona se aguantó un grito y empezó a llorar. Herschel, que se había trasladado a la segunda fila, se levantó inmediatamente y salió de la sala hecho una furia. Los hijos de ambos habían dejado de seguir el juicio el día anterior.

El juez Atlee dio las gracias al jurado y le autorizó a marcharse. Después levantó la sesión y desapareció. Hubo abrazos entre los vencedores, y caras largas entre los perdedores. Wade Lanier, elegante en la derrota, felicitó a Jake por haberlo hecho tan bien. También tuvo unas palabras amables para Lettie, a quien expresó sus mejores deseos.

Lettie no aparentaba estar a punto de convertirse en la mujer negra más rica del estado. Lo único que quería era volver a su casa. Se hizo la sorda ante un par de reporteros, y se abrió camino entre algunas personas que querían felicitarla. Estaba cansada de que la tuvieran entre algodones.

Harry Rex organizó una fiesta allí mismo: perritos calientes en la barbacoa de su jardín y cervezas en la nevera. Portia dijo que iría una vez que se hubiera ocupado de Lettie. Willie Traynor nunca se perdía una fiesta. Lucien dijo que llegaría pronto, y que tal vez llevase a Sallie, cosa excepcional. Antes de irse del juzgado ya se atribuía el mérito de la victoria.

Jake tenía ganas de estrangularle.

48

El sermón estaba siendo el llamamiento anual a la responsabilidad, la habitual exhortación al diezmo, el desafío a darle a Dios su 10 por ciento con presencia de ánimo y con alegría. Jake lo había oído cien veces, y como siempre le resultó difícil mantener un contacto visual prolongado con el reverendo mientras pensaba en cosas mucho más importantes. Admiraba al reverendo, y todos los domingos pugnaba diligentemente por mostrarse cautivado por sus homilías, pero a menudo era imposible.

Tres filas más adelante, justo al lado del pasillo, estaba el juez Atlee, en el mismo y venerado asiento que se reservaba desde hacía por lo menos diez años. Contemplando su cogote, Jake pensó en el juicio y en la apelación. Al ser tan reciente el veredicto, la causa toparía con un muro de ladrillos. Los trámites durarían una eternidad. Noventa días para que la taquígrafa transcribiese cientos de páginas de actas procesales, y otros noventa porque rara vez entregaban a tiempo el material. En cuanto a las instancias y maniobras posteriores al juicio, durarían meses. Una vez que las actas fueran realmente definitivas, la parte perdedora dispondría de noventa días para presentar un recurso, y en caso de necesidad se alargaría el plazo. Cuando el Tribunal Supremo y Jake lo recibieran, él tendría otros noventa días para contestar. Cumplidos los plazos, y admitidos a trámite todos los documentos, empezaría la espera de verdad. Normalmente había retrasos, dilaciones y aplazamientos. Los letrados ya habían aprendido a no preguntar por qué tardaba tanto. El tribunal hacía lo que podía.

En Mississippi, las causas civiles duraban un promedio de dos años. Al prepararse para el juicio Hubbard, Jake había encontrado un caso similar en Georgia que se había arrastrado trece años. Se había dirimido ante tres jurados distintos, había ido y vuelto al Tribunal Supremo como un yoyó, y al final había sido zanjado fuera de los tribunales, con la mayoría de los impugnadores ya fallecidos, y consumido todo el dinero en abogados. A Jake no le preocupaba el tema de los honorarios, pero sí le preocupaba Lettie.

Portia le había dicho que su madre ya no iba a la iglesia. Demasiados sermones sobre diezmos.

Si en algo era de fiar la experiencia de Harry Rex y Lucien, el veredicto de Jake estaba en la cuerda floja. La admisión del vídeo de Ancil constituía un error anulable. La sorpresa de Fritz Pickering no estaba tan clara, pero probablemente inquietase al Tribunal Supremo. El «vertido de testigos» que se había sacado Wade Lanier de la manga daría lugar a una severa reprimenda, pero no llevaría de por sí a una anulación. Nick Norton estaba de acuerdo. Presente en la vista del viernes, y sorprendido por el vídeo, le había conmovido profundamente su contenido, pero le había preocupado su admisibilidad. Entre perritos calientes y cerveza, los cuatro letrados, Willie Traynor y otros expertos habían debatido hasta altas horas de la noche del viernes, mientras que las señoras tomaban vino junto a la piscina de Harry Rex y charlaban con Portia.

A pesar de que el juicio le hubiera salvado económicamente, Jake ya tenía ganas de dejarlo atrás. No le gustaba la idea de ir recortando la herencia durante años a base de honorarios mensuales. Tarde o temprano empezaría a tener la sensación de haberse convertido en una sanguijuela. Acababa de ganar un juicio importante y ya buscaba otro.

Aquella mañana, en la Primera Iglesia Presbiteriana, nadie habló del juicio, y Jake lo agradeció. Reunidos después los feligreses bajo dos enormes robles, mientras iban despacio hacia el aparcamiento conversando amigablemente sobre naderías, el juez Atlee saludó a Carla y Hanna, y comentó que hacía un día precioso de primavera. Después se alejó con Jake por la acera.

—¿Podrías pasar esta tarde, hacia las cinco, por ejemplo? —dijo cuando ya no podían oírlos—. Es que quiero comentarte una cosa.

—Claro que sí, señoría —dijo Jake.

—¿Y podrías traer a Portia? Me gusta su perspicacia.

—Creo que sí.

Se sentaron en torno a la mesa del comedor, bajo un ventilador de techo que crujía y que no paliaba en nada el calor y la humedad. Fuera se estaba mucho más fresco (en el porche habrían estado bien), pero por algún motivo el juez prefería el comedor. Había una cafetera y una fuente de pastas baratas, compradas en alguna tienda. Tras un sorbo de café, aguado y pésimo, Jake no le dedicó más atención.

Portia no quiso tomar nada. Estaba nerviosa, incapaz de controlar su curiosidad. No era su barrio. Tal vez su madre hubiera visto casas bonitas, pero nunca como invitada, solo porque las limpiaba.

El juez Atlee presidía la mesa, con Jake a su derecha y Portia a su izquierda. Después de unos preliminares algo incómodos, hizo un anuncio, como si estuviera en el juzgado frente a una manada de letrados nerviosos.

—Quiero que se zanje el caso fuera de los tribunales. Durante los próximos dos años, mientras se tramita el recurso, nadie tocará el dinero. Se le dedicarán cientos de horas. Los impugnadores cargarán las tintas en que hay que anular el veredicto, y entiendo sus razones. Si admití el vídeo de Ancil Hubbard fue porque en aquel momento lo pedía la justicia. Era necesario que el jurado, e imagino que todos los demás, entendiéramos la historia. Daba sentido a las razones de Seth. Ahora se dirá con rotundidad que en términos procesales cometí un error. Desde una perspectiva egoísta prefiero que no se me anule un veredicto, pero lo importante no son mis sentimientos.

«Y un cuerno», pensó Jake mirando a Portia, que se había quedado muy quieta, con la vista en la mesa.

—Supongamos por un momento que se repite el juicio. La

próxima vez no os pillará por sorpresa lo de Pickering, estaréis preparados para Julina Kidd y sobre todo tendréis a Ancil en la sala como parte interesada y testigo superviviente; o bien, si está en la cárcel, no cabe duda de que tendréis tiempo para tomarle declaración como es debido. En todo caso, la próxima vez tendréis argumentos mucho más sólidos, Jake. ¿Estás de acuerdo?

—Sí, claro.

—Ganaréis porque tenéis que ganar. Fue justamente por eso por lo que permití el vídeo de Ancil. Era de justicia. ¿Me sigues, Portia?

—Sí, sí, señor.

—Bueno, ¿entonces cómo lo zanjamos? ¿Cómo frenamos el recurso y seguimos viviendo?

Jake sabía que Atlee tenía la respuesta, y que en el fondo no quería muchas aportaciones de nadie.

—Desde el viernes por la tarde no he pensado en nada más —continuó el juez—. El testamento de Seth fue una manera desesperada de intentar arreglar en el último minuto una injusticia horrible. Dejándole tanto dinero a tu madre, lo que intentaba Seth en realidad era congraciarse con tu bisabuelo y todas las familias Rinds. ¿Estás de acuerdo?

«Di que sí, Portia, di que sí, narices.» Jake se lo sabía de memoria. Cuando pregunta «¿Estás de acuerdo?» ya da por hecho que lo estás con vehemencia.

—Sí —dijo ella.

El juez Atlee bebió un poco de café. Jake se preguntó si tomaba aquel brebaje repulsivo todas las mañanas.

—Llegados a este punto, Portia —dijo el juez—, me gustaría saber qué quiere tu madre en realidad. Sería útil saberlo. Seguro que te lo ha dicho. ¿Puedes explicárnoslo?

—Pues claro, señoría. Mi madre no quiere mucho, y tiene reservas sobre que le den tanto dinero. Por decirlo de alguna manera, es dinero de blancos. En el fondo no es nuestro. A mi madre le gustaría quedarse con el terreno, las treinta hectáreas, y construirse una casa; bonita, pero no una mansión. Ha visto bastantes casas bonitas, pero siempre había estado segura de que no tendría ninguna. Ahora, por primera vez en la vida, puede soñar con una buena casa, que pueda limpiar ella misma. Quiere mucho sitio para sus hijos y sus nietos. No volverá a casarse, aunque algunos buitres ya la ronden. Quiere irse al campo, donde estar tranquila sin que la moleste nadie. Esta mañana no ha ido a la iglesia, señoría. Hace un mes que no va. Todo son manos tendidas. Mi madre solo quiere que la dejen en paz.

—Algo más querrá que una casa y treinta hectáreas —dijo Jake.

—Bueno, claro, ¿quién no quiere dinero en el banco? Está cansada de limpiar casas.

—¿Cuánto dinero? —preguntó el juez Atlee.

—Tan lejos no hemos llegado. En los últimos seis meses nunca se ha sentado y ha pensado: «Bueno, venga, me quedo cinco millones, le doy un millón a cada niño y tal y cual». Mi madre no es así. No es su manera de pensar. No va con ella. —Portia se quedó un segundo callada—. ¿Usted cómo repartiría el dinero, señoría? —preguntó.

—Me alegro de que me lo preguntes. Voy a explicaros mi plan. La mayor parte del dinero debería meterse en un fondo para vuestros parientes consanguíneos. En vez de darlo en efectivo, que solo serviría para empezar a gastar como locos, sería mejor una especie de fundación que solo se usara para la educación. A saber cuántos Rinds habrá por el mundo, aunque seguro que pronto lo averiguaremos. La fundación estaría controlada con mano férrea por un fiduciario que me mantendría informado. El dinero se invertiría de manera sensata, pongamos que a lo largo de veinte años, y durante ese tiempo se usaría para ayudar al mayor número posible de alumnos. Debe limitarse a un solo objetivo, y el más lógico es la educación. Si no se limitara empezarían a salir mil peticiones, desde gastos médicos a comida, y desde casas a coches nuevos. El dinero no está garantizado. La gente se lo tiene que ganar. El pariente consanguíneo que estudie mucho y consiga entrar en la universidad tendrá derecho a una subvención.

—¿En qué partes ha pensado dividir el dinero? —preguntó Jake.

Portia sonreía.

—A grandes rasgos propongo lo siguiente: partamos de la cifra de doce millones. Sabemos que es un objetivo variable, pero muy lejos no andará. Las partidas para Ancil y para la iglesia que sean de medio millón cada una. Nos quedan once. De esos once tomamos cinco y los ponemos en el fondo que acabo de describir. Son muchas clases, pero bueno, es de prever que salgan muchos parientes, viejos y nuevos.

—Siguen llegando a carretadas —dijo Portia.

—Nos quedan seis millones —continuó el juez Atlee—. Los repartimos a partes iguales entre Lettie, Herschel y Ramona. Naturalmente, Lettie se queda con las treinta hectáreas que habían sido de su abuelo.

En pleno baile de números, Jake respiró hondo y miró al otro lado de la mesa.

—La clave es Lettie, Portia.

—Aceptará —dijo Portia sin dejar de sonreír—. Se queda con una buena casa y un buen cojín, pero sin los agobios de una fortuna de la que todo el mundo querría una parte. Ayer por la noche me dijo que el dinero no le correspondía a ella, sino a toda la familia de Sylvester. Quiere ser feliz, y que la dejen en paz. Esto la haría muy feliz.

—Y al resto ¿cómo se lo vendes? —preguntó Jake.

—Yo supongo que Herschel y Ramona estarán encantados. Sobre Ancil y la iglesia no sé qué decir. Ten en cuenta, Jake, que la herencia aún la controlo yo, y seguirá siendo así mientras quiera. No se puede repartir ni un céntimo sin mi autorización, y no hay ninguna fecha límite para cerrar las sucesiones. Seguro que nadie me ha llamado burro a mis espaldas, pero si quiero serlo soy capaz de pasarme los próximos diez años sentado sobre el dinero de Seth. Mientras estén protegidos los bienes, puedo tenerlos todo lo guardados que quiera.

Había adoptado su tono de presidente de sala, que no dejaba dudas de que el juez Reuben V. Atlee se saldría con la suya.

—De hecho —continuó—, tal vez sea necesario mantener abierta indefinidamente la sucesión, para administrar el fondo educativo del que hemos hablado.

—¿Quién lo gestionará? —preguntó Jake.

—Yo había pensado en ti.

Primero Jake se estremeció. Después estuvo a punto de salir huyendo ante la idea de decenas o incluso centenares de alumnos que pedían dinero a gritos.

—Muy buena idea, señoría —dijo Portia—. Mi familia estará más tranquila si Jake sigue implicado y vigila el dinero.

—Bueno, ya habrá tiempo de decidirlo —dijo Jake a la defensiva.

—¿Trato hecho, entonces? —preguntó el juez.

—Yo no soy parte interesada —dijo Jake—. A mí no me mire.

—Seguro que a Lettie le parecerá bien, pero tendré que hablar con ella —dijo Portia.

—Muy bien, pues hazlo y dime algo mañana. Prepararé un informe y se lo pasaré a todos los abogados. Jake, te sugiero que vayas esta semana a ver a Ancil y obtengas unas cuantas respuestas. Yo organizaré una reunión de todas las partes para dentro de unos diez días. Nos encerraremos y no saldremos sin haber llegado a un acuerdo. Quiero que se lleve a cabo. ¿Lo habéis entendido?

Lo habían entendido perfectamente.

Un mes después del veredicto, arrellanado en el asiento derecho del viejo Porsche de Lucien, Ancil Hubbard miraba las suaves colinas del condado de Ford a través de la ventanilla. No tenía recuerdos del paisaje. Había pasado sus primeros trece años de vida en aquellas tierras, pero llevaba otros cincuenta poniendo mucho empeño en olvidarlos. No veía nada que le resultase familiar.

Le habían puesto en libertad bajo fianza gracias a las gestiones de Jake y otras personas, y su amigo Lucien le había convencido de hacer el viaje al sur. Una última visita. Quizá te lleves una sorpresa. El fino pelo gris había vuelto a crecer, y había tapado a medias la fea cicatriz del cogote. Ancil llevaba tejanos y sandalias, como Lucien.

Se metieron por una carretera del condado y se acercaron a la casa de Seth. En el jardín había un letrero de SE VENDE.

—Aquí vivía Seth —dijo Lucien—. ¿Quieres que paremos?

—No.

Se internaron en el bosque por otra carretera de grava.

—¿Reconoces algo? —preguntó Lucien.

—La verdad es que no.

El bosque se iba haciendo menos denso. Llegaron a un claro. Delante había varios coches aparcados de cualquier manera, y mucha gente, incluidos unos cuantos niños. Salía humo de una barbacoa de carbón.

Algo más lejos había unas ruinas cubiertas de vegetación e infestadas de kudzu. Ancil levantó una mano.

—Para —dijo.

Salieron. Algunos de los que estaban cerca se acercaron para saludar, pero Ancil no los vio. Miraba más lejos. Empezó a caminar hacia el sicomoro donde habían encontrado a su hermano. Le siguieron en silencio. Algunos se quedaron atrás. Seguido de cerca por Lucien, Ancil caminó unos cien metros hasta detenerse y mirar a su alrededor. Señaló una loma cubierta de robles y olmos.

—Allí arriba estábamos Seth y yo, escondidos en el bosque. Entonces parecía más lejos. Le trajeron aquí, debajo de este árbol. En aquel momento había más árboles, una hilera de cinco o seis perfectamente alineados, al lado de este arroyo. Ahora solo hay uno.

—En el año 1968 hubo un tornado —comentó Lucien a sus espaldas.

—A Seth le encontramos aquí —dijo Ozzie, que estaba al lado de Lucien.

—¿Es el mismo árbol? —preguntó Jake, que estaba al lado de Ozzie.

Ancil oía sus voces y miraba sus caras, pero no las veía. Estaba aturdido, en otra época, en otro lugar.

—No puedo asegurarlo —dijo—, pero creo que sí. Todos los árboles eran iguales. Una hilera perfecta. Solíamos pescar allí —dijo, señalando de nuevo—. Seth y yo. Justo ahí.

Expulsó el aire ruidosamente, y pareció que hacía una mueca. Después cerró los ojos y sacudió la cabeza.

—Fue tan horrible... —dijo al abrirlos.

—Ancil —dijo Lucien—, está aquí la nieta de Sylvester. ¿Quieres conocerla?

Respiró hondo y se arrancó del sueño, girándose de golpe.

—Con mucho gusto.

Lettie se acercó y tendió una mano, que Ancil ignoró. La tomó suavemente por los hombros y se los apretó.

—Lo siento mucho —dijo—. Lo siento mucho.

Después de unos segundos Lettie se soltó.

—Ya basta, Ancil —dijo—. Lo pasado, pasado está. Démoslo por cerrado. Quiero presentarle a mis hijos y a mis nietos.

—Con mucho gusto.

Y así Ancil conoció a Portia, Carla, Ozzie, Harry Rex y el resto de la familia de Lettie. Después saludó por primera vez a Herschel Hubbard, su sobrino. Hablando todos a la vez, se alejaron del árbol hacia el picnic.

TAMBIÉN DE JOHN GRISHAM

EL ESTAFADOR

Puesto que los jueces federales se enfrentan a menudo a criminales violentos y a organizaciones corruptas sin ningún escrúpulo, es sorprendente que hasta ahora solo cuatro de ellos hayan sido asesinados. El juez Raymond Fawcett es el número cinco. ¿Quién es el estafador? Y ¿qué tiene que ver con el asesinato de un juez? Su nombre, de momento, es Malcolm Bannister. ¿Profesión? Fue abogado. ¿Lugar de residencia actual? Centro Penitenciario Federal de Frostburg, Maryland. Sobre el papel, la situación de Malcolm no pinta nada bien; pero guarda un as en la manga: sabe quién asesinó al juez Fawcett y también sabe por qué.

Ficción

EL ASOCIADO

Kyle McAvoy posee una mente legal excepcional. Atractivo y afable, tiene un futuro brillante. A su vez, también posee un secreto oscuro que le podría destruir sus sueños, su carrera y hasta su vida. Unos hombres que acosan a Kyle tienen un video comprometedor que utilizarán para arruinarlo —a menos que él haga exactamente lo que ellos piden. Lo que le ofrecen a Kyle es algo que cualquier abogado joven y ambicioso mataría por obtener: un trabajo en Manhattan como abogado junior de uno de los mayores y más prestigiosos bufetes del mundo. Si Kyle acepta, estará rápidamente encaminado hacia socio y una gran fortuna. Pero hay un pequeño inconveniente. Kyle no estará trabajando para el bufete, sino en su contra en una disputa entre dos poderosas empresas multimillonarias suministradoras del departamento de defensa de Estados Unidos.

Ficción

Corrupción política, desastre ecológico, demandas judiciales millonarias y una poderosa empresa química condenada por contaminar el agua de la ciudad y provocar un aumento de casos de cáncer, y que no está dispuesta a cerrar sus instalaciones bajo ningún concepto. John Grisham, el gran mago del suspense, urde una intriga poderosa e hipnótica, en la que se reflejan algunas de las principales lacras que azotan a la sociedad actual: la manipulación de un sistema judicial que puede llegar ser más sucio que los crímenes que pretende castigar.

Ficción

VINTAGE ESPAÑOL
Disponibles en su librería favorita.
www.vintageespanol.com